T0266930

La niña del sombrero azul

ANA LENA RIVERA

La niña del sombrero azul

Grijalbo

Papel certificado por el Forest Stewardship Council®

Primera edición: febrero de 2024

Printed in Spain – Impreso en España

ISBN: 978-84-253-6676-5
Depósito legal: B-20.175-2023

Compuesto en La Nueva Edimac, S. L.

Impreso en Liberdúplex
Sant Llorenç d'Hortons (Barcelona)

GR66765

A mi familia, que me da amor y refugio

A mi tierra, que huele a almendras y a bizcochos glaseados,
a verde y a sal, a orbayu *y a sol*

A los que ya se han ido
y ahora viven en los recuerdos que entretejo en esta historia

Nota de la autora

Antes de que te adentres en la lectura, quiero contarte que esta historia es mi homenaje personal a nuestras madres, abuelas y bisabuelas. Mujeres del siglo XX a las que conocimos ya de adultas, e incluso a algunas, de ancianas, porque fueron niñas y jóvenes antes de que nosotros naciéramos. Las suyas fueron vidas intensas, en tiempos mucho más convulsos que los nuestros, sufrieron la guerra, la escasez y demasiadas pérdidas, pero también tuvieron momentos de ilusión y alegría, de romería, baile y risas, y vivieron historias de amor, de decepción y, siempre, de superación.

Ni Manuela, ni Telva ni Alexandra, las protagonistas a las que pronto vas a conocer, existieron en la realidad, pero su historia se compone de retales de las vidas de muchas Marías, Pilares, Conchas, Cármenes, Josefas, Franciscas, Dolores, Luisas o cualquiera de los nombres que llevaron orgullosas nuestras antepasadas. En aquel entonces, las mujeres aseguraban la supervivencia de los suyos, atendían a los niños, a los enfermos y a los ancianos, cocinaban, cosían, limpiaban o trabajaban en las fábricas, pero no se escuchaba su voz y quizá, por eso, la Historia, la de con mayúsculas, se olvidó de ellas; sin embargo, de su mano hemos llegado hasta aquí, hasta el siglo XXI. Deseo que encuentres a las mujeres que marcaron tu vida entre las páginas de esta novela, porque este libro va por ellas.

PRIMERA PARTE

La criada
1912-1930

1

En la primavera de 1912, mientras el Titanic naufragaba en las frías aguas del Atlántico Norte, Telva parió a su quinta hija sobre la mesa de la cocina.

Agripina, la vecina que hizo de comadrona, torció el gesto nada más ver al bebé.

—Otra niña. No hay suerte —le dijo a la recién parida.

«Pues otra más», pensó Telva, quien entre la labranza, los animales y atender a la familia se veía sin tiempo ni energía para cuestionar las decisiones de Dios, aunque a veces le parecieran bromas de mal gusto.

—¿Cómo la llamamos? ¿Con el santo del día? —preguntó Agripina.

—Iba a llamarse Manuel por el padre de Pedro, Dios lo tenga en su gloria, que lo enterramos el mes pasado, pero siendo niña...

—Pues Manuela entonces —sentenció la comadrona.

Agripina cortó el cordón umbilical, lo ató con hilo de carrete mojado en alcohol, puso a la niña en brazos de su madre y, mientras Telva contaba los dedos de las manos y los pies de su hija, le masajeó la tripa para que expulsara la placenta. Después cogió un porrón con agua hervida ya templada y le lavó las partes íntimas para eliminar los restos del parto, antes de ir a comunicar al padre que el bebé les había vuelto a salir niña.

—¿Están bien las dos? —preguntó Pedro.

Cuando Agripina asintió, él se calzó las madreñas y salió de la casa.

El nacimiento de Manuela fue la quinta decepción de Pedro, que no entendía por qué Dios no le daba varones para ayudarlo con las labores más duras del campo. Todos los hijos eran una boca que alimentar los primeros años de vida, pero los niños producían en cuanto crecían; en cambio las niñas, cuando empezaban a ser útiles para las labores de la tierra, se casaban y pasaban a formar parte de la familia del marido. Pedro consideraba necesario tener al menos una hija para que cuidase de ellos en la vejez, pero tantas mujeres suponían una ruina.

Telva oyó la puerta de la casa al cerrarse y supo que su marido no iba a entrar a conocer a la recién nacida. Resignada, se levantó, se sentó en una silla y se puso a la niña al pecho mientras Agripina limpiaba la mesa de los restos del alumbramiento. Veinte minutos después, Pedro regresó con una gallina muerta sujeta por las patas y, sin necesidad de explicación, la dejó sobre la meseta de piedra.

—¿Cómo se llama? —le preguntó a su mujer.

—Como tu padre.

—Buena cosa —aprobó, y volvió a marcharse sin echarle siquiera un vistazo al bebé.

Agripina se dispuso a desplumar la gallina y preparar un caldo para que la recién parida recuperara la sangre perdida. Telva, tras varios intentos infructuosos de que la niña se le agarrara al pezón, le ató una gasa a modo de pañal, la colocó en el mismo cesto que había servido de capazo a sus hermanas y se la llevó consigo a dar de comer a los cerdos. Agripina no hizo ademán de detenerla. Tras atenderla en cinco partos, bien sabía que era inútil.

Después de Manuela llegaron dos niñas más, y con ellas sendas desilusiones, hasta que Telva alumbró al esperado varón. Fue entonces cuando Pedro Baizán dejó de tocar a su mujer, no fuera a ser que vinieran más hembras, y Telva, que a sus treinta y un años ya había llevado ocho embarazos a término y otros dos malogrados, supo lo que era vivir sin estar encinta.

Cuando Pedrito nació, Manuela contaba cinco años y se le fijó en el recuerdo la cara de felicidad de su padre, tan distinta a cuando había nacido Adosinda, hacía poco más de un año, porque de la llegada de Sofía, la que iba detrás de ella, no se acordaba. Pedro, de normal tan rudo y distante que solo les inspiraba miedo porque cuando hablaba era para amenazarlas con una tunda, las rodeó a todas juntas con sus enormes brazos antes de salir a proclamar a los cuatro vientos que había nacido su heredero.

Aquellos fueron años felices. Ajenos a la Gran Guerra que se libraba en Europa, la vida transcurría sin mayores sobresaltos en la casa de los Baizán entre el campo, los animales y la escuela.

Manuela y Sofía, las más cercanas en edad, eran inseparables. Igual que si fueran mellizas, jugaban juntas, reían juntas y no lloraba una sin que llorase la otra. Su día favorito era el sábado por la mañana, cuando Telva cogía a los más pequeños y se los llevaba al mercado, mientras las mayores iban a ayudar a su padre en el campo.

—Sofía, cuida de Pedrito y de Adosinda, y Manuela, tú vigila que nadie nos sisa mientras yo atiendo —las organizaba Telva.

Para las niñas, el mercado era una fiesta. Se celebraba en Pola de Lena, la villa cabeza de partido, que contaba con una gran iglesia y un palacio rodeado de enormes jardines, propiedad de unos marqueses. Manuela y Sofía nunca habían visto el palacio por dentro, pero habían escuchado que en la propia finca había una casa para los guardeses y hasta una capilla con vidriera, así que cada sábado le pedían a su madre pasar por delante de la verja con la esperanza de atisbar algo. Durante toda la mañana discutían si ese día la encontrarían abierta o cerrada, y Manuela siempre apostaba por poder asomar un momento la cabeza.

El gran atractivo del pueblo era el continuo trasiego de gente que se reunía en la plaza principal, donde ellas instalaban su puesto cada sábado, y justo enfrente estaba La Rampla. Allí se celebraba el mercado de ganado, que concentraba a paisanos de todas las aldeas de Lena y de los concejos vecinos. La plaza se llenaba de tenderetes de lona donde se exponían alimentos frescos, secos o en conservas caseras, pero también utensilios de cocina y de labranza, y se afilaban cuchillos, se arreglaban zapatos y se conversaba entre puestos. El ruido, los carros y el constante ir y venir las hacía pensar que Madrid, de la que solo habían escuchado hablar en la escuela, debía de ser parecida a Pola de Lena, que por entonces contaba con más de doce mil habitantes.

Allí, lloviera, *orbayara* o hiciera sol, Telva vendía chorizos, morcilla, chosco, butiello, panceta y *fabes* todo el año; y moscancia, berzas, patatas o manzanas, según la estación. Después compraba dos hogazas de pan para la semana, queso, aceite, lentejas, garbanzos y una botella de orujo de miel para que Pedro tomara cada mañana una copa pequeña, de las de jerez, que lo ayudara a entrar en calor antes de salir al campo.

Mientras Telva echaba las cuentas de lo vendido y compraba las provisiones semanales, las niñas curioseaban y hablaban con la gente del pueblo. Ese contacto humano hacía que se olvidaran de la escuela, el trabajo y la monotonía de su aldea durante unas horas.

Una mañana de verano de 1918, Telva hizo tan buen mercado que volvió para casa sin género, y de lo contenta que estaba se permitió comprarles un capricho a sus hijas. A Manuela y a Sofía se les antojó un juego de lotería que venía en una bonita caja de cartón. En su interior contenía fichas de madera con las cifras pintadas en rojo y doce cartones que cada jugador debía rellenar con los números que salieran al azar; el primero en completar el cartón era el ganador. Telva se mostró reacia al principio porque le parecía un poco caro, pero vio a sus hijas tan fascinadas que cedió, solo convencida a medias por el argumento que esgrimió Manuela.

—Podemos jugar todos alguna noche después de cenar.

—¡Como que tengo tiempo yo para jueguecitos! —le respondió.

Telva tuvo tiempo y jugó en muchas ocasiones a la lotería de las niñas porque, en octubre de 1918, la epidemia de gripe española aisló a las familias de la zona. El suministro de aceite, trigo y otros productos que llegaban desde la meseta por ferrocarril se interrumpió durante varias semanas. Se suspendió el mercado por miedo a los contagios, pero los Baizán y sus vecinos de aldea continuaron con su vida, ajenos a la matanza que el virus estaba causando de punta a punta del país. Comían lo que producían y hacían trueque: en vez de aceite, manteca de cerdo; en vez de pan de trigo, de escanda; y en vez de orujo de miel para Pedro, el aguardiente de guindas que varias mujeres del pueblo aprendieron a preparar en un viejo alambique que, entre todas, le compraron a la Raposa, una vecina de la aldea contigua que no lo usaba desde que un rayo la dejó viuda con once hijos a su cargo. Así, las mujeres se aseguraron de que sus maridos tuvieran con qué calentar el estómago antes de salir al campo las frías mañanas de invierno, pero también de poder calmar los llantos de los más pequeños dándoles a chupar el dedo mojado en el licor, o sus propios nervios cuando los días se torcían más de lo normal. Pronto se acostumbraron a la situación y el juego de lotería de Manuela y Sofía sustituyó al entretenimiento semanal que suponían el mercado de los sábados y la misa de los domingos, porque, por precaución, el cura tampoco subía al pueblo a dar la eucaristía. Telva dejaba por un rato sus quehaceres y se reunían en la cocina para olvidarse del trabajo y compartir risas, emoción y alguna pelea con la encargada de cantar los números. A Pedro le picaba la curiosidad al escuchar su algarabía pero no consideraba conveniente tal acercamiento a su prole, así que se iba al bar a tomar unos chatos, no fuera a ser que le perdieran el respeto. Nunca les preocupó contagiarse de la epidemia. En el pueblo no había forasteros, los vecinos eran los de siempre y no les aquejaba ningún mal nuevo.

La gripe española no llegó a la aldea de Manuela. Ni siquiera ella, que era la más menuda, flacucha y débil de las hermanas, la cogió, y eso que enfermaba con facilidad a causa de los inviernos fríos y húmedos de la cornisa cantábrica.

En 1920 ya parecía haber pasado lo peor y la vida retomó su curso. Fue entonces cuando el último brote de aquella gripe, que en el resto de país se había vuelto mucho menos virulenta y peligrosa, mermó la prole de los Baizán al llevarse a cuatro miembros: el varón, Pedrito, que ya hablaba por los codos con su lengua de trapo y se había convertido en el juguete de sus hermanas, y tres de las niñas, Sofía y las dos mayores, las más cómplices de Telva y su mayor apoyo.

Manuela estaba a punto de cumplir los ocho años, pero nadie se acordó de su cumpleaños, ni siquiera ella misma, porque la ausencia de Sofía se le había agarrado al pecho y apenas la dejaba respirar. Nunca le preguntaron cómo estaba ni tuvo ocasión de compartir su pena con nadie. Fue como si, sin Sofía a su lado, ella también dejara de existir. Y en cierto modo eso fue lo que ocurrió, al menos para el mundo que la rodeaba, porque el día que Telva dejó de llorar, también enmudeció y, sin saber leer ni escribir, cortó la comunicación con el mundo. Incluidas las hijas que habían sobrevivido. Pedro, que se vio despojado del descendiente varón que tanto había deseado y con una esposa que no decía una palabra ni soportaba el contacto físico, repartió su tiempo entre el campo y el bar, limitando su estancia en la casa al mínimo indispensable para comer y dormir. Sus hijas quedaron a merced de ellas mismas, al cuidado de Matilde que, a sus trece años, se encontró sola, sin sus dos hermanas mayores y convertida en la sustituta de su madre para con las pequeñas. Con el corazón roto y sin tener ni idea de cómo hacerse cargo de la responsabilidad que entre la gripe, el cielo y sus padres le habían echado a la espalda, se llenó de rabia contra el mundo, contra Dios y contra todos aquellos que la rodeaban.

Por eso, la mañana que descubrió a Manuela haciendo como que jugaba con Sofía a la lotería, con tal realismo que hasta hablaba y reía feliz como si estuviera allí a su lado, le dio tal coraje que le quitó el juego para venderlo de segunda mano en el mercado.

—¡Es mío y de Sofía, no puedes llevártelo! —gritó Manuela

al ver las intenciones de su hermana—. Mamá nos lo regaló a nosotras.

—Niña bruja, que hablas con los fantasmas, a mí no te acerques —le espetó Matilde.

—No es un fantasma, es Sofía, ¿no la ves?

A Matilde se le erizaron los pelos del brazo del repelús que le entró y, cuando Manuela se enganchó a su falda para impedir que saliera de casa con el juego, la apartó de una patada tan fuerte que la lanzó al otro extremo de la habitación y Manuela se luxó la muñeca.

Al llegar la noche, la mano de Manuela parecía uno de los choscos que embutía su madre tras la matanza y la pobre niña ya no soportaba el dolor. Aguantó como pudo porque, aunque le enseñó la mano a su madre, Telva la ignoró, y temía que si se lo contaba a su padre, el remedio fuera peor que la enfermedad. Finalmente fue Adosinda, la menor, la que acudió a Pedro, que miró la mano de Manuela con prisa y a regañadientes.

—Mételo en agua caliente con sal y después frótate un diente de ajo —le dijo.

Se fue murmurando en voz baja, lo que no evitó que Manuela lo escuchara.

—Esta niña no parece una Baizán, ¡ni que hubiera nacido para señorita!

Cuando la miraba, solo pensaba que ojalá la gripe se la hubiera llevado a ella, tan flaca y esmirriada, en vez de a Pedrito. O de Sofía, porque siendo catorce meses más pequeña que Manuela parecía la mayor de las dos, y tenía tanta fuerza como cualquier chico de su edad.

Al día siguiente, la muñeca de Manuela empezó a coger el color del vino y Pedro aprovechó la visita del veterinario a la vaca preñada para que le mirase la mano a su hija. El veterinario le colocó la muñeca y después se la vendó fuerte.

—Que no coja peso ni haga esfuerzo alguno con ese brazo. Pasado mañana, cuando venga a ver a la vaca, le echo otro vistazo.

Cuando el veterinario se marchó, Pedro miró a Manuela con una mezcla de enfado y resignación.

—Espero que al menos te apañes para hacer las tareas de la casa.

Manuela se apresuró a asentir.

—A ver si es verdad, porque ya eres inútil para el campo y solo nos falta que, con tu madre así, ahora te quedes lisiada.

Después fue en busca de Matilde y, sin necesidad de explicación, le propinó dos guantazos que la dejaron aturdida todo el día y medio sorda de un oído el resto de su vida.

—¡Pide al cielo que el veterinario no nos cobre por arreglarle la mano a tu hermana, porque te mato a palos! —le espetó.

Aquella no fue la única vez que Manuela habló con el fantasma de Sofía, pero desde entonces se cuidó mucho de que nadie la escuchara, porque la muñeca sanó gracias a las atenciones del veterinario, pero la inquina de Matilde hacia ella creció tanto que Manuela la evitaba como podía, pues no perdía ocasión de coserla a pellizcos, collejas y, si se terciaba, algún bofetón.

Pedro decidió asignarle definitivamente a Manuela las tareas de la casa para que las hijas que le quedaban, más fuertes y útiles que ella, se dedicaran a la siembra, la cosecha y el cuidado de los animales.

Así, a fuerza de no verla más que como la sombra que fregaba, remendaba la ropa, lavaba, planchaba y los recibía con un puchero caliente en las brasas de carbón, su padre dejó de pensar en ella. Manuela se libró incluso de los correazos que Pedro repartía entre el resto de sus hermanas, porque su relación con él se limitaba a servirle la comida y a tener su ropa zurcida y limpia, y en esos menesteres Pedro no era muy exigente.

Manuela y Adosinda continuaron yendo a la escuela, aunque Adosinda, igual que habían hecho sus hermanas mayores, solo asistía cuando no se la necesitaba en la recogida de castañas, en la siembra de *fabes* o en otros momentos cruciales en los que todas las manos, incluso las más pequeñas, eran útiles. Eso solía equivaler a tres o cuatro meses de educación al año, los suficientes para que aprendieran lo básico de lectura, escritura y las operaciones matemáticas para llevar las cuentas de una casa.

En cambio, Manuela fue a la escuela hasta los catorce. La maestra se empeñó en que no dejara los estudios, pero ante el inquebrantable silencio de Telva y el desinterés de Pedro, acudió a Agripina, la comadrona, que accedió en nombre de la familia, no porque considerara que le hacía un favor a Manuela, sino por no ponerse a mal con la única maestra que había durado más de un año en el pueblo.

—Es una niña muy lista —le aseguró la profesora.

«¡Como si eso le fuera a servir de algo!», contestó Agripina para sí, y calló porque si le decía lo que pensaba y la maestra se iba del pueblo por su culpa, los vecinos le harían la vida imposible.

Los años pasaban y la vida en casa de Manuela transcurría triste, pero ya cotidiana, como si la pena se hubiera convertido en una más de la familia, hasta que en el verano de 1929, después de que los lobos mataran a la cerda con sus cinco lechones, no dejaran gallina viva en el corral y le destrozasen la huerta de *fabes*, Pedro planificó el futuro de sus hijas: Matilde, de veintidós, se quedaba en casa para cuidar de ellos y ayudar en las labores del campo y con el ganado, porque para eso era la mayor y la más fuerte; Olvido, la más guapa, se casaba con veintiún años, por voluntad propia y porque era su mejor opción, con un minero al que había conocido meses atrás en las fiestas de Pola de Lena y se mudaba con él a la prosperidad de la cuenca minera; a Adosinda, la menor, que mostraba especial atención en la iglesia, la ingresó en el convento de las Carmelitas en Oviedo. Allí simbolizaron la pérdida de su identidad cambiándole el nombre a María Auxiliadora, y empezaron a prepararla para pasar el resto de su vida encerrada en la cárcel que su padre eligió para ella. A Manuela la envió a servir a casa de unos marqueses que vivían en Madrid y pasaban los veranos en Gijón. Aunque le costó las dos gallinas ponedoras que la Raposa, la viuda de Atilano el Raposo, le cobró por colocarla gracias a que allí servía desde hacía años su hija Claudina, las pagó gustoso porque era lo único a lo que podía aspirar una mujer que solo valía para las tareas de la casa.

Si a Telva le dolió la marcha de sus hijas, no lo demostró. Manuela, la primera en irse, buscó por última vez refugio entre sus brazos mientras Pedro cargaba en el carro la maleta de cartón con sus escasas pertenencias. Telva no la rechazó, pero tampoco respondió al abrazo.

—Adiós, madre. La echaré mucho de menos —se despidió entre lágrimas.

Aquel día Manuela dejó atrás su infancia, a su familia y también al fantasma de su hermana pequeña, porque al ver cómo los ojos de Telva se aguaban cuando empezaron a alejarse, comprendió que a su madre le hacía aún más falta que a ella la compañía de Sofía.

Manuela nunca había estado en Gijón y el bullicio de la ciudad la desconcertó. Los edificios tan altos, la cantidad de gente y de coches de caballos la impresionaron, pero no sintió miedo hasta que llegó a la verja del que era su destino final: una imponente mansión de tres plantas, rodeada de un cuidado jardín verde que contrastaba con la fachada azul celeste. Se tranquilizó a sí misma pensando que era más pequeña que la de los marqueses de Pola de Lena.

—No olvides lo que hemos hablado: ver, oír, callar y obedecer —le dijo su padre—. Vendré a por ti en septiembre para la recogida de castañas. O no. Según se dé la cosecha. Ya veremos.

Manuela asintió, pero algo en su interior le dijo que aquel año ella no estaría en la recolecta de otoño ni en la fiesta de fin de temporada que se celebraba en el pueblo el día de los Muertos.

Pedro se quitó en menos de un mes tres bocas que alimentar. Entre él, Matilde y Telva, que desde que enmudeció por decisión propia y se vio libre de las molestias de los embarazos trabajaba como una bestia de sol a sol, se encargarían de la granja.

Por su parte, Manuela cambió la casa donde nació, con suelo de tierra prensada y dos cuartos, uno para los padres y otro compartido con sus hermanas, por una habitación, diminuta pero propia, en un palacio lleno de mármol, bronce y madera pulida. Allí conoció a Alexandra, una señorita de su edad, altiva y paliducha, más menuda y escuchimizada que ella misma, y que le pareció una enclenque en comparación con su madre, sus hermanas y las mujeres de la aldea.

«Si padre piensa que yo no valgo para el campo, a esta la hubiera metido en el convento antes que a Adosinda. Suerte tiene de haber nacido rica», pensó.

2

Los preparativos de la fiesta por el décimo octavo cumpleaños de Alexandra Catarina Solís de Armayor ocuparon las semanas estivales de doña Victoria de Armayor, su madre. Se celebraría en la casa familiar de Gijón y estaban invitadas las personalidades más relevantes de la aristocracia asturiana y parte de la burguesía acomodada. Las tías de doña Victoria, doña Renata y doña Frederica, ya habían viajado desde Lisboa para asistir al aniversario de su sobrina nieta.

El servicio estaba más atareado que nunca y el nerviosismo empezaba a pasarles factura. A Manuela no se le permitía servir la merienda, para eso le faltaba aún mucho tiempo, antes tenía que adquirir experiencia bajo la tutela de Claudina, hija de la Raposa y doncella principal de la familia. Claudina era la encargada de atender a los señores y a sus invitados y de controlar al resto de las muchachas, que se ocupaban de las tareas de limpieza y mantenimiento de la casa.

Claudina amadrinó a Manuela y ella se convirtió en su sombra.

—¿Tú qué sabes hacer? —le preguntó.

—Coser, remendar y lavar, fregar, planchar y preparar el puchero en la lumbre.

—Los señores no comen puchero, para la costura está la modista y aquí en Gijón solo necesitan arreglos puntuales. Los señores compran en las mejores casas de moda de Madrid. De lavar y planchar se encarga Antonia, así que contigo tengo que empezar de cero. Aprenderás a servir a los señores, y para eso hay que ser igual que un fantasma, debes parecer invisible.

Transcurrieron dos semanas hasta que Claudina le permitió recoger el juego de té que las señoras habían utilizado aquella tarde en su refrigerio vespertino, y Manuela, siguiendo sus enseñanzas, intentó volverse invisible, pero se puso tan nerviosa que tropezó al abandonar el salón y las piezas de porcelana salieron volando y se hicieron añicos contra el suelo. Solo la jarrita de la leche sobrevivió intacta al desastre.

Claudina se deshizo en disculpas con la señora, ordenó a otras dos criadas que recogieran el estropicio y, tras salir de la sala, le propinó dos bofetones a Manuela antes de cogerla por una oreja y llevarla a rastras hacia su dormitorio dispuesta a darle una buena tunda.

Alexandra se cruzó en su camino.

—¿Qué hace usted? ¿Qué ha ocurrido?

—No se apure, señorita. Esto son cosas del servicio, yo me encargo.

—Suéltela. Le está haciendo daño, ¿no lo ve?

Claudina aflojó un poco la presión sobre la oreja de Manuela, que ardía encendida entre sus dedos.

—Señorita Alexandra, le ruego que no se entrometa, no me haga informar a su padre de que no me permite hacer mi trabajo. Usted no tiene que ocuparse de estas cosas, vaya a disfrutar de los preparativos de su fiesta.

—No voy a ningún sitio y puede hablar con mi padre si quiere. Puestos a informar, también le encantará saber por qué tarda usted tanto los sábados por la mañana en el mercado.

Claudina palideció al saberse pillada en falta, y no en una cualquiera, sino en una vergonzosa, porque se entretenía cada sábado con el tendero del puesto de utensilios de cocina, que hacía ademán de cortejarla sin más intención que pasar el rato. A regañadientes, soltó la oreja de Manuela.

—Y ahora quiero que la libere de sus obligaciones por hoy, porque necesito ayuda con el vestido de mi fiesta —ordenó Alexandra.

—Esa es mi labor. Manuela todavía no sabe hacer nada.

—Lo sé, pero con mis tías en casa y la llegada de mi abuela esta tarde, ya bastante tiene usted. Ande, vaya a atenderlas y no se preocupe por mí, que yo me arreglo con Manuela.

Claudina cedió, aunque la mirada que le dirigió a Manuela le hizo saber que aquello no era una amnistía sino un simple aplazamiento de su castigo.

—Señorita Alexandra —dijo Manuela en cuanto llegaron al cuarto de su salvadora—, de verdad que le agradezco que haya intercedido por mí, pero Claudina tiene razón, yo he tirado el juego de merienda. Por mi culpa se han roto varias piezas.

—¿Sabes cuántos juegos de café y de té tiene mi madre? Aunque rompieras media docena, seguiría habiendo tazas en esta casa como para completar diez ajuares. Y aquí, ajuar solo el mío, y eso si me caso.

—¿Cómo no va a casarse? —se escandalizó Manuela—. Con un aristócrata de buena familia, como usted.

—Si tú supieras la pereza que me da eso. Yo quiero estudiar, viajar y hacer cosas útiles. ¿Sabes cuánto me aburro? Qué va, no tienes ni idea. ¿Tú quieres casarte? Porque guapa sí que eres, a pesar de ese horrible uniforme que parece salido del siglo pasado.

Manuela se encogió de hombros.

—Supongo que sí. Es lo que hay que hacer. Para eso servimos las mujeres, para atender a nuestros maridos y traer hijos al mundo. Además —dijo bajando la voz—, no quiero convertirme en Claudina.

Alexandra rio.

—¿Tan mala es contigo?

Manuela volvió a encoger los hombros antes de responder.

—No es mala, solo un poco severa. Aunque sus bofetones son mucho mejores que el cinturón de mi padre cuando se enfada.

—¡Santo cielo! ¡Qué barbaridad! Espero que no se enfadase muy a menudo.

—De tanto en cuanto. ¿Su padre no...? —Manuela se arrepintió al instante de lo que iba a decir—. No, claro, usted es una señorita.

—Tu padre no está aquí, y si me ayudas, yo me ocuparé de quitarte a Claudina de encima.

—Por supuesto, señorita Alexandra, pero seguro que yo la atiendo peor que ella, nunca he vestido a nadie más que a mis hermanas.

—No seas inocente. Lo que necesito es que me ayudes a escaparme esta noche. Y como me traiciones, le diré a Claudina que me has estropeado el vestido y ya sabes lo que te espera después.

Manuela abrió los ojos, pero no le salieron las palabras.

—Si usted me lo pide, yo la ayudo, señorita, pero ¿y si la pillan?

—Precisamente por eso te necesito, para que no me descubran. Y deja de tratarme de usted, que debemos de ser de la misma edad. Al menos, mientras estemos a solas.

Manuela asintió.

—Te voy a explicar el plan, así que atiende, que me la estoy jugando.

—¿Adónde va a...? Perdón, ¿adónde vas a ir?

—Eso es cosa mía.

A las doce de la noche, Manuela salió de su cuarto a hurtadillas y se dirigió al de Alexandra. Manuela en bata, Alexandra con un vestido discreto, un cómodo sombrero y un chal cubriéndole los hombros.

—Ay, qué lío —murmuró Manuela—. Si nos descubren y me echan, mi padre me mata. Pero me mata, me mata.

—Eso si llegas, porque primero nos mata el mío. Así que chitón y ábreme camino.

Alexandra salió por la ventana del recibidor de la planta baja, destinado a la espera de las visitas que no tenían la consideración requerida para ser conducidas al salón.

—Ahora métete en mi cama por si a mi madre se le ocurre ir a mirar si estoy dormida, y dentro de tres horas, ni más ni menos, me vuelves a abrir la ventana. Como te duermas, estamos perdidas.

—¡Qué me voy a dormir si estoy hecha un flan! Dígame...

Quiero decir, ¿puedo saber adónde vas? Por si le pasa... te pasa algo.

Alexandra dudó.

—No me sucederá nada —dijo al fin.

Manuela se persignó y se dirigió al cuarto de Alexandra repitiendo para sí la excusa de que se encontraba mal de la tripa, la que habían acordado por si se cruzaba con alguien. Hizo el recorrido de puntillas, arrimada a la pared, en un intento por volverse imperceptible.

Tres horas después, temblando de los mismos nervios, deshizo el camino y abrió la ventana. Allí la esperaba Alexandra agazapada contra la fachada, con la cara arrebolada y la respiración entrecortada por la carrera. Manuela la ayudó a saltar el alféizar y le entregó una bata y unas zapatillas. Luego subieron a la habitación de Alexandra en silencio y sin hacer ruido.

Alexandra estaba eufórica y no tenía ganas de acostarse.

—¿Tú quieres ser criada toda la vida? ¿No te gustaría estudiar?

—Yo ya sé leer, escribir y hacer cuentas perfectamente. Fui a la escuela hasta los catorce años —repuso Manuela muy digna.

—Me refiero a si no querrías ir a la universidad.

Manuela abrió los ojos como platos.

—¿Yo? Eso es cosa de hombres. De hombres ricos.

—Pues ese es el problema. Que mi padre tiene miedo de que si yo voy a la universidad no logre casarme bien, porque dice que a los hombres les gustan las mujeres bonitas, no las sabiondas. Quiere que me case con un hombre rico, como si no lo fuéramos ya bastante, y que viva una vida como la de mi madre. Y eso que mi padre es de los abiertos de mente, que si conocieras al de mi amiga Valentina...

—¿Y qué tiene de malo la vida de doña Victoria? A mí me parece de ensueño.

—Yo quiero hacer cosas que importen, no solo sonreír y empolvarme la nariz. Soy tan lista como cualquier hombre.

—Es una inteligencia diferente, ¿no? La de las mujeres y los hombres, digo.

—Ay, Manuela, qué inocente eres. Pero creo que también eres leal. Y eso es lo que ahora necesito. ¿Sabes coser?

—Sé remendar, dar vueltas a cuellos y puños, poner rodilleras y coderas, y he confeccionado ropa para mi padre y mis hermanas cuando mi madre compraba alguna pieza de tela.

—Con que sepas ajustarme los vestidos cuando cojo o pierdo peso es suficiente. En Madrid tenemos modista fija, pero aquí no. También podrías venirte conmigo a Madrid, a trabajar con nosotros todo el año, como Claudina. ¿Tú querrías?

Manuela recordó la cara de su padre cuando se despidió de ella con aquel adiós que le sonó tan definitivo, y asintió con la cabeza.

—Pues no se hable más, vas a ser mi regalo de cumpleaños. Eres demasiado guapa para dejarte las manos fregando, y estoy harta de aguantar a Claudina y su falsa sumisión llena de reproches silenciosos. Ahora vete —ordenó Alexandra—. Mañana hablamos.

Manuela obedeció. Estaba tan nerviosa por los acontecimientos de las últimas horas que cuando llegó a su habitación vomitó en el orinal.

—¿Doncella personal? Alexandra, hija, que ya no estamos en el siglo diecinueve —dudó Victoria de Armayor—. Manuela todavía tiene mucho que aprender, es joven e inexperta y, aunque se muestra discreta, no puede ocultar sus modales de campo. No sé qué tiene para que te fijes precisamente en ella.

—Me gustaría tener una persona a mi servicio, pero no quiero gravar la economía familiar y Manuela está por cama y comida.

—Te tengo dicho que no te preocupes por los asuntos de dinero, que eso no es propio de una dama —la reprendió su padre.

Alexandra no dijo nada, pero miró a sus progenitores con gesto interrogante.

Victoria dio la batalla por perdida.

—Si tu padre está conforme, a mí me parece bien —cedió.

—Cumples dieciocho años y me gusta que tengas deseos acordes a una señorita de tu clase —decidió su padre—. Así aprenderás a tratar al servicio, te hará falta para un futuro no muy lejano cuando dirijas tu propia casa. Espero que sepas mantenerte firme con ella pese a lo próximo de vuestra edad, pero también que seas ecuánime y comprensiva con sus fallos por la misma razón.

—Entonces ¿me puedo quedar a Manuela?

—Enviaré un recado a su padre. Seguro que se muestra dispuesto a llegar a un acuerdo.

—¡Gracias, padre! —respondió Alexandra, eufórica, y corrió a darle un beso.

—Compórtate, que ya no eres una niña. —La apartó sin poder ocultar su satisfacción—. Los besos para tu madre.

Fue precisamente doña Victoria la que, una vez que Alexandra salió de la sala, cuestionó con sutileza a su marido.

—No es que me parezca mal quedarnos a Manuela, pero cuando su padre se entere nos va a pedir un precio. ¿Vamos a darle dinero por llevarnos a una chica que no sabe hacer nada?

—Seguro que lo hará, pero ¿qué más da? Se contentará con unos reales. Cuando vino a traerla, parecía deseoso de librarse de ella.

—Pero estando a cargo de nuestra hija, sin Claudina enseñándole el oficio, Manuela no aprenderá y se convertirá en una gandula, la vamos a echar a perder. ¿Qué trabajo puede darle la niña solo con su ropa y su cuarto?

—Cuando Alexandra se canse de ella, si no te sirve la ponemos de patitas en la calle. Lo que importa ahora es que nuestra hija se entretenga con cosas propias de su sexo y deje de pensar en ir a la universidad. ¿Pues no me dijo el otro día que quiere estudiar Medicina? Lo que nos faltaba. No teníamos que haberle permitido que estudiara bachiller.

—No sería la primera mujer universitaria. En la Residencia de Señoritas de Madrid se alojan chicas de buena familia que van a la universidad. Incluso aquí en Asturias, con lo diferente que es esto de la capital, se licenció la primera mujer médico hace un par de años. Una tal... No me acuerdo ahora, me lo dijo Alexandra.

—Ya veo que a ti también te ha soltado el mismo discurso. ¿Cómo se enterará de todas esas cosas? En cualquier caso, no te dejes convencer, Victoria, que no es bueno para ella. Esto de las mujeres universitarias es una moda minoritaria entre las hijas de los burgueses. ¿Tú qué quieres? ¿Que tu hija se convierta en profesora y los alumnos le hagan el vacío en clase? ¿O que la reciban a pedradas? ¿O que sea como esas de Barcelona que también estudiaron Medicina y se dedican a atender a prostitutas? Tan loable como inconveniente. Alexandra un día será marquesa, y las marquesas no son ni abogados ni médicos. Lo que tiene que hacer es casarse con un hombre que dignifique el título familiar, que multiplique nuestro patrimonio con el suyo y que le dé una buena vida. Y los hombres así no se casan con una universitaria, bien lo sabes tú. La niña es muy lista, se dará cuenta de todo esto en cuanto madure un poco.

—Tienes toda la razón. Como siempre. Así son las cosas y nosotros debemos mirar por el futuro de nuestra hija.

Y doña Victoria lo dijo convencida.

Don Carlos Solís envió al guardés a la aldea de Manuela para que negociara con Pedro Baizán. Era un hombre de confianza; hijo de los anteriores guardeses, ya fallecidos, había nacido y vivido toda la vida en la finca, allí se había casado y criado a sus hijos. Mostraba su agradecimiento con absoluta lealtad a la familia y cuidaba de la casa como si fuera suya. Por eso don Carlos Solís contaba con él para todo encargo comprometido. Con ocasión de la visita al padre de Manuela, le entregó tres pequeñas bolsas de reales y le dio instrucciones: debía comunicarle a Pedro Baizán que su hija se quedaba definitivamente con los Solís de Armayor y darle una de las bolsas «para compensar la falta de Manuela en la recogida de castañas», pero si ponía problemas podía entregarle las tres. Sabía que era una cantidad excesiva por aquella muchacha, pero deseaba complacer a su hija.

El guardés regresó con el permiso para llevarse a Manuela a Madrid y dos bolsas de reales.

—Creo, señor marqués, que podía haberse ahorrado el dinero que le entregué. Juraría que ni siquiera se acordaba de la chica.

Claudina se dirigió al cuarto de Manuela en cuanto doña Victoria le dio la noticia de sus nuevas ocupaciones.

Manuela rezaba en ese momento tres avemarías arrodillada ante su cama, tal como su madre le enseñó a hacer cada noche al acostarse, aunque eso fue antes de que dejara de hablar y se olvidase de sus hijas vivas.

«Encomiéndate a la Virgen todos los días y cierra bien las piernas si algún señorito te mira con ojos perversos, intenta no cruzarte con él, que en esas casas de ricos cuentan que pasan cosas muy feas», le había dicho su hermana Matilde a modo de despedida porque ni un abrazo le dio, así que, a falta de señoritos a los que temer, había cumplido fielmente con la oración.

—Te equivocas, Manuela, te equivocas —dijo Claudina, que entró sin llamar y cerró la puerta tras ella.

Manuela soltó un grito, sobresaltada por la interrupción.

—No te asustes, niña, que yo espero a que termines. Por lo menos rezas. No está todo perdido.

—¿He hecho algo mal? He terminado de fregar todo lo que me ordenó.

—Cuando tu padre le pidió a mi madre que hablara en tu favor para conseguirte trabajo en esta casa, le aseguré que haría de ti una sirvienta competente para que te ganaras el sustento, al menos hasta que encontraras marido. Por eso, y porque tu madre nos ayudó en lo que pudo cuando aquel maldito rayo nos dejó huérfanos, intento enseñarte todo lo que sé. Tú no lo recuerdas, eras muy pequeña, tanto que tu madre todavía hablaba, pero yo sí, y por eso quiero lo mejor para ti. Soy estricta contigo para que aprendas rápido y te hagas valer cuanto antes, pero pareces empeñada en complicarte la vida.

Vas a ser el juguete de la señorita Alexandra hasta que se canse de ti.

—O quizá se case y me lleve con ella de ama de llaves.

—¿De ama de llaves? —Claudina se rio con una mezcla de compasión e impotencia—. ¡Si no sabes hacer nada! Y como la señorita Alexandra siga exponiéndose así, se queda para vestir santos, eso si no se encarga su padre de casarla cuando se harte de sus tonterías. Pero si la alcahueteas en sus insensateces, serás tú la que acabará mal.

Manuela se ruborizó.

—¿Qué crees? ¿Que no sé de vuestra correría nocturna de la otra noche? Lo sé yo y toda la casa. Todos menos los señores, que la consienten hasta la saciedad. Una buena zurra merece la señorita Alexandra, a ver si se entera de lo afortunada que es y deja de poner en peligro el buen nombre de la familia. Al final la pillarán, ¿y sabes quién va a pagar los platos rotos? Tú.

—No sé de qué me está hablando —mintió Manuela.

—Ya. Piensa bien lo que te voy a decir. Lo hecho, hecho está y no vamos a contradecir a la señora, pero una vez en Madrid, cuando la señorita Alexandra vuelva a sus estudios, que vete tú a saber para qué quiere estudiar tanto, tú te quedas trabajando conmigo. A ver si aprendes a hacer algo que no sea alimentar cerdos y estudiar historia y matemáticas. ¡Vaya idea la de tenerte tanto tiempo en la escuela! Allí te llenaron la cabeza de pájaros. Recapacita y haz lo mejor para ti.

Cuando Claudina salió de la habitación, Manuela sintió que le temblaba todo el cuerpo. Debía contarle a Alexandra que la doncella principal sabía de sus asuntos. ¿Cómo había cambiado tanto aquella mujer? No parecía tan amargada cuando iba al pueblo a visitar a la familia, claro que hacía mucho que solo pasaba allí unos días al año. Desde que su padre, Atilano, los dejó huérfanos a ella y a sus hermanos cuando lo partió un rayo.

Atilano el Raposo recibió su apodo el mismo día que nació, igual que su padre y su abuelo. El merecedor inicial del apelativo fue su bisabuelo Benigno, que una noche añadió en su haber la matanza de diecinueve zorros, después de que su corral y el de otros vecinos fueran diezmados aquel otoño. Cuando dejó sus diecinueve trofeos a la puerta del bar, los vecinos lo invitaron a tantas rondas como raposos había liquidado y, aunque solo consiguió beber la mitad, el apodo «el Raposo» pasó a formar parte indivisible de su nombre y el de sus descendientes.

Atilano era hombre de bofetón fácil, correa firme pero contenida, que acostumbraba a trabajar como un mulo durante el día y a exigir a su esposa el cumplimiento del deber conyugal cada noche, ya fuese día laborable o fiesta de guardar, sin excepción, y sin menstruación o dolor de cabeza que eximiera a su sufrida compañera de sus obligaciones maritales.

Así contaba con una prole de diez hijos en la tierra y un undécimo en la barriga de su mujer, cinco varones y seis hembras, cuando dejó el mundo de los vivos a la edad de treinta y cinco años sin siquiera darse cuenta de su partida.

A Atilano lo mató un rayo durante una tormenta, a tan solo unos metros de su casa, cuando intentaba meter a la mula en la cuadra. La puerta del corral donde dormían los animales debió de quedarse abierta cuando los recogió y, al primer trueno, la mula se asustó y salió corriendo. Atilano, al verla en la huerta, fue a por ella para devolverla a su refugio. Aunque en realidad la mula era un burdégano, hijo de un caballo y una burra, no de un asno y una yegua, y pagó por ella menos que si de una mula buena se tratase, había invertido un capital y temía que, si se escapaba, se echara al monte o se la robaran. Maldecía al animal cuando el rayo lo dejó seco. Su mujer y su hija Claudina, que observaban la escena desde la ventana, supieron que su vida se desmoronaba porque mientras el alma de Atilano se dirigía al cielo, la miseria, el luto y, con él, el encierro avanzaban hacia su hogar irremediablemente.

Telva y el resto de las vecinas de la aldea ayudaron a la Raposa con lo que buenamente pudieron, pero once hijos eran muchos y, por mucho que estirara, allí no había para todos.

Claudina llegó a la mansión de los Armayor una mañana al inicio de la Cuaresma, con diez años, las tripas rugiendo de hambre, el cuerpo cubierto de ropajes negros mal teñidos que la cubrían del cabello a los tobillos y una muda llena de remiendos. Venía recomendada por el cura del pueblo, que conocía del seminario al sacerdote y confesor de doña Victoria de Armayor.

Alexandra tenía tres meses por entonces. Hacía un par de semanas habían despedido a una de las criadas más jóvenes, una deslenguada con la mano larga que no dudaba en robar cuando creía que nadie miraba.

—¿Esa es la niña que viene de parte del padre Críspulo? —preguntó doña Victoria al ama de llaves cuando la vio.

—Esa misma. ¡Menudo encarguito el del cura! Si viene medio desnutrida...

—Dadle un baño y ropa limpia, y que le pongan un buen plato de comida. Quemad todo lo que lleva puesto.

Después de un corte de pelo y un despiojado con vinagre y lavanda, la pequeña Claudina se sentó a la mesa de la cocina vestida con ropas almidonadas, pero cuando le pusieron delante un plato de *fabes* con unas piedras planas que tenían una especie de babosa dentro se echó a llorar, muerta de hambre, creyendo que le habían puesto bichos al pote para burlarse de ella.

Por más que le explicaron que las almejas eran un manjar solo al alcance de los ricos y que estaban exquisitas, la niña no dejaba de llorar.

Se armó tal jaleo en la cocina que doña Victoria tuvo que bajar a ver lo que sucedía.

—¡Por el amor de Dios! Olvidaos de la Cuaresma, que solo es una niña. Preparadle una tortilla con dos huevos, medio chorizo y una rebanada de pan con manteca, y váyase cada uno a su faena, que vais a conseguir entre todos que se ponga enferma si no lo está ya —ordenó.

Desde aquel día, Claudina sintió absoluta devoción por la señora.

3

Juan Gregorio Covián llegó a Oviedo desde su León natal para estudiar Derecho gracias a la generosidad de su tío, canónigo de la catedral de Oviedo y hombre de confianza del obispo. Juan Gregorio, Goyo para la familia y amigos cercanos, aprovechó la oportunidad que se le concedía y sacó los dos primeros cursos con excelentes calificaciones. Iba a clase por las mañanas, estudiaba durante las tardes en la biblioteca, donde consultaba libros y repasaba una y otra vez la historia y las fuentes del derecho español, y por las noches recopilaba lo aprendido durante el día a la luz de un quinqué de gas, porque la luz eléctrica había llegado a la universidad y a las calles de la ciudad, pero no al domicilio de un reputado hombre de Dios.

En el verano de 1929, un compañero de clase, Alonso Bousoño, hijo de una de las familias burguesas más acaudaladas de Gijón gracias a la pericia de sus antepasados con las exportaciones e importaciones de mineral de hierro y carbón, lo invitó a pasar una semana en la casa familiar con la promesa de salidas nocturnas y chicas guapas. Lo hizo en agradecimiento a las tardes que Juan Gregorio pasó con él en la biblioteca explicándole los casos de derecho civil que, a Alonso, menos brillante que él, se le atascaban.

Fue precisamente en Gijón donde Juan Gregorio se permitió fijarse en una mujer por primera vez en su vida, y lo hizo en el teatro Dindurra. Quizá se debió a la euforia que le causó la conquista de doña Inés por don Juan Tenorio en la obra que aquel día se representaba sobre el escenario, o a la inquietud por la quiebra de la Bolsa americana que tanto parecía preocupar al padre de Alonso, o porque era la primera vez que se encontraba libre, entre amigos, sin tener que estudiar ni trabajar.

—Es Alexandra —le explicó su amigo—, la señorita Alexandra Catarina, hija de la marquesa de Armayor, y tiene diecisiete.

—¿Alexandra Catarina? —preguntó extrañado.

—La familia materna es de la alta aristocracia portuguesa. Su abuela, por la que le pusieron el nombre, se casó con el marqués de Armayor. La familia de él era originaria de Asturias, pero ya vivían en Madrid y pasaban aquí los veranos. Los padres de Alexandra continúan haciendo lo mismo. Las que están a su lado en el palco son sus amigas, Valentina Cifuentes y Amelia Noval, de diecisiete y dieciocho, y las señoras que ves detrás de ellas, sus respectivas madres. Valentina y Amelia son burguesas, como yo, pero la familia de Amelia son nuevos ricos. —Alonso bajó la voz y añadió—: Su abuelo empezó de carnicero, no te digo más. Valentina viene de familia de dinero desde hace varias generaciones. Las tres se casarán con hombres de fortuna, no con el hijo de un sastre, por mucho que tú digas que es la mejor sastrería de León, así que cambia de objetivo, que esa fruta no es para ti. Ni para mí tampoco. A mí me gusta Valentina, pero sus padres no tienen título y mi padre está empeñado en que emparentemos con la aristocracia para que nuestra familia suba un escalafón en la sociedad. Así que me toca buscar una aristócrata. Que esté arruinada, claro, porque lo que nosotros tenemos para ofrecer es dinero.

Juan Gregorio hizo caso omiso a su amigo.

—Don Juan conquista a doña Inés pese a la oposición de su padre. Si él puede, ¿por qué yo no?

—¿Qué tonterías dices? ¿No te habrá sentado mal la sidra? Que los de León no estáis acostumbrados y pega más fuerte de lo que parece.

—¡Qué sidra ni qué gaitas! ¿Tú me la podrías presentar?

—Rotundamente no. Mañana iremos a un espectáculo de cabaret en la calle Corrida, y ya verás tú qué pronto se te olvidan Alexandra y todas las mujeres que hayas conocido hasta ahora.

—Conocer, lo que se dice conocer, la verdad es que no he conocido ninguna.

—¿No me digas que no has catado hembra?

—¡Claro que no!

—Madre mía, Goyo, qué verde estás. Después del cabaret nos acercamos a Cimadevilla. Allí las mujeres son de otra clase, pero tienen cura para lo tuyo.

—¿Meretrices?

—No, si te parece, la Virgen María. Putas, Goyo, mañana nos vamos de putas. Y quien dice mañana, dice esta misma noche. De Gijón vas a salir hecho un hombre —respondió Alonso sin poder reprimir una carcajada que le valió la reprimenda de quienes los rodeaban en el patio de butacas.

Cuando salieron del teatro, Juan Gregorio convenció a Alonso, con dificultad y mucha insistencia, para que lo condujera hasta la casa de Alexandra con la intención de emular la conquista de don Juan Tenorio a doña Inés.

—Si te empeñas, es cosa tuya —cedió Alonso—. Pero como te pillen te van a correr a palos, y yo no voy a estar ahí para recibir los que no te den a ti. Te acompaño y luego te las apañas tú solito. Y si te ayudo es solo porque nos queda mucho derecho civil en lo que falta de carrera y te necesito. Así que vuelve sano y salvo. Hay que ver qué loco estás.

Alonso cumplió su promesa y, al anochecer, acompañó a Juan Gregorio hasta la residencia veraniega de la familia Solís de Armayor, próxima a la ermita de la Virgen de la Guía, al inicio de Somió. Era una zona cercana a la playa pero alejada del centro, en la que se mezclaban las mansiones de las familias adineradas con fincas agrícolas y ganaderas. A una distancia prudencial de la gran verja negra que marcaba el límite de la propiedad, se separaron.

—Yo de aquí no paso, pero te esperaré —anunció Alonso—. Eso sí, como no estés de vuelta en dos horas me iré sin ti. Y si te descubren y avisan al Cuerpo de Vigilancia, no se te ocurra hablarles de mí, que me buscas la ruina. Esto es cosa tuya y solo tuya.

Juan Gregorio escaló sin mayor problema el muro de piedra de algo más de dos metros de altura que rodeaba el jardín a la vez que rezaba para no encontrarse abajo una jauría hambrienta.

No había perros guardianes en la finca, y tampoco necesidad de escalar el muro porque Manuela y Alexandra se habían ocupado de que esa noche la verja se quedara abierta.

Se deslizó con la espalda pegada a la pared por la fachada de la casa buscando la habitación de Alexandra y sin poder quitarse de la cabeza las palabras de Alonso: «Una vez allí, ¿cómo vas a encontrar su cuarto? ¿Vas a tirarle piedras? Verás como te equivoques de ventana». A punto estaba de entrar en razón y desistir de su aventura cuando vio a Alexandra atravesar el jardín, ligera como un gato, escondiéndose entre los árboles hasta alcanzar la verja.

Atónito, no se lo pensó dos veces y salió tras ella, sin preocuparse de que alguien pudiera verlo, como así ocurrió, porque Manuela vigilaba tras la puerta para que Alexandra abandonara la finca sin problemas y la tía Renata, que por mucha agua de azahar que tomase llevaba años con problemas de insomnio, se entretenía viendo las estrellas desde la ventana de su cuarto.

No fueron precisamente estrellas lo que la tía Renata vio aquella noche, sino una sombra, que se parecía a su sobrina, salir a escondidas de la mansión, seguida por un mozo y, tras él, la sirvienta más joven de la casa, en zapatillas, bata y camisón. Estuvo tentada de ir a avisar a su hermana, pero en vez de eso prefirió esperar despierta el desenlace de semejante suceso y entretener así una noche que prometía ser larga y aburrida, como tantas otras en las que no lograba conciliar el sueño.

Juan Gregorio y, unos metros por detrás de él, Manuela, siguieron a Alexandra a través del barrio de La Arena, una zona desierta de calles rectas, salpicadas de fábricas y casas bajas con patios traseros en las que vivían familias obreras.

Alexandra avanzaba rápido y de vez en cuando miraba hacia atrás, lo que obligaba a Juan Gregorio a mantener cierta distancia para no ser descubierto.

Manuela corría tras él a mucha menos separación de la que él mantenía con Alexandra porque, concentrado como estaba en la persecución de la que consideraba ya su amada, no miró atrás en ningún momento.

Al llegar al centro, Alexandra tomó una calle próxima al mar con edificios de varias plantas y, cuando dobló la esquina, Juan Gregorio frenó la marcha. Manuela se detuvo también y cogió un palo, que algún niño habría olvidado apoyado en una fachada, en un ridículo intento por armarse antes de hacer frente a aquel hombre que, en el mejor de los casos, sería un ladrón o, en el peor, un sátiro que acosaba a la señorita Alexandra.

Cuando Juan Gregorio giró hacia la calle contigua, con cuidado para no ser descubierto, Alexandra había desaparecido.

Buscaba la puerta por la que podía haber entrado cuando recibió un golpe en la cabeza. Asustado y dispuesto a defenderse, se volvió y encontró a una joven en bata y zapatillas que sujetaba un pequeño trozo de madera. El palo se había partido al propinarle el porrazo y más de la mitad había caído al suelo.

Juan Gregorio se vio fuera de peligro y se echó la mano a la zona dolorida.

—¿Se puede saber quién es usted, por qué me golpea y qué hace vestida de esa guisa?

—Las preguntas debo hacerlas yo, ¿no cree?

—¿Usted? ¿Es una loca? ¿De qué sanatorio se ha escapado?

—Soy la doncella de la señorita que ha seguido hasta aquí, sátiro indecente.

—¿Sátiro yo? Sepa que soy el sobrino de un canónigo de la catedral de Oviedo.

Manuela dudó.

—Y suelte ese palo de una vez, que está haciendo el ridículo.

—No hasta que me explique por qué sigue usted a la señorita Alexandra. Yo soy su doncella personal —dijo Manuela, nerviosa como un flan y sin soltar el palo.

—No niego que le honra la lealtad con sus patrones, pero ¿no debería preocuparle más dónde va la señorita Alexandra a estas horas de la madrugada? Ella sola, como si fuera una fugitiva. ¿O es que usted sí sabe adónde va?

—¿Yo? No tengo ni idea, pero no se le ocurra insinuar que está haciendo algo malo porque entonces... —Manuela levantó lo que le quedaba de palo.

—Deje ya el palito, mujer, y vamos a buscarla antes de que se meta en un lío.

—¿Por qué demonios la sigue usted?

—Porque me da la gana, y haga el favor de cuidar ese lenguaje —respondió Juan Gregorio antes de echar de nuevo a andar.

Los dos, sin ser conscientes de la extraña pareja que formaban, peinaron la manzana sin descubrir por dónde había desaparecido Alexandra.

—¿Qué es ese portón? —preguntó Juan Gregorio.

Manuela se encogió de hombros.

—No soy de aquí, llegué a principios del verano y casi no he salido de la casa.

—¡Pues sí que es usted de ayuda! Tiene que estar en uno de estos edificios, no ha podido desvanecerse en el aire.

Dieron varias vueltas hasta que desistieron, se apostaron en la acera de enfrente y se dispusieron a esperar. Manuela, desconfiada; Juan Gregorio, con la sangre cargada de adrenalina porque, después de un año entre libros, de la universidad a la biblioteca y de ahí a casa de su tío, su aventura en Gijón tras Alexandra empezaba a superar la del propio don Juan al raptar a doña Inés.

—¿Me va a explicar por qué el supuesto sobrino de un canónigo de la catedral de Oviedo entra en casa ajena como un ladrón y ahora sigue a la señorita Alexandra?

—Después de que me explique usted a mí por qué una señorita de bien se escapa en mitad de la noche para venir a un barrio de semejante calaña.

La expresión de Manuela hizo comprender a Juan Gregorio que la joven criada no tenía conocimiento de las andanzas de Alexandra, así que se relajó, cedió y le contó que la vio en el palco del teatro Dindurra y, sin darse cuenta, fue retrocediendo en la narración hasta llegar a su tranquila infancia en León, como único hijo de un sastre que vestía a la alta burguesía leonesa desde su establecimiento en la calle Ordoño II, una de las vías más cotizadas del centro.

Manuela escuchaba embelesada las descripciones de Juan Gregorio de una ciudad que ella solo conocía por las lecciones de historia y geografía recibidas en la escuela, y él, espoleado por la excitación de la aventura y alentado por la atención que le prestaba Manuela, no paraba de hablar. Estaban tan fascinados que, con el ensimismamiento propio de la primera juventud, se olvidaron del mundo y del motivo que los había llevado hasta allí.

Una hora más tarde escucharon ruidos sordos y murmullos. Entonces se abrió el portón y salieron varias señoritas elegantemente vestidas. Una era Alexandra que, apresurada, emprendió el camino de vuelta a casa.

Tras ella corrió Manuela y, tras Manuela, Juan Gregorio. Alexandra se llevó un susto de muerte cuando lograron alcanzarla, pero mantuvo la compostura.

—¿Qué haces aquí en camisón? —le preguntó a Manuela y, sin esperar respuesta, increpó al desconocido que acompañaba a su criada—. ¿Y usted quién es?

—Juan Gregorio Covián, para servirla.

—Es sobrino de un canónigo de la catedral —explicó Manuela, como si tal información fuera suficiente para tranquilizar a Alexandra.

—¿Puedo preguntarle qué hace aquí en plena noche? —inquirió Juan Gregorio.

—Por supuesto que no puede, ¡qué desfachatez! Váyase ahora mismo. Mi doncella y yo debemos volver a casa.

—De ninguna manera voy a permitir que vayan solas de madrugada por estas calles.

—¡Habrase visto semejante entrometido!

Juan Gregorio no entendió el insulto de Alexandra. Desde muy pequeño, sus padres le habían enseñado que a las señoritas se las acompañaba a casa y que solo los hombres de baja estofa no cumplían con ese deber.

Alexandra cogió a Manuela del brazo y lo ignoró, pero él las siguió en silencio. No fue hasta que se acercaron a la casa que Juan Gregorio se acordó de su amigo. Consultó su reloj. Habían transcurrido más de las dos horas que había prometido esperarlo. En realidad, Alonso, preocupado por él y sintiéndose responsable de haberlo llevado a la casa y del lío en el que podía meterse, continuaba allí cuando los vio pasar a los tres. Sin reflexión previa, salió de su escondrijo y se unió a ellos, para regocijo de la tía Renata, que ya empezaba a aburrirse de estar pegada a la ventana esperando la vuelta de las jóvenes.

—Alexandra —saludó Alonso—, encantado de volver a verla. Parece que ya ha conocido a mi amigo Goyo.

—¿Este incordio de hombre es amigo suyo?

—Es mi invitado, está pasando unos días de vacaciones con mi familia. Estudiamos juntos en la Universidad en Oviedo.

Alexandra los miró a ambos.

—Tenemos que regresar —dijo señalando la mansión a escasos cincuenta metros—. Confío en su discreción.

—A cambio me gustaría que nos viéramos en otras circunstancias —se aventuró Juan Gregorio.

—¿Me está usted chantajeando?

—Claro que no —intervino Alonso—, ¿cómo se le ocurre pensar algo así? ¿Sería posible vernos mañana? Nos gustaría explicarle este comportamiento nuestro que tan extraño puede parecer ahora.

—¿El nuestro es el comportamiento extraño? —dijo Juan Gregorio, indignado, pero calló ante la mirada amenazadora de su amigo.

—Pasado mañana —respondió Alexandra—. A las cuatro en el Café Oriental. Acudiré con mi madre al centro para probarme el vestido de mi fiesta de cumpleaños. Cuando me vea, venga a saludarme e invítenos a sentarnos. Ahora váyanse de una vez, que como nos descubran no veré la luz del sol el resto de mi vida.

Juan Gregorio emprendió el camino con Alonso, abstraído por todo lo ocurrido, mientras su amigo no dejaba de hacerle preguntas.

—¿Qué se le ha perdido a Alexandra Solís de Armayor por las calles del barrio de La Arena de madrugada? ¿Y dices que había más mujeres?

—Bastantes más. Ningún hombre. Me pareció reconocer a una de las que estaban con ella ayer en el palco. La que te gustaba a ti no, la otra, la fea.

—¿Amelia? Espero que Valentina no esté metida en ningún lío.

Mientras tanto, Alexandra y Manuela ya habían cruzado la verja de la casa.

—El vestido para la fiesta de cumpleaños lo trajo un recadero hace dos días, ¿te acuerdas? —dijo Manuela cuando entraron en el cuarto de Alexandra.

—Perfectamente. No tengo ninguna intención de darles explicaciones a esos entrometidos. Pasado mañana enviaré una nota diciendo que estoy indispuesta.

—¡Pues qué pena!

—¿Pena por?

—Parecen hombres de bien y tienen muy buena planta.

—Ya entiendo. Te ha calado el metomentodo. —Alexandra rio.

Manuela se puso roja y cambió de tema.

—¿Y si se lo cuentan a los señores?

—Lo negaremos. No los van a creer. A partir de ahora tendré que andar con más cuidado.

—Ay, no sé, esto no va a terminar bien. No se escape más.

—Que me trates de tú, Manuela, por favor.

—Lo siento, seño... Alexandra.

La tercera vez que Alexandra se escapó de casa fue también la última. No fueron ni Juan Gregorio ni Alonso quienes la delataron, sino la tía Renata, que estuvo las noches siguientes vigilando la ventana y, nada más ver a la niña escaparse, despertó a su sobrina Victoria, que se levantó como una exhalación y salió del dormitorio para no alarmar a su marido. Escuchó boquiabierta el relato de su tía y decidió comprobar con sus propios ojos que lo que decía era real y no producto del abuso del agua de azahar.

Aquel día la suerte no estaba del lado de Alexandra. Cuando se encontraba con sus compañeras en las ciudadelas enseñando a leer a las vecinas que se habían apuntado a las clases que impartían, apareció un grupo de hombres y mujeres armados con palos y piedras que las increparon con insultos y amenazas. Intentaron explicarles el motivo de su presencia allí, pero cuando la primera piedra voló en dirección a ellas salieron despavoridas.

Llegó a casa llorando, mucho antes de lo previsto. Manuela, que la esperaba vigilando por la ventana de la habitación, bajó la escalera descalza para no hacer ruido, salió por la puerta principal y fue corriendo a la verja.

Al acercarse a ella, notó que tenía la cara enrojecida y los ojos brillantes por las lágrimas.

—¿Qué ha sucedido? ¿Te han seguido Alonso y Juan Gregorio?

Alexandra negó con la cabeza conteniendo el hipido mientras intentaba recuperar la compostura antes de entrar.

—No vas a tener que preocuparte más por si nos descubren. Esta ha sido la última vez.

Manuela sintió un gran alivio ante el anuncio de Alexandra y, aunque también asomó un atisbo de culpa porque estaba claro que algo malo le había sucedido, entró en casa mucho más tranquila, sin sospechar que doña Victoria ya estaba bajando las escaleras para exigirle explicaciones a su hija por aquel comportamiento inaceptable.

Nada más abrir la puerta, Alexandra y Manuela vieron el

reflejo del candil en el recibidor de las visitas y se les desbocó el corazón.

Doña Victoria las metió en la sala de un empujón y cerró la puerta. No quería que su marido se despertara.

Sin decir palabra, le propinó un bofetón a cada una que las dejó sin habla.

—¿Y bien? —preguntó, conteniéndose para no propinarle a su hija la paliza que se merecía, porque de escarmentar a Manuela ya se encargaría Claudina.

Alexandra ni se inmutó, pero Manuela empezó a sollozar mientras se frotaba la mejilla dolorida.

—No llores, Manuela —la advirtió doña Victoria de Armayor—, que ya tendrás tiempo y motivos cuando te mande de vuelta al pueblo con tu padre. No parece un hombre muy comprensivo.

—No la tome con ella, madre, que todo es culpa mía. Yo la obligué.

Solo entonces se fijó en que Alexandra tenía los ojos rojos y la cara congestionada. Era evidente que había llorado.

—¿A qué la obligaste exactamente? ¿Qué os ha sucedido? ¿Han sido esos dos hombres con los que estabais ayer? —preguntó temiendo lo peor.

—No, señora, ellos no tienen nada que ver, su hija no hace nada deshonroso —dijo Manuela sin parar de llorar.

—Cállate, insolente. Y tú, Alexandra, o me explicas ahora mismo de dónde venís o despierto a tu padre, y esta no te la va a pasar.

Alexandra siguió muda, pero Manuela empezó a confesar.

—Su hija y otras señoritas enseñan a leer a las mujeres de las ciudadelas.

Manuela recibió de Alexandra tal patada en la espinilla que la hizo aullar de dolor.

Doña Victoria la ignoró y se dirigió a su hija.

—¿Eso es cierto?

Alexandra asintió.

—¿A estas horas?

—Trabajan en las fábricas y después tienen que dar la cena a los niños y al marido. Por eso esperamos a que acuesten a sus hijos y luego nos reunimos en casa de la señora Obdulia, que está viuda y vive sola. Pero le prometo, madre, que nunca más voy a volver.

—De eso puedes estar segura. ¿Por qué venías llorando?

—Porque hoy nos han echado de malas maneras —confesó Alexandra—. Los maridos y otras vecinas no nos ven con buenos ojos.

—¿Os han hecho algo?

Alexandra negó con la cabeza. Omitió decirle que las habían sacado de allí a pedradas.

Doña Victoria respiró hondo y se sentó en una silla sin saber cómo reaccionar ante la aventura de su hija, porque la razón le decía que debía imponerle un castigo ejemplar pero el corazón se dividía entre una especie de orgullo ante el coraje que demostraba Alexandra y la preocupación por su futuro. Decidió no decidir.

—Iros a dormir. Mañana hablaremos con calma —dijo después de unos momentos de silencio.

El Café Oriental se encontraba en plena calle Corrida de Gijón, la zona más animada de la ciudad, donde se ubicaban la mayoría de los cafés y las tiendas más exclusivas.

Allí, en una de las mesas de la terraza, Juan Gregorio y Alonso aguardaban la llegada de Alexandra. Juan Gregorio, nervioso; y Alonso, lleno de curiosidad.

Fueron muchas las teorías que barajaron durante el día y medio que transcurrió antes de la cita.

—Una vez oí hablar de logias masónicas de mujeres —dijo Alonso.

—¿Cómo van a ser masonas las mujeres? Eso iría en contra de todos los principios de las logias.

—Yo solo digo lo que escuché. O quizá se junten para hablar de cosas femeninas.

—¿De madrugada? Que yo sepa, nadie les prohíbe hablar de sus cosas, pueden hacerlo a la luz del día. Parecían señoritas de bien, ¿por qué no meriendan en vez de quedar de noche en una casa obrera como si fueran proscritas? Nada de esto tiene sentido.

Y en eso estuvieron de acuerdo los dos.

Cuando dieron las cuatro, la adrenalina empezó a hacer su efecto y los amigos no quitaban ojo de la calle esperando ver aparecer a madre e hija.

—Se habrá retrasado la prueba del vestido —apuntó Alonso al cabo de unos minutos—. Ya sabes cómo son las mujeres con la ropa.

—No lo sé. No tengo hermanas, mi madre murió cuando yo tenía diez años, mi padre es sastre, así que todos sus clientes son hombres, y ahora vivo con mi tío.

A las cinco de la tarde, la excitación se transformó en impaciencia.

—No va a venir —dijo Juan Gregorio, y Alonso resopló.

A las seis dieron el plantón por cierto.

—Vámonos —dijo Alonso poniéndose en pie—. Aquí ya no hay nada que hacer.

—Podía haber enviado una nota —protestó Juan Gregorio imitando a su amigo.

—Está claro que nuestro comportamiento la ha importunado. Y bien pensado, no es para menos. No tenemos derecho a inmiscuirnos en sus asuntos.

—Ni ella a escaparse de casa. Podíamos haber ido con el cuento a sus padres y no lo hemos hecho.

Alonso le lanzó a Juan Gregorio una mirada de advertencia.

—Ni lo vamos a hacer.

Los amigos sortearon las mesas abarrotadas de la terraza y avanzaron en silencio entre la gente por la calle Corrida, hasta que Juan Gregorio rompió las reflexiones de Alonso.

—Al menos averigüemos en qué líos está metida. Quizá pueda encontrar la calle donde su criada y yo la esperamos la otra noche.

Alonso se detuvo, miró a su amigo y aceptó.

—Por lo que cuentas, todo indica que son las ciudadelas.

—¿Y eso qué es? Si las conoces, vayamos allí.

—No merece la pena, son barriadas obreras construidas en patios de manzanas donde la gente malvive, pura miseria. Tengo una idea mejor, vayamos a ver a Amelia. Te pareció reconocerla y, aunque te equivocaras, ella seguro que está al tanto de las correrías de Alexandra, si no es ella misma la que la ha metido en lo que sea que estén tramando.

—¿Nos recibirá?

—Seguro que sí. Nos conocemos desde siempre. Nuestros padres son íntimos, pero antes vuelve a contarme la parte de Manuela.

—¿De la doncella? ¿Qué interés tiene ella ahora?

—Que es una chica muy guapa. Incluso en camisón y zapatillas —se burló Alonso.

—¿Y eso qué más da? Solo es una criada.

—Una criada que te soltó la lengua. Si hasta le prestaste tu chaqueta.

—Porque había una humedad terrible y el salitre se metía por los huesos. Y yo soy un caballero.

—Ay, Juan Gregorio, a ver si te fijaste en la marquesa y te vas a enamorar de la criada.

—Si pretendes ofenderme, lo estás consiguiendo.

—Nada más lejos de mi intención, amigo mío. Yo solo digo que una cosa es lo que conviene y otra lo que sucede.

—No dices más que tonterías —respondió Juan Gregorio de mal humor.

La casa de Amelia, independiente y rodeada por un pequeño jardín, estaba muy próxima al centro de Gijón. Todas las viviendas de la zona, pertenecientes a la alta burguesía, eran el reflejo de la prosperidad de los negocios familiares.

Juan Gregorio y Alonso encontraron a Amelia en casa. Si sus padres se sorprendieron con la visita, no lo mostraron al recibirlos. Amelia madre ordenó que les sirvieran el café en el jardín, acompañado de una bandeja de princesitas de la confitería La Playa, sobrantes de la merienda que había ofrecido el día anterior, y después dejó a su hija con ellos.

—Yo no sé si están ustedes hablando en clave o intentan tomarme el pelo —dijo Amelia cogiendo una princesita después de que los jóvenes contaran su historia—, pero me dejan perpleja. Dicen que un grupo de señoritas de Gijón se reúnen de madrugada en las ciudadelas, aunque no están seguros de que sea ahí, y que dos horas más tarde salen subrepticiamente. Y pretenden que yo sepa algo de semejante despropósito. De ser, claro está, como ustedes lo cuentan.

—Mi amigo, aquí presente, lo vio con sus propios ojos.

—No solo yo, también... —Juan Gregorio no pudo terminar la frase porque Alonso le dio un pisotón. Tampoco tenía ninguna intención de exponer el secreto de Alexandra ante nadie, por más convencido que estuviera de que Amelia estaba al corriente.

—¿No puede ser que su amigo se excediera un poco con el licor y le confundiera la vista?

—¿Qué insinúa usted? —se ofendió Juan Gregorio.

Antes de que Amelia pudiera responder, Alonso se adelantó.

—Si hemos venido hasta aquí es porque, al tratarse de señoritas bien vestidas y elegantes, quizá usted haya oído algo. Incluso pensamos que podía conocer a alguna de ellas. Seguro que todo tiene una explicación de lo más razonable.

—No lo dudo, pero no la encontrarán aquí. ¿Más princesitas? Son una exquisitez.

Rechazaron la oferta sin saber cómo continuar la conversación y Amelia no los ayudó, de modo que Alonso se puso en pie para irse.

—Antes de que se marchen, me gustaría enseñarles algo, así al menos su visita no habrá sido totalmente en balde. No tiene nada que ver con el motivo que les ha traído hasta aquí, pero es pura delicia.

Los amigos siguieron a Amelia hasta el interior de la casa,

al distribuidor de la primera planta, donde les mostró un pequeño cuadro. Representaba una imagen festiva, de colores vivos, que mostraba contornos desdibujados de personas con una caseta al fondo.

—¿Conocen ustedes a Picasso?

Alonso y Juan Gregorio negaron con el gesto.

—Pues ya oirán hablar de él. Es un auténtico genio.

—No será por esta obra —replicó Juan Gregorio.

—Por esta y por todas.

—Ni siquiera se distinguen las caras, parece una labor de principiante.

—¿Cómo dice que se llama el autor? —preguntó Alonso.

—Picasso.

—¡Pues vaya nombre para un artista! —exclamó Juan Gregorio con un gesto de desprecio.

—Está claro que a su amigo no le gusta salirse de los cánones establecidos —dijo Amelia mirando a Alonso.

—Si lo dice como una ofensa —replicó el propio Juan Gregorio—, sepa usted que a mí me suena como un halago.

—Cada uno se toma las cosas como tiene a bien —respondió Amelia.

—¿Lo compró su padre? —intervino Alonso.

Amelia asintió.

—En mayo viajó a Barcelona con motivo de la Exposición Internacional, que sabrán que se está celebrando allí y es el colmo de la modernidad según me ha contado mi padre, el evento y más aún la ciudad. El caso es que un tratante de arte al que conoce desde hace años le recomendó encarecidamente la compra.

—Le confieso que soy lego en este tipo de pintura —dijo Alonso—, pero no dudo de la pericia de su padre. Seguro que si no la apreciamos como merece, es debido a nuestra ignorancia y no a la calidad de la obra.

Juan Gregorio lanzó una mirada escéptica a su amigo, pero se mantuvo en silencio.

Bajaron la escalera hasta la planta principal, donde se despidieron de Amelia, no sin antes agradecer la merienda y disculparse de nuevo por presentarse de improviso. Salieron de allí convencidos de que Amelia sabía de las correrías de Alexandra mucho más de lo que les había contado.

Si la tía Renata confiaba en entretenerse un poco con la disciplina que esperaba que don Carlos Solís le aplicara a su hija y el más que probable fulminante despido de la nueva sirvienta, sus esperanzas se vieron frustradas porque los marqueses manejaron la situación con mucha más calma de la que cabía esperar. Manuela pasó la noche en un mar de lágrimas pensando no solo en lo que se le vendría encima cuando la devolvieran a su pueblo con sus padres, sino en la pérdida de una vida que empezaba a gustarle, entre unos lujos que, aunque no eran para ella, sí la rodeaban por todas partes.

—El fin no justifica los medios, Alexandra —le recriminó su padre—. Si bien no hay nada reprochable en tus intenciones con esas mujeres, es imperdonable que te hayas puesto en peligro de esta manera. Has arriesgado tu integridad y tu reputación. Por no hablar de lo que le has hecho a esa pobre chica arrastrándola contigo, ¿qué va a ser de ella cuando la enviemos de vuelta a su pueblo? ¿Te has parado a pensarlo?

—Padre, por favor, no lo pague con Manuela. La culpa es solo mía y le pido perdón.

—Eso tenías que haberlo pensado antes de comportarte como una insensata, porque los actos de uno afectan a los demás. Cada cual es responsable de sí mismo, de su familia y de las personas que dependen de él, por eso quiero que entiendas la situación en la que nos has puesto a todos.

—Lo entiendo y lo lamento mucho, pero esas mujeres ni siquiera saben leer, no imagina en qué condiciones crían a sus hijos ni las horas que trabajan dentro y fuera de casa. Es inhumano.

—Tengo dudas de que mejore.

—Después de que nos apedrearan ayer, visto está que no.

—¿Esas mujeres os apedrearon? —preguntó don Carlos conteniendo la ira que amenazó con subirle desde el estómago.

—No fueron las que querían aprender, sino otras vecinas y algunos hombres. Nos insultaron y nos increparon con piedras y palos para que nos marcháramos de allí. Tuvimos que salir corriendo.

Don Carlos calló unos instantes. Lo que le pedía la rabia era vengarse de todos los que habían amenazado a su hija dejándolos en la calle, sabedor de que solo tenía que hacer un par de visitas para conseguirlo. Por otro lado, se alegraba de lo sucedido porque con sus actos le habían dado a su hija una lección mayor que ningún escarmiento que él le impusiera.

Alexandra esperó su sentencia en silencio, sin atreverse a interrumpir los pensamientos de su padre.

—Después de lo que has hecho —se pronunció don Carlos Solís—, tengo serias dudas de que puedas continuar tu educación tal como estaba previsto. Ahora vete.

—¿Y Manuela?

—De momento se queda. Pero no por ti, sino por ella, que se ha visto arrastrada en tus desatinos. Puedes retirarte.

Antes de irse intentó aclarar la duda que llevaba asaltándola desde que su madre las descubriera la noche anterior.

—¿Puedo preguntar quién les vino con el cuento? ¿Fueron Alonso y Juan Gregorio?

—Eso no es de tu incumbencia. Ahora sal de mi despacho.

Alexandra obedeció, pero por el gesto de extrañeza de su padre al escuchar los nombres de los dos chicos supo que ellos no habían sido los chivatos.

—Qué alegría, qué alegría, ¡ya sabía yo que Juan Gregorio no podía habernos traicionado! —exclamó Manuela cuando Alexandra le dio la noticia.

—¿Mi padre ha dicho que te quedas y lo que te complace es que ese envarado no nos haya delatado? ¿Se puede saber qué ocurrió en el tiempo que estuvisteis solos?

—No sé qué quieres decir —respondió Manuela ruborizada.

La fiesta del dieciocho cumpleaños de Alexandra reunió a casi setenta personas en la casa de verano de los Solís de Armayor, de las cuales diez eran jóvenes casaderos de buena familia y ocho, amigas de Alexandra, entre ellas Amelia y Valentina, todos con sus respectivos padres. El resto lo completaban otras amistades, socios o potenciales socios de negocios.

No es que tuvieran prisa por casar a su hija, pero a esa edad ya podía dejarse cortejar si el pretendiente era el adecuado, y después de sus escapadas, cuanto antes encontrara un buen marido, antes terminarían los problemas.

Alonso no tenía intención de reclamar a Alexandra por el plantón que él y Juan Gregorio sufrieron dos semanas atrás. Prefirió ser más sutil e invitar a Amelia a bailar. Aunque era la menos agraciada de las tres amigas, no era la menos solicitada porque la prosperidad de su familia era un importante activo a su favor, pero ella no parecía demasiado interesada en ponérselo fácil a quienes se le acercaban. En cambio, aceptó gustosa la invitación de Alonso.

—¡Me alegro de verlo aquí! No lo esperaba —dijo moviéndose al ritmo del charlestón.

—¿Y por qué no? Ya sabe que mis padres se tratan con los Solís de Armayor.

—Desde luego, a ellos no me extraña verlos aquí. En cambio, como usted tiene por costumbre espiar a la cumpleañera a hurtadillas, pensaba encontrarlo acechando tras las cortinas y no en la fiesta a plena luz —dijo con una sonrisa burlona.

—Ya entiendo. Se está usted riendo de mí. No recuerdo haberle hablado de Alexandra en relación con los sucesos a los que se refiere, pero ya que usted maneja tal información, le diré que pretendo disculparme con ella por nuestro torpe comportamiento.

Amelia se supo pillada en falta, pero no lo dejó ver.

—Me alegra que sea usted el que dice lo de torpe.

—Y quizá más torpe aún fue visitarla el otro día, aunque

no le niego que resultó un rato de lo más placentero. Las princesitas estaban deliciosas y fue una deferencia por su parte mostrarnos la innovadora obra de arte de ese tal Picasso que adquirió su padre.

—No creo que su amigo opine lo mismo. Si todos fuéramos como él, seguramente continuaríamos viviendo en cuevas y cazando con lanzas.

Alonso rio.

—¿Me permite que intente explicarle, que no excusar, nuestro modo de proceder?

—Lo estoy deseando, pero ¿qué tal si nos sentamos? Esta música no es para mí. Yo soy más de tango y cuplé.

—No puedo estar más de acuerdo. Por lo visto, en Madrid y Barcelona es lo más, pero no permite una conversación en condiciones.

Los jóvenes buscaron asiento y Alonso se ofreció a traer algo de beber.

—Me ha dicho Alexandra que tienen esa bebida americana de la que tanto se habla, la Coca-Cola, ¿me traería un vaso? Estoy deseando probarla. ¿Usted ha tenido ocasión?

—Una vez, pero me gustaría repetir. Está claro que los Solís de Armayor no han escatimado en gastos.

Una vez sentados y animados con las burbujas de aquella bebida exótica que no terminó de convencerlos, volvieron al tema que a Alonso le interesaba.

—Entonces ¿va a contarme de dónde ha sacado a ese amigo suyo tan obtuso y anticuado?

—Es un compañero de la universidad. Lleva razón en lo de anticuado, pero es un caballero. El otro día las vio en el palco del teatro y se enamoró de Alexandra.

—Acabáramos, ¡así que era eso!

Amelia intentó contener una carcajada y las burbujas de la Coca-Cola le subieron por las fosas nasales provocando que estornudara tres veces seguidas. Alonso le tendió un pañuelo con la inicial bordada.

—¡Qué vergüenza! Esta bebida del demonio pica en la nariz

y, al hacerme usted reír, se ha descontrolado —se disculpó Amelia devolviéndole el pañuelo.

—Quédeselo. A fin de cuentas, compartimos inicial.

—Siga contándome de su amigo, que al final va a resultar un enamoradizo.

—Nunca fue su intención meterse en los asuntos de Alexandra, y mucho menos asustarla. Solo quiero asegurarle que nada saldrá de nuestras bocas.

—Pues puestos a guardar secretos, ¿puedo confiarle otro?

—Por descontado.

—¿A usted le parecería bien tenerme a mí de compañera de estudios?

A Alonso la pregunta le pilló desprevenido. Aun así, lejos de banalizarla, se pensó mucho la respuesta.

—A mí sí, pero no creo que todos mis compañeros opinaran igual. Es más, lo sé de buena tinta porque hay una mujer estudiando en nuestra universidad. Va un curso por delante de nosotros. Es de aquí, de Gijón.

—¿Sabe que, desde hace unos años, el Colegio de Abogados de Asturias permite colegiarse a las mujeres?

—Desconocía ese dato.

—¿Sabe cuántas hay colegiadas? Ninguna.

Alonso la invitó a continuar, cada vez más interesado en los derroteros que tomaba la conversación.

—¿Por qué cree que no hay más mujeres colegiadas o estudiando? —preguntó Amelia.

—No sé qué decirle, quizá no tienen inquietud por las leyes.

—Por favor, no me decepcione, que lo tengo por un hombre inteligente y abierto.

—Supongo que las barreras sociales y familiares no ayudan a las mujeres que tienen objetivos académicos.

—¿Usted se casaría con una mujer que fuera su compañera de estudios? Con Valentina, por ejemplo, si ella se decidiera a estudiar.

Alonso se sonrojó.

—No sé a qué viene esa pregunta.

—Yo creo que sí lo sabe. Pero estese tranquilo, que el padre de Valentina jamás permitiría que su hija asistiera a la universidad. Lo consideraría una terrible deshonra. Solo quiero poner el ejemplo de una mujer que ambos conocemos y que podría ser de su agrado para ilustrar la hipótesis que le planteo. ¿Lo haría o no?

—No sé decirle. Tendría que encontrarme en la situación.

—¿Y pondría su vida en manos de una doctora?

Alonso tragó saliva, pero no respondió.

—¿Ve dónde quiero ir a parar?

—La verdad es que no. Lo que sí puedo decirle es que ya hay mujeres abogadas y médicos en España. Aquí mismo, en Gijón, hay una doctora que tiene una consulta para mujeres en el centro.

—Lo que hay son excepciones, querido Alonso, y con grandes dificultades. Son más objeto de ridículo social que de admiración.

—¿Y usted quiere que eso cambie?

—¿Cómo se sentiría si el mundo fuera al revés y las mujeres tuvieran acceso a todo y los hombres a nada? ¿No querría que la sociedad cambiara?

—Es posible —concedió al cabo de unos segundos de reflexión—. ¿Y qué tiene que ver esto con las escapadas nocturnas de Alexandra?

Amelia torció el gesto.

—Tiene mucho que ver, pero es mejor que lo dejemos estar. No siempre las cosas salen como uno pretende. Por cierto, si su amigo y usted quieren venir a merendar a mi casa antes de que acabe el verano, dígamelo e invitaré también a Alexandra. —Amelia hizo una pausa intencionada antes de añadir con gesto pícaro—: Y a Valentina, por supuesto.

—Yo estaré encantado, pero Juan Gregorio se ha ido a León a visitar a su padre y ya no volverá a Asturias hasta el inicio de las clases.

4

Manuela pisó Madrid por primera vez el 30 de agosto de 1929.

Los Solís de Armayor viajaron en coche cama, el matrimonio en un compartimento, Alexandra en otro individual, y Claudina y ella juntas.

Lo primero que notó Manuela al bajar al andén de la estación de Atocha fue la diferencia de temperatura con Asturias. El verano ya se había apaciguado en Madrid, pero aquel aire seco y bochornoso que se respiraba en la capital era muy distinto al clima húmedo al que estaba acostumbrada. Además, en la estación, una altísima y enorme nave abovedada, se concentraba aún más el calor y eso, mezclado con los nervios del viaje, le provocó una pequeña sensación de mareo.

El chófer de la familia los esperaba a la salida. Primero llevó a casa a los señores y a Alexandra, para después volver a por Manuela, Claudina y el equipaje.

Mientras esperaban, custodiando las maletas a la puerta de la estación, Manuela se sintió apabullada por el tamaño de las calles y el tráfico de personas, coches, tranvías y pequeños camiones con toldo de lona que cruzaban la glorieta de Atocha. Lo que más impresión le causó fue montarse en el Hispano Suiza T-49, adquirido por los Solís de Armayor cinco años atrás, no solo por la dificultad propia de subirse al vehículo, fruto de la falta de práctica, sino porque era su primera vez a bordo de un automóvil e imaginó por unos instantes cómo sería ser una señora.

Claudina le adivinó el pensamiento e intentó devolverla a la realidad.

—No te confundas, Manuela, que ni somos damas ni todos los señores son como los Solís de Armayor. Con otras familias el servicio no se desplaza en el coche familiar sino en metro, y mucho menos viaja en coche cama. En el mejor de los casos lo hace en literas y, en el peor, en tercera. Trabajar para ellos es una suerte que más te vale apreciar, porque si pierdes este empleo te garantizo que no encontrarás otro igual. Si supieras lo que cuentan otras chicas de las casas en las que sirven...

Manuela escuchó a Claudina por el respeto que le debía, sin que sus palabras calaran en ella lo más mínimo. A su edad le resultaba muy difícil ser consciente de los problemas de los demás o atender a los consejos de otros. «Esta mujer está amargada», pensó.

La residencia de la familia Solís de Armayor se encontraba en la calle Serrano, en un majestuoso edificio con entrada de carruajes, portero, ascensor, calefacción y varios cuartos de baño por vivienda, todos ellos con retrete. Era una zona nueva alejada del centro de la ciudad, proyectada por el marqués de Salamanca, que atraía a nobles y a burgueses ricos por las comodidades del barrio, con alcantarillado, calles rectas y anchas, muchos árboles y enormes viviendas equipadas con los avances más modernos.

A Manuela todo aquello le pareció el sumun de la elegancia, pero lo que la deslumbró de la capital fue una enorme avenida, todavía en construcción, que empezaba en la calle Alcalá, en la que había un cine, un altísimo rascacielos, el más alto de Madrid, al que todo el mundo llamaba el Edificio Telefónica, tiendas de todo tipo y un ruido infernal de coches que la recorrían y de tranvías que la atravesaban desde las calles vecinas. Se sentía cómoda con el barullo del centro, de calles pequeñas y estrechas: la plaza de la Constitución le recordó a la de Gijón por los arcos de los soportales, y la plaza de la Villa, a la rula y al mercado, llena de gente y vendedores ambulantes.

La casa de los Armayor fue una continua fuente de sorpresas durante los primeros días. En la cocina había incluso una enorme nevera electroautomática de dos puertas para conservar los alimentos frescos. En un rincón, escondida al fondo de la despensa, descubrió una máquina de coser, adornada con filigranas doradas; el mueble que la sostenía descansaba en una estructura de hierro negra, y en él podía leerse: SINGER, al igual que en la propia máquina.

—La vieja Singer de la casa de mi abuela —le explicó Alexandra—. ¿Sabes usarla?

Manuela negó con la cabeza.

—En el pueblo contiguo al mío, la mujer del veterinario tenía una. La vi coser con ella alguna vez, pero era de manivela y esta tiene un pedal de hierro.

—Si quieres aprender, adelante. Es una antigualla de principios de siglo. La costurera iba a coser a la casa de mi abuela varios días por semana. Con cuatro niñas que vestir, prácticamente solo trabajaba para ellas. Cuando mi abuela falleció, mi madre trajo la máquina para que el servicio hiciera pequeños arreglos, pero un día a una de las criadas se le enganchó el hilo y le estropeó el vestido que iba a ponerse aquella noche y, desde entonces, siempre se los encarga a la modista. Así que, si te apañas con ella, puedes arreglarte para ti los vestidos que ya no me pongo, ¿qué te parece? Eso sí, no la uses de noche, que hace demasiado ruido.

Manuela le dio las gracias, ilusionada por el ofrecimiento.

—Cuando el próximo verano volvamos a Gijón —continuó Alexandra—, ese metomentodo, el amigo de Alonso, no te va a reconocer. Se va a quedar prendado de ti, ya verás.

—¡Ay, qué más quisiera yo! Pero es un imposible, él es el sobrino de un canónigo y yo una sirvienta. Tan guapo, además. Ni siquiera tendría que haberme fijado en él.

—Lo de guapo, dejémoslo en que tiene buena planta, y lo otro, ni que fuera el sobrino de Alfonso XIII. Estudia en la Universidad de Oviedo gracias a la generosidad de su tío, al menos eso es lo que dice Alonso, que me lo ha contado Amelia. Su padre tiene una sastrería en León.

—Lo mismito que el mío, que tiene veinte gallinas, tres vacas, dos cerdos y una mula. O los tenía hasta que vino el lobo y mató a la cerda y a todas las gallinas.

—Y gracias a eso tú llegaste a mi vida. Y por ende a la de Juan Gregorio.

—Ay, Alexandra, no insistas, que ya me advirtió mi hermana Matilde sobre una lechera que hubo en mi pueblo, que iba soñando con lo que haría cuando vendiera la leche y...

—La lechera no era una señora de tu pueblo, alma cándida, es una fábula y todos la conocemos. Al final se le rompe el cántaro y los sueños se convierten en llanto, pero nada tiene que ver contigo.

—Algo sí que tiene que ver.

Entre protestas, pero alentada por los ánimos que le daba la que en realidad era su señora, Manuela iba creando su propio cuento alrededor de Juan Gregorio y cada vez creía más en él.

Con el tiempo, Manuela recordó muchas veces aquel año en Madrid como uno de los mejores de su vida. Alexandra se volcó con ella como si fuera un experimento, y aunque Manuela, en el fondo de su corazón, se daba cuenta, el sueño era tan bonito que prefirió desoír a su sentido común, y más aún a Claudina, que no se cansó de advertirla. Alexandra le regaló una docena de sus vestidos, que Manuela arregló con la Singer. Antes de atreverse con una de aquellas piezas de alta costura, practicó durante semanas con trapos viejos hasta que consiguió cogerle el truco. Poco después, incluso les hacía pequeñas modificaciones para ajustarlos a la moda. Alexandra también la enseñó a peinarse, a combinar sombrero, zapatos y vestidos, a caminar, a comer y a comportarse como una señora.

Ilusionada con su proyecto de convertir a Manuela en una dama y demostrar así su teoría de que la clase tenía que ver con la educación y no con la cuna, Alexandra la llevó a visitar el Museo del Prado, donde le mostró los cuadros de los grandes clásicos, y a diferentes eventos culturales de la capital. En las tardes de lluvia, se refugiaba con ella en la biblioteca y la obligaba a leer en voz alta libros de lo más variopinto. Y Manuela, ansiosa por complacer a su señora, se dejaba hacer.

Incluso acudieron a espectáculos más mundanos y populares. La primera vez que Manuela vio una película en el cine fue en el Palacio de la Música. Proyectaban *Orquídeas salvajes*, en la que Greta Garbo representaba a Lillie, una mujer que acompañaba a su marido, un hombre mucho mayor que ella, en un viaje de negocios. Durante su estancia en la isla de Java, Lillie era acosada por un príncipe oriental, un hombre de carácter autoritario e incluso violento, ante la indiferencia de su marido. No habían transcurrido ni quince minutos de película y Manuela ya se veía en el papel de Lillie y a Juan Gregorio en el del príncipe, pero en su caso el impedimento para su amor no era el marido sino la diferencia social que existía entre ellos. Para cuando el príncipe consiguió besar a Greta Garbo, a Manuela se le salía el corazón del pecho como si el propio Juan Gregorio la estuviera besando a ella. Justo en ese momento, la cinta se rompió y tardaron tanto en arreglarla que les dio la hora de volver a casa.

—¿Sin saber cómo termina? —se alarmó Manuela.

—¿Tanto te está gustando?

—¿A ti no?

—La verdad es que me da bastante pena Lillie, porque el príncipe es un patán y el marido la deja indiferente. No me parece que sea muy feliz.

Manuela no entendió nada.

—Pero si el otro día me dijiste que en los libros el amor nunca triunfa sobre las convenciones sociales porque, incluso la literatura, les recuerda a las mujeres las cosas horribles que les esperan si se salen del camino marcado. ¡En esta película sí que triunfa el amor!

—¿No será que estás pensando en Juan Gregorio? —preguntó Alexandra, burlona—. Porque, desde luego, algún parecido con ese príncipe dominante y trasnochado sí que tiene.

Manuela no llegó a conocer el final de la película, ni a saber que Greta Garbo regresaba con su marido a Estados Unidos y no volvía a ver al príncipe oriental, así que, en su imaginación, vivían felices en un nuevo país donde nada importaba que ella estuviera casada con otro hombre.

A Alexandra, el proyecto con Manuela le había hecho olvidarse del disgusto de que su padre le hubiera prohibido retomar los estudios ese invierno y condicionara su continuidad el año siguiente a que le demostrara que era digna de su confianza.

La que no estaba tan entusiasmada con el experimento de su hija era doña Victoria.

—Creo que nos estamos equivocando, Carlos —le dijo a su marido en otra de las múltiples ocasiones en las que Alexandra se empeñó en mostrarle a Manuela el mundo de la cultura—. Al dejar a nuestra hija ociosa, sin sus estudios, se ha buscado entretenimiento con la criada y no sé qué es peor. Ahora quiere llevarla al teatro Lara con ella.

—¿No es ese el teatro en el que tiene palco el rey?

—Ese mismo. Ya bastante mal me parece que ella vaya a mezclarse con nuevos ricos e intelectuales de ideas radicales, pero el colmo es que lo haga en compañía de su doncella. No entiendo que tú estés tan tranquilo.

—Al menos, desde que está entretenida con Manuela, no ha vuelto a sacar el tema de la universidad. No como su amiga Amelia. Sus padres ya han hablado con el rector para gestionar su ingreso en Derecho.

—Este Aurelio Noval está echando a perder a su hija.

—¿No lo oíste en el cumpleaños de la niña? Se le llenaba la boca hablando de la futura República, el voto femenino y no sé cuántos dislates más.

—No sé si son dislates o el futuro —templó doña Victoria—, pero estoy contigo en que, en cualquier caso, no es el presente, y pretender negarlo no es propio de un hombre de su posición.

—Es un advenedizo, un burgués que ha hecho dinero porque su padre tuvo olfato para los negocios y él heredó el talento, pero su abuelo era un simple carnicero. Y es que en estos tiempos que vivimos, querida Victoria, solo vale el dinero; es mejor din sin don que don sin din. Por eso hago negocios allí donde está el dinero, aunque algunos no te gusten.

Doña Victoria hizo un gesto de desidia. La evolución del mundo, que en otro tiempo le había preocupado tanto como a su hija, empezaba a causarle más pereza que interés. Se veía muy reflejada en Alexandra y confió en que la edad hiciera efecto y le atemperara los ánimos, como había hecho con los suyos. Rogó por no equivocarse y porque Alexandra encontrara un hombre tan comprensivo y moderno como Carlos.

—Y entonces ¿qué hacemos con Alexandra? —preguntó siguiendo el hilo de su pensamiento.

—Vigilarla y esperar. El hijo de Espinosa de Guzmán acaba de terminar la carrera y ha empezado a trabajar con su padre en el banco. Están como locos por emparentar con la aristocracia, y solo pueden lograrlo con el matrimonio de su primogénito. ¿Podrías buscar una excusa discreta para invitarlos a casa?

—Seguro que sí. Algo se me ocurrirá.

Juan Gregorio no volvió a ver a Alexandra ni a Manuela durante todo un año, pero sí alivió sus ardores masculinos pensando en Manuela tantas veces como las que después se arrepintió, y rezó tres padrenuestros y tres avemarías para que Dios lo ayudara a no volver a sucumbir. Si sus instintos más primarios lo avergonzaban, tanto más que fuera precisamente con una criada, una mujer que había crecido entre animales, como ella misma le había confesado. Toda la disciplina que Juan Gregorio aplicaba al estudio no fue suficiente para dominar lo que él consideraba una sucia costumbre, porque cuando lo asaltaban las bajas pasiones nada podía hacer salvo ceder a ellas más tarde o más temprano. Alguna vez intentó que fuera Alexandra el objeto de su deseo, pero no solo no lo conseguía sino que la culpa se multiplicaba cuando se daba cuenta de que estaba mancillando con sus actos impuros ni más ni menos que a la mujer a la que desearía convertir en la señora Covián.

Esos eran los quebraderos de cabeza de Juan Gregorio cuando el curso se reanudó.

—¿Ya se te pasó el capricho por la criadita, Goyo? —le preguntó Alonso delante de los compañeros de estudio, vino y café.

—¡No inventes insensateces!

—¿Lo veis? Se pica porque le gusta, pero no lo va a reconocer. Y eso que empezó enamorándose de la marquesa, tanto que la siguió en sus correrías.

Los compañeros, adivinando que la historia prometía, prestaban atención y se sumaban a las chanzas.

—Pues vaya joyas, la señorita y la doncella. ¡Quién sabe si no sería una fiesta solo para mujeres! Ya me entendéis —dijo uno haciendo una seña obscena—. Que la aristocracia está de capa caída.

—¿Qué quieres decir? —preguntó Juan Gregorio poniéndose en pie.

—Anda, ¿qué haces? Siéntate —le pidió Alonso—, que eres más canónigo que tu tío. ¿Qué os enseñan en León? Parece que salgas del seminario y te hayas colado en Derecho de camino a tus estudios de Teología.

Juan Gregorio refunfuñó, pero volvió a sentarse.

—Lo que no sabéis es lo que sucedió un par de semanas después —anunció Alonso con aire de misterio—. Tras la marcha de Goyo, recibí una invitación para acudir a la fiesta de cumpleaños de Alexandra.

Juan Gregorio abrió la boca por la sorpresa, pero no pronunció ni una palabra.

—Invitaron a mis padres, y por extensión a mí —continuó Alonso—. Tienen negocios juntos. Mi padre posee barcos y el padre de Alexandra, que según cuenta el mío multiplicó el patrimonio familiar vendiéndole carbón a los ingleses, ahora ha firmado un acuerdo con una compañía británica para importar carbón de Inglaterra. El mundo al revés.

—¿Cómo que importarlo? —se indignó uno de ellos—. ¿Va a meter carbón inglés por El Musel? ¡Eso es intolerable! El gobierno no puede permitir semejante agravio a Asturias.

—Todos sabemos que el inglés es más barato que el nuestro —apuntó otro.

—Más barato y antiespañol —insistió el anterior—. El carbón es nuestra riqueza y hay que protegerlo del que venga de fuera. ¿Ahora van a consumir en Madrid carbón inglés en vez de asturiano? ¿Qué será lo siguiente? ¿Traemos aceite italiano y hundimos a los olivareros de Andalucía?

—Lo que necesitamos es ser competitivos en precios —dijo otro más.

—¿Cómo vamos a conseguir tal cosa? Aquí las capas de carbón son mucho más duras y difíciles de extraer...

—¿Discutimos de política o sigo contando lo que ocurrió en la fiesta de Alexandra? —cortó Alonso.

—Sigue, sigue —dijo Juan Gregorio, y en eso estuvieron todos de acuerdo—. ¿Hablaste con ella?

—¿A quién te refieres? ¿A Alexandra o a Manuela? —Alonso guiñó un ojo a su amigo, que lo fulminó con la mirada—. Con quien hablé fue con Amelia, porque con la cumpleañera me resultó del todo imposible de lo solicitada que estaba. Por si te interesa, querido amigo, a Manuela ni la vi.

Juan Gregorio se puso rojo, pero optó por no darse por aludido y Alonso continuó con su historia, lo que provocó una discusión entre sus amigos que eclipsó totalmente el tema de la importación de carbón. Tener compañeras en la universidad era una idea que casi todos podían admitir excepto los más conservadores, pero no así ser atendidos por una doctora o defendidos por una abogada, en eso sí que hubo unanimidad. El único que no se pronunció fue Juan Gregorio, que no dejó de pensar en si Amelia repetiría la invitación a merendar con Alexandra el siguiente verano con la vana esperanza de tener entonces alguna oportunidad de declararse, aunque, muy a su pesar, la mente se le iba a Manuela y no a la marquesa.

Alexandra conoció al que se convertiría en su marido la última noche de 1929, en la fiesta de fin de año del hotel Palace, situado muy próximo al Museo del Prado.

A juzgar por el lujo y el esplendor de la celebración, nadie habría sospechado que la crisis estadounidense, tras el hundimiento de Wall Street en octubre, empezaba a extenderse por el sistema bancario.

Jacobo Espinosa de Guzmán se llamaba aquel joven prometedor que su madre le presentó sin darle excesiva importancia, sabedora de que la mejor estrategia para despertar la curiosidad de su hija era fingir su propio desinterés.

—Tengo que presentarte a los Espinosa de Guzmán. Tu padre tiene mucho interés en ellos. Tienen un hijo un poco mayor que tú, muéstrate cortés y luego puedes librarte de él. En cuanto hayas cumplido con la charla de rigor.

—Parece que no le cayeran bien, madre.

—Ni bien ni mal. Ya sabes, compromisos de negocios. Son banqueros, aunque también tienen inversiones en las eléctricas y en combustibles.

—¡Qué aburrimiento!

—Seguramente, hija, pero serán solo unos minutos y puedes darlo por cumplido —respondió doña Victoria aparentando una desidia que estaba muy lejos de sentir.

Sin presión maternal ninguna, Alexandra se dispuso a intercambiar unas frases de cortesía con Jacobo hasta que la buena educación le permitiera excusarse, pero cuando lo vio, olvidó pronto su propósito de acabar una conversación que ni siquiera había empezado. La apariencia física de Jacobo sorprendió gratamente a Alexandra. Era alto, de buena planta, con el cabello rubio peinado a la moda y un esmoquin de chaqueta Mess blanca que llamaba la atención entre las americanas negras de corte clásico que lucían el resto de los caballeros.

—Bonito esmoquin —observó Alexandra después de las presentaciones, adelantándose a la convención social de que él le dirigiera a ella el cumplido.

—Y bonito vestido —respondió él, sin aludir a la belleza de Alexandra.

—Vaya. Qué halago más… ¿contenido?

—Discúlpeme si no he cubierto sus expectativas, me pareció la respuesta adecuada al suyo.

—¡Vaya! *Touché.*

—Pero si no tiene inconveniente, puedo añadir que cada día estoy más convencido de que el lucimiento de un vestido depende más de quien lo lleva que del modisto que lo diseña.

—¿Y el mío? ¿Luce o no luce? —coqueteó Alexandra, tan divertida como picada.

—Tanto que si me pidieran que cerrase los ojos y describiera a algunas damas del salón, solo conseguiría describirla a usted. ¿Mejor así?

—Bastante mejor —concedió Alexandra—. ¿Y qué me dice de su traje?

—Ha sido falta de previsión. No contaba con acudir a esta fiesta y me he encontrado a última hora sin nada más que ponerme que este esmoquin de verano que adquirí en Montecarlo.

—No deja de impresionarme. ¿Estuvo en el Casino?

—Varias veces, pero no por ocio. Mi padre está obsesionado con la internacionalización de los negocios familiares y... No le cuento más, el resto es muy aburrido.

—No me parece usted aburrido en absoluto.

Jacobo sonrió.

—¿Por qué no me habla de usted? ¿Cuáles son sus sueños?

—A pesar de lo poco convencional de la pregunta, no creo que desee una respuesta sincera.

—Desde luego que sí. ¿Qué retorcida intención tendría entonces al preguntárselo?

—Obtener la respuesta correcta: casarme, formar una familia y hacer obras de caridad.

—Deduzco que, en su caso, esa es la correcta pero no la sincera.

—No me malinterprete, no tengo nada en contra de todo eso, es solo que mis sueños no se limitan a lo convencional.

—Estoy deseando escucharlos. ¿Me permite ofrecerle algo de beber y buscamos asiento? Así podré prestarle toda la atención que merece.

Con sendas copas de champán francés, buscaron un rincón

apartado donde nadie los molestara hasta la hora de la cena y allí Alexandra se confesó.

—Sueño con un mundo en el que las mujeres sean doctoras, abogadas, políticas, científicas o literatas. Eso por no hablar del sufragio universal.

—Le recuerdo que en este momento no hay sufragio para nadie.

—Pronto lo habrá. Para los hombres, quiero decir.

—¿Por qué no dejamos la política y volvemos a eso de las mujeres profesionales? ¿Usted tiene intención de ir a la universidad?

—De momento, no me es posible, pero una de mis mejores amigas sí. Aunque estoy aportando mi granito de arena: mi propia doncella es un ejemplo de lo que se puede conseguir dando educación a una mujer de campo. Solo llevo trabajando con ella unos pocos meses, pero le aseguro que el próximo año nadie la distinguirá de una auténtica dama.

—Noble motivo el suyo. ¿Y qué sucederá cuando su doncella se comporte como una señorita, adquiera gustos de tal y anhele conversaciones interesantes pero siga siendo una criada?

—¿Qué quiere decir? —preguntó Alexandra un poco a la defensiva.

En ese momento anunciaron que el cóctel había terminado y dieron paso a la cena, de modo que ambos se reunieron de nuevo con su familia.

Alexandra ya no tuvo oportunidad de encontrarse con Jacobo Espinosa de Guzmán esa noche, ni volvió a verlo en varias semanas.

Un día, ya no pudo resistirse y le preguntó a su madre por él.

—¿Sigue padre teniendo negocios con Espinosa de Guzmán?

A doña Victoria le costó disimular la alegría, pero mantuvo la compostura.

—Creo que sí, el otro día me habló de ellos, aunque no recuerdo bien de qué se trataba. Tenemos pendiente invitarlos a casa, pero entre unas cosas y otras no he encontrado la ocasión.

—¿Invitaréis solo al matrimonio o también al hijo?

—Aún no lo hemos concretado, pero supongo que tu padre estará interesado en que venga también. Algún día será el sucesor de su padre. ¿A qué se debe tu pregunta?

—Tuvimos una conversación inspiradora en la fiesta de Nochevieja, pero quedó inconclusa.

—Cuando fijemos el día, te lo haré saber. Tengo muchos compromisos últimamente, tu padre está muy ocupado desde la dimisión de Primo de Rivera.

—No se olvide de avisarme, madre.

Aquella noche, ya en la cama, doña Victoria le contó a su marido lo que había hablado con Alexandra.

—Parece que el pececillo ha picado el anzuelo —dijo don Carlos Solís con una sonrisa complacida.

—Ahora solo espero que el interés sea mutuo. No quisiera que lo único que salga de esto sea una decepción para tu hija.

—Ten fe. Jacobo Espinosa padre quiere una familia con título a toda costa, y futuras marquesas como Alexandra no hay tantas. Verás que en cuanto la niña se prometa, se le quitan todos los pájaros que tiene en la cabeza.

5

La familia Solís de Armayor regresó a Gijón a mediados del mes de junio de 1930, nada más empezar a apretar el calor en Madrid, como hacían cada año desde su boda. Manuela estaba muy ilusionada por volver a Asturias, visitar a su familia y, sobre todo, reencontrarse con Juan Gregorio. No había terminado de deshacer el equipaje de Alexandra cuando recibió aviso de que su padre estaba muy enfermo. Fue el mismo don Carlos Solís el que no solo le concedió los días libres, sino que le facilitó un medio de transporte y ordenó a Claudina que la acompañara.

—Con Milagros y Ramón —dijo doña Victoria, refiriéndose a los guardeses de la casa—, más la cocinera que hayan contratado este año, nos arreglaremos un par de días.

Manuela, aunque preocupada por su padre, ansiaba abrazar a su madre, fantaseaba incluso con que hubiera vuelto a hablar y le dirigiera la palabra. También quería ver a Matilde, su hermana mayor, más que nada para saber de las otras dos: una en el convento y la otra casada, con su primer hijo recién nacido, según le había contado por carta.

En el último año, Manuela se había ganado la confianza de Alexandra y, aunque ayudaba a Claudina con las tareas de la casa siempre que podía, la protección de la señorita había cambiado su relación. Claudina ya no mandaba sobre ella. Manuela sentía incluso compasión por el ama de llaves: con casi treinta años, sin marido ni hijos, la vida ya solo podía depararle seguir trabajando para la familia, y dudaba que se sintiera satisfecha con el futuro que le reservaba el destino. Tras el año vivido a la vera de Alexandra, ella, en cambio, tenía grandes sueños. Sueños que sabía inapropiados para alguien de su clase porque el protagonista de todos ellos era Juan Gregorio.

El trayecto en el Hispano Suiza T-49 supuso una aventura en sí misma porque le permitió ver Asturias desde otra perspectiva.

Iban las dos en silencio hasta que Manuela lo rompió.

—¿Nunca quiso usted casarse, Claudina?

—¿A qué viene eso ahora?

—Curiosidad, sin más.

—¿Tú sí quieres?

—¡Pues claro!

—Entonces no dejes que la señorita Alexandra te llene la cabeza de pájaros, porque ella puede fantasear pero tú no. Aunque todavía eres muy joven, te aconsejo que no lo dejes mucho, que el tiempo pasa rápido.

Manuela imaginó su propia boda en la catedral de Oviedo, oficiada por el tío canónigo del que Juan Gregorio le había hablado, y sonrió.

—Me casaré. No pienso quedarme para vestir santos como... —Se mordió la lengua.

—Puedes decirlo, que no me ofendes: como yo. No me casé porque no apareció ningún hombre que me ofreciera algo mejor que lo que ya tenía. No quiero una vida como la de mi madre, o como la de la tuya. Vivo en una buena casa, no doy cuentas a nadie y no tengo que cargar con una recua de niños hambrientos. Así que aprovecha tu juventud y las oportunidades que te surjan, que son pocas y no todas buenas.

—¿No echa de menos tener hijos?

Claudina torció el gesto y cambió de tema.

—Mira, ese es el río Caudal —señaló.

—¡Qué agua más negra!

—De los lavaderos de carbón.

Las dos callaron, inmersas en la contemplación del paisaje. Si antes el mar había dado paso a las montañas negras y agrestes, tras dejar atrás la cuenca minera el color se dulcificaba a tonos de verde más claro, que no amarilleaba hasta entrado septiembre, salvo que el verano resultase lluvioso y entonces se mantenía como en una eterna primavera a la que le faltaran las margaritas.

—Si me avisan de la enfermedad de mi padre para que vuelva al pueblo es porque está para morirse, ¿verdad? —preguntó al cabo de un rato.

Claudina se encogió de hombros y, en silencio, cubrió con su mano la de Manuela y la apretó.

Manuela no pudo hacer por su padre nada más que velarlo y ayudar a preparar el funeral.

La muerte de un progenitor suponía dos años de luto riguroso para las mujeres de la familia, que debían vestir de negro de la cabeza a los pies y encerrarse en casa sin contacto social. Nada de celebraciones, bailes ni ninguno de los escasos entretenimientos que se les permitían entonces a las mujeres.

Como los animales no entendían de velatorios, Telva, la madre de Manuela, salió a atenderlos y las dejó a ella y a Matilde tiñendo la ropa de negro. Faltaban Olvido, que con el recién nacido aún no había podido acudir, y Adosinda, a la que no le permitían salir del convento para el funeral.

«Lo único que necesitan los muertos de nosotras es que recemos por la redención de su alma», le había dicho la madre superiora.

Con esas palabras desaparecieron todas las esperanzas de Adosinda, ya acostumbrada a ser llamada hermana María Auxiliadora, de salir de aquella cárcel en la que su padre la había encerrado y de la que no podía escapar ni siquiera después de su muerte.

Los ánimos no estaban mejor en la casa familiar.

—Al final me voy a convertir en una solterona —lloriqueó Matilde a Manuela cuando su madre salió cargada con los cestos de mondas y desperdicios para alimentar a los dos cerdos.

—Ni que tuvieras novio.

—¡Es que lo tengo! Y me va a dejar por culpa del luto.

—Pero padre dijo que tú te quedabas en casa a cuidar de ellos.

—Ya sé lo que dijo, pero apareció Dimas y se interesó por mí. Y no va a esperarme los dos años del luto, dice que quiere una familia ya.

—¿Quién es ese Dimas? No me suena.

—Es que es de Mieres.

—¿Un minero? —adivinó Manuela.

Matilde asintió.

—¿Cómo lo conociste? ¿Te lo presentó el marido de Olvido?

—¿Y eso qué más da? Me va a dejar y este es mi último tren.

Matilde rompió a llorar, desesperada.

—Venga, mujer, cálmate —la consoló Manuela—. Seguro que hay una solución.

—¿Ah, sí? ¿Cuál? Dimas no soporta seguir viviendo en casa de sus padres porque se quedan con buena parte de su jornal. Quiere tener su propia casa, pero para eso necesita una esposa y... —A Matilde se le entrecortó la voz.

—¿Y madre se quedaría sola?

—¿No me escuchas que me va a dejar? Ya me lo advirtió cuando padre cayó enfermo.

—¿Y si no guardas el luto?

—¿Qué dices? ¿Cómo voy a hacerle eso a madre? Además, Dimas dice que su familia no aceptaría a una mujer que no guardase el luto por su padre.

—Me vas a perdonar, pero es un sinvergüenza.

—Es el mío. Con buena planta y, además, picador, con lo bien que ganan.

—Ya, pues tienen una fama...

Matilde siguió llorando mientras remojaba la ropa en el tinte y Manuela ya no dijo más, preocupada por ella misma, porque lo que más deseaba era precisamente echarse de novio a Juan Gregorio, al que había terminado por idealizar de tanto pensar en él. Un príncipe azul universitario, ni más ni menos. Y dudaba mucho que él la quisiera vestida de negro de pies a cabeza. «Claro que, siendo sobrino de un canónigo, ¿qué le va a parecer si no lo guardo?», se dijo, y le entró una congoja que todo el pueblo achacó a la pena por el progenitor perdido, al igual que hicieron con las lágrimas que Matilde derramó pensando en Dimas.

Manuela abandonó el pueblo después del entierro, vestida de negro hasta en las prendas más íntimas, y de nuevo en compañía de Claudina, que asistió al funeral de Pedro Baizán pero el resto del tiempo aprovechó para visitar a su propia familia. Durante el trayecto reflexionó sobre la muerte de su padre. Su madre estaba más ida que nunca y a Matilde le tocaba encerrarse a cuidarla sin ver el mundo que ella había tenido la suerte de descubrir. Ni siquiera iba a poder casarse, la pobre. Cayó en la cuenta de que, con Adosinda en el convento y Olvido ya casada, si Matilde hubiera pasado por el altar con aquel tal Dimas antes de que falleciera su padre, sería a ella a la que le habría tocado abandonar a los Solís de Armayor y volver a casa a trabajar el campo y a cuidar de sus padres. Entonces toda la pena se convirtió en alivio, en agradecimiento a Dios y en una culpabilidad que reconfortó pensando que seguramente su hermana exageraba y su novio la esperaría, aunque estuvieran dos años sin verse.

—Pobre Matilde —dijo en voz alta.

—¡Y que lo digas!

—Tiene novio.

—Pues ojalá le dure el luto —sentenció Claudina.

—¿Usted también cree que no va a esperarla? Solo son dos años, y el segundo ya es alivio y podrá salir de casa, al menos a misa.

—Veinticuatro largos meses en los que ella estará encerrada mientras él saldrá al bar y a bailar con otras. Y si fuera solo eso, todavía, pero el que se case con tu hermana no solo se la lleva a ella.

—¿Lo dice por mi madre?

Claudina asintió y Manuela comprendió que la condena de su hermana iba para largo.

—Y yo, ¿cómo debo cumplir el luto?

—Como manden los señores —respondió Claudina.

Alexandra solucionó las dudas de Manuela nada más verla aparecer por la puerta vestida con aquellos horribles trapos negros, muy distintos al vestido que ella le había prestado para que acudiera a visitar a su familia.

—Siento mucho lo de tu padre, pero, ¡por Dios del alma!, ¿qué llevas puesto?

—Es de mi hermana. Negro, como manda el luto.

—¿Y el traje que te dejé?

—En la maleta, no permití que lo tiñeran.

—¡Menos mal! ¿Y esas horribles medias negras de aldeana? ¡Vaya facha!

Manuela se sonrojó.

—¿Qué hago con mi ropa entonces? ¿La tiño de negro?

—¡Ni se te ocurra! Aquí de negro nada. No dudo de que quisieras mucho a tu padre, pero no entiendo por qué la tristeza no se puede vestir de otros colores, y a mí esa pinta que llevas me resulta deprimente. No te voy a consentir que nos amargues el verano. Ya solo falta que te pongas la pena colgando del sombrero para cubrirte la cara como si estuvieras desfigurada.

—Eso en mi pueblo no se usa. El velo es para las señoritas, allí las mujeres trabajan la tierra y, claro, con la pena cubriéndoles los ojos no podrían ver bien.

—Este país está sumido en la ignorancia. Quítate esa ropa horrible y quémala.

Si los señores pusieron alguna pega a la decisión de su hija, Manuela nunca lo supo, porque se limitaron a darle el pésame sin comentar nada más. El luto de la doncella estaba lejos de entrar en la lista de preocupaciones de los Solís de Armayor.

Manuela retomó su vida como si nada hubiera sucedido. Solo Claudina le reprochó su comportamiento, después de escucharla reír una tarde en la habitación de Alexandra.

—Para eso sirve el luto, para no olvidarnos de nuestros muertos —le dijo cuando tuvo ocasión.

—No la entiendo.

—Que cualquier cosa que haga la señorita Alexandra pierde relevancia ante el dinero y el título de sus padres. Pero tú no le importas a nadie, y el día que se canse de ti cargarás con todos tus errores. A ver cuánto crees que van a tardar en enterarse en el pueblo de que ni un día te ha durado el luto por tu padre y que andas por ahí de risas. Y no te preocupes, que no lo averiguarán por mí, pero al final todo se sabe.

Manuela olvidó las palabras de Claudina según le entraron por los oídos. En ese momento todos sus sueños estaban protagonizados por el reencuentro con Juan Gregorio. Alexandra lo había invitado a tomar el té en la casa, junto con Alonso, Amelia y Valentina, y ella estaba como loca arreglando uno de los vestidos que le había regalado Alexandra, con zapatos, medias y sombrero a juego.

—Tienes que deslumbrarlo. Te vas a sentar a mi lado.

—¿Qué van a decir los señores? —preguntó Manuela, aunque en quien pensaba en realidad era en Claudina.

Alonso Bousoño y Juan Gregorio Covián se presentaron en casa de Alexandra a las cinco de la tarde. El primero con flores y el segundo con unos *carbayones*, unos pasteles de almendras y hojaldre de reciente creación de Camilo de Blas, una confitería de Oviedo, que se habían puesto de moda en toda la región.

Amelia y Valentina todavía no habían llegado.

Tras mostrar sus respetos a doña Victoria, siguieron a Alexandra al jardín.

—Me he permitido invitar a Manuela a nuestra reunión —les anunció mientras los conducía a la parte trasera del jardín—, dado que ustedes ya se conocen.

Juan Gregorio miró a Alonso sorprendido, pero su amigo no pareció darle importancia al asunto.

—Será un placer disfrutar de su compañía —respondió Alonso dirigiéndole una sonrisa a Alexandra, y se acercó a la mesa a saludar a Manuela como si de una dama se tratase.

Juan Gregorio, desconocedor de cómo debía comportarse, optó por imitar a su amigo, aunque en su caso resultó mucho más forzado. Ella lo achacó al nerviosismo por volver a verse y en parte así fue, porque Manuela estaba preciosa y Juan Gregorio no pudo dejar de notarlo.

—Permítame decirle que está usted radiante —dijo Alonso.

Manuela sonrió, rezando para que el calor que sentía en las mejillas no fuera visible para los dos jóvenes, y se volvió a Juan Gregorio, esperando otro cumplido que no llegó.

—¿Un jerez mientras esperamos a Amelia y a Valentina? —propuso Alexandra.

Juan Gregorio y Alonso asintieron. Manuela negó con la cabeza, pero Alexandra la ignoró.

—Cuatro copas de jerez —ordenó a Claudina cuando esta acudió al sonido de la campanilla.

La mirada de reproche de Claudina hizo que Manuela se tambaleara en su asiento.

—¿Le sucede algo a tu silla? —preguntó Alexandra.

—Cojea, pero es solo cuestión de moverla un poco —respondió irguiéndose para recuperar la compostura.

Cuando Claudina volvió con las copas, Manuela evitó mirarla.

—¿Sabe usted que no conozco León? —Alexandra abrió la conversación dirigiéndose a Juan Gregorio—. Pasamos de camino en el trayecto a Madrid, pero no nos detuvimos. Unos amigos de mis padres nos trajeron unas mantecadas excepcionales envueltas en un papel con una forma curiosa. Eran típicas de un pueblo de la provincia, ¿cómo era el nombre?

—Astorga, ¿lo conoce usted? —contestó Manuela.

—Allí estudié el bachiller, interno, por mediación de mi tío.

La conversación sobre León y Astorga se prolongó unos minutos hasta que escucharon a Amelia y a Valentina saludar a doña Victoria.

Juan Gregorio esperaba que las amigas se sorprendieran al ver a la sirvienta sentada a la mesa, pero, avisadas de antemano, se unieron a la reunión con total naturalidad y Juan Gregorio se sintió aún más incómodo. «¿Qué clase de excentricidad practican en Asturias los aristócratas, que invitan a su mesa a los criados?», se cuestionó.

Amelia y Valentina saludaron a Manuela sin familiaridad pero con cortesía, y Juan Gregorio no pudo seguir callado ante lo que él consideraba un desatino social.

—¿Puedo preguntar a qué se debe su presencia en esta reunión? —soltó dirigiéndose a Manuela, aunque no pretendía que sus palabras resultaran tan groseras—. Quiero decir, que no esperaba encontrarla aquí.

—Manuela vive con la familia y ha venido con nosotros a pasar el verano en Gijón —respondió Alexandra antes de que ella pudiera replicar, aunque tampoco hubiera sido capaz porque en ese momento notaba un nudo en la garganta que le impedía pronunciar palabra.

Juan Gregorio miró a Alonso buscando el apoyo de su amigo, pero no lo encontró.

—Solo quería decir que no es de la familia.

—Tampoco lo es usted de los Bousoño y supongo que se sienta a la mesa con ellos —replicó Alexandra.

—Creo que no es lo mismo.

—En cierto sentido, sí —intentó mediar Alonso.

—Deje que se explique él —cortó Alexandra—. ¿Se puede saber por qué no es lo mismo?

—Porque yo soy un invitado en casa de mi amigo Alonso. —Juan Gregorio no dio su brazo a torcer.

—Y en esta merienda todos ustedes son invitados míos. —Alexandra tampoco se amilanó.

—Como pueden ver, mi amigo va para abogado, pero de momento no pasa de leguleyo —dijo Alonso intentando mitigar la tensión, y Amelia y Valentina celebraron su broma.

—Espero que en la universidad les enseñen algo más que leyes —los retó Alexandra.

—Ya basta —pidió Manuela con los ojos llenos de lágrimas—. Juan Gregorio tiene razón, yo no debería estar aquí.

Humillada y avergonzada, se levantó y se dio la vuelta para marcharse, pero Alonso fue más rápido y la interceptó.

—Si usted se va, yo también tendré que irme porque la situación se volverá tremendamente incómoda debido a nuestra torpeza, así que toda la vida culparé a mi amigo por privarme de este momento tan especial y se convertirá usted en la causa por la que rompamos nuestra amistad. Le pido disculpas en nombre de los dos, no hemos querido causarle ningún disgusto.

Si bien Alonso pretendía con su discurso obligar a Juan Gregorio a retractarse de sus palabras, fue la mirada de Alexandra la que hizo que se levantara de la silla dando un respingo.

—Discúlpenme todos. No soy quién para juzgar lo que hace cada uno en su casa ni a quién sienta a su mesa, cuando yo mismo soy un invitado. —Y dirigiéndose a Manuela, añadió—: Le ruego que, por favor, vuelva a tomar asiento, ya que esa es la voluntad de la señorita Alexandra.

Manuela, confundida por la situación, ocupó de nuevo su silla, aunque era lo último que deseaba. Después de un año entero soñando con Juan Gregorio, acababa de portarse con ella como un canalla. Se culpó por haber seguido la corriente a Alexandra y por haberse hecho ilusiones con un hombre que estaba fuera de su alcance. Un futuro abogado, ni más ni menos. Entendió lo que Claudina estuvo intentando explicarle durante todo ese tiempo: que la amistad de la aristócrata no la convertía a ella en una dama a ojos de los demás.

La conversación cambió de rumbo y se animó, pero Manuela no volvió a pronunciar palabra por mucho que Alonso quiso incluirla en el debate, ocupada como estaba en mantener la compostura y no llorar. Juan Gregorio tampoco disfrutó de su mejor tarde porque cada vez que intervenía solo lograba comentarios ácidos por parte de Alexandra.

Charlaron de muchas cosas, entre ellas de la confirmación

de una plaza para Amelia en la facultad de Derecho el curso siguiente.

—Yo prefería ser médico —explicó Amelia—, pero mis padres ya tienen bastantes dudas de que sea buena idea permitirme ir a la universidad, así que cuando propuse que me enviaran a la Residencia de Señoritas que dirige María de Maeztu en Madrid, a mi madre tuvieron que traerle las sales porque casi se desmaya. Estoy exagerando para darle emoción, mi madre no se desmayaría aunque el cielo cayese sobre su cabeza, ustedes ya me entienden. De todas formas, estoy muy contenta porque las mujeres necesitamos médicos, pero todavía más necesitamos leyes que nos defiendan.

—Mi más sincera enhorabuena —celebró Alonso.

Juan Gregorio no entendía nada, como si no hubiera médicos y abogados suficientes para atender a las mujeres. Se sintió obligado a seguir a su amigo, que elevó su copa en un brindis por Amelia, y ella asintió con la cabeza, complacida por la acogida de la noticia, pero Juan Gregorio no perdió la ocasión de buscar algún aliado en la mesa.

—¿Y usted, Valentina? ¿Comparte con su amiga el ansia de conocimiento y el deseo de un título universitario?

—¿Para qué? Aunque me estuviera muriendo de hambre, mi padre no me permitiría trabajar. Para él, eso es cosa de pueblerinas. —Y tras una pausa aclaró—: No te ofendas, Amelia, no digo que sea así, solo que es lo que mi padre defiende, y no sé qué opina mi madre, pero jamás le lleva la contraria.

—¿Y si pudiera elegir? —insistió Juan Gregorio.

—Los «y si» son propios de los necios, que, en lugar de elegir entre las opciones a su alcance, dejan pasar las oportunidades reales mientras sueñan con imposibles.

Juan Gregorio buscó un doble sentido en la respuesta de Valentina, y Manuela se preguntó si aquellas palabras iban dirigidas a ella y se revolvió en su asiento. Finalmente, ninguno de los dos se dio por aludido, ni Juan Gregorio por si Valentina se refería a sus pretensiones hacia Alexandra, ni Manuela por si aludía a las suyas con Juan Gregorio, así que ambos callaron mientras los demás, que no se sentían inseguros de su papel en aquella mesa, continuaron charlando como si nada.

Durante un rato comentaron la situación política del país desde la dimisión de Primo de Rivera, el acercamiento del presidente Dámaso Berenguer a los republicanos y otras cuestiones. Manuela se mantuvo en silencio, mientras Amelia, Alonso, Juan Gregorio y Alexandra copaban la conversación en la que, si bien no estaban de acuerdo en todo, tenían puntos de vista bastante cercanos, condicionados en buena medida por los intereses económicos de sus respectivas familias. En lo que discrepaban era en la necesidad que veían Amelia y Alexandra de incluir a la mujer en la vida política, discusión en la que Alonso se mostró conciliador y divertido, y Juan Gregorio escandalizado pero comedido, ante su ya manifiesta inferioridad numérica.

Valentina no tomó parte en el debate hasta que el tema decayó. Fue entonces cuando, con una sonrisa pícara, expresó su opinión.

—¿Saben ustedes lo que dice siempre mi padre?

Los demás la miraron expectantes.

—Que el que no acierta en casar, poco le queda que acertar —remató Valentina parafraseando el refrán.

Todos parecían confundidos ante el brusco cambio de tema.

—Desde luego, no se puede negar que eso es importante, para hombres y mujeres —concedió Alexandra, que no sabía adónde quería llegar su amiga.

—Pero espera, que hay más. ¿A que no saben qué le responde mi madre?

Valentina hizo una pausa dramática, hasta que Juan Gregorio la instó a continuar.

—Díganoslo, por favor, que nos tiene en ascuas.

—Que es muy cierto que el que no acierta en casar, poco le queda por acertar, pero que más cierto aún es que a la que no acierta en casar, nada le queda por acertar.

El resto procesó la información que Valentina acababa de compartir.

—¿Y su padre qué responde a eso? —se interesó Juan Gregorio.

—Mi padre solo sonríe, y cuando sonríe es porque está de acuerdo con mi madre, aunque no lo admita en voz alta. ¿Entienden lo que les quiero decir?

—Desde luego que te entendemos, Valen —respondió Amelia—. Tu madre tiene toda la razón, y eso es justo lo que hay que evitar. Que la mujer esté totalmente subyugada al hombre.

—¿Subyugada? —respondió Juan Gregorio, estupefacto—. ¡Santo cielo, qué exageración! ¿Cuidar de la familia y de los hijos del matrimonio es estar subyugada?

—¿Sometida le parece mejor? —ironizó Amelia.

Alonso, más de acuerdo con Juan Gregorio de lo que quería aparentar, ignoró a su amigo para evitar un conflicto que no podía terminar bien, pero eso no impidió que, aunque en silencio, sus ánimos se hubieran encendido.

—¿Usted qué opina, Manuela? —le preguntó Alonso—. No ha intervenido en nuestro coloquio y nos encantaría conocer su punto de vista.

—Opino que todo lo que estamos hablando aquí no son más que quimeras, y que mucho me temo que la única diferencia de pensamiento entre su amigo y usted es que a usted le divierte vernos ilusionadas con utopías que no podemos conseguir. Por eso alienta la charla, pero en su fuero interno no se distingue tanto de su amigo, que parece pensar que desviarse de cualquier convencionalismo social es pecado capital.

Todos miraron sorprendidos a Manuela, incluso Alexandra, a la que casi se le escapa una risilla, atribuyéndose internamente el mérito de aquella demostración de pensamiento propio y de carácter, impensable un año atrás cuando la conoció.

—Es comprensible que piense así —accedió Alonso—. Quizá ni siquiera esté lejos de la verdad, pero lo cierto es que desde el último cumpleaños de Alexandra he pensado mucho y, aunque esta perspectiva es nueva para mí, le aseguro que no tengo más que admiración hacia Amelia por su valentía y por el paso que va a dar.

—¿Y usted? —preguntó Manuela dirigiéndose a Juan Gregorio—. ¿Comparte el entusiasmo de su amigo?

—Yo me sumo a la admiración de Alonso por la valentía de Amelia, pero no pienso fingir que comparto la opinión de que el papel de la mujer debería ser distinto al noble deber familiar que la Iglesia le encomienda.

Los contertulios se quedaron unos segundos en un incómodo silencio, que Alonso se apresuró a romper.

—Entonces, Amelia, ¿dónde se alojará cuando empiece el curso?

—En casa de mis tíos. Viven cerca del ayuntamiento y estaré con ellos entre semana, así que espero que ustedes me inviten algún día a esos cafés donde se reúnen los intelectuales y de los que tanto he oído hablar.

Juan Gregorio se revolvió en su asiento.

—Será un honor para nosotros, ¿verdad, Goyo? —se ofreció Alonso.

Aquello fue la gota que colmó el vaso de la tolerancia de Juan Gregorio.

—Más que nada será un deber, porque la universidad considera lícito que la señorita Amelia y otras mujeres estudien y así lo acato, pues ante todo soy un ciudadano responsable, que cumple la ley y las normas. Al igual que considero un deber, porque así me lo solicita mi anfitriona, sentarme a la mesa con la criada, por mucho que haya sido la única cuya opinión comparto, ya que, por agradables que sean algunas conversaciones, seguiré pensando que los hombres tenemos nuestro papel en el mundo y las mujeres el suyo, igual que la gente de bien tiene su lugar y las clases bajas otro muy diferente.

—¡Goyo, por el amor de Dios! —exclamó su amigo.

Alexandra puso su mano sobre la pierna de Manuela al ver que estaba a punto de levantarse y salir corriendo.

—Lo único que puedo responder a eso —replicó Amelia— es que usted está compartiendo mesa con una aristócrata, hija de una marquesa, de la que heredará el marquesado. No se le escapará que si Alexandra puede sentarse a la mesa con usted, bien puede hacerlo usted con Manuela.

Juan Gregorio, que captó la alusión de Amelia a su origen pequeñoburgués y a la diferencia de clase social con Alexandra, enrojeció con una mezcla de ira y vergüenza, mientras los demás intentaban encontrar la mejor forma de salir de una situación tan embarazosa.

Fue Valentina la que, aunque divertida con los derroteros que iba tomando la discusión, decidió atajarla antes de que Alonso se viera en la obligación de interceder por su amigo y las relaciones entre sus familias pudieran verse salpicadas, así que levantó la mirada y dio por finalizada la reunión:

—El cielo se ha encapotado. Deberíamos irnos antes de que nos caiga un chaparrón.

En casa de los Bousoño, la conversación entre Alonso y Juan Gregorio no transcurrió en buenos términos.

—No has podido estar más torpe, Goyo. Torpe, grosero y muy desafortunado. ¿A ti qué te importa si Alexandra sienta a su doncella a la mesa o si Amelia estudia Derecho? ¿Tú sabes el dinero y los contactos que tienen los Solís de Armayor?

—Amelia sí que estuvo grosera al insinuar que la misma diferencia de clase tenía Alexandra conmigo que yo con Manuela. ¡Fue un insulto! Si casi parecía que me la estuvieran metiendo por los ojos, como si yo fuera a cortejar a la criada.

—Bien que te fijaste en Alexandra. Querido Goyo, ¿alguna vez has ido a la montaña?

—¿Eso que tiene que ver ahora?

—Que cuando miras desde la base hacia la cima, las montañas parecen altas, pero cuando miras desde la cima hacia abajo, el vértigo te puede y la misma distancia parece multiplicarse.

—O sea, que estás de acuerdo con Amelia. Eso sí que no me lo esperaba de ti.

—No seas obtuso, ni que por sentarte a la mesa con Manuela fueras a casarte con ella. Solo tenías que comportarte como un caballero. ¿Qué ganas tú poniéndote a mal con Alexandra Solís de Armayor, que ahí es nada? Si alguien puede abrirte una puerta el día de mañana son ellos, y no creo que estés sobrado de amigos en la alta sociedad. Te has portado como un necio. Te hacía más inteligente, o al menos más astuto.

Juan Gregorio reflexionó un momento.

—En eso debo darte la razón —concedió al fin—. Tendría que haber mantenido la cabeza fría por mi propio interés, pero es que parecía que todos os habíais vuelto locos. Las señoras con las sirvientas y las mujeres en los juzgados. ¡Y en la política! En las Cortes, decía Amelia. ¿Y después qué va a ser? ¿Pretenden administrar el dinero y trabajar fuera de casa y que nosotros lavemos la ropa y atendamos a los chiquillos? ¡El mundo al revés! ¿No ves que no dicen más que disparates? Fíjate que no tengo claro que todo esto no haya sido más que una broma de mal gusto y ahora se estén riendo de mí. Empiezo a pensar que es una venganza de Alexandra por haberme declarado. Por eso ha sentado a su doncella a la mesa, para ponerme en mi sitio e insinuar que si yo puedo pretenderla a ella, la sirvienta puede aspirar a mí. Sé que soy poco para una futura marquesa y que quizá ha sido un atrevimiento por mi parte, pero se ha excedido. Podía haberse limitado a no darme esperanzas.

—Goyo, por favor, deja las teorías conspiratorias. Que Amelia va a estudiar Derecho es cierto porque yo ya lo sabía. Su padre habló con el mío para que cuide de ella en la universidad.

—¡Claro! Por eso no te pilló por sorpresa y reaccionaste tan bien. Jugabas con ventaja. Te concedo que lo de Amelia sea verdad, pero eso no explica lo de Manuela.

—Manuela es el capricho de Alexandra y, al menos hasta que se canse de ella, toca seguirle la corriente porque la trata casi como a una igual, le ha enseñado modales y la ha llevado incluso a la ópera en Madrid.

—¡Virgen del amor hermoso, qué desatino! ¿Cómo sabes tú eso?

—Lo sé porque hasta mi madre está escandalizada. Tienes que disculparte. Hay que tener amigos hasta en el infierno y aún más entre la aristocracia. Los Solís de Armayor son una familia poderosa y tantas puertas puede abrirte su ayuda como cerrártelas su enemistad. La primera, la de mi familia, porque ya te digo yo que mi padre no va a contrariar a don Carlos Solís.

—Me revuelve la bilis disculparme cuando sé que tengo razón.

—De la razón no se come, querido Goyo. Lo importante son los contactos. Mira como a Amelia y a Valentina no parece importarles en absoluto el jueguecito de Alexandra con Manuela, y más conservadora que Valentina no hay nadie, así que discúlpate y zanjemos este asunto.

—Me disculparé con Alexandra.

—Con Alexandra, no. Con Manuela.

—¡Ni hablar!

—Lo harás porque solo así te reconciliarás con Alexandra. Con las tres, de hecho, porque Amelia también está que trina contigo.

—Valentina es la única que parece sensata. Esa, amigo, es la que te conviene.

—No te creas, ya no me atrae tanto como el año pasado —confesó Alonso.

—Dijo la zorra de las uvas.

—Me interesa tan poco Valentina como a ti Manuela, ¿o vas a negar que tengo razón? Bien sé yo que lo que te pasa es que te gusta la criadita y por eso estás que te llevan los demonios.

—Mira, Alonso, ni me pinches ni blasfemes, que ya he aceptado pedir disculpas.

Alonso sonrió ante la terquedad de su amigo pero no insistió, convencido de que estaba prendado de Manuela, aunque ni muerto iba a reconocerlo.

Esa noche Juan Gregorio se sintió más culpable que nunca cuando se alivió en su cama, de nuevo pensando en Manuela, y lo hizo con un deseo y una rabia que le reventó en la mano nada más acercarla a su entrepierna.

Al día siguiente llegaron a casa de Alexandra dos notas firmadas por Alonso, una dirigida a ella y otra a Manuela, invitándolas a ambas a pasar el día en la playa, en el balneario La Favorita.

También llegó una tercera misiva firmada por Juan Gregorio, pero esta solo para Manuela.

> Reciba mis más sinceras disculpas, que espero poder ofrecerle mañana en persona. Por favor, acepte la invitación de mi amigo Alonso.

—¿Tienes traje de baño? —le preguntó Alexandra a Manuela—. No especifica si vamos a tomar baños en el balneario.

—Ni lo tengo ni lo quiero, porque yo no voy a ir a la playa con ellos. Tú me has tratado como una amiga en vez de como a una sirvienta, pero Juan Gregorio tiene razón: soy tu criada y no está bien que pretenda ser otra cosa. Desde el principio me lo advirtió Claudina. Yo debo mantenerme en mi lugar y tú, en el tuyo.

—Juan Gregorio es un patán carente de clase. Se ha comportado de forma muy grosera y entiendo que estés decepcionada, pero no tienes que renunciar a todo lo que has logrado por su culpa. Mira lo mucho que has cambiado en un año. Deja que se disculpe y que reconozca su error. No te quedes tú con este mal trago en el cuerpo.

—Es que creo que tiene razón y preferiría que a partir de ahora nos tratemos como señora y doncella, una doncella de confianza si quieres, pero nada más.

—Si esa es tu voluntad, la acataré. ¿Tienes traje de baño o no?

—¿Y eso qué más da?

—¿Tienes vestuario adecuado para ir a la playa o no? Porque si no tendremos que conseguirte uno. Vamos a llevar todo lo necesario por si acaso. Las bañeras de La Favorita son de mármol de Carrara y el restaurante es exquisito. Desde allí podremos ver a los veraneantes dándose los baños de ola en las casetas. Es muy divertido.

—Acabas de decir que estás de acuerdo en que no asista.

—En absoluto, lo que hemos acordado es que yo soy la señora y tú haces lo que yo diga, así que dime de una vez: ¿tienes traje de baño?

Manuela negó con la cabeza.

—Pruébate uno de los míos. El azul te quedará bien.

—¡Pero si ese no tiene mangas! Y es muy corto. No pienso ponérmelo. Aunque no vista de negro, ¡estoy de luto!

—Te lo pondrás. Vamos a conseguir que a Juan Gregorio se le tambaleen los prejuicios, y para lograrlo no te queda más remedio que lucirte un poco. Al menos, que sufra por lo que se pierde.

—No me obligues, Alexandra, por favor, que no quiero volver a verlo nunca más.

Juan Gregorio llegó al balneario La Favorita decidido a disculparse con Manuela si ese era el precio que tenía que pagar para conservar la amistad de Alonso y recuperar el favor de Alexandra, pero Manuela no estaba dispuesta a ponérselo fácil. Alexandra la había obligado a acudir a la cita, pero no podía forzarla a aceptar unas disculpas que sabía totalmente falsas.

Entre semana la playa no estaba tan concurrida como los domingos, cuando se acercaba la gente de los pueblos de alrededor. El balneario, en cambio, sí que tenía mucho ambiente entre los turistas de posibles, llegados de Madrid, y los locales adinerados, que podían permitirse el lujo de no trabajar a diario.

Se sentaron en una de las mesas de la terraza para observar a los bañistas y disfrutar de la brisa del mar en un día que se había levantado soleado desde el amanecer, un fenómeno inusual en Gijón, donde la bruma solía acaparar las primeras horas los días de verano.

Nada más ver a Juan Gregorio, Manuela se excusó y fue al aseo antes de tomar asiento.

—Quisiera pedirle disculpas públicamente por mi comportamiento con Manuela el pasado domingo en su casa —dijo Juan Gregorio dirigiéndose a Alexandra—. Fui torpe y grosero.

—No es conmigo con quien debe disculparse, sino con Manuela.

—Tal es mi intención, y por eso le ruego que me ayude para conseguir que las acepte, porque entendería que no lo hiciera.

Juan Gregorio repetía a regañadientes el discurso preparado por Alonso, y Alexandra no pudo menos que asentir complacida.

—Amelia, también quiero darle mi enhorabuena por su ingreso en la universidad.

—¡Vaya! —exclamó la aludida—. Parece usted otro.

Amelia le lanzó una sonrisa cómplice a Alonso.

Manuela volvió a la mesa y, cuando Juan Gregorio se levantó para apartarle la silla, se sorprendió tanto que, en contra de lo que había planificado, sonrió y se sentó.

Todos callaron expectantes, esperando a que Juan Gregorio hablara.

—Está usted preciosa esta mañana.

Manuela notó que el rubor le subía a las mejillas. Maldijo su tez blanca, que proclamaba sus sentimientos a todo el que quisiera mirarla mientras le agradecía el cumplido.

—Lamento haberla ofendido el pasado sábado, y más ahora que sé que su padre ha fallecido recientemente. Espero que pueda disculparme. Y reciba mi más sentido pésame.

—Muchas gracias y disculpas aceptadas —respondió Manuela con un ligero temblor en la voz.

Solo Valentina se percató de que las disculpas de Juan Gregorio se atenían a la verdad: Manuela estaba preciosa y él lamentaba haberla ofendido, pero se preguntó si lo lamentaba por Manuela o porque Alexandra también se hubiera sentido ofendida. Se inclinó por lo segundo.

Con las rencillas olvidadas como solo se olvidan en los primeros años de juventud, los seis se mezclaron con los veraneantes y disfrutaron de la soleada mañana dando un paseo por la playa, para después tomar el aperitivo en uno de los quioscos y terminar con un exquisito almuerzo en el balneario.

Manuela se ruborizó muchas veces ese día por el trato exquisito de Juan Gregorio hacia ella, y sintió que el amor por él revivía y crecía en su interior, igual que crecía dentro de él la humillación al confirmar que todos aprobaban sus galanteos con la doncella y que incluso hacían lo posible por dejarlos conversar a solas.

—Es usted una belleza y, si me lo permite, me gustaría conocerla un poco mejor —la galanteó Juan Gregorio.

Manuela sonreía sin importarle ya lo más mínimo el feo que le hizo en casa de Alexandra.

—Debemos ser discretos —pidió él—, porque yo me iré a León dentro de dos días y no quisiera que tuviera usted problemas por mi causa. No regresaré hasta el inicio de curso.

Manuela se entristeció porque para entonces ella estaría de vuelta en Madrid, y decidió aprovechar los dos días que les quedaban para conocer al hombre que llevaba un año amando en la distancia.

Quedaron aquella misma noche, cuando todos estuvieran dormidos, con la promesa mutua de que ni Alexandra ni Alonso sabrían nada de su encuentro.

A media tarde dieron por terminada la jornada playera y cada cual regresó a su casa. Manuela pasó el resto del día nerviosa, deseando que llegara la noche para encontrarse con él. El tiempo transcurría más lento que nunca.

—¿Te sucede algo? —quiso saber Alexandra al ver que no dejaba de preguntar la hora y que, lejos de estar deseosa de comentar el cambio que se había producido en Juan Gregorio, parecía evitar el tema.

—¿Por qué lo dices?

—Porque pensé que pasaríamos el resto de la tarde hablando de tu flirteo de hoy con Goyo.

Manuela no fue capaz de aguantarse y lo soltó.

—He quedado en verme con él esta noche, pero, por favor, guárdame el secreto.

Eso fue suficiente para que Alexandra se ilusionara con el éxito de su proyecto: estaba a punto de demostrar que cualquier mujer, fueran cuales fuesen sus orígenes, si tenía acceso a una educación y a ropas elegantes podía convertirse en una dama. Y lo habría logrado en tan solo un año.

Ese día los marqueses, como tantas noches estivales, estaban invitados a una cena, así que, sin nadie a quien dar explicaciones, Alexandra se dedicó a acicalar a Manuela como si fuera una muñeca. La peinó, le empolvó la piel, la perfumó y le prestó uno de los vestidos recién llegados a su armario.

Claudina intuyó que algo ocurría pero calló, porque no era quién para opinar sobre los caprichos de la señorita Alexandra, y más si los señores los consentían.

Para la hora de la cita, Manuela estaba radiante. Llevaba la melena, ondulada a base de pinzas y laca, recogida bajo un sombrero blanco y azul, a juego con un vestido camisero de seda turquesa con pespuntes blancos, entallado en la cintura. Completaban el conjunto unos zapatos de Alexandra, blancos, con medio tacón y dos números más grandes que el suyo, rellenos con algodón para evitar que se le salieran por el camino. Pero, sobre todo, tenía tantos nervios que no era capaz de estarse quieta.

—Cálmate, mujer, que te va a dar algo. Voy a buscar un poco de agua de azahar y te la vas a tomar. Y después, un caramelo de violetas para que no huelas a alcohol.

Manuela salió de casa al encuentro con Juan Gregorio alentada por Alexandra, y observada por Claudina desde su ventana de la última planta porque, por mucho que intentara convencerse de que no era asunto suyo, tenía el presentimiento de que aquel juego que se traían la señorita y Manuela no podía acabar bien.

Manuela abrió la valla que rodeaba el jardín y miró a ambos lados: la calle estaba desierta, solo tenía que ocuparse de darle esquinazo al sereno, en caso de que apareciera, en el trayecto hasta el río Piles, el punto acordado con Juan Gregorio, a escasos doscientos metros de la casa.

Cuando llegó, él ya estaba allí, esperándola con una sonrisa y un pequeño ramo de claveles amarillos.

—¡Está usted bellísima! —exclamó entregándole las flores—. ¿Ha encontrado algún inconveniente para venir hasta aquí? Espero no haberle creado ningún problema.

—No ha podido ser más sencillo porque los señores no están en la casa.

—Está temblando —dijo al tiempo que se desprendía de la chaqueta del traje—. Póngasela por los hombros.

Manuela la rechazó. Después de dedicar la tarde a arreglarse para él, no quería ocultar el precioso vestido.

—No es por frío —dijo—. Son los nervios.

—Quizá no debería haberla puesto en esta situación tan comprometida, pero tenía muchas ganas de este encuentro a solas.

Juan Gregorio extendió la chaqueta en el suelo e invitó a Manuela a sentarse.

Era una noche templada a pesar de la humedad del río, y las estrellas lucían en el cielo de Gijón de forma inusual, sin la acostumbrada neblina que las ocultaba.

—¿Sabe usted lo que son las perseidas? —preguntó Juan Gregorio señalando al cielo.

Manuela negó con la cabeza.

—La lluvia de perseidas se puede contemplar todos los veranos —le explicó—. En León las noches son más claras que en Asturias y el cielo se llena de estrellas, así que solemos salir a verlas. Aquí, con la bruma del mar, es más difícil, pero en una noche tan bonita como esta, si nos fijamos bien, seguro que podremos avistar algunas estrellas fugaces.

Manuela miró al cielo y, aunque no alcanzó a ver llover estrellas, se sintió en el paraíso.

Juan Gregorio acercó la mano a su mejilla para girarle suavemente la cabeza hacia él.

—¿Me permite usted besarla?

Manuela, rendida a él, asintió y cerró los ojos.

El beso le pareció dulce, tímido y cálido, como Manuela tantas veces había imaginado que sería el primero.

Juan Gregorio separó sus labios de los de ella y suavemente los volvió a acercar, pero esta vez su beso fue mucho más fogoso, más intenso y lleno de deseo.

Manuela se sorprendió de la pasión de su amado, aunque lo dejó hacer. Juan Gregorio la recostó en el suelo mientras continuaba besándola y metió su mano bajo el vestido para acariciarle las piernas por encima de las medias. Cuando ella notó su miembro erecto a través de la ropa, se impresionó tanto que se quedó paralizada durante unos instantes. Los mismos que tardó él en descargar su ansia antes de poder siquiera desabrocharse el pantalón.

Avergonzado por aquella explosión, se tumbó mirando al cielo y se maldijo una y otra vez. Manuela no entendía lo sucedido, y menos comprendió aún cuando Juan Gregorio volcó contra ella la rabia que sentía contra sí mismo y contra su propia hombría, que, a su juicio, lo había dejado en ridículo.

—No pongas esa cara —dijo mientras se incorporaba—. Esto es lo que hacen los señores como yo con las criadas como tú.

Juan Gregorio rescató de un tirón su chaqueta de debajo de Manuela y se fue caminando a paso ligero, con la eyaculación mojándole los calzones y sin dejar de maldecirse por la torpeza que acababa de mostrar al acercarse a una mujer por primera vez.

Manuela se quedó allí sin saber qué hacer, mirando el ramo de claveles amarillos. «¿Cómo algo que había empezado tan bien podía haber terminado así de mal?», se preguntaba. Entonces fue consciente de que estaba sola, con el vestido arrugado, subido hasta la cadera y manchándose de verdín. Se levantó asustada y corrió hacia la casa.

Su llegada no pasó desapercibida para Claudina, que seguía en la ventana esperando su regreso. Se apresuró a bajar temiéndose lo peor, pero Alexandra se le adelantó y metió a Manuela en su propia habitación.

—Vaya a descansar, Claudina, que es tarde. Los señores llegarán de madrugada y no la necesitarán hasta mañana.

—¿Manuela está bien?

—Está perfectamente. Vuelva a su cuarto. No debería estar despierta a estas horas.

Manuela ya no vio a Juan Gregorio ese verano porque dos días después él se fue a León para pasar el resto de las vacaciones con su padre. Alonso ni siquiera llegó a enterarse de lo sucedido. Por su parte, Alexandra se sintió tan culpable que intentó que Manuela se sintiera mejor de la peor forma posible: fingiendo que nada había ocurrido. Manuela vivió aterrorizada los nueve días que tardó en venirle la regla pensando, en su ignorancia, que podía estar embarazada, porque si bien Alexandra la había instruido en belleza, moda, literatura, teatro y otras artes, de su propio cuerpo sabía tan poco como el día que llegó a la mansión, que era más o menos lo que sabía Alexandra del suyo.

Por su parte, Juan Gregorio, lejos de sentir el placer de la venganza, pasó el mes de agosto yendo a misa cada mañana a la catedral y aliviándose cada noche con el recuerdo del olor, el tacto y el sabor de Manuela, en un sinvivir que le hizo perder varios kilos.

SEGUNDA PARTE

La sombrerera
1930-1937

6

Con los sueños de convertirse en la señora de Juan Gregorio Covián rotos, Alexandra suspirando por Jacobo y el «te lo dije» en los labios de Claudina, a Manuela la gran casa de los Solís de Armayor dejó de parecerle el paraíso. Lo único que deseaba era encontrar un lugar en el que no se sintiera un bicho raro: era una sirvienta que sabía poco de las tareas a realizar en una casa de postín.

Así se sentía cuando Elías llegó a su vida por casualidad. Elías Fernández trabajaba en La Sombrerera, en el barrio industrial de La Calzada, y en sus días libres acostumbraba a ir con algunos amigos a tomar unas sidras al Parque, en Somió, y a cortejar a alguna moza si se terciaba la ocasión. De ese modo pasó Elías aquella despejada tarde de agosto de 1930, con más sidra que cortejo, hasta que llegó la hora de coger el tranvía hasta el centro y allí otro hasta La Calzada, donde ocupaba un pequeño apartamento con cocina propia y aseo comunitario, cercano a la fábrica de sombreros. A la altura de La Guía, enfrente de la casa de Alexandra, una de las pasajeras se desplomó al lado de Elías y sus amigos, que se apresuraron a socorrerla. El tranvía frenó y los hombres bajaron a la mujer para tenderla en el suelo, pero no reaccionaba.

En el interior de la casa de Alexandra se escucharon los gritos: «¡Un médico, que alguien llame a un médico! ¡No respira!». Efectivamente, la mujer no respiraba y poco podían hacer por ella: un infarto había acabado con su vida. Doña Victoria de Armayor, alarmada por el escándalo, envió a Claudina y a Manuela a ver qué sucedía.

—Observad desde la valla y venís a informarme.

Al ver la escena, Manuela, desoyendo las órdenes de la señora, salió a la calle seguida por Claudina: la primera vestida de domingo, la segunda con el reglamentario traje negro y cofia blanca, y así Elías confundió a Manuela con la señora y a Claudina con su sirvienta.

—Por favor, señorita, llamen a un médico.

Claudina se agachó y, después de tomarle el pulso a la mujer, miró a Manuela y a los hombres y negó con la cabeza.

—¿Qué hacemos? No podemos dejarla aquí en medio de la calle —dijo Elías.

Manuela miró a Claudina interrogante, y ella, adivinando sus intenciones, se apresuró a cortarlas de raíz.

—Ni hablar. No va a entrar en la casa.

Elías, sorprendido por la desfachatez de la criada con su señora, salió en su defensa.

—Eso tendrá que decirlo ella, no usted.

Claudina comprendió.

—No se equivoque, señor, que el hábito no hace al monje.

—Yo también soy una sirvienta —aclaró Manuela.

—Pues es usted la sirvienta más bonita que he visto jamás.

—¿Y con esta mujer qué hacemos? —los interrumpió uno de los amigos de Elías.

—Llamar a la policía y al sereno porque nada se puede hacer salvo darle cristiana sepultura —sentenció Claudina.

Solo entonces se fijó Manuela en Elías. Alto, delgado, moreno, con dos pequeños hoyuelos redondos que se hundían en sus mejillas cuando gesticulaba, vestido como un dandi con pantalón de verano, camisa blanca y un sombrero canotier, a la última moda, de paja con cinta gris, a juego con los pantalones.

El amor entre ellos tardó en gestarse lo que tardó el sereno en llegar.

Ansiosa ella de olvidar el mal trago sufrido con Juan Gregorio y deseoso él de encontrar a la mujer adecuada que mitigara su soledad, se hicieron novios enseguida. El primer acuerdo al que llegaron fue que la respetaría hasta el matrimonio. Él no tenía intención de lo contrario porque, según los valores que le habían inculcado, a las novias se las respetaba. Tampoco sentía la necesidad porque ni siquiera se planteó dejar de acudir a las putas de Cimadevilla a calmar sus ardores mientras siguiera soltero. Lo que sí se prometió a sí mismo fue dejar de rondar a otras mozas los domingos, por deferencia a la mujer que tenía intención de convertir en su esposa.

Con las cosas claras para ambos, el noviazgo continuó vía epistolar hasta la siguiente primavera.

Manuela pasó ese invierno en Madrid sabedora de que era el último y agradecida de que el compromiso con Elías solucionara su futuro con los Solís de Armayor, porque, según los pronósticos de Claudina, de no casarse, se encontraría en una situación muy precaria tras la boda de Alexandra. Manuela sabía leer y escribir, vestir, empolvar, peinar, coser, elegir el sombrero perfecto para cualquier vestido y ocasión, y distinguir el aroma del Chanel número 5 del número 22, pero no sabía llevar una casa, y eso era justo lo que iba a necesitar Alexandra después de contraer matrimonio, porque tendría que atender a su marido, los compromisos empresariales y sociales y a los hijos que previsiblemente bendecirían la vida de la que prometía ser una de las parejas más envidiadas de la alta sociedad madrileña.

Alexandra dejó de llevar a Manuela a espectáculos y museos, pero compartían entre ellas el cortejo de Jacobo y las cartas de amor de Elías, así como las ilusiones de la vida que las esperaba, sin pena todavía por dejar la infancia atrás. Alexandra sintió un gran alivio al ver que Manuela encontraba a un hombre con el que olvidar a Juan Gregorio. Se liberó así de la culpa por haber intentado unirlos y dejó de preocuparle que la teoría del impacto de la formación de la mujer quedara sin demostrar, atareada como estaba planificando su enlace con Jacobo. Dedicaba casi todo su tiempo a la decoración de la vivienda a la que se mudarían tras la boda, un apartamento de casi cuatrocientos metros que contaba con todas las modernidades. Su futura residencia ocupaba la primera planta de un edificio propiedad de su suegro, situado enfrente de la iglesia de la Concepción en la calle Goya, muy cerca de sus padres. Con su madre y su suegra inmersas en los preparativos de la boda, Alexandra se llevó a Manuela para elegir los muebles del que pronto se convertiría en su hogar, mientras Manuela se preguntaba cómo sería el que compartiría ella con Elías tras su boda.

Alexandra disfrutaba de una ajetreada vida social en compañía de Jacobo. Para no sentirse desubicada, Manuela recuperó voluntariamente la cofia y el uniforme durante las horas en las que Alexandra no la requería y se puso a las órdenes de Claudina, que la acogió sin reproches, aunque su recriminación silenciosa era más que perceptible. Claudina procuró encargarle las tareas cuyo aprendizaje pensó que podían serle útiles en su futura vida de casada. Lo que no se atrevió fue a ponerle la mano encima, como habría hecho con cualquier otra criada inexperta a su cargo, por si le iba con el cuento a Alexandra y eso le causaba problemas.

Manuela se casó en la primavera de 1931. Llegó a Gijón con los Solís de Armayor para la Pascua y ya no volvió con ellos a Madrid. Aunque Carlos Solís tuvo que regresar a la capital tras la inesperada instauración de la Segunda República como resultado de unas elecciones municipales que casi nadie, ni la misma izquierda, dudaba que ganaría la monarquía, su esposa y su hija se quedaron en la ciudad. Alexandra se había empeñado en asistir a la iglesia para despedir a Manuela, pese a que solo Claudina estaba invitada a la boda.

Los señores se ofrecieron a pagar el convite y Elías se negó. Por orgullo. Por desprecio a aquellos que lo tenían todo a costa del trabajo de otros y acallaban la culpa haciendo caridad con la que sería su mujer. Él no creía en la amistad entre ricos y pobres, sino en la lucha de clases. Los ricos eran los patronos, y los patronos eran los enemigos de los obreros. Así había sido siempre, aunque tras la proclamación de la República parecía que las cosas estaban a punto de cambiar.

—La democracia es una realidad y estas elecciones lo demuestran: el pueblo está hablando.

—Pues a mí nadie me ha pedido opinión, las mujeres no podemos votar —respondió Manuela repitiendo el discurso que tantas veces le había escuchado a Alexandra.

Elías la miró condescendiente, pero no quiso discutir.

Fue la propia doña Victoria quien, accediendo a las súplicas de su hija, le dio a Manuela el argumento clave para convencer a su futuro marido de que aceptara el dinero.

—Es una cuestión de justicia —arguyó Manuela aleccionada por doña Victoria—. Llevo casi dos años trabajando por casa y comida y este es el salario que me corresponde por mis servicios. Dicen que el nuevo ministro de Trabajo, Largo Caballero, pretende incluir a los sirvientes en una nueva ley de regulación del trabajo porque, al parecer, su propia madre era una criada. Los señores quieren hacer lo mismo y ser justos conmigo.

Elías reflexionó un día entero sobre el razonamiento de su novia hasta que al final se pronunció.

—Pues que te lo remuneren como salario, que la boda ya la pago yo.

Así lo hicieron. Elías costeó la boda con el dinero que doña Victoria le entregó a Manuela y que ella puso a disposición de su novio como si ya fuera su marido y, por ende, administrador de sus ingresos. La cantidad recibida fue suficiente para un convite no muy refinado pero sí abundante, además de para una invitación a vino a los amigos del novio la noche anterior al enlace, anillos, fotógrafo y traje nuevo para él, porque del de la novia se encargó Alexandra, y los sombreros de los novios fueron por cuenta del patrón de La Sombrerera. Sobró dinero para hacer un bonito viaje de novios de una semana y guardar unos pequeños ahorros para cuando la familia se ampliase y, con ella, los gastos.

Manuela se casó de gris a pesar de la insistencia de Alexandra en que la nueva moda vestía a las novias de blanco. Ella no quería saber nada de las extravagancias de la alta sociedad y, aunque los Solís de Armayor la hubieran librado del luto, todavía le quedaría más de un año de reclusión y ropajes negros de haber estado en su pueblo. Temía que su madre y su hermana Matilde la repudiaran si se casaba de otro color. Ya bastante transgresor era celebrar una boda al año siguiente de la muerte del padre. Hasta el último momento se inquietó por si nadie de su familia acudía a la ceremonia en señal de repulsa por su comportamiento indecoroso, pero su madre y su hermana se presentaron en la iglesia, vestidas de negro de pies a cabeza, con regalos para Manuela: dos camisones, dos juegos de sábanas bordados por ellas y el marco de plata que durante toda una vida lució la foto de boda de sus padres.

—Los camisones y las sábanas ya son demasiado. No puedo aceptar el marco de su boda —protestó.

Telva, como había hecho desde que la epidemia de gripe se llevó a su hijo y a varias de sus hijas, guardó silencio, pero negó con la cabeza e insistió con mano firme en que se lo quedara.

—¿Dónde está la foto de su boda, madre?

—En un marco de madera —respondió Matilde—. Este es para ti, madre quiere que lo tengas tú.

—¿Cómo lo sabes si no habla?

—No habla, pero se hace entender muy bien.

La boda se celebró en la iglesia de Santa Cruz, en el barrio de Jove. El matrimonio de Manuela y Elías duró lo mismo que la capilla en la que se casaron. La Guerra Civil destruyó ambos, como si sus destinos hubieran quedado unidos por las lágrimas que derramó Manuela aquel día cuando vio que Alexandra le sonreía discreta desde el banco de la última fila para marcharse antes de que empezara el convite, al que no estaba invitada, porque Elías no lo consintió. Se dio cuenta entonces de que la vida a la sombra de Alexandra se esfumaba en ese instante igual que dos años atrás había desaparecido la existencia familiar que conocía desde que nació. Pero algo le decía que, esta vez, el cambio no le iba a ser tan favorable.

—¿Ves, querida? Ya no tenemos que preocuparnos más por

el capricho de la niña con la sirvienta —le había dicho Carlos Solís a su esposa antes de emprender viaje de vuelta a Madrid—. Alexandra se va a casar con un hombre más que conveniente, no ha vuelto a acordarse de la universidad ni de aquel proyecto suyo de alfabetizar obreras, y su experimento con la criada se va hoy para no volver. Aunque nuestra hija se ha llevado un berrinche, me alegro de que no la haya invitado a la boda, así se dará cuenta de que esta bufonada termina aquí.

Doña Victoria de Armayor asintió complacida. De haberlo planificado, las cosas no habrían salido mejor.

El convite de boda de Elías y Manuela se celebró en el Venecia Park, un merendero de Veriña, la localidad de donde era originaria la familia del novio. A modo de *espicha*, consistió en sidra, empanada, queso, embutidos y tortillas, unas de patata, otras de merluza y otras de pimientos con bacalao. La barcaza que recorría el río al lado del merendero fue una de las diversiones de los invitados, que rieron y cantaron como nunca, aunque la fiesta homenaje a los novios se convirtió pronto en una exaltación de la República, con reivindicaciones contra los patronos opresores, en la que Elías y sus amigos compitieron con sus cánticos con la pareja de gaitero y tambor que amenizaba la ocasión.

Los únicos asistentes por parte de Manuela fueron su madre, su hermana Matilde y Claudina. Su hermana Olvido no pudo acudir porque tenía al niño con sarampión, y Adosinda, aunque solo era novicia, no obtuvo permiso para romper la clausura. Si no le permitieron salir para ir al funeral de su padre, mucho menos a una boda. Alexandra felicitó a Manuela después de la ceremonia y, sin más despedida que una mirada cómplice, se dirigió al coche que la esperaba unos metros más allá de la pequeña iglesia.

Telva y Matilde se sentaron en una esquina, y cuando Manuela se acercó a verlas, su madre habló por primera vez desde que la gripe la despojó de cuatro de sus hijos.

—Te equivocaste, Manuela, te equivocaste.

Las dos hermanas se quedaron pasmadas al escuchar su voz.

—¿Qué quiere decir, madre? —preguntó Manuela, nerviosa.

—¡Lo que no sabré yo de errores!

—Lo que quiere decir madre es que no hace ni un año de la muerte de padre y estamos de boda. Eso no es apropiado. Tenías que haberte casado en el pueblo, como manda la tradición, pero dentro de dos años. Para hacerlo como lo has hecho, sin respetar el luto, mejor así, lejos de tu casa, del pueblo, con nosotras como únicos testigos por tu parte, para que no avergüences a la familia —le espetó su hermana.

Telva negó con la cabeza porque hacía mucho que ni le importaba el luto ni lo que pensaran en el pueblo, pero por más que insistió Manuela, no dijo nada más, y Manuela notó cómo aumentaba la presión que, desde que vio a Alexandra en la iglesia, le encogía el estómago y no le permitía probar bocado.

Claudina fue la única representante de la casa Solís de Armayor en la boda. Aunque no conocía a nadie, enseguida se vio arropada por las hermanas de Elías, interesadas en saber de la que ya era su cuñada. El ama de llaves, animada por la sidra, no contó nada que no fuera verdad, pero compartió con ellas más detalles sobre la relación entre Manuela y Alexandra de lo que la novia hubiera deseado. Sobre todo, porque sabía que podía causarle un problema con Elías, que desaprobaba cualquier afinidad entre obreros y patronos. Claudina se cuidó mucho de no hablar de las ilusiones rotas de Manuela con Juan Gregorio. Aun así, cuando terminó la fiesta, se sintió culpable por si había hablado de más. Por eso cuando Manuela le contó su preocupación por las palabras de su madre, le quitó hierro al asunto.

—Tu madre está mal, no le des importancia. Vas a ser muy feliz. Ha sido una boda preciosa, Elías es un buen hombre y pronto tendrás tu propia familia.

Y Manuela se consoló pensando que Claudina siempre había acertado en sus presagios.

Manuela y Elías no tuvieron noche de bodas al estilo tradicional porque la sidra hizo mella en el novio, que se quedó dormido antes de consumar el matrimonio. Ella se había preparado a conciencia y, aunque se quedó con la curiosidad, le gustó acostarse a su lado sin más, porque le recordó a su infancia, cuando dormía con sus hermanas, compartiendo el calor de sus cuerpos. A la mañana siguiente se despertaron unas horas antes de salir de viaje y llegó el esperado momento, del que tantas veces había hablado con Alexandra y sobre el que tanto habían elucubrado.

—A mí me aseguraron unas del pueblo que duele —decía Manuela en aquellas conversaciones.

—Y que es placentero, pero no siempre —suspiraba Alexandra, esperanzada—. Las mujeres modernas e independientes lo hacen antes de casarse.

—¿Tú lo harás?

—Quizá.

Pero ese quizá se convirtió en un no rotundo tras conocer a Jacobo Espinosa de Guzmán, que ni lo pidió ni lo esperaba de una mujer con tanta clase como su prometida.

Manuela llegó ante su marido nerviosa, pero sobre todo muy despistada.

No era ni mucho menos la primera vez para Elías, que fue más que cuidadoso con ella, respetando sus tiempos, sus vergüenzas y su inexperiencia.

—Si te hago daño, dímelo enseguida y pararé. El amor debe ser bonito para los dos.

Así, poco a poco, los recién casados sellaron su unión en el dormitorio y Manuela confundió el amor con el cariño que sintió por Elías, porque, aunque le dolió y sangró, le gustó sentirse tratada con mimo y cuidado. Pensó entonces que había sido una tonta por tener miedo y creyó que el placer consistía en sentir la delicadeza de su marido.

Unas horas después, felices y enamorados, salieron de luna de miel gracias al dinero que los Solís de Armayor le entregaron a Manuela en concepto de salario atrasado. El viaje lo hicieron en tren. De Gijón a León, primera parada del que sería su único viaje juntos. Por suerte para Manuela, que temía ver aparecer a Juan Gregorio en cada esquina que doblaban, solo pernoctaron una noche en la ciudad antes de salir hacia Palencia, de allí a Valladolid y Medina del Campo, después a Astorga pasando por Zamora, antes de su regreso a Gijón.

A su vuelta, la esperaba un enorme paquete procedente de Madrid, remitido por Alexandra.

Dentro, la antigua Singer de la casa de su abuela acompañada de una docena de vestidos y sombreros que Alexandra ya no usaba.

> En nuestra casa ya nadie va a darle uso. Te envío también algunos trajes y sus complementos que, con tu maña, estoy segura de que serás capaz de ajustar a tus medidas y a la nueva moda.
>
> Tu amiga que te quiere,
>
> ALEXANDRA

«¿Adónde voy a ir yo que pueda ponerme estos vestidos?», se preguntó Manuela, y notó una angustia subirle por el pecho que apagó organizando su nuevo hogar, mientras creaba en su interior la ilusión que imaginaba que debía sentir por ser, como Elías decía, la señora de la casa y no la criada, aunque su apartamento solo tuviera treinta metros cuadrados, careciera de agua corriente y compartieran el baño con los vecinos. Aun así, era afortunada porque la vivienda se encontraba a solo trescientos metros de la fuente, donde cada día iba a por agua para beber, cocinar y asearse en la palangana después de calentarla en la cocina de carbón. Para lavar la ropa acudía al lavadero y volvía con ella mojada, por lo que, a pesar de estar escurrida, le provocaba dolor de espalda a causa del peso. Luego la tendía en el patio y recordaba su vida en la aldea. Entonces, los dos años en casa de los Solís de Armayor le parecían ya un sueño borroso, uno que no podía compartir con nadie, a pesar de que su vida social con otras mujeres del vecindario comenzó nada más instalarse. Así, muchos días, mientras los maridos estaban en el bar y las vecinas ya habían vuelto de su jornada en las fábricas, salían todas al patio, unas a desvainar guisantes, otras a pelar judías y otras a remendar la ropa. Allí escuchaba contar a algunas, que también habían sido criadas internas antes de casarse, historias tan distintas a la suya que parecía que su paso por la casa de los Solís de Armayor hubiera sido producto de su imaginación. Manuela callaba porque tenía miedo de que, de contar su vida bajo la protección de Alexandra, la tacharan de mentirosa. Pero los días que le entraba la melancolía subía a casa antes de que volviera Elías y lloraba por las ilusiones perdidas, sin poder desterrar de su memoria el recuerdo de Juan Gregorio.

Solo las cartas de Alexandra la devolvían a ratos a aquella vida pasada que tanto añoraba. Su marido le recriminaba esa correspondencia e incluso, en una ocasión, llegó a ridiculizarla por ello.

Elías tenía tres hermanas mayores que trabajaban en La Azucarera y los visitaban con cierta frecuencia. Las tres estaban solteras y volcadas en su hermano pequeño, al que llevaban años limpiándole la casa, confeccionándole la ropa para que fuera hecho un pincel y compartiendo con él las ideas familiares sobre política. Muchos domingos pasaban la tarde en su casa y charlaban fervientemente.

—El voto femenino es indispensable —discutía Magdalena con su hermano.

—No le resto importancia —respondía él—, pero no creo que ahora sea la prioridad. Las mujeres son más conservadoras que los hombres; votarán lo que digan sus maridos, y las que no, darán el voto a la derecha. Si la mayoría no saben ni leer.

—No sabemos leer porque no nos enseñan —apuntó Gloria.

—Yo solo digo —replicaba su hermano—, que todo eso que reclamáis quita protagonismo a la lucha por los derechos de los trabajadores y al reparto igualitario de las tierras y las fábricas. Eso es lo verdaderamente importante ahora.

—Cuando os escucho hablar me acuerdo mucho de Alexandra —intervino Manuela, que no solía participar en el debate.

Los tres la miraron como si hubiera mentado a un fantasma.

—Ella luchó por la educación de las mujeres —aclaró.

—Eso te lo acabas de inventar —acusó la menor.

—No, qué va, es cierto.

Todos se cebaron con ella.

—¡Qué vergüenza, Manuela! —le espetó una de las hermanas con gesto de desprecio—. No hay nadie más tonto que un obrero de derechas. Si ya nos contó Claudina los aires de grandeza que te traías con la ricachona esa. Desde luego, hermano, parece mentira que precisamente tú te hayas casado con una amiga de los opresores.

—¡Esas cartas que recibes de la maldita Alexandra te están llenando la cabeza de pájaros! —gritó Elías poniéndose en pie, rojo de ira y vergüenza—. A ver si te enteras de una vez de que lo único que debe hacer esa señoritinga cuando recibe las tuyas es burlarse de ti con sus amigos ricachones. La criadita con pretensiones, ¡cuántas bromas no habrán hecho a tu costa! ¡Es que no se puede ser más tonta!

Manuela calló, acobardada, sintiéndose fuera de lugar en su propia casa, y no volvió a meter baza en la conversación.

Por la noche le sirvió la cena a su marido, pero ella, en vez de a la mesa con él, se sentó junto a la Singer de la abuela de Alexandra a darle la vuelta al cuello de dos camisas de Elías para que no se viera lo rozado y volvieran a parecer nuevas. Él cenó rápidamente mientras escuchaba la radio y se fue al bar. Manuela todavía estaba terminando de rematar las camisas cuando Elías regresó, después de unos vinos, con ganas de disfrutar de un rato de intimidad con su mujer.

—Todavía me queda plancharlas.

—¿Ahora?

—Ve yendo, que me apuro y enseguida voy a la cama —respondió Manuela, confiada en que se quedara dormido nada más acostarse.

Desde aquel día no habló más de su vida pasada delante de su marido.

7

La noche del 30 de septiembre de 1931, mientras las dos únicas diputadas del Congreso preparaban a conciencia el discurso que pronunciarían a la mañana siguiente sobre el voto femenino, una a favor, Clara Campoamor, y otra en contra, Victoria Kent, Manuela se sintió revuelta por enésima vez en las últimas semanas. Hacía cuatro meses que no tenía el periodo.

Al día siguiente, Elías celebró tibiamente la victoria de Clara Campoamor y la concesión del voto a las mujeres porque, aunque era un triunfo de los que representaban su ideología, él estaba más que de acuerdo con los diputados de ambos bandos que argüían la inestabilidad emocional de la mujer hasta la menopausia, la poca formación o la falta de criterio. Manuela no comentó con él la hazaña, pero escribió una carta para felicitar a Alexandra, aunque lo que realmente quería compartir con ella era la noticia de su embarazo. Alexandra, ajena todavía a la buena nueva de Manuela, celebraba la conquista del sufragio, extrañada de que sus padres se mantuvieran cautos al respecto.

—¿No se alegra, madre? Es un gran día para todas las españolas.

—Me alegro y me preocupo. La situación está muy revuelta —respondió doña Victoria de Armayor.

—¿No serán eso patrañas de los que quieren desestabilizar la República?

—Ojalá, hija, pero mucho me temo que no. Ten cuidado con el entusiasmo que muestras delante de Jacobo.

Alexandra asintió porque, aunque no pensaba que tuviera que renunciar a sus ideas por Jacobo, la preocupación de su madre la dejó intranquila.

En Asturias también vivían pendientes de las circunstancias políticas y Alonso, sabedor de la alegría de Amelia por el logro que suponía el sufragio femenino, la invitó a comer y brindó con ella. Su relación era más cómplice cada día y hacía ya tiempo que se tuteaban como auténticos colegas.

—Por ti, porque estás aquí, en la universidad, por tu nuevo derecho al voto, para que consigas todo lo que deseas y para que España avance en paz.

Amelia brindó, pero tampoco era ajena a la inestabilidad del país.

—¿Preocupado?

—Las noticias que recibe mi padre de Madrid son alarmantes. La quema de iglesias y las huelgas, sumado a la crisis de Wall Street que está afectando a Europa, no auguran nada bueno.

—Ya sabes que el mío es un ferviente defensor de la República y, aunque está en contra de muchas de las barbaridades que están sucediendo, está convencido de que la situación mejorará cuando por fin se promulgue la Constitución. Dice que los cambios, al principio, cuestan.

—Pues brindo de nuevo por que tu padre tenga razón. Más nos vale a todos.

Mientras Manuela confeccionaba los trajes para su futuro hijo con ayuda de la Singer de Alexandra, Amelia sufría las bromas de sus compañeros de clase, ácidas unas, de mal gusto otras, y algunas tan ocurrentes que incluso la hicieron reír. Aunque no era la primera mujer que estudiaba en la universidad, todos sus compañeros eran hombres; unos estaban a favor de su presencia allí y otros, en contra, pero todos igual de fascinados por compartir aula con una mujer. Obtuvo atención desigual por parte de los profesores, desde los que se comportaron con ella como con cualquier otro alumno, hasta los que la trataron con condescendencia e incluso alguno que manifestó abiertamente su hostilidad hacia la presencia de mujeres en la universidad, y otros que, sin pronunciarse al respecto, le complicaron aprobar su asignatura. La mente ágil de Amelia, su dedicación al estudio y su voluntad para ayudar a cualquier compañero que lo necesitara consiguieron en unos meses que, salvo excepciones, la mayoría de sus iguales la toleraran. Las bromas nunca llegaron a cesar, así que terminó por aceptar que no iba a librarse de ellas. Incluso tuvo implicación en la vida universitaria fuera de las aulas gracias a su relación con Alonso. Y con Juan Gregorio, aunque este último solo porque no le quedó más remedio.

—Pero ¿qué te ha entrado a ti con esta Amelia? —increpaba a Alonso—. ¿La que te gustaba no era Valentina?

—No tiene nada que ver con eso.

—Pues son ganas de meternos en líos, a ti y a mí, que tú tienes un padre que te respalda, pero como yo le dé un disgusto a mi tío y me envíe de vuelta a León, termino de aprendiz de sastre con mi padre.

—¿Tu tío no la ve con buenos ojos?

—Ni con buenos ni con malos porque ni siquiera sabe quién es, y no quiero que nadie le vaya con el cuento de que han visto a su sobrino con una de esas feministas. De verdad, Alonso, que no entiendo por qué tenemos que hacer de ángeles de la guarda de esta señorita.

—¿Tú sabes algo de estrategia militar, Goyo?

Juan Gregorio se encogió de hombros y esperó a ver adónde quería ir a parar su amigo.

—Los que están en primera línea del frente son los primeros en morir, pero si su ejército es más fuerte y bombardea al enemigo para impedirle atacar, son los primeros que conquistan el territorio. Don Aurelio Noval, el padre de Amelia, confía en que yo sea el ejército aliado de su hija. No tengo que explicarte que las alianzas son recíprocas. Y mi padre está muy contento con la que yo he establecido con los Noval.

—¿Puede saberse quién soy yo en esta historia?

—La fuerza de apoyo del ejército aliado, no lo dudes. Y a ti se extenderá ese agradecimiento, así que deja de preocuparte por tu tío, que, si me haces caso, te auguro un futuro brillante. Estás creando los contactos adecuados y te serán muy necesarios. La inteligencia de poco sirve si no te relacionas con la gente apropiada, y a ti te hace mucha falta.

Aunque Juan Gregorio nunca estuvo de acuerdo con la presencia de Amelia entre ellos, entendió que era mejor para su futuro fingir aprecio que ponerse en contra de los Bousoño y los Noval, y con el tiempo se descubrió más de una vez debatiendo sobre asuntos legales con ella, después de que el resto del grupo, menos apasionado con el tema, se hubiera descolgado de la discusión. En estas ocasiones, Juan Gregorio se avergonzaba de haberse dejado llevar y acostumbraba a zanjar la polémica bruscamente.

—Tú estás empezando los estudios, cuando llegues a mi curso, ya cambiarás de opinión. Si es que llegas, claro, que las mujeres sois muy volubles.

Amelia reía y callaba porque sabía bien que, de no ser por ellos, su estancia en la universidad hubiera sido insufrible. Alonso y sus compañeros le ofrecían la protección que necesitaba porque, al incluirla en su grupo, le decían al resto que no estaba sola, aunque eso no le evitó llevarse más de un berrinche.

La ubicación del edificio de la universidad, en pleno centro de Oviedo y a solo unos pasos de la catedral y del ayuntamiento, tentaba a los estudiantes a entrar en los chigres, sidrerías y cafés cercanos. Alonso, Juan Gregorio y su pandilla solían frecuentar La Perla, pero los chigres no acostumbraban a tener clientela femenina y ella no fue bien recibida.

Todos los amigos de Alonso la acompañaron, excepto Juan Gregorio, que se negó a ser la comidilla de la ciudad al día siguiente, alegando que era el sobrino del canónigo y no podía permitirse estar en boca de todos. El resto se lo tomó como una diversión. Querían provocar y echarse unas risas con las consecuencias que anticipaban que iba a tener la entrada de Amelia en el chigre, previsiones que resultaron del todo ciertas.

La Perla estaba llena de hombres bebiendo, riendo unos y

debatiendo otros de los temas más diversos cuando Amelia entró en el local arropada por Alonso y sus amigos. No tardó ni cinco segundos en producirse un silencio absoluto acompañado por una mueca colectiva de desconcierto, que en algunos casos se convirtió en desagrado y, en otros, en expectación.

—¡Creo que te has equivocado, la tienda de sostenes está unos locales más allá! —gritó un atrevido.

La chanza fue celebrada por la mayoría de los parroquianos con risas y murmullos, y Amelia sintió que su determinación la abandonaba.

—Si por lo menos fuera guapa —dijo otro, sin gritar, pero lo suficientemente alto como para que Amelia lo oyera.

—Señores —intervino el camarero—, si quieren compañía femenina diríjanse ustedes a un café, que este no es lugar.

—O al cabaret —gritó otro, ya desinhibido, y varios lo corearon con risas mientras la mayoría se limitaba a observar, intrigados por el desenlace de la historia.

Viendo que la cosa podía terminar en guerra, Alonso y sus amigos recularon y salieron de allí, con Amelia hecha un manojo de nervios, tanto que Alonso se ofreció para acompañarla a casa.

Esa noche Amelia no quiso cenar, se acostó y lloró en la cama hasta que el cansancio la venció casi al amanecer.

—¿Te encuentras bien? —le preguntó su tía cuando se sentó a desayunar con los ojos hinchados y las ojeras marcadas.

—Son los nervios de los exámenes.

—Si es que son ganas de meterte en líos, niña. Con lo bien que podías vivir tú si te buscaras un marido bueno y rico, y te da por estudiar Derecho.

—Déjelo, tía, que ya tengo yo bastante como para aguantar sermones.

—Pues sí que te has levantado pejiguera hoy. En vez de café, mejor te tomas una tila.

Fue Alonso el que propuso ir una vez al mes a La Paloma, una casa de comidas cercana a la catedral, más tranquila y familiar, donde los camareros no se mostraron reticentes a la presencia de Amelia, siempre, claro está, que estuviera en compañía de Alonso y sus amigos. Allí Amelia probó el vermut y se convirtió en su bebida favorita durante aquellas salidas en las que se veía como una privilegiada, casi una exploradora, con la comodidad de sentirse bien recibida. Había días que comía con Alonso y algún otro compañero en Casa El Rey, una sidrería próxima al teatro Campoamor, y otros merendaban moscovitas en el Royalty, unas deliciosas pastas de chocolate y almendra. Con Juan Gregorio coincidía menos porque él, más escaso de fondos, rara vez se unía a ellos, igual que tampoco prolongaba la juerga más allá de unos chatos de vino en el chigre donde ella no podía acompañarlos, y mucho menos a sus salidas nocturnas a los cabarets donde las chicas cantaban cuplés y se mostraban ligeras de ropa. Los fines de semana, tanto Amelia como Alonso volvían a Gijón, pero allí no se veían, él salía con sus amigos y ella dedicaba el tiempo a estudiar, a merendar con Valentina y a acudir a algún espectáculo si se terciaba.

El 28 de febrero de 1932, Manuela dio a luz a una niña que se llamó Telva Sofía, porque Elías esperó a elegir el nombre de su primer hijo varón. Nació sana, morena y sonrosada, y pesó casi cuatro kilos, que hicieron que el parto se alargara más de diez horas. Manuela parió en casa, acompañada por dos vecinas y asistida por Magdalena, una de sus cuñadas, que después de su jornada de diez horas en La Azucarera hacía de partera cuando la necesitaban.

—Es una niña —dijo su cuñada—. ¡Qué lástima, la pobre! La de palos que le esperan. Además, Elías quería un varón.

—Pues que lo tenga él, a ver si le sale mejor —protestó Casimira, una de las vecinas—. Que ya estoy hasta el moño de tanta exigencia, ellos a pedir y nosotras a parir.

—Oye, tú, que es de mi hermano del que estás hablando.

—No discutáis —intervino Paz, la otra vecina—, que solo le falta a Manuela ahora mismo que le demos la murga. Vamos a recoger este desaguisado antes de llamar al padre. Venga,

Casimira, tú asea un poco a la madre mientras yo limpio la cama y recojo los trapos, que en vez de parir una criatura parece que hemos matado un borrego.

Manuela ni siquiera se inmutó por el roce entre su cuñada y la vecina porque lo único que deseaba era ver a su hija.

—¿Cómo está? ¿Puedo cogerla?

—Que sí, mujer, descansa, que ahora te la llevo —respondió Magdalena mientras terminaba de examinar a la recién nacida.

—¿Por qué no llora?

Como si quisiera responder a la pregunta de su madre, la niña empezó a chillar a todo pulmón y todas celebraron la hazaña.

—Tu hija quiere hacerse oír —dijo Paz riéndose.

—Que aproveche ahora, que ya tendrá tiempo de aprender a callar —replicó Casimira.

Magdalena envolvió a la niña con destreza, dejando solo visible la carita, y la puso en brazos de su madre. El bebé tenía los ojos abiertos, como en un gesto de sorpresa al ver el mundo en el que había aparecido.

—¿Tiene todo bien? ¿Le has contado los deditos?

—Está perfecta —la tranquilizó su cuñada—. Guarda fuerzas, que hay que criarla. Voy a enseñarte a ponerla al pecho. No te extrañes si al principio no come.

—El primero mío tardó tres días en coger la teta, con los otros ya ni me preocupé —apuntó Paz.

A Casimira no le dio tiempo a compartir su experiencia amamantando a sus vástagos porque la pequeña se agarró al pecho de Manuela y empezó a chupar.

—Venga, vamos a avisar a Elías —cortó Casimira la contemplación de la escena—, que aquí no hay nada más que hacer. Tenemos que llevar todo esto al río a lavar, que la sangre fresca sale, pero como se seque tendremos que tirar de vinagre y bicarbonato, y con toda la que hay nos costaría un triunfo sacarla.

—Gracias —dijo Manuela con lágrimas en los ojos.

Se sentía exhausta, dolorida y feliz. Más feliz de lo que nunca hubiera imaginado.

Magdalena encontró a Elías en el salón, relajando los nervios a base de nicotina y coñac.

—Pasa, hermano. La mala noticia es que es niña; la buena, que las dos están bien.

Elías corrió a la habitación y se acercó a la cama. Quiso decir algo, pero no le salió la voz.

—Es una niña, y tú querías un niño.

—¿Qué más da eso? Es preciosa. El próximo será un varón.

Si hasta ese momento Manuela todavía soñaba con Juan Gregorio, aquel día, mientras en las Cortes se acababa de aprobar la primera Ley de Divorcio en España, ella sintió por su marido más amor del que había sentido jamás. Aquel regalo en forma de bebé compensaba todos los pesares acumulados, y el mundo le pareció un lugar mucho mejor al lado de Elías y su preciosa Telvina, como empezó a llamarla él desde que la vio porque dijo que Telva era un nombre muy grande para una niña tan pequeña.

—Deberías buscar la forma de contribuir a la economía familiar —le dijo Elías a su mujer, dos meses después de nacer la niña—. Mi sueldo no es muy alto, el alquiler no es barato y debemos prepararnos para el futuro.

—Tenemos todavía lo que sobró del dinero de los Solís de Armayor tras los gastos de la boda y el viaje de novios.

—Nuestro dinero, Manuela —la corrigió—, que fue el pago por tu trabajo. Es mejor reservarlo por si llegan malos tiempos. Se avecinan huelgas y habrá que resistir.

—Por favor, Elías, no te metas en problemas.

—Yo lucho por los derechos de los trabajadores.

—Pues eso, problemas —murmuró Manuela.

Elías hizo como que no la escuchó.

—¿Buscarás un empleo, entonces? Mis hermanas dicen que la atadura de las mujeres a las tareas del hogar es una forma de opresión y el trabajo remunerado, la liberación —apuntó para convencerla—. Ya ves que la mayoría de las vecinas hacen su jornada en las fábricas o, las que tienen muchos hijos, en alguna casa, que allí encuentran mejor horario.

Manuela pensó que Elías tenía razón en que muchas vecinas trabajaban en La Algodonera, en La Azucarera o en las fábricas pequeñas, pero ella no veía dónde estaba la liberación porque el trabajo no las eximía de las tareas del hogar; al contrario, solo restaban horas al sueño y sumaban a su cuerpo una vejez prematura que las hacía perder la lozanía antes de tiempo.

—¿Y la niña?

—Muchas se llevan a los bebés con ellas. Si no es posible, llega a algún acuerdo con las vecinas. No podemos vivir aquí eternamente, tendremos más hijos, crecerán y necesitarán ropa y comida.

—Si recortamos algunos gastos, podríamos arreglarnos sin necesidad de separarme de Telvina, que todavía toma el pecho cada pocas horas. Entre el bar, las cuotas del partido y las del Sindicato del Fieltro, se nos va la mitad de tu jornal.

—¡Eso sí que no, Manuela! Eso no te lo consiento. Somos obreros, a mucha honra, y debemos defender nuestros derechos. ¿Tú sabes lo que sería de nosotros sin los sindicatos? Con las cuotas, por ejemplo, se ayuda a las familias de los accidentados. ¿Qué crees que pasaría si mañana el herido fuera yo?

—¡Ni que trabajaras en la mina o en el puerto de El Musel! ¿Cuántos accidentes hay en La Sombrerera? Desde que estamos juntos no ha habido un solo percance, y tú siempre dices que tenéis la mejor maquinaria italiana y que sois operarios especializados.

—No se trata de eso. Es una cuestión de solidaridad, da igual que sean los sombrereros de aquí que los estibadores de Barcelona.

Elías vio la expresión de incomprensión en el rostro de su mujer y bajó el tono.

—Yo no te pido que vayas a trabajar de sol a sol —continuó conciliador—, ni que entres en una de las fábricas, solo que busques la forma de contribuir a la casa.

—¿Quieres decir además de confeccionar tu ropa, la mía y

la de la niña, lavar, planchar, fregar, atender a Telvina, cocinar…?

—Materialmente, Manuela, materialmente. Todas las mujeres hacen esas mismas tareas y las hay que tienen cinco y seis hijos. Mira Paz, tiene cuatro y trabaja en La Algodonera. O Casimira, que ya crio tres en las mismas condiciones. Y nosotros queremos más hijos. Ya sabes las ganas que tengo de un varón. Cuando nazca, necesitaremos una casa más grande y con una letrina solo para nuestra familia.

Manuela no replicó porque estaba de acuerdo en lo de la letrina, pero pensó qué opinaría Alexandra de todo aquello. Desde que nació Telva, no pegaba ojo y pasaba el día atareada, con la niña atada a ella. No quiso hablarle a Elías del dinero que le enviaba Alexandra en sus cartas «para que le compres algo a la nena de mi parte» y que ella guardaba escondido en el cajón de su ropa interior. Tenía miedo de que, si se enteraba, la obligara a rechazarlo o, aún peor, quisiera aumentar su contribución al partido o al fondo solidario. Así que intentó buscar la forma de aportar a la economía familiar sin desvelar su secreto.

—Con toda la leche que tú tienes y esos modales de damisela venida a menos que te traes —le sugirió una de las vecinas mientras colgaban la ropa en el patio—, seguro que alguna señorona te quiere de ama de cría. Pagan mucho más que en cualquier otro trabajo.

Manuela torció el gesto, miró a su pequeña, atada a su pecho, y negó con la cabeza.

—Las señoras quieren que las amas de cría vivan en la casa y no es eso a lo que se refiere Elías.

—Pues en la fábrica de loza y en La Algodonera son jornadas completas. Lo mismo en La Cigarrera.

—¿Y en La Sombrerera con Elías? Hay alguna mujer trabajando allí. Pocas, pero las hay —sugirió Paz, otra vecina.

Manuela se encogió de hombros.

—Dice que tenerme allí solo le traería problemas.

Las semanas pasaban, Elías insistía y Manuela no se sentía con fuerzas para separarse de Telva. Tenía miedo de que, si dejaba de darle el pecho siendo tan pequeña, se le pusiera enferma. Al menos eso les ocurrió un año a los lechones cuando la cerda cogió una infección después del parto y hubo que sacrificarla. Su padre dijo que era porque les faltaba la leche de su madre.

La solución a su problema llegó de la forma más inesperada. La hija de otra vecina, Carmen, se iba a casar y varias de ellas estaban invitadas a la fiesta. El evento ocupó la conversación de las labores en el patio los días que no llovía y del porche cuando *orbayaba*. Una tarde de primavera, mientras cosían y remendaban, hablaron de lo que cada una se pondría para la ocasión.

—A mí me gustaría llevar un vestido de esos que llaman «charlestón» y hacerme ondas al agua, que lucieran debajo de un sombrerito cloche, para parecer una actriz o una cantante —dijo Casimira con una risotada—. Vieja y fea, pero moderna.

—Ni vieja ni fea, Casimira, ¿cuántos tienes?

—Cuarenta y tres primaveras, ochenta kilos de carne y los mismos de mala leche —contestó riéndose de nuevo y el resto con ella.

—Pues la madre de la novia, o sea yo —dijo Carmen—, se va a confeccionar su propio vestido. Me voy a comprar un sombrero a juego, uno bien grande porque cada día tengo el pelo más lacio y con esta humedad no me aguanta ningún peinado más de diez minutos.

—Yo no sé qué ponerme —refunfuñó Paz—. Si no me llega ni para comprar abrigos a los niños, ¿cómo voy a pagarme un vestido para mí? Iré con lo que tengo.

—Yo voy a arreglar un vestido de mi antigua señora —dijo Manuela—. Me regaló varios y no he encontrado ocasión de ponérmelos. Algunos solo tienen una puesta y son de alta costura.

—¿Qué tonterías dices? —la interpeló Casimira—. ¿De qué van a regalarte a ti vestidos de alta costura?

—Fui doncella personal en casa de una familia de la aristocracia. Tienen su residencia de verano aquí, en Gijón. Los vestidos son de Alexandra, la hija de los señores. Somos casi de la misma edad.

Las demás dudaron.

—¿Eras doncella personal? ¿De las que no friegan los suelos de rodillas ni lavan los platos? ¿De las que ni siquiera limpian la plata ni la cristalería? —quiso asegurarse Paz.

—Así es. —Manuela empezaba a arrepentirse de haberlo contado—. De Alexandra Solís de Armayor.

—¿Solís de Armayor? ¿Los ricachones que tienen una de esas mansiones de La Guía? ¿No son marqueses, condes o algo así? —dudó Casimira.

—La marquesa es la madre, doña Victoria de Armayor. Yo era doncella de su hija.

—¿Y por qué no has dicho nada hasta ahora? —preguntó Paz con evidente incredulidad.

Casimira iba a soltarle cuatro frescas a Manuela, pero Carmen disolvió la reunión para evitar una refriega vecinal.

—¡Uy, señoras! —exclamó—. Es hora de meternos dentro, que empieza a *orbayar*. Ya decía yo que tanto sol no podía durar mucho.

Aquella misma noche, después de la cena, Carmen llamó a la puerta de la casa de Manuela.

—¿Podemos hablar? —preguntó haciendo una seña en dirección a Elías, que escuchaba la radio en la cocina.

No hizo falta que Manuela dijera nada porque, en cuanto Elías vio la cara de circunstancias de Carmen, se dio por aludido.

—Los hombres y las gallinas, poco tiempo en la cocina —dijo con un gesto pícaro que hizo sonreír a las mujeres.

Una vez solas, Manuela le ofreció asiento a Carmen.

—¿Te hago una infusión de hierbas? Tengo el carbón de los fogones todavía caliente.

Carmen aceptó y fue directa al tema que la había llevado allí.

—Estoy preocupada por la boda de mi hija —dijo—. Es tan guapa mi Carmina que enganchó un ingeniero, ¡quién nos lo iba a decir! Se me va lejos del barrio, al centro, donde las familias de bien, pero estoy muy contenta de que vaya a tener una vida mejor que la mía.

—Tu hija es preciosa y lista. Va a vivir como una reina —afirmó Manuela.

—Ya ves, la hija de una algodonera viuda emparentando con una familia de posibles.

Carmen sopló la infusión antes de mojarse los labios para apartarlos rápido al comprobar que todavía quemaba.

—¿Qué te preocupa?

—Ay, Manuela, que no quiero que me miren otra vez como en la pedida. Hasta mi pobre Carmina estaba muerta de vergüenza, ¡qué mal rato pasó! Mi consuegra es una señora, y yo una doña nadie, viuda, pobre, vieja y medio calva.

—Lo de viuda no te lo puedo discutir, pero yo te vi salir aquel día e ibas bien guapa con el traje de los domingos.

—Mi consuegra parecía mucho más joven y somos de la misma edad. Ella iba bien maquillada y vestida a la última moda, con los zapatos y el sombrero conjuntados. Y yo, con la cara lavada, que solo me puse un poco de carmín, un traje cosido por mí y el pelo cubierto con un sombrero que ya se ve sobado de tanto usarlo. Fue una situación muy violenta para mi hija.

—¿No estarás exagerando? Yo no los conozco, pero tampoco son aristócratas.

—En comparación con nosotras, sí.

Manuela se acordaba bien de cómo la trató a ella Juan Gregorio por mucho que Alexandra la vistiera de señorita y de las acertadas premoniciones de Claudina sobre las clases sociales. Aunque no lo dijo, sintió compasión por Carmen.

—¿Cómo puedo ayudarte? Tengo una máquina de coser. Te la presto si quieres para confeccionarte un vestido.

—Yo había pensado otra cosa. Como has dicho que la señora para la que trabajaste te había regalado vestidos, me preguntaba si todavía los tendrías.

—Claro que sí, ¡qué tonta soy! Tengo un baúl lleno, ya ves tú, ¿dónde voy a ir yo de gala?

—¿Me venderías uno?

—Mejor que eso: te regalo el que tú quieras y te ayudo a arreglarlo para que dejes a esos consuegros tuyos boquiabiertos.

—Eso sí que no, yo te lo pago.

—No te preocupes ahora por eso, que la vida da muchas vueltas.

—Ay, Manuela, no sabes lo que significa para mí que Carmina pueda casarse orgullosa de su madre —dijo emocionada—. Toda la vida trabajando y no me da ni para comprarme un buen vestido, que lo tengo que mendigar... ¡Mierda de mundo!

—Ni se te ocurra decir eso —la riñó Manuela—, que tú aquí no mendigas nada. ¿Para qué estamos las vecinas si no es para ayudarnos unas a otras? Hoy por ti y mañana por mí.

Al día siguiente a Manuela se le ocurrió una idea, pero para eso necesitaba preparar unas torrijas, bien remojadas en leche, azúcar, canela y cáscara de limón, como le gustaban a Elías.

—¿Pote y torrijas? ¿Qué celebramos hoy? —preguntó Elías cuando su mujer le puso la comida en la mesa.

Para acompañarlas, le sirvió un café de puchero.

—¿Podrías conseguirme algunos sobrantes de fieltro y tela de los sombreros?

—¿Los recortes?

Manuela asintió.

—Para eso no tenías que cebarme, basta con que me prepares torrijas una vez al mes. —Elías rio su propia broma—. ¿Cuántos quieres?

—Todos los que puedas. Cuanto más grandes, mejor. ¿Se tiran?

—Se venden al peso para rellenar cojines, pero no ocurrirá nada porque me lleve una saca, digo yo, que me dejo la piel allí para llenarle los bolsillos al patrón. ¿Me explicas para qué los quieres?

—Va a ser que no —respondió besando a su marido, más interesado en el noticiero de la radio que en los retales.

Al día siguiente, Manuela llamó a Casimira y a Paz para que fueran a su casa y les mostró los vestidos.

—Elegid uno cada una —les ofreció.

Casimira y Paz se miraron extasiadas.

—¡Pero si era verdad! —exclamó Casimira tocando los vestidos—. ¡Por los clavos de Cristo!

—Como santo Tomás: si no ves, no crees. Vamos a ir a esa boda más guapas que las que salen en las revistas —añadió Manuela.

—¿Qué revistas ni qué revistas? ¿Cuántas has visto tú? —dijo Casimira.

—Dale, pues muchas, ¿o es que tampoco eso te lo vas a creer? ¿Os los queréis probar o no?

—No —respondió Casimira, tajante, para sorpresa de Manuela y Paz—. Si los has robado no quiero que me metas en tus líos, que no pienso acabar en el cuartelillo por un trozo de tela por bonito que sea.

—¡Qué cuartelillo! Si se los regaló su señora —protestó Paz, deseosa de probarse uno.

—¿Tú estás tonta o qué? ¿Desde cuándo las señoras regalan trajes como estos? Y si fuera así, ¿esta nos los va a prestar gratis? ¿Y después qué? ¿Los ángeles van a cagar monedas de oro en nuestro patio?

Paz se debatía entre coger uno de aquellos preciosos vestidos o hacer caso a Casimira, porque desde que llegaron al bloque la había acogido como su protegida, cuidaba de sus hijos siempre que lo necesitaba y alguna vez la había salvado de tener que llevar a la mesa un caldo sin grasa ni sustancia.

Manuela dudó si enseñarle las cartas de Alexandra, pero no quería que descubriesen que también le enviaba dinero. Finalmente decidió mostrarles solo los sobres con el matasellos.

Casimira seguía sin estar del todo convencida.

—¡Qué le habrás hecho tú a esta señora para que te mande todo esto! Un favor muy gordo tendría que deberte.

—Eso ya no es de tu incumbencia, ¿no? —respondió Manuela, harta de tanta reticencia a sus buenas intenciones.

Paz miró a Casimira y, al ver cómo torcía la cara, temió que estallara una tormenta pero, para su alivio, Casimira se lo pensó mejor.

—En eso no te puedo quitar la razón. ¿A cuánto nos los vendes?

—No los vendo, os los regalo. Lo que no hago gratis es el arreglo, pero no me importa si cada una se acomoda el suyo.

—Pues a caballo regalado no le mires el dentado, ¿no, Casimira? —la apremió Paz, ansiosa por elegir su vestido.

—Y por el arreglo, ¿cuánto?

—Un duro por vestido más el material. Y otro duro si queréis que os haga un sombrero a juego.

—¿Tú haces sombreros?

—Si no os gustan no os cobro nada.

—Pues venga, pero como nos metas en un lío te hago la vida imposible. Más claro no canta el gallo.

—Ay, Casimira, qué lío ni qué lío —protestó Manuela—. Mejor no te hago ni caso, que ya te voy conociendo y eres más de ladrar que de morder, pero déjalo de una vez y elige el que más te guste. Os advierto que son telas muy delicadas y hay que ir con cuidado porque no se puede descoser sin que se note la marca de las costuras.

—Aviada voy entonces —refunfuñó Casimira, que le había echado el ojo a un charlestón verde botella—, porque eso no me cabe a mí ni aunque esté sin probar bocado hasta el día la boda, cosa que, os adelanto, no pienso hacer. Bastante hambre pasé de cría a la fuerza como para privarme ahora que no lo necesito.

—Que eso no hace falta, mujer —dijo Manuela—, el truco está en modificar un poco el diseño. Podemos ensancharlo añadiendo dos bandas laterales, solo tenemos que encontrar una tela que combine y parecerás una señorona.

—Lo que soy, ¿no? —bromeó Casimira con su vozarrón, ya más animada, mientras ponía el vestido sobre su cuerpo y meneaba la cadera tal como imaginaba que se movían las aristócratas.

Solo Manuela rio la chanza de Casimira, porque Paz estaba demasiado ocupada eligiendo su vestido entre aquellas maravillas a las que tenía acceso por primera vez.

Manuela pasó varias noches en vela dándole al pedal de la vieja Singer para arreglar las prendas y confeccionar los tocados a juego de Paz y Casimira, aunque lo que más trabajo le llevó fue el sombrero de Carmen. Quería que fuera especial. Descartó los fieltros gruesos tras intentarlo varias veces, porque la aguja se le trababa con el consiguiente enredo del hilo. Tras desperdiciar casi un carrete entero, lo logró con los más finos, incluso con doble tela, debajo el fieltro, más basto, y sobrepuesta, la seda o el satén a juego con el traje. Así consiguió que el sombrero tuviera consistencia y, a la vez, la apariencia elegante que necesitaba un tocado de ceremonia. La noche que, después de acostar a Telva, completó el primero fue corriendo a enseñárselo a Elías.

—Este es solo de prueba, pero ya he aprendido cómo hacerlo: el truco está en la combinación de telas, en el grosor del hilo y en el ritmo lento del pedal para que la aguja no se atasque.

—¿Esto te lo van a pagar? —preguntó su marido, poco convencido con el resultado.

—Los arreglos y los sombreros, sí. A duro cada uno.

—¿A duro? No está mal. Si es que los cobras, claro, porque entre diez y veinte pesetas se venden los nuestros en las sombrererías dependiendo del material y el modelo, pero a los tuyos se les nota que están cosidos a mano.

—Pues ayúdame, tú que sabes.

—Yo sé hacer sombreros de verdad, con maquinaria italiana especializada.

—O me ayudas o me dejas en paz, que ya bastante tengo con cumplir el encargo. ¿No querías que ganase un dinero extra?

—¡Pero no haciendo sombreros en casa con los restos de La Sombrerera!

—¿Me vas a ayudar o no?

Elías remarcó la incongruencia de que su propia esposa cosiera sombreros para las vecinas y, aunque no se sentó a coser a la máquina, sí le dio algún consejo útil: «¿Has tomado bien las medidas? Desde la mitad de la oreja hasta la coronilla para el cloche de Carmen. Y el contorno a media frente». «¿Qué haces, mujer? Necesitas seis piezas iguales, ¡divide la medida del contorno entre seis! Déjame, que yo te enseño». «¡Virgen santa, menuda chapuza habrías hecho si no estoy yo aquí!».

Incluso él quedó satisfecho con el resultado, aunque no dio su brazo a torcer.

—No está mal, casi da el pego, pero que conste que nada tiene que ver este gorrito con los sombreros que fabricamos en La Sombrerera, ¡na de na! —sentenció cuando vio el cloche de Carmen terminado.

La tarde anterior a la boda de Carmina, la hija de Carmen, las vecinas invitadas siguieron el mismo ritual. Tras completar la jornada, prepararon sus barreños de latón con agua caliente y cogieron el jabón: Paz y Carmen, del que hacían en casa; Casimira, el de Lagarto que usaba para la ropa; y Manuela, una de sus pastillas Heno de Pravia que había recibido como regalo de bodas y que solo usaba en ocasiones especiales. Se lavaron cuerpo y cabello, menos Casimira, que no se había mojado el pelo en su vida; solo se aplicaba una gota de aceite de oliva que ponía en su cepillo cada noche, antes de pasárselo cien veces contadas para volver a atarse el moño, que lucía siempre brillante pero nunca grasiento.

Después, con el regocijo propio ante un acontecimiento tan inusual, Paz y Casimira se presentaron en casa de Manuela para probarse los vestidos por última vez y parlotear sobre cómo sería el convite siendo el novio de familia pudiente.

La única que no parecía impresionada era Manuela. Y Casimira no lo dejó pasar.

—Mira esta, como era doncella de la aristocracia, ahora todo le parece poco.

—¿Te cortarás el moño para la ocasión? —le preguntó Manuela, ignorando su provocación—. Para que te luzca bien el sombrero que te he hecho. Te va a encantar.

—Ni de broma, ¿eh? Yo no me corto el moño ni muerta —dijo besándose el índice y el corazón—, así que encájalo como mejor puedas.

—Lo intentaré, no vayas a parecer una intelectual de esas que se quitaron el sombrero en Madrid, ¿no? —bromeó Manuela.

Casimira y Paz la miraron sin entender.

—¿A qué te refieres?

—A unos intelectuales, dos hombres y dos mujeres, que hace años decidieron quitarse el sombrero cuando paseaban por la Puerta del Sol y los apedrearon.

—¿Los apedrearon solo por eso? ¡Vaya con los madrileños! —exclamó Casimira.

—Bastante tengo con lo mío como para preocuparme de lo que hacen los literatos y los pintores —comentó Paz—. Si tuvieran que criar a cuatro hijos como yo, se les quitaban las ganas de hacer tonterías.

—No eran tonterías. Quitarse el sombrero fue una forma de pedir libertad para ellas. Reclamaban poder trabajar, escribir, pintar, participar en la vida política y ser algo más que esposas y madres —explicó Manuela, tal y como se lo había contado a ella Alexandra.

—¿Libertad para trabajar? —preguntó Casimira, que no entendía nada—. Pues que vengan para acá, que de eso a nosotras nos sobra: la que no es cigarrera es algodonera, y la que no, pescadera o criada. Ya quisiera yo andar paseándome por la Puerta del Sol en vez de dejarme la vida entre telares. ¡Bah! Eso solo pasa en los Madriles, que hay mucha aventada.

—Y mucha ricachona —agregó Paz—, porque los pobres no pueden permitirse pensar en esas cosas.

Carmen llegó cuando Casimira y Paz estaban a punto de desvestirse tras comprobar que los trajes y los sombreros les quedaban como un guante.

—Pero si tenía razón Manuela, ¡parecéis dos señoronas! —exclamó.

Hasta Casimira se regocijó, porque realmente se sentían más guapas que nunca.

—Ya veréis mañana cuando estemos empolvadas y con el carmín en los labios —dijo Manuela.

—A mí, empolvar, ya te digo que no me empolvas —protestó Casimira.

—Tú vete a casa y mañana hablamos.

—Eso, largo de aquí —apostilló Carmen—, que si no hoy vuestros maridos no cenan. Ahora me toca probarme el vestido a mí, y quiero que sea una sorpresa.

—¡Ay, Elías! —recordó Manuela—. Espérame un momento, que le pongo la cena.

—¿Qué le tienes? Huele bien.

—Unas patatas con pulpo. Estarán todavía calientes con las brasas del carbón. Solo tengo que servírselo y ya estoy contigo.

Mientras Manuela preparaba la mesa, Carmen volvió a darle las gracias.

—¡Qué contenta estoy con el vestido! Dios te lo pague, Manuela mía.

—No me lo agradezcas todavía, que falta lo mejor.

En cuanto Elías se sentó a cenar, Manuela cogió a Telva, que dormía plácidamente en su capazo, y las tres se fueron a la habitación. Mientras Carmen se admiraba en el espejo de lo bien que le sentaba el vestido a su cuerpo redondeado por los inicios de la menopausia, Manuela abrió el armario con cuidado y sacó un sombrero cloche con alas, en diferentes tonos de blanco, rosa y marrón, hecho con piezas de encaje, tul y raso.

Carmen se quedó sin habla.

—Con este modelo no tienes que preocuparte por tu pelo, no se te verán ni las patillas. Le he puesto alas para que no parezca un casco.

—Madre mía, Manuela, ¡es una preciosidad! ¿Cómo voy a pagarte yo todo esto? —exclamó Carmen con la emoción reflejada en los ojos.

—Me vale con verte radiante mañana en la boda de tu hija, para que se sienta orgullosa de ti y nadie pueda hacerla de menos delante de su marido.

A Manuela se le contrajo el gesto cuando intentó contener sus propias lágrimas, pero no lloraba por Carmen sino por ella misma, recordando su desengaño con Juan Gregorio. Respiró hondo y pensó que si un ingeniero se casaba con la hija de Carmen, quizá el problema no fue de ella por soñar con un abogado, sino de Juan Gregorio, por no ser capaz de valorarla por algo más que por ser una criada. O quizá el ingeniero de Carmina no fuera tan apuesto, tal vez fuese cojo, o tuerto. «Los esfuerzos de Alexandra no dieron fruto conmigo, pero servirán para Carmen y Carmina», se dijo.

Las cuatro acudieron a la boda ataviadas como auténticas damas, tanto que cuando salieron de la casa para dirigirse a la iglesia despertaron la admiración del barrio, aunque también algunas chanzas entre otras vecinas.

—Míralas —decía una—, que como la chiquilla de Carmen enganchó a un ingeniero, ahora se creen señoras de bien.

—Dicen que cuando casas a una hija ganas un hijo, pero Carmen se lleva el premio gordo con el ingeniero. ¡Vaya disgusto tendrá la consuegra! —apuntaba otra.

El grupo de mujeres tomó el tranvía hacia el centro, hasta la iglesia de San Pedro, al inicio de la playa de San Lorenzo.

La novia llevaba un vestido gris marengo y sombrero beis con velo hasta la cintura del mismo color, y un ramo de lirios que sujetaba entre las manos. Estaba preciosa. El novio, muy elegante con un lirio en la solapa de la chaqueta a juego con el ramo de la novia, y la madrina, imponente y distinguida, lucía una enorme pamela verde conjuntada con el traje.

Después de la ceremonia religiosa se encaminaron a la confitería La Playa, enfrente de la Escalerona, la gran escalera de acceso al mar, donde ocuparon todo el salón de té. Había más de cuarenta invitados y un pianista contratado para amenizar la velada. Fue una merienda por todo lo alto, con fresas en almíbar, suflé de merengue, princesitas, café y chocolate caliente, jerez para las señoras y coñac del bueno para los caballeros. Hasta puros habanos.

Tras la merienda, cuando el alcohol había soltado la risa y la lengua de los invitados, Manuela se retiró un momento para ir al tocador a empolvarse la nariz, como le había enseñado

Alexandra. Al abrir la puerta, escuchó a las tías del novio charlando en el interior.

«Madre mía, ¿has visto a la madre de la novia y a sus amigas? ¿Se creen que han salido a bailar charlestón? No pueden estar más ridículas». «Se salva un poco la más joven, tiene otro porte, ¿qué hará con ellas?». «Ya conoces el dicho: dime con quién andas y te diré quién eres». «Qué disgusto tendrá Roberta —remató la otra, refiriéndose a la madre del novio—. ¡Hijo único y qué mal casó!». «Pero lo disimula bien, ella es una señora, no como la consuegra. ¡Vivir para ver!». «Si por algo dice el refrán que cada oveja con su pareja».

Manuela levantó la cabeza, se obligó a sonreír y entró al tocador.

—Buenas, señoras, ¡preciosa boda! Muy elegantes, las felicito.

Las tías del novio se vieron obligadas a responder.

—Bonito vestido.

—Muchas gracias, pero no puedo llevarme el cumplido porque tanto el mío como el de la madre de la novia los eligió personalmente Alexandra Solís de Armayor en Madrid.

Las otras se miraron entre sí mientras Manuela se retocaba la cara fingiendo naturalidad.

—¿Alexandra Solís de Armayor? —dudaron las mujeres.

—¿La conocen? Vive en Madrid, pero veranea en Gijón. La casa familiar está en La Guía.

—Sabemos perfectamente quién es la familia Armayor, son de Gijón de siempre, lo que nos sorprende es que la conozca usted —le espetó una de las tías, renunciando a la diplomacia.

—Somos amigas desde que éramos casi unas crías —soltó Manuela con toda la indiferencia que fue capaz.

Después salió del tocador sin dar opción a réplica porque, aunque nada de lo que había dicho era mentira, temió que le pidieran más explicaciones.

—Creo que Carmina estaba orgullosa de mí —le dijo Carmen al oído cuando ya volvían a casa en el tranvía.

—¡Claro que sí! Te aseguro que la familia del novio todavía está hablando de nuestros vestidos.

—¿Tú crees? Porque ellas iban muy elegantes. Más serias y recatadas.

—No lo creo, lo sé. Coincidí con las tías de tu yerno en el tocador. No tienes nada de qué preocuparte. La más guapa, la novia, y la más estilosa, tú.

A Carmen se le llenaron los ojos de lágrimas de la emoción, pero le duró poco porque Paz y Casimira estaban armando tal alboroto por efecto del jerez que casi las hacen bajar del tranvía.

8

La boda de Alexandra Solís de Armayor y Jacobo Espinosa de Guzmán se celebró en el mes de septiembre de 1932, solo unas semanas después de que el Partido Nazi, liderado por Adolf Hitler, se convirtiera en el más votado de las elecciones alemanas. Se casaron en el mismo lugar en el que se conocieron, el hotel Palace, rodeados de más de trescientos invitados procedentes de la aristocracia y la alta burguesía madrileña. No faltaron sus amigos y socios de Gijón: los Bousoño, los Noval y los Cifuentes. La gran ausente fue Manuela que, a pesar de ser invitada personal de la novia, no acudió. A Alexandra le costó el primer desacuerdo con el que iba a ser su marido.

—¿Qué va a hacer esa mujer entre nuestra familia y amigos? —le preguntó Jacobo—. Todo el mundo comentará su presencia y no para bien. Conoces a nuestra gente, le harán saber que no la aceptan y la situación se volverá terriblemente incómoda para tu amiga. Reflexiona, pero no por lo que opine yo del tema, sino por ella, evítale semejante mal trago.

Pero Alexandra, obstinada, no cedió. Y él prefirió dejar que se diera cuenta por sí sola de su error.

Manuela recibió la invitación oficial junto con un precioso vestido con pamela y zapatos a juego, y dos billetes de tren de ida y vuelta, en coche cama, pero Elías no quiso oír hablar del tema.

—¿A la boda de esos ricos? En el Palace, ni más ni menos. Yo no sé qué te traías tú con esa señorita, pero lo que sí sé es que no pintamos nada allí. Seríamos los bufones, el hazmerreír de todos los invitados.

—Te equivocas, Alexandra lleva meses repitiéndome en sus cartas que le hace ilusión que vaya. Si no lo dijera de verdad no insistiría tanto.

—Si hasta te ha enviado un vestido para que no hagas el ridículo. Además, ¿qué íbamos a hacer con la niña? Nosotros no somos como ellos, no tenemos niñeras.

—Alexandra deja muy claro en su carta que puede venir con nosotros porque Claudina cuidará de ella. ¿Es que no te gustaría conocer Madrid?

—Con todo lo que me has hablado de la capital, ya la doy por vista. No vamos a ir. No pienso aparentar lo que no soy ni ser el bufón de cuatro ricos cuyo único problema en la vida es decidir si desayunan bizcocho o rosquillas, ambas cosas preparadas por el servicio. No quiero volver a oírte hablar del tema.

Manuela se quedó sin asistir a la boda de Alexandra. Lloró primero y se consoló después pensando que, a pesar de todo, Elías tenía algo de razón. La vida con los Solís de Armayor había sido un espejismo y, como tal, se había desvanecido. En esa boda se sentirían observados y quizá incluso despreciados, como ya le pasó en su día con Juan Gregorio.

Alexandra se llevó una decepción con la negativa de Manuela.

—¿Qué esperabas, querida? —le dijo Jacobo, aliviado.

—¿Qué voy a esperar? ¡Que vinieran! Al menos ella y Telvina. Si le envié el billete. Y el vestido. Claudina iba a quedarse con la niña.

Jacobo se mordió la lengua para no repetirle lo que pensaba, pero Alexandra adivinó sus pensamientos.

—Puedes ahorrarte el «te lo dije» porque estoy segura de que la culpa es del exaltado ese que tiene por marido. Ella dice que la trata bien, pero sé que podía haber aspirado a mucho más.

Jacobo no opinaba lo mismo que su prometida, pero tampoco quiso contradecirla. Para él, el inconveniente estaba resuelto.

—No te aflijas por eso, que va a ser nuestro gran día.

Y así fue. A Alexandra se le pasó el disgusto por la ausencia de Manuela a la mañana siguiente, cuando volvió a enfrascarse con su madre y su suegra en los preparativos de la boda, que debía ser perfecta hasta en el más mínimo detalle.

La reseña del enlace se publicó en las páginas de sociedad del *ABC*, del *Ahora* e incluso del popular diario vespertino *La Voz*. Fue el acontecimiento social del mes, y el menú, compuesto íntegramente por platos de la gastronomía francesa, el más imitado en las bodas de la alta sociedad durante varios años.

Nada hacía imaginar a los novios cuando salieron felices del hotel para iniciar su viaje en tren hacia la Riviera Francesa, cortesía del padre del novio, que, en solo cuatro años, el lujoso emplazamiento que había servido de escenario para sellar su amor y los intereses familiares se convertiría en un lugar lleno de muerte, dolor y sangre, al albergar un hospital de auxilio a las tropas republicanas.

Si bien a Elías no le agradaba la idea de ver su cocina convertida en un taller de confección de sombreros, no se lo hizo saber a su esposa. Calló y fue testigo mudo del aumento paulatino de vecinas del barrio cuyas cabezas eran cubiertas por las habilidosas manos de Manuela. La razón era evidente: a los precios que los cobraba, conseguían tres sombreros a medida o cuatro tocados originales con lo que en la tienda no les alcanzaba ni para uno.

Elías no desaprobó la iniciativa porque llegaron a un acuerdo: el veinte por ciento de lo que ingresaba su mujer era para el sindicato y el resto para mudarse a una casa nueva con retrete privado y agua corriente.

El negocio crecía día tras día porque las clientas pronto empezaron a llevarle arreglos y actualizaciones de trajes. Manuela hacía virguerías remodelando prendas pasadas de moda. Incluso convertía vestidos en blusas o en conjuntos y, con lo económico de sus tarifas, les salía a cuenta.

Aun así, Casimira protestaba cada vez que subía a su casa.

—Ni que fuera esto una de esas casas de moda a las que van las ricachonas, ¡que cobras más que un sastre!

—¿Pero tú de qué te quejas? Si no me haces ni un encargo, solo vienes a charlar y a tomar café.

—Anda, déjate, ¿dónde voy a ir yo de punta en blanco? Pero no me digas que vengo solo por el café y la cháchara, que lo que hago es traerte clientas de La Algodonera, ¿o te crees que te conocen por revelación del Espíritu Santo? Además, tu café tiene más achicoria que otra cosa.

—Lo hago así para que no nos pongamos nerviosas —replicaba Manuela.

En realidad sí que le estaba muy agradecida porque era cierto que la mayoría de sus clientas se las había enviado ella, pero como Casimira no era dada a las sensiblerías, Manuela le mostraba su gratitud llevándole un día una perola de arroz con leche, otro una bandeja de leche frita o un bizcocho de nata fresca o, cuando disponía de más tiempo, *casadielles*.

—Deja de traerme dulces, mujer, que no hay por qué. Mira que me gustan, pero no me vienen bien, que cada día estoy más gorda. Tú lo que pretendes es que no me entre la ropa y tenga que ir a tu casa a dejarme el jornal en arreglos.

—Entonces dime qué te traigo, porque todos los días se me llena la casa de mujeres que me conocen por ti. Como decía mi padre, el «Dios te lo pague» es la oración de los desagradecidos.

—¿De verdad quieres compensarme?

—Tanto que estoy pensando que si no puedo traerte dulces, voy a empezar a prepararte empanadas.

—Tampoco es eso lo que quiero.

Casimira calló y Manuela la miró, expectante.

—Habla de una vez, ¿qué puedo hacer por ti?

Pero Casimira no arrancaba.

—¿Me lo dices o voy a preparar la empanada?

—Quiero un sombrero. Pero no uno cualquiera, sino uno que se pueda lavar por dentro a diario. Ya está, ya lo dije. A ver qué se te ocurre.

—¿Quieres que te regale un sombrero?

—Por supuesto que no, te lo pagaré. Y tienen que ser dos. Así, mientras uno seca, me pongo el otro.

Manuela calló.

—¿Qué pasa? ¿No me los quieres hacer? —gruñó Casimira.

—¡Claro que quiero! Es que como siempre andas de bata y mandil...

—Pues a partir de ahora me vas a ver con sombrero hasta para quitarle los gorgojos a las lentejas.

Manuela tenía muchas preguntas que no se atrevió a plantear.

—¿Entonces qué? —apremió Casimira—. ¿Me los haces o no?

—Hoy mismo le pido a Elías que me traiga todos los recortes de fieltro que pueda y escojo para ti los mejores. Pero eso de lavarlos por dentro es más complicado, aunque quizá pueda ponerles un forro impermeable.

—El cómo hacerlo es cosa tuya. Pero que sean oscuros, ¿eh? No se te ocurra traérmelos de colorines que te vas con ellos por donde has venido.

Manuela se fue, extrañada por la petición y, a la vez, dibujando mentalmente el diseño adecuado para Casimira.

—Y que me quepa el moño dentro —la oyó gritar cuando se alejaba.

Manuela tardó poco más de una semana en tener listo el encargo de Casimira. Como no tenía manera de darle consistencia a un sombrero más allá que con la plancha, decidió repetir el modelo que había ideado para Carmen pero más corto, por encima de las orejas, y con el ala más grande para que cubriera el moño por la parte de atrás. Lo que más tiempo le llevó fue impermeabilizar la tela que usó para el forro; lo hizo con cola, agua y alcohol y, aunque le quedó un poco más tiesa de lo que le hubiera gustado, vio que cumplía su función.

—A ver si ahora nos vas a hacer la competencia de verdad —le dijo Elías, un poco picado, cuando lo vio terminado—. De estos no hagas más, que todavía me vas a meter en un lío con el patrón.

—¿Yo? Con el patrón te metes en líos tú solo porque no dejas de exigir a cuenta del sindicato. Para una fábrica que, según tú, exporta miles y miles de unidades a Cuba, a Argentina y a no sé dónde más, no creo que suponga un problema que yo confeccione unos cuantos sombreros. ¿No será que te da rabia que me hayan quedado tan profesionales?

—Es que los haces con la tela que siso yo en La Sombrerera. No sé para qué te metes en estos jaleos. ¿No te vale con arreglar vestidos?

—Fuiste tú el que quiso que me pusiera a trabajar, y mis buenos duros me estoy sacando. ¡No estás contento con nada!

—Yo lo que digo es que eso de impermeabilizarlos...

En ese momento, Telva rompió a llorar y Manuela acudió a consolarla, no sin antes agitar el dedo hacia su marido y amenazarlo en silencio, aunque ni ella misma sabía con qué. Elías resopló y cogió el abrigo.

—Me voy al bar. Volveré a la hora de cenar, a ver si estás de mejor humor.

—A ti lo que te molesta es que yo pueda confeccionar en casa sombreros igual de buenos y bonitos que los que hacéis en La Sombrerera con toda esa especialización y esa maquinaria italiana de la que tanto presumes —le espetó Manuela mientras cogía a la niña para darle el pecho.

Elías salió dando un portazo y Manuela, en cuanto Telva estuvo saciada, la metió en el capazo y salió a llamar a la puerta de Casimira, calculando que ya habría llegado de La Algodonera.

—Sube —le dijo—, que tengo a la niña dormida y quiero enseñarte lo tuyo.

Casimira la siguió con más entusiasmo del que le hubiera gustado mostrar.

—¿No es muy pequeño? —preguntó cuando lo vio, colocado sobre unos periódicos, encima de la mesa de la cocina—. Y solo hay uno.

—¿Por qué no te lo pruebas antes de protestar? Si te queda bien, te haré otro.

Casimira se probó el sombrero sin quitarse el pañuelo.

—Pero quítate el pañuelo, mujer, ¡que llevas toda la semana con la cabeza cubierta! ¿Por qué te ha dado por ahí? Pareces una aldeana.

Casimira se encogió de hombros y Manuela supo que algo no iba bien. Entonces su vecina se deshizo el moño y le mostró unos ronchones en el cuero cabelludo.

—Ay, madre mía, ¿desde cuándo estás así?

—Hará diez días. Pica que es un horror. Todas las noches me pongo manzanilla, bicarbonato y sal, pero no se va.

—Tú no necesitas un sombrero, sino ajo y vinagre. ¡Tienes tiña!

—¿Cómo va a ser eso a mis años? Si es cosa de niños. De los que se crían con animales.

—Es tiña como que me llamo Manuela. Anda que no la he visto yo en mi pueblo. Ahora mismo te voy a preparar el ungüento, y ten cuidado en casa, que eso se contagia. ¿Por qué no me lo contaste en vez de pedirme un sombrero? ¡Ahora entiendo yo lo de la tela impermeable! Esto hay que curarlo, y hazte a la idea de que vas a tener que lavarte el pelo.

—¡Ni muerta!

—Pues te terminarán conociendo como «la Tiñosa». Si no me crees, llama al médico.

—Sí, claro, para que me cobre dos jornales y me deje como estaba. ¿Qué hago entonces? ¡Me cago en todo!

Manuela le lavó el pelo a Casimira con agua, vinagre y bicarbonato y le untó el cuero cabelludo con ajo.

—Bien no huele, pero no hay mejor remedio.

—Serafín hace tanto que no se acerca a mí que ni me acuerdo, así que con ajo o sin él no lo voy a notar.

—Tienes que repetir el proceso todos los días, y además desinfectar el sombrero con alcohol. Te lo he dejado bien impermeable.

—Por favor, Manuela...

—Ni una palabra a nadie, ya lo sé, por mi Telvina te lo juro, pero no seas bruta y haz lo que te he dicho.

Casimira tardó unas semanas en curarse de la tiña, pero recordó toda la vida el favor que le había hecho Manuela. Y ya le debía dos. A cambio, Manuela recibió su propio mote, en una zona en la que el apodo figuraba en las esquelas y el que no lo tenía es porque era forastero. Así dejó de ser Manuela, la de Elías, para ser Manuela «la Sombrerera».

En noviembre de 1933, las mujeres que sabían leer y escribir y eran mayores de edad, o mayores de dieciocho años en el caso de estar casadas, pudieron votar. Alexandra estaba emocionada por hacer uso del recién estrenado derecho al sufragio y lo hizo en Madrid, junto a su marido, sus padres, sus suegros y Claudina, que en un principio se mostró reticente.

—Yo de política no entiendo ni quiero entender, y mucho menos quiero líos. Además, ¿cómo voy a votar si solo fui a la escuela el tiempo justo para aprender las cuentas básicas?

—Eso es lo grande de este momento histórico que estamos viviendo —le dijo Alexandra—, que todos somos iguales ante las urnas, hombres y mujeres, pobres y ricos, estudiosos y trabajadores. No puedes desaprovechar la oportunidad de que se escuche tu voz.

—De verdad, señora Alexandra, que yo se lo agradezco mucho, pero prefiero no ir.

Finalmente, Claudina votó, pero no lo hizo por convencimiento sino porque lo consideró una orden, aunque nunca tuvo intención de serlo.

Amelia acudió a las urnas del brazo de su madre, custodiadas por su padre y sus hermanos. Valentina fue al local electoral con toda su familia. Su padre no estaba de acuerdo con el sufragio femenino, pero don Juan Ramiro Cifuentes entendía que cada voto sumaba, así que aleccionó a su hija y a su mujer para que votasen a su partido. Valentina recibió la orden de su padre con una sonrisa para después hacer, como siempre que podía, lo que le dio la gana.

La que no participó en el día de elecciones fue Manuela

porque le hubiera supuesto un enfrentamiento con su marido, que acató la llamada a la abstención de la CNT. Elías era un hombre bueno, cariñoso y razonable hasta que de política y de clases se trataba. Manuela pasó el día con la carta de Alexandra en la mano y sus palabras resonándole en la cabeza.

> Querida Manuela:
>
> ¿Te das cuenta de cómo han cambiado nuestras vidas desde que nos conocimos?
>
> Por primera vez en la historia vamos a ir a las urnas como auténticas ciudadanas. Tú has traído al mundo una nueva vida y yo espero hacer lo mismo pronto, porque siempre que recuerdo cuando te vi llegar a visitarme con tu pequeña de la mano me invade la alegría. Me hubiera gustado verte más veces, pero entiendo que para ti no es fácil. Al menos, las cartas nos permiten compartir momentos tan importantes como este. Hoy, tú y yo, y muchas mujeres españolas, vamos a marcar el camino para que tu hija y tantas otras como ella, incluidas las que espero tener yo en el futuro, puedan estudiar, votar, participar en la vida intelectual y política y, sobre todo, tener independencia y voluntad propia. Estoy muy emocionada por vivir este momento histórico y no dejo de pensar en tu hija, a la que considero mi sobrina, y en el prometedor futuro que le espera.
>
> Te envío un regalo para Telvina, seguro que tú acertarás mejor que yo con lo que pueda necesitar.
>
> Siempre tuya,
>
> Alexandra

Como ya era costumbre, la carta iba acompañada de dinero, camuflado como un regalo para la niña. Los obsequios de Alexandra suponían un desahogo para Manuela, que le permitían llevar a Telva con ropa de abrigo y buen calzado, cosa que no estaba al alcance de muchas vecinas del barrio. Entre las aportaciones de Alexandra, el jornal de Elías y su negocio improvisado empezaba a acumular una pequeña reserva de ahorros. Sobre todo porque lo que le enviaba Alexandra lo mantenía en secreto y le cundía mucho más, ya que se libraba de distribuirlo según el reparto que había acordado con Elías entre los gastos comunes, las cuotas sindicales y la nueva casa a la que planificaban mudarse en cuanto Manuela volviera a quedarse embarazada.

—Esto es lo que ha supuesto el voto femenino, me cago en mis muertos —maldijo Elías cuando volvió del bar tras conocerse los resultados de las elecciones—: mayoría para la derecha.

Manuela vio que venía bastante achispado y no le contestó.

«Claro, ¿cómo no iba a ser este fracaso culpa de las mujeres? Si hubiera ganado la izquierda, seguro que no lo habrían achacado al voto femenino. Quizá si los de la CNT no os hubierais abstenido, la izquierda habría resultado ganadora», pensó. Pero calló porque sabía que expresar su opinión era como mentar al diablo en el cielo y, en pro de la paz conyugal, no quiso empezar una discusión de ese calibre.

Los pensamientos de Manuela se volvieron premonitorios porque, tres años después, las mujeres volvieron a votar, la CNT no llamó a la abstención y la izquierda ganó con mayoría absoluta, aunque entonces ni su marido ni nadie atribuyó el triunfo al sufragio femenino.

9

En el mes de mayo de 1934, Amelia les propuso a Juan Gregorio y a Alonso hacerse una foto los tres. Quería tener un recuerdo con ellos porque faltaban pocas semanas para que terminaran el último curso y sabía que los echaría mucho de menos cuando se quedara sola en la universidad.

—¿Los tres? ¿De verdad quieres inmortalizarte con este? —bromeó Alonso señalando a Juan Gregorio.

—Ya ves que tengo buen corazón, no vamos a dejar fuera al pobre muchacho.

Con los años, Juan Gregorio había aprendido a disimular lo mal que le sentaban las bromas sobre su persona, por triviales que fueran, y accedió para que no volvieran a llamarle aguafiestas.

—En el obispado siempre trabajan con el Estudio Pardo, podemos ir allí —sugirió.

—De eso nada —rechazó Amelia—. Vamos a los minuteros del Campo San Francisco, que nos darán la foto al instante.

—¿Quieres ir a los minuteros o a la minutera? —preguntó Alonso, que ya conocía bien a Amelia, refiriéndose a la única fotógrafa entre los muchos que ofrecían sus servicios en el parque principal de la ciudad.

—Si lo sabes, ¿para qué preguntas?

Juan Gregorio los dio por imposibles: no tenía interés en el asunto ni ganas de discutir. Además, las fotos de los minuteros eran mucho más baratas que en un estudio y él siempre iba escaso de fondos.

La foto, símbolo del fin de una etapa, se la quedó Amelia, sin imaginar que aquel sería también para ella su último año en la universidad, aunque no hubiera terminado aún sus estudios. En el mes de octubre, estalló la revolución en Asturias.

Con la carrera de Derecho recién terminada y un expediente impecable, Juan Gregorio Covián empezó su pasantía en un reputado despacho de abogados de Oviedo. Era un valor atractivo para los bufetes porque, aunque sin patrimonio ni apellidos, poseía una mente brillante, contactos con algunas de las familias más adineradas de Asturias y, además, el hecho de ser sobrino de un canónigo del obispo lo beneficiaba. Siempre era provechoso estar a buenas con la Iglesia.

Con más proyección que salario, seguía viviendo en casa de su tío y así tenía intención de continuar hasta que se casara o, al menos, hasta que lo ascendieran a abogado titular.

El jueves 5 de octubre de 1934, llegó a casa tras una larga jornada de trabajo. Hacía rato que había anochecido y su tío ya se encontraba allí.

—Hoy he estado reunido con el obispo —comentó el canónigo durante la cena—. El país está revuelto. Dios no quiera que la situación en la cuenca minera se complique. Largo Caballero e Indalecio Prieto están calentando los ánimos más de la cuenta y los mineros son fáciles de encender.

—¿Y cree usted que eso puede llegar a afectarnos?

—La minería es el corazón de esta tierra, y si los mineros se revuelven, Asturias se colapsa.

A Juan Gregorio le pareció excesiva la preocupación de su tío. En León, su tierra, también había una cuenca minera, en la comarca de El Bierzo, pero no daba demasiados problemas en la capital. De familia y educación socialdemócrata y católica, Juan Gregorio se indignaba con los últimos movimientos de los socialistas, pero sobre todo lo hacía en su día libre, cuando, de tanto en tanto, quedaba a tomar unos tragos con Alonso y algún otro antiguo compañero de estudios. Para él los mineros eran unos personajes de los que se hablaba mucho pero que en Oviedo, al igual que sucedía en León, se veían poco. A pesar de la inquietud de su tío, no consideró tan crítica la situación política del país. Al menos, no tanto como para quitarle el sueño. Antes de acostarse dio cuerda a sus dos despertadores de mesilla, siempre dos, no fuera a ser que uno fallara, y durmió a pierna suelta hasta que, puntualmente, uno un minuto después del otro, sonaron al amanecer.

A la mañana siguiente, la sublevación socialista minera contra el gobierno de la República era una realidad y el único tema de conversación en el despacho. Aun así, todos parecían más tranquilos que su tío.

—Las cuencas son las cuencas, a Oviedo no van a llegar —aseguraban sus compañeros.

Los abogados más veteranos parecían compartir aquella opinión.

Esa noche, Juan Gregorio trató de tranquilizar al canónigo.

—Dicen que es solo en las cuencas, tío —sostuvo.

Juan Gregorio volvió a dormirse nada más acostarse, aunque se despertó varias veces y le costó volver a coger el sueño.

A la mañana siguiente, los revolucionarios tomaron el Ayuntamiento de Oviedo, a dos pasos de su casa, situada frente a la catedral, pero fue el relato de su tío, que llegó pálido y desencajado, lo que lo alarmó.

—Ha sido horrible. Al salir del arzobispado un grupo de personas nos abucheó y nos increpó, ¡no te imaginas las barbaridades que tuvimos que escuchar!

—¿Les han agredido?

—No, eso no. La mayoría eran mujeres, algunas incluso con niños.

—¿Mujeres? ¿Qué tierra salvaje es esta en la que las mujeres participan en una revolución? Parece que la civilización se acabase en la cordillera Cantábrica y no llegase al mar —exclamó Juan Gregorio, indignado.

Esa noche la pasó en vela escuchando al canónigo caminar inquieto por la sala. Durante los días siguientes, la caída de varios enclaves estratégicos de la ciudad encerró a los ovetenses en sus casas, pero fue la voladura del Palacio Arzobispal y el anuncio de la muerte de religiosos en distintas partes de Asturias lo que terminó de sumirlo en una vigilia continua. La noche del 11 de octubre, su tío y él daban vueltas en sus respectivas camas, incapaces de conciliar el sueño, cuando escucharon una explosión. Ambos salieron al salón y se acercaron a la ventana.

—Ha sido en la catedral —afirmó el canónigo—. ¡Esos salvajes!

—¿Dónde va? —increpó Juan Gregorio a su tío cuando este salió de su cuarto unos momentos después, vestido de civil—. ¿Es que quiere que lo maten?

—Mi vida vale lo que la vida de cualquier hombre, pero la catedral es sagrada. En la Cámara Santa está el santo sudario. No puede perderse.

No fueron los mineros quienes acabaron con la vida del canónigo, sino un cartucho de dinamita que no explotó cuando lo detonaron pero tuvo el capricho de hacerlo cuando el sacerdote tropezó con él sin querer mientras accedía a la Cámara Santa del templo, medio ahogado por el humo, en busca de la sagrada reliquia.

Ni Amelia ni Alonso se encontraban en Oviedo cuando estalló la revolución. Dormían plácidamente en Gijón, con sus familias, como cada fin de semana. Allí, el levantamiento se extinguió pronto y no llegó al centro de la ciudad, aunque eso no evitó que fueran días de tensión y miedo, pendientes todos de las noticias que llegaban de la capital asturiana. Cuando Amelia se enteró de la destrucción del edificio de la universidad, que, tras tres siglos en pie, quedó reducido a cenizas y con él todos los tesoros que albergaba, desde la biblioteca hasta los cuadros del Museo del Prado depositados allí, lloró sin consuelo durante horas.

—¿Dónde voy a estudiar ahora?

Sus padres callaron porque ambos tenían claro que la aventura universitaria de Amelia había llegado a su fin.

La Revolución de 1934 solo duró catorce días, hasta que un general de brigada, Francisco Franco, asesor técnico personal del ministro de Defensa, casado con una ovetense de reputada familia, consiguió restituir en Asturias el mando del gobierno central republicano.

Aquella fue la primera vez que escucharon hablar de Franco y volvieron a hacerlo cuando, poco después, la ciudad de Oviedo lo declaró hijo adoptivo por defender Asturias del golpe de Estado contra la Segunda República.

Juan Gregorio no se perdonaba haber dejado marchar a su tío y, menos aún, su falta de valor para acompañarlo. Para paliar su culpa, empezó una cruzada personal contra socialistas, sindicalistas, comunistas, anarquistas y todos aquellos a los que responsabilizaba de la muerte de su tío. Por eso, la crueldad de la represión contra los civiles, hombres y mujeres, afines a los revolucionarios no minó en absoluto la admiración de Juan Gregorio por aquel hombre que, a sus ojos, había vengado la muerte del canónigo. Para él, el desfile por el centro de la ciudad de las tropas africanas que, comandadas por el general Franco, habían sofocado la revolución fue un símbolo de la justicia, de la restitución de la ley y de la República, que él tanto respetaba, y de la victoria contra aquellos bárbaros que habían asesinado a inocentes y destruido piezas irreemplazables del arte y la cultura. No así para Alonso y Amelia, que, aunque también eran convencidos demócratas, se horrorizaron con la brutalidad empleada para castigar a los obreros y los civiles revolucionarios o simpatizantes.

Mientras Juan Gregorio lloraba a su tío en Oviedo, Manuela ocultaba sus lágrimas a la pequeña Telva en su casa del barrio portuario de La Calzada, en Gijón.

Afín al Comité Revolucionario, Elías pasó los días decisivos del levantamiento en la cama con unas fiebres que le causaron diarrea, temblores y un estado de sopor que no le permitió enterarse de lo que sucedía hasta que el estrepitoso fracaso de la revolución ya era un hecho. Entonces le entró la angustia de que en cualquier momento llamaran a la puerta para detenerlo. No por participar en la revuelta, que no le fue posible, pero sí porque cualquiera podía delatarlo por haber sido un elemento clave en la planificación del intento de toma de La Sombrerera, La Algodonera y el cuartel de la Guardia Civil.

Con la radio puesta con el volumen bajo día y noche, Elías fumaba y maldecía, mientras Manuela se ocupaba de la casa, de la niña y de entregar a tiempo los encargos de costura aparentando una tranquilidad que no tenía. Después de pasar su infancia en una aldea agrícola y su adolescencia al servicio de los Solís de Armayor, no se sentía identificada con la causa obrera, y solo la existencia de Telva evitaba que se arrepintiera de haberse casado con un hombre obsesionado con los derechos de los trabajadores y la opresión de las clases altas, por las que sentía un desprecio que ella estaba muy lejos de compartir.

—¿Cómo puedes defenderlos después de haber sido su esclava, sin días libres ni jornada laboral? —la increpaba Elías.

—Yo nunca fui su esclava. La familia siempre me trató bien y Alexandra me considera su amiga.

—¿La señorita Alexandra? —se burlaba Elías—. ¡Por favor! Para los ricos, los criados ni siquiera son personas.

—No todos los ricos son iguales.

—No sé si son iguales o no, pero lo que sí sé es que para ellos nosotros somos todos la misma mierda.

Ella callaba por no discutir y abrazaba a Telva que, siempre con ganas de jugar, le sonreía o le daba la manita para llevarla a algún rincón recién descubierto de su propia casa, y solo así Manuela se sentía reconfortada.

Durante los días posteriores al control de Gijón, los guardias detuvieron a numerosos revolucionarios, pero el arresto de Elías nunca llegó. Ni siquiera cuando fue un hecho que la revolución asturiana había sido completamente sofocada. Entonces Elías volvió a su trabajo en La Sombrerera, pero la normalidad no volvió a sus vidas. La caída de algunos compañeros en manos de los represores se convirtió en la única preocupación de su marido que, entre la indiferencia de su mujer y el cuidado que debía tener aquellos días para que no los vieran agruparse en los bares, se desesperaba en silencio y caminaba por la casa como un animal enjaulado. Algunos de los que participaron en la revuelta cayeron en manos de Lisardo Doval, el Carnicero de Asturias, y la narración de las torturas a las que fueron sometidos avivó el sentimiento de clase de Elías hasta el puro odio. Aquel verano prohibió a su mujer visitar a Alexandra, y Manuela no pudo celebrar con ella la noticia de que estaba de nuevo en estado de buena esperanza.

—El único rico bueno es el rico muerto —sentenció Elías—. En esta familia somos fieles a los nuestros.

El domingo 22 de septiembre de 1935, Manuela remataba una falda al bies en la vieja Singer mientras Telva jugueteaba en el suelo con restos de fieltro de los sombreros. Al estirarse para mantener recta la costura sintió un pinchazo en el bajo vientre que le atravesó hasta la zona lumbar. Paró para coger aire. El embarazo, muy distinto al de Telva, la tenía revuelta y dolorida.

—¿Te has hecho pipí? —le preguntó su hija.

Manuela sintió entonces la humedad y vio el charco de agua en el suelo.

—¡Ay, Señor! ¡Que estoy de parto! ¡Ve a llamar a Casimira! ¡Corre, hija, corre!

La pequeña abrió la puerta llorando y gritando a la vez, tan nerviosa que Casimira la escuchó desde el piso de abajo y salió a ver qué pasaba, al igual que otras vecinas, entre ellas Paz.

—Mamá se ha hecho pis —anunció la niña a gritos.

Paz y Casimira entraron corriendo en casa de Manuela.

—Madre mía —exclamó Paz al ver el suelo mojado—. ¡Si

solo estás de seis meses! A ver si has llevado mal la cuenta. Tienes mucha barriga.

Manuela negó con la cabeza, llorando, sabedora de lo que aquello significaba.

—Paz, corre, que avisen a Elías, hay que llevarla a la Gota de Leche —ordenó Casimira—. Si en algún sitio pueden hacer algo por el bebé es allí. Yo me quedo con ella y con Telvina.

Manuela llegó a la Gota de Leche entre retorcijones de dolor y temblores. El parto duró cincuenta angustiosos minutos en los que empleó toda su voluntad por retener dentro a su bebé, mientras su cuerpo, desobediente a sus órdenes, se empeñaba en expulsarlo. El bebé nació vivo, pero no consiguió sobrevivir fuera del cuerpo de su madre; las incubadoras de la Gota de Leche, pioneras en el momento, fueron insuficientes para un gran prematuro.

—Pero respira, mi hijo respira —gritó Manuela cuando el doctor le pidió que se despidiera de él.

—No se puede hacer nada. Llamen al sacerdote y que al menos muera bautizado.

El pequeño Elías Fernández Baizán permaneció en este mundo once horas, en las que Manuela rezó para que se produjera un milagro que no llegó.

Tras la muerte de su hijo, Manuela se refugió en Telva y Elías se enfadó con un Dios en el que decía no creer, y se ofuscó aún más en su lucha por la justicia social, la única que era importante para él, porque en la divina estaba claro que no podía confiar.

Gijón,
octubre de 1935

Querida Alexandra:

Mi hijo ha muerto. Lo llamamos Elías como su padre. Nos dio tiempo a bautizarlo, así que supongo que estará con Dios porque no puedo soportar imaginarme a mi bebé perdido en un limbo eterno. Era precioso, muy pequeñito, pero precioso.

Manuela rompió a llorar y la tinta se corrió hasta que le fue imposible entender lo escrito.

Rasgó la cuartilla mojada por las lágrimas, se serenó y empezó de nuevo.

Querida Alexandra:

Hoy me siento si cabe más unida a ti que nunca: el hijo que esperaba ha muerto. Estoy sufriendo, pero sé que tú también sufres porque ese niño que tanto ansías no llega. Solo puedo desear que pronto me comuniques buenas noticias y que el dolor por la pérdida de mi hijo se vea aliviado por el que tú traerás al mundo, espero que más pronto que tarde.

Di a luz a mi hijo Elías en la Gota de Leche de Gijón y allí sentí que tú estabas conmigo porque los azulejos de las paredes parecían repetir tus palabras: «Risa me da el mundo con su ley de honor: yo soy deshonrada, mi cómplice no». Dicen eso y mucho más y está a la vista de todos.

Ahora, después de tantos años, debo confesarte que, cuando te conocí, creí que tus opiniones eran excentricidades de aristócrata, que pensabas así por la simple razón de que podías permitírtelo, pero verlas plasmadas en las paredes de un hospital para madres pobres y trabajadoras me hace darme cuenta de que conozco muy poco del mundo. Ojalá supiera, al menos, lidiar con este dolor que siento ahora y que solo Telvina sabe aliviar.

Siempre tuya,

MANUELA

La respuesta de Alexandra le llegó a Manuela el día de Difuntos, como si se tratara de una burla del destino.

Querida Manuela:

Lamento enormemente la pérdida de tu pequeño. Tengo ganas de llorar y de gritar, de todos esos desahogos que no me permito con Jacobo. Por ti, por tu bebé, por los hijos que a mí no me llegan, por las miradas que recibo de la gente que piensa que estoy seca por dentro y que por eso no concibo, por la situación que está viviendo este país, que no nos va a traer nada bueno. Ayer tuve el periodo por vez número treinta y seis desde la noche de bodas. Como cada mes. Sin una falta. Cada retraso, una ilusión que se convierte en decepción a los pocos días. Noto a Jacobo cada vez más inquieto, a mi madre preocupada, y mis suegros me reprochan que no les dé un heredero para su imperio. Hemos pensado en la adopción, pero ni mis padres ni los suyos están dispuestos a admitir un niño que no sea sangre de su sangre. No quieren que un advenedizo, dicen, se apodere de su apellido y su trabajo. ¿Te imaginas? Un bebé advenedizo. Como si eso pudiera existir. Me conociste llena de fuerza, de ilusión y ansiosa por cambiar el mundo. Ahora, a mis veintitrés, me siento vieja y apática, sin ganas de nada más que de llorar. Quería hacer tantas cosas importantes y resulta que no soy hábil ni para la más básica. Me preocupaba formar a mujeres capaces de lo que yo no puedo, lo único que en realidad importa: dar vida. Odio, y lo escribo así, con todas las letras, odio a mi ginecólogo: es un hombre horrible que ni me mira a la cara, que me manda descansar, dar paseos al aire libre y comer mucha carne, pero siempre parece que lleva prisa, a pesar del dineral que nos estamos gastando en su consulta, como si yo fuera un caso perdido.

Intenté hacer algo útil con un maravilloso proyecto que ha ideado Amelia. Quiere ayudar a las niñas que venden sus cuerpos en los suburbios porque, querida Manuela, algunas tienen solo trece años. Yo no me lo creía hasta que lo comprobé con mis propios ojos, pero no veas la que se armó, hasta Jacobo puso el grito en el cielo y me ha prohibido tajantemente involucrarme en este asunto, lo único que me había devuelto un poco de ilusión. Por supuesto, mis padres y mis suegros se han puesto de su parte y le han pedido al doctor que me disuada. Me riñó como si yo fuera una niña irresponsable, casi me acusó de no cumplir con mi obligación de concebir y de poner en riesgo la descendencia de mi marido. Así que sigo en casa, salgo a pasear con mi madre o con mi suegra, y aprovecho para leer y estudiar sobre temas que me parecen de interés. Me he convertido en una mujer inútil que se lamenta por su vida vacía. En fin, querida Manuela, que siento mucho por lo que estás pasando, lo siento en el alma. Conozco mi dolor y puedo imaginar el que sientes tú. Abraza a Telvina, busca consuelo en ella y, cuando tu cuerpo y tu corazón te lo permitan, vuelve a intentarlo. Yo me niego a perder la esperanza, aunque para lograrlo tenga que sacrificar el resto de mis sueños.

Tu amiga que te quiere y te echa de menos,

ALEXANDRA

En el mes de junio de 1936, pocos meses después del triunfo en las urnas del Frente Popular, llegó a casa de Manuela una carta urgente.

Querida Manuela:

Jacobo y yo nos vamos de España. Residiremos por un tiempo en Lisboa con mi familia materna. Mi madre viene con nosotros, pero no hemos conseguido convencer a mi padre. Tampoco a mis suegros. En este momento, casi me alegro de que Dios todavía no nos haya bendecido con hijos y que no tengan que vivir este infierno en el que se ha convertido la ciudad para nosotros. Hace semanas que no salgo de casa, Jacobo no me lo permite por miedo a los grupos armados que recorren las calles. Atacan a los curas, a los empresarios y a quienes consideran un enemigo, aunque solo sea por el periódico que leen. Las milicias, las de izquierdas y las de derechas, atemorizan a los ciudadanos y mi suegro dice que los militares no van a aguantar más. Estamos encerrados. La última vez que salimos a pasarlo bien fue para ver a Celia Gámez en el Coliseum, en la Gran Vía, ¡y hace tanto de eso! ¿Te acuerdas de cuánto te gustaba la Gran Vía? No llegaste a verla terminada. Inauguraron el tramo final al año siguiente a tu matrimonio. Fue después de que quemaran la Casa de los Jesuitas que entorpecía el avance de las obras. Ahí ya teníamos que haber adivinado que la situación política se estaba complicando, pero yo todavía era feliz, solo pensaba en la boda con Jacobo y en los buenos tiempos que nos traería el futuro porque entonces parecía brillante. Y ahora, querida amiga, nos vemos obligados a exiliarnos. En Portugal encontraremos la paz y un buen futuro para el hijo que estoy esperando. Sí, Manuela mía, por fin estoy embarazada y le pido a Dios que me quite mi casa si quiere, pero que me regale un niño precioso. O una niña como la tuya. Porque a estas alturas, aunque sé que Jacobo quiere un niño, a mí me da igual, solo quiero tenerlo pronto en mis brazos en algún lugar donde estemos a salvo.

Se avecinan tiempos violentos, querida Manuela. Deseo que tú y la niña estéis bien. España necesita un milagro para vivir en paz. Reza para que este país nuestro no se destruya a sí mismo. Te escribiré desde mi nuevo destino.

Tu amiga que te quiere,

ALEXANDRA

La carta iba acompañada de cinco mil pesetas, el equivalente a veinte meses del sueldo de Elías. Manuela respiró hondo, tratando de serenarse. El pesimismo de Alexandra contrastaba con el optimismo de Elías que, tras las últimas elecciones, hablaba del triunfo de los obreros sobre la opresión, de la igualdad de clases, de un país en el que no habría ricos ni patronos sino un gobierno del pueblo para el pueblo.

Alexandra y Jacobo abandonaron Madrid poco antes de que estallara la guerra y la situación se volviera insostenible en su barrio, el paraíso residencial soñado por el marqués de Salamanca, y en otras zonas señoriales de la capital. Los asaltos y los saqueos de los palacetes de las clases altas eran diarios y algunas personas de su círculo, empresarios con los que hacían negocios y aristócratas con los que habían coincidido, fueron asesinados o amenazados. Aunque los ataques todavía no habían llegado a los edificios de pisos, por lujosos que estos fueran, Jacobo decidió abandonar el país. En Portugal, los Braganza les harían de anfitriones mientras se instalaban.

Doña Victoria le rogó a su marido que fuera con ellos y, ante su reiterada negativa, quiso quedarse con él.

—Si tú te quedas, yo también. Que vayan los jóvenes solos. Mis primos los recibirán y les presentarán a quienes les interese conocer. Ya han elegido varias casas para que vayan a visitarlas en cuanto lleguen y puedan acomodarse lo antes posible.

—Debes ir con ellos —insistió don Carlos Solís—. La niña está encinta y necesita a su madre. Y nosotros un nieto que nos traiga esperanza en un futuro que cada vez pinta más negro.

Doña Victoria accedió porque no quería dejar sola a su hija durante el viaje.

—Iré, pero recuerda que Alexandra también necesita a su padre, así que prométeme que si esto empeora, saldrás de Madrid y te reunirás con nosotros.

Don Carlos Solís le dio su palabra, pero con un gesto de preocupación que sobrecogió a su mujer.

El padre de Jacobo fue mucho más rotundo en su respuesta cuando su hijo le propuso trasladarse con ellos a Portugal.

—Ningún muerto de hambre va a quitarme lo que es mío. Si estos comunistas piensan que un fraude electoral como el que han perpetrado les servirá para socializar nuestro banco y nuestras empresas, es que están muy equivocados.

—Pero mientras tanto se nos pueden llevar por delante —insistió Jacobo.

—Esto no se quedará así. El orden se restaurará en breve.

—¿A qué se refiere, padre? ¿A los militares? No sé qué sería peor. En cualquier caso, ya regresaremos cuando las aguas vuelvan a su cauce.

—Marchaos. Pronto habrá pasado el peligro y estaréis aquí de nuevo.

—¿Y madre? Que al menos venga ella con nosotros. Así hará compañía a Victoria y entre las dos ayudarán a Alexandra.

—A tu madre nada se le ha perdido allí. Tu esposa tiene más que suficiente con Victoria para cuidarla durante el embarazo.

Finalmente, Alexandra, Jacobo y doña Victoria emprendieron el viaje a Portugal. Ellos, en coche y el poco servicio que los acompañaba, en tren. Claudina se quedó en Madrid para atender al señor. Fue un viaje lleno de sobresaltos: la tensión los mantuvo en vilo durante la larguísima jornada que tardaron en llegar a Lisboa. Cada vez que el automóvil se cruzaba con grupos de obreros o de agricultores armados con palos, temían que la tomaran con el coche y con ellos mismos.

Nada más cruzar la frontera, Alexandra sintió un fuerte dolor.

—¡Jacobo, madre, algo no va bien, me duele! —exclamó llevándose las manos al abdomen.

—Tranquila, hija. Es la desazón de las últimas horas. Ahora ya estamos a salvo. Suele ocurrir que los nervios nos atacan cuando ha pasado el peligro.

Alexandra intentó calmarse, pero el líquido caliente que notó entre sus piernas confirmó lo que tanto temía.

—¡Lo he perdido, lo he perdido! —gritó aullando de dolor.

—Dese prisa, por el amor de Dios —ordenó Jacobo al chófer al ver la mancha de sangre—. ¡Debe verla un médico!

Dos días después, cuando abandonó la clínica con instrucciones de reposar y no volver a intentar concebir hasta pasados unos meses, pidió papel y pluma y escribió a Manuela.

Su amiga leyó la carta entre lágrimas. Por el bebé. Porque Alexandra no tendría una Telva a la que abrazar. Porque la sintió más lejos que nunca. Ya ni siquiera estaba en España.

—¿Qué ocurre? ¿Por qué lloras así? —preguntó Elías.

Manuela sacudió la cabeza de un lado a otro. Estaba deseando compartir su pena por el niño que acababa de perder Alexandra, por el que había perdido ella misma, por la soledad que sentía, por lo lejos que notaba a Elías aunque estuvieran en la misma habitación. Pero antes de que dijera nada, como si hubiera intuido los sentimientos de Manuela, él la atrajo hacia su pecho, la abrazó y le acarició el pelo.

—¿Le ocurre algo a Alexandra?

Los hipos de Manuela le confirmaron a Elías sus sospechas.

—No me gusta nada esa amistad y no soy capaz de entenderla, eso por no hablar de que en estos tiempos que corren sus cartas son correspondencia peligrosa, pero está claro que esa mujer te importa, y no quiero ser yo el que te haga sufrir a base de ponerte problemas.

Manuela le leyó la carta de Alexandra.

—Cobardes —exclamó Elías—. Ahora que ven las orejas al lobo, huyen. Esto no es más que un signo de la fuerza de la clase obrera.

—Pensé que querías apoyarme.

—Estoy dispuesto a tragarme mis principios por ti, porque sé lo mal que lo estás pasando tras la muerte de nuestro hijo, pero no me pidas que no sienta desprecio hacia ellos.

—Ten un poco de humanidad, que ha perdido al niño igual que nosotros perdimos al nuestro.

«Un opresor menos», pensó Elías, pero no se atrevió a decirlo en voz alta y, de inmediato, se sintió algo culpable. A fin de cuentas, solo era un bebé. Un bebé inocente como su malogrado Elías.

—Esas cosas pasan —dijo al fin—. La muerte es la única que no discrimina por clase social.

A partir de entonces, Elías continuó intentando convencer a su mujer para que cortara temporalmente su correspondencia con Alexandra, esta vez arguyendo la seguridad familiar, con la esperanza de que eso enfriara su amistad, pero las misivas siguieron llegando desde Portugal.

En el mes de julio estalló la guerra y Gijón, fiel a la República, se convirtió en una ciudad fantasma, con los comercios cerrados, los francotiradores en los tejados y los arrestos indiscriminados en las casas. Cuando la gente se adaptó a vivir en guerra y la actividad se reanudó, entre bombas de un bando contra la población, y detenciones y asesinatos del otro, llegó una carta fechada varias semanas atrás en la que Alexandra ya no se desahogaba por sus intentos fallidos de ser madre. Le contaba a Manuela la huida de sus suegros de Madrid el día después del asesinato de Calvo Sotelo, justo antes del golpe de

Estado. Su suegro, acérrimo defensor de la sublevación, decidió finalmente ponerse a salvo en previsión de los tiempos que se avecinaban. En cambio, su padre se negó a reunirse con la familia en Portugal porque él, aun siendo consciente de los graves fallos de la República, defendía al gobierno democráticamente elegido y no apoyaba el levantamiento militar.

Don Carlos Solís fue asesinado nada más empezar la guerra, precisamente porque cuando los milicianos fueron a buscar a su consuegro y descubrieron que había huido, pagaron su frustración con él. Un grupo de hombres armados lo detuvo en su domicilio y lo condujo a una checa para someterlo esa misma noche a una pantomima de juicio sumario en el que lo sentenciaron a muerte. Lo ejecutaron antes del amanecer. Su cadáver apareció al día siguiente en una acera, junto con los de otros que habían sido «paseados» con él.

En la carta, Alexandra lo contaba así:

> Mataron a mi padre, que respetaba a todos los seres humanos por igual y era un hombre de paz. Siento la mayor de las tristezas, querida amiga. No dejo de pedirle a Dios que cuide de ti y de Telvina, y de todos los españoles que nada tienen que ver con esta guerra. Siempre en mi corazón.

A Manuela no le pasó desapercibida la intencionada omisión de Elías, al que hacía semanas que solo veía de noche en noche, ocupado como estaba organizando la resistencia de la ciudad. En la carta, Alexandra también le explicaba que Claudina estaba bien y que había decidido volver a Gijón. Lo que no supieron nunca ni Manuela ni Alexandra fue lo que le sucedió aquella aciaga noche como castigo por haber continuado al servicio de los opresores. Claudina se llevó el secreto a la tumba porque se moría de vergüenza solo de pensar que alguien estuviera al tanto de las vejaciones a las que la sometieron aquellos hombres, que le hicieron creer que no iba a salir de allí con vida. «No hay perdón para los esquiroles», le gritaban mientras la violaban uno tras otro.

—Van a llevarse a los niños republicanos a Rusia. Voy a meter a Telvina entre ellos —le anunció Elías a su mujer en el verano del treinta y siete.

Manuela sintió que le arrancaban el corazón del pecho.

—Es lo mejor para la niña —repetía Elías sin cesar ante la negativa de su mujer—. Serán solo unas semanas, hasta que cesen los bombardeos. Tenemos que ponerla a salvo.

—¿Cómo va a ser lo mejor para un niño apartarlo de sus padres y enviarlo a miles de kilómetros de su hogar? ¿Quién va a protegerla allí? ¿Quién va a cuidar de ella?

La discusión continuó hasta que Elías la zanjó recurriendo a que la ley estaba de su parte.

—Pronto la tendremos de nuevo aquí con nosotros. Esta es mi decisión y es inamovible. Soy su padre y, como tal, me corresponde a mí disponer lo mejor para ella. La niña se va.

Manuela rompió a llorar. Elías intentó abrazarla, pero ella no pudo soportar su contacto y lo rechazó con un movimiento enérgico.

—Será por poco tiempo, la sublevación será sofocada en breve, pero mientras tanto aquí corre peligro. Antes de que te des cuenta, el orden se habrá restaurado y Telvina volverá a casa.

Elías tomó la decisión de enviar a Telva a Rusia por si Asturias no resistía la ofensiva de las tropas franquistas, a pesar de que Manuela no dejó de negarse, una y otra vez, hasta el mismo día en que su hija partió.

—El mejor lugar para un niño es con sus padres —intentaba razonar con su marido—, sean las circunstancias que sean.

Otras veces suplicaba.

—Por favor, por lo que más quieras, no me la quites.

Elías callaba, o se iba de la casa, o exponía sus razones, pero no cambiaba su decisión.

—¿Y si nos la matan? —le decía—. ¿Y si nos matan a todos? Ella al menos tendrá una oportunidad.

—Pues vayámonos los tres —propuso Manuela, desesperada—. He escuchado que salen barcos de El Musel. Desde que está ese buque lleno de prisioneros rebeldes en el puerto para que no sigan bombardeándolo, parece que vuelve a haber movimiento. Hay gente que está consiguiendo salir de este infierno.

—No voy a huir como una rata. Defenderé la República hasta el final.

—Pero si estáis solos, quedáis los obreros que habéis tomado las fábricas. ¿No ves que los gobernantes están huyendo?

—¿Qué barbaridades dices? No te enteras de nada. Voy a garantizar la seguridad de nuestra hija. Dentro de unos meses, cuando ganemos la guerra y vuelva sana y salva, lo entenderás.

Manuela lloró y gritó durante días hasta que se dio cuenta de que Elías no iba a dar su brazo a torcer, que la patria potestad era solo suya y podía hacer lo que le diera la gana con su hija, que cada día estaba más asustada por tanta discusión entre sus padres, y aunque no lo aceptó, se resignó ante lo inevitable.

—Será solo por un tiempo, viajarás en barco e irás a un lugar muy bonito —le explicó Manuela—. En cuanto los aviones dejen de volar sobre Gijón, volverás a casa. Y eso ocurrirá pronto, muy pronto.

La noche del 23 de septiembre de 1937, Manuela abrigó bien a Telva, le puso un precioso sombrero de fieltro azul forrado de lana que le confeccionó ella misma para que no pasara frío, la abrazó hasta casi dejarla sin aliento y la dejó partir camino a Francia, donde embarcaría de nuevo rumbo a Rusia. Con su hija se fueron también su alegría, su ilusión y sus ganas de vivir.

Durante el mes de octubre de 1937, los sublevados avanzaron rápidamente por la cordillera Cantábrica sitiando al Gobierno republicano de Gijón.

—Vámonos, Elías, vámonos de aquí —repetía insistentemente Manuela—. Vayamos en busca de Telvina.

—No soy ningún cobarde. Ahora el Consejo de Asturias y León es soberano y tu marido forma parte de él. Cuando consigamos detener a los sublevados serás la mujer de un héroe.

—Yo no quiero un héroe, yo quiero ir a buscar a nuestra hija y vivir en paz con ella. Donde sea y como sea, pero los tres juntos.

—La niña estará bien, mejor que aquí. Volverá cuando ganemos —insistía Elías.

—¿Qué vamos a ganar? Si estamos solos, Gijón es la única resistencia en todo el norte. Los sublevados avanzan y los verdaderos dirigentes del Gobierno han huido.

—Los dirigentes no han desaparecido porque ahora mismo tú hablas con uno de ellos. Vamos a ganar esta guerra.

—Solo sois un grupo de idealistas que vais a sacrificaros por una causa perdida. Vayámonos a Francia y desde allí podremos llegar a Rusia. Vamos a buscar a Telvina, por favor.

—Si fuera tan fácil... —mascullaba Elías para sí.

Los días siguientes las malas noticias se sucedieron, Elías no aparecía por casa y Manuela llegó incluso a intentar escapar ella sola en busca de su hija. A pesar de que El Musel era un campo de batalla continuo, Manuela logró llegar a los muelles, pero allí no quedaban barcos que pudieran partir, solo gente en la misma situación que ella, desesperados, buscando la forma de escapar del horror que se avecinaba. No le quedó más opción que rezar para que su marido supiera algo que ella desconocía y que quedara alguna esperanza real para la República. Y eso fue lo que hizo hasta la tarde del 21 de octubre de 1937, cuando un niño, de unos diez años y la mirada llena de miedo, llamó a la puerta de su casa y le entregó una nota escrita con mala letra:

> Lo siento, no me da tiempo a ir a por ti, debo huir a Francia, está todo perdido. Cuídate mucho. No dejes que los fascistas te atrapen. Siempre tuyo,
>
> Elías

TERCERA PARTE

La madre
1937-1945

10

Telva llegó al puerto de Leningrado el 4 de octubre de 1937 y lo hizo de la mano de Manolo, un niño tres años mayor que también viajaba solo, sin hermanos ni primos, ni siquiera conocidos, y que emprendió la travesía tan aterrorizado como ella.

Tras salir del puerto de Gijón, Telva pasó varios días con sus noches llorando en el barco. Cuando llegaron a Saint-Nazaire, las autoridades francesas ordenaron a la tripulación que fondearan allí, frente a una playa llena de bañistas de vacaciones y barcos de recreo. Los pequeños miraban estupefactos desde la cubierta lo que les pareció una estampa idílica, totalmente opuesta a la que acababan de dejar en Gijón, asediado por los bombarderos y los barcos que disparaban desde la costa destruyendo edificios y segando vidas humanas. Hasta Telva dejó de llorar a causa del asombro. Fue entonces cuando se le acercó un niño moreno y flaco, que le sacaba más de una cabeza.

—¿Has visto eso? ¡Menuda vida se dan aquí los franchutes! —dijo Manolo.

—La playa de Gijón es igual de bonita que esta. Al menos cuando los aviones no le tiran bombas.

—Manolo —se presentó el niño tendiéndole la mano—. Soy del barrio de Cimadevilla. Me gusta tu gorro. Es del azul del cielo en verano.

—Me lo cosió mi madre. Hace unos sombreros preciosos. Luego los vende. También arregla vestidos.

—La mía me tejió el jersey que llevo, mira —dijo abriéndose el abrigo y mostrando un sobrio jersey marrón—. Es el más nuevo que tengo. Mi padre trabajaba en la rula, lo mataron en el frente. ¿Tú cómo te llamas?

—Telvina, y soy de La Calzada. Mi padre trabaja en La Sombrerera y no ha ido al frente, pero es un héroe porque asaltó la fábrica y ahora es un mandamás.

—El mío más, que murió por la República.

Telva se lo pensó unos instantes y decidió que Manolo tenía razón.

—Yo también viajo sola.

—¿Quieres ser mi amiga?

—Sí, pero solo porque te llamas como mi madre.

—¿Tu madre se llama Manolo?

—Manuela, tonto, se llama Manuela.

Telva notó que las lágrimas volvían a asomar a sus ojos solo con pronunciar el nombre de su madre. Manolo sacó del pantalón un pañuelo blanco bastante sucio y se lo tendió. Ella no lo aceptó y se limpió con la manga del abrigo, pero el gesto fue suficiente para sellar su amistad.

En Londres cambiaron de barco los dos juntos y, entre los mareos y las penurias de la travesía, surgió entre ellos un cariño tan intenso y duradero como solo es posible que nazca en la infancia. Hicieron el viaje refugiados el uno en el otro, tanto es así que cuidadores y tripulación supusieron que eran parientes a pesar de que no constara en sus fichas. Fue el apellido más común de Asturias lo que contribuyó a la confusión: Telva Fernández Baizán y Manuel Muñiz Fernández. Cuando les preguntaron si eran primos, ambos respondieron que sí, sin pensárselo y sin previo acuerdo. Y de esa forma lo hicieron constar en su ficha, subsanando la falta que, supuestamente, los funcionarios habían cometido. De ese modo, Telva y Manolo llegaron a Rusia como un núcleo familiar.

El recibimiento del pueblo ruso quedó tan grabado en la memoria de los dos pequeños como el rostro de sus padres cuando se despidieron de ellos en Gijón: banderas, flores, guirnaldas y vítores a los niños de la República española, víctimas del fascismo y héroes de guerra.

Nada más llegar, les dieron un baño, desinfectaron a los que tenían piojos o ladillas, les entregaron ropa nueva y les hicieron una revisión médica completa. Después, los que no estaban enfermos disfrutaron de unos días en los campamentos de descanso, bien en el campo, bien en la playa, mientras se les asignaba plaza en una de las Casas de Niños Españoles. Tanto Telva como Manolo estaban sanos, pero infestados de piojos, así que les raparon el pelo. Ella salió llorando a lágrima viva.

—¿Por qué lloras, tonta? —le preguntó Manolo—. El pelo vuelve a crecer.

—Porque me han quitado el sombrero que me hizo mi madre.

—Seguro que cuando volvamos te hará cien más, ya verás.

—Pero yo quería el mío, le prometí que no me lo quitaría —respondió entre hipos.

Manolo la consoló un buen rato.

—Estás muy guapa —dijo por decir algo.

—No es verdad, estoy horrible, ¿qué van a pensar los rusos de mí?

—Mira qué cicatriz tengo yo en la coronilla. ¿Sabes cómo me la hice?

Y aunque Telva sentía un enorme vacío en el pecho, no pudo evitar reírse con las historias de su nuevo amigo.

Pese a que tenían preasignados destinos diferentes, ella en Moscú y él en Ucrania, los funcionarios rusos, alertados por los cuidadores españoles del error en sus fichas, asignaron a Telva a la misma Casa de Niños Españoles que a Manolo, ubicada en Jersón, Ucrania, para no separarla del que ya constaría para siempre como su primo hermano y único pariente en la URSS.

La Casa de Jersón era un antiguo palacete, tan lujoso que Manolo, Telva y el resto de los setenta y siete niños destinados allí se sintieron representando un cuento de príncipes y princesas.

A los niños españoles no les afectó el clima político de represión contra los opositores al régimen de Stalin que vivía en aquel momento el pueblo ruso, solo vivieron la prosperidad y la buena acogida de los ciudadanos. Los habitantes de Jersón estaban ilusionados con la presencia de los pequeños y se acercaban a la casa para llevarles regalos y chucherías. En esas circunstancias, pronto empezaron a adquirir nuevas rutinas y una cierta sensación de felicidad.

Tanto el Partido Comunista Español en Rusia como el Gobierno de Stalin estaban convencidos de que los niños que estaban educando allí, con todos los medios a su alcance, serían los nuevos líderes españoles que implantarían el comunismo en España. Por eso el gobierno invirtió en ellos, prohibió su adopción y permitió a la propia Dolores Ibárruri, la Pasionaria, exiliada en Rusia desde el inicio de la guerra, supervisar su educación y garantizar que conservaran la cultura española.

Los niños se acostumbraron a su nueva escuela tan rápidamente como creció el pelo de Telva. No les fue difícil porque tenían libros de texto en español y profesores españoles o hispanohablantes, que les enseñaban literatura e historia españolas, y representaban obras de teatro y zarzuelas de autores españoles. También dieron clases de ruso por si la guerra en España se alargaba. Los más pequeños aprendieron el idioma relativamente pronto. Telva chapurreaba frases sencillas tras el primer año de estancia, aunque a Manolo le costó un poco más. Telva rechazó las clases de costura y bordado y eligió cerrajería y código morse con Manolo, no porque le gustaran más sino porque le apetecía estar con él, que se negó a acudir a las de bordado: «Eso es cosa de chicas», alegó. Como ella no consideró que el telégrafo y las cerraduras fueran «cosa de chicos» y nadie se lo impidió, se apuntó con él. Aunque echaban de menos a sus familias, vivieron aquellos años como una auténtica aventura. Las prácticas militares y de tiro eran para ellos lo más parecido a un parque de atracciones. Lo disfrutaban, como niños que eran, porque en aquel tiempo todavía confiaban en volver a casa, pero un gran mapa informativo sobre la situación en España instalado en la ciudad hacía tambalear la esperanza de los mayores ante el avance sistemático de las tropas sublevadas. Solo a la hora de dormir, en aquel inmenso cuarto compartido con el resto de las niñas, Telva añoraba las caricias y los besos de su madre al acostarla. Cada noche lloraba en silencio acordándose de la última vez que la vio, cuando le puso el sombrero azul para que no pasara frío antes de abrazarla como si fuera a acabarse el mundo, porque en realidad, su mundo, el de las dos, se había terminado allí.

La verdadera pesadilla empezó tres años después, cuando Alemania invadió la Unión Soviética y las Casas de Niños Españoles tuvieron que ser evacuadas para buscar refugio en territorios alejados del frente.

Los nazis ya habían empezado a planificar la invasión de Europa cuando Elías salió de España *in extremis* en el Abascal, un buque pesquero que partió del puerto de El Musel la noche del 20 de octubre de 1937, después de que los sublevados hundieran el barco en el que los dirigentes republicanos pensaban abandonar Gijón. Entre las columnas de humo que soltaban los tanques de gasolina incendiados y el ruido de las ametralladoras de los militares contrarios a la República que avanzaban hacia la ciudad, Elías comprendió que no le quedaba tiempo para ir a buscar a Manuela y eligió dejarla atrás, a una suerte que no auguraba nada bueno siendo la mujer de un mando republicano fugado. Él huyó porque quería salvar su vida y porque se convenció de que en nada la ayudaría que él se quedara a su lado, esperando a que lo detuvieran para fusilarlo.

Manuela pasó varias horas presa de un terrible ataque de ansiedad que la llevó de un lado a otro del apartamento, arrugando la nota de su marido con tanta fuerza que no se dio cuenta de que las uñas hacía ya rato que se habían clavado en su piel y sus manos estaban manchadas de la sangre que salía de las heridas que ella misma se había infligido. Por fin, bajó a casa de Casimira, donde encontró a Paz deshecha en lágrimas porque su marido no aparecía. Ni siquiera Casimira era optimista con el destino que las amenazaba, y Manuela fue consciente de que no podía quedarse allí como un animal que espera en su jaula el momento de ser sacrificado.

Mientras Asturias se rendía y los prisioneros hechos por el bando republicano durante la defensa de la ciudad eran liberados, Manuela salió a la calle aprovechando la confusión y consiguió llegar a Correos y poner un telegrama a Lisboa, dirigido a Alexandra:

> A la que no acierta en casar, nada le queda por acertar. Estoy sola.

La salvación le llegó un día después. Cuando Manuela abrió la puerta y vio a Claudina, se quedó paralizada unos instantes.

—¡Vámonos! —la instó Claudina—. Estás en grave peligro. Si vienen a buscar a Elías y no lo encuentran, te llevarán a ti.

—No lo van a encontrar —replicó ella entregándole la nota.

—¡Cobarde hijo de perra! Coge lo imprescindible y vámonos. ¿Dónde está tu hija?

—En Rusia.

Claudina no perdió el tiempo buscando explicaciones.

—La Singer de la abuela de Alexandra —dijo Manuela.

—No hay tiempo para eso ahora.

—No puedo dejarla aquí. ¿De qué voy a vivir?

—Lo que no puedes es llevártela. ¡Corre! Salgamos de aquí antes de que vengan a por Elías.

Manuela llegó a la casa que Claudina compartía con Eufemia, su madrina, a la vez que las tropas franquistas entraban en la ciudad entonando cánticos de triunfo, aclamadas por los afines a los vencedores y los que, sin serlo tanto, decidieron parecerlo a partir de ese momento. La lluvia dio tregua, como si también se rindiera a los ganadores. Solo las banderas blancas que colgaban de los balcones señalaban que donde hay vencedores, siempre hay vencidos y muchos otros que ni siquiera saben en qué lado se encuentran.

Eufemia, Ufe «la Cigarrera», como la conocían los vecinos porque llevaba desde niña trabajando en la fábrica de cigarros, las esperaba en su minúsculo apartamento del barrio de Cimadevilla.

—¿Noticias de Alexandra? —preguntó Claudina nada más cerrar la puerta.

Eufemia negó con la cabeza.

—Menudo lío tenemos encima —dijo mirando a Manuela con lástima.

—Pero si la guerra ha terminado en Asturias —balbuceó Manuela, cada vez más asustada.

—Por eso mismo. El inicio de la guerra se lleva la paz para siempre porque el final viene cargado de venganza.

—No seas agorera, Ufe, que igual tienen piedad ahora que han ganado —intercedió Claudina.

—¿Piedad? No saben lo que es eso. Si no la tuvieron en el treinta y cuatro, que eran cuatro mineros con un poco de dinamita, no la van a tener ahora. Tenemos que librarnos de ella cuanto antes —dijo Eufemia sin importarle que Manuela estuviera presente.

—Esperaremos. Hay muchos republicanos destacados que no han conseguido huir, no removerán Gijón por ella. —Y dirigiéndose a Manuela, añadió—: No te quedarás mucho aquí. Nos pones en peligro a mi madrina, a mí y a ti misma. Las cigarreras siempre están en el punto de mira, pero esperaremos noticias de Alexandra. Y si no llegan, ya veremos qué hacer contigo.

—¿Qué hace usted en Gijón? —preguntó Manuela a Claudina.

—No me trates de usted, que ya no estamos en casa de los señores, como puedes ver —dijo señalando las paredes de aquel apartamento húmedo y mal ventilado en el que solo había una cocina y un dormitorio anexo—. ¿Te enteraste de que asesinaron al señor Solís?

Manuela asintió.

—Cuando lo mataron, me ofrecieron irme a Portugal con ellos, pero preferí volver aquí —explicó escuetamente.

Claudina omitió decirle a Manuela que rechazó la oferta porque necesitaba alejarse del recuerdo de lo sucedido aquella noche en Madrid y no se sentía capaz de hacerlo sirviendo a la familia. Quería tapar su vejación con distancia, dejarlo todo atrás.

Las noticias de Alexandra tardaron dos días en llegar, dos días en los que Manuela temió que en cualquier momento Eufemia la pusiera de patitas en la calle o que llamaran a la puerta buscándola. Corrían por el vecindario noticias diarias de republicanos a los que sacaban de sus casas y se los llevaban sin destino conocido. Las represalias habían empezado y en los hogares de las barriadas obreras cundía el pánico. Hablaban de miles de detenidos, y los barrios cercanos a El Musel, llenos de estibadores y trabajadores de las fábricas, o Cimadevilla, habitado por pescadores, pescaderas, cigarreras y prostitutas, eran los más castigados.

La salvación de Manuela llegó de la persona más inesperada y también de las pocas que se hallaba libre de cualquier sospecha por parte de los vencedores.

El bando ganador liberó de la cárcel a los afines a la sublevación el mismo día de la caída de Gijón. Entre ellos, don Juan Ramiro Cifuentes, el padre de Valentina, que recuperó su libertad tras varias semanas angustiosas en las que su mujer y sus hijos lo buscaron por todo Gijón, sin saber si estaba vivo o muerto. Regresó maltrecho, pero no grave. Aunque el rencor hacia aquellos que lo habían perseguido y despojado de sus posesiones se quedó con ellos, poco a poco la rutina volvió a sus vidas en una ciudad destrozada por las bombas que empezaba su reconstrucción, porque si bien la guerra continuaba en Madrid y en otros lugares de España, en Asturias ya había terminado.

Don Juan Ramiro Cifuentes aceptó la petición que Jacobo

Espinosa de Guzmán le hizo en nombre de Alexandra porque, desde la muerte de don Carlos Solís, Jacobo gestionaba no solo su propio banco sino también los negocios y el patrimonio de los Solís de Armayor, y los Cifuentes estaban deseosos de hacer tratos con él. Era el momento de trabajar con más ahínco que nunca para sacar la empresa de nuevo a flote tras los desastres de la guerra. Fueron muy afortunados porque lograron una posición ventajosa con el nuevo gobierno debido a lo que habían sufrido a manos republicanas, y consiguieron la restitución de lo que era suyo, aunque había quedado en unas condiciones lamentables. En esas circunstancias, que Espinosa de Guzmán le debiera un favor era un regalo del cielo.

Valentina se presentó en casa de Eufemia acompañada de su madre y del chófer. No hicieron falta explicaciones. Manuela recogió las escasas pertenencias con las que había abandonado su casa y montó en el automóvil al lado del conductor.

—En la casa se quedó la Singer de la abuela de Alexandra. Me gano la vida con ella, si pudiéramos pasar a recogerla les estaría muy agradecida —pidió Manuela.

—¿Es usted estúpida? —respondió la señora Enriqueta, la madre de Valentina—. ¿Es que no entiende lo precario de su situación y el riesgo que estamos corriendo al ayudarla? Solo tiene dos opciones: esconderse o que la metan presa. Elija, pero hágalo pronto, que a mí me da exactamente lo mismo. Esto no lo hago por usted.

Manuela calló avergonzada y se volvió pequeña en su asiento. En el camino vio edificios destruidos, escombros, soldados del ejército falangista, grupos de mujeres que limpiaban las paredes de carteles de propaganda comunista y corros de hombres del bando ganador que celebraban en las calles la victoria. Y el enemigo eran los hombres como Elías. Y por extensión, sus mujeres, sus hijos y el resto de sus familiares. En ese momento comprendió que se había convertido en una proscrita. Ella, a la que no le interesaba la política, que solo quería vivir con su hija y su marido, estaba sola, sin su niña, y huyendo para salvar la vida. Rezó, sin esperanza y sin saber si Dios la escuchaba, para que todos se equivocaran y los vencedores tuvieran compasión y no tomaran represalias contra los inocentes.

La casa de los Cifuentes ocupaba una planta entera de un edificio del centro de Gijón cercano a la plaza del antiguo Instituto de Jovellanos, maltrecha tras los bombardeos. Una vez dentro, Valentina se encargó de explicarle su posición.

—Estás aquí por Alexandra. Y porque me consta que tú no has hecho nada, pero que te quede muy clara una cosa: en esta casa las criadas no se sientan a la mesa con los señores, ni visten como los señores, ni tienen trato con los señores, ¿entendido?

Manuela bajó la cabeza y asintió.

—Hay mucho trabajo porque, mientras mi padre recupera nuestros activos, solo estaréis tú y otra sirvienta. Obdulia cocinará y nos atenderá. Tú coserás, lavarás la ropa y plancharás porque, si mal no recuerdo, no sabías hacer otra cosa. También te encargarás de ayudar a Obdulia en las tareas más pesadas de la limpieza diaria: suelos, cuartos de aseo y ventanas, que para eso no hacen falta más que ganas. Haz tu trabajo con mimo. El señor hace poco que regresó a casa, liberado por los nacionales, y su heroicidad requiere de todas nuestras atenciones.

Valentina hizo una pausa para asegurarse de que Manuela la entendía.

—A partir de ahora —continuó—, no saldrás de casa. Nunca.

—¿Cómo voy a lavar la ropa entonces?

Valentina la reprendió con la mirada.

—Tenemos una lavadora, no necesitas salir. Concéntrate en lo que te voy a decir: no hablarás con nadie, con absolutamente nadie, ni siquiera dentro de esta casa, de tu marido o tu hija. Por lo que aquí respecta, acabas de llegar de Madrid de servir en casa de una amiga de la familia que se ha trasladado a Portugal, huyendo de la barbarie republicana, hasta que la capital sea liberada por los nuestros. A cualquiera que te pregunte, si llega el caso, estás soltera, tu padre murió antes de estallar la guerra y tu madre está demente. Una de tus hermanas la cuida y la otra es monja. Cuanto menos inventemos, mejor; pero, eso sí, a la que está casada con el minero ni la mentamos.

—¿Y mi hija? Debo recuperarla.

Valentina la miró con lástima.

—No será ahora.

—Yo no he hecho nada, Valentina, no he hecho nada.

—Dos cosas te tienen que quedar muy claras desde ya si quieres permanecer en esta casa: la primera es que yo soy la señorita Valentina; la segunda, que da igual lo que hayas hecho, si buscan a tu marido y no saben que está camino de Francia, te cogerán a ti de rehén para que él se entregue. Si sales de aquí, terminarás en la cárcel con suerte. Sin ella, en el paredón.

Manuela asintió, pálida, aguantando la náusea que le sacudió el estómago.

—Ahora ve a ponerte el uniforme.

La versión frívola y despreocupada que Manuela conocía de Valentina había desaparecido en algún momento de la guerra. No quiso preguntar cómo sabía la suerte que estaban corriendo ya las mujeres de los republicanos significados que permanecían ocultos o huidos. Al día siguiente, pudo escuchar a los señores hablar de que estaban peinando casas y deteniendo a gente por todo Gijón. Los rumores que comentaban Eufemia y Claudina eran ciertos. Manuela rogó a Dios para salvar la vida y poder recuperar a su hija, y lo hizo en silencio, tal como se había acostumbrado a rezar desde que Elías se rio de ella el primer día de casados, cuando la vio arrodillada al lado de la cama.

El trato que la familia Cifuentes dispensaba a las personas de servicio era muy diferente al de los Solís de Armayor. Las consideraban invisibles y tenían que estar disponibles las veinticuatro horas. Doña Victoria de Armayor jamás levantaba al servicio de la cama ni los obligaba a estar despiertos hasta la madrugada cuando ellos salían a cenar. En cambio, los Cifuentes exigían que una de las dos permaneciera en vela y uniformada, llegaran a la hora que llegasen, para prepararles una simple manzanilla o, en la mayoría de los casos, para nada. Manuela aprendió pronto que allí no se toleraban los errores: de castigar los fallos se encargaba la propia señora y no con un bofetón, como hubiera hecho Claudina, sino con trabajo extra, como el día que Manuela derramó unas gotas de whisky en la mesa al servir a un invitado.

Doña Enriqueta se acercó a ella después, muy discreta y sin alterarse.

—Manuela —le dijo—, esta noche, a la hora de retirarte, no vayas a tu habitación. Quiero que limpies la plata.

—Puedo hacerlo antes, señora.

—No. Quiero que empieces la tarea cuando sea la hora de retirarte. Cuídate de no hacer ruido y no molestes nuestro descanso. Mañana a primera hora comprobaré que puedo verme en cada pieza como si fuera un espejo. Y la próxima vez, ten más cuidado.

Manuela se quedó helada, pero estaba dispuesta a obedecer sin rechistar cualquier orden con tal de no perder su único escondite seguro. Lo que no imaginó entonces es que nunca olvidaría aquella noche, y no por pasarla en pie, agotada, limpiando cubertería, adornos y menudencias, sino porque el señorito Mateo, el hermano menor de Valentina, se despertó a la una de la madrugada y se levantó a buscar agua. Se dirigía a la cocina cuando vio a Manuela en el tresillo del salón, cabeceando medio dormida ante un despliegue de cubiertos, jarritas y candelabros.

—¿Qué haces aquí? —le preguntó el joven—. Estas no son horas de limpiar la plata.

—Me lo ha ordenado la señora.

—Algo habrás hecho. ¿Qué te parece si te ayudo?

—Por supuesto que no. Esto es cosa mía. ¿Necesita algo?

—Sí, sí que lo necesito —dijo mientras se sentaba a su lado y le ponía la mano en la pierna.

—Por favor, retire la mano. —Manuela notó cómo se le aceleraba el corazón.

—¿O si no qué? ¿Vas a gritar? —respondió subiendo la mano por su muslo.

—No lo dude.

—Mira, guapa, sé que huyes de algo y por eso no sales de casa ni siquiera los domingos por la tarde. Escuché a mi padre hablar con Valentina. Puedo hacer que te pongan en la calle si no eres buena conmigo.

Manuela sintió muchas ganas de llorar. Estaba cansada, triste, y su única motivación diaria era la esperanza de recuperar a su pequeña Telva. Cuando Mateo Cifuentes, de diecinueve años, le tapó la boca para tumbarse sobre ella con claras intenciones, tuvo tanto miedo de que la echaran de allí que no forcejeó y, entre lágrimas, resistió las torpes embestidas de Mateo hasta que apareció el señor.

—¿Qué ocurre aquí? —bramó.

Manuela cerró los ojos, derrotada, pero la reacción de don Juan Ramiro Cifuentes fue muy distinta a la que ella temía. Con un solo vistazo, el señor se percató de sus lágrimas, percibió el pánico en su cara y se formó una idea acertada de lo sucedido. Para sorpresa de Manuela, el señor cogió a su hijo por la pechera de la ropa de noche y le estampó dos bofetones que le dejaron las mejillas marcadas y los ojos al borde de un llanto que el joven se esforzó por contener.

—Vete a tu cuarto —le ordenó. Y, dirigiéndose a Manuela, añadió—: Vaya a refrescarse si lo necesita y continúe con lo que estaba haciendo. Me encargaré personalmente de que esta situación no se repita.

Esa noche Manuela no durmió, se acostó dos horas antes del amanecer pero no fue capaz de conciliar el sueño temiendo que, a pesar de las palabras de don Juan Ramiro, la pusieran de patitas en la calle. Podía resistir que la violaran, que la vejaran, que la humillaran, lo que fuera con tal de sobrevivir y tener la oportunidad de, algún día, recuperar a su hija, porque si había algo que no soportaría era dejarla sin madre.

Al día siguiente, antes del desayuno, los habitantes de la casa escucharon la paliza que el señor le propinó a su hijo menor en el despacho. Todos hicieron como si allí no ocurriera nada, porque la familia estaba decidida a mantener a Manuela con ellos y no despreciar la jugosa oportunidad de que los Espinosa de Guzmán les debieran un favor. Pero a ella, ignorante del impacto que su presencia allí suponía para los negocios de los Cifuentes, la recorrió un escalofrío al recibir la mirada de odio furibundo que el joven Mateo le lanzó tras el castigo de su padre.

Aunque habían recuperado la empresa y la mayoría de sus posesiones, la economía de los Cifuentes requería esfuerzos temporales para volver a ser lo que fueron. Los señores celebraron en la casa la primera cena tras el triunfo del ejército de Franco en Gijón. No era solo una reunión social, sino una negociación de la que don Juan Ramiro pretendía obtener un contrato que diera a su empresa el espaldarazo necesario para ponerla en cifras de antes de la guerra.

—Es una cena crucial —advirtió a su mujer y a su hija—, y dinero llama a dinero. Deben veros felices y deslumbrantes, pero no estamos ahora para dispendios. Estoy seguro de que sabréis estar a la altura.

Pero la tarea no era tan sencilla. Después de probarse todos los vestidos de su ropero, Valentina no encontraba nada apropiado: los más nuevos y modernos eran demasiado sencillos, de diario; los más antiguos estaban un poco pasados de moda, pero sobre todo le quedaban grandes. Los disgustos y los nervios por la suerte de su padre y por la suya propia durante los meses de guerra habían sustituido la bonita redondez de su figura por huesos y aristas. A sabiendas de los esfuerzos de su padre por levantar de nuevo la empresa y restituir la posición de la familia, Valentina no quiso ser una carga y pecar de frívola pidiendo un vestido de gala nuevo, así que llamó a Manuela a su cuarto un sábado por la mañana, cuando su padre se encontraba en las oficinas y su madre en el mercado acompañada por Obdulia.

—Sé por Alexandra que te das buena mano con la costura, que eres capaz de arreglar y actualizar sus vestidos para adecuarlos a ti, ¿es así?

Manuela asintió.

Valentina aparentaba seguridad, como siempre, pero Manuela la notó inquieta.

—¿Podrías hacer lo mismo para mí?

—Claro, señorita Valentina. ¿Qué necesita?

Valentina le mostró un vestido beis rosado de cintura baja adornada con una flor, tres volantes formando la falda y manga floja por el codo. Era un diseño muy bonito y estaba prácticamente nuevo pero, aunque Manuela ya no seguía las tendencias en vestimenta femenina, supo enseguida que no era de última moda porque Alexandra había adquirido uno similar en el tiempo que ella estuvo en Madrid, y de eso hacía ya más de siete años.

—Me queda grande. He perdido peso y quisiera utilizarlo para una ocasión especial. ¿Podrías ajustármelo?

—Por supuesto. Esta seda rosa es finísima. Necesitaré agujas finas e hilo de un color similar al de la tela. También una bobina grande de hilvanar, alfileres para la prueba, un dedal y un descosedor para levantar las costuras y asegurarnos de que no dañamos el tejido.

—De todo eso creo que solo tenemos alfileres, dedales y agujas, pero yo misma iré a la mercería a por lo que necesites. Es importante tenerlo cuanto antes porque, si no sale bien, debo tener tiempo suficiente para encargar uno nuevo. Confío en que sabes lo que haces y que no tendremos que lamentar que destroces el vestido.

Manuela pasó tres noches seguidas en vela cosiendo con mimo aquella tela cuyo tacto la transportaba a tiempos mejores.

Al tercer día, el vestido estaba listo. A Valentina le encantó el resultado.

—He tenido que cortar para que la tela no se abullonara en las costuras laterales. Si recupera el peso perdido, no vamos a poder ensancharlo.

Valentina la miró con gesto de reproche porque pretendía ganar tres o cuatro kilos y eso significaba que ya no podría utilizarlo, pero se vio tan guapa ella y tan ojerosa a Manuela que renunció a regañarla.

—Acércame el sombrero. El campana beis. Y los zapatos del mismo color. Quiero asegurarme de que el conjunto queda impecable.

El efecto era más que correcto, pero sobrio, y la expresión de Valentina reflejó una ligera decepción.

—Si quiere —se atrevió a proponer Manuela—, puedo confeccionar unos adornos para el sombrero con la tela que me ha sobrado.

—Desde luego que no, no voy a permitirte que me estropees un sombrero de esta categoría. Es italiano.

—Lo sé. Mi marido trabajaba en La Sombrerera y no es de los que ellos producían.

Valentina se dio la vuelta hacia ella dispuesta a ponerla en su sitio por desobedecer la orden de no mentar a su marido, pero Manuela empezó a deshacerse en explicaciones.

—Durante los últimos años, él me traía sacos con recortes de fieltro y yo me ganaba la vida haciendo arreglos y confeccionando sombreros. Mis creaciones tenían mucho éxito. En el barrio me llamaban «la Sombrerera».

—¿Tus tocados tenían éxito entre las mujeres de tu barrio? ¿Y crees que yo tengo el mismo gusto que las obreras de las fábricas?

—Por supuesto que no, solo pensé que podríamos alegrar un poco el suyo conjuntándolo con el vestido. Sin estropearlo, claro está.

—No son tiempos de alegría. Son tiempos de sobriedad.

—Era por aprovechar la tela que ha sobrado.

—Mira que eres insistente —accedió Valentina, que cuanto más se miraba en la coqueta de su cuarto, menos la convencía el conjunto—. Si lo estropeas vas a estar fregando suelos de rodillas una semana entera.

Manuela asintió, arrepentida de haberse ofrecido. Tenía

pensado confeccionar un precioso calado de flores de seda rosa, pero le supondría otra noche en vela cosiendo para Valentina, a la que parecía no saber contentar.

El esfuerzo mereció la pena porque cuando Valentina vio el resultado al día siguiente, olvidó la distancia que mantenía con Manuela y no pudo más que exclamar:

—¡Es precioso! Tienes manos de artista. ¿Qué más sabes hacer?

—Podemos actualizar un poco el vestido para ajustarlo a las tendencias de ahora. ¿Podría conseguir una revista de moda femenina?

Valentina dudó y, tras pensárselo un momento, se negó, temerosa de que se lo estropease y tuviera que empezar de cero. Fue su padre el que, sin saberlo, la hizo cambiar de opinión cuando esa misma noche le dio instrucciones a su mujer sobre el evento.

—La cena debe ser exquisita, elegante, sin ostentaciones, pero todo de máxima calidad. Que no parezca que queremos impresionarles, pero tampoco que necesitamos su ayuda para sacar la empresa adelante. Nadie quiere hacer negocios con un empresario arruinado. Si se dan cuenta de que estamos atravesando un mal momento no habrá trato, o al menos no en las condiciones que yo deseo. No es noche de caviar ni champán francés, pero sí de un excelente vino español y un solomillo de la mejor ternera, ¿entendido?

Así que Valentina acudió de nuevo a Manuela, no con una sino con dos revistas de moda francesa que le costó Dios y ayuda conseguir.

—¿Qué propones? —preguntó después de que Manuela las revisara con atención.

—Lo primero será subir la cintura porque por lo que parece ahora se llevan altas, no a la cadera, ¿ve? Como la falda tiene tres volantes podemos coser, en la parte superior de los dos de abajo, dos trozos de tela de un color similar. No se verán y harán que la falda no pierda largo. También recortaría un poco las mangas para dejarlas a mitad del antebrazo, como este Balenciaga de aquí.

—Si lo estropeas... —empezó Valentina, pero rectificó—: Por lo que más quieras, Manuela, hazlo bien.

Tan bien lo hizo que, cuando los invitados se marcharon, hasta el propio don Juan Ramiro agradeció a Valentina su esfuerzo y la alabó por haber heredado el carácter Cifuentes y brillar en los peores momentos.

—Lástima no poder decir lo mismo de ti, Enriqueta, que parecías una arrimada al lado de nuestra invitada.

Aquella noche, doña Enriqueta fue al cuarto de su hija hecha un basilisco y, sin explicación de por medio, estampó un bofetón en la cara de Valentina.

—¿Qué hace, madre? ¿A qué viene esto?

—¿De dónde has sacado el vestido? ¿Y el sombrero? Dime la verdad —ordenó amenazándola con la mano.

—Me lo hizo Manuela. ¿De dónde si no? ¿Es que no se acuerda? Le propuse que le arreglara también uno de sus vestidos y me regañó usted, me dijo que era una inconsciente por dejar que esa roja que nos habían colado en casa me estropeara un diseño tan caro.

—Ahora entiendo por qué era la doncella personal de Alexandra. No era solo un capricho de esa niña malcriada.

Doña Enriqueta salió del cuarto y dejó a Valentina frotándose la mejilla dolorida, pero con el orgullo de saberse la preferida de su padre, la única que había heredado su carácter, aunque tuviera que emplearlo en buscar marido porque cualquier otra opción le estaba vetada. Se consoló pensando que ella había contribuido a que la cena fuera un éxito y que su padre sí apreciaba su valía.

11

Mientras don Juan Ramiro Cifuentes trabajaba de sol a sol para reflotar sus negocios, doña Enriqueta se dedicaba en cuerpo y alma a la tarea de buscar marido para su hija entre la alta sociedad asturiana, tanto de la aristocracia como de la burguesía. Cualquier candidato afín al nuevo régimen y con una cierta posición era válido para marido porque, con tanta guerra, su hija corría el riesgo de quedarse para vestir santos a pesar de su bonita apariencia.

En esas circunstancias, Valentina recibió una carta de un remitente inesperado. No había sabido de Juan Gregorio desde antes de la guerra. Tampoco había vuelto a pensar en él porque lo consideró un personaje más de los que se cruzaban en la vida de una sin dejar huella.

Querida Valentina:

Me atrevo a escribirle porque recientemente tuve noticia de la liberación de su padre tras la restauración del orden en Gijón. Deseo transmitirle la inmensa alegría que sentí al enterarme y saber que todos ustedes están bien. En estos tiempos que corren, lo sucedido en Asturias me da fuerzas para continuar en el combate. Me alisté al principio de la guerra y cada día estoy más seguro de haber tomado la decisión correcta. Hoy me encuentro como oficial al mando de un nutrido regimiento de soldados. Los hombres como su padre, pilares de la sociedad, necesitan de otros hombres más jóvenes que, como yo, luchen por la patria. Le escribo para pedirle que considere usted la posibilidad de ser mi madrina de guerra. Observo cómo otros oficiales reciben cartas de las suyas y se sienten reconfortados. Estas pasadas Navidades me golpeó la melancolía de la soledad y la distancia. Para mí no sería cómodo abrirle mi corazón a una desconocida, pero tratándose de usted, la cosa cambia. Por supuesto, y vaya por delante para evitar malentendidos, mis intenciones no obedecen más que a recibir su apoyo, sus reflexiones cabales y sus noticias esperanzadoras, para luchar por España con más ahínco si cabe. Siempre, en el caso de que usted acepte, con el beneplácito de sus padres y, si es el caso, de su prometido, si no es ya su marido.

Le ruego que disculpe mi atrevimiento al acudir a usted, sepa que solo me mueve la admiración que le profeso y la necesidad que provocan las penurias que pasamos aquí. Espero con ansia su respuesta y entenderé perfectamente cualquier decisión que tome.

Siempre su servidor,

JUAN GREGORIO COVIÁN

Dado el escaso entretenimiento que aquellos tiempos ofrecían a una joven, Valentina ni siquiera consideró no responder a la misiva.

Gijón,
5 de enero de 1938

Querido Juan Gregorio:

Me he llevado una alegría al recibir su carta, una de muchas de las que tenemos en la familia en los últimos meses tras la estabilización de la ciudad, la liberación de mi padre y la recuperación de nuestro patrimonio empresarial. A mis padres les complace mi contribución como madrina apoyando a nuestros soldados en el frente y más si, como es su caso, es ya conocido para nosotros.

Ni mi marido ni mi futuro esposo podrían oponerse porque

no estoy ni casada ni prometida. Si bien es cierto que lo estuve (prometida, que no casada), las ideas del hombre al que erróneamente estuve a punto de unirme eran muy diferentes a las nuestras a pesar del linaje aristocrático de su familia. La última vez que supe de él vivía en Francia con unos familiares, desde donde hacía campaña a favor de la República. Como comprenderá, rompí de inmediato cualquier vínculo con el susodicho.

Junto con la carta le envío un paquete variado con lo que me han dicho en la Sección Femenina que suelen necesitar los hombres en el frente y alguna golosina que me he permitido añadir. Pídame lo que desee en su siguiente misiva y yo me encargaré de hacérselo llegar.

Espero que su padre se encuentre bien. Sé que León está en manos de los nuestros, pero también que, al principio de la guerra, tuvieron lugar duras batallas con los mineros de El Bierzo. Sepa usted que añoro aquellas tardes de verano en casa de Alexandra cuando nuestras conversaciones corrían por otros derroteros.

Afectuosamente,

VALENTINA CIFUENTES

Después de estas vinieron otras muchas en las que compartieron noticias, unas esperanzadoras y otras tristes.

Lamentablemente, mi padre no sobrevivió a la guerra. No fueron los republicanos los autores de su muerte, al menos no directamente, pues murió de un ataque al corazón. Me queda el consuelo de que alcanzó a ver León estabilizada por los nuestros. Como puede comprobar, estoy solo en el mundo, sin mis padres y mi tío. Ya no me quedan más que algunos primos y parientes lejanos. Por eso, su carta ha significado para mí mucho más de lo que imagina.

Siento lo sucedido con su prometido. Solo me atrevo a decirle, y espero que no se ofenda, que si esos eran sus pensamientos no estaba a la altura de una mujer de su clase, por muchos títulos nobiliarios que poseyera su familia.

Siempre suyo,

JUAN GREGORIO

Valentina no tardó en responder dándole el pésame.

Querido Goyo:

Siento de corazón el fallecimiento de su padre, reciba usted mis condolencias.

Respecto a sus palabras, debo decirle que no solo no me ofenden, sino que me ha arrancado usted una sonrisa…

La correspondencia con Juan Gregorio rompía la monotonía de los días de Valentina, que buscaba cualquier noticia que le permitiera contestarle con premura para recibir cuanto antes una nueva carta suya.

Estimado Goyo:

Siento comunicarle que el padre de Amelia ha sido fusilado por su apoyo al gobierno republicano. Si bien sabe usted que mi alma está con los nuestros, no puedo evitar sentir pena por la que es mi mejor amiga desde que tengo memoria.

Juan Gregorio no compartía con ella su pesar porque ya hacía tiempo que había perdido la capacidad de compadecerse del enemigo, pero en aquellos tiempos de soledad y muerte sentía añoranza de los buenos tiempos de universidad en compañía de Alonso y Amelia.

Mi muy querida Valentina:

Dele el pésame de mi parte a Amelia. Aunque errada en sus principios, seguramente por la educación recibida, tiene buen corazón. Estos días rememoro tiempos pasados en los que usted está siempre presente: ¿se acuerda de cuando hablábamos de las mujeres universitarias en las reuniones de verano en casa de Alexandra y lo apasionada que era Amelia con este tema? Tanto que a veces resultaba impropio de su condición femenina, pero me doy cuenta ahora de que los años que coincidí con ella en Oviedo influyeron en mí. Aquí, querida Valentina, muchos soldados son analfabetos. Incluso algún sargento. Dependen de otros para leer las cartas de sus familiares y para que se las escriban. Hemos organizado un grupo entre algunos compañeros, que hemos llamado «Servicio Epistolar», para ayudarles a tener correspondencia continua con sus seres queridos.

No puedo revelarle mi próximo destino, pero sí le cuento que es esperanzador y lejos del frente. Deseo que cuando todo esto termine y hayamos restablecido el orden patrio, me permita usted ir a visitarla.

Las cartas continuaron incluso después de que Juan Gregorio fuera trasladado a una posición más estratégica en la retaguardia, desde donde lideró varias incursiones arriesgadas y victoriosas en territorio republicano. La más importante, encontrar y volar las vías secretas por las que los republicanos abastecían Madrid, le valió el reconocimiento de los vencedores.

Mientras Juan Gregorio escalaba posiciones en las filas franquistas, las cartas entre él y Valentina fueron haciéndose cada vez más cercanas e íntimas hasta llegar a un plano mucho más personal.

Querido Goyo:

No queda caballero de provecho en Gijón en edad casadera que mi madre no haya intentado presentarme. Me pregunto si hago bien en desperdiciar tantas y tan provechosas oportunidades.

Juan Gregorio leyó aquellas palabras una y otra vez antes de responder, hasta estar convencido de que significaban lo que él creía entender.

Amada Valentina:

Bien sé que no tengo derecho a pedirle que me espere, así que solo le suplicaré que no se prometa antes de que la guerra termine. Todo nos hace pensar que queda poco y le aseguro que volveré cubierto de honor.

—Pero, Valentina, hija mía, no tienes necesidad de casarte con este hombre —la cuestionó doña Enriqueta cuando le comunicó sus intenciones—. Con los pretendientes que has llegado a tener, ¿por qué elegir al hijo de un sastre? Yo sé que los años han pasado por culpa de la maldita guerra, pero no te apresures ahora con él porque pienses que vas a quedarte soltera. Todavía estamos a tiempo de encontrar un marido más digno de ti.

—Yo ya he elegido, madre, y deseo casarme con él.

—No entiendo por qué quieres unirte a este don nadie.

—Porque en este país las cosas van a cambiar mucho y presiento que este don nadie llegará lejos.

—¿Cómo puedes saberlo?

—Porque se dejará la piel para lograrlo. Para él yo seré siempre un sueño hecho realidad y no una esposa que pilló el último tren, como me ocurriría con muchos de los hombres que me está usted presentando.

—¡Qué barbaridades dices, hija! Espero que no cometas el error de tu vida.

Valentina no se equivocaba. Y así lo consideró también su padre.

—No te precipites al juzgar, Enriqueta, que la niña no va desencaminada y un militar condecorado nos puede hacer mucho bien en la familia. Aunque no tenga capital, es abogado y nieto de un canónigo mártir. Con la Iglesia y el gobierno siempre es rentable estar a bien, y más va a serlo en tiempos venideros. A fin de cuentas, para emparentar con la aristocracia están nuestros hijos, que lo tienen más fácil. Ellos son los que heredarán el negocio familiar. Yo me encargaré de presentarle a este Juan Gregorio a todos los que necesite conocer, y Dios lo libre de salirse del camino que yo le marque.

El 28 de febrero de 1939, Manuela se levantó de la cama tras pasar la noche dando vueltas, en un duermevela angustioso que la dejó exhausta. Era el segundo cumpleaños de su hija lejos de ella. Maldijo a Elías una y otra vez, y cuando se dio cuenta de lo inútil de su acto, respiró hondo y sacó fuerzas para levantarse de la cama. Debía resistir por Telva, para que la encontrara fuerte cuando regresara a España.

Los señores estaban especialmente contentos aquel día; al parecer, Francia y Reino Unido habían reconocido a Francisco Franco como legítimo gobernante de España. Manuela no supo cómo interpretarlo porque para ella las noticias eran buenas o malas según la acercaran más o menos a la libertad y a la posibilidad de recuperar a su pequeña.

Que los Cifuentes esperaban una visita importante era evidente porque la señora y Valentina se arreglaron con esmero y porque encargaron *carbayones* a la confitería Camilo de Blas, en la céntrica calle Begoña. Al verlos, Manuela recordó con nostalgia aquellos dulces, los mismos que llevó Juan Gregorio a casa de los Solís de Armayor el fatídico día que Alexandra decidió sentarla a la mesa con ellos. Lo que no imaginaba era que el mismo recuerdo tenía Valentina y de ahí que se hubiera empeñado en encargar *carbayones*.

—Prepara la mesa de té para cuatro, con el mantel de hilo de vainica y el juego de merienda con el filo de oro —le ordenó doña Enriqueta.

A Manuela no le resultó extraño porque las señoras ya hacía tiempo que recibían amistades varias tardes al mes. Como era la costumbre, limpió a fondo el polvo del salón, lo preparó para la merienda y se puso un uniforme limpio y recién planchado.

A las seis en punto sonó el timbre de la puerta. Manuela comprobó en el espejo que su aspecto era el requerido por los señores y se dirigió a abrir.

Cuando se encontró a Juan Gregorio, impecablemente vestido, con un ramo de calas en una mano y una caja que parecían ser bombones en la otra, sintió que las piernas se resistían a sujetarla. No fue menor la sorpresa del que por un tiempo consideró el amor de su vida.

Juan Gregorio se tomó unos segundos para recomponerse y, por fin, habló en murmullos:

—¿Qué haces tú aquí?

Manuela se quedó muda. Intentó hablar, pero solo consiguió tragar saliva. Estaba más delgado, más hombre, y a ella le pareció más atractivo que nunca.

—Responde a mi pregunta —la espoleó impaciente.

—Los señores lo aguardan —dijo al fin.

—Espero que no se te ocurra abrir la boca.

—No sé a qué se refiere.

—Mejor así.

Manuela lo condujo al salón, sirvió los cafés rezando para que nadie notara el temblor en sus manos y corrió a su cuarto a tranquilizarse. Allí, en aquella habitación de seis metros cuadrados, donde solo había una cama, una cómoda y un crucifijo, se sintió presa, condenada a trabajar de sol a sol siete días a la semana, despojada de su hija y de su libertad, viendo a la familia vivir como si ellos fueran los buenos y ella estuviera pagando por haber cometido algún delito. Quizá Dios la castigara por enamorarse de Juan Gregorio, por haberse casado con un ateo o simplemente por existir.

Su momento de desahogo no duró mucho porque no habían pasado ni cinco minutos cuando sonó la campanilla. La reclamaban en el salón.

Esa noche a Juan Gregorio volvió a metérsele Manuela en la cabeza. Se desesperó, se alivió el deseo pensando en ella y después rezó hasta la madrugada rogándole a Dios que lo librara de su insana obsesión por aquella mujer que no dejaba de cruzarse en su camino.

No fue la única vez que Juan Gregorio visitó la casa. Hacía muy buenas migas con el padre de Valentina. O al menos lo parecía, porque dijera lo que dijese don Juan Ramiro Cifuentes, él se mostraba de acuerdo.

Una de las noches en las que estaba invitado a cenar, los

padres de Valentina tuvieron una fuerte discusión. Una de las normas que don Juan Ramiro imponía en la casa era que el servicio comiera exactamente lo mismo que ellos. La cocinera preparaba un único menú y de él se servía a todos, incluidas las dos criadas y el chófer que hacía las veces de ayuda de cámara.

Precisamente por eso Claudina empezó a visitar a Manuela algún domingo esporádico, tras obtener permiso de Valentina. No es que no le tuviera un cierto cariño a Manuela, pero el gran atractivo de aquellas visitas era que le servía café con leche fresca y unas pastas preparadas por Obdulia, tan exquisitas que parecían de confitería, un lujo que ni Claudina ni ninguna de las personas de servicio que ella conocía disfrutaban en las casas en las que trabajaban. Ambas se sentaban en la cocina y acompañaban el café y los dulces con los recuerdos de tiempos pasados porque del presente era más triste hablar.

Cuando Manuela le contó la política de comidas de los Cifuentes, Claudina no daba crédito.

—¿Cómo puede ser? ¡Si son fascistas! —dijo en voz baja, mirando a un lado y a otro como si los señores acostumbraran a entrar en la cocina—. No sabes la suerte que tienes de haber caído en esta casa, porque yo ceno todas las noches acelgas con un trozo de panceta. Los días de celebración le añaden un huevo: duro, escalfado o en tortilla francesa, eso es lo único que podemos elegir. Para comer a diario, lentejas o garbanzos viudos; y para desayunar, pan duro con manteca y un vaso de leche aguada con malta porque ni siquiera nos permiten tomar café. Y todo escaso y medido. Lo supervisa la señora personalmente porque la despensa está cerrada con llave. Al menos en casa de los Solís de Armayor no nos tasaban las cantidades y tomábamos pescado una vez por semana, aunque fueran sardinas. Claro que no había habido una guerra ni eran tiempos de escasez. Al menos, nosotras no pasamos miseria, que ahora hay mucha necesidad.

—Aquí nos tienen como esclavas, como si no fuéramos personas, solo mulas de carga, pero nos dan bien de comer. No sabes la que armó el señor el otro día con ese tema. De hecho, te tengo una sorpresa. Vas a probar el salmón. Tú y Ufe, que os lo guardo desde ayer.

Claudina abrió los ojos pensando que Manuela había perdido el juicio.

Entonces le contó lo sucedido, cuando la familia Cifuentes invitó a cenar a Juan Gregorio para formalizar la pedida de mano y la entrega de regalos. La señora Enriqueta quiso agasajar al futuro marido de su única hija con un plato de una exquisitez solo al alcance de unos pocos. Dada la exclusividad del manjar, encargó seis raciones de salmón, una para cada comensal: ellos, los novios y los dos hijos varones del matrimonio. La tormenta estalló cuando el señor entró en la cocina y se dirigió a las criadas.

—Quiero anunciarles que Valentina, mi única y amada hija, va a casarse, y deseo que la noticia sea motivo de celebración para todos. Supongo que nunca habrán probado la delicia que tenemos esta noche para la cena y deseo que la disfruten. Sepan que me gustaría que la acompañaran con una copa de champán como haremos nosotros.

Manuela y Obdulia se miraron sin saber qué decir y bajaron los ojos. Para ellas no había salmón.

—¿Se puede saber qué sucede? —preguntó don Juan Ramiro en tono marcial.

Ninguna de las dos se atrevió a responder.

—Manuela, haga el favor de explicarme qué está pasando aquí.

A Manuela le tembló la voz. El señor siempre había sido justo y correcto con ella. Sin embargo, le provocaba sudores fríos las escasas veces que le dirigía la palabra.

—El salmón es solo para la familia —explicó a media voz.

—¿Quién lo ha ordenado así? Y hable alto y claro, que no tengo todo el día.

Manuela sintió ganas de vomitar.

—La señora Enriqueta.

Don Juan Ramiro guardó silencio unos instantes.

—¿Y ustedes qué van a cenar?

—Sopas de ajo y tortilla de patatas.

—Pues preparen sopas y tortilla para seis y ustedes hagan el favor de comerse el salmón.

La discusión entre los señores duró muy poco.

—Vete a explicarle a tu hija por qué su futuro marido va a cenar hoy sopas de ajo y tortilla de patatas —le espetó don Juan Ramiro Cifuentes a su mujer—. Y que te quede claro que en esta casa mis normas se cumplen siempre, salvo que yo ordene lo contrario, ¿entendido?

Esa noche, Valentina, la única que sabía tratar a su padre, sacó el tema en la cena.

—Y lo que les sobre —explicó Valentina, contándole a su prometido la decisión de su padre con un tono de admiración que no sentía—, se lo entregarán a sus allegados, que, con las penurias que pasan las clases bajas, les parecerá un regalo de Dios.

—En las pequeñas acciones se muestran los grandes hombres —alabó Juan Gregorio.

En realidad no apreciaba en absoluto la magnanimidad de su futuro suegro. Él nunca había probado el salmón y le resultó humillante pensar que Manuela se estaba comiendo su cena. Seguro que se regocijaba por ello. En parte acertó porque con el champán, cortesía del señor, Manuela y Obdulia disfrutaron aquella inesperada comilona. Manuela guardó sus dos raciones sobrantes para Claudina y Eufemia, por haberla ayudado en el momento en que más lo necesitó.

Esa noche, mientras Manuela rezaba para que su pequeña Telva estuviera bien alimentada y hubiera recibido algo especial por su cumpleaños, Juan Gregorio tuvo una pesadilla en la que Manuela estaba casada con el Generalísimo y lo convencía de que él era un anarquista.

Tres meses antes de la boda, Valentina le anunció a Manuela que iría con ellos a vivir a Oviedo.

La idea de compartir techo con Juan Gregorio y Valentina

le resultó insoportable. Una cosa era aceptar que Juan Gregorio no era para ella y otra muy diferente ser testigo, minuto a minuto, de su felicidad cotidiana.

—Durante los meses que faltan para mi boda —le explicó Valentina—, Obdulia te enseñará todo lo que debes saber. Tu sustituta empezará hoy mismo y te liberará de las tareas más arduas para que, cuando llegue el momento, estés preparada para servirnos a mi marido y a mí.

Valentina esperó infructuosamente una respuesta de Manuela, que parecía ida.

—¿Has escuchado lo que te he dicho? Estos tres meses serás la sombra de Obdulia. El día que llegues a Oviedo debes ser capaz de llevar tú sola toda la casa, así que más te vale tomártelo en serio.

Manuela recordó la época en la que vivía con los Solís de Armayor, se vio vestida con la ropa de Alexandra, con las uñas pintadas y la piel empolvada, sentada a la mesa con Valentina o compartiendo el día con ellos en el balneario, y tuvo una sensación de irrealidad. Miró sus manos, agrietadas por los jabones con los que fregaba el suelo y la cocina, con las uñas rotas de escurrir la ropa, y cerró los ojos.

—¿Se puede saber qué te ocurre? —la increpó Valentina.

—Nada, señorita, que es un honor que confíe en mí.

Valentina relajó la expresión.

—Ahora gánate esa confianza.

«¿Y qué he hecho hasta ahora en esta casa?», se preguntó Manuela.

Claudina la visitaba siempre que podía, pero sin excederse para que los Cifuentes no pudieran considerarlo un abuso de confianza. Llegaba deseosa de disfrutar de nuevo del café y las pastas, y Manuela la recibía con los brazos abiertos porque era la única con la que podía desahogarse.

—Si no te han dado elección, no hay nada que decidir: te vas con ellos a Oviedo. No estás en posición de negociar y en ningún sitio estarás más a salvo que en casa de un miembro de la administración franquista condecorado por méritos militares.

—¿Cómo voy a vivir bajo el mismo techo que ese hombre?

—¿Por qué no? —preguntó Claudina, intentando sonsacarle los detalles de la noche fatídica con Juan Gregorio.

—No puedo irme con ellos. Es que no puedo.

—¿Sabes lo que es una terrible equivocación? Enamorarse del señor. Siempre saldrás perdiendo, así que quítate los pájaros de la cabeza y agradece lo que hacen por ti.

—Yo lo que necesito es salir de aquí para ir a Rusia a buscar a mi Telvina.

—Es imposible marcharse de España, y no digamos ya llegar a Rusia.

—Ahora que ha acabado la guerra los traerán de vuelta, ¿verdad? Ay, Claudina, ¡tengo tanto miedo de que no me recuerde!

—No digas eso. ¿Cómo no va a acordarse de ti? ¿Quién sabe? Quizá a través de tu nuevo señor puedas enterarte de algo más sobre su regreso.

La boda de Valentina fue el motivo de la primera visita a España de Alexandra desde que se mudó a Lisboa. Nada más llegar a Gijón, la Solís de Armayor solicitó a don Juan Ramiro Cifuentes visitar a Manuela.

—Alexandra, hija, ¡pues claro que puedes saludar a Manuela! Por ti la tenemos acogida. Aunque las clases son las clases, te conozco desde niña y sé que si alguien sabe comportarse como una dama eres tú; no eres de las que soliviantan al servicio.

Advertida así de lo que se consideraba apropiado en la casa de los Cifuentes, Alexandra prefirió mantener el encuentro en el cuarto de Manuela.

—Siento tanto lo que te ha ocurrido —le dijo mientras la abrazaba.

—Sé que tú deseabas que me pasaran cosas buenas, pero no era lo que me reservaba la vida. Mírame, estoy aquí presa, sin ver el mundo más que tras los cristales que limpio y sin mi pequeña. —Manuela rompió a llorar, y su amiga con ella.

El abrazo continuó en silencio hasta que ambas se sintieron reconfortadas y después, sentadas en la cama, hablaron de los intentos frustrados de Alexandra por ser madre, de cuándo volverían Telva y el resto de los niños que habían salido de España durante la guerra, y del regreso de la propia Alexandra.

—No vamos a volver por ahora. Quizá vengamos a Gijón durante los veranos, una vez reconstruyamos la casa, que está destrozada. Da mucha pena. ¡Ay, perdona, con todo lo que tienes tú y yo hablándote de una casa!

—Entonces ¿vendréis a Gijón? —Manuela se animó al pensar que, al menos, Alexandra iría a visitarla alguna vez cuando llegara el verano.

—¿Quién sabe? ¡Es todo tan incierto! De momento, mi madre y yo permaneceremos en Lisboa. Jacobo dirige nuestros negocios desde allí y viaja con frecuencia a Madrid. Muchos compatriotas están en nuestra misma situación. Los que sí que han vuelto son mis suegros. Son muy afines a Franco. Pero Jacobo es más cauteloso y, por ahora, prefiere esperar para el regreso definitivo. Allí estamos más tranquilos y ver cómo ha quedado este país es muy penoso.

—La última vez que pisé la calle fue hace dos años, cuando llegué aquí. Desde entonces, mira. —Manuela señaló la ventana de su cuarto y la pared blanca que tenía a escasos dos metros de distancia.

—Pobre mía. ¡Qué poco imaginábamos hace diez años que echaríamos de menos aquel verano de sueños e ilusiones!

—Para colmo, Juan Gregorio se casa con Valentina. ¿Sabes que me llevan a vivir con ellos? No sé si podré soportarlo, pero debo dar las gracias. Al menos no me mandan presa, no me condenan al paredón.

—No me digas que sigues enamorada de él.

—Yo solo estoy enamorada de mi Telvina, pero no puedo negar que a él no me lo quito de la cabeza. Sobre todo porque frecuenta tanto la casa que no me da tiempo. Se ha hecho inseparable del señor. Va a ser horrible vivir con ellos, ¡horrible! —sollozó.

Al despedirse, Alexandra le prometió volver a visitarla en cuanto surgiera la ocasión.

—Es preferible que no te escriba. Por tu seguridad. Ahora hasta las paredes oyen, ¡qué no ocurrirá con las cartas!

Tras desearse lo mejor la una a la otra, Alexandra se marchó, dejando a Manuela atrás porque nada más podía hacer por ella en ese momento.

El enlace entre Valentina y Juan Gregorio se celebró en Gijón en el mes de junio de 1940, en el santuario de Nuestra Señora de Contrueces, la única iglesia de la ciudad que no había sido arrasada en el transcurso de la contienda. Ni siquiera la pequeña capilla de la residencia de los Solís de Armayor estaba en condiciones de celebrar la ceremonia, después de que la casa entera hubiera sido requisada por los republicanos durante la defensa de la ciudad. Por una vez, los Solís de Armayor se alegraron de aquella circunstancia, porque preferían que su casa no fuera el lugar en el que las familias Cifuentes, Noval y Bousoño se encontraran tras el final de la guerra. Lo que tres años atrás eran diferencias de opinión, que llenaban tardes de apasionadas y enriquecedoras conversaciones, se habían convertido en silencios cargados de rencores.

Para entonces, los Cifuentes ya habían reflotado sus empresas y firmado sustanciosos contratos con el gobierno, así que el enlace se celebró sin ostentación, pero con abundancia y todo lujo de detalles, como si la guerra no hubiera existido ni la miseria hubiera llegado para quedarse entre la gente.

La novia lució un vestido que combinaba las tendencias de los mejores diseñadores internacionales con el recato que imponía el nuevo régimen a la mujer: blanco, de seda, sin vuelo, largo hasta el suelo, manga por debajo del codo rematada con el mismo encaje que cubría la falda y un casto escote barco. Lo completaban un velo corto de tul sobre la cara sujeto a un sombrero cascote de la misma seda que el vestido y un pequeño ramo de muguete.

Al enlace acudieron, además de Alexandra con su marido y doña Victoria, Alonso con sus padres y Amelia. La que no acudió fue la madre de Amelia, viuda desde que su marido fuera fusilado por los mismos a los que la familia Cifuentes y su futuro yerno defendían.

La tensión entre Amelia y Juan Gregorio fue evidente desde el momento en que no les quedó más remedio que saludarse. Volvieron a tratarse de usted, como si los años de universidad juntos nunca hubieran existido, y se intercambiaron las frases mínimas de cortesía.

Amelia y los Bousoño compartieron mesa con Jacobo, Alexandra y doña Victoria de Armayor. Amelia estuvo tensa y callada durante el banquete, pero la fiesta transcurrió tranquila. Cautos y recelosos todos de mostrar sus opiniones, recurrieron a temas banales, halagos a la belleza de la novia, a lo exquisito del convite y al buen tiempo que los acompañaba. Sin embargo, evitaron hablar de la guerra, de los fusilamientos y las represalias contra los vencidos, incluso de la invasión de Polonia por el ejército alemán y la declaración de guerra de Reino Unido y Francia a Alemania, porque, a fin de cuentas, se trataba del mismo ejército alemán que había bombardeado Madrid y numerosas poblaciones del norte de España, causando matanzas de civiles crueles y sangrientas.

Todo fue bien hasta el final, cuando los novios se acercaron a ellos para agradecerles su presencia en la celebración. Juan Gregorio no estaba teniendo su mejor momento, harto ya de escuchar comentarios velados que indicaban que no lo consideraban a la altura de la novia.

Amelia, a pesar de estar firmemente convencida de que su amiga cometía un tremendo error, abrazó con afecto a Valentina y después se dirigió al novio.

—Le felicito. Se ha casado con una mujer excepcional. Ojalá consiga usted algún día merecerla.

Juan Gregorio notó que le subía la ira por el pecho y explotó.

—Prueba de que lo intento es que está usted en mi boda a pesar de ser la hija de un rojo condenado y ejecutado.

Alonso quiso intervenir para que la escena no fuera a más, pero no llegó a tiempo de evitar que la mano de Amelia estallara contra la cara de Juan Gregorio.

Todos se miraron entre sí, pero nadie habló.

Fue la novia quien se encargó de zanjar el asunto.

—Poco más hay que decir aquí y nosotros tenemos que ir a saludar a mis familiares. Algunos aún no conocen a Goyo. Querida Amelia, querida Alexandra, nos vemos pronto. Gracias a todos por acompañarnos en este día inolvidable.

Después cogió a su marido del brazo y lo llevó hasta el siguiente grupo de invitados.

Cuando más tarde Juan Gregorio fue a comentar la desvergüenza de Amelia, recibió una fría mirada de reproche de su esposa que lo hizo desistir de pronunciarse al respecto y ambos se comportaron como si nada hubiese sucedido.

A mediados de junio de 1940, mientras Francia se rendía ante Alemania, Valentina y Juan Gregorio se mudaron al moderno y lujoso apartamento de cuatro dormitorios, más el de servicio, que don Juan Ramiro Cifuentes compró para la pareja en Oviedo. El edificio era conocido como la «Casa Blanca» por su fachada de mármol y estaba situado en la calle Uría, la principal avenida de la zona más comercial de la ciudad, próximo a la iglesia de San Juan y al Campo San Francisco.

El cuarto de Manuela daba a un patio bastante amplio y disponía de aseo propio. Se accedía por la cocina, que maravilló a Manuela por contar con lo último en electrodomésticos, incluso una lavadora eléctrica de la marca Siemens. No es que nunca hubiera visto una lavadora, ya tenían una en la casa de los Cifuentes, pero aquella era manual.

Los primeros días Manuela hizo lo posible por evitar a Juan Gregorio, pero fue un esfuerzo innecesario porque él no se dirigía a ella más que para las cuestiones propias entre señor y sirvienta. Valentina y él parecían felices: casa nueva, ciudad nueva para ella y un nuevo cargo para él. Hablaban de Hitler, de la consolidación del régimen, de la necesidad de mantener a los comunistas bajo control. Se lanzaban miradas cómplices y, por lo que Manuela escuchaba desde su habitación, hacían mucho más que eso. Cada noche. Mientras, ella se mortificaba porque, aunque la razón le decía que Juan Gregorio y Valentina estaban enamorados y que él nunca había sido ni sería para ella, algo en su interior se negaba a aceptarlo.

Manuela obtuvo permiso para salir los domingos a condición de que no entablara relación con nadie. Allí el riesgo de que la reconocieran por la calle era mínimo, y la posición de Juan Gregorio en la administración franquista facilitaba que, ante cualquier problema, él pudiera solucionarlo. Ella no conocía Oviedo y al principio le hizo ilusión recorrer sus calles y volver a sentir el aire, el *orbayu* y el sol en la cara. La guerra en la capital había sido muy corta y la ciudad tenía un aspecto señorial que le recordó al barrio donde vivían los Solís de Armayor en Madrid.

Pronto se acostumbró a su nueva situación y decidió que no podía quejarse. Había recuperado parte de la libertad perdida y, en unos tiempos en que la gente hacía cola con la recién implantada cartilla de racionamiento, ella tenía un cuarto propio, tres buenas comidas al día y menos trabajo que en los años anteriores. Aunque estaba sola para atender a los recién casados, le suponía menos esfuerzo que el que requería ocuparse de la familia de Valentina entre dos. Pero Manuela no conseguía quitarse la tristeza de encima. Añoraba tanto a Telva que se angustiaba cada vez que se cruzaba con alguna niña a la que calculara una edad parecida a la de su hija, tanto que llegó a evitar pasear por el Campo San Francisco para no ver a las madres con sus hijos.

Manuela pasó muchas noches en vela llorando. Envidiaba a Valentina por tener todo lo que ella deseaba, porque lo tenía por haber nacido en una familia rica, como si el nacer en uno u otro lugar fuera un mérito propio, y por obligarla a ser testigo de su felicidad, aunque era consciente de que le estaba haciendo un gran favor acogiéndola en su casa. Llegó a desearle que no pudiera quedarse embarazada un millón de noches, las mismas que mañanas se sintió culpable por aquellos horribles y mezquinos pensamientos que, en cuanto se acostaba, se apoderaban de ella. Manuela se sentía impotente ante aquel veneno que la invadía y se acordaba del borrachín de su pueblo, que cada noche bebía hasta desmayarse en el bar o en el portal de su casa a pesar de que cada mañana le juraba a su mujer, a sus hijos y a sí mismo que no volvería a beber. Incluso pensó en confesarse para conjurar aquel demonio que la poseía por las noches y le provocaba esos sentimientos tan crueles, pero no se atrevió a contarle a un sacerdote sus miserias. Eran tiempos para desconfiar hasta de los curas. Lo que no sabía Manuela era que a Juan Gregorio lo atormentaba el deseo que sentía por ella, que ni a base de padrenuestros y avemarías conseguía acallar la culpa que lo reconcomía por tener a su lado a una mujer de la categoría, la inteligencia y la clase de Valentina, e imaginar a la criada cada vez que cerraba los ojos estando con su esposa.

Los dos tenían el mismo motivo para hacer todo lo posible por reparar sus pecados, Juan Gregorio con su comportamiento impecable tanto con Manuela como con su mujer, y Manuela con sus atenciones con Valentina, que estaba encantada con ella, con lo impoluta que tenía la casa y, sobre todo, con las maravillas que hacía con su atuendo; incluso dejó de comprar sombreros más allá de los modelos básicos que luego Manuela decoraba y conjuntaba con sus vestidos.

—Esto tuyo es un talento, Manuela —la alababa Valentina—. Soy la envidia de las damas de la sociedad ovetense, todas se mueren por conocer el secreto de mi elegancia.

El tiempo normalizó la situación y, aunque el trato del matrimonio hacia ella no era tan humano como el de los Solís de Armayor, tampoco era tan estricto como el de los padres de Valentina. Le permitieron retomar la correspondencia con Alexandra, siempre que fueran cautas con lo que escribían y el destinatario y el remitente fuera siempre Valentina.

Juan Gregorio incluso le dio indicaciones para sus paseos y

algo de dinero por si quería darse el capricho de comprar algún dulce en las numerosas confiterías de la ciudad.

—Le aconsejo que vaya a misa a la catedral —dijo—. Aunque todavía no se puede acceder a la Cámara Santa, donde aquellos salvajes mataron a mi tío, y la torre ha sufrido muchos destrozos, es visita necesaria para todo buen cristiano. Como dice el dicho: «Quien va a Santiago y no al Salvador, visita al criado y deja al Señor».

Manuela no entendió la referencia de Juan Gregorio al peregrinaje a Santiago de Compostela porque en lo último que pensaba nadie en aquel entonces era en peregrinar a ningún sitio, pero se azoró tanto con su amabilidad que no se atrevió a preguntar y acudió a la catedral, no una sino varias veces. Hasta que en una de esas visitas, ya de camino de vuelta a casa, se encontró con Alonso y Amelia.

—¿Manuela? ¿Eres tú? —preguntó Amelia.

—¡Amelia! ¡Qué alegría! Perdón, quería decir señorita Amelia. Y don Alonso.

—¿Qué señorita ni qué cuentos? ¡Qué sorpresa verte y que estés bien! ¿Qué haces en Oviedo?

Manuela estaba paralizada.

—¿Qué te ocurre?

—De verdad que me alegro mucho de verles, pero no puedo quedarme —contestó.

Sin más explicación, echó a correr por la calle de la maltrecha universidad dejándolos muy confusos.

Cuando llegó a la casa fue a contárselo a Valentina, pero solo encontró a Juan Gregorio, fumando un cigarro en el salón.

—¡Me han descubierto!

Juan Gregorio depositó el cigarro en el cenicero y se acercó a ella esperando que ampliara la explicación.

—Venía de la catedral y me he encontrado con Alonso y Amelia a la altura de la universidad. Lo siento muchísimo. ¿Qué va a pasar ahora conmigo?

—Cálmese. ¿Iban con alguien más?

Manuela negó con la cabeza.

—¿Qué les ha dicho?

—Nada, se lo juro, solo acerté a salir corriendo.

Juan Gregorio se percató de que ella estaba temblando. En un acto reflejo, la abrazó contra su pecho y todos los sentimientos y los deseos reprimidos lo inundaron con intensidad. Manuela se dejó abrazar, quieta, sin moverse, y cerró los ojos, rindiéndose a aquel contacto. Así estuvieron los dos, fundidos en un abrazo, hasta que un ruido en el piso de arriba los sobresaltó y se separaron como si les hubiera recorrido una descarga eléctrica.

Juan Gregorio se ajustó la corbata y recuperó la compostura.

—Yo solucionaré este tema con mi esposa. Ahora retírese, por favor.

Manuela ni siquiera preguntó si podría volver a salir a la calle, tan aturdida como estaba tras aquella inesperada intimidad con Juan Gregorio.

La reacción de Manuela dejó a Alonso y a Amelia perplejos, sin poder imaginar que aquel encuentro casual iba a resolver el problema que los acuciaba. Querían salir de España. Aunque no creían estar en peligro, Amelia llevaba el estigma de ser la hija de un empresario que había apoyado al gobierno republicano, juzgado y ejecutado por sedición. Los bienes de los Noval habían sido embargados, estaban pasando muchas estrecheces para salir adelante y se le hacía imposible encontrar un trabajo acorde a sus conocimientos y educación. Ella misma había contravenido las normas sociales estudiando Derecho y el rector que aprobó su ingreso había sido fusilado, acusado de afinidad con la República.

La familia de Alonso, en cambio, no tenía nada que temer. Su padre había sido de los pocos capaces de navegar entre dos aguas durante la guerra y fue de los primeros en ponerse al servicio de los vencedores nada más caer Gijón.

El problema era que se habían enamorado y el padre de Alonso amenazó con desheredarlo si no rompía de inmediato sus relaciones con Amelia.

Llevaban meses viéndose en secreto, intentando conseguir un salvoconducto para salir del país, pero era complicado. Ni siquiera estaban casados, y no podían acudir a los contactos de la familia de Alonso porque no querían que nadie se enterara de sus planes de fuga. Empezaban a desesperar cuando Valentina se presentó en casa de los Noval.

Amelia abrió la puerta. Ya hacía tiempo que se habían visto obligados a prescindir del servicio.

—¡Valen! ¿Qué haces aquí?

—Cierra y dame un abrazo.

—Después de lo que ocurrió en tu boda —dijo Amelia cuando se separaron—, pensé que tu marido no te permitiría volver a verme.

—Y así es, querida amiga, así es, pero no puede impedírmelo si no lo sabe. Desde que me enteré de vuestro encuentro con Manuela, no he dejado de pensar en cómo era nuestra vida antes de todo esto y os echo mucho de menos, a ti y a Alexandra. Pero no te voy a engañar: vengo a pedirte un favor. Se trata de Manuela.

Valentina le contó a Amelia las vicisitudes de Manuela desde la caída de Gijón y la huida a Francia de Elías.

—Mi padre vio una gran oportunidad en hacerle un favor ni más ni menos que a la mujer de Jacobo Espinosa de Guzmán —concluyó Valentina—. Pero me la llevé a Oviedo cuando nos casamos.

—Por mí no debes preocuparte. Ni por Alonso. Jamás la delataríamos. ¿A ti no te importa que esté con vosotros?

—¿En qué sentido? —preguntó Valentina, escamada.

Amelia calló, segura de haber metido la pata, y rectificó.

—Manuela no sabía llevar una casa, y supongo que vosotros necesitáis que se haga cargo de todas las tareas.

—Ha pasado mucho tiempo desde aquello. Ha estado dos años a las órdenes de mi madre, ya la conoces. Además, cose como los ángeles, aunque eso no es mérito de mi madre.

Amelia creyó haber salvado la situación, pero su alivio solo duró unos segundos.

—Porque supongo que no te referirías a aquella idea absurda que tuvo Alexandra en el verano del veintinueve de cazar a Goyo para Manuela, ¿verdad? No tendrías un gran concepto de mí si creyeras que me preocupan los delirios de grandeza de una criada.

—Sabes lo mucho que te valoro, pero no te voy a mentir —se sinceró Amelia—, porque lo cierto es que me refería a eso precisamente. Una tontería por mi parte. Él nunca mostró más que un enérgico y sólido rechazo hacia ella, y eso a pesar de la presión de Alexandra, de Alonso e incluso la mía. Hasta yo pequé de apasionada con el experimento de Alexandra sin pensar en la posición tan comprometida en que poníamos a Goyo. ¡Qué jóvenes, necias e insensatas éramos entonces! Eso por no hablar de la pobre Manuela, ¡qué incómoda estaba! Pero ¿qué iba a hacer sino obedecer a su señora? Ha llovido mucho desde entonces, hasta bombas y muerte han caído del cielo. Sí, ha sido una tontería por mi parte sacar a relucir aquella historia que solo existió en la cabeza de Alexandra. Éramos unas crías.

Valentina le quitó importancia con un gesto y sonrió. Aunque las palabras de su amiga le causaron cierto resquemor, sintiéndose tonta por haberse permitido por un instante tener unos celos tan absurdos.

—Por cierto —dijo—, no veas qué manos tiene decorando sombreros, no dejan de preguntarme dónde los compro. Creen que me los envían de Italia directamente. O incluso de París, no te digo más.

Al escuchar «París», Amelia sonrió con tristeza.

—¿Qué te ocurre?

—¿Seguimos siendo las mejores amigas? ¿Las que se guardan los secretos? ¿A pesar de todo?

—Eso siempre. Te lo juro. Yo acabo de contarte el mío y el de mi familia. No es banal esconder a una republicana.

Amelia se acercó a ella y bajó la voz.

—Alonso y yo queremos salir de España y llevarnos a mi madre. Aquí no hay futuro para nosotros porque su familia no consiente que se case conmigo. Mi madre y yo estamos vendiendo todo lo que tenemos de valor para subsistir mientras tanto: el servicio no está de día libre, hemos tenido que despedirlo. Mis hermanos no encuentran trabajo y estamos desesperados.

—¡Amiga querida! Cómo siento tu situación. Si necesitas dinero...

—Lo que necesito son tres salvoconductos. Alonso está recurriendo a sus contactos, pero es difícil hacer nada sin que su familia se entere.

—Goyo puede conseguirlos.

—No lo hará por Alonso y por mí.

—Sí que lo hará. Si no te importa que mancille un poco vuestra reputación ante él, te aseguro que os los facilitará.

—Haz lo que sea necesario. Siento decírtelo, pero lo que opine tu marido de mí me importa poco. Llegué a apreciarlo en la universidad, no te lo niego, sobre todo por el afecto que le tenía Alonso, pero no te merece, Valen, eres mucho mejor que él.

Valentina sonrió.

—Lo miras con malos ojos, querida, pero no perderé el tiempo intentando convencerte, la vida te lo demostrará si es la voluntad de Dios. Y si no es así, ahora no merece la pena malgastar esfuerzos. Lo que importa en este momento es que Alonso y tú podáis marcharos y empezar de cero.

Valentina no tardó ni dos semanas en cumplir su promesa y para hacerlo tuvo que hablarle a su marido de la visita a Amelia, aunque lo que le contó no correspondía a la verdad.

—Saben lo de Manuela y no dudarán en utilizar esa información si les es útil. Cuanto más lejos estén, mejor para todos —le dijo a su marido.

—¿Te han chantajeado? ¡Malditos sean! Pensar que todavía consideraba a Alonso mi mejor amigo —se lamentó Juan Gregorio—. ¡Qué idiota soy! Está claro que él no me tiene en la misma estima si recurre a esta bajeza.

Valentina se dio cuenta de que acababa de dinamitar la relación entre Alonso y Juan Gregorio sin necesidad, pero ya no podía rectificar.

Amelia, su madre y Alonso llegaron a México con su vida en cinco maletas de cartón, y en la de Amelia, cuidadosamente enrollado, el lienzo firmado por Picasso, una de las pocas pinturas que no fueron requisadas por los vencedores.

—Si no se lo llevaron es que no vale nada —dijo su madre, expresando en voz alta lo mismo que opinaba Alonso.

—Padre creía que sí.

—También creía que íbamos a ganar la guerra y mira cómo hemos terminado.

—Pues por eso mismo, porque en algo tenemos que ganar, aunque solo sea en un cuadro —sentenció Amelia, decidida a aferrarse a aquel trozo de tela pintado como forma de conservar la esperanza.

Para cuando Amelia escribió su primera carta desde Veracruz para comunicar que habían llegado bien y estaban ya instalados, Alexandra hacía tiempo que había retomado la correspondencia regular con Manuela.

Lisboa,
23 de septiembre de 1940

Querida Manuela:

Por fin se ha producido un nuevo milagro: ¡estoy encinta! Te confieso que casi había perdido la esperanza y, sin una causa a la que dedicarme que en verdad me importe, empezaba a padecer de los nervios. Deseo ser madre con todas mis fuerzas, pero este encierro al que me someten con la excusa de cuidarme para poder concebir casi me vuelve loca. Lo importante es que ha funcionado y, por fin, espero un hijo. Con mis antecedentes, el médico dice que mi embarazo tiene riesgo y ahora, además de presa, estoy metida en la cama. Al menos, mi cárcel de oro ha cobrado sentido, pero no quiero aburrirte con esto, solo compartir la buena nueva contigo porque sé que te alegrarás.

Jacobo está muy ocupado con las complicaciones que ha

traído la guerra a nuestros intereses comerciales en el exterior, y mi madre, aunque intenta ser fuerte, echa mucho de menos a mi padre. No quiere ni plantearse volver a España, aunque Jacobo ya empieza a pensar en el retorno. De momento, el embarazo lo pasaremos aquí. Jacobo se puso eufórico cuando se enteró. Está deseando tener un heredero, así que confío en que sea varón porque cada vez soy más consciente de que ser mujer en este mundo no es buen negocio.

Deseo que tu vida en casa de Valentina y Juan Gregorio no sea demasiado penosa para ti, que la guerra en Europa termine pronto y recibas cuanto antes noticias de Telvina. Tengo ganas de volver a verte, siempre estás en mis recuerdos. Me atrevo a enviarte un baúl con vestidos, que espero que te gusten, y también algo de dinero para que compres zapatos a juego. Quizá en Oviedo encuentres la ocasión de ponértelos.

Tu amiga, que nunca dejará de quererte,

Alexandra

La alegría de Alexandra duró menos de lo que tardó en llegar la respuesta de Manuela felicitándola por la buena nueva. El 20 de octubre de 1940, mientras Himmler disimulaba en la plaza de Las Ventas el paradójico horror que le causó la crueldad de los puyazos del picador al toro, que empapaban de rojo el lomo del animal, Alexandra entró en pánico al ver su propia sangre correrle de nuevo por las piernas al levantarse de la cama.

—¡Jacobo! ¡Madre! —gritó.

Doña Victoria fue la primera en acudir. Al ver lo que ocurría, ordenó al servicio ir a buscar al médico y trató de acostar a su hija en la cama, no sin esfuerzo porque Alexandra estaba muy alterada.

—No puedes estar de pie.

—¡He perdido al niño otra vez! —gritó—. ¿Dónde está Jacobo?

—No lo sé, cariño. Enseguida vendrá el doctor. Mientras tanto no te muevas.

El médico confirmó lo que ellas ya sabían.

—Es muy normal en los primeros meses, pero esto no impide que tengan hijos sanos en un futuro. Muchas mujeres tienen varios abortos antes de traer un bebé al mundo. Entiendo su preocupación porque ya ha cumplido los veintinueve, pero he visto primerizas de edad más avanzada y, en cualquier caso, el tiempo no tiene vuelta atrás. Reposo, filetes de ternera, lentejas y espinacas para recuperar el hierro perdido en la hemorragia, y en unos días estará como nueva.

Lo que no le explicó a Alexandra fue cómo superar el trauma de perder a su segundo hijo después de llevar años intentando quedarse embarazada. Ni lo hizo él ni los múltiples médicos que la trataron los años siguientes, en los que no consiguió volver a concebir.

12

Telva tenía solo nueve años y medio cuando su mundo se vino abajo por segunda vez, y, con el suyo, el de Manolo y sus compañeros de las Casas de Niños Españoles repartidas en diferentes ciudades soviéticas. Ocurrió en el verano de 1941.

Las palabras de Molotov, el ministro de Asuntos Exteriores, comunicando que los alemanes habían invadido la Unión Soviética y estaban oficialmente en guerra, resonaron por los megáfonos de la casa mucho antes de que el conflicto llegara a Jersón. Posiblemente Telva no habría entendido lo que significaban si no tuviera grabados en la cabeza el ruido y las imágenes de los bombardeos, la despedida de sus padres, el viaje, el dolor y la pena.

—Nos invadieron los alemanes, ¡otra vez la guerra! —gritaban algunos niños entre aspavientos.

Otros callaban y los más pequeños lloraban.

En ese momento todos los recuerdos almacenados en la mente infantil de Telva, los pocos nítidos y los muchos confusos, volvieron a su presente: la silueta de los barcos que se acercaban al puerto para cañonear la ciudad desde el mar, los refugios, el sótano del edificio en el que vivían al que bajó varias veces de la mano de su madre, el ruido de los aviones bombardeando la ciudad o aquel cadáver en la acera, que Manuela no pudo impedir que viera.

Esa noche soñó que dormía abrazada a su madre cuando un alemán, que tenía la forma de un monstruo negro cubierto de pelo, la despertaba bruscamente y la arrancaba de sus brazos para llevarla con él a un siniestro barco mientras Manuela seguía durmiendo plácidamente sin darse cuenta de que le robaban a su hija. Se despertó gritando y empapada en sudor. Luego empezó a llorar.

La compañera que ocupaba la cama de su derecha, seis años mayor que ella, se levantó y se acostó a su lado para consolarla.

—Calla, vas a despertar a todas —le susurró al oído—. Ya verás que no va a ser como en España. Los rusos vencerán a los alemanes mucho antes de que lleguen aquí.

—No es por eso —dijo Telva en un hipo—. Es que mi madre no me quiere. Por eso me envió aquí, para deshacerse de mí.

—No seas estúpida, niña, y duérmete —recibió por respuesta con un doloroso pellizco de propina.

Telva había pronunciado las únicas palabras que eran tabú entre los niños de la casa, el gran miedo compartido de muchos de los que vivían allí. Sobre todo de los que, como ella, no recibían noticia alguna de sus familias.

No fue la única noche en la que tuvo pesadillas. Pronto ordenaron la evacuación de los niños españoles y comenzaron una penosa huida para salvar sus vidas guiados por sus maestros y cuidadores. Aquella experiencia terminó de convencer a Telva de que los padres tenían la culpa de su desgracia y mil veces maldijo a Manuela por separarla de ella. No podía comprender por qué la había alejado de su lado. Ni pasaban hambre, ni ella era huérfana, ni su padre estaba en el frente, como era el caso de la mayoría de sus compañeros. Poco a poco la añoranza por su madre se convirtió en despecho, un sentimiento con el que le resultaba más fácil convivir.

En el éxodo hacia un lugar seguro, lejos del frente alemán, caminaron ciento cincuenta kilómetros durante tres días y tres noches casi sin respiro, pero ni el cansancio, ni los muchos grados bajo cero, ni el hambre pudieron con la voluntad de Telva. Se aferró a Manolo y Manolo a ella. Juntos sufrieron el frío, el hambre y el agotamiento, pero en ningún momento se separaron, aunque sus pensamientos corrían por derroteros muy diferentes.

Una noche de invierno de 1942, instalados en el edificio de la escuela de Tundrija, en un *koljós* al norte del país, en dirección a Mongolia, lejos del fuego alemán, los niños combatían el frío acurrucándose en círculo mientras contaban anécdotas de tiempos más difíciles. Manolo compartía recuerdos de su familia, de Cimadevilla, su barrio, y lo hacía con la nostalgia de la distancia, cuando Telva le espetó:

—Tu madre no te quiere. No nos quieren a ninguno de nosotros, porque si nos quisieran no nos habrían enviado a este lugar en el fin del mundo.

—¿Qué dices? —Manolo enfureció—. Nos enviaron aquí para que tuviéramos una vida mejor, vendrán a buscarnos en cuanto puedan. Si no fuera por Franco y esta maldita guerra ya estaríamos en casa.

—Esta maldita guerra, la otra maldita guerra… ¡Excusas y más excusas! Nunca vamos a volver a casa, y tú eres un tonto por creerte el cuento.

Manolo quiso responder, pero notó cómo los ojos se le llenaban de lágrimas. La vergüenza de que los compañeros lo vieran llorar fue más fuerte que la ira que le había provocado el ataque de su amiga y salió corriendo. No volvieron a cruzar palabra durante varios días seguidos.

Los demás le hicieron el vacío a Telva. Por traidora. Por verbalizar sentimientos que a muchos les resultaban inconcebibles y que otros se esforzaban por alejar de su corazón.

En el *koljós*, tanto maestros como niños vivían en un régimen de economía autosuficiente en el que, además de estudiar, ayudaban a los campesinos a sembrar y cosechar para un escaso autoconsumo, pero sobre todo para alcanzar las ambiciosas cuotas estatales de obligado cumplimiento a las que se destinaba la mayor parte de lo que se obtenía de las cosechas. Aterida de frío y con pocas horas de sueño, Telva combatía el hambre bebiendo agua; la tristeza, a fuerza de volcarse en las enseñanzas de los maestros; y los sabañones, con pis, tal como le había enseñado Manolo, que seguía sin dirigirle la palabra. Los niños también contribuían a ayudar al país en la Guerra Patria tejiendo calcetines y otras prendas de abrigo para los soldados. Telva se daba mucha maña porque había aprendido a tejer y a coser ayudando a su madre a confeccionar jerséis, chaquetas y gorros para ella, y sombreros para las clientas.

El día que Ernesto, uno de los más pequeños, murió de neumonía en el cuarto que habían habilitado como enfermería, el silencio llenó la casa, pero ni siquiera entonces dejaron de trabajar. Esa noche, después de las clases, les tocaba coser guantes para los soldados, y lo hicieron callados, entre lágrimas por el compañero muerto. A Manolo la soledad se le hizo tan insoportable que se acercó a Telva y se sentó a su lado.

—Como no me ayudes con esto —dijo mostrándole un guante con el dedo meñique más largo que los demás—, algún soldado va a pasar frío y eso no sería nada patriótico. Ya sabes que a mí las cosas de chicas no me van.

Telva le respondió con un codazo, lo miró con los ojos llenos de lágrimas y se refugió en su pecho.

—Ha muerto —sollozó—. Ernesto era demasiado pequeño y no lo resistió. Al final moriremos todos, de hambre, de frío y de agotamiento.

—No, claro que no —contestó él mientras la abrazaba—, porque tú y yo vamos a volver a España. Te lo prometo.

Aunque Telva no opinaba igual, las palabras de Manolo la reconfortaron.

Durante los tres años que vivieron en el *koljós*, ninguno de los dos volvió a mencionar los motivos de su exilio, aunque sí hablaron mucho del futuro: Manolo de sus ganas de regresar a España y Telva de su nueva ilusión por ser médico algún día.

—Investigaré mucho para que los niños como Ernesto no tengan que morir —le aseguró.

Y él la miró con la misma admiración que sentía por ella desde el día que la vio en el barco que los llevó a Rusia. Ya entonces Manolo adivinó que Telva siempre sabría salir adelante.

Manuela se enteró de la muerte de Elías dos años después de mudarse a Oviedo con Valentina y Juan Gregorio, en una época en la que España se moría de hambre, aunque por lo que ella rezaba cada noche era por que Telva siguiera viva, tuviera un techo, comida y algo de cariño.

Valentina le mostró a Manuela el telegrama:

Manuela viuda. Correo ordinario.

—Lo envía Alexandra —le explicó—. Cuando llegue su carta sabremos más, pero todo indica que son buenas noticias para ti.

Unas semanas después recibieron la esperada misiva. Dentro, la despedida definitiva de Elías. Lo que no explicaba Alexandra era cómo había llegado a sus manos. Eso era un secreto entre ella y Valentina del que ni Manuela ni Juan Gregorio debían enterarse.

París,
14 de marzo de 1942

Querida Manuela:

Confío en que esta carta llegue a tus manos. La envío a la dirección de Portugal que tantas veces me hizo rechinar los dientes cuando la leía en el remite de las cartas que recibías. Espero que haya alguien allí para recibirla y hacértela llegar, porque cuando leas esto ya estaré muerto. Mientras tanto, rezo cada día para que tú y nuestra pequeña Telvina estéis vivas. Sí, has leído bien, yo rezo. Se acerca la muerte y rezo, aunque no sé a quién. Siento mucho haberte dejado en ese infierno en el que se ha convertido España. Y siento aún más que nuestra pequeña esté tan lejos de ti. Dicen que Franco no va a negociar la vuelta de los niños con los soviéticos y que ni Rusia ni Dolores Ibárruri quieren entregárselos porque no es el gobierno legítimo de España. Parece que los republicanos somos como los animales, ni siquiera tenemos derecho a nuestros propios hijos.

Aquí estamos en guerra. Muchos compatriotas fueron a parar a campos de refugiados, ahora convertidos en campos de concentración, y los han llevado al frente. Otros están en la resistencia francesa, en la clandestinidad, jugándose la vida por la libertad, pero yo no estoy con ellos. Parece que el universo está decidido a no permitirme ser un héroe. Tengo tuberculosis. Mientras los compañeros luchan contra los nazis, yo voy a morir como un perro, enfermo y solo. Sueño con vosotras dormido y despierto. Ahora sé que éramos felices. Pobres, pero felices, muy felices. La vida se convierte en un infierno de un día para otro. Solo espero que nada te ocurra por mi causa porque, aunque me niego a pensar que es por mi culpa, no por eso duele menos. Tú estás sola, yo me muero en un país que ya no es libre y a Telvina le toca vivir una segunda guerra lejos de sus padres.

Ruego a Dios que, si existe, me perdone, porque tú quizá no puedas. Te quiero más de lo que he querido a nadie en la vida. A ti y a nuestra niña.

Nos vemos en el cielo, si es que me dejan entrar; para ti seguro que hay un lugar en él porque tú siempre has sido buena.

Tuyo,

Elías

Manuela ardió de rabia al leer la carta. Al terminar, la arrugó, la arrojó a un rincón de su cuarto y gritó, sin importarle que la oyeran Valentina, Juan Gregorio o los vecinos.

—¡Es por tu culpa, claro que es por tu culpa, cerdo cabrón! —chilló.

Pero después los gritos se convirtieron en llanto. Lloró hasta que de sus ojos no salieron más lágrimas. Entonces, con una calma inesperada, recogió la carta, la estiró y, con ella en la mano, se tumbó en la cama.

—Te perdono por huir, pero te odiaré hasta el final de mis días por haberme arrebatado a mi hija —murmuró.

Ni Valentina ni Juan Gregorio entraron en el cuarto de Manuela al escuchar sus gritos, como tampoco al día siguiente comentaron con ella lo sucedido, pero la carta de Elías tuvo consecuencias inmediatas.

La primera fue que el propio Juan Gregorio utilizó sus influencias para conseguirle un certificado de viudedad, con el que Manuela recuperaba su libertad. Tenía entonces treinta años y llevaba cuatro y medio encerrada. Con Elías muerto, carecía de interés para la policía, cuyo fin era encontrar y ejecutar a todo republicano, comunista, anarquista o sindicalista huido, escondido o que se hiciera pasar por un ciudadano afín al régimen. Ella nunca se había significado en política más que por su matrimonio y no podía ayudar a localizar a nadie.

Unos días después, Manuela recibió una caja enorme. No hacía falta leer el remitente para saber quién la enviaba: aquellos bonitos vestidos, los polvos, el carmín y los complementos solo podían venir de Alexandra. Traía una nota:

> Ahora que has recuperado tu libertad, quiero que regreses al mundo como la dama que eres.

Los vestidos eran discretos, pero a la última moda. Hasta Valentina sintió una punzada de envidia al verlos porque, aunque Juan Gregorio estaba muy bien posicionado en la administración, todavía cobraba más en promesas que en dinero.

Manuela no abandonó a Valentina y a Juan Gregorio.

Fuera de aquella casa y de tantas otras de adeptos al régimen, España pasaba hambre. Las madres sufrían el lacerante dolor de no tener con qué alimentar a sus hijos, los gatos desaparecían para terminar en alguna cazuela, no quedaban palomas en los parques, las mujeres se pintaban una raya vertical en las piernas para simular que llevaban medias de costura, y la picaresca, azuzada por la necesidad, campaba a sus anchas.

Ella, sin embargo, tenía un techo, comida en la mesa y, en cuanto arregló sus papeles, Juan Gregorio solicitó una cartilla de racionamiento a su nombre, e incluso Valentina le asignó un salario.

—Ya no estás escondida, sino que trabajas aquí —le dijo—. En cuanto tu situación de viudedad sea oficial, recibirás un jornal. Pequeño, porque ya cobras en alojamiento y manutención, y porque nosotros no somos ricos como Alexandra.

«Digna hija de su padre, amedrentadora y difícil de contentar, pero justa a la vez», pensó Manuela, cuyos sentimientos hacia Valentina no podían ser más contradictorios, desde el agradecimiento que se forzaba a sentir hasta unos celos irracionales que la asaltaban muchas noches por ser la esposa de Juan Gregorio.

Manuela se hubiera quedado incluso sin cobrar, porque el gran inconveniente de permanecer allí no era el salario sino precisamente el dolor que le causaba ser testigo directo de la felicidad matrimonial de Juan Gregorio, pero aceptó que eso era algo con lo que podía lidiar, porque los que pasaban hambre y enfermedades no tenían tiempo para sufrir por un amor no correspondido. Manuela resolvió entonces, unos días con más éxito que otros, apartar de sí cualquier sentimiento por Juan Gregorio.

Lo único que le pidió a Valentina fueron unos días para visitar a su madre y a su hermana en el pueblo, para acercarse al convento de Adosinda, a la que imaginaba tan presa como lo había estado ella misma los últimos años, aunque en el caso de su hermana se trataba de una condena a perpetuidad, y para saber de Olvido, la mediana, y conocer a sus sobrinos.

Dos semanas después, Valentina había organizado la sustitución de Manuela durante el tiempo que ella iba a pasar con su familia en el pueblo. Los Cifuentes, ya recuperados de los estragos que la guerra había provocado en sus negocios, tenían entonces más servicio que nunca. Doña Enriqueta accedió a enviarle a su hija su criada más espabilada, pero antes le advirtió: «Si ahora que es libre empiezas accediendo a sus peticiones, te irá muy mal con ella, que esta venía muy crecidita después de las tonterías que le inculcó Alexandra. Si no la atas en corto, se te subirá a las barbas», le dijo.

A pesar de las objeciones de su madre, Valentina cumplió su palabra, y esa misma primavera Manuela regresó a su pueblo natal. El trayecto en tren se le hizo largo y penoso. La locomotora se averió dos veces y llegó a Pola de Lena cubierta de hollín. Una vez allí buscó la forma de llegar a su pueblo. Juan Gregorio y Valentina le habían dado algo de dinero y solo necesitaba encontrar a alguien con un carro que pudiera llevarla. Antes se acercó a ver el palacio de los marqueses, y las imágenes de su infancia junto a su hermana Sofía atisbando el interior de los jardines se agolparon en su cabeza.

Pero lo que veía en el pueblo no era la alegría que ella recordaba, sino hambre, miedo y miseria. Nadie la reconoció. Hacía muchos años de aquellos sábados de mercado, pero sobre todo hacía una guerra, y todos habían sufrido tanto que, aunque ella sí creyó ver algunos rostros conocidos, estaban tan distintos que no se atrevió siquiera a acercarse. Notó que la gente la miraba con la suspicacia que despertaba un forastero y la asaltaron los miedos. No quería cruzarse con la Guardia Civil y exponerse a que le hicieran preguntas, así que se apresuró en buscar la forma de llegar a casa.

En el taller de bicicletas, Paulino, el hijo del dueño, se ofreció a llevarla hasta su aldea a cambio de dos pesetas. Durante el trayecto, Manuela intentó entablar conversación, saber qué había ocurrido en el pueblo, pero él no respondió más que con silencio.

Cuando llegó a casa, encontró a su madre convertida en una anciana, sentada al lado de la cocina de carbón, con la mirada derrotada y los ojos vidriosos.

Se acercó a abrazarla, pero ella se mantuvo inmóvil.

—No te molestes —le dijo Matilde—, que ya hace tiempo que no solo no habla, sino que tampoco se levanta de esa silla. Desde que murió Olvido.

—¿Cómo que murió?

—La mataron. Los mataron a los dos.

—¿Y los niños?

—Se llevaron a los dos pequeños, solo quedó Ramón, el mayor.

—¿Adónde se los llevaron? ¿A la inclusa?

—Desaparecieron. Ramón pudo ver cómo metían a sus hermanos en un coche, el bebé en su capazo y Manolito en brazos. Lo vio por la ventana, pero no se atrevió a salir. Unos días después, encontraron muertos a Olvido y a Eladio en una cuneta. Es todo lo que sé.

—¿Y Ramón? ¿Dónde está?

—Murió de meningitis el año pasado. Se me murió en los brazos. En mi propia cama.

Manuela ahogó un grito y fue a abrazar a su hermana, pero Matilde se apartó.

—Cuando necesité que alguien me auxiliara con aquella carga, no estabas aquí. Ni sé ni me importa dónde te has metido todos estos años, pero esto me lo he tragado sola. No pretendas venir tú ahora a que te dé consuelo yo a ti porque no te lo consiento. Encárgate de madre esta noche, que bastante tiempo me he ocupado yo sin un día de descanso —le espetó cargada de rencor y amargura, y se encerró en la habitación.

Manuela vio brillar una lágrima en la mejilla de su madre y comprendió que, dentro de aquel cuerpo casi inerme, seguía sufriendo.

Aquella noche ninguna de las hermanas cenó. Manuela le dio a su madre un puré de *fabes* y berza que Matilde había dejado en las brasas de la cocina de carbón para que se mantuviera caliente. Lo hizo cucharada a cucharada y la tarea le llevó más de una hora. Al terminar, la aseó con el agua de la palangana, intentó que hiciera pis en el orinal y, al no conseguirlo, lo puso al lado de la cama, sin saber siquiera si sería capaz de levantarse o se mearía encima. Después la acostó, se tumbó a su lado y cayó en un duermevela del que se despertó triste y cansada. Cuando se levantó, Matilde no estaba en casa y no volvió hasta el lunes de Pascua, un día antes de la fecha en la que Manuela debía regresar a Oviedo. Se despidieron con la misma frialdad con la que se encontraron. Ni Matilde le preguntó si volvería en Navidad, ni Manuela se atrevió a proponerlo.

A su vuelta a Oviedo, Manuela decidió aplazar la visita a su hermana pequeña en el convento. No podía imaginar cómo era su vida, pero sí sabía lo que era estar prisionera y Adosinda lo estaría para siempre. No quería ir a verla si solo tenía malas noticias que contarle.

Manuela retomó su rutina y, después de lo vivido con su madre y su hermana, la felicidad de Juan Gregorio y Valentina le resultó mucho más llevadera. Solo le arrebataba el sosiego la ausencia de Telva.

La tranquilidad no le duró mucho porque unos días después doña Enriqueta sufrió un cólico nefrítico y Valentina se trasladó a Gijón para atenderla, dejando a Juan Gregorio y a Manuela solos.

Juan Gregorio escogió un viernes, al volver del trabajo, para hablar con ella del tema que menos esperaba que sacara a relucir.

Manuela hacía bolas con una mezcla de carne picada y miga de pan mojada en leche, que iba colocando en filas sobre la encimera de mármol, cuando Juan Gregorio entró en la cocina y le pidió que se reuniera con él en el salón. Preocupada por la gravedad con la que se dirigió a ella, se lavó las manos, se quitó el delantal y acudió a la sala, donde tomó asiento tal como él le indicó.

—Nunca debió ocurrir —empezó él—. Yo era joven y arrogante, no sabía nada de la vida y mucho menos de las mujeres. Mi posición social no era la de ahora. También debo decir en mi descarga que era usted muy bonita. Y me nublé. En fin, que le pido disculpas.

—Aquello ocurrió hace mucho. Agradezco sus palabras, señor, pero por mi parte está olvidado —mintió Manuela.

—En este momento no soy el señor, solo Goyo, como entonces.

A Manuela le recorrió la espalda un escalofrío.

—Yo prefiero que sea usted siempre don Juan Gregorio.

—Esta situación es muy difícil para mí —continuó él—, porque sigue siendo usted una mujer preciosa y yo quisiera reparar aquella falta que cometí.

—De verdad que no es necesario. Lo pasado, pasado está. Fue una época de sueños y fantasías. Hace una eternidad y una guerra de aquello. Ahora cada uno estamos en nuestro lugar y hace mucho que comprendí que yo también tuve parte de culpa. Nunca debí soñar con imposibles ni exponerme de aquella forma escapándome de la casa de los Solís de Armayor para citarme con usted. Fui una inconsciente. Lo mejor es olvidar, ningún bien hace ya recordarlo.

—Todo no se puede olvidar porque yo siento por usted el mismo deseo que entonces —soltó Juan Gregorio como una bomba—. Cuando la miro, veo a aquella preciosa jovencita y me invade la misma pasión. Intento que no sea así, le juro que se lo pido a Dios cada noche, pero no me libra del pecado.

Manuela sintió que le faltaba el aire.

—No sé qué quiere decir. Yo ya no soy ni joven ni bonita. Como usted sabe, y aprovecho para agradecerle de nuevo los dos duros con los que usted y su esposa me obsequiaron, la semana pasada cumplí los treinta. Mis manos están llenas de durezas, he parido una hija y mi cara ya no tiene la misma tersura porque no puedo permitirme los cuidados de su esposa. Ni esos ni ninguno más allá del agua y el jabón.

—No me interprete mal, Manuela. Lo que quiero decir es que si usted, ahora que está viuda, en algún momento desea algo más de mí, yo estaría encantado de borrar el mal recuerdo de lo que pasó entre nosotros y sustituirlo por una bonita escena de amor y dulzura.

—Yo soy viuda, pero usted está casado.

—Eso es diferente. La ley es acorde a la naturaleza humana. Yo soy hombre y, como tal, el adulterio no tiene gravedad alguna.

—¿Qué quiere decir? ¿Cómo va a ser eso?

—El nuevo régimen ha devuelto la cordura social a España y así lo refleja claramente el código penal. Por eso jamás se me ocurriría proponerle algo así estando usted casada, pero siendo viuda, las circunstancias son muy diferentes. ¿Puedo tratarte de tú?

Manuela asintió con la cabeza, aturdida por lo que estaba escuchando.

—No pretendo que tomes una decisión ahora mismo, solo que pienses en ello. Eso sí, tienes que decidirlo antes de que mi suegra se recupere y mi esposa vuelva a casa. Me gustaría tener la oportunidad de enmendar mi error y que guardemos el recuerdo de amor que nos merecemos, aunque sea pasajero, claro está, porque yo le profeso el máximo respeto a Valentina.

Manuela no salía de su perplejidad y no acertó a hablar hasta que él insistió.

—¿Me prometes que lo pensarás?

—¿Puedo irme? Debo terminar de preparar la cena.

—Por supuesto. Estaré esperando tu respuesta.

Manuela se fue a la cocina y, antes de continuar con las albóndigas, se sentó un momento para serenarse. La razón le decía que le dijera que no y el deseo la invadía al imaginarse con él. Solo cuando se calmó, se preguntó cuáles serían las consecuencias de no aceptar. ¿Adónde iría si la echaban de allí? No tenía ahorros porque había estado muchos años sin cobrar un mísero real por su trabajo; tampoco tenía casa, ni comida, ni posibilidad de ganarse la vida con otra familia porque todas solicitarían referencias.

Entonces sintió rabia. Y vergüenza. Mucha vergüenza. Por el atrevimiento de él y por su propia reacción ante aquella proposición: una parte de ella deseaba aceptar cuando el sentido común le decía que era injusta, mezquina y ofensiva.

Esa noche no consiguió pegar ojo. Se sentía disociada en dos Manuelas diferentes.

A la mañana siguiente, Juan Gregorio salió hacia Gijón para visitar a su mujer y a su suegra. Manuela partió tras él con el mismo destino, pero para visitar a Claudina, en casa de Eufemia. Allí les contó la conversación con él, lo único que omitió fueron los sentimientos encontrados que le provocaba aquel hombre. Estaba convencida de que Claudina y Eufemia la convencerían de que aceptar era una locura.

—Pedazo de sinvergüenza —masculló Eufemia mientras liaba un cigarrillo, aunque todavía tenía uno a medio fumar.

—Como tantos otros señores —añadió Claudina.

—Los señores, los capataces, los encargados, todos son del mismo pelo —dijo Eufemia con un gesto de asco—. En mí ya no se fijan, claro está, van a por las jovencitas, pero aquí donde me veis, yo también fui una de ellas. Hace mucho, antes de que la vida se llevara la juventud y la belleza por delante, y sé bien lo que tuve que aguantar.

—Yo fui afortunada. Eso era impensable en casa de los Armayor. Eran unos verdaderos señores —dijo Claudina, apartando de su recuerdo las vejaciones sufridas la noche que asesinaron a don Carlos Solís—, y ahora ya no tengo de qué preocuparme porque este problema se soluciona con la edad. Con un trabajo como el nuestro empezamos a parecer viejas nada más cumplir los treinta, así que solo es cuestión de esperar. Mientras tanto, mejor doblarse que quebrarse.

—¿Eso qué quiere decir? —preguntó Manuela.

—A buen entendedor... —empezó Eufemia.

—Debo ser corta de entendederas, ¿me estáis aconsejando que acepte?

Claudina dio un sorbo a su café antes de responder.

—Yo solo digo que el mundo funciona así, y que si no quieres acabar en la calle tendrás que pensar en lo que más te conviene.

—El hambre es despiadada y no te la quitas de encima —apuntó Eufemia, que encendía el cigarrillo con la colilla apurada del anterior—. En cambio, los hombres son cosa de un rato y no te molestan más hasta que les vuelven a entrar las ansias. Si juegas bien tus cartas, igual hasta le sacas algo.

—De todas formas, Valentina no tardará en volver —añadió Claudina—, así que no creo que tengas que aguantarlo mucho. El peligro que corres es que ella se dé cuenta. Esa chica siempre fue muy ladina. De pequeña ella tenía las malas ideas, pero convencía a Alexandra y a Amelia para llevarlas a cabo y terminaban metidas en líos por hacerle caso. Así que ten mucho cuidado.

Aquello no era en absoluto lo que Manuela esperaba oír.

Volvió en el tren a Oviedo pensando que si Dios no quería

que aceptara la propuesta de Juan Gregorio se lo estaba poniendo muy difícil, porque si ni la ley ni Claudina ponían reparos, entonces no podía ser tan malo.

Manuela llegó a casa mucho más tarde de lo previsto, llena de hollín debido a una avería del tren y apurada para servirle a tiempo la cena a Juan Gregorio, que ya había regresado de Gijón en su automóvil.

Después de cenar, le comunicó su decisión, se aseó, se arregló a conciencia y se dirigió a la habitación de los señores. Allí, Juan Gregorio le sirvió una copa de champán y la trató como si realmente la estuviera cortejando. Se tomó su tiempo porque sentía urgencia, pero no prisa, y esta vez quería provocar el deseo en ella. No le fue difícil porque cuando se acercó y le acarició la nuca antes de besarla, Manuela, muy a su pesar, ya no era dueña de sí misma. Cerró los ojos y sintió los labios de Juan Gregorio en los suyos, en su cuello y en sus hombros. Cuando empezó a desnudarla buscando su pecho, ella se quitó el camisón sin preguntarle, deseosa como estaba de que recorriera el resto de su cuerpo, y lo miró tan ardiente que él empezó a desnudarse también, apresurado. Ella lo detuvo para bajarle con la mano la cabeza hacia su torso. Mientras él mordisqueaba sus pezones, le quitó la camisa y Juan Gregorio, aunque acostumbrado a tomar la iniciativa, se dejó hacer. Valentina nunca le había pedido que le acariciara la piel con la lengua, tal como hacía Manuela sin hablar, ni jamás había estado tan cerca del sexo de su esposa con la boca como lo estaba en ese momento del de Manuela. La tentación fue tan grande que se dejó llevar y, cuando ella respondió a su contacto con un estremecimiento, insistió una y otra vez hasta que sus gemidos de placer lo excitaron tanto que temió no poder contenerse. Se quitó el resto de la ropa con premura y se metió dentro de ella sin encontrar obstáculo alguno porque ya hacía rato que el cuerpo de Manuela estaba listo para recibirlo, y sintió tal placer que necesitó repetir varias veces para saciarse en una noche que prometía no terminar nunca.

Aquel día Juan Gregorio descubrió el sexo prohibido que

no se permitía con Valentina por respeto al lazo sagrado que los unía, y Manuela un placer físico del que no había escuchado hablar a ninguna mujer y que era muy diferente a la familiaridad y el cariño que había experimentado en sus años de convivencia con Elías.

Los encuentros se sucedieron cada noche, excepto los sábados, porque Juan Gregorio se trasladaba a casa de sus suegros en Gijón. Sin la carga de los preceptos católicos del matrimonio pesando sobre su cama, fueron libres para explorarse, experimentar con las manos, la boca y sus partes más privadas, de dejarse llevar por el instinto y conocerse a sí mismos a la vez que descubrían cómo hacer explotar los centros de placer del otro.

Así estuvieron durante los dos meses que tardó en regresar Valentina. Entonces, Manuela se sintió aún más traicionada que la primera vez porque Juan Gregorio retomó la vida en apariencia feliz que tenía con su esposa antes de que los riñones de su suegra los separaran una temporada. Lloró de decepción y se sintió sucia porque lo que ella le había entregado como amor, él lo había recibido como mera satisfacción carnal. Mientras tanto, él, ajeno a sus pesares, mostraba su agradecimiento haciendo averiguaciones sobre Telva.

Un día, Manuela estaba colocando la ropa de los señores en los armarios cuando Juan Gregorio entró en la habitación.

—El barco en el que sacaron a tu hija de España llegó a Rusia. Algunos niños murieron en la travesía, pero Telvina no está entre ellos. Tampoco en la lista de los enfermos. Llegó viva y sana. Los niños fueron recibidos allí con honores. No tengo información de lo que ocurrió tras la invasión nazi y el estallido de la guerra. Es todo lo que he podido averiguar.

—Se lo agradezco.

—Manuela... —Juan Gregorio dudó antes de comunicarle la mala noticia—. Lamento decirte que no los van a traer de vuelta.

—¿Por qué no? Ya han regresado muchos niños de Bélgica. Y de Inglaterra. Y también dicen que de Francia.

—Pero de Rusia no. De Rusia no van a volver. Tu marido estaba bien informado.

—¿Nunca? ¿No van a volver nunca? —Manuela sintió que se ahogaba.

Él se encogió de hombros.

—Nunca es mucho decir —respondió compadeciéndose de ella.

A su vuelta, Valentina encontró a Juan Gregorio más encantador que nunca, demostrándole mañana y noche lo mucho que la había echado de menos, y eso la complació. Aunque lo notó más atrevido en la cama, tanto que tuvo que recordarle dulcemente que también se podía pecar en el lecho conyugal, lo achacó al deseo reprimido tras varios meses sin tener intimidad, porque los sábados, aunque dormían juntos, no se sentían cómodos estando bajo el techo de los Cifuentes. En cambio, a Manuela se la veía tan abatida que parecía un alma en pena. No atribuyó la afabilidad de su marido a la culpa, pero sí le extrañó el estado de Manuela. Al principio no le dio importancia, pero después de un par de días seguía sin levantar cabeza.

—¿Se puede saber qué te pasa? —le preguntó—. Ni que tuvieras mal de amores.

Lo dijo por decir, y lo que menos esperaba es que Manuela enrojeciera como un tomate y saliera corriendo sin dar ninguna explicación.

No insistió porque no consideraba asunto suyo las preocupaciones del servicio siempre que cumplieran con su deber, pero por un momento se le pasó por la cabeza la idea de que Juan Gregorio se hubiera desfogado en su ausencia con la criada y que, después de aquella locura de Alexandra de emparejarla con él, se hubiera hecho ilusiones.

Descartó pedirle explicaciones a su marido porque aquello la haría quedar como una celosa, una histérica y una insensata. Después valoró interrogar a Manuela, pero supuso que, en el improbable caso de que tuviera algo que confesar, no lo haría. O sí. Y eso sería de lo más inconveniente para ella y para los negocios familiares. El marido y el suegro de Alexandra habían incluido a su padre en sus negocios con El Pardo, y no iba a ser ella quien pusiera el acuerdo en peligro por una inseguridad totalmente impropia de una señora.

La carrera de Juan Gregorio estaba en alza y era cuestión de tiempo que promovieran su traslado a Madrid. El matrimonio había decidido ya que, cuando llegara el momento, Manuela se mudaría a la capital con ellos, y no estaba dispuesta a prescindir de su habilidad con la costura y los sombreros por una sospecha infundada. ¿Qué iba a querer Juan Gregorio de la criada teniendo una esposa como ella? «Seguro que Manuela se ha encaprichado de algún mozo en sus paseos y ha salido escaldada. Si mi padre supiera de mis dudas, se avergonzaría de mí», se reprendió a sí misma.

En el mes de agosto de 1942, el doctor le confirmó a Valentina que estaba embarazada. Esperó casi un mes para comunicarle a su marido el tan deseado estado de buena esperanza. Si lo demoró tanto fue porque Juan Gregorio estaba muy alterado por la visita de Franco a Oviedo con motivo de la devolución de la Cruz de la Victoria a la catedral.

Corría la leyenda de que la estructura de madera que sujetaba la cruz era la misma que el rey Pelayo enarboló tras la victoria que dio inicio a la Reconquista de España, y todos los asturianos, sin distinción política, la consideraban desde hacía siglos el emblema del Principado.

Igual que otros tesoros de la Cámara Santa, había sufrido daños durante la voladura de la Revolución de 1934, la misma en la que falleció el tío de Juan Gregorio, y el equipo de propaganda del régimen consideró que el hecho de que fuera el propio Caudillo el que, emulando a don Pelayo, la reintegrara a la catedral completamente restaurada podía contribuir a la estabilización de Asturias.

Juan Gregorio fue la autoridad ovetense encargada de supervisar la visita del Generalísimo.

Pocas veces en su vida pasó tal estado de nervios. La restauración no estaría terminada en la fecha que establecieron desde Madrid para aquel acto simbólico, definido por los hombres de confianza de Franco como «de vital importancia para la patria», porque no había esmeraldas suficientes para cubrir las faltantes. A pesar de que intentó retrasar la visita comunicando a sus superiores el problema al que se enfrentaban, la respuesta fue clara: «Debe estar en perfecto estado en el tiempo asignado».

Juan Gregorio no durmió durante varias noches, se reunió con los orfebres asturianos y les transmitió la urgencia de la reparación, tarea a todas luces imposible. La cruz se convirtió en su obsesión, hasta el punto de no advertir las náuseas diarias que sufría su mujer, ni la incipiente hinchazón de su tripa, ni siquiera su visita al doctor. Tampoco se dio cuenta de que tanto Manuela como Valentina lo evitaban en la casa, porque al mínimo ruido imprevisto o ante cualquier detalle que no estuviera a su gusto saltaba iracundo, echando pestes y maldiciendo a la que en ese momento considerara culpable de su frustración. Lo cierto es que Juan Gregorio se lo puso fácil porque apenas aparecía por casa y, cuando lo hacía, caminaba nervioso hablando consigo mismo, farfullando frases que ellas no entendían.

—Pero ¿cómo va a llevar el Caudillo una cruz con cristales de botellas de sidra incrustados? ¡Ay, Señor! A mí me envían al paredón.

Valentina pensó que su marido se estaba volviendo loco.

—¿Qué es eso de las botellas de sidra? —le preguntó, harta de verlo en aquel penoso estado, arriesgándose a ser víctima de uno de sus ataques de ira verbal.

—Digo que te quedas viuda, que me van a mandar al paredón.

—¿Por qué no te calmas y me explicas qué sucede?

Juan Gregorio, lejos de explotar, se derrumbó y le confesó el secreto a su mujer.

—No es posible restaurar la cruz a tiempo, no hay esmeraldas suficientes ni manera de conseguirlas, y los orfebres proponen utilizar cristales de botellas de sidra. Dicen, ¡mira tú qué insensatez!, que han hecho una prueba y brillan más que las esmeraldas auténticas.

La sorpresa de Valentina no pudo ser mayor, pero una vez que asumió lo que le estaba contando su marido se echó a reír.

—Pero, Goyo, ¿qué hay más asturiano que la sidra? Que los pongan sin que nadie se entere, y prepara una explicación patriótica por si alguno de los orfebres se va de la lengua, aunque no lo creo porque tendrán más miedo que tú. Nadie te va a fusilar, y de eso estoy segura porque nosotros te necesitamos a nuestro lado.

Juan Gregorio estaba tan ofuscado que no se percató de que su esposa había hablado en plural.

El día llegó y Franco entró en la catedral portando la cruz restaurada con cristales de botellas de sidra; era cierto que brillaban como piedras preciosas. El gran tesoro asturiano fue alabado por las autoridades eclesiásticas, por los mandatarios locales y por la riada de gente que iba tras ellos.

Al finalizar la visita a la ciudad, el Caudillo en persona felicitó a Juan Gregorio por gestionar la reparación de la cruz con premura y eficacia.

Esa misma noche, Valentina le comunicó su estado de buena esperanza y Juan Gregorio se sintió el hombre más feliz del mundo. La vida le sonreía.

El anuncio del embarazo de Valentina le llegó a Manuela acompañado de un regalo: una máquina de coser más moderna que la de la abuela de Alexandra. Era preciosa y disponía de un mecanismo para guardarla en el mismo mueble de madera que la soportaba, que además contaba con un cajoncito a cada lado para los útiles de coser. Estaba casi nueva y el negro del metal brillaba casi tanto como las letras doradas de la marca: ALFA.

—Es para ti —le dijo Valentina—. Aunque es un regalo un poco egoísta porque pretendo que cosas para mí, pero sobre todo para el bebé que estoy esperando.

—¿El bebé?

Valentina asintió con la cabeza sin ocultar una sonrisa de satisfacción que su estado le producía.

—Mis más sinceras felicitaciones —dijo Manuela con un nudo en la garganta.

—¿Qué me dices de la máquina? Es un modelo mucho más reciente que la que perdiste tras la guerra y nos ha costado una fortuna. Seguro que puedes hacer maravillas con ella para este pequeñín —dijo poniendo la mano sobre su abdomen.

—Pero si yo no sé cortar y el patronaje se me da fatal, solo sé hacer arreglos y confeccionar sombreros… —empezó a decir, pero se le cortó la voz—. Perdone, no me encuentro bien.

Manuela se disculpó y se fue corriendo a su cuarto.

—¡Pues sí que! —exclamó Valentina al ver que se iba.

Manuela se sentó en su cama y sintió que la habitación le daba vueltas. Juan Gregorio y Valentina iban a tener un hijo. Por más que sabía que ese momento llegaría, no estaba preparada para aceptar que todas sus esperanzas irracionales sobre aquel hombre, las que ella misma consideraba absurdas, saltaran por los aires.

Tardó un buen rato en salir de nuevo y darle las gracias a la señora por la máquina de coser.

—Me he acordado de mi niña y… —mintió Manuela.

Valentina se compadeció y sonrió comprensiva.

—Esa máquina de coser que le has comprado a Manuela no será una Singer, ¿verdad? —le preguntó Juan Gregorio al llegar a casa—. Porque está prohibida la importación de productos americanos.

—¡Claro que no! Es una Alfa fabricada en territorio patrio, en las Vascongadas. ¿Cómo piensas que puedo cometer yo semejante fallo?

—Por si la habías comprado de segunda mano.

—De segunda mano es, que una cosa es ser patriota y otra una manirrota.

—Valen, querida, mira que dicen que las mujeres encintas se vuelven más torpes y atolondradas, pero tú estás en todo.

Mis padres estarían muy orgullosos de verme casado contigo —dijo a modo de piropo.

Valentina sonrió, aunque en su fuero interno se sintió molesta por la condescendencia con la que acababa de tratarla su marido. «Lástima no haber nacido varón, les habría dado sopas con hondas a Goyo, a mis hermanos y a todos los que se me hubieran puesto por delante», se dijo. Entonces se acordó de Amelia. «¡Qué tonta fue al significarse así! ¡Qué ganas de complicarse la vida! Y qué sola me han dejado ella y Alexandra, sin nadie con quien tener una conversación medianamente interesante».

—Si es niño, quiero que se llame Gregorio Francisco. Gregorio por mi padre y Francisco por el Caudillo —propuso Juan Gregorio a su esposa.

—Me parece bien. Pero si es niña, el nombre lo elegiré yo.

—Es lo justo.

—Acordado entonces. El que yo quiera, te guste o no.

—Así será, pero no me tengas en ascuas: ¿Valentina como tú? ¿Enriqueta como tu madre?

—Primero me das tu palabra.

—Qué tontorronas os ponéis las embarazadas. ¡Que sí, mujer! El que tú elijas, que por feo que sea no deja de ser un nombre, y viniendo de ti seguro que será noble y de buen gusto.

—Entonces te anuncio que, si es niña, tu hija se llamará Amelia.

Su marido torció la cara en un gesto de desagrado.

—Ni un reproche, Goyo —se apresuró a decir Valentina—, que me has dado tu palabra.

—Y la mantendré a la espera de que reflexiones y cambies de opinión, porque humillar a tu marido de esta manera no es propio de ti.

—¿Cómo puedes pensar eso? Solo pretendo que mi hija lleve el nombre de mi abuela. Sé que mi padre se sentirá muy honrado y complacido.

Juan Gregorio palideció.

—¿Tu abuela paterna se llamaba Amelia? ¡Hay que ver qué desafortunada coincidencia!

Alguna vez, a lo largo del embarazo, Juan Gregorio insinuó sutilmente la posibilidad de reconsiderar el nombre escogido en caso de que naciera una niña, pero Valentina no dio su brazo a torcer.

El parto se adelantó cuatro semanas a la fecha prevista. Valentina empezó con las contracciones la mañana del martes de Carnaval de 1943. Mientras en España se recordaba la prohibición de celebrar la fiesta pagana, Valentina, su madre y Juan Gregorio acudieron al sanatorio Asturias, el mismo en el que, diecisiete años antes, había nacido Carmen Franco, la hija de Carmen Polo y Francisco Franco, y en el que varias décadas después nacería una niña de familia plebeya destinada a convertirse en reina de España.

Juan Gregorio trató de calmar los nervios paseando por el jardín del sanatorio a la vez que maldecía al *orbayu*, que no daba tregua a comienzos de ese mes de marzo, y rogó a Dios que su primogénito fuera un niño. Mientras él daba vueltas en círculo, preocupado por el sexo de su bebé, la placenta que unía a la pequeña Amelia con su madre se desprendió y ambas se desangraron en cuestión de minutos, sin que doctores, enfermeras ni comadronas pudieran hacer nada por evitarlo.

En unos tiempos en los que todas las familias andaban sobradas de muertos y entierros, pocos se sentían en el compromiso de asistir al funeral de fallecidos ajenos. Sin embargo, al de Valentina Cifuentes y la pequeña Amelia Covián Cifuentes acudió toda la alta sociedad gijonesa y gran parte de la nueva jerarquía de Oviedo, porque también eran tiempos de dejar claro de qué lado estaba cada uno, y tanto don Juan Ramiro Cifuentes como Juan Gregorio, convertido en don Juan Gregorio por posición y matrimonio, eran importantes bastiones del nuevo régimen en la zona, cada uno en su medida. Estar a su lado en semejante momento era una forma indiscutible de afianzarse como simpatizantes del franquismo.

Gijón amaneció soleado después de una semana entera de lluvia y *orbayu*, como si se negara a ponerse de luto. Los asistentes no cabían en la pequeña capilla del cementerio donde se celebró el obituario y muchos tuvieron que seguir la misa desde el exterior. El panteón de los Cifuentes relucía, después de que las criadas lo limpiaran a conciencia el día anterior, bajo las coronas de flores blancas enviadas por conocidos, socios, amigos y familiares.

Manuela acudió al funeral con la esperanza de que Alexandra y su madre viajaran desde Portugal para despedir a Valentina, pero no lo hicieron.

La explicación le llegó días más tarde.

> Me rompe el corazón la muerte de mi amiga, querida Manuela, pero a ella ya no podía acompañarla, sino a los que quedan, y seguro que ellos prefieren tener a otras personas a su lado. Solo tuve intención de ir por verte a ti y lo habría hecho de no encontrarme de nuevo encinta. No quiero hacerme ilusiones porque no me siento fuerte para pasar por lo mismo una tercera vez, y lo ocurrido con Valentina no hace sino acrecentar mi desasosiego. En vez de la alegría de una futura madre, te confieso que lo que siento es miedo.

En su carta, Alexandra también se interesaba por el futuro de Manuela, que tras la desaparición de Valentina resultaba incierto.

A Manuela no le quedó más remedio que plantearle a Juan Gregorio el tema de su continuidad en la casa.

—¿No estarás pensando en abandonarme? —la cortó él en cuanto empezó a hablar.

Cuando la trataba de tú, Manuela se ponía en guardia.

—No es mi intención, pero las circunstancias han cambiado. No sé si a usted le parece apropiado que yo continúe a cargo de la casa ni cuáles son sus planes para los meses venideros. La gente es malvada y es una situación que daría pie al qué dirán.

—No veo por qué. La situación es más que apropiada. Hasta los curas tienen mujeres a su servicio que cuidan de ellos y de la casa. Eres libre de irte, y no dudes de que, como el caballero que soy, daré las mejores referencias de ti, pero las que sirven en otras casas ni siquiera sueñan con vivir como vives tú. Aquí, si me tratas bien, te aseguro que sabré agradecértelo y estarás mejor que en ningún otro sitio.

Manuela, que ya estaba curtida de tantas decepciones como se había llevado con él, se hizo de rogar y así se lo contó a Claudina y a Eufemia dos domingos después, cuando Juan Gregorio fue a visitar a sus suegros.

Merendaron unas galletas caseras que llevó Manuela, y las acompañaron de malta con achicoria. Tres días antes la Guardia Civil había hecho una batida en los trenes en los que viajaban las estraperlistas y no había café en el mercado negro, así que Manuela reservó lo que le quedaba para Juan Gregorio.

—Anda por la casa como un alma en pena —les dijo.

—Es que acaba de quedarse viudo.

—O que no soporta estar solo. Pero esta vez no se lo voy a poner tan fácil.

—No tenses mucho la cuerda —le aconsejó Claudina—, que un viudo joven, sin hijos y bien posicionado es un caramelo para muchas señoritas. La vida ahí fuera está mala. Mira cómo tengo las rodillas de fregar el suelo. Mi señora es una bruja que inspecciona las camas cada mañana, y si ve la mínima arruga me las deshace y tengo que volver a empezar. Eso por no hablar de que me salen las acelgas viudas que ceno a diario por las orejas. Ya ni panceta les puedo echar.

—¿Pero tú no eras el ama de llaves?

—Pasan los años, Manuela, y sigues igual de mema. Eso era antes. Ahora soy el único servicio que tienen y dando gracias, porque el negocio familiar no va bien y al menos a mí me pagan el jornal. Ufe —dijo señalando a su madrina, enfrascada como siempre en liar cigarros— está intentando meterme a trabajar con ella en La Cigarrera, aunque como en realidad no somos familia está difícil. Así que ten cuidado, que no son tiempos de andarse con remilgos, y tenlo bien contento porque si se vuelve a casar, la nueva no te va a tratar igual de bien que Valentina.

—Yo no paso otra vez por lo mismo, ¡de eso ni hablar!

—Mira, chiquilla —intervino Ufe—, tus motivos tendrás para ponerte ahora tan digna, yo solo te digo que de la dignidad no se come. Aprovecha lo que tienes y sácate los pájaros de la cabeza, que él será siempre el señor y tú la criada. No va a emparejarse contigo, pero si le das lo que necesita, no tendrá prisa por casarse otra vez, y digo yo que esta mala época de necesidades y penurias también pasará. Porque en la vida todo pasa, lo bueno y lo malo.

Manuela enrojeció y Claudina supo que su madrina había dado en el clavo.

—Ay, Manuela, que pasan los años y no entras en razón.

Dos días después, Manuela le planteó sus condiciones a Juan Gregorio para continuar a su servicio.

—En la sombrerería que está donde el ayuntamiento buscan una dependienta de refuerzo para los viernes por la tarde y los sábados por la mañana, y quiero presentarme al puesto.

—No entiendo la necesidad, pero tampoco niego que es buen sitio. De todos es sabido que los rojos no llevan sombrero.

«Si no tienen para comer, van a tener para sombreros», pensó Manuela, pero se tragó su opinión y continuó negociando.

—Sin que suponga una reducción de mi jornal ni perder la tarde libre del domingo, porque también quiero descansar. Solo hasta la hora de cenar, claro, la cena se la preparo yo. Y por supuesto cuidaré de usted y de la casa. Le aseguro que estará más que satisfecho con mi servicio.

Juan Gregorio se lo pensó un momento antes de responder.

—De acuerdo, pero yo también tengo mis condiciones y te las voy a dejar muy claras porque no quiero que haya lugar a confusión. Para que veas la confianza que deposito en ti, a partir de ahora te asignaré una cantidad mensual para los gastos de la casa y serás la encargada de administrarla como consideres, siempre que no falte de nada y te llegue hasta fin de mes. Solo me tratarás de tú en la alcoba, a la que acudirás cuando yo lo requiera. Y no se te ocurra quedarte embarazada porque te pongo de patitas en la calle. Desde ya te adelanto que jamás admitiría a un bastardo en mi casa.

13

El año 1944 prometía ser inesperadamente dulce para Manuela. Juan Gregorio daba poco trabajo en la casa, las nuevas costumbres pronto se convirtieron en rutinas y el sexo con él era todo fuego y pasión, avivado por la culpa que a ambos les provocaba lo clandestino de aquella relación, social y cristianamente reprobable. Los sábados pasaron a ser el día favorito de Manuela porque trabajaba la jornada completa en la sombrerería y por la noche, cuando no tenía el periodo, compartía intimidad marital con Juan Gregorio con mucha más calma y cortejo que entre semana.

Con el tiempo, él empezó a olvidar que quien estaba a su lado no era su esposa y compartía con ella asuntos relativos a su cargo porque no tenía a nadie más con quien hablar. Manuela lo escuchaba, a veces aburrida porque no entendía todo lo que él explicaba, y otras enamorada, cuando se hacía la ilusión de que eran un matrimonio, como tantas veces imaginó al principio de conocerse.

Habrían sido tiempos de felicidad para ella de no ser por el vacío permanente que le causaba la ausencia de Telva, que, lejos de hacerse más pequeño, crecía según la esperanza iba dejando sitio a la resignación. Cada día se despertaba y se acostaba pensando en su pequeña. Jugaba a imaginarla siendo casi una mujercita. Confiaba en que tuviera una nueva vida y soñaba con el día de su vuelta. Después la asaltaban los miedos y se obsesionaba con que la hubiese olvidado, pero, por mera supervivencia, apartaba ese pensamiento de su cabeza y volvía a imaginar el reencuentro de sus sueños. A veces le preguntaba a Juan Gregorio y él negaba con la cabeza, molesto por aquella mezcla de sentimientos que le generaba el pasado de Manuela casada con otro, y no con cualquier otro, sino con un republicano señalado, pero también con compasión porque en realidad nada podía hacer para averiguar el paradero de la niña. La Unión Soviética y España eran enemigos políticos y ni siquiera había negociaciones abiertas para la vuelta de los hijos de los republicanos, que ya eran más rusos que españoles.

En la sombrerería, en pleno centro de la ciudad, Manuela atendía a lo mejor de la sociedad ovetense. Tras pasar años aislada, aquel trabajo le permitía conversar con las clientas, que tardaban a veces más de una hora en elegir sombrero para ellas o para sus maridos, o incluso se iban finalmente sin comprar nada. El tiempo que estuvo al servicio de Alexandra le proporcionó a Manuela un lenguaje y unos modales que ella se cuidó de mantener fijándose en Valentina y sus amistades, y a los que sacaba partido con las clientas, que se sentían cómodas con la conversación de aquella aprendiz de dependienta con manos de sirvienta y porte de señorita. Manuela se ponía para trabajar los vestidos de Alexandra, que ella misma se arreglaba con la Alfa que le regaló Valentina, y aprendió a peinarse con aquel tupé inflado que todos conocían como «Arriba España» porque lo habían puesto de moda las afines al régimen, y que tanto le gustaba a Juan Gregorio. Como aquel peinado admitía mal los sombreros, empezó a hacerse pequeños y discretos tocados que pronto llamaron la atención de las clientas por lo originales y prácticos, ya que disimulaban las horquillas e incluso los rellenos que las de pelo más pobre necesitaban para mantener firme el tupé.

Doña Balbina, esposa de un coronel de la Guardia Civil, fue la primera en fijarse en aquella fina tira de flores de tela que disimulaba a la perfección la sujeción del peinado de Manuela.

—Muéstreme alguno de esos adornos —le pidió señalando

la cabeza de Manuela, con una voz más marcial que la de su propio marido.

—No, señora, no está a la venta, lo he hecho yo misma.

—¿Y cuánto cuesta? —insistió la mujer del coronel.

—No es para vender, es de confección casera.

—Ya la he escuchado la primera vez y le repito que quiero comprárselo. Aquí se venden sombreros y tocados y yo quiero el suyo.

—Ocho pesetas —intervino Angélica, la dueña de la sombrerería, que al escuchar la conversación salió de inmediato de la trastienda.

—¡Qué barbaridad! No son precios para una clienta de toda la vida, pero, en fin, me lo llevo.

—Por supuesto —se apresuró Manuela a aceptar—. El próximo viernes lo tendrá aquí. ¿Quiere la misma tonalidad o le gustaría más en otra gama?

—¡Qué gama ni qué gamos! Me llevo ese —dijo volviendo a apuntar con el dedo hacia su cabeza.

Manuela miró a su jefa sin saber qué hacer.

—¿A qué esperas? Quítatelo, límpialo bien y envuélvelo para que doña Balbina se lo lleve ahora mismo.

Manuela obedeció y la clienta salió de la tienda encantada con su adquisición, no sin antes hacerles una advertencia.

—Ni que decir tiene que no deben venderle el mismo a nadie. Cuento con adquirir el viernes que viene otro igual de original. En tonos verdes, que vamos a celebrar una comida en la Sección Femenina y quiero ser la envidia de todas.

—Si me trae una muestra de la tela —se atrevió a decir Manuela—, se lo puedo hacer a juego con el vestido.

—Esta misma tarde le envío a la criada con ella. Que resulte bonito y elegante, pero sobrio. A mi estilo.

Cuando doña Balbina abandonó la tienda, Manuela temió por su empleo.

—Lo siento muchísimo —empezó a decir, pero su jefa la cortó.

—No deberías haber venido con nada en la cabeza que no

sea de esta tienda, pero ya no tiene arreglo, así que no hay nada que lamentar. Si doña Balbina está contenta, todos lo estamos. Prepara unos cuantos diseños y, si me gustan, podemos ofertarlos de forma permanente. De cada peseta, sesenta céntimos para mí y cuarenta para ti. Y ya has oído, que no sean iguales a los de doña Balbina.

—Y el coste del material, compartido —negoció Manuela.

Angélica regresó a la trastienda haciendo sus cuentas.

—Ocho pesetas es muy barato —murmuraba—. Solo hay que ver lo poco que ha protestado doña Balbina, que siempre se queja del precio durante diez minutos. Debería haberle pedido dieciséis.

En solo dos meses, el escaparate de la sombrerería lucía salpicado con los tocados y los cubrehorquillas diseñados por Manuela. Al cabo de otros tres, de accesorios para adornar sombreros de ceremonia: pequeños velos de tul o de rejilla, conjuntos de dos o tres flores de satén almidonado, o incluso plumas para las más atrevidas.

Cada mes, Angélica hacía cuentas con Manuela, le entregaba su parte de las ventas y ella lo guardaba a buen recaudo en una lata de hilos en el cajón izquierdo del mueble de su máquina de coser.

A comienzos del mes de noviembre, Manuela llevaba ya tres meses sin tener el periodo, sentía el pecho tan hinchado que le hacía daño el sostén y se le revolvía el estómago cada vez que, entre otras cosas, llegaba el lechero y le tocaba hervir la leche para separarla de la nata. Mientras Telva y Manolo recibían en las tierras frías de Siberia las noticias del rápido avance de los aliados tras el desembarco en Normandía, Manuela planeaba cómo contarle a Juan Gregorio que estaba esperando un hijo suyo. La aterraba que la echara a la calle estando embarazada.

El tiempo se le agotaba y la tripa empezaba a hinchársele. Angélica, la dueña de la sombrerería, se mostraba cada vez más suspicaz respecto a sus molestias gastrointestinales, y las discretas sospechas de los primeros días comenzaban a dar paso a una certeza preocupante.

Hasta que llegó el día en que Angélica cerró la puerta del establecimiento y le pidió que se quedara a ayudarla a hacer la caja. La tarde había sido floja por culpa de una lluvia racheada que no invitaba a salir a la calle.

—¿Quién es el padre? —le preguntó—. ¿Ese mandamás para el que trabajas?

Manuela no tuvo agallas para negar lo evidente.

—¿Y él lo sabe? —Angélica no necesitó más que verle la cara para adivinar la respuesta—. ¿Qué piensas hacer?

—Decírselo, pero no sé cómo. Me amenazó con echarme de casa si me quedaba encinta. Si me despide, no tengo dónde ir.

—¿Tienes familia?

—Una hermana en el pueblo, pero no me soporta. Cuida de mi madre inválida. Y otra, la pequeña, que es monja de clausura.

—Pues tienes un problema serio. Yo no puedo mantenerte en la sombrerería en este estado porque me quedo sin clientas. Eso si tu señor —y remarcó «señor» con retintín— no me cierra el local. Ese cabrón cada vez manda más en la ciudad.

—¿Lo conoce?

—Yo conozco a todo el que hay que conocer, ya sabes que aquí atendemos a lo mejor de la sociedad. Tú estás aquí por ser él quien es, ¿o es que crees que si estuvieras amancebada con otro los clientes no habrían puesto el grito en el cielo? Pero tratándose de don Juan Gregorio Covián todo es respetable.

—Yo no estoy amancebada —protestó Manuela.

—Entonces ¿por qué estás en esta situación? Y vaya por delante que no te juzgo. Estos tiempos son muy malos y «quien a buen árbol se arrima, buena sombra le cobija». Siempre que no se quede en estado, claro. ¿De cuánto estás?

—De casi cuatro, calculo.

—Mal asunto, muy mal asunto. Conozco a alguien que puede ayudarte a solucionar el problema, pero es caro y arriesgado.

—¿Está insinuando que me deshaga del niño?

—Estoy hablando de resolverte el problema porque la otra opción es que des a luz debajo de un puente. Eso si sobrevives hasta entonces. ¿Cómo vas a subsistir?

—¿Cuánto más puedo seguir trabajando aquí?

—Lo siento, querida, pero aquí se acabó tu tiempo —respondió su jefa cogiendo un carboncillo y un pedazo de papel para liquidarle lo pendiente en el que además anotó una dirección.

Manuela no se molestó en protestar, consciente de que no podía pedirle más a Angélica. En casi todos los establecimientos despedían a las mujeres cuando se casaban y en ninguno era admisible ser atendido por una embarazada, mucho menos estando soltera. Salió de allí con el dinero de los jornales debidos y del material sin vender, que Angélica accedió a comprarle por adelantado, la nota de papel escondida en la falda y una presión en el estómago que amenazaba con hacerla vomitar a pesar de llevar horas sin comer. Hacía rato que había anochecido, la calle estaba casi desierta y los adoquines brillaban mojados a la luz de las farolas.

Manuela iba tan concentrada en cubrirse de la lluvia que no se fijó en el sereno hasta que lo tuvo a unos pocos metros. Le resultaba tan baboso que siempre procuraba evitarlo, pero esa noche no había escapatoria.

—Buenas noches, Manuela —la saludó.

«Serán para usted», pensó, pero le devolvió el saludo.

—Está usted muy guapa con esos kilitos que ha cogido, le sientan muy bien —dijo recorriéndola con la mirada y con tal tono de voz que le provocó una arcada del asco.

Apretó el paso todo lo que pudo para alejarse de él, olvidando el cuidado que llevaba para no meter el pie en un charco.

Llegó a casa con los zapatos y las medias empapados, el corazón acelerado y una decisión tomada. Juan Gregorio estaba allí.

—Ya me estaba impacientando, estoy muerto de hambre. ¿Habéis tenido mucho trabajo hoy con este día?

Manuela masculló algo de un cliente de última hora y fue directa a la cocina a prepararle la cena.

Aunque entonces ya dormían juntos a diario por expreso deseo de Juan Gregorio, cenaban por separado, él en el comedor y Manuela en la cocina, cada uno con su radio. Después solían pasar un rato de reposo en compañía, sentados en sendos sillones del salón, mientras Juan Gregorio le contaba los acontecimientos del día. Esa noche fue ella la que habló, aunque no le salió ni una palabra del discurso que había preparado.

—Estoy encinta —soltó.

Juan Gregorio enmudeció y Manuela, acongojada, pudo ver cómo le cambiaba el semblante poco a poco, como si el tiempo se hubiera ralentizado. La miró iracundo y ella le sostuvo la mirada. Entonces Juan Gregorio estalló tan de improviso que, aunque Manuela esperaba una reacción semejante, se sobresaltó.

—Y ahora, ¿qué es lo siguiente? Porque yo no pienso tener un hijo con la criada. Si quieres seguir en esta casa soluciona el problema, y si no, haz las maletas porque no voy a permitir que pongas mi honorabilidad en boca de todos. Soy un hombre respetable y respetado, ¿lo entiendes? No será una sirvienta la que me ponga en entredicho.

Juan Gregorio salió del salón dando un portazo y Manuela recordó la imagen del azulejo de la Gota de Leche de Gijón, donde parió a su malogrado Elías: «Risa me da el mundo con su honor. Yo soy deshonrada, mi cómplice no».

Esa noche no pudo pegar ojo, dio vueltas enredándose en las mantas, lloró, sintió arcadas que la hicieron levantarse varias veces a vomitar en la palangana sin que su cuerpo fuera capaz de expulsar nada más que bilis, hasta que, al amanecer, se quedó dormida empapada en sudor.

Juan Gregorio se levantó a la hora acostumbrada, extrañado al no percibir el olor a café recién hecho con el que se despertaba cada mañana. Al ver que Manuela no estaba en la cocina, se acercó a su cuarto y abrió la puerta con cuidado. La vio allí, dormida, pero con el gesto crispado, la cara aún enrojecida por las lágrimas y el pelo pegado a la cabeza por el sudor. Maldijo para sí, pero no la despertó.

Cuando Manuela abrió los ojos ya hacía rato que había amanecido. Se aseó, cogió las cosas que cupieron en su maleta y, decidida a no matar a aquel hijo que crecía en su interior, rompió el papel que Angélica le había dado y dejó los pedazos encima de la mesa del comedor. No tenía ningún plan, lo único que sabía era que ya había dejado marchar a Telva y que, por muy mal que vinieran dadas, no se sentía capaz de perder otro hijo.

Juan Gregorio pasó el día intentando ignorar el nudo que sentía en el estómago y centrarse en los titulares que ocupaban las portadas de la prensa española aquella mañana anunciando «la invasión de Europa por parte de las fuerzas aliadas lideradas por Eisenhower, mientras Hitler tomaba el mando de la resistencia frente a los atacantes». Aquel miércoles ni siquiera abrió la carpeta de las sentencias que, aunque no dictaba él, pasaban por sus manos a diario para obtener la validez administrativa, retrasando unas horas el entramado de muertes y torturas que en el falso nombre de la paz y la justicia se producía día tras día, sin cesar, a pesar de que hacía un lustro que había terminado la guerra.

«Maldita sea, ¿cómo se le ocurre contarme algo así? —se preguntaba—. Eso es algo que las mujeres deben resolver por sí mismas. ¿Qué pretende? ¿Criar en mi casa a un bastardo? O peor aún, ¿que le dé mi apellido? Los Covián no nacemos del vientre de las criadas».

La posibilidad que no contempló Juan Gregorio fue encontrarse la casa vacía. Miró en el armario de la habitación de Manuela y en su cuarto de aseo, pero no estaban sus cosas, solo el baúl con los vestidos que le enviaba Alexandra. Parado en medio de la cocina, nervioso y desencajado, la maldijo en silencio repetidas veces: «Esta mujer es el mismo diablo y quiere volverme loco, me va a traer la ruina».

Esa noche cayó en un delirante duermevela en el que una visita inesperada se le apareció en sueños.

—¡Apártate de mí, maldito! —le gritaba su tío el canónigo mientras lo señalaba con el dedo—. Te abrasarás en el fuego eterno que ha sido preparado para el diablo y sus ángeles: «Porque tuve hambre, y no me disteis de comer; tuve sed, y no me disteis de beber; fui forastero, y no me recibisteis; estaba desnudo, y no me vestisteis; enfermo y en la cárcel, y no me visitasteis».

La visión de su tío citando a san Mateo fue tan real para Juan Gregorio que no creyó ni por un momento que hubiera sido un sueño, sino una aparición. El espíritu del canónigo lo advertía para evitar que ardiera en el infierno. Pálido, sudoroso y con escalofríos sacudiéndole el cuerpo, se arrojó de rodillas al lado de la cama pidiendo misericordia y luz para cumplir la voluntad de Dios. Aunque no obtuvo respuesta ni de su tío ni del Todopoderoso, salió corriendo a buscar a Manuela.

Tres días más tarde, Juan Gregorio seguía sin pistas de su paradero. Solicitó entonces a sus contactos entre los mandos de la Guardia Civil y la Policía que recabaran información discretamente.

Después de la visita de Juan Gregorio, Angélica temió lo peor, que algo hubiera salido mal en el aborto y Manuela hubiera muerto desangrada. Atosigada por la culpa, fue a ver a la mujer cuyas señas le apuntó, pero esta negó por sus antepasados haberla atendido. Angélica dudó si avisar o no a don Juan Gregorio, pero lo descartó enseguida. Lo único que iba a conseguir era meterse en un lío. Si Manuela estaba muerta eso no la iba a ayudar. Y si estaba moribunda, tampoco, porque no sabía dónde se encontraba.

La investigación llevó a la Guardia Civil hasta el pueblo de Manuela, pero nada sabían de su paradero, y la inquina con la que Matilde habló de su hermana y el estado de su madre los convenció de no insistir. Juan Gregorio visitó personalmente el convento de Adosinda, donde la madre superiora lo atendió, torno de por medio, para decirle que allí no habían recibido más visita que la del cura que iba a darles los sacramentos. No le permitió hablar con Adosinda, a la que ya solo conocían por el nombre de María Auxiliadora.

—Aquí no va a recabar información sobre esa mujer y mucho menos encontrarla. Lo único que conseguiría hablando con la hermana María Auxiliadora sería causarle un sufrimiento inútil y perturbar su retiro espiritual.

—¿Se compromete, madre, a hacérmelo saber si se entera de cualquier dato que me pueda ayudar a dar con la mujer que busco? Lo que sea, aunque le parezca irrelevante. Mire usted que soy hombre de Dios, mi tío era canónigo de la catedral, mártir de la revolución del treinta y cuatro.

—Tenga usted mi palabra de que obraré conforme a la voluntad de Dios y rezaré porque esa mujer encuentre la senda que le marca el Señor.

Juan Gregorio salió de allí echando pestes, pero no le quedó más remedio que conformarse con las palabras de la madre superiora.

La Guardia Civil se presentó en casa de Eufemia, en Cimadevilla, un sábado a las diez de la noche, cuando ella y Claudina disfrutaban de su noche libre. Claudina les abrió la puerta y, solo con verlos, sintió que se le descomponía la tripa.

Respondió a sus preguntas con el discurso que ella y Eufemia habían ensayado. No negó conocer a Manuela, pero aseguró no tener noticia alguna de que se hubiera ido de la casa en la que estaba porque, hasta donde ella sabía, tenía un buen señor, un buen jornal y poca carga de trabajo, ¿por qué iba a querer nadie marcharse en tales circunstancias? Y Eufemia, tras corroborar las palabras de su ahijada, añadió que la conocían, pero que no era ni pariente ni amiga de ellas.

—En algún sitio ha tenido que meterse esta maldita mujer —masculló Juan Gregorio cuando los guardias le dieron el parte de sus pesquisas.

Ni Claudina ni Eufemia habían convencido al sargento Abelardo. Ambicioso y deseando hacer carrera, calló delante de sus compañeros, pero estaba seguro de que las mujeres ocultaban algo y se ofreció voluntario a aquel mandamás de Oviedo para investigar extraoficialmente. Juan Gregorio aceptó la propuesta del sargento. Él también sospechaba que Claudina sabía dónde estaba Manuela, aunque no quiso transmitírselo así de claro porque conocía perfectamente cuáles eran los brutales métodos que empleaba la Guardia Civil para obtener información. No lo hizo porque le importara Claudina sino porque sabía demasiado, y no quería que le hablase ni del embarazo de Manuela ni de cómo él y Valentina la habían escondido después de la toma de Gijón.

—Discreción absoluta —le pidió—. Y si encuentra a la mujer que busco, ni tocarla. Ni acercarse a ella, si me apura. Me lo comunica directamente a mí y solo a mí.

Con esas instrucciones, Abelardo, en vez de detener a Claudina para interrogarla, coqueteó con ella, aunque sus palabras sonaron más a orden que a petición. Ella, confusa, temió malinterpretarlo cuando él volvió a presentarse en la puerta de su casa y le propuso quedar al día siguiente.

—¿Dice usted que quiere verme mañana otra vez?

—El domingo es su día libre, ¿no?

—¿Quiere citarme para hablar de Manuela?

—Más bien de lo que surja, porque no estaré de servicio.

Claudina quedó citada con el sargento Abelardo Mier, un hombre atractivo, de ojos brillantes, con acento leonés y unos años más joven que ella, el domingo a las cuatro de la tarde en la calle Corrida, la principal vía de Gijón.

Manuela supo que la Guardia Civil la buscaba desde el momento en que los guardias se alejaron de la casa de Eufemia. La escalera, húmeda y mohosa debido a la mala construcción y al salitre que penetraba por cada rincón de los edificios de Cimadevilla, se convirtió en un remolino de vecinas que, al ver que no llevaban a nadie preso, salieron para enterarse de lo ocurrido. Nada provocaba más terror entonces en aquel barrio de pescaderas, pescadores, cigarreras, prostitutas, homosexuales y otros proscritos por el régimen vigente que la visita de la Guardia Civil, porque rara vez se iban con las manos vacías. Ninguna salió a la calle para avisar a Manuela por miedo a que las siguieran, pero ventana a ventana y patio a patio el mensaje llegó, por aquel enrevesado entramado de edificios viejos, a su casera, Úrsula, una pescadera que alquilaba habitaciones, a cuya casa había ido a parar Manuela por recomendación de Eufemia.

—¿Por qué la busca la Guardia Civil, maldita embustera? —la increpó Úrsula.

—¿A mí?

—A ti, sí. No te hagas la ingenua ahora, que no sé cómo conseguiste engañar a Ufe, pero ya se ha descubierto el pastel. ¿Quién coño eres?

—Me buscaron hace años —confesó Manuela— por ser la mujer de un republicano huido. Estaba en el exilio en Francia, pero ahora está muerto, y yo trabajaba sirviendo en Oviedo, en casa de un respetable abogado del gobierno, hasta hace tres días.

Úrsula la miró con asco.

—¿Servías a un fascista? ¿Sabes lo que están haciendo en este barrio esos cerdos?

Manuela sintió cómo se le llenaban los ojos de lágrimas. Estaba triste, sola, revuelta y cansada, muy cansada.

—¿Fue el que la preñó? ¿Es por eso?

Manuela bajó la cabeza.

—No te pueden encontrar aquí —advirtió Úrsula—, que yo ya tengo bastante con lo mío. La mar se llevó ya al marido y a un hijo, y a los otros dos no me los van a dejar huérfanos por tu culpa. Yo alojo huéspedes, no escondo fugados y menos a ti, que no te conozco de nada. Recoge tus cosas, que yo vuelvo ahora mismo. Y no se te ocurra ponerte a llorar porque, a estas alturas de la vida, ya no queda lágrima en el mundo que pueda hacerme cambiar de opinión.

Úrsula se dirigió a casa de Eufemia para reclamarle por la encerrona en la que había caído.

—¿Cómo me mandas a una perseguida por la Guardia Civil? —la increpó.

Claudina salió del cuarto al escucharlas.

—Ella no ha hecho nada —dijo.

—Como si eso importara lo más mínimo. En mi casa no se puede quedar. Os la mando para aquí o la echo a la calle, vosotras diréis.

—Úrsula, sé razonable... —Eufemia pretendía negociar, pero su amiga no la dejó continuar.

—Mira, Ufe, yo te quiero con toda el alma, pero mis hijos son mis hijos y no los voy a poner en peligro por una tipa que no conozco y que viene preñada de un fascista.

—Solo esta noche, y mañana mismo la sacamos de tu casa.

Úrsula accedió por la amistad que las unía, decidida a echarla por la mañana, pero cuando regresó, Manuela ya tenía la maleta hecha. Desconocía qué intenciones tenía la Guardia Civil y, aunque sospechaba que aquel asunto era cosa de Juan Gregorio, no sabía qué esperar de aquel hombre que un día parecía no saber vivir sin ella y al otro la lanzaba al arroyo sin contemplaciones.

—Se puede quedar esta noche —le dijo Úrsula—, pero solo porque me lo ha pedido Ufe. Mañana por la mañana no la quiero aquí.

—No es necesario. Solo la esperaba para pagar lo que debo y me voy ahora mismo. No soy culpable de nada ni tengo que esconderme de nadie.

Úrsula la miró con compasión.

—¿Ni del que le ha hecho el bombo? Porque si es él el que le manda a la Guardia Civil, buenas intenciones no tiene. ¿Qué va a ser de usted?

—Eso no será problema suyo.

Manuela salió de allí y cogió el tranvía hacia su antiguo barrio, el que no pisaba desde el día, hacía ya siete años, que tuvo que salir huyendo de su propia casa para salvar la vida, después de que su marido la dejara atrás.

Claudina no durmió la noche previa a su cita con el sargento Mier, reconcomida por los nervios, dándole vueltas a las palabras de su madrina.

—¿Cómo se te ocurre citarte con él? ¿Sabes lo que van a pensar de mí en el barrio si ven a mi ahijada, a la que acojo en mi casa como a una hija, de paseo con un sargento de la Guardia Civil? Que soy una traidora y una vendida.

—Bien sabes que solo accedí para enterarme de por qué buscan a Manuela.

—Esa mujer no trae más que líos, primero la persiguen por estar casada con un republicano señalado y ahora por estar preñada de un fascista.

Eufemia cogió un paquete de picadura, lo desenvolvió entre sus dedos amarillentos y, con la cantidad justa, lio el papel con maestría, encendió el cigarro y aspiró el humo, pensativa.

—Ten cuidado con ese mangas verdes —la advirtió—, porque esto huele a problema. De los gordos.

—¿Qué debía hacer según tú? ¿Decirle que no al sargento? Me lo pidió de uniforme. Ni siquiera me lo pidió, lo dio por hecho —se defendió Claudina.

—Lo que hizo él ya lo sé, la que me preocupas eres tú. —Eufemia dio una calada al cigarro—. Deshazte de él mañana mismo.

Al día siguiente, Claudina volvió de su cita con el sargento Mier con buenas noticias.

—No la van a detener, solo quieren saber dónde está. La busca don Juan Gregorio. Quizá se arrepienta de haberla echado.

—¡Eso es! Y la lluvia es el pipí celestial de los ángeles. ¡Me cago en todo, Claudina!

—Es verdad. Me lo ha dicho Abelardo.

—¿Abelardo? ¿Ya llamas al tricornio ese por su nombre de pila? —la increpó Eufemia, adivinando los sentimientos de su ahijada—. Tú te has vuelto loca. A los cuarenta una no se enamora, y menos de un guardia civil.

—¡Qué me voy a enamorar yo! —respondió Claudina, roja hasta las cejas.

—¿No te da vergüenza? Ya no eres una adolescente, por mucho que te tiñas las canas y le sises las cremas a tu señora.

—Tú no tienes ni idea de lo que es ser una mujer soltera, pobre y cuarentona.

—Claro, porque yo soy la esposa del marqués que me está preparando una gran fiesta de cumpleaños por mis veinticinco. ¡Mira con lo que sale ahora!

—No es lo mismo.

—¿Por qué no? ¿Porque ya cumplí los cincuenta? Te recuerdo que van después de los cuarenta.

—No es por eso.

Claudina hizo amago de irse al cuarto que compartían, pero Eufemia le cerró el paso.

—¿Por qué? Dilo —la increpó acercándose a ella.

—Porque tú eres... ¡Ya sabes lo que eres!

—Quiero oírtelo decir. —Eufemia la arrinconó contra la pared.

—¡Una marimacho! Todo el barrio sabe lo que tienes con Úrsula, que pasa más noches aquí metida que con sus hijos. ¡A saber las asquerosidades que hacéis en esta cama cuando yo estoy en casa de los señores! —le gritó Claudina antes de apartarla de un manotazo y encerrarse en la habitación.

Hacía mucho tiempo que a Eufemia no le dolía que la llamaran marimacho. Estaba acostumbrada. Todos lo hacían, desde la escuela. Había recibido pedradas, insultos, palizas y escupitajos a pesar de lo mucho que intentó disimular su condición, pero también los había repartido ella entre los que la insultaban. Lo que le dolió fue que Claudina se avergonzara de ella. Precisamente Claudina, la misma a la que le había cambiado los pañales desde el día que nació.

—Y encima, cazurro —murmuró Eufemia al acostarse.

Claudina, que se hacía la dormida, supo que se refería al sargento porque en Asturias, de toda la vida, a los que venían de la meseta se les conocía como «cazurros».

14

A Manuela le costó reconocer a Casimira, su antigua vecina, en la anciana flaca y demacrada que le abrió la puerta, vestida con ropa negra, y con el hambre y la pena reflejados en la cara. Casimira parecía haber vivido en el infierno. Sus carnes rollizas, su porte resuelto y la sonrisa socarrona se habían desvanecido.

Lo que no había perdido era la determinación: reaccionó enseguida al verla, la tomó del brazo y la metió en casa de un tirón sin pronunciar palabra hasta que cerró la puerta.

—¡Manuela! ¿Qué haces tú aquí? Espero que no te haya visto nadie, que ahora hasta las paredes tienen ojos.

—¿Aquí también? ¿Entre los vecinos?

—La mayoría son de fiar, pero con que haya una patata podrida en el cesto ya huele toda la casa a mierda. ¡Qué alegría verte! Temí que hubieras seguido la misma suerte que Paz. Como tu Elías y su Matías estuvieron juntos en la toma de La Sombrerera y desaparecieron a la vez...

—¿Qué le ha pasado a Paz?

A Casimira se le torció la cara en un gesto de rabia.

—La mataron. Primero la metieron presa y, como no le sacaron el paradero de Matías, la cosieron a tiros en la tapia del cementerio. ¿Qué les iba a contar si no sabía nada de él? Nunca supo si huyó a Francia con Elías, se escondió o se echó al monte. No consiguieron nada asesinándola más que dejar a sus hijos huérfanos —soltó con una furia que hizo saber a Manuela que la Casimira de siempre seguía tras aquella nueva apariencia frágil y desgastada.

Manuela sintió escalofríos al pensar que estaba viva gracias a Alexandra, a Claudina y, sobre todo, a Valentina, que la había escondido en su casa. La misma Valentina de cuyo marido estaba embarazada.

—Ay, Casimira de mi alma, ¿cómo ha podido pasar todo este horror? ¿Y tú? Tan flaca. Hasta te has cortado el moño.

Casimira la invitó a sentarse cerca de la cocina de carbón, porque la humedad del mar calaba en aquellos bloques viejos y más en su piso, un bajo al que no llegaba la luz del sol. Le ofreció lo que tenía: un poco de orujo y una infusión de manzanilla silvestre.

Manuela se echó las manos a la tripa, retiró el abrigo y le mostró a Casimira su incipiente barriga, que ya tensaba la tela de su vestido.

—¡Por la Virgen de Covadonga! Vaya momento para traer un hijo al mundo, pobre criatura. ¿De qué desgraciado es ese niño que esperas? Porque si no fuera un desgraciado tú no estabas aquí. Y no creo que Elías haya vuelto tal como están las cosas.

—Elías está muerto y a mí me busca la Guardia Civil.

Manuela comenzó el relato de los últimos años de su vida.

—Aquí no puedes quedarte —dijo Casimira cuando terminó—. No por mí, que ya me quitaron el marido y un hijo, y no me quitaron la vida porque Dios no lo quiso. Te juro que pensé que no iba a salir viva ni la primera vez que me detuvieron ni las dos siguientes. Son unos salvajes. El moño no me lo corté yo, me lo cortaron. Al cero.

—Tu pelo crecerá y volverás a tener tu moño, y más fuerte que nunca, ya verás.

—De eso ni hablar, el pelo se queda así. ¡A mí no me vuelve a cortar el moño ni Dios! Tú habrás estado encerrada en una jaula, pero nosotros hemos estado en las mazmorras de los horrores, llenas de mierda, de ratas, de hambre, crueldad y muerte. No puedes caer en sus manos y menos en tu estado. Mi casa no es segura y el edificio tampoco, siguen llevándose a la misma gente a declarar una y otra vez. Y cuando digo declarar, digo a molerlos a palos.

—¿Qué ha sido de mi antiguo piso? Lo dejé todo allí. Ya veo que rescataste la Singer que me envió Alexandra. —Manuela señaló el rincón de la cocina que ocupaba la máquina de coser.

—La Singer y alguna cosa más. Antes de que se instalara la familia que ahora vive allí. El gobierno requisó la vivienda poco después de irte, aún no había acabado la guerra. No puedes subir ni deben verte aquí. No son de fiar.

Manuela sintió una arcada. Se daba cuenta de lo precario de su situación.

—Esta noche duerme aquí y mañana ya veremos qué hacer para ponerte a salvo. Tengo un poco de pan y unas patatas, lo estiraremos para que haya para todos.

—¿No tenéis para comer? ¿Y tu trabajo en La Algodonera?

—El jornal da para pagar la deuda de Serafín y poco más, porque además de matármelo a él y a mi hijo mayor, me condenaron a una multa por los daños que, según estos malnacidos, causaron contra la patria.

—¿Qué me dices? Ay, Casimira, ¿cómo puedes tenerte en pie?

—Porque tengo otros dos hijos, y porque no les voy a dar el gusto a esos cerdos de morirme. Matar pueden matarme, pero no voy a irme de este mundo por mi cuenta sin sumárselo a la lista de horrores que tienen sobre sus conciencias.

—Yo tengo dinero —dijo Manuela—. Cobré un jornal los últimos dos años, además de lo que gané en la sombrerería. Para mí sola, con casa y comida, no tenía en qué gastarlo. No es mucho, pero te ayudará.

—No le hables de ese dinero a nadie, ni siquiera a mí, cállate y guárdalo porque lo necesitarás más que yo, y eso ya es decir. ¿Cómo piensas sacar a ese chiquillo adelante tú sola y con la Guardia Civil detrás de ti? ¡Qué vida perra, que por culpa de esos cerdos tengamos que vernos así! ¡Me cago en todos sus muertos! Antes éramos pobres pero felices, y nunca nos faltó de nada, pero ahora nos falta todo: los nuestros, la comida para los que quedamos y la paz para vivir.

Manuela la abrazó y así se quedaron, hasta que Casimira volvió a ser la misma de siempre y la apartó.

—Venga, que tu problema tiene mala solución y no la vamos a encontrar perdiendo el tiempo en monerías.

A Manuela la reconfortó ver que bajo aquella ropa negra y raída, dentro de aquel cuerpo flaco y maltratado, Casimira seguía siendo Casimira.

Nunca llegaron a ejecutar el plan que trazaron para la huida de Manuela porque, alertado por el sargento Mier, Juan Gregorio se presentó en casa de Casimira.

Abelardo solo tardó unas horas en localizar la pista de Manuela. En Cimadevilla también había delatores y, mientras estuvo en casa de Úrsula, Manuela no se escondió porque no creyó que hubiera motivo para ello. Estuvo preguntando a las pescaderas de las calles próximas a la rula por las modistas y los talleres de costura del centro, donde pretendía buscar trabajo haciendo las tareas más laboriosas, ingratas y manuales, como los ojales. Incluso había entrado en una sombrerería para dejar algunos arreglos en depósito para vender. Una vez que el sargento supo dónde buscar, seguir a Manuela hasta la casa de Casimira fue un juego de niños.

Tras la aparición en sueños de su tío, la obsesión de Juan Gregorio fue encontrar a Manuela, pero no porque creyese que era la voluntad de Dios que él se hiciera cargo del bastardo de la sirvienta, sino para dar con una solución aceptable para todos. Dedujo que cumpliría con su deber cristiano si mantenía a la madre mientras estuviera encinta y encontraba un buen hogar para el bebé.

Juan Gregorio se presentó con su Citroën 11 negro en la dirección que el sargento Mier le facilitó y al llegar a la puerta se dio de bruces con Casimira, que salía de la casa con un enorme cesto de ropa en la cabeza, camino del lavadero. Nada más verlo, adivinó quién era. El traje de Juan Gregorio, hecho a medida, conjuntado con un sombrero de tweed y unos zapatos de suela de cuero, llamaba la atención en un barrio donde, desde la guerra, nadie podía permitirse vestir así ni los domingos.

Juan Gregorio la miró y consultó la nota que llevaba en la mano.

—¿Es usted doña Casimira Calzón? —preguntó.

—No, señor. Soy Casimira.

—Perdone, he apuntado mal el apellido, ya decía yo que no podía ser.

—El apellido es el mío, lo que no soy es doña —respondió ella en voz muy alta, en un intento de que Manuela la escuchara y huyera.

Juan Gregorio pensó que le estaba tomando el pelo y se maldijo por no haber ido acompañado de la Guardia Civil.

—Busco a Manuela Baizán.

Casimira dejó el cesto en el suelo con la mayor parsimonia que le fue posible y fingió recordar.

—Ya sé quién me dice. Se refiere usted a la Sombrerera. Vivió aquí un tiempo. Tenía buenas manos para coser y mucho gusto para diseñar sombreros con los restos de fieltro que le traía el marido de la fábrica. Desaparecieron los dos al terminar la guerra.

La actuación de Casimira no convenció a Juan Gregorio.

—Sé que Manuela está en su casa, así que, señora Calzón, puede abrirme la puerta por las buenas o llamo a la Guardia Civil para que la abran ellos, y ya de paso se la llevan a usted y a sus hijos al cuartelillo. Usted decide.

Casimira sintió que le fallaban las piernas, pero empezó a gritar como una posesa:

—¡Fuego, fuego, fuego!

A Juan Gregorio lo pilló por sorpresa y, antes de que pudiera reaccionar, las vecinas ya habían salido de sus viviendas, asustadas unas y curiosas otras porque allí ni había humo ni olía a quemado.

—¡Señora, ya está bien! ¿Quiere dejar el teatro de una vez? —dijo Juan Gregorio apartándola de un empujón.

Cuando se disponía a aporrear la puerta, Manuela abrió, tranquila y serena.

—No hace falta que llames a la Guardia Civil, ya me has encontrado. Aquí estoy, aunque sea para que me metas presa.

—¡Qué presa ni qué presa! ¿A eso piensas que vengo?

En vista del cariz que empezaba a tomar la conversación y del círculo de vecinas que murmuraban en la escalera del patio, Casimira comprendió que no le quedaba más remedio que cambiar su estrategia.

—¿Por qué no pasa dentro? —propuso más complaciente.

—Me alegra que entre usted en razón, pero para esto no hacía falta montar semejante alboroto, que no queda nadie en el bloque que no se haya enterado de mi presencia aquí.

Cuando Juan Gregorio vio la sencillez de la casa de Casimira se sintió incómodo. Manuela estaba en la cocina, que hacía las veces de sala, donde una olla de la que no emanaba casi olor por la falta de sustancia se cocinaba al calor de las brasas de carbón. Juan Gregorio la miró sin saber por dónde empezar.

—No puedo ofrecerle mucho. ¿Le apetece un orujo? Es casero.

—No se moleste. Solo quiero hablar con Manuela.

Casimira los dejó solos y al salir le hizo una seña a Manuela para indicarle que estaría al otro lado de la puerta.

—¿Te has deshecho del niño? —le preguntó.

Manuela decidió que era mejor mentir. Por si acaso. Así que, ocultando la tripa con su chaqueta, asintió y Juan Gregorio se echó las manos a la cabeza.

—¡No puede ser! Mi tío se estará revolviendo en su tumba. ¡Te has condenado al infierno, y a mí contigo! ¿Cómo has podido?

—¡Si tú me lo ordenaste!

—¿Acaso esperas que un hombre de bien piense con claridad después de darle semejante noticia?

—Entonces ¿qué pretendías?

—Desde luego no que tú cometieras un pecado mortal y me arrastraras a mí contigo. Mi propio tío me ha dicho que para tal ofensa a Dios no hay arrepentimiento que valga.

—¿Qué tío?

—¡El canónigo! ¿Cuál si no?

Manuela temió que se hubiera vuelto loco.

—No esperaba esto de ti —dijo Juan Gregorio cogiendo el sombrero para irse—. Has traído la ruina a mi vida.

Eso fue más de lo que Manuela pudo soportar.

—Mira, Goyo, ya está bien.

—Don Juan Gregorio. Para ti vuelvo a ser don Juan Gregorio. Recoge tus cosas y vámonos de aquí.

—¿Ir adónde?

—Pues a casa. Estás que no atinas.

—¿Que yo no atino? ¿Ahora pretendes que vuelva a tu casa como si no hubiera pasado nada? ¡Señor, qué hombre! No he hecho nada, sigo encinta, no estás en pecado mortal. Tu tío el canónigo no tiene que revolverse más en su tumba, así que puedes marcharte por donde has venido y dejarme en paz.

Juan Gregorio pasó de la incertidumbre al alivio y del alivio al enfado.

—¿Cómo te atreves a burlarte de mí? ¿Te crees en situación de tomarme el pelo? ¿Tú sabes que puedo hacer lo que me dé la gana contigo y con cualquiera de estas miserables amigas tuyas a las que has pedido cobijo? Y trátame de usted, desvergonzada, que soy el señor.

Entre los nervios, el disgusto y el malestar del embarazo, Manuela no pudo controlar la arcada y corrió a vomitar al cubo de agua con el que, antes de que llegara Goyo, pretendía ayudar a Casimira a fregar la cocina.

Después lo miró y se echó a llorar.

Juan Gregorio se quedó plantado en medio de la cocina sin saber qué hacer ni qué decir.

Al oír llorar a Manuela, Casimira, que escuchaba tras la puerta, se inquietó y entró.

—Váyase —le dijo a Juan Gregorio—. Ya sabe lo que quería saber. Si la deja en paz, le juramos que ni ella ni el niño supondrán jamás un problema para usted, ¿verdad, Manuela?

Juan Gregorio miró primero a Casimira y después a Manuela, aturdido y confuso, hasta que se decidió.

—Me voy, pero Manuela se viene conmigo. Ya veré qué hacer con el bastardo que lleva dentro.

Las palabras de Juan Gregorio fueron demasiado para Manuela. Se abalanzó sobre él totalmente fuera de sí y de no ser por Casimira, que se interpuso entre ellos, hubiera salido malparado porque de la sorpresa ni siquiera reaccionó al ataque.

—¡Lo que faltaba! ¿Se puede saber a qué ha venido esto? —preguntó alzando la voz en cuanto Casimira contuvo a Manuela.

—Váyase de una vez, ¿no le ha hecho ya bastante daño? ¿Qué más quiere?

—¿Daño yo? ¿Es que se han vuelto locas las dos? ¿O es que pretende criar a ese niño aquí? Porque, perdone que le diga, no parece estar usted en condiciones de alimentar dos bocas más.

—Mejor mal alimentado aquí que lo que sea que quiera usted hacer con él —le espetó Casimira.

—¿Qué insinúa? Mi hijo será un bastardo, pero yo soy un hombre de bien, temeroso de Dios y cumplidor de la ley. A ese niño no le faltará de nada.

Manuela lo miró llena de odio.

—¿Dónde no le va a faltar de nada? Primero quieres matarlo, ¿y ahora qué? ¿Quieres llevártelo como a los hijos de mi hermana? ¡Sois peores que Herodes!

—No sé qué les ocurrió a los hijos de tu hermana, pero aquí, de Herodes, nada —se defendió Juan Gregorio—. Hay familias que no pueden tener hijos y que recibirían un bebé con los brazos abiertos. Y mientras llega el momento, he buscado un convento donde cuidarán de ti para que no corran rumores por todo Oviedo.

—¡No tienes alma, Goyo! —le gritó Manuela—. No me extraña que digas que temes a Dios. Razones no te faltan, porque llevas al diablo dentro.

Juan Gregorio sintió las palabras de Manuela como puñaladas en el pecho.

—Yo he cumplido con mi deber, nada más puedo hacer. Ahí te arregles con tu problema, pero luego no vengas a pedirme misericordia —dijo antes de irse, ofendido y disgustado, dando un portazo.

Manuela tardó dos tazas de manzanilla en calmarse.

—¿Y si me envía a la Guardia Civil? No puedo perder también a este niño, no pueden quitármelo.

—De momento te quedas conmigo y ya saldremos adelante. No creo que este meapilas empingorotado vuelva por aquí. ¿Qué decía de un tío canónigo? En fin, tenemos que hacer una cadena de aviso con las vecinas de confianza cuanto antes para que den la alerta por si vienen a buscarte. Y tú tendrás que ganarte la comida, que no tenemos para otra boca. Ahí tienes tu Singer, sácale provecho. No será fácil porque aquí la gente no tiene dinero ni para comer, menos para trapos. Busca en los barrios acomodados quien pueda pagar por tus sombreros y tus arreglos.

Tres días después, Manuela recibió un giro postal a su nombre. Ochocientas pesetas.

—No voy a cobrarlo —le dijo a Casimira.

—Por supuesto que lo harás. Es un dineral y aquí estamos pasando hambre.

—Podemos tirar un tiempo con mi dinero.

—Te he dicho que no le hables de ese dinero a nadie. Ni tampoco de este.

—No quiero deberle nada, solo que se olvide de mí y de mi hijo.

—En tu situación no puedes permitirte ser orgullosa. Lo cojas o no, no tienes ni idea de qué va a hacer ese hombre, más allá de lo que le dé la gana.

Manuela accedió porque no estaban las cosas para andarse con remilgos y porque su antigua vecina no le dejó más opción. Esa misma noche, Casimira fue a comprar víveres a las estraperlistas que operaban conchabadas con los ferroviarios de los trenes procedentes de Madrid. Trajo aceite, harina, café y garbanzos, y hasta se dio un capricho comprando una hogaza de pan blanco que cortó y untó con manteca al día siguiente para desayunar.

—Come, Manuela, que para no haberte faltado de nada estás casi tan flaca como yo.

—¿De dónde ha salido todo esto? —preguntaron los hijos de Casimira.

—De donde no es asunto vuestro. Comed y callad.

Como hay pocas fuerzas más poderosas que el hambre, los chavales comieron hasta hartarse, tanto que Casimira tuvo que pararlos para que no se pusieran malos.

—Cuando volváis, habrá más. Ahora tenéis que iros, que vais a llegar tarde al turno en la fábrica. Y yo también, así que andando y rapidito.

El sargento Mier no tuvo que dedicar apenas tiempo a controlar las andanzas de Manuela, le bastaba con interesarse por ella ante Claudina para que esta le contase todo lo que él necesitaba saber: que seguía viviendo en casa de Casimira y que el embarazo era cada vez más visible. El resto le daba igual, pero a sabiendas de lo preocupada que estaba su novia por ella, se mostraba ante Claudina feliz por sus progresos y compasivo con sus desgracias.

—No sé si debería hablarte de todo esto. A fin de cuentas, tú eres guardia civil —dudaba de vez en cuando Claudina.

—Que yo sepa, ella no tiene cuentas pendientes con la justicia. Además, si no confías en mí, ¿en quién entonces? Soy tu novio y espero no tardar demasiado en ser algo más.

Cada vez que Abelardo hacía esa declaración, ella se sentía en el séptimo cielo y le abría su corazón y el de todos los que la rodeaban.

El mensaje semanal que el sargento enviaba a Juan Gregorio era mucho más escueto que las explicaciones que él recibía de Claudina.

Manuela Baizán continúa residiendo en el domicilio de Casimira Calzón, está en evidente estado de buena esperanza y realiza arreglos de costura.

En cambio, Manuela no supo de la existencia de Abelardo hasta la Nochebuena de 1944. Casimira quería ir con sus hijos a pasar la noche a su pueblo, cercano a Gijón, y aunque invitó a Manuela a acompañarla, ella prefirió quedarse con Eufemia y Claudina.

Habían ahorrado huevos para hacer una tortilla de patatas y compraron chicharros y pulpo en la rula, lo más barato, aunque según Eufemia eso era porque los ricos eran tontos y no habían descubierto aún aquella delicia y que, cuando la descubrieran, se acabó el pulpo para los pobres.

Manuela aportó dos tabletas de turrón que consiguió en el estraperlo, una del duro y otra del blando, pagadas con el dinero que le envió Juan Gregorio.

Aquella Nochebuena bebieron sidra, brindaron y fumaron el tabaco que Eufemia trajo de La Cigarrera.

—Pero estos cigarros son de hombres, ¿no serán malos para el bebé? —preguntó Manuela, reticente.

—¡Qué van a ser malos! Es tabaco del superior. No seas melindres y fuma, que para una cosa que tenemos gratis en esta casa no la vamos a desaprovechar —contestó Claudina—. Ten cuidado, que marean. Y en tu estado, seguramente más.

A Manuela le chocó ver a Claudina tan entusiasmada y alegre, parecía una adolescente.

—Tengo novio formal —le anunció ilusionada—. Sargento nada menos. Es viudo y muy apuesto, tiene los ojos claros y una percha de lo más elegante. Ya me habla de boda, aunque todavía no me lo ha pedido. Es demasiado pronto.

—Me alegro por ti —celebró Manuela, observando que Eufemia se removía en su silla.

—Con la facha que tiene, no le faltan ofertas. Tengo muchas ganas de que me pida matrimonio, pero él no llega a los cuarenta y yo ya los he cumplido. Me preocupa que eso lo eche para atrás.

—¿Ya le has dicho los años que tienes?

—¿Estás tonta? ¡Claro que no! Me da miedo de que se entere antes de que nos casemos y me deje. Yo creo que sospecha algo.

—¡Que no, mujer! Pareces mucho más joven —la tranquilizó Manuela.

—¿Y qué hago cuando me pidan la partida de bautismo para casarnos?

—Procurar que no la vea.

La proposición tardó pero llegó, como también le llegó a Abelardo la recompensa por el favor a Juan Gregorio en forma de ascenso a teniente. Condecorado por su servicio a la patria, ya estaba en la lista por méritos propios, y es que pocos habían dado con el paradero de tantos fugados. Abelardo sabía que era más efectivo encañonar a un bebé que torturar a su madre para que esta confesara el paradero del marido, del hermano o del padre que se encontrara escondido.

El 30 de abril de 1945, un día después del asesinato y escarnio de Mussolini y de su pareja, el mismo día que Hitler y Eva Braun terminaban con su vida ante la inminente caída de Berlín a manos de las tropas rusas, Manuela paría un varón en la cocina de Casimira. El pequeño tardó menos de una hora en nacer y lo hizo sano, sonrosado y, tal como contaría su madre el resto de su vida, con una sonrisa en los labios, sonrisa que, según ella, fue la primera señal de su carácter alegre y optimista.

—Lloró por obligación porque ganas no tenía ninguna —le explicaba Casimira a las vecinas que acudieron a preguntar cómo estaban el bebé y la recién parida.

Dos días después del alumbramiento, Juan Gregorio, informado por el sargento Mier, se presentó de nuevo en casa de Casimira. En esta ocasión las vecinas estaban sobre aviso y fue recibido con una lluvia de piedras que salían de las ventanas sin que él pudiera distinguir de quiénes eran las manos que las lanzaban. Corrió hacia la puerta de Casimira y consiguió refugiarse en el vano con una herida en la cabeza, más aparente que profunda, y los brazos y la espalda golpeados. Aunque peor suerte corrió la carrocería de su Citroën.

Juan Gregorio golpeó la puerta a la vez que llamaba a Manuela a gritos.

—Ni se te ocurra —la advirtió Casimira.

—¡Que lo van a matar!

—Nadie va a matar a nadie. ¿A qué crees que viene? ¡A por tu hijo!

Juan Gregorio seguía aporreando la puerta y suplicándole a Manuela que abriera y ella, desoyendo las advertencias de su amiga, descorrió los cerrojos, aunque fue Casimira la que habló.

—Aquí no se le ha perdido nada. ¿O es que no le ha quedado claro con el recibimiento que ha tenido?

Él la ignoró y se acercó a Manuela, que había corrido a coger a su hijo en brazos en un intento inconsciente de protegerlo de su propio padre.

Al verlo, el hombre olvidó el discurso que llevaba preparado.

—¿Puedo tocarlo?

Manuela asintió con miedo y Juan Gregorio acarició la cara de su hijo. El pequeño le devolvió una sonrisa.

—¿Qué quieres de nosotros? —Manuela apretó al bebé contra su pecho.

—Me han ofrecido un cargo en Madrid. En el Ministerio de Defensa. Es una oportunidad que nos cae del cielo porque en la capital nadie sabe quién eres ni de dónde vienes.

—¿Qué quieres decir?

—Que nos vamos los tres. Como una familia. Mi única condición es que jamás le digas a nadie que una vez fuiste mi criada. Ni mucho menos la viuda de un republicano huido.

Manuela se quedó sin habla mientras decidía cómo tomarse semejante propuesta.

—Nada impide que nos casemos —continuó Juan Gregorio—, tú eres viuda y yo también, pero hay que hacerlo ya porque este niño no puede pasar más tiempo como un bastardo si lo voy a reconocer como mío. Mañana por la tarde. En la capilla lateral de la catedral. Sin testigos. Como corresponde a nuestras circunstancias. Después del verano nos iremos. Durante este tiempo estarás en casa con el niño. ¿Cómo pensabas ponerle?

—Goyito —dijo Manuela, aunque casi no le salió la voz del cuerpo.

El ego de Juan Gregorio se sintió complacido y asintió con aprobación.

—Goyito pase, pero solo ahora que es un bebé. Enseguida dejaremos de llamarlo así para que no le quede de por vida, que de mayor deberá ser don Gregorio. O Gorio, como mi padre. Don Gorio suena a hombre de bien.

Manuela miró a Casimira, que no salía de su asombro, después a Juan Gregorio y luego a su hijo, y por fin se pronunció.

—No —dijo.

—¿No a qué?

—Así no. ¿Qué sucederá si alguien me reconoce? ¿Nos repudiarás?

—Nadie te va a reconocer en Madrid. Alexandra vive en Lisboa y, aunque vuelva, no frecuentaremos los mismos círculos. No podrás contarle nada, claro está.

—De eso ni hablar.

—¿No te parece que te ofrezco ya bastante para que seas tú la que pone las trabas? Estoy haciendo un gran esfuerzo porque sé que es la voluntad de Dios, aunque ningún hombre lo entienda.

—Ese es el problema, que estás haciendo un esfuerzo que me recordarás cada día de tu vida y pesará sobre nosotros como una lápida. Yo puedo aguantarlo, pero no quiero que Goyito crezca acomplejándose de su madre y mucho menos de él mismo. Además, ¿qué ocurrirá cuando recupere a mi Telvina? ¿También la vas a esconder?

—Escúchame bien, Manuela, no sé a qué juegas ni qué esperas de mí, pero cualquier mujer en su sano juicio daría gracias a Dios por lo que te acabo de proponer. Os ofrezco un futuro. A ti y a Gorio.

—Soy consciente de ello, pero debes proponérselo a otra, a una de la que no te avergüences, que Goyito y yo estamos bien como estamos.

—Gorio, al niño mejor lo llamamos Gorio desde ya mismo, que estoy viendo venir que al final se le va a quedar lo de Goyito.

—¡Vete a la mierda ya con el nombre, leches! —saltó Manuela.

Casimira miró el gesto torcido de Juan Gregorio y se echó las manos a la cabeza temiendo que la escena terminara con ellas dos detenidas por la Guardia Civil. Y es que Juan Gregorio se había sentido ofendido muchas veces en su vida, pero ninguna tanto como en aquel momento.

—Esto me pasa por ser una buena persona. No sé en qué estaba pensando al proponerte matrimonio. Eres una irresponsable y una soberbia. No te importa privar a tu hijo de tener una vida digna. ¿Qué le espera contigo? ¿Hijo de una madre soltera que no tiene ni casa ni familia ni trabajo? Porque te adelanto que yo más dinero no te voy a enviar. No se puede ser pobre y orgullosa, y menos cuando una vida depende de ti.

Manuela notó que le fallaban las piernas porque sabía que Juan Gregorio tenía razón. Se sintió egoísta y mala madre. Otra vez. Como con Telva. Y tuvo miedo. Pero no le dio tiempo a reaccionar. Juan Gregorio salió de la casa como alma que lleva el diablo, resentido y enfadado, porque para lo último que estaba preparado era para aquel rechazo.

Ni siquiera Casimira estaba segura de que lo que acababa de hacer su amiga no fuera una tremenda equivocación, pero se lo guardó para sí. Ya estaba hecho y escuchar que tal vez había cometido el error de su vida era lo último que Manuela necesitaba en ese momento.

—¡Bien por ti! Lo has puesto en su sitio —dijo, en cambio—. Este hombre no te puede traer nada bueno.

—¿Qué bien ni qué gaitas? Soy una estúpida que acaba de arrebatarle a su hijo un porvenir que yo no podré darle.

—¿Quién sabe lo que traerá el futuro? ¡Con lo felices que éramos Serafín y yo cuando tuvimos a nuestro Sera! Aunque no teníamos gran cosa, no nos faltaba de nada, él ganaba bien en El Musel y yo tenía el jornal de La Algodonera. Pero mira ahora, ellos están muertos y a mí lo único que me queda es la rabia.

—Es que yo quiero estar con él —confesó Manuela sin poder contener las lágrimas—, pero no así, otra vez así no podría soportarlo.

—¡Que tú estabas enamorada de ese chupacirios engreído me lo llevo oliendo yo varios meses! Desde que se presentó aquí la primera vez. Pero decía mi abuela que «a lo hecho, pecho», así que venga, andando, que tienes que ir a entregarle sus faldas a Marisa, la de la panadería. Que te pague en el acto, nada de fiarle, que esa mucho encargar y poco pagar. Ya has escuchado al meapilas, que te va a cortar el grifo.

Camino de Oviedo, Juan Gregorio maldecía en su Citroën abollado por las pedradas de las vecinas cuando le vino san Pedro a la cabeza, el santo que negó a Jesús tres veces y Jesús lo perdonó.

—¡Ay, Dios mío! —exclamó—. ¿No tenías bastante con mi tío que ahora me envías a san Pedro?

Y antes de darle tiempo al santo a hablar, dio la vuelta y otra vez puso rumbo a Gijón.

En esta ocasión aparcó a una distancia prudente de las ventanas del edificio de Casimira para evitar que su preciado automóvil sufriera otra avalancha de pedradas, pero no hizo falta tal cuidado ya que nadie esperaba su regreso. Ni siquiera Casimira, a la que pilló totalmente desprevenida.

—Buenos días de nuevo, señora Calzón.

—¿Ha vuelto? —fue todo lo que acertó a decir cuando lo vio plantado en su puerta.

—Pues claro que he vuelto, ¿o acaso tengo pinta de aparición? ¿Dónde están Manuela y mi hijo?

—Ha salido a atender un recado y se ha llevado al niño con ella. ¿Quiere un café? Tengo del de verdad y se lo debo a su generosidad. No tuve la oportunidad de agradecérselo antes.

Juan Gregorio bajó un poco la guardia, aceptó el café y el asiento que Casimira le ofreció.

—¿Tardarán mucho en volver?

—Como una hora. Pero quizá yo pueda ayudarle con lo que sea que le haya hecho volver.

Juan Gregorio no se anduvo con rodeos.

—¿Se puede saber qué le pasa a esta mujer?

—¿Por qué tanta insistencia con ella? ¿Acaso la quiere usted? —preguntó Casimira sin paños calientes.

—¿A qué se refiere?

—No se haga el tonto, ¿a qué me voy a referir?

—Esa pregunta no tiene una respuesta sencilla ni usted edad de plantearla, porque ni nosotros somos unos chiquillos ni la vida es una radionovela.

—¿Eso me lo dice precisamente a mí? ¿Qué diablos le ha pasado a usted en la vida? Porque a mí me mataron al marido y a mi hijo mayor. —«Los suyos», iba a añadir, pero se contuvo a tiempo.

—Mi esposa murió al dar a luz a nuestro primogénito. La niña, porque era una niña que se iba a llamar Amelia, solo vivió unos minutos. Y ahora esto.

Casimira ya conocía la historia de Juan Gregorio, pero al escucharla de su boca, a pesar del asco que le tenía, a él y a todos los que eran como él, lo vio como un ser humano herido ante una situación que se le estaba haciendo grande.

—Las desgracias nos endurecen el corazón —dijo al fin—, pero también nos hacen más compasivos con las ajenas. Parece que aquí todos, Manuela incluida, hemos perdido al compañero de vida y a nuestro primogénito.

—No es lo mismo. Manuela perdió a su hija por voluntad propia.

—¿Es que acaso piensa que tuvo opción? Porque si es así está muy equivocado: su marido le arrebató a la niña. No fue por crueldad, él solo pretendía salvarle la vida y apartarla del horror de la guerra, pero se la arrancó de los brazos. Después apareció usted y quiso quitarle a su segundo hijo.

—Pero ella se opuso y yo lo respeté. Y la ayudé. Y ahora le ofrezco un futuro. ¿Cuántos hombres de mi clase y posición, en la misma coyuntura, le propondrían a una mujer como Manuela todo lo que le estoy ofreciendo yo?

—Tiene razón. Toda la razón. ¿Sabe dónde está el fallo?

—Es evidente que no, pero dígamelo usted, que sí parece saberlo.

—Cada vez que dice «una mujer como Manuela» destruye toda la dignidad que le queda; cada vez que le dice que en Madrid nadie la conoció como su criada y que allí no se avergonzará de ella, la humilla. Eso, señor Covián, a una mujer enamorada la destroza. Si Manuela buscara una solución para su vida, alguien que la mantuviera o una posición social, habría aceptado sin dudarlo. ¿Quién no lo haría? ¡Yo la primera! Pero el amor nos vuelve ciegos. ¿Entiende lo que le quiero decir?

Juan Gregorio meditó las palabras de Casimira. Y lo entendió. A medias, pero lo entendió.

—¿Qué me sugiere que haga ahora?

—Eso debe decidirlo usted, pero si quiere llevarse a Manuela por algo más que por una loable obligación cristiana hacia su hijo, hágaselo saber y deje de portarse como un botarate, que la está volviendo loca.

Juan Gregorio decidió pasar por alto la falta de respeto de Casimira porque no estaba para perder el tiempo en menudencias. En ese momento no tenía nada claro cuál era el comportamiento que esperaba Dios de un hombre respetable, cristiano y buen español, y disponía de algo menos de una hora para averiguarlo, que fue lo que tardó Manuela en volver con el niño y llevarse un susto de muerte al verlo allí otra vez. Más de lo que necesitó después para recoger y despedirse de Casimira entre lágrimas, agradecimientos y promesas.

—Llévate la máquina de coser. Por si tuvieras que ganarte la vida, que al menos tengas cómo.

—Ahòra es tuya.

—No, tú la necesitas más que yo. Y llama al niño Gorio, por lo que más quieras —le aconsejó Casimira mientras Juan Gregorio cargaba las escasas pertenencias de su hijo y su futura mujer en el Citroën.

—Es que Gorio es horrible.

—Sé lista y hazme caso. Es el mejor nombre que tu hijo puede tener, el que le recuerda a su padre, que es sangre de su sangre.

Manuela no pudo responder porque Juan Gregorio regresó en ese momento, pero siguió su consejo.

—¿Cómo puedo pagarle, señora Calzón? —preguntó Juan Gregorio antes de irse.

—No volviendo a llamarme señora Calzón nunca más en su vida.

Casimira supo que Juan Gregorio había encontrado la forma de devolverle el favor porque tres semanas después le llegó una notificación del gobierno: su sanción había sido revisada y la deuda pendiente, condonada. «Vaya, vaya, señor Covián —dijo para sí—, al final va a ser usted un hombre de bien. Aunque también sea un fascista de mierda. Ya decía mi padre que buenos y malos hay en todos los bandos, aunque no pensé que tuviera razón».

Lo que más le costó a Juan Gregorio fue permitirle a Manuela que le enviara a Casimira la máquina de coser que le había regalado Valentina.

—¿Cómo vas a cambiar una Alfa española por una Singer americana? Mucho más vieja, además.

—Casimira se merece la mejor, que me salvó la vida y con ella la de tu hijo. Yo me apaño bien con la Singer —le respondió Manuela.

Él no pudo discutirle aquel sólido argumento, que no era más que una mentira. Manuela sentía angustia solo de pensar en coser la ropa de Gorio en la misma máquina donde había confeccionado tantos trajecitos para el malogrado bebé de Valentina y Juan Gregorio. Prefería la Singer porque, aunque era más antigua, le recordaba los tiempos felices al servicio de Alexandra.

Casimira también tuvo que pagar un precio por la generosidad de Juan Gregorio porque, al ver que su situación económica mejoraba hasta el punto de llevar tres platos diarios a la mesa, en un tiempo en el que comer era un lujo en según qué barrios, muchas vecinas empezaron a mirarla con desconfianza y enseguida supo que se rumoreaba que era una traidora, una nueva espía del régimen en el vecindario.

Desde la muerte de Valentina, Juan Gregorio acudía cada festividad de San Juan a casa de sus suegros, en Gijón, como uno más de la familia.

El anuncio de que ese año no iba a asistir a la comida por la onomástica de don Juan Ramiro Cifuentes y la suya propia despertó las sospechas de doña Enriqueta. Juan Gregorio no era, a su juicio, hombre de faltar a sus compromisos sin una buena razón que lo justificara y las que esgrimió su yerno en esa ocasión habían sido banales.

Juan Gregorio decidió no ir, a pesar de que la misma Manuela le recomendó lo contrario, porque temía que descubrieran su secreto. Estaba tan nervioso por esconder su matrimonio y su reciente paternidad a su familia política que creía que no iba a aguantar todo el día sin que se lo leyeran en la cara. Incluso se atoraba cuando Gorio lloraba más de dos minutos seguidos por si alguna vecina o el mismo portero le iba con el cuento a los Cifuentes, e instaba a Manuela a que lo calmara, como si el bebé pudiera encenderse y apagarse igual que el aparato de radio. Por suerte para él, Gorio era uno de esos bebés tranquilos que dormía, comía, ensuciaba las gasas y, una vez limpio, volvía a dormir. Lo que no evitó que, efectivamente, las vecinas de arriba y de abajo escucharan el llanto del pequeño Gorio, pero como nadie entraba ni salía de la casa más que

Juan Gregorio hicieron oídos sordos. A fin de cuentas, don Juan Gregorio Covián era un reputado cargo gubernamental y nadie quería enemistades con él.

Hasta que el día 9 de agosto, ajena a los miles de personas asesinadas por Estados Unidos con el lanzamiento de la segunda bomba atómica sobre Nagasaki, doña Enriqueta se presentó en el edificio de la calle Uría donde el viudo de su hija residía en un piso pagado con el dinero de los Cifuentes, a una hora en la que sabía que estaría en el trabajo. Habló con el portero, que, bien remunerado por Juan Gregorio para garantizar su discreción, calló como un muerto, pero eso no despejó las dudas de doña Enriqueta. Tras constatar que no obtendría lo que quería de aquel hombre, llamó a la puerta de un par de vecinas y ellas le confirmaron sus peores sospechas: en la casa había alguien que no habían visto ni entrar ni salir, pero olía a comida, se oía el traqueteo de una máquina de coser cuando Juan Gregorio no estaba y, además, habían escuchado varias veces el llanto de un bebé.

—¿Y la criada? —preguntó.

—Hará un año que no se la ve por aquí —fue la respuesta unánime.

Doña Enriqueta buscaba una explicación razonable para lo que fuera que estuviera sucediendo en casa del esposo de su amada Valentina, pero cada una que se le ocurría era peor que la anterior, así que buscó a un muchacho dispuesto a ganar un par de reales por el sencillo trabajo de llamar al timbre. Manuela cosía en la cocina unos peleles para Gorio, que se había acostumbrado a dormir con el sonido del pedaleo de la Singer de fondo. Se sobresaltó al oír el timbre y detuvo su labor. Ante la insistencia, temió que despertaran a Gorio, así que se acercó a la puerta, apartó unos milímetros la tapa de la mirilla y vio a un niño de unos diez años que agitaba una nota.

Abrió sin pensárselo dos veces y entonces apareció doña Enriqueta, su antigua señora, mucho menos sorprendida que ella.

—Que esto tenía que ver contigo ya me lo olía yo. ¿Se puedes saber por qué te escondes ahora?

A modo de respuesta, Gorio empezó a llorar. Doña Enriqueta apartó a Manuela de un empujón y llegó a la cocina, donde se encontraba el pequeño.

—Este yerno mío es imbécil, no solo tiene un hijo con la chacha sino que los mete en casa a los dos. Porque este niño es de él, ¿verdad? Claro que sí, ¿por qué iba a estar aquí si no?

Manuela calló y eso fue suficiente confirmación para doña Enriqueta.

—Una cualquiera, eso es lo que eres —le espetó—. Ya le decía yo a Valentina que de la mujer de un traidor a la patria no se podía esperar nada bueno. ¡Mi pobre hija, que era una santa! Si no hubiera sido porque necesitábamos el favor de los Solís de Armayor, no te habría metido en mi casa ni muerta. Fulana, que eres una fulana.

Manuela no decía ni palabra mientras doña Enriqueta despotricaba, ocupada como estaba en interponerse entre Gorio y ella. Intentaba calmarse, pero cada vez notaba el corazón más acelerado y la garganta más seca. Parecía que le iba a estallar la cabeza, así que cuando la madre de Valentina hizo ademán de coger al niño al tiempo que lo llamaba «hijo del pecado», perdió el control. Doña Enriqueta no fue consciente del golpe hasta que lo tuvo encima. La tapa de la Singer impactó en su cabeza desgarrándole la ceja con una de las esquinas de madera. La brecha empezó a sangrar y, en lo que reaccionaba, Manuela cogió al niño y salió corriendo a la calle con él en brazos. No paró hasta llegar a la sombrerería donde estuvo trabajando.

La sorpresa de Angélica cuando la vio aparecer, acalorada por el bochorno que la panza de burro provocaba aquel día en la ciudad y por la carrera con Gorio en brazos, fue mayúscula. Por suerte, un jueves de agosto al mediodía no había clientes en la tienda y Angélica pudo meterla rápidamente en la trastienda.

—Te juro que pensé que estabas muerta. ¿Cómo te presentas aquí de esta guisa? ¿Quién te persigue?

Manuela le contó lo sucedido.

—¿Comprobaste si esa mujer estaba bien?

—No lo sé, sangraba mucho por la ceja, pero no dejó de

insultarme cuando me iba. Me van a meter en el calabozo, Angélica, y aquí no tengo a nadie que se haga cargo de Gorio. Necesito que cuides de él, por favor, no quiero que lo encuentre, lo llamó «hijo del pecado». Si no me ayudas, me fugo ahora mismo.

—Cálmate. Aquí no se fuga nadie. ¿O es que ese marido tuyo no va a hacer nada? Claro que si te ha tenido escondida, vete tú a saber. En cualquier caso eres su esposa, así que hay que darle aviso para que resuelva la situación. ¿Dónde está ahora?

—Dijo que hoy iba al Gobierno Regional.

Cuando Juan Gregorio llegó a su casa, después de recibir el aviso de Angélica, se encontró a su suegra, a la Guardia Civil y al médico, el mismo que había atendido a Valentina durante todo el embarazo, que intentaba convencer a doña Enriqueta de que no era necesario llevarla al sanatorio porque solo era un rasguño y no había riesgo de conmoción cerebral.

—La fulana esa que has metido en mi casa me ha desfigurado la cara —le recriminó a su yerno señalándose la brecha en la ceja.

—¿Ha denunciado usted a mi esposa? —la increpó Juan Gregorio delante de la Guardia Civil.

—¿Cómo tu esposa?

—Es mi esposa ante Dios y ante los hombres, y Gorio es mi hijo legítimo.

—¿Y los metes en mi casa?

—Esta casa es mía. Era de Valentina.

—¡Qué desfachatez! Si tú no tenías donde caerte muerto y la compramos para que mi hija tuviera el hogar que tú no podías darle.

—Señores —Juan Gregorio se dirigió a los guardias civiles—, este es un tema privado. Lamento las molestias, pero estoy seguro de que tienen asuntos más importantes que atender.

—¿Dónde está la señora Manuela Baizán? —quiso saber uno de los guardias—. Esta mujer ha interpuesto denuncia contra ella.

—Mi esposa —recalcó Juan Gregorio— está con mi hijo en casa de una amiga.

Con una seña, llamó aparte a los guardias civiles y se identificó.

—Mi primera esposa, la hija de esta señora, murió al dar a luz a nuestra primogénita. Mi suegra quedó muy afectada y que yo me haya vuelto a casar la ha superado. Padece de los nervios y ha sufrido una recaída. ¿Podemos dejar esto en el ámbito privado, de donde nunca debería haber salido? Yo me ocupo de atenderla y de avisar a mi suegro. No sé cómo se ha hecho la brecha en la ceja, pero yo les aseguro que mi mujer está con mi hijo visitando a una amiga. Pueden ir a comprobarlo si lo desean.

—¿Cómo ha entrado ella aquí? —preguntó el otro guardia señalando a doña Enriqueta.

—Entiendan que no le haya retirado las llaves de la casa a mi suegra después de la muerte de mi primera esposa, porque siempre ha sido bienvenida y hubiera sido muy violento por mi parte hacerle tal requerimiento.

Los guardias accedieron a irse, más por quién se lo pedía que por lo convincente de su explicación.

Una vez solucionado el tema de doña Enriqueta, y con Manuela y Gorio de vuelta en casa, a Juan Gregorio todavía le quedaba lidiar con don Juan Ramiro Cifuentes. Solo de pensarlo se le puso un nudo en la garganta, pero para su alivio su suegro hablaba un lenguaje que él sí entendía.

—Es evidente que me desagrada tu decisión —le recriminó—, pero eres tú el que va a cargar con las consecuencias. Lo que no te perdono es que nos lo hayas ocultado y que Enriqueta haya tenido que enterarse de esta manera. Lo único que has conseguido es que todos piensen que te avergüenzas de lo que has hecho, y eso socialmente es imperdonable. Si no puedes ocultar tus acciones, aprende a venderle sus bondades a los demás y a mostrar seguridad con tus decisiones. Con eso no evitarás que te critiquen, pero habrás lanzado un mensaje de fuerza y poder que hará que te respeten.

A Juan Gregorio lo asaltaron todas sus inseguridades al escuchar el discurso de su suegro.

—¿Cómo puedo solucionarlo?

—Mal arreglo tiene ya. El tiempo cumplirá su función. Cuando llegues a Madrid, preséntate como el hombre poderoso que vas a ser, con la cabeza bien alta, y si no te sientes seguro finge estarlo, sé contundente y ve del brazo de tu esposa como si llevaras un tesoro. Todos desean lo que tienen los demás, siempre que estos demuestren lo valioso que es para ellos.

—Así lo haré.

—Cuento, Goyo, con que desde Madrid sabrás agradecerme estos consejos que te doy pese a lo inaceptable de tu conducta. Porque seguimos siendo familia y seguro que podrás ayudarme cuando así te lo solicite. Por eso tampoco voy a reclamarte la casa en la que vives, pagada íntegramente con mi dinero.

Don Juan Ramiro Cifuentes y su yerno estrecharon las manos en lo que devendría en una serie de prósperos acuerdos para uno y en unas sustanciosas comisiones para el otro.

—En dos semanas nos vamos para Madrid —le dijo Juan Gregorio a Manuela—. Necesitas vestidos bonitos y nuevos, que no sean los que te envía Alexandra de otras temporadas. Y a Gorio vístelo como si fuera un príncipe, que este domingo vamos a ir los tres a misa a San Juan el Real y después comeremos en el hotel Principado. Te quiero deslumbrante, como la señora que vas a ser. A la vez que elegante y discreta, claro está.

Manuela, acostumbrada como estaba ya a los cambios de criterio de Juan Gregorio, no rechistó.

—Bueno, Gorio, parece que terminó nuestro encierro —dijo mientras lo cogía para ponérselo al pecho—. Así es tu padre. Ya lo irás conociendo.

CUARTA PARTE

La esposa
1947-1960

15

El 6 de julio de 1947, Juan Gregorio y Manuela acudieron a votar al colegio electoral del madrileño barrio de Almagro donde residían. Lo hicieron, como el resto de los españoles llamados a las urnas, a favor del nombramiento de Franco como jefe de Estado vitalicio hasta que él mismo decidiera retirarse tras designar a su sucesor. Porque Juan Gregorio creía firmemente en lo que votaba. Y porque no había otra opción de voto. Gorio iba en su silla de paseo, vestido con su mejor traje de domingo. Miraba a su alrededor con curiosidad, asombro y alegría genuina ante cada nuevo descubrimiento, despertando así la sonrisa de los desconocidos con sus mofletes gordos y sus ojos grandes y expresivos que fijaban una mirada divertida en todo aquel que le prestaba atención.

—Ponte bien elegante —le pidió Juan Gregorio a Manuela—, que eres la esposa de un alto funcionario del régimen. Hoy es un día histórico en el que los españoles ratificarán el liderazgo del Caudillo al frente de nuestro país.

—¡Qué remedio! ¡Es obligatorio ir y no hay opción de votar en contra! —respondió Manuela, y el gesto de su marido la hizo arrepentirse de inmediato.

—Comentarios como ese... —la advirtió con voz muy seria.

—Lo siento muchísimo —cortó ella la recriminación—, no sé por qué lo he dicho. ¡Por más que lo intento, no dejo de meter la pata!

—Así es. Debes poner más cuidado. Esos años que pasaste

con un republicano te han dejado más huella de lo que imaginaba. Las malditas ideas de los rojos son como un virus contagioso. —Al ver la cara compungida de Manuela bajó el tono—. Por lo menos ya te das cuenta, pero te conviene estar más atenta y pensar antes de hablar, ¿lo entiendes?

Manuela asintió avergonzada. Juan Gregorio le había dado todo: a Gorio, una historia de amor con final feliz, un verdadero hogar y una posición social envidiable, pero ella no acababa de estar a la altura.

—Sé bien que la esposa de un hombre de tu posición debe aprender a callar antes que a hablar para no poner a su marido en un compromiso —recitó parafraseando el manual para mujeres casadas que distribuía la Falange—, pero a veces se me olvida.

Juan Gregorio se compadeció al verla tan afligida. Manuela no tenía mala intención.

—Mientras no se te escape delante de nadie importante, todo irá bien. Si lo sigues intentando con ahínco, pronto encontrarás las palabras adecuadas en cada ocasión. Ahora anda a ponerte bien guapa, que quiero lucir a mi preciosa familia.

Acudieron a las urnas a depositar un voto que a Juan Gregorio lo llenaba de satisfacción y a Manuela de dudas. «Menos mal que Alexandra no está en Madrid, porque la alegría que sintió por el voto femenino hace una década se habría convertido en amargura si tiene que ejercerlo en este paripé», se dijo, pero acto seguido se corrigió mentalmente: «En este paripé, no; en este día de gloria para el régimen. Es que no aprendo, no aprendo».

Miró a Juan Gregorio, que caminaba a su lado orgulloso de ella y de su hijo, y sintió que la vida volvía a tratarla con dulzura, aunque todavía no le hubiera devuelto a Telva. Gorio la colmaba de alegría, pero echaba de menos a su hija con la misma fuerza que el día que la perdió.

Aún no había posibilidad alguna de retorno para los niños de Rusia, pero ella confiaba en que el referéndum supusiera la legitimación internacional de Franco en el poder para que así

Rusia se viera obligada a devolver a los niños a España. Con esa esperanza entregó su voto, convencida de su sí al gobierno vigente: «Que el mío y el del resto de los españoles sirva para traer a mi niña de vuelta».

Manuela le hablaba a Gorio de Telva desde el día en que nació porque, aunque Juan Gregorio y la lógica le decían que el pequeño no podía entenderla, su intuición los contradecía. Gorio sonreía invariablemente cada vez que escuchaba el nombre de su hermana y parecía disfrutar con las historias que su madre le contaba. A veces, incluso, las celebraba dando palmas. Manuela nunca reparó en que la ilusión que le transmitía cuando le hablaba de Telva era lo que hacía que Gorio se sintiera entusiasmado y feliz.

—¡Ay, mi chiquitín! —le decía a veces—. ¿Verdad que no va a olvidarse de mí?

Gorio creció arropado por el amor de su madre, que se aferraba a él con todas sus fuerzas, y de su padre, que se llenaba de orgullo cada vez que miraba a su primogénito. El pequeño había llegado al mundo con un pan bajo el brazo: una posición de confianza como asesor en el Ministerio de Defensa. Aunque Juan Gregorio se imaginaba como un padre estricto pero justo, que se convertiría año tras año en el referente de su hijo, no era fiel a la imagen de sí mismo que pretendía. Cuando debía reprender a Gorio, recordaba su infancia como hijo único, solo, aburrido y siendo el blanco de los niños de su barrio porque era un empollón, más hábil con los libros que con los juegos físicos. Después rememoraba su adolescencia, interno en Astorga, lejos de su familia, y al final resolvía que el niño aún era muy pequeño, que ya sería severo con él cuando creciera un poco. Verlo cariñoso con su hijo, tan diferente a su propio padre, que no la abrazó ni el día que se despidieron para siempre a las puertas de la casa de los Solís de Armayor, enamoraba aún más a Manuela y lo hacía con un amor más sereno, que le sacudía menos el cuerpo y le calmaba más el corazón. Por su parte, ella le daba a Gorio todos los cuidados que no pudo proporcionarle a Telva, como si su hija recogiera de alguna forma esos excedentes de amor y mimos que recibía el niño.

Desde su llegada a Madrid, a Manuela le costaba escribir a Alexandra. Vivía para su hijo y para su marido. Juan Gregorio se sentía cada vez más satisfecho y seguro de sí mismo y eso lo hacía estar tranquilo en casa, cómodo con su familia. Gorio crecía feliz, ajeno a los problemas de los adultos y a salvo de las carencias económicas y emocionales que sufría la infancia en la España de la posguerra. Los hospicios estaban sobresaturados, e infinidad de niños salían adelante en sus casas, huérfanos de padre, con madres que se deslomaban de sol a sol para poner algo de comida en la mesa, incapaces de ocuparse de nada más que de mantenerlos vivos.

Las cartas de Alexandra continuaban llegando desde Lisboa puntualmente cada mes. Notaba a través de las palabras de su amiga su intento de resignarse a no ser madre, de ilusionarse con las causas que tanto la llenaron al final de su adolescencia y que ahora no servían para ocupar el vacío causado por los intentos frustrados de maternidad. Por eso, las cartas de Manuela eran cada vez más cortas. Porque su vida era Gorio y no quería hablarle de él para no causarle dolor. Nunca entraba en detalles, lo resumía diciendo que «el niño se está criando muy bien, está grande, sano y hermoso». No quería hablarle de la felicidad que sentía al cogerlo en brazos o de cuando se le quedaba dormido en el regazo. Intentaba llenar líneas con su vida y la de Juan Gregorio, pero Manuela vivía un periodo de calma en la que poco había que contar más allá de las cuestiones domésticas, más cotidianas que interesantes. Su vida se había normalizado tras el matrimonio y el traslado a Madrid. Lo que en su momento fueron vaivenes, disgustos, dudas, huidas y rechazos se habían convertido en café y tostadas cada mañana, domingos de misa en los Jerónimos, paseos vespertinos por el parque del Buen Retiro y conversaciones de cama sobre asuntos ordinarios. Aunque en la cama seguían sintiendo el mismo deseo, también ahí les había llegado la calma, pero ese no era tema para compartir con Alexandra y menos por carta. Sus escritos se limitaban a los recuerdos compartidos, a la añoranza de Telva, a contarle a Alexandra los estragos que la guerra había causado en Madrid y, a la vez, la cantidad de casas y barrios enteros que se estaban construyendo para acoger a los madrileños que se habían quedado sin hogar y a todos los españoles que buscaban un futuro para sus familias en la capital. O eso era lo que le contaban su marido y la radio oficial, porque ella no había ido a verlos.

Mientras que Juan Gregorio se alegraba con cada carta de Alexandra que llegaba a su casa, como si eso reafirmara su nuevo estatus social, Manuela sentía una mezcla de ilusión por saber de su amiga y de inquietud por la obligación de responder a la misiva.

—¿Qué te cuenta Alexandra? ¿Cómo es que no regresan a España?

—Jacobo pasa mucho tiempo en Madrid y ya están pensando en la vuelta, pero van a esperar unos meses. Parece que los médicos no consideran oportuno que Alexandra vuelva a mudarse. No saben cuándo podría quedarse de nuevo embarazada, el tiempo corre en su contra y no quieren perder ninguna oportunidad que le regale la naturaleza.

—¡Qué duro para Jacobo que su mujer no le dé un heredero para su imperio!

—Para Jacobo y para Alexandra, que es a ella a la que se le mueren los hijos dentro.

—También, no cabe duda, pero a fin de cuentas es Alexandra la que tiene el problema para cumplir con su función como mujer. Él tendría ahora hijos de haberse casado con otra. Está claro que ni siquiera un marqués consigue de la vida todo lo que desea.

—En realidad, la marquesa es ella —puntualizó Manuela, que no dijo más por no discutir.

—¿Le hablas de la importancia de mi cargo y de lo bien que nos van las cosas? Cuidado no cuentes de más, que la palabra escrita nunca se sabe en qué manos cae.

—Alexandra sabe lo bien posicionado que estás en el ministerio, pero no te inquietes porque no hablamos de vosotros, sino de nosotras, de nuestras cosas de mujeres.

—Eso es bueno. La amistad con Alexandra es muy valiosa, algún día volverán y es un espaldarazo social que tengáis tan buena relación. Supongo que ella no contará que un día fuiste su criada, ¿verdad?

—Alexandra es muy discreta. Ni siquiera tuve que pedirle que no me enviara más vestidos como me dijiste, salió de ella consultarme.

—Entiendo que tampoco te envía dinero como hacía antes, ¿verdad?

—Solo regalos para el niño, Goyo, no te preocupes. El conjunto azul que estrenó el Domingo de Ramos lo envió ella. Por la calidad de la tela y lo bien confeccionado que está, debe haberlo encargado a una de las mejores modistas de Lisboa.

—Solo quiero asegurarme, porque comprenderás que no se puede considerar una amistad como tal cuando una de las partes marca las distancias y, antes de que regresen, es importante saber de qué pie cojea Alexandra. Han pasado muchos años, pero a los ricos les cuesta mucho aceptar a su lado a los que en su momento conocieron inferiores.

—No tengas cuidado por mí, que Alexandra siempre me consideró su amiga. Lo que no sé es cómo será su trato hacia a ti porque nunca llegasteis a tener buena relación, aunque ahora que te has casado conmigo supongo que te verá con mejores ojos.

Juan Gregorio calló molesto porque las palabras de su mujer se le clavaron en el orgullo por certeras.

Aquella noche se mantuvo distante durante la cena, todavía escocido por aquel velado tira y afloja en el que había salido derrotado, a pesar de que Manuela había preparado, en son de paz, unas manitas de cordero rebozadas, su plato favorito, que solo le cocinaba de cuando en cuando por el trabajo que le daba deshuesarlas, y de postre, huevos a la nieve. No había terminado de comer las manitas cuando Gorio se quejó de que le dolía la barriga. Manuela le puso la mano en la frente y después fue en busca del termómetro.

—Marca unas décimas —le dijo a Juan Gregorio.

—Tengo ganas de vomitar —se quejó el niño.

—Dale un poco de Quina Santa Catalina, que le asiente el estómago.

Manuela fue en busca del vino medicinal.

—Tómatelo todo —le dijo a su hijo—, y enseguida te sentirás mejor. Voy a preparar también una manzanilla, menos mal que compré un manojo el otro día en el mercado.

Gorio vomitó varias veces esa noche, hasta que alrededor de las dos de la mañana, ya sin fiebre, se quedó profundamente dormido y Manuela fue a acostarse. Abrió la puerta y se tumbó con cuidado en su lado de la cama, dispuesta a rezar un rato a ver si así conseguía coger el sueño porque estaba desvelada.

—¿Se ha dormido? —escuchó decir a Juan Gregorio.

—Sí —respondió ella sin darse la vuelta—, ya no tiene fiebre. Siento haberte despertado.

—Estaba en un duermevela. El niño se pone enfermo de la tripa cada vez que discutimos.

—Puede ser. O puede ser casualidad —dijo Manuela, haciéndose de rogar.

—Quería decirte que las manitas estaban muy ricas. Me recordaron a las que preparaba mi madre.

—Me alegro de que te gustaran. Duérmete, anda, que mañana tienes que madrugar.

Manuela notó que su marido se acercaba a ella y la abrazaba por detrás.

—Es muy tarde, Goyo.

—¿Tanto sueño tienes? —respondió él, pegándose un poco más a ella.

Manuela sintió la misma descarga eléctrica que la recorría desde la entrepierna hasta el ombligo cada vez que él se le arrimaba. Daba igual que estuviera cansada o enfadada, su cuerpo se plegaba al de él. Se dio la vuelta y respondió a sus caricias con la pericia que dan los años de conocerse, y entonces fue él el que se vio indefenso ante el deseo que ella le despertaba. «Eres mi tentación y mi condena. Me llevarás a las puertas del infierno, pero como Adán, siempre muerdo la manzana», solía decirle cuando tras una pelea doméstica se reconciliaban en la habitación. A Manuela sus palabras la irritaban, porque pensaba que si no la hubiera rechazado cuando se conocieron, ella nunca se habría casado con Elías y no habría perdido a Telva. Después, sintiéndose culpable por lo injusto de su razonamiento, apartaba esos pensamientos de sí y dejaba que fuera su cuerpo el que tomara el mando.

Mientras Manuela y Juan Gregorio lidiaban con los problemas propios de la convivencia, Alexandra y Amelia se mantenían en contacto por carta desde sus respectivos exilios, una en Lisboa y otra en Veracruz. Alexandra supo de la nueva vida de Amelia con Alonso y del nacimiento de sus hijas, Clara y Libertad. Y Amelia de los abortos de Alexandra y de su colaboración con varias iniciativas portuguesas que impulsaban la alfabetización de las niñas del medio rural.

> No lo hago por bondad sino por egoísmo, porque si sigo encerrada en casa, como pretenden Jacobo, los médicos y mi madre, dándole vueltas a por qué el universo no me da hijos, me volveré loca. Dicen que debo reposar y estar tranquila, pero cuando reposo, lo último que estoy es precisamente tranquila.

Amelia era el único apoyo que recibía Alexandra en su necesidad de ser útil, aunque fuera desde la distancia.

> Veracruz,
> mayo de 1948
>
> Querida Alexandra:
>
> Me da mucha alegría y orgullo saber el bien que haces en tierras portuguesas por otras mujeres porque yo, entre la

casa, las niñas y ayudar a Alonso a hacerse un lugar en este país en el que los españoles somos «gallegos», no me queda un minuto libre para nada más. Aquí hay mucha desigualdad social, tanto o más que en España, aunque también hay más lujo, pero nosotros no somos ricos, no tenemos servicio y debemos controlar nuestros gastos. Mi madre y yo no poseemos nada porque bien sabes que lo de mi familia nos lo arrebataron. Menos mal que mis suegros nos ayudan desde España y, aunque no le perdonan a Alonso haberse casado conmigo, su padre le pide que llegue a acuerdos con clientes en nombre del negocio familiar. Quieren montar una especie de sucursal, pero ahora mismo no es fácil abrir nuevas vías comerciales con España. Creo que mi suegro lo está poniendo a prueba para ver si puede confiar en él. Sé que es por mi culpa, así que lo entiendo y agradezco lo que nos dan, porque de no ser por ellos viviríamos en la miseria como tantos otros emigrantes españoles. México no es la panacea que algunos pensaban, querida amiga. Menos mal que tengo a mi madre conmigo, que me ayuda muchísimo. Yo colaboro en todo lo que puedo, hago de secretaria, asistente personal y hasta de contable, aunque nunca habría pensado que las cuentas más difíciles de cuadrar son aquellas en las que casi no hay movimientos y todos van al debe. Aquí no somos nadie, aunque Alonso está convencido de que lo seremos. Casi no lo vemos de lo mucho que trabaja. No creas que es una queja, al contrario, porque lo está haciendo por nosotras, para labrarnos un buen futuro.

Cuéntame de ti, que a mí ya ves que se me va la vida entre pañales, papeles y la costura. Sí, has leído bien, no me ha quedado otra que aprender a coser, y no lavo y friego porque lo hace mi pobre madre, pero nada de eso importa, ya cambiarán las cosas; mi bisabuelo era carnicero, bien puedo yo coser, cocinar y planchar para mi familia. Solo me da pena por mi madre, que no se lo merece, pero ella no pierde la sonrisa. Echamos de menos España, tanto que no dejo que Alonso ponga el disco de Estrellita Castro en la gramola porque cada vez que empieza con «A la lima y al limón» me entran ganas de llorar. Fue la última canción que bailamos juntos en Gijón. En fin, amiga del alma, que la vida da muchas vueltas y esta solo es una más.

Tu amiga que te quiere,

AMELIA

P. D.: Te envío una foto de las niñas.

A través de las cartas, no solo Alexandra sufría con las penas de Amelia y se ilusionaba con sus alegrías, también Amelia lo hacía con las de Alexandra, y al mismo tiempo se enteraba de lo que sucedía con la gente en España. Así fue como supo del matrimonio entre Manuela y Juan Gregorio y del nacimiento de Gorio, aunque no hubiera ocurrido en ese orden.

Amelia y Alonso no permanecieron muchos años en México. Para cuando los judíos exiliados de la Segunda Guerra Mundial consiguieron un nuevo hogar en el recién nacido Estado de Israel, Alonso había cerrado en Veracruz contratos suficientes como para recuperar la confianza de su padre, que lo consideró más necesario en Francia para la expansión del negocio en Europa. O eso fue lo que le dijo para convencerlos de que volvieran al continente, porque la realidad era que tanto su esposa como él estaban deseando conocer a sus nietas.

—Mi madre no habla francés y yo solo lo que estudié en el colegio —protestó Amelia—. Aquí empiezan a irnos bien las cosas. Hemos hecho amigos, tenemos una buena vida y las niñas no conocen otro hogar que no sea este.

No fue Alonso quien convenció a su mujer, sino su propia madre.

—Vámonos —le dijo—, así estaremos cerca de España. México nos ha acogido como suyos, pero yo no quiero estar aquí cuando llegue mi hora, quiero que me entierren en Gijón junto a los míos.

La familia se trasladó a París para volver a empezar de cero, pero esta vez con el respaldo de los Bousoño.

Poco después fue el matrimonio Espinosa de Guzmán el que emprendió el regreso a España. Jacobo ya casi no paraba en Lisboa. Con el nuevo régimen, los contactos y las influencias eran todavía más esenciales que antes de la guerra para hacer negocios, y que su esposa se mantuviera exiliada en el país vecino empezaba a suponer un problema.

Para entonces, Claudina y Abelardo ya habían formalizado su unión ante Dios en la iglesia de San Juan el Real de Oviedo, la misma en la que se había casado el Caudillo, porque así lo decidió Juan Gregorio en su condición de padrino. Para él, apadrinar a un teniente condecorado de la Guardia Civil encajaba con su imagen de hombre leal al régimen, y para Abelardo significaba un espaldarazo en su posición.

Juan Gregorio y Manuela viajaron desde Madrid con Gorio, que estaba emocionado por la responsabilidad de sostener las arras.

Manuela se compró un traje nuevo para la ocasión. La carrera de Juan Gregorio iba viento en popa en la capital y lo único que confeccionó ella misma fue su tocado, diseñado para lucir en su cabeza sin estropear el tupé «Arriba España», bien fijado con Solriza, que tanto le gustaba a su marido. Incluso le dio cuerpo con una bola de algodón para asegurarse de que el tupé se mantenía bien alto a pesar de la humedad propia del clima asturiano. Juan Gregorio insistió mucho en que se pusiera más guapa y elegante que nunca, y Manuela obedeció porque sabía que esa era la forma que tenía su marido de acallar a cualquier conocido que pudieran encontrarse.

La boda se celebró un viernes por la tarde, sin más invitados que los padrinos y Eufemia, porque por parte del novio no acudió nadie. Aun así, tuvo un minúsculo recuadro en los ecos de sociedad del periódico gracias a los contactos de Juan Gregorio, que salía en la foto tieso y arreglado como un pincel.

Las tres mujeres, Manuela, Eufemia y la novia, se vistieron en la casa de Juan Gregorio, que Manuela limpió de arriba abajo nada más llegar de Madrid.

Manuela le regaló a Claudina el vestido de novia. Era de

color crema, sencillo y elegante, con el cuerpo de seda y la falda de satén, confeccionado a partir de dos de los mejores vestidos de Alexandra, y un tocado de flores de tela a juego para sujetar el velo, fabricado por ella misma. Incluso hizo otro para Eufemia.

—Si al final me veo hasta guapa —exclamó Eufemia cuando se miró al espejo, ya arreglada—. Ya sé que «aunque la mona se vista de seda, mona se queda», pero es que Manuela, hija, ¡qué arte tienes! Aunque tengo que decirte que el sombrero está pasado de moda y ya solo lo llevan las señoronas de la Sección Femenina.

—No me lo desprecie, que lo he hecho con mucho cariño y no vea el trabajo que me ha dado ese cascote rígido. Le he tenido que poner tanto almidón que se me agrietaron los dedos.

—Bonito sí es.

—Pues deje de protestar, que la protagonista hoy es la novia y todavía no ha dicho nada.

—Es que no sé cómo pagártelo. —Claudina estaba a punto de la lágrima cuando vio a Eufemia encenderse un cigarro y se dio la vuelta para echarla—. Ufe, por el amor de Dios, no fumes aquí que me va a oler el vestido a tabaco, y como salte una chispa y me queme este satén tan precioso no te lo perdono.

—No discutáis, que me voy a vestir a Gorio. Goyo se ha empeñado en que el niño vaya de corbata y el pobre no para de quitársela.

Tras la ceremonia acudieron a merendar al café Peñalba, que estaba a un paseo de la iglesia, en la calle Uría, la principal avenida de la ciudad. Allí se reunía lo más selecto de la sociedad ovetense y Abelardo se gastó los cuartos para pavonearse en compañía de Juan Gregorio.

Esa noche Eufemia durmió en casa de Manuela. Después de la copiosa merienda de celebración ninguno tuvo hambre para cenar, excepto Gorio, así que, tras darle un tazón de leche con unos bizcochos de soletilla y acostarlo, las mujeres se sentaron en la cocina a tomar una manzanilla mientras Juan Gregorio fumaba un puro con una copa de coñac en el salón.

—Al final, Claudina se ha casado —comentó Manuela mientras se calentaba las manos con la manzanilla—. Ella que pensaba que se había quedado para vestir santos. ¡Quién sabe si llega a tiempo de tener hijos y todo!

El gesto de Eufemia reflejó sus reticencias al respecto.

—En mi pueblo, una vecina tuvo un hijo con cincuenta y dos —insistió Manuela—. Pensaron que había llegado a la edad en que las mujeres nos secamos, pero les vino una niña. Claudina tiene bastantes menos, ¿quién sabe?

—Manuela, nena, ¿no tendrás algo por ahí para alegrar la manzanilla?

—¿Unas galletas? Perdone que no le he ofrecido nada, como hemos merendado tanto...

—Más bien un poquito de orujo.

—Es que a Juan Gregorio no le gusta que las mujeres beban más allá de un jerez de aperitivo o el champán en los brindis, y no le cuento lo que opina de que fumen —dijo al ver que Eufemia sacaba la pitillera—, pero ¡qué diablos! Usted es mi invitada. Ahora mismo le pongo un cenicero.

Ante la mirada inquisitiva de Eufemia, añadió:

—También una copita de aguardiente de guindas. Debe quedar alguna botella en el salón. Se lo compraba a una señora que lo vende en el mercado de El Fontán porque Goyo decía que era el mejor que ha probado nunca. Y ¿sabe qué le digo? En el cigarro, no, pero en el licor la voy a acompañar.

Manuela sirvió los orujos y Eufemia fue directa al grano.

—¿A ti te da buenas sensaciones el cazurro?

—A mí ni fu ni fa, con que se las dé a Claudina es suficiente. ¿Le preocupa algo?

Eufemia se encogió de hombros y expulsó el humo con más costumbre que gusto mientras Manuela le daba un trago al aguardiente.

—Decía mi madre que «cuando la carita es de santo, los hechos son del diablo».

—Y mi madre que «hombre muy cortés, falso es» —respondió Manuela con una sonrisa que enseguida se apagó al recordarla—. Cuando hablaba, claro está, pero dígame, ¿cuál es el problema con Abelardo? Parece el hombre perfecto.

—De perfecto no tiene nada. Lo primero porque es guardia civil, y lo segundo porque a mí el olfato no me falla; igual que distingo el tabaco superior del de batalla solo por el humo, distingo a la gente buena de la escoria porque con la buena se me abre el pecho y con la que no lo es se me clava la mala espina por aquí —dijo señalándose un poco más arriba del corazón.

—¿Se lo dijo usted a Claudina?

—Por supuesto que no. No me hubiera escuchado. Lo que me preocupa es que tú estás en Madrid y yo, desde Gijón, poco los voy a ver porque él ha dejado claro que no me soporta. Según él, soy una cigarrera republicana y huelguista. En cierto modo razón no le falta, porque todo eso es verdad.

—¿Cómo va a ser eso? Si usted hizo huelga hace medio siglo, era casi una niña.

—Ahora todo vale para colgarle el sambenito a alguien. No sé qué es lo peor de la guerra, si todos los que mueren o los fantasmas del pasado que se despiertan y se niegan a volver a dormir.

Manuela olvidó las reglas de Juan Gregorio y se sirvió otro culín de orujo. Lo que ninguna de las dos podía imaginar eran las condiciones que en ese mismo momento Abelardo le imponía a Claudina tras consumar la noche de bodas.

—Como esposa de un teniente condecorado de la Guardia Civil no podrás tener relaciones con personas que me pongan en entredicho. La primera, Eufemia, que tiene marcado su expediente por haber secundado la huelga de las cigarreras.

—Esto ya lo hemos hablado, cariño, esa huelga fue a principios de siglo y ella era una cría.

—Pero estuvo allí, y tú ahora eres mi mujer y debes cuidar con quién te relacionas.

—Es mi madrina.

—Eso es una suerte. No sois parientes.

—Es como si me dijeras que no puedo tratar con Manuela —insistió Claudina— porque estuvo casada con un republicano.

Abelardo la cogió por el cuello y acercó su cara a la de él hasta que sus ojos miraron directamente a los suyos y ella pudo sentir su aliento entrándole por la nariz.

—No volverás a ver a Eufemia y punto, ¿entendido?

Claudina sintió un escalofrío recorrerle la espalda y no se atrevió a responder. Entonces Abelardo apretó más los dedos en su garganta y la sacudió.

—¿Lo has entendido? ¿Sí o no?

Claudina asintió con un hilo de voz. Abelardo la soltó con un gesto de desprecio antes de levantarse para ponerse los pantalones del pijama mientras ella se llevaba la mano al cuello dolorido y las lágrimas resbalaban por sus mejillas.

16

Alexandra y Jacobo regresaron a España en 1950, cuando los españoles empezaban a atisbar un futuro mejor. La supervivencia ya no dependía de la cartilla de racionamiento y cada día florecían pequeños negocios en la capital.

A dos años de cumplir los cuarenta, Alexandra había perdido la esperanza de tener hijos. Después de dieciocho años de matrimonio y numerosas consultas a los médicos más prestigiosos de Lisboa y Oporto, el resultado había sido infructuoso. Jacobo hacía tiempo que había aceptado que no iba a tener un heredero o heredera, porque con tantas decepciones casi le daba igual el sexo del descendiente al que traspasarle el imperio Espinosa de Guzmán, y asumió con dolor que sus empresas terminarían en manos de sus sobrinos cuando él se retirase.

A Alexandra, en cambio, la sucesión de abortos la había sumido en una tristeza crónica, por la decepción pero también por la carga hormonal descontrolada, que había roto el equilibrio químico de su cuerpo. El encierro al que los médicos la sometieron en Portugal no ayudó en nada a su recuperación. Aunque se lo saltó en varias ocasiones para participar en causas que la motivasen, no fue suficiente, y cada mañana tenía que hacer un esfuerzo por levantarse y ocupar las horas del día con las actividades permitidas. Le costaba sonreír e ilusionarse. Ni siquiera la animó la perspectiva de volver a España, y aún menos cuando su madre le anunció que ella se quedaba en Lisboa. A doña Victoria de Armayor, Madrid le traía recuerdos dolorosos y, sin nietos que le aportaran la ilusión que necesitaba, se negó a regresar.

—Solo pensar en Madrid me hace caer en la melancolía. No quiero volver sin tu padre. No es que aquí no lo eche de menos, pero no tengo recuerdos felices con él en este lugar, que me transporta a los veranos de mi infancia y a tiempos más gratos.

—Pero se quedará sola cuando nosotros nos vayamos.

—Aquí tengo a mis hermanas y mis primas. Con los años, se agradece estar con personas de nuestra edad con las que compartir vivencias del pasado.

—¿Y yo? ¿Qué voy a hacer en Madrid sin usted? Nada ha salido como esperaba.

—La vida nunca se adapta a nuestras expectativas, hija, y tú tienes que empezar de cero. No tienes hijos, pero tienes sueños, fortuna y un marido comprensivo que te admira. Eso es un tesoro. Aprovéchalo. Siempre quisiste hacer algo importante por las mujeres, desde bien niña, y en España nunca, en este siglo, han estado peor que ahora.

—La oigo hablar y no la reconozco. Cuando les pedí que me permitieran ir a la universidad, les pareció una mala idea; cuando quise hacer algo para enseñar a leer y a escribir a las mujeres de las ciudadelas de Gijón, todavía peor. Incluso casada, aquí en Portugal, quise contribuir a que las niñas que se prostituyen en la calle tuvieran alguna opción de escapar de su destino y usted, los médicos y Jacobo se pusieron en mi contra porque ponía en riesgo un posible embarazo que ni siquiera existía entonces.

—Ahora es distinto. Eres una mujer adulta que no va a tener hijos. En tus circunstancias, puedes hacer lo que quieras con tu tiempo. Sé que lo ves todo negro porque el último aborto está muy reciente, pero esto también pasará. Te conozco bien y sé que en unos meses tendrás infinidad de proyectos en mente. En cuanto llegues a Madrid, todas las damas querrán reclutarte para sus causas benéficas.

—¡Lo que me faltaba! ¿Eso es lo que pretende que haga en España? ¿Organizar galas para recaudar fondos mientras tomo café con pastas con un montón de muermos ociosos a las que lo único que les interesa son los chismes y quedar por encima de las demás? Porque a eso sí que no estoy dispuesta.

—A tu marido le vendría muy bien para nuestros negocios que te unieras a la Sección Femenina.

—¿Se ha vuelto loca? ¿Yo en la Falange?

—Ya sé que las detestas, pero ten en cuenta que ahora mismo son las que controlan la formación de las mujeres a la que tanta importancia le das. Seguro que tienes mucho que aportar.

—Cuando yo les hablaba a usted y a padre de formar a las mujeres no me refería a cómo preparar lentejas estofadas, coser el dobladillo de los pantalones del marido o ponerle talco a un bebé. Y menos de inculcarles las directrices trasnochadas de la Falange.

—Seguro que puedes conseguir que les enseñen algo más, sin meterte en líos, claro, que no están los tiempos para correr riesgos. Sé que es muy duro lo que te está sucediendo, pero no tiene remedio, y si el destino no te permite ser madre necesitas encontrar algo que te ilusione o enfermarás de verdad.

—Ya le adelanto que no voy a buscar mi propósito en la Falange, pero ¿sabe que le digo? Que lleva usted razón, hay mucho que hacer en España por las mujeres, aunque no desde la Sección Femenina sino a pesar de ella.

—Mejor será con la Falange que con los que asesinaron a tu padre. Los mismos que él apoyaba, ¡malditos salvajes! —A doña Victoria se le crispó el rostro en un gesto de dolor.

—Lo sé, madre, pero no podemos juzgar a todos por los actos de unos pocos.

—Pues aplica el mismo cuento para los dos bandos.

Doña Victoria de Armayor notó que se estaba alterando y se retiró. Quería ayudar a su hija, no discutir con ella. Al quedarse viuda, cuidar de Alexandra le dio el motivo que necesitaba para remontar y le daba mucha pena que esta no tuviera el enganche a la vida que proporcionaba la maternidad.

—Por suerte en Madrid estará Manuela —se animó Alexandra—. Lástima que Amelia y Alonso se hayan quedado en París y por ahora no tengan intención de volver a España. Al menos están más cerca que en Veracruz.

Lisboa,
mayo de 1949

Querida Manuela:

Volvemos a España. Tengo sentimientos encontrados sobre el regreso, no quiero engañarte, pero te aseguro que lo que más feliz me hace es pensar en nuestro reencuentro. Estoy deseando abrazarte, conocer a tu pequeño Gorio, que ya estará hecho un hombrecito, y verte convertida en la señora de Covián. ¿Quién nos lo iba a decir tal como se había torcido todo con él? ¡Cuántas vueltas ha dado la vida estos años!

Cuando Manuela leyó la buena noticia, dio un grito de alegría y corrió a abrazar a Gorio cantando a voz en grito: «*Nananana está en el Tiro liro liro, nananá está en el Tiro liro ló...*», la única canción portuguesa que conocía y que tarareaba porque solo la entendía a medias. El pequeño se sumó a los cánticos y al bailoteo de su madre, deseoso de cualquier novedad que animara su juego, casi siempre solitario.

—¡Que vuelven, Goyo, que vuelven! —le anunció a su marido en cuanto entró en casa aquella tarde.

—¿Quién vuelve? —preguntó, temeroso de que alguien le hubiera gastado una broma pesada anunciando el falso retorno de los niños de Rusia.

—Alexandra y Jacobo, ¿quién va a ser? —respondió Manuela blandiendo la carta de su amiga.

Juan Gregorio respiró aliviado y cauto a la vez. La vuelta de Alexandra podía darles un espaldarazo o ponerlos en un brete social, según cual fuera su actitud hacia ellos.

El matrimonio Espinosa de Guzmán y Solís de Armayor regresó a Madrid por todo lo alto: habían sido invitados al enlace entre Carmen Franco Polo y Cristóbal Martínez-Bordiú, que se celebraría en el palacio de El Pardo en el mes de abril.

—No puedes estar hablando en serio —se resistió Alexandra cuando Jacobo le dio la noticia—. No quiero pisar El Pardo ni ver a Franco. Y menos hacerle reverencias. Soy y seré discreta, sé lo importante que es la relación con el régimen para nuestros negocios, y te aseguro que diré lo correcto en cada ocasión, como siempre he hecho, pero me repugna lo que sucede en nuestro país.

—Sabes de sobra que esta no es una invitación cualquiera de las que podemos rechazar con una excusa banal. La posición y la fortuna de nuestra familia correría peligro.

—Mi familia ya tenía dinero hace generaciones. Dinero y título nobiliario. No necesito escalar posiciones.

—Es que no se puede mantener sin escalar. Los negocios son como los tiburones, que si se detienen se mueren por asfixia. O avanzas o retrocedes. Solo hay que ver la cantidad de aristócratas arruinados que andan buscando emparentar con una familia burguesa con la cartera bien llena. El mismo novio, sin ir más lejos. Ahora las circunstancias han cambiado y solo se puede avanzar de la mano de los que tienen la sartén por el mango, porque o estás con ellos o eres un proscrito. Que nos inviten a este enlace conlleva entrar en el escalafón más alto de este país, y supondrá muchos y prósperos acuerdos durante los próximos años. Hazlo por tu padre, que toda la vida se esforzó por multiplicar el patrimonio familiar. No podemos permitir que su muerte fuera en balde.

—A mi padre no lo metas en esto.

Jacobo cambió de estrategia.

—Si alguien sabe comportarse en cada ocasión, esa eres tú, y ahora necesito a la señora de Espinosa de Guzmán a mi lado. Compra el vestido más elegante que encuentres y las joyas que más te gusten, y despliega tu inteligencia y tu distinción natural en esa boda.

Alexandra dudaba y Jacobo continuó derrochando argumentos para convencerla.

—Que nosotros rehusemos las oportunidades que nos brinda la vida no hará que el mundo mejore. Bastantes renuncias forzosas hemos aceptado ya, así que, querida, pongámonoslo fácil. Haría lo que fuera por verte feliz y me mata que no podamos tener el hijo que deseas. Que deseamos, porque yo lo ansío igual que tú. Pero esta es la circunstancia que nos ha tocado y España es nuestro país, un país que funciona como funciona, no como a nosotros nos gustaría. Saquemos provecho de lo que tenemos.

—Lo haré por ti, porque por mí me quedaría en Lisboa hasta que la situación cambie.

—Algo me dice que pasará mucho tiempo antes de que eso suceda —vaticinó Jacobo.

El 10 de abril de 1950, recién instalados de nuevo en su casa de Madrid, Alexandra y Jacobo acudieron, junto con otros ochocientos invitados, al enlace entre Carmen Franco Polo y el doctor Martínez, marqués de Villaverde, que estrenaba para la boda apellido compuesto para estar a la altura de lo que se esperaba del yerno del Caudillo. La novia, vestida por Balenciaga, nerviosa y enamorada. El padrino y padre de la novia, visiblemente satisfecho. Alexandra y Jacobo contemplaron, junto al resto de invitados, la entrada de los novios en la capilla del palacio de El Pardo mientras la Guardia Mora flanqueaba la marcha del cortejo exhibiendo sus características lanzas de pico y media luna. La novia iba del brazo del Caudillo, y al novio lo acompañaba su madre, la condesa de Argillo, antigua conocida de doña Victoria de Armayor. Tras la ceremonia, mientras la creatividad popular resumía el evento del año en forma de coplilla: *La niña quería un marido, la mamá quería un marqués, el marqués quería dinero, ¡ya están contentos los tres!*, Alexandra desplegaba en el convite toda su elegancia, distinción y habilidad para sortear las conversaciones a su favor, ocupando el lugar que su marido quería para ellos en la nueva alta sociedad que ese día se consolidaba en España. El que estaba en el evento era una persona importante; el que no, lo era mucho menos. Ambos felicitaron a los novios, y el que ya se empezaba a conocer en España como el «Yernísimo» prolongó su conversación con Jacobo preguntándole sobre el mundo empresarial español, en el que pretendía forjarse una posición. Alexandra se reencontró con muchos conocidos, propios y de sus padres. Para cuando terminó la celebración, ya tenía una apretada agenda social para los siguientes meses, algo que Jacobo le agradeció en cuanto llegaron a casa.

—Has estado brillante, querida, como siempre. Sé el sacrificio que te ha supuesto y quiero que sepas que te lo agradezco.

—Es mi labor. También tú te esfuerzas por mí y por nuestras familias. Somos un equipo y eso no es algo que muchas mujeres puedan decir de sus matrimonios.

Alexandra era sincera porque, como le contó unos días más tarde a Manuela, lo consideraba parte de sus obligaciones, su contribución a los negocios familiares.

—Él tiene su trabajo y, en cierta forma, yo el mío —le explicó—, que también es necesario. Me toca ahora ocupar el lugar de mi madre igual que Jacobo ocupa el de mi padre y mi suegro.

—Me alegro. Así estarás distraída, que desde que Gorio empezó el colegio yo me aburro como una ostra y eso no es cosa buena. Decía mi padre que «cuando el diablo no tiene que hacer, con algo se ha de entretener». Y para colmo Goyo se ha empeñado en contratar a una persona de servicio. Dice que una familia como la nuestra debe dar una imagen. ¿Qué voy a hacer yo entonces? Si no me dejó ni traer la máquina de coser, tuve que dejarla en Oviedo. «No vaya a ser que se te ocurra ponerte a confeccionar sombreros como una vulgar costurera», me dijo. ¿Qué te parece? ¡Si su padre era sastre!

—Me parece, y espero que no te ofendas, que Goyo es más de ver la paja en el ojo ajeno que la viga en el propio, y que tú y yo deberíamos hacer algo juntas. Porque yo no pienso conformarme con dedicar mi tiempo a relacionarme en sociedad.

Eso solo es un deber, y si no voy a ser madre, emplearé mi tiempo en algo útil.

—¿Algo como qué? —Manuela obvió la alusión a su marido, no quería reconocer en voz alta que su amiga tenía razón.

—Montaremos un atelier de sombreros. Llevo semanas pensando en ello y tu aburrimiento es una señal de lo acertado de la idea.

—Jamás había escuchado algo así. ¿Dónde has visto eso?

—Ahí está la gracia, amiga, en la novedad. Haremos sombreros a medida, únicos y personalizados. Serán la alta costura de los sombreros porque los venderemos entre las damas más influyentes de la sociedad.

—¿Desde cuándo te interesan a ti los sombreros más que para conjuntarlos con tu vestido?

—Quiero ver ataviada con un tocado nuestro a la mismísima Carmen Franco —continuó Alexandra, ignorando a su amiga.

—¿Por qué unas señoras que pueden permitirse diseños franceses e italianos querrían ponerse los nuestros?

—Porque serán aún más exclusivos, no habrá dos iguales, y la gente de mi círculo es capaz de pagar lo que sea con tal de sentirse superiores al resto ya que muchas lo único que tienen es dinero. Conozco bien a esa clase de personas, cuanto más inseguras se sienten de sí mismas, más necesitan esas muestras de poder. Los hombres utilizan los negocios y la política, pero las mujeres, como tienen vetado el acceso a esas disciplinas, demuestran al mundo su estatus con su apariencia. El caso es destacar.

—No sé yo…

—No tenemos tiempo que perder. Hay que ponerse manos a la obra, que quiero enviarle su sombrero a Carmen Franco antes de que olvide que estuve en su boda.

—¿Quién va a ponerse manos a la obra?

—Pues tú, ¿quién va a ser? Dime qué necesitas y yo me encargo de todo. Ese será nuestro pistoletazo de salida. Mientras tanto, yo me dedicaré a todo lo demás.

—¿Te has aficionado al vino de Oporto en Portugal? Ni yo

soy diseñadora de sombreros ni tenemos la maquinaria adecuada para confeccionarlos. ¡Para las damas más influyentes, ni más ni menos!

—La maquinaria la tendremos, el taller también, y tú no vas a coser los sombreros. Montaré una academia que becará la enseñanza a niñas sin formación, sin recursos y sin futuro.

—¿Quieres dar clases de costura?

—Eso también, ¡qué remedio! Pero aprovecharemos para enseñarles otras materias.

—Para eso ya están las escuelas.

—Cada día llegan a Madrid familias enteras procedentes de otros lugares de España, que construyen con sus propias manos cuatro paredes y un techo en terreno rústico durante la noche para que al día siguiente no puedan echárselas abajo. Son casas con una única habitación, sin agua ni luz ni letrinas, en las que malviven. En esos barrios no hay escuelas. Las niñas de esas familias nos necesitan.

A Alexandra le brillaban los ojos al verbalizar su proyecto, pero Manuela ni entendía ni estaba igual de entusiasmada.

—¿Esas niñas van a coser sombreros para las damas de alta alcurnia?

—Y aprenderán a leer, a escribir, matemáticas y geografía.

—Esto me recuerda mucho a lo que te pasó en las ciudadelas de Gijón, ¿quieres volver a meterte en semejante embrollo?

—Esta vez será distinto, he mejorado el plan. A falta de escuelas en esas barriadas, daremos a las niñas un sitio en el que aprender y los sombreros servirán para que ganen un dinero con el que ayudar a sus familias y que estas vean con buenos ojos la asistencia de sus hijas a las clases. Además, ahora el dinero es mío, ya no tengo que pedir permiso a mis padres.

—Pero sí a Jacobo. Y yo a Goyo, y te adelanto que va a poner el grito en el cielo.

—Goyo aceptará que participes en todo lo que apruebe Jacobo, y él dará su beneplácito.

—Aunque así fuera, ¿qué van a pensar esas damas a las que

quieres venderles los sombreros? Porque, excepto Amelia y tú, no conozco a ninguna señora de postín dispuesta a pisar esos barrios de los que hablas.

—Eso déjamelo a mí. El atelier lo tendremos en la misma calle Serrano. O en Velázquez. Pequeño, pero tremendamente exclusivo. Ponte a trabajar en el sombrero para la hija de Franco. Es lo único que te pido ahora. Después, tú decides.

—Pero si no sé cómo es, ni qué le gusta, ni qué talla tiene de sombrero.

—Yo creo que es de cabeza pequeña, pero no estoy segura, así que haz tres, uno de cada talla. Es apocada, acogotada se la ve a la pobre, así que elige un modelo vistoso, pero que se atreva a lucirlo porque necesitamos que lo use. Mejor si es de verano, para que se lo ponga cuanto antes. Y de vestir, la idea es que lo lleve en una de esas fiestas a las que dicen que acostumbraba a ir su marido, costumbre que espero que retome tras el viaje de novios, pero en compañía de su flamante esposa.

—Me va a salir un adefesio, ya verás, que solo soy una aficionada. De esta termino presa y Goyo me mata —protestó Manuela por protestar, porque ya sabía que iba a acompañar a Alexandra fuera cual fuese la idea que le rondara por la cabeza.

—¡No seas tonta, mujer, vamos a hacer algo de lo que sentirnos orgullosas cada mañana! Ay, Manuela, eres justo lo que necesitaba. En Lisboa vivía como un vegetal, siempre encerrada, triste y lamentándome por mi suerte, pero esto se acaba aquí. Mi madre tenía razón, me hacía falta encontrar un nuevo propósito en la vida.

—Y yo estoy a tu lado, como siempre, pero por nada del mundo voy a desatender a mi Gorio ni a Goyo, eso vaya por delante.

—Es que si lo hicieras no me lo perdonaría. Con lo que te costó que Goyo entrara en razón. ¡Hay que ver qué testarudo es tu marido! —bromeó Alexandra—. Te mereces disfrutar de cada momento con tu pequeño por los que la vida te niega con Telvina.

—Es que no la olvido ni un solo día —suspiró Manuela—,

pero te confieso que cuando abrazo a Gorio siento que la abrazo a ella también. Goyo dice que lo malcrío, pero sé que es de boquilla. A veces pienso que me envidia por tener que mantener el papel de padre serio e imperturbable cuando lo que en realidad querría es llenar a Gorio de mimos.

—¿Quién sabe? Quizá algún día los hombres puedan hacer esas cosas con sus hijos.

—No sé si llegará ese momento —dudó Manuela—, pero seguro que tú y yo no lo veremos.

El Atelier Telva abrió sus puertas en 1951 en la calle Jorge Juan de Madrid, próximo a la Puerta de Alcalá. Manuela estaba a cargo del diseño de los sombreros y la gestión de la tienda. Alexandra, además de ser la socia capitalista, dirigía la escuela taller. Antes de eso, Jacobo y Juan Gregorio dieron su visto bueno personal y el necesario consentimiento legal a la iniciativa de sus esposas, quienes planificaron juntas cómo venderles la idea a sus maridos para que no pudieran rechazarla.

El punto clave del proyecto de Alexandra fue la escuela taller, que ubicaron en la barriada de Palomeras. Allí las alumnas fabricaban los sombreros dirigidos a una exclusiva clientela de la alta sociedad madrileña, mujeres de empresarios y políticos afines al régimen que podrían proporcionarles a Jacobo y a Juan Gregorio nuevos contactos o la fidelización de los que ya tenían, cada uno para sus correspondientes intereses. Eso permitía pagar a las muchachas por su trabajo a la vez que asistían a clases de otras materias como matemáticas o geografía sin que supusiera una carga para sus familias. Cada sombrero era único y lo supervisaba Manuela para que fuera acorde al uso y al estilo de la dama que había hecho el encargo. Exclusividad absoluta incluso en la atención prestada por Manuela, que obsequiaba a las clientas en el atelier con champán y zumos de frutas, lo que hacía que lo visitaran en grupos de amigas y terminaran casi todas realizando algún pedido. Alexandra solo aparecía por el establecimiento con ocasión de acompañar a alguna nueva clienta reacia.

Pero antes tuvieron que convencer a sus maridos.

A Jacobo le preocupaba el impacto que pudieran tener las actividades de su esposa en las relaciones institucionales de la empresa.

—No puedes contravenir los principios educativos de la Sección Femenina. Tienes que plantearlo como un taller academia de costura. El resto de las materias se impartirán con la justificación de que las niñas no pueden trabajar e ir a la escuela, y que por eso se complementa su formación como costureras con otras enseñanzas básicas. Por supuesto, mucho cuidado con incluir referencias educativas que puedan considerarse revolucionarias. Debes asegurar la supervisión del contenido si no queremos problemas.

Alexandra torció el gesto, pero sabía que su marido tenía razón.

—Me gustaría financiarlo íntegramente con la herencia de mi familia.

—Como desees, pero no veo la diferencia.

—Compláceme —insistió, porque ella sí la veía.

—Está bien. En cualquier caso, mis contables supervisarán la financiación después de preparar un plan inicial.

—Ya tengo un plan financiero.

—Seguro que has hecho un excelente trabajo, pero no podemos acometer una inversión sin una gestión cualificada.

—Claro —accedió Alexandra, mordiéndose la lengua.

—Ellos son profesionales de los números. Zapatero, a tus zapatos —zanjó Jacobo, al que no le pasó desapercibido el gesto de su mujer—. Por último, te prohíbo que vayas sola al poblado en el que tienes pensado establecer la escuela. Si quieres supervisar la construcción o conocer a las alumnas irás acompañada y protegida.

—Son personas pobres que llegan de otros lugares de España, familias con hijos y ancianos, no asesinos convictos.

—No insistas, porque en esta condición no voy a ceder.

La escena en casa de Manuela fue muy diferente. Ella se centró en el atelier para las damas de la alta sociedad y omitió dar detalles sobre la escuela taller. A fin de cuentas, eso era cosa de Alexandra.

—¿Seguro que no tenemos que poner dinero?

—Seguro, Goyo, la socia capitalista es Alexandra.

—Querrás decir Jacobo.

—Alexandra va a utilizar el dinero de su herencia.

—Es lo mismo.

—No lo es.

Juan Gregorio claudicó.

—Dejemos eso. ¿Cuál es tu papel en esto?

—Voy a ser la gerente, solo tendré que recibir a las clientas, charlar con ellas y aconsejarlas.

—¿Quién coserá?

—Alexandra va a financiar una escuela taller donde confeccionarán los sombreros.

—O sea, que tú no darás ni una puntada, ¿verdad? Porque por ahí sí que no paso.

—Solo coseré uno, el que le vamos a regalar a Carmen Franco. Dice Alexandra que es la mejor publicidad.

Juan Gregorio no daba crédito.

—¿Cómo se os ocurre algo así? A esa mujer y a su madre les regalan joyas y objetos valiosos, ¿qué va a pensar cuando reciba un vulgar sombrero?

—No será vulgar porque estará diseñado en exclusiva para ella. Es idea de Alexandra. ¿Qué es lo peor que puede pasar? ¿Que no lo use?

—¿Quién firmará el envío?

—Alexandra. En nombre del atelier.

—O sea, que Alexandra será la que figure como dueña.

—Seremos socias. Si quieres, yo también puedo firmar el envío.

—Mejor que no. No vaya a ser que a la hija del Caudillo le disguste y tengamos un problema.

—No veo por qué iba a disgustarle.

Juan Gregorio, viendo que aquella vía no tenía más recorrido, cambió sus argumentos.

—¿Y quién va a cuidar de Gorio?

—Yo, por supuesto. Solo dedicaré al atelier el tiempo que el niño esté en el colegio. Me encargaré de llevarlo y de recogerlo. Aunque sí me gustaría reconsiderar tu oferta de contratar a una persona de servicio, como corresponde a una familia de nuestra posición gracias a tu puesto en el ministerio.

—No he dicho todavía que sí a esta locura.

—Ay, cariño, pues ¡qué desilusión! —Manuela fingió disgustarse—. Con lo entusiasmado que está Jacobo, que ya ha puesto a sus contables de confianza a trabajar en el plan financiero.

—¿Jacobo ha encargado el proyecto a su personal?

—Tanto la gestión como la construcción de la escuela estará a cargo de sus empresas. ¿Cómo íbamos a hacerlo nosotras solas? De hecho, ayer mismo empezaron a trabajar en ello, pero si tú no lo ves claro...

—No me malinterpretes, que tampoco he dicho que no, solo que me gustaría revisar todo el papeleo a fondo, no te la vayan a liar, que tú a veces pecas de ingenua.

Así, ocho meses más tarde, después de que ese verano Carmen Franco luciera el sombrero diseñado y confeccionado a mano por Manuela en una recepción en el palacio de El Pardo, el Atelier Telva abrió sus puertas. El nombre fue un regalo de Alexandra para Manuela, y aunque Juan Gregorio torció el gesto, tuvo que transigir porque la propia Alexandra se lo contó a él antes de darle la sorpresa a Manuela, precisamente para evitar ningún tipo de conflicto entre ellos por ese tema.

—No niego que es un bonito detalle por tu parte, pero ¿es prudente? ¿Qué vamos a decir a cualquiera que pregunte el porqué de ese nombre? No es admisible explicar que Manuela tuvo una hija con un republicano huido y que la enviaron a Rusia, y que por eso el atelier lleva su nombre.

—Claro que no, querido Goyo. Será un homenaje a Telva, la madre de Manuela, porque heredó de ella el buen gusto por los sombreros.

—¡Madre de Dios! ¿Cómo va a ser eso? Si es una mujer analfabeta de una aldea de montaña.

—De alguien lo habrá heredado, ¿por qué no iba a ser de su madre? El talento es como las plantas, solo se desarrolla en las circunstancias propicias. No es ninguna mentira y sí una explicación de lo más conveniente.

—Conveniente es, en eso te doy la razón, pero...

—Déjate de peros, Goyo. A ella la hará feliz y eso es lo que queremos tú y yo, ¿verdad?

Juan Gregorio accedió porque se había quedado sin argumentos y porque, aunque no quería reconocerlo, que Manuela tuviera un negocio con la esposa de Jacobo Espinosa de Guzmán, futura marquesa de Armayor, superaba con creces sus expectativas de posicionamiento social. La vuelta de Alexandra no solo no ponía en peligro su imagen en sociedad sino que le daba el espaldarazo definitivo, y si para eso el atelier tenía que llamarse Telva, él podría vivir con ello.

Según se acercaba el séptimo cumpleaños de Gorio, Manuela se encontraba más nerviosa. Todavía faltaba un mes cuando, al tercer plato que rompió mientras fregaba después de la cena, Juan Gregorio decidió sacar el tema.

—¿Qué te pasa, Manuela? Llevas unos días muy despistada. A este paso vas a terminar con la vajilla de diario. Menos mal que últimamente no hemos tenido ocasión de sacar la de las celebraciones, que era de mi madre, en paz descanse.

—¿Me vas a recriminar ahora que se me resbale un plato? —contestó Manuela elevando la voz.

Juan Gregorio no esperaba que su mujer, de por sí conciliadora, respondiese en ese tono.

—Estás que saltas. ¿Qué sucede?

—Nada, déjame tranquila, haz el favor.

Juan Gregorio no insistió mientras calculaba si a Manuela le tocaba estar con sus días femeninos, pero concluyó que no podía ser, tan solo hacía una semana de la última vez. Lo recordaba porque tuvo que aguantarse las ganas de intimidad con ella durante cuatro días. Quizá era porque estaba próxima a cumplir los cuarenta. Recordaba haber escuchado a su madre decir que, a esa edad, las mujeres se convertían en invisibles para los hombres, aunque en ese sentido Manuela no tenía nada que temer, seguía estando de muy buen ver y a él le gustaba como el primer día.

Alexandra también se dio cuenta del malhumor y las distracciones de Manuela cuando al día siguiente, en el atelier, envió al chico de los recados con los paquetes intercambiados a dos importantes damas y Alexandra tuvo que disculparse personalmente con ellas.

—Pronto será tu cumpleaños y el de Gorio —tanteó.

—No me lo recuerdes.

—¿Por los cuarenta?

—Eso también.

—¿También? ¿Qué más te sucede?

—Es que no dejo de acordarme del día que me separé de Telvina. A la que me descuido la veo subirse a aquel barco, ocultando las lágrimas bajo su gorro azul y alejándose de mí para siempre. Voy a cumplir cuarenta y sigo sin saber qué ha sido de ella. ¡Es una tortura!

Manuela estaba a punto de llorar y apartó la mirada de Alexandra.

—Telvina volverá algún día, pero ahora tienes a Gorio y tienes que parecer fuerte y alegre. Debes hacerle una celebración por su cumpleaños.

—No me siento con ganas de celebrar nada, pero Goyo está como loco. Dice que los siete años es la edad del uso de razón y se ha empeñado en comprarle una locomotora eléctrica. A mí me parece un dispendio, pero ya la dejó encargada hace un mes en una juguetería de la calle Alcalá, no fuera a ser que con la Semana Santa la vendieran. ¡Ya me dirás tú qué tendrá que ver! Una Santa Fe como las de verdad, que hasta echa humo y todo. Cuando Telvina cumplió los cinco, le hice una muñeca de trapo con retales y un bizcocho de nueces. Elías y yo no teníamos para más. Con lo que tú me enviaste aquel año para ella, compré un paño precioso y le hice un abrigo, ¡pobre mía! Fue el último cumpleaños que pasamos juntas. Cuando pienso en todo lo que tiene Gorio y lo poco que tuvo ella se me pone un nudo aquí... —dijo señalándose la boca del estómago.

—Estoy segura de que llegará el día en que podrás compensarla por todo este tiempo separadas, pero no pierdas la oportunidad de disfrutar de los cumpleaños de Gorio porque, si lo haces, en algún momento te darás cuenta de que también te los perdiste, pero esta vez por voluntad propia, y te arrepentirás.

—¡Ay, Alexandra! Si yo sé que tienes razón y que no puedo seguir así, que ayer por la noche rompí tres platos, pero es que no sé cómo sentirme mejor. Solo tengo ganas de llorar.

—Por eso mismo tienes que celebrar el cumpleaños de Gorio, con la locomotora y una enorme tarta. ¿Lo has llevado ya a la Casa de Fieras del Retiro?

Manuela negó con la cabeza.

—Hace años que no voy —le contó Alexandra—, pero me han dicho que ahora es impresionante. Durante la guerra de Europa evacuaron a España muchos animales de los zoológicos de Múnich y Berlín y aquí se han quedado. Al niño le encantará. Yo iré con vosotros. Y para tu cumpleaños...

—Ah, no, el mío sí que no, que los cuarenta no son motivo de celebración.

—Pues celebremos que el Atelier Telva cumple un año. Haremos una fiesta con las clientas más selectas. Cuanto más exclusiva, mejor. Tú te distraerás un poco y nos vendrá bien. Es el momento de dar a conocer dónde y quién confecciona los sombreros.

Aunque Alexandra y Manuela habían planificado la fiesta del primer aniversario del Atelier Telva como una reunión de señoras porque, a fin de cuentas, su clientela era femenina, finalmente invitaron también a sus maridos a sugerencia de Jacobo.

—Si quieres que lo que haces tenga repercusión, te aconsejo que los incluyas a ellos. Algunos tienen intereses económicos en la expansión de los poblados satélites de los alrededores de Madrid, entre ellos el de la escuela taller.

—¿Qué tipo de intereses?

—Según hacia dónde crezcan esos barrios ilegales, hacia allá avanzará la recalificación de los terrenos rústicos en suelo urbano. Te daré la lista de personas que van a estar agradecidas a tu escuela para que figuren en la lista de invitados.

—¿Sabías esto cuando decidimos la ubicación?

—Por supuesto, querida.

—¿Y no consideraste oportuno decírmelo?

—No afectaba a tu propósito. Tú tienes tus objetivos y yo los míos, que vayamos en el mismo barco no significa que tengamos que compartir nuestras ocupaciones.

Alexandra calló porque Jacobo tenía razón, aunque no pudo evitar sentirse molesta.

—También deberías invitar a algunas representantes destacadas de la Sección Femenina de la Falange —añadió—, para que parezca que no es una iniciativa contraria a sus objetivos sino complementaria. Si lo das a conocer, debes tener cuidado de que no se malinterprete.

—¡Qué harta estoy de andar con pies de plomo! —exclamó, aunque rectificó al momento—. Pero si es lo que hay que hacer para que esas niñas tengan un futuro mejor, estoy dispuesta a invitar a la mismísima Pilar Primo de Rivera.

—Hazlo, será un buen golpe de efecto. Sabía que lo comprenderías.

Alexandra era consciente de que, le agradase o no, podía utilizar las circunstancias sociales que le había tocado vivir a favor de sus ideas o en su contra, y lo primero era lo más efectivo.

Así lo demostró el éxito de la fiesta, que incluso tuvo eco en las notas de sociedad de la prensa madrileña, aunque la alegría no se distribuyó por igual entre los asistentes debido a un pequeño incidente con Manuela cuando doña Adelaida, una de las invitadas, vieja conocida de la familia Solís de Armayor, la reconoció de haberla visto en Madrid cuando era la doncella de Alexandra.

—Me han dicho que es usted una amiga de Alexandra de Gijón —le dijo después de procurar el momento oportuno para hablar con ella a solas.

—Eso es.

—Pues a mí me suena muchísimo su cara.

Manuela se acordaba de doña Adelaida lo mismo que doña Adelaida de ella, y se puso muy nerviosa.

—Llevamos unos años en Madrid —dijo, tal y como había preparado con Juan Gregorio—. Desde que trasladaron a mi marido desde Oviedo. Es asesor del ministro de Defensa.

Manuela se retorció las manos, apurada porque no quería avergonzar a Juan Gregorio y a la vez sintiéndose una impostora por avergonzarse de su propio pasado. Deseó que aquella mujer lo dejara estar, pero doña Adelaida insistió.

—Me recuerda mucho a una persona que vi en casa de los Solís de Armayor. ¿No estuvo usted en Madrid antes de la guerra?

—Estar sí estuve, un tiempo corto, pero... —tartamudeó Manuela.

—¿Cuándo exactamente?

Manuela no fue capaz de mentir abiertamente.

—Recuerdo bien el invierno del treinta —dijo doña Adelaida—. Visitamos muchas veces a los Solís de Armayor porque mi padre tenía intereses comunes con ellos en Inglaterra. Negocios de carbón. ¿Y dice usted que se alojaba con ellos entonces?

Juan Gregorio, que en ese momento hablaba con otros hombres en la esquina contraria del local, notó que algo iba mal al ver el gesto abrumado de Manuela, así que se excusó y fue hacia ella.

—No tengo el gusto —se presentó ante doña Adelaida—. Juan Gregorio Covián, para servirla.

—Le decía a su esposa que estoy segura de haberla visto en Madrid hace años. En casa de Alexandra, pero no acabamos de recordar en condición de qué —dijo con malicia.

—Visitaste a Alexandra una vez en Madrid, ¿verdad, querida? Hace mucho de aquello. Éramos todos amigos, ¡cuántas tardes de conversación en el jardín de los Solís de Armayor durante los veranos en Gijón! Éramos casi unos críos.

—¿Ah, sí? ¿Eran amigos?

—Gijón es una ciudad pequeña, las familias de bien se conocen, hacen negocios juntas y es inevitable que los hijos se relacionen también entre ellos. Son círculos más cerrados que en Madrid —generalizó Juan Gregorio sin mentir, pero insinuando lo que no era.

—Tengo entendido que era usted viudo.

—Lamentablemente, Valentina, mi primera esposa, falleció en el parto de nuestra primogénita. Manuela y ella tenían una relación muy cercana, por eso estoy seguro de que bendice nuestra unión desde el cielo —y dirigiéndose a su mujer añadió—: Querida, Alexandra te buscaba para presentarte a alguien.

A partir de ese momento, Juan Gregorio no le quitó ojo a su esposa, que estuvo toda la noche evitando a doña Adelaida e intentando pasar desapercibida. Hasta el punto de que cuando varias mujeres, sin maldad alguna, le preguntaron por el curioso nombre del atelier, se azoró tanto que murmuró una excusa ininteligible y las dejó con la palabra en la boca.

—Casi lo estropeas todo —le recriminó Juan Gregorio cuando llegaron a casa—. ¿Sabes que esa señora tiene un hijo en el mismo colegio que nuestro Gorio? Solo falta que por tu torpeza lo vayan a hacer de menos. ¿Te imaginas lo que se reirían de él si se enteran de que su madre era una simple criada? ¡Qué bochorno! ¿En qué pensabas? Si no llego a darme cuenta de lo que ocurría se lo hubieras confesado todo a esa mujer.

—Lo siento —acertó a responder Manuela.

—No puedes quedarte como un pasmarote cada vez que surja una conversación difícil. Y habla con Alexandra, por favor, porque esa mujer no se ha quedado tranquila y seguro que a ella se le ocurre cómo neutralizarla.

Manuela solo quería llorar y Juan Gregorio, viendo lo apesadumbrada que estaba, lo dejó estar.

Esa noche Manuela no fue capaz de dormir, la pasó en vela acobardada, sintiéndose culpable por ser quien era, por haber nacido pobre, por haber sido la sirvienta de otros y por haber dependido de la caridad ajena para salvar la vida. Se levantó antes del amanecer, sin hacer ruido para no despertar a Juan Gregorio, y fue a la cocina a preparar el café. A él le gustaba sentir el olor que inundaba la casa nada más levantarse. Ella solía esperarlo para desayunar, pero aquel día estaba destemplada y se preparó una manzanilla. Cuando abrió la alacena vio el concentrado de hojas de sen que usaba cuando se sentía mal del vientre. Empezó a tener problemas tras la marcha de Telva y, aunque después del nacimiento de Gorio había mejorado, algunos días la angustia se le agarraba a la tripa.

La culpa y la vergüenza que la habían atacado durante la noche se convirtieron en rabia hacia la tal Adelaida por cotilla, por buscar el chisme a costa de la reputación de los demás, pero sobre todo contra Goyo por hacerla de menos, por avergonzarse de ella, como si hubiera escogido nacer pobre en lugar de ser como Alexandra. Supo que, por muchos años que pasaran, nunca se libraría de un pasado que debía ocultar para que su marido no se sintiera humillado por haberla elegido a ella. Casi sin pensarlo, cogió la tintura de sen, puso el puchero con agua al fuego para preparar el café y, cuando ya lo había pasado dos veces por la manga, echó diez gotas de aquel infalible remedio contra el estreñimiento mientras el pequeño Gorio, que se había levantado al baño, la observaba desde la puerta antes de volver a acostarse y quedarse dormido como un tronco.

Esa mañana, ella solo tomó manzanillas alegando un leve malestar, y Juan Gregorio pasó el día en el retrete sin dejar de maldecir los canapés de caviar del día anterior, porque, aunque no le gustaron especialmente, tomó varios para acostumbrar el paladar a un sabor tan sofisticado como nuevo para él. Al llegar la noche, Manuela se sintió culpable de verdad por la mala cara de su marido, aunque permitió que fueran las huevas de esturión las que cargaran con la responsabilidad de su desarreglo intestinal.

Manuela y Gorio cenaron solos en la cocina. Juan Gregorio prefirió no ingerir nada más que agua con limón. Ni siquiera aceptó el arroz blanco que Manuela le preparó y se quedó en el salón releyendo el *ABC*.

—Anoche soñé contigo, mamá —le dijo Gorio cuando se sentaron a la mesa—. Estabas en la cocina en camisón y echabas gotas de un líquido oscuro al café, pero no me acuerdo de más.

Manuela palideció. La puerta de la cocina estaba enfrente de la del salón, separadas por el pasillo, y ambas se encontraban abiertas. Calló y esperó alguna señal de que su marido lo hubiera oído, pero no llegó.

—Anda, cena, que los sueños no significan nada —le dijo a su hijo.

En ese instante, Juan Gregorio temblaba de ira al recordar cómo su mujer le miraba tomar aquel café envenenado mientras ella bebía, tan tranquila, una infusión de manzanilla.

Aquella fue la pelea más larga del matrimonio. Casi un mes estuvieron sin dirigirse la palabra y sin rozarse en la cama.

Hasta que Gorio, de rumiar la angustia que sentía ante el demoledor silencio que había entre sus padres, terminó poniéndose enfermo. Como solía ocurrirle, el mal se le agarró a la tripa. Tras varios días de náuseas, retorcijones y malestares, una noche vomitó sangre. Cuando Manuela la vio, llamó a su marido a gritos y él a su vez al médico, que tardó más de una hora en llegar. Una hora que pasaron los tres unidos, Manuela acunando al niño y Juan Gregorio abrazándola a ella y pidiéndole en silencio a su tío el canónigo que intercediera ante Dios para que lo del pequeño no fuera grave.

Gorio tenía una gripe estomacal, según les dijo el doctor: «Que guarde cama y que beba mucha agua y jugo de carne bien concentrado. En un par de días, estará como nuevo».

—¿Y la sangre que vi en el vómito?

—No tiene la menor importancia: un poco de irritación en la garganta.

Manuela y Juan Gregorio dieron el diagnóstico por bueno, aunque ambos sospecharon que el niño vomitaba porque su estómago no era capaz de tragar durante más tiempo la tensión entre ellos. Así, sin hablar del tema que los había llevado a semejante situación, todo volvió a la normalidad en la casa y, para alivio de ambos, también en la cama.

Por su parte, doña Adelaida, aunque en la fiesta del atelier se retiró tras la intervención de Juan Gregorio, no por eso quedó convencida con sus explicaciones. Estaba segura de haber reconocido a Manuela como la doncella que Alexandra trajo de Gijón y con la que se había dedicado a jugar a las muñecas, vistiéndola como una dama y llevándola a exposiciones y espectáculos con una actitud totalmente impropia de su clase, y así se lo contó a todo el que quiso escucharla. Unos le dieron crédito, otros no, y alguna se atrevió a preguntarle directamente a Alexandra, que se limitó a decir la verdad en un tono tan cortante que no daba opción a réplica.

—Manuela y yo somos amigas desde que teníamos diecisiete años.

—¿Cómo os conocisteis? —insistió alguna.

—A través de nuestros padres.

—Es que he escuchado decir por ahí...

—Ay, querida, ¿vamos a dar pábulo a todo lo que se dice por ahí? ¡Con la imaginación que tiene la gente no haríamos otra cosa!

Como la esposa de Jacobo Espinosa de Guzmán no quería dar más explicaciones, y siendo Manuela la mujer de uno de los asesores del ministro de Defensa, todas, antes o después, prefirieron dejarlo estar. Aunque se divirtieron comentando a sus espaldas, nadie se atrevió a hacerle un feo a Manuela por si acaso aquello no eran más que habladurías maledicentes y porque en aquel asunto había mucho que perder y nada que ganar.

17

A Telva y a Manolo los separó el final de la Guerra Patria, nombre por el que ellos conocían la Segunda Guerra Mundial. Finalizada la contienda, trasladaron a los niños a Moscú y el grupo se dividió según edades y capacidades. Telva, con trece años, despuntaba en los estudios. Le quedaban dos cursos para completar los siete de educación obligatoria, le apasionaban las matemáticas, la física y la biología y, aunque tenía la ilusión de ser médico, los planes que los criterios estatales establecieron para ella fueron diferentes y la destinaron a la Escuela de Ingeniería Civil. La Unión Soviética necesitaba más ingenieros que médicos, y los que destacaban en matemáticas eran automáticamente asignados a esa profesión. Telva se llevó una decepción, pero no lo demostró. Aceptó el destino que le adjudicaron porque nada habría logrado protestando. Manolo, menos avispado y constante que su amiga, fue enviado a una escuela profesional a estudiar mecánica. La situación para ellos había empeorado mucho, igual que para el pueblo ruso, y el ambiente de alegría y prosperidad con el que se encontraron al llegar se había convertido en uno de penurias y escaseces. La esperanza de volver se desvaneció cuando el gobierno ruso condenó el franquismo y rompió relaciones con España. Su vida estaba en Rusia. Se habían quedado solos.

La noche antes de separarse, Manolo le juró a Telva amor eterno. Ella no lo tuvo claro, pero tampoco quiso disgustarlo porque Manolo era todo lo que tenía.

—Cuando acabemos los estudios, nos casaremos y viviremos en Jersón —propuso él.

—Yo no quiero casarme.

—Es que somos muy jóvenes todavía, sobre todo tú.

—De mayor tampoco quiero.

—Pues conviviremos, aunque antes de regresar a España tenemos que casarnos, que allí lo de arrejuntarse está mal visto.

—¿Todavía crees que vamos a volver a casa?

—Claro que sí. Nuestros hijos crecerán en nuestra patria.

—¿Cómo puedes ser tan ingenuo, Manolito de mi alma? —dijo Telva cogiéndolo de la mano.

Manolo la acercó a él y le dio un beso tan inexperto y nervioso como solo pueden ser los primeros besos. Telva correspondió por no hacerle el feo.

—Te quiero. Vas a ser mi esposa y la madre de mis hijos.

Ella no se lo negó, pero tampoco le dijo que sí.

—Conocerás a otras chicas en la escuela técnica.

—Para mí no habrá otra en el mundo más que tú.

Telva sonrió.

—Quedaremos los domingos —aseguró él—, y cuando terminemos de estudiar, tendremos una profesión y empezaremos nuestra vida juntos. Seguro que para entonces podemos regresar a España.

Esa noche, Telva decidió que no se casaría ni con Manolo ni con nadie, porque querer era sufrir, y ella había sufrido demasiado por su madre como para entregar su corazón a otra persona. En pleno paso de la infancia a la adolescencia, tenía las ideas muy claras, había madurado como la mujer práctica y terrenal que estaba destinada a ser, muy distinta de Manolo, siempre optimista y soñador. Telva lo adoraba como a un hermano, pero prefería ser libre y, aunque era consciente de los muchos límites que la libertad tenía en Rusia, eso no le preocupaba. Si el comunismo le permitía estudiar, aunque no fuese lo que ella habría elegido, y no depender de nadie, le parecía más que aceptable. En cambio Manolo soñaba con España, con presentarle a sus padres, con un hogar lleno de hijos que

Telva cuidaría con amor, y con un «hasta que la muerte nos separe» sin huidas ni guerras.

El tiempo transcurrió sin sorpresas, estudiando primero y trabajando después de lunes a sábado. En Rusia, la vida siguió y los niños españoles se hicieron adultos casi sin darse cuenta. Con los años, se acostumbraron a vivir como rusos, aunque todos, unos más y otros menos, mantenían viva la esperanza de volver algún día a casa y reencontrarse con sus familias. La ilusión se avivaba cada cierto tiempo, cuando surgía el rumor recurrente de que les permitirían volver a España. Pero, invariablemente, a las pocas semanas llegaba la decepción.

Casi cada domingo de verano y primavera, Telva y Manolo cogían el tren eléctrico, la *elektrichka*, en sus respectivos barrios de residencia y se bajaban en el centro, donde paseaban por Maksim Gorki, la avenida principal de Moscú. Muchos días, durante el invierno, la nieve arreciaba y las calles se mantenían impracticables a demasiados grados bajo cero. Si no tenían dinero para un restaurante, como solía ocurrir la mayoría de las veces, pasaban la tarde en la propia *elektrichka*, junto a tantos otros rusos que se reunían en los vagones a conversar, a tocar el acordeón o a compartir sus meriendas.

A Telva le desagradaba el hedor del tren, una mezcla de comida, bebida y olor humano de los mendigos que dormían allí. A Manolo, en cambio, le divertía ver a las «liebres», las personas sin billete, correr por el tren para bajarse en la siguiente estación y volver a subirse enseguida a un vagón por el que ya hubiera hecho su ronda el revisor.

Lo que les gustaba a ambos eran los *korzinochki*, unos pasteles rellenos con crema de diferentes sabores. Los favoritos de Telva eran los de mantequilla; los de Manolo, los de nueces. Y si no los que hubiera, porque la escasez de productos alimenticios no solo la vivían los particulares, a veces también llegaba a restaurantes y confiterías. En aquellas tartaletas pensaba Telva un domingo de 1956 cuando vio a Manolo llegar apresurado.

—¡Podemos volver! Esta vez es de verdad —le anunció de forma atropellada.

—¿Volver a dónde? —preguntó, sabedora de que semejante entusiasmo solo podía significar una cosa.

—A España, me lo han dicho en el Partido. Por fin han llegado a un acuerdo. Dolores Ibárruri y el gobierno lo aprueban, y Franco abre las puertas.

—Será un rumor infundado, como tantas veces. Al final, la respuesta siempre es la misma: la República nos entregó al gobierno ruso y el gobierno ruso solo nos devolverá a la República.

—¡Que no! —repuso Manolo, impaciente—. Eso era cosa de Lenin. El nuevo gobierno de Jrushchov y el Partido nos dan vía libre para regresar.

—Suponiendo que fuera cierto, y eso es mucho suponer, yo no sé si quiero volver.

—Eso lo dices porque pensar que tu madre no te quiere te hace más fácil sobrellevar el exilio, pero ahora tenemos una oportunidad real, ¿cómo no vas a querer regresar con tu familia?

—¿Qué familia? Si no me acuerdo ni de la cara de mi madre. Se me ha borrado.

—A mí un poco también —confesó Manolo—. Pero es mi madre.

—Si nosotros no nos acordamos, imagínate ellas. La última vez que nos vieron fue hace casi veinte años, éramos unos niños. Mi única familia eres tú, mi vida está aquí, me gusta lo que hago.

—Pues lo sigues haciendo allí. —Manolo la miró a los ojos—. ¿Qué quieres? ¿Continuar viviendo en una habitación, compartiendo cocina y baño con dos familias y pasando frío en invierno? ¿No quieres una casa propia en Gijón para criar a nuestros futuros hijos? —Y, acercándose a su oído, añadió—: Ya sabes que aquí los únicos que viven bien son los del Partido.

Telva le lanzó una mirada de advertencia. Esas palabras podían ser muy peligrosas si alguien las escuchaba.

—Por favor, Telva, no quiero hacer el viaje de vuelta sin ti.

Manolo le cogió la mano y ella se la soltó.

—Necesitas tiempo para asimilar la noticia —continuó

él—, es natural, llevamos ya muchas decepciones y nos cuesta ilusionarnos de nuevo. El próximo domingo lo hablamos. Llegamos juntos a este país y volveremos juntos a casa, pero ahora vamos a por los *korzinochki.*

Aquella tarde Manolo no dejó de hablar de España y de sus planes mientras su amiga guardaba silencio, inmersa en sus propios pensamientos.

Telva lo idolatraba, era la persona a la que más quería en el mundo, quizá la única, y le encantaba su entusiasmo, su ilusión y su alegría, pero la situación entre ellos no podía alargarse eternamente. Con veintisiete años, a Manolo el tiempo empezaba a apremiarlo, quería casarse y formar una familia, pero ella no sentía deseos de ser madre. Recordaba a Manuela como una fuente de amor, ternura y protección, pero a veces creía que se engañaba porque fue la misma mujer, aquella madre abnegada a la que tanto amaba, la que la metió en un barco y la separó de ella para siempre.

Aunque Manolo tonteaba con Varushka, una rusa rubia, guapa y visiblemente enamorada, él seguía esperando un sí de Telva. Manolo quería una mujer española. Y sobre todo quería volver a España. Sin embargo, ella prefería seguir siendo rusa: de España ya la habían echado una vez sus propios padres y no se sentía capaz de revivir aquel dolor.

Manolo embarcó en el buque Crimea con destino a España tras conseguir de Telva la promesa de considerar volver también si las noticias eran favorables.

—Prométemelo. Por tus muertos. En cuanto encuentre a tu madre y compruebe cómo está España, busco trabajo y te vienes conmigo.

—Incluso en el caso de que yo volviera a España, eso no quiere decir que tú y yo...

—Que sí, me lo has repetido mil veces. Pero tú te vienes y ya veremos si encuentras a otro más guapo, más listo y más simpático que yo.

Telva se echó a reír. No podía evitarlo, Manolo siempre conseguía sacarle una sonrisa.

—Y si hay trabajo para mí, porque si no puedo ejercer me muero.

—Ya lo sé, ¿acaso alguien te conoce mejor que yo? Pero tú júramelo para que me vaya tranquilo.

Telva asintió y Manolo le dio un beso en los labios.

—Quiero cerrar los ojos y sentir el olor de tu piel todo el viaje.

—Lo único que vas a oler en el barco va a ser el salitre, ¿o es que no te acuerdas?

—Eres única estropeando momentos, niña.

—Y tú un caradura, ¿no deberías llevarte el olor de Varushka?

—Sabes que lo que tengo con Varushka es solo para darte celos, a ver si reaccionas de una vez y aprecias lo que tienes delante. —Manolo se puso muy tieso, se señaló a sí mismo con la mano y, con una sonrisa pícara, añadió—: Solomillo del bueno. Del que no catamos aquí. Bueno, ni en España. ¿Tú has probado el solomillo alguna vez?

Telva negó y volvió a reír, y aquella noche Manolo consiguió lo que más deseaba en el mundo: a ella.

En el viaje de vuelta la echó mucho de menos. Recordaba cada momento de la travesía hacia Rusia veinte años atrás, desde que la vio con su sombrero azul hasta las veces que le sujetó la cabeza para vomitar cuando se mareaba o cómo le apretaba la mano cuando bajaron juntos al llegar a puerto. Estaba seguro de que no habría sobrevivido todo ese tiempo de no ser por ella. En cualquier caso, no cuerdo. Si hasta el idioma se le atascaba a pesar de los años que llevaban allí. No como a Telva, que lo hablaba con tal perfección que ni los propios rusos le notaban acento extranjero. A ojos de Manolo, Telva lo hacía todo bien.

El 22 de enero de 1957, Manolo desembarcó en España con el corazón dando golpes en su pecho y los ojos abiertos buscando una cara en la que reconocer a su madre, a una hermana o a un familiar que le hiciera sentir que había llegado a casa.

En el puerto de Castellón, rodeado de gritos de sus compatriotas, de abrazos, reencuentros, lágrimas y vahídos, Manolo buscó y buscó hasta que se dio cuenta de que nadie había ido a recibirlo. La carta en la que se lo comunicaban no llegó a tiempo. Su madre había cogido una fuerte gripe y no podía viajar. Su hermana se quedaba cuidando de ella. El resto de la familia no podía desatender sus obligaciones.

En el centro de interrogatorios de Benicàssim lo retuvieron más que a la mayoría de los que regresaron con él.

—¿Milita usted en el Partido Comunista?

—No, señor.

—¿Por qué ha vuelto?

—Porque soy español y echo de menos mi casa.

—¿Cuáles son sus planes aquí?

—Ir a Gijón y abrazar a mi madre.

—¿Y después?

—Buscar trabajo.

—¿Soltero?

—Sí, señor.

—¿Su trabajo en Rusia?

—Mecánico civil en una fábrica de coches.

A Manolo le pusieron delante unas hojas de papel. Querían información sobre la fábrica en la que trabajaba. Le pidieron que dibujara cómo era la planta, la maquinaria y los coches que producían.

Manolo dibujó lo que le pedían. Cuando estuvieron satisfechos con sus respuestas, lo dejaron ir, pero antes lo citaron para presentarse en la comisaría de Gijón al mes siguiente.

—Si cambia de destino, debe usted notificarlo con antelación.

En su ficha personal pusieron un sello: SOSPECHOSO. Porque un hombre soltero de veintisiete años podía ser un espía de la KGB. Porque no se mostró descontento con la vida que llevaba en la URSS, aunque sí les habló de su deseo mantenido día tras día desde el exilio, veinte años atrás, de volver a su tierra.

Porque podía estar en posesión de información valiosa sobre la industria rusa. Porque cualquiera de esas fábricas podía producir componentes militares. Porque las españolas casadas con rusos no podían regresar al ser sus maridos un peligro potencial para España, pero en plena Guerra Fría, los hombres españoles criados y educados en la Unión Soviética eran tan peligrosos como los rusos. Porque igual que España autorizó la vuelta de los niños de la guerra para que la CIA pudiera investigarlos, los rusos enviaron entre ellos a personal de la KGB para investigar lo que sucedía al otro lado del telón de acero.

Manolo tardó cinco meses y tres días en encontrar trabajo en España. Al principio lo achacó a que no sabía cómo buscarlo porque nunca había tenido que hacerlo: en Rusia asignaban un puesto a cada ciudadano según su formación, su pericia y las necesidades del momento. Pronto comprendió que la razón de las negativas que recibía era que nadie quería buscarse problemas contratando a un ruso. Y es que para todos era «el ruso», por mucho que se cansase de explicar que él era tan de Gijón como el que más.

La relación con su hermana y con su madre se desarrolló de forma muy distinta a como la había imaginado. Los primeros días a las dos les hacía mucha gracia que nunca hubiera probado el Cola Cao o la Coca-Cola, que comiera unos simples garbanzos como si fueran un manjar o que tuviera calor en el invierno gijonés, que si bien no era frío, era tan húmedo que llegaba a parecerlo. Pero la novedad se acabó y el desempleo de Manolo tensó las rutinas diarias. Los demás familiares que acudieron a recibir al pariente ruso, más por curiosidad que por cariño, fueron desapareciendo de sus vidas cuando ya nada quedaba por descubrir más que los desacuerdos. Los amigos de la niñez no mostraron interés en retomar la amistad con un hombre con el que poco tenían en común salvo una infancia ya enterrada, después de una guerra y una posguerra que los había obligado a crecer antes de tiempo. Ninguno quería tratar con alguien que hablaba de las bondades de un país que en España se consideraba el enemigo comunista. Unos lo creían, otros no, pero todos sentían que los ponía en peligro.

Su madre y su hermana no pudieron ayudarlo a encontrar empleo. Ellas vendían sardinas y chicharros en una esquina próxima al puerto y esa era una ocupación de mujeres, no había lugar para él. Tenían su medio de vida y sus propios proyectos: ahorraban para un puesto en la Pescadería Municipal, regentado por una señora que se jubilaría en poco más de un año. Con los pescadores tampoco podían colocarlo porque no sabía de mar, ni siquiera recordaba bien los pescados del Cantábrico, y por mucho que él dijera que eran distintos a los rusos, ellas no lo creían ni hacían ningún esfuerzo por entender. Tenerlo en casa, parado y consumiendo, no era más que un estorbo. Manolo se valía por sí mismo, sabía hacerse su propia colada y cocinar. Por un lado, eso suponía un alivio, pero también el rechazo a lo diferente porque, aunque no querían verbalizarlo, en el fondo pensaban que no se comportaba como un verdadero hombre. Para mayor desagrado de las mujeres, el día que quiso prepararles una comida especial cocinó una sopa blanca a la que llamó su «*lohikeitto* a la española», con chicharros de los que vendían ellas en vez del salmón de la receta original, y con coñac en vez de vodka, porque fue el único alcohol que encontró en la casa. Aquella sopa con nata y mantequilla les provocó tal arcada que le prohibieron volver a acercarse a la cocina.

—Nosotras ahorrando y tú aquí estropeando la comida —lo reprendió su hermana—. ¡Qué malo es para un hombre estar ocioso!

—Si ya lo dice el refrán —añadió su madre—, que «cuando el diablo está aburrido, con el rabo mata moscas». ¡Mira que echarle nata a la sopa!

Por primera vez, Manolo dudó si no sería ya más ruso que español.

La solución llegó justo a tiempo de evitar que la desesperación pudiera con él. Encontró trabajo gracias a que Venancio, un mecánico tan hábil con los motores como débil ante el alcohol, llegó a su puesto tarde y con resaca por tercera vez en la misma semana, precisamente el día que debían entregarle el coche revisado y a punto al alcalde. El dueño del taller tuvo que reasignar los turnos para cumplir el encargo y retrasar otros de clientes de menor rango.

No era la primera vez que Manolo pasaba a preguntar por el taller a ver si había algo para él, aunque fuera en un pico de trabajo, pero sí fue la primera vez que la respuesta fue afirmativa.

—Entra, ruso, ¿ves ese coche de ahí? —dijo el dueño señalando un Citroën C4 de los años treinta, una tartana—. Si en una hora me dices lo que le sucede, estás contratado.

—No soy ruso.

—Cincuenta y nueve minutos.

Manolo tardó veintinueve minutos en averiguarlo y media hora en arreglarlo.

Así consiguió el trabajo, convencido de que entonces su madre y su hermana se mostrarían menos frías con él, frialdad que él no achacaba a los años distanciados sino a que había caído sobre ellas como una carga, y si antes vendían sardinas para mantenerse dos, ahora tenían que hacerlo para tres.

Manolo les entregó su primer sueldo íntegro y con ello limó asperezas. Por un tiempo, los tres volvieron a reírse con las menudencias cotidianas, pero la alegría en la casa duró lo mismo que su empleo. En el mes de octubre, mientras Rusia ponía en órbita el Sputnik, lo despidieron.

—Mira, rapaz —le dijo su jefe—, yo creo que eres buena persona y un buen mecánico, de los mejores que he tenido, y que lo que os pasó no fue justo, pero yo no quiero problemas.

—¿Problemas por qué? ¿Algún cliente se ha quejado?

—No es eso. Es que desde que te contraté ha pasado la Político Social por mi puerta más veces que en todos los años que lleva el taller abierto. Aquí arreglamos coches de gente muy bien posicionada, muy del régimen, ya sabes, y se sienten incómodos con el hecho de que un ruso les hurgue en el coche.

—¿Qué ruso ni qué leches? ¡Si nací en Cimadevilla! Soy tan de aquí como el que más.

—Lo siento, pero tengo cinco bocas que alimentar, un negocio que mantener y una buena vida que no voy a poner en riesgo por ti.

Manolo no fue directo a casa porque no sabía cómo contar que de nuevo iba a ser una carga. Paseó por el puerto, caminó entre las pescaderas que, como su madre y su hermana, vendían sardinas, chicharros y bocartes a voz en grito, se impregnó del olor de los pescadores de su barrio, que tanto había echado de menos y que aquel día le pareció repugnante. Ni siquiera regresó a casa cuando empezó a *orbayar* o cuando el hambre le hizo rugir el estómago.

Caminó hasta la dirección que figuraba como la casa de Telva y, como en las anteriores visitas, no localizó a Manuela. La familia que vivía allí ni la conocía ni sabía de su paradero. A quien sí encontró esta vez fue a una anciana que entraba en ese momento en una de las viviendas de la planta baja, vestida de negro y con el pelo corto y blanco, que lo recibió de malos modos.

—¿Quién es usted? No es la primera vez que lo veo husmeando por aquí. Si está pensando en robar, váyase por donde ha venido porque aquí no hay nada, ¿se entera?

—No soy un ladrón —explicó—. Busco a una persona que vivía aquí cuando la guerra.

Manolo le contó brevemente su historia y le preguntó por Manuela. Casimira tardó un rato en confiar, pero cuando se sintió segura lo invitó a pasar.

—¡Claro que me acuerdo de Telvina! La hija de la Sombrerera.

—Esa debe ser, aunque el sombrerero era el padre.

—Aquí no. Para nosotras la que hacía los sombreros era la madre. ¡Cómo adoraba Manuela a su chiquilla! Creímos que se moría de pena cuando Elías se empecinó en mandarla a Rusia. Hace muchos años de aquello, años muy malos. ¿Qué quieres saber?

—Quiero encontrar a los padres de Telva.

—Elías se fue de aquí en el treinta y siete, al poco de enviar a la niña a Rusia. Murió en el cuarenta y dos en París. De tuberculosis, creo recordar que me contó Manuela. El muy cobarde cogió el último barco a Francia sin ella. —Y bajando la voz añadió—: Durante la guerra aquí se convirtió en un jefazo republicano, cuando el resto había huido ya. A Manuela no la veo desde hace más de diez años. Ahora viven en Madrid.

—¿Viven? ¿Quiénes?

—Tuvo un hijo y se volvió a casar. Con un beatón muy bien posicionado, muy diferente a Elías, no sé si entiendes lo que quiero decir —dijo con un gesto de asco.

—¿Un fascista? —preguntó Manolo, asombrado.

Casimira asintió.

—Pero no de los peores, todo hay que decirlo. ¡Qué maña se daba Manuela con los sombreros! De ahí el apodo. ¿Ve esa máquina de coser que tengo ahí? Me la regaló ella, pero yo no tengo arte para la costura. Todavía conservo el sombrero con forro impermeable que me confeccionó cuando yo tuve la ti... Bueno, eso no viene al caso, y no crea que fue el marido quien le enseñó, ¿eh? Aunque sí que le traía el fieltro de la fábrica. Lo sisaba, pero supongo que como era del Sindicato del Fieltro hacían la vista gorda. A fin de cuentas, solo traía los recortes. Manuela era guapa, había trabajado con una señorona y tenía unos modales que no casaban con la mujer de un obrero. Ahora tendrá cuarenta y tantos. —Casimira sonrió—. A ver si adivina cuántos tengo yo.

Manolo se encogió de hombros sin saber qué decir.

—Menos de los que parece, pero me trató mal la vida. Aunque te confieso que yo nunca fui guapa. ¿Y dice que Telvina sigue en Rusia? Ya será una mujer.

—¡Y qué mujer! —suspiró Manolo.

—Entonces, hijo mío, ¿qué haces tú aquí si ella está allí?

Y Manolo se preguntó lo mismo.

—Hay que hacérselo saber a Manuela cuanto antes —cayó en la cuenta Casimira.

—¿Cómo puedo localizarla?

Casimira buscó la dirección en la agenda.

—Siempre me envía un regalo y una postal por Navidad. Yo a ella otra. No nos carteamos. A mí no me gusta escribir ni contar tonterías, así que con saber una vez al año que nos acordamos la una de la otra tengo suficiente. Espero que ella también.

Cuando Manolo tomó el camino a su casa ya había anochecido. Iba animado por las novedades sobre la madre de Telva y angustiado por tener que contarle a la suya que lo habían echado del taller.

Caminaba cabizbajo, empapado por aquel *orbayu* casi inapreciable que, a base de caer durante horas, calaba la ropa y los huesos, cuando una piedra impactó contra su cabeza y casi lo hace caer al suelo. Se tocó y la mano se manchó de sangre.

—¡Ruso! ¡Ruso! ¡Que nos queréis matar desde el espacio! —le gritaron.

Manolo ni siquiera lo relacionó con la noticia del lanzamiento del Sputnik, que aquel día ocupaba las portadas de la prensa nacional. No tuvo tiempo ni de pensarlo porque una lluvia de piedras lo hizo salir corriendo a la vez que se cubría la cabeza con las manos hasta refugiarse en el portal. Alcanzó a ver a sus atacantes. Ninguno tendría más de diez años.

Aquella noche, tras curarse la brecha de la cabeza, Manolo escribió una carta.

> Querida Telva:
>
> No debes venir. Tu familia no está en Asturias: tu padre murió en Francia y tu madre se volvió a casar. No hay mujeres ingenieras y no nos quieren de vuelta. Aquí ya no somos españoles. Somos rusos. La policía nos vigila como si fuéramos espías. Mañana, cuando salga esta carta, iniciaré los trámites para mi regreso a casa.

Leyó lo que había escrito y rompió la carta. No quería darle las malas noticias de aquella manera.

Cuando Manolo llamó a su puerta hacía tiempo que Casimira vivía sola, desde que su único hijo vivo había emigrado a Suiza. Quiso llevársela con él, pero ella se negó a abandonar su casa. Oficialmente era una viuda de guerra, aunque no se consideraba tal porque a ella no la dejó viuda la guerra sino los que fusilaron a su marido y a su hijo mayor. Después de aquello vivió con los dos hijos que le quedaban, acogió a Manuela en su casa, presenció su particular historia de amor llena de nubarrones y vio nacer a Gorio. Aunque Casimira no creía que la vida usara el rosa más que para pintar algunas flores, cuando Manuela se fue y Juan Gregorio arregló lo de su deuda, pensó que lo peor de la guerra había pasado. Empezaba a recuperar la esperanza y entonces se desató el infierno en forma de guardias civiles que buscaban al hijo pequeño acusado de pertenecer al Partido Comunista. Ella ni siquiera sabía que andaba metido en política. Según dijeron, salió huyendo de una redada cuando celebraban una reunión clandestina. El chaval no volvió a casa, se echó al monte como tantos otros hicieron al acabar la guerra. Allí duró poco más de seis meses, hasta que lo capturaron y lo mataron a palos. Pero primero se llevaron presos a Casimira y al hijo que le quedaba en casa. Aguantaron de nuevo las horribles condiciones en prisión, las torturas y las palizas de los que pretendían que delatara a su propio hijo, o que él se sintiera tan culpable por su madre y por su hermano que se entregara. Cuando llegó al punto en que deseó que la mataran, aunque fuera a golpes, la soltaron y la dejaron en paz porque ya no les quedaba nada por quitarle. Nunca le contó aquello a Manuela, porque no quería revivirlo y porque si ya le costaba leer, mucho más escribir. A ella la sacaron de la escuela cuando apenas sabía las letras.

Después de aquello Casimira continuó viviendo sin ganas, sin fuerzas, vestida de negro y esperando que llegase el momento del juicio final para pedirle cuentas a Dios, que ya podía tener una buena explicación para la vida que le había dado.

Manuela no se enteró de lo ocurrido. Vivían en Madrid y Juan Gregorio, en su nuevo trabajo en el Ministerio de Defensa, ya no estaba al tanto de las detenciones ni de las condenas que sucedían en Asturias. Todo el contacto que tenía con Casimira era la postal con el trío sagrado que recibía cada mes de diciembre. Año tras año, las mismas palabras: «Felices fiestas y mis mejores deseos para el Año Nuevo. Siempre tuya», que Casimira copiaba meticulosamente de una antigua felicitación que había recibido años atrás. Manuela respondía con un texto más extenso y algunas fotos de Gorio, que no dejaba de crecer.

La visita de Manolo le pareció a Casimira razón suficiente para gastarse los cuartos en poner un telegrama para notificarle a Manuela que Telva vivía en Rusia, era ingeniera y tenía un pretendiente de Cimadevilla. Cogió una cuartilla y un lápiz y se dispuso a emplear el tiempo necesario en escribir el texto más corto posible con el que comunicarle todo aquello a su antigua vecina porque los telegramas se pagaban por palabra.

En aquella tarea se encontraba cuando la Político Social llamó a su puerta pasadas las diez de la noche.

A Casimira le temblaron las piernas y adivinó que la presencia de los grises se debía a la visita del ruso. «Quizá había llegado el momento de esa charla que tenía pendiente con Dios», pensó, porque no se sentía capaz de soportar por tercera vez que aquellos salvajes la torturaran. Le preguntaron por su conversación con Manolo y ella dijo la verdad. No conocía al hombre que la había visitado esa tarde. Era un niño de la guerra ruso. Lo dijo sabedora de que ellos conocían perfectamente quiénes eran y dónde estaban cada uno de los retornados.

—¿Qué quería de usted?

—Localizar a los familiares de Telvina, otra niña a la que enviaron a Rusia en el treinta y siete. Vivía en este mismo bloque.

Los policías no se cebaron con ella esta vez. Se fueron sin preguntar nada más.

—Por su propia seguridad, no comente esto con nadie —la advirtieron.

Casimira entendió que, si lo hacía, los que pondrían en peligro su seguridad serían ellos, pero después de todo lo que le habían quitado ya, ninguna amenaza tenía el poder de achantarla, así que se preparó una tila para calmar los nervios y volvió a la tarea de componer el telegrama para Manuela.

Entretanto, la pareja de la Político Social fue en busca de Manolo. Esa misma noche, los grises lo llevaron a comisaría y se aseguraron, a base de golpes, de que les contaba todo lo que sabía de Telva Fernández Baizán, a pesar de que Manolo se amedrentó desde el primer momento y, muerto de miedo, les entregó hasta la foto que llevaba en la cartera.

Salió de allí lleno de moratones, con una costilla rota y la ceja partida, pero sobre todo con el deseo de huir de aquella patria tan añorada que, en vez de acogerlo como a un hijo, lo recibía como a un enemigo.

El alivio en el gesto de su madre y su hermana cuando les comunicó su decisión de irse fue tan evidente que resolvió las últimas dudas de Manolo.

—Aquí —dijo su madre—, una vez que te metes en problemas con la policía estás señalado. Así no vas a encontrar trabajo. Los rusos no estáis bien vistos.

Manolo ni siquiera se defendió. Era ruso hasta para su madre. Solicitó volver a la Unión Soviética igual que hicieron más de la mitad de los adultos en los que se habían convertido los niños de la guerra que, como él, habían esperado dos décadas para regresar a su país, a sus familias y a su casa, para encontrarse con la desconfianza, el desapego de los suyos y la hostilidad de un país que los trataba como enemigos.

En Madrid, don Juan Gregorio Covián recibió la información sobre la hija de su esposa por teléfono poco después de que interrogaran a Manolo, antes de que llegara el telegrama de Casimira. Le comunicaron la profesión y el domicilio de Telva en Moscú y de la persona que había dado noticias de ella, Manuel Eusebio Muñiz Fernández, así como los datos que tenían de él y el domicilio en el que residía en Gijón.

Manuela lloró de alegría.

—¿Está viva? ¿Y es ingeniera? Ay, Dios mío, Goyo, que tengo una hija ingeniera, ¡ni más ni menos!

—Eso es lo que ha dicho él, pero seguro que exageró. Ya será la secretaria de uno, porque no creo yo que los rusos vayan a tener mujeres ingenieras.

—¿Por qué no? Seguro que allí son mucho más modernos que nosotros.

—¿Los comunistas? No digas barbaridades.

«Muy mal tienen que estar los rusos —pensó Juan Gregorio— si ponen a trabajar a las mujeres nada menos que de ingenieros».

Manuela lo zarandeó, ansiosa para que siguiera hablando.

—¡Cuéntame más! ¿Quién es él? ¿Mi niña está casada? ¿Tiene hijos? Igual hasta soy abuela.

—No están casados. Aunque como estos rusos son unos herejes, allí estarán todos amancebados.

—¿Puedo verlo? —preguntó Manuela—. Quiero hablar con él y que me cuente de mi hija. Goyo, por favor, dime que sí.

—Alguna forma habrá de arreglarlo. Pero debemos ser muy discretos. Ya entenderás que a la esposa de un asesor del ministro no pueden verla con el hijo de unos republicanos recién llegado de Rusia.

—Entonces, cuando traiga a mi Telvina, ¿qué vamos a hacer?

Eso era precisamente lo que le preocupaba a Juan Gregorio, la hija rusa que delataba el pasado republicano de su mujer; aunque en realidad el republicano fuese su marido. Le reconcomían las dudas, pero la había escuchado llorar tantas noches por su hija que no pudo dejar de cumplir el deseo de su esposa, pese a intuir que aquello iba a complicarle la vida.

—Si la hubieran enviado a Francia todo sería mucho más sencillo —murmuró, pero Manuela, emocionada como estaba, ni siquiera lo escuchó.

No fue fácil organizar el encuentro. A Juan Gregorio no le parecía bien ningún lugar: en la comisaría no podía ser, tampoco le convencía que fuera en un café a la vista de todos y, por supuesto, se negó a meterlo en su casa de Oviedo, aunque hacía una década que no vivían allí.

—¿Qué van a decir los vecinos? ¿Y si es peligroso? Es un comunista ruso.

—¿Cómo va a ser peligroso? Es español, de Gijón, amigo de Telvina, al que enviaron de niño a Rusia —replicó Manuela.

—Pues eso, un ruso.

Finalmente, convinieron que Manuela se viera con Manolo en la casa de los Solís de Armayor en Gijón.

—Yo te acompañaré —le dijo Alexandra—. Quiero formar parte de la vuelta de Telvina. Es lo primero que me hace verdadera ilusión en años.

En cuanto llegaron a Gijón, se dirigieron a la casa de Alexandra para esperar a Manolo, ajenas a que en aquel momento la Político Social corría tras él por las empinadas calles de Cimadevilla, porque Manolo, en cuanto los oyó llamar a su puerta, saltó por la ventana de su cuarto y huyó a la carrera presa del pánico. Consiguió alejarse un kilómetro antes de que lo atraparan. Lo llevaron ante Manuela sudoroso, sucio y sin esposar, pero escoltado por dos secretas que no pasaban por civiles para nadie. La vista de la mansión de los Solís de Armayor lo sorprendió, pero no contribuyó a tranquilizarlo.

Manuela y Alexandra lo recibieron en la sala de la entrada, reservada para las visitas de menor categoría, a las que no se hacía pasar al salón. Cerraron la puerta y dejaron fuera a los policías que, si bien dudaron, no se atrevieron a contradecir a las damas por ser quienes eran.

—Soy Manuela Baizán. Creo que conoce usted a mi hija Telvina —empezó, intentando controlar la emoción y tendiéndole la foto que le habían requisado cuando lo interrogaron.

—¿Es usted la madre de Telva? ¿Cómo ha conseguido esta fotografía? Me la quitaron en comisaría.

Alexandra tomó la palabra.

—Siento mucho si le hicieron daño, pero le juro que no hemos tenido nada que ver.

—Entonces ¿por qué tienen esta foto?

—¿Podemos dejar las explicaciones para después? —se impacientó Manuela—. Llevo veinte años sin saber de mi hija. Por favor, ayúdeme.

—Se lo ruego —pidió Alexandra—. No imagina lo que ha sufrido. Telvina era su vida.

—Telva era hija de un operario de La Sombrerera y vivía en La Calzada —dijo Manolo, ya muy escamado después de lo que le había ocurrido en los últimos tres días—. Esta no es la casa de la viuda de un obrero.

—Esta casa es mía —reconoció Alexandra.

—Fui su doncella antes de casarme con el padre de Telvina —le explicó Manuela, tendiéndole otra foto.

Era la última que se hizo con su hija.

Manolo no pudo contener la emoción al ver a Telva, de niña, tal como él la conoció, con la misma cara de determinación y el mismo sombrero azul.

—No se hace una idea de cuánto lloró por ese sombrero. Se lo quitaron al llegar a Rusia porque íbamos infestados de piojos y nos raparon el pelo.

Entonces le contó a Manuela los últimos veinte años de la vida de su hija mientras ella lo escuchaba entre lágrimas de orgullo y emoción.

—¿Va a volver? ¿Como tú?

—Yo me marcho, señora. Aquí no me han recibido bien. Ni siquiera consigo un trabajo. Por no hablar de la paliza que me dieron en comisaría. Al parecer, aquí soy ruso.

—Le aseguro que eso cambiará, nosotras lo ayudaremos —le prometió Manuela—. No se preocupe por el trabajo ni por nada. Tráigame a Telvina. Dígale que su madre la espera. Que puedo ofrecerle una buena vida aquí. Y a usted con ella, por supuesto.

—¿Me está diciendo que su marido va a abrirle las puertas a Telva? Porque si no estoy mal informado, se ha casado usted con un fascista.

—Le ruego que mida sus palabras —lo advirtió Manuela bajando la voz—. Mi marido es un alto funcionario del Ministerio de Defensa, que estará encantado de acoger a mi hija y, por supuesto, a quien me ayude a traerla de vuelta.

—Eso explica por qué tiene usted la foto. Fue él el que me envió a la policía.

Manuela se deshizo en disculpas y le proporcionó a Manolo el dinero para el pasaje de regreso a Rusia y otra cantidad para su madre y su hermana. Él, a cambio, les dio su palabra de hacerle llegar a Telva las cartas que Manuela le había escrito durante años, a la espera de tener una dirección a la que enviarlas, y dos baúles llenos de regalos porque todo le parecía poco para su hija.

Antes de volver a Madrid, Manuela visitó a Casimira. No se habían visto desde que Juan Gregorio fue a buscarla a su casa después de nacer Gorio ni sabía de ella más que por las escuetas postales que le enviaba por Navidad.

Compró unos dulces y cogió un taxi que la dejó en la puerta del edificio en el que vivió con Elías, el mismo en el que dio a luz a sus hijos. Después de una década en la que su vida había cambiado tanto, le pareció más viejo y destartalado que nunca. El olor del barrio, una mezcla de combustible y salitre, la transportó a un tiempo y a unas circunstancias que, desde la perspectiva de su nueva vida, le resultaban casi irreales. Lo encontró todo tan diferente a la casa y la zona en la que vivía en Madrid que se sintió fuera de lugar con su ropa de diseño y su maquillaje de firma.

La única que seguía igual era Casimira, demasiado igual, como si el tiempo se hubiera detenido para ella en los años del hambre. Durante unos segundos creyó que Casimira no iba a reconocerla, pero cuando lo hizo, Manuela volvió a sentirse en casa.

—¡Hay que joderse, Manuela! —le dijo— ¡Si pareces la mismísima Carmen Polo! Ya le debe ir bien al meapilas. Pasa y cuéntame qué es de tu vida. ¿Y el niño? Ya tiene que estar hecho un mozalbete. Vaya con la ricachona, ¡a ver si te voy a tener que tratar de doña!

Manolo embarcó una semana después rumbo a Leningrado y allí cogió el tren a Moscú. Telva lo esperaba en la estación.

—Tu madre está viva, te quiere, te echa de menos y está casada con un fascista, pero uno de los gordos —le soltó Manolo nada más bajarse del tren—. Y yo soy un cobarde que a la segunda hostia empecé a cantar todo lo que sabía de ti.

—¿Por eso las marcas de la cara? —preguntó Telva cuando asimiló lo que acababa de escuchar.

—La de la ceja sí, la de aquí —dijo y se señaló la sien— fue una pedrada de unos críos porque lanzamos el Sputnik. En España somos rusos, ya no somos españoles. Y vamos a tener que alquilar un transporte porque traigo dos baúles llenos de cosas que te manda tu madre. Nos va a costar un dineral.

—Mejor vamos a mi casa —propuso Telva—. Tienes mucho que contarme.

18

Gijón,
octubre de 1957

Hija querida:

Después de veinte años echándote de menos cada noche y cada mañana, apareció Manolo, un ángel del cielo que me trajo noticias de ti y la gran alegría de poder verte, aunque fuera en foto, y saber que estás bien.

No ha pasado un solo día en el que no me haya arrepentido de no haber luchado más con tu padre para que te quedaras a mi lado. No sé cómo habría sido nuestra vida porque hubo unos años muy malos, terribles, pero ahora mis circunstancias han mejorado mucho. Tengo una posición desahogada y puedo ofrecerte un buen hogar en Madrid, y a Manolo un buen trabajo. Se le ilumina la mirada cuando te nombra.

Veníos los dos, aquí tienes a tu madre y un buen hogar.

Me he vuelto a casar y mi marido es asesor del ministro de Defensa. Por eso puedo garantizarte que España te acogerá con honores y no tendréis ninguno de los problemas que se encontró Manolo. Siento mucho lo que le pasó.

Sé que eres ingeniera civil, ¡qué orgullosa me siento! Aquí no hay mujeres ingenieras o, al menos, yo no conozco a ninguna. La vida debe ser muy diferente allí donde tú estás.

Tienes un hermano, Gorio, de doce años, que está deseando conocerte porque le he hablado de ti desde el día que nació.

Te quiero, hija, te quiero más que a nada en el mundo. Deseo tenerte a mi lado y, aunque sé que no es posible recuperar el tiempo perdido, me queda el resto de mi vida para pasarla contigo.

Tu madre, que sobrevive gracias a tu recuerdo,

MANUELA

Como a todos los españoles que regresaban, a Manolo lo cachearon y le registraron el equipaje al entrar en la Unión Soviética, por si algo indicaba que volvían como espías. Fue precisamente la carta de Manuela y sus palabras sobre Juan Gregorio las que devolvieron a Manolo a España. Y a Telva con él.

Dos días después de la llegada de Manolo, Telva estaba valorando la oferta de su madre cuando la citaron en las oficinas gubernamentales para unos trámites burocráticos sobre la vivienda individual que había solicitado tres años atrás. Vivía en un apartamento comunal en el que el gobierno le había asignado una pequeña habitación, pero la convivencia con aquel horrible matrimonio que no paraba de discutir se le antojaba cada día más penosa. Salió de allí sin visos de mudarse a un lugar más tranquilo, aunque se alejaría de sus molestos compañeros de piso durante una temporada porque debía volver a España junto con Manolo, al que dos funcionarios acababan de convertir oficialmente en su prometido. No recibió explicación alguna, solo una instrucción muy clara: que la estancia en España sería temporal. Regresarían a Rusia después de un tiempo que le harían saber en el momento oportuno.

—¿Qué debo hacer en España?

—Reencontrarse con su familia, vivir allí sin despertar sospechas y volver cuando llegue el momento. Es fundamental que nadie más que ustedes sepa que tienen intención de retornar a Rusia.

—¿Nada más?

El funcionario repitió su respuesta, pero esta vez añadió una coletilla:

—Espero por su bien que usted y su futuro marido mantengan el secreto.

La amenaza implícita en el tono de voz del supuesto funcionario le provocó un escalofrío que recorrió su columna vertebral de abajo a arriba.

—¿Crees que eran agentes de la KGB? —le preguntó Manolo cuando Telva le transmitió el encargo.

—Ya entenderás que no se lo pregunté.

—¿Y ahora qué hacemos? Yo no quiero volver a España.

—Las órdenes son que volvamos juntos.

—¿Qué vamos a hacer allí?

Telva se encogió de hombros y Manolo calló, pensativo.

—Entonces ¿del apartamento no te dijeron nada? —preguntó al cabo de un rato.

Telva ni siquiera le respondió, ya hacía mucho que se había acostumbrado a darle tiempo para que organizase sus ideas cuando se ponía nervioso.

Así, cumpliendo órdenes del gobierno ruso, volvieron a España, y por fin Manolo hizo el viaje con el que siempre había soñado: de vuelta a su patria al lado de su amada Telva, pero en vez de ir ilusionado como la primera vez, lo hizo atenazado por el miedo.

Telva no llegó a conocer el negocio que llevaba su nombre. El atelier mantuvo estable su clientela durante varios años, aunque los pedidos iban disminuyendo. Las mismas damas que, llamadas por la novedad y la exclusividad de las prendas, encargaban sombreros nuevos en cada cambio de estación, con el tiempo pasaron a solicitarlos solo para las ocasiones especiales. La financiación de la escuela taller de Palomeras corría cada vez menos a cargo del patrimonio de Alexandra y más a las cuantiosas donaciones que conseguía entre las aristócratas y las mujeres de la alta burguesía, poco afines a la Falange, a las que había reclutado para su causa. La venta de sombreros llegaba a duras penas para pagar el alquiler del local de la calle

Jorge Juan y el salario de la joven dependienta que lo atendía. Ni Manuela ni Alexandra cobraron una sola peseta del atelier. Alexandra lo decidió antes de la apertura.

—Prefiero que mi parte se ingrese a la escuela. En mi caso sería una complicación absurda cobrar del atelier para luego donarlo a la escuela. Además, eres tú la que aporta su tiempo, no yo —le dijo a Manuela, dejándole la puerta abierta a cobrar un salario por su dedicación.

Sin embargo, Juan Gregorio no le dio opción.

—Si Alexandra no cobra, tú tampoco, porque la esposa de un asesor del ministro no debe trabajar. Otra cosa es hacer obras benéficas, como es el caso. Eso te aporta respetabilidad y categoría.

Manuela no discutió. No necesitaban el dinero. Juan Gregorio cobraba bien y además recibía múltiples regalos y donativos por asuntos relacionados con su trabajo.

Dos veces a lo largo de los años, Jacobo le planteó a Alexandra la posibilidad de trasladar la escuela a otro barrio. «Más apropiado», le dijo.

—¿Apropiado para qué? O mejor no me lo expliques, que no quiero saber qué intereses económicos hay detrás ni quiénes los representan. Las alumnas no pueden desplazarse varios kilómetros para continuar las clases porque en esa zona no hay medio de transporte.

—Puedes hacerlo de forma paulatina. Abre otra escuela en otro lugar, no cojas más niñas nuevas en Palomeras y, cuando terminen las que están, podrás cerrarla sin que ninguna resulte perjudicada.

La discusión se zanjó con una rotunda negativa de Alexandra.

—No, no y no. La escuela se queda donde está. Aunque no descarto abrir una segunda en otro poblado satélite. Si no lo he hecho ya es porque necesito una nueva idea. No podemos seguir confeccionando sombreros porque, por muy exclusivos que sean, ya nadie los quiere.

Pero los intereses que estaban detrás de la propuesta de Jacobo no se veían satisfechos con la apertura de una nueva escuela, sino con el cierre de la existente. Alexandra estaba dispuesta a no ceder. O al menos lo estuvo hasta que un anodino martes por la mañana, mientras Jacobo estaba en sus oficinas, el servicio le anunció que tenía visita: don Juan Gregorio Covián se había presentado sin avisar y lo habían hecho pasar al recibidor de la entrada. Lo primero que supuso fue que sucedía algo con Manuela.

—¿Qué ocurre, Goyo? ¿Está bien Manuela? —le preguntó sin convencionalismos.

—Perfectamente. ¿Podemos sentarnos? Necesito hablar contigo a solas.

Alexandra se sorprendió, pero no lo dejó entrever. Lo hizo pasar al despacho de Jacobo, ordenó que les sirvieran café y se dispuso a escucharlo. A Alexandra, Juan Gregorio no le caía bien, lo toleraba porque era el marido de Manuela y él era consciente de ello. Hacía tiempo que había dejado de hacer esfuerzos por solucionarlo, así que fue directo al grano.

—Tu escuela es un nido de sindicalistas. Algunas son alumnas, pero la mayoría son sus madres y otras vecinas. Van a coser a la escuela en su día libre, pero en realidad celebran reuniones ilegales. Muchas son trabajadoras de una de las empresas de tu suegro, la eléctrica.

Alexandra valoró rápidamente la noticia que acababa de recibir.

—¿Cuánta gente está al tanto de esta información?

—No sabría decirte, pero no mucha. La retendré todo lo que pueda, y si actúas rápido haré lo posible porque nunca llegue a saberse. Si el perro está muerto, ya no le interesa a nadie.

—Entonces ¿me guardarás el secreto? —quiso asegurarse Alexandra.

—¿Por qué crees que estoy aquí y no en el despacho de tu marido?

—Te debo un favor.

—Me basta con que no haya más atelieres. No quiero que mi mujer atienda a las señoras, quiero que sea una de ellas, nada más.

—No lo entiendo. Manuela no cose y las despacha como hago yo en alguna ocasión.

—No lo entiendes porque no sabes lo que es estar al otro lado. Tú nunca has tenido que demostrar nada, todos saben quién eres, pero Manuela no está en tu posición sino justo en la contraria.

A Alexandra no le gustó la condición de Juan Gregorio, pero la aceptó porque era justa y porque acababa de evitarle muchos problemas. Con el régimen no era posible ser neutral, o eras defensor del principio que «el mejor rojo era el rojo muerto», que tanto la espantaba y que tantas veces había tenido que escuchar, o eras el enemigo. Si la actividad sindical en torno a la escuela se descubría, ella saldría perdiendo incluso quedando fuera de sospecha, porque parecería una tonta cuyas buenas intenciones suponían un peligro. Además, la presionarían para que dejara de ir por su cuenta y sumara sus fondos a la Sección Femenina de la Falange, como la mayoría opinaba que debería estar haciendo.

Ya en la posguerra, cuando la asociación ilegal se convirtió en un delito duramente perseguido, juntarse alrededor de la costura se convirtió en una tapadera para sortear a la Guardia Civil. Desde siempre las mujeres cosían juntas igual que iban en grupo a lavar al río o a los lavaderos. Era una forma de socializar y a la vez de sentirse protegidas ante posibles agresiones gracias a la fuerza del grupo. Nada malo veía la nueva organización social española en ello. Coser y lavar eran las labores propias de la mujer. Por eso, los círculos de costura que se formaban en el concurrido parque del Buen Retiro y otros lugares de esparciamiento cada fin de semana estaban fuera de sospecha. Allí las sindicalistas, en vez de compartir consejos de puntadas y bordados, celebraban sus reuniones, tomaban decisiones y distribuían los fajos de octavillas que luego repartirían por las fábricas. El *modus operandi* siempre era el mismo. Llegaban con su bolsa de costura o de hacer punto, desplegaban la labor ante ellas, se ponían el dedal las costureras o las agujas bajo el brazo las tejedoras, y daba comienzo la reunión. Cuando la policía o los guardias civiles pasaban cerca, se afanaban en el bordado, la costura o el jersey que tuvieran entre manos. Nadie les registraba las bolsas de la labor donde escondían los panfletos.

La escuela taller fue el lugar idóneo para hacer lo mismo en el barrio. Las vecinas se reunían a coser los domingos de buen tiempo alrededor de los barracones que servían de aulas y en el interior cuando amenazaba lluvia o las temperaturas no permitían quedarse fuera. También acudían las hijas, alumnas de la escuela, supuestamente para aprender unas de otras y avanzar con la labor, pero allí se hablaba de algo muy distinto.

Alexandra estaba muy concienciada de la necesidad de formar a las mujeres para que algún día tuvieran voz y poder de acción en la sociedad, pero apenas se involucraba en los derechos laborales de los trabajadores. Después del asesinato de su padre a manos de los sindicalistas, por mucho que se aferrase al pensamiento racional de que unos pocos exaltados no representaban al resto, instintivamente rechazaba interesarse por ellos, y aquellas mujeres estaban poniendo en peligro la labor de su escuela y su propia reputación. Sabía que no le quedaba más remedio que destruir la obra social.

La escuela taller se convirtió en cenizas el mismo invierno en el que Sara Montiel y Lola Flores se disputaban los primeros puestos en las listas de la radio y en los tarareos de los españoles, que tan pronto se arrancaban con «La violetera» como con «María de la O».

Nada más conocer la noticia, Manuela se empeñó en ir hasta allí y Alexandra, aunque hubiera preferido no tener que hacerlo, no encontró argumentos suficientes para negarse. Llegaron por la mañana, escoltadas por la Guardia Civil. A su paso se cerraban las puertas y las ventanas de algunas casas. Los vecinos no querían tratar con ellos: nadie había visto nada, unos porque estaban dormidos y otros porque habían evitado mirar para no meterse en líos.

Encontraron los restos de lo que en su día había sido su sueño todavía humeantes. El olor a madera y tela quemada era tan fuerte que ni tapándose la boca y la nariz con la mano pudieron evitar que se les metiera por las fosas nasales y las hiciera toser. Los bomberos acababan de abandonar el lugar, y allí solo quedaban las alumnas acompañadas de algunas madres y otras vecinas que, entre lágrimas, intentaban rescatar de la tragedia las máquinas de coser, algunos restos de telas que milagrosamente no habían ardido y unas cajas metálicas que contenían bobinas de hilo, antes de que los chavales del barrio corrieran a llevarse todo lo que pudieran vender en cuanto la Guardia Civil se alejase de allí. Manuela miró la escena y se sintió extrañamente ajena a la miseria de aquella gente. Habría querido consolar a las alumnas, decirles que en otro tiempo también fue una de ellas, pero no se atrevió, sabedora de que al día siguiente ella continuaría con su vida acomodada al lado de su marido y su hijo. En cambio, para aquellas chicas, con la destrucción de la escuela taller se esfumaban también sus esperanzas de un futuro mejor que el de sus madres.

El informe de los expertos, bien remunerados para que llegaran a las conclusiones convenientes, dictaminó que el fuego había sido fortuito.

Alexandra nunca le confesó a Jacobo la verdad.

—No sé quién ha provocado el incendio —le mintió a su marido—, si la Guardia Civil o esos conocidos tuyos que están interesados en los terrenos, o incluso alguien del propio barrio por vete tú a saber qué motivo. Pero vamos a dejarlo estar. No hay cosecha si el trigo no muere y es hora de emplear los generosos donativos del círculo de damas que presido en proyectos más necesarios.

Jacobo no tenía dudas de la poderosa razón que se ocultaba tras la mansedumbre de su mujer: de no haber sido ella misma la responsable de la destrucción de la escuela, habría removido cielo y tierra para impedir que nadie diera al traste con su proyecto. Jacobo le debía un favor a Juan Gregorio, que había ido a ver a Alexandra con el cuento a instancias suyas.

—Hay ocasiones, estimado Goyo —le había dicho la semana anterior a la visita—, en las que es mejor que tu mano izquierda no sepa lo que hace la derecha. Mi esposa es muy orgullosa y no debe saber nunca que yo estoy detrás de esto.

—No en vano es una aristócrata de pies a cabeza. Si alguien entiende lo importante que es la paz conyugal soy yo, que me dispongo a meter en mi casa a la hija rusa de mi mujer, y la mía no es marquesa —respondió Juan Gregorio en tono cómplice.

—En tu caso es por la paz conyugal y porque al ministro le interesa lo que tu hijastra y su compañero puedan contar.

—Pero eso, como lo de los terrenos de la escuela, nadie necesita saberlo.

La escuela taller no volvió a ponerse en pie, los terrenos se vendieron y el empresario que los compró supo agradecerlo con un contrato muy ventajoso para los Espinosa de Guzmán. Jacobo anotó en su lista de pendientes de pago un favor a Juan Gregorio. Las niñas que estudiaban allí vieron cómo terminaba de golpe su educación; y las trabajadoras del barrio tuvieron que buscar otros lugares para reunirse, mucho más alejados, lo que no les permitía verse las caras tan a menudo como cuando la escuela estaba en funcionamiento.

Para entonces, Alexandra ya tenía una red de damas de la alta sociedad implicadas en su misma causa, y Amelia, desde París, las orientaba poniéndolas al corriente de lo que se estaba haciendo en Francia, más avanzada que España en cuanto a la emancipación femenina.

Con la escuela acabó también el atelier.

—¿Cerramos definitivamente? —preguntó Manuela, asombrada por la tranquilidad con la que su amiga se había tomado el suceso—. ¿No vas a reabrir el taller?

—España ha cambiado mucho en esta década y ya nadie usa sombrero —contestó Alexandra—. Es momento de avanzar. La escuela taller fue muy necesaria cuando no dejaba de llegar gente a Madrid con hambre y sin una peseta, pero ya ha cumplido su función. Ahora son familias asentadas. Es hora de dedicar el esfuerzo y el dinero a otras mujeres que lo necesitan más, pero eso será cosa mía porque tú, cuando llegue Telvina, querrás dedicarle todo el tiempo a ella, no a un atelier que cada día vende menos sombreros ni a ninguna otra causa ajena.

—¡Pobres chicas! —se limitó a comentar.

Aunque Manuela sospechó enseguida que Alexandra le ocultaba algo y por eso se tomaba con tal serenidad la destrucción de su proyecto, no quiso indagar, porque se sentía profundamente aliviada. Le daba mucha pena el incendio y el cierre de la escuela, pero necesitaba verse liberada de sus obligaciones en el atelier. «Dios escribe recto con renglones torcidos», pensó para sí. Desde que tuvo noticias de Telva andaba preocupada por cómo se las arreglaría cuando su hija regresara. No quería obligaciones ni ataduras. No podía recuperar el tiempo perdido porque ya había pasado, pero tenían un futuro por delante y no estaba dispuesta a desperdiciar ni un solo segundo: quería enseñarle Madrid, pasear con ella del brazo por el Buen Retiro, que Gorio la enseñara a empapar los churros en el chocolate antes de comérselos de un bocado como hacía él, pero sobre todo deseaba darle todo el cariño que guardaba para ella como un tesoro desde el día que la perdió.

El último día de enero de 1958, mientras Manolo y Telva preparaban su regreso a España, el Explorer despegó de Cabo Cañaveral en un acto muy simbólico para Estados Unidos y sus aliados: no serían los primeros en llegar al espacio, pero sí los únicos que permanecerían en él después de que el Sputnik se desintegrara cuando volvió a entrar en la atmósfera terrestre.

—Al menos, esta vez no nos apedrearán a cuenta de un maldito cohete —comentó Manolo al enterarse de la noticia.

Pero la vuelta se hizo esperar hasta la primavera de 1959. A Juan Gregorio no le resultó fácil conseguir el permiso para que Manolo regresase a España después de haber solicitado el retorno a la Unión Soviética. Tuvo que presentar una declaración jurada en la que aseguraba que había vuelto para buscar a su novia con la que tenía intención de casarse en territorio español, porque en Rusia los matrimonios eran civiles y ellos querían casarse ante Dios.

Muchas veces se preguntaron Telva y Manolo el porqué de su viaje a España y su supuesto y secreto retorno a la Unión Soviética, pero acostumbrados como estaban a que las órdenes se obedecían y no se cuestionaban, salvo que uno quisiera terminar muerto o preso, hicieron lo que hacían siempre: acatar el destino que el gobierno elegía para ellos.

Manuela y Alexandra fueron a Almería para recibirlos. Manuela aguardaba con lágrimas de emoción en los ojos, pero serena y entera. En la mano tenía un sombrero de fieltro azul con forro de punto, confeccionado por ella, igual que el que le puso a su hija para que no cogiera frío el día que embarcó rumbo a Rusia más de veinte años atrás.

Telva, nerviosa pero fría de corazón, descendió del barco repitiéndose que, pasara lo que pasase, su gobierno les había ordenado volver.

El primer abrazo fue intenso y, a la vez, comedido, pero en cuanto se separaron, la serenidad de Manuela desapareció y se aferró a su hija llorando de tal forma que los hipos le sacudían el cuerpo y convertían en ininteligibles sus palabras. Telva, solo acostumbrada a las muestras de afecto de Manolo cuando ella las consentía, no supo reaccionar, y cuando su madre le entregó el sombrero tuvo que hacer un gran esfuerzo para contener la oleada de emociones y resentimientos que la embargó.

Manuela interpretó mal el gesto de su hija y empezó a disculparse.

—Ay, hija, esto es una tontería. Al contarme Manolo que te quitaron el tuyo cuando llegaste a Rusia, pensé que te gustaría tener uno nuevo y... ¡Qué sé yo!

Alexandra apretó el brazo de su amiga para hacerla callar. Telva cogió el sombrero y, sin decir palabra, se lo guardó en el bolso.

—Soy una idiota —le dijo Manuela más tarde a Alexandra—. ¿Cómo se me ocurrió llevarle ese sombrero a Telvina? Es toda una señora ingeniera y voy yo y la recibo con un gorrito azul celeste, como si todavía fuera una niña.

—A mí me ha parecido un gesto precioso, no te tortures.

—¿Has visto qué fría es conmigo?

—Está conmocionada, solo necesita tiempo.

En aquella ocasión, la experiencia de Manolo en España fue muy diferente a la vez anterior. No hubo interrogatorios, solo un cómodo viaje a Madrid, directamente desde Almería, en un coche con chófer, en el que Manuela compartió con su hija cada recuerdo que atesoraba desde que nació hasta el momento en que se separó de ella.

Manolo sabía que lo único que le interesaba a Telva eran las razones por las que se separó de ella, pero las de verdad, las personales de sus padres, no el motivo oficial de ponerlos a salvo, aunque, para su sorpresa, ella no hizo preguntas. Telva ya tenía suficiente con intentar no dejarse llevar por las emociones que se le removían cuando las palabras de su madre le traían imágenes que creía olvidadas, de vuelta a su memoria.

Telva y Manolo se casaron al mes de llegar. Fue una boda discreta, un viernes por la mañana en la capilla del Cristo de la Salud, en el barrio de Salamanca, porque para Juan Gregorio una cosa era traer de Rusia a la hija de su mujer y otra anunciarlo a bombo y platillo ante la sociedad madrileña. Alexandra fue la madrina de boda, el jefe de Juan Gregorio, el padrino, y Gorio, que por entonces contaba ya catorce años, el testigo más joven del enlace. El traje de la novia, elegido por Manuela y Alexandra porque Telva no mostró interés, fue blanco, casto y sencillo, acompañado de un ramo de calas, sin joyas. La misa, larga y en latín. Aunque ya se estaba considerando en el Vaticano, todavía no se permitía la misa traducida.

—No te hagas ilusiones, Manolo. Solo nos casamos porque así nos lo ordenaron y porque para vivir aquí está claro que es necesario. Al menos para mí.

—Que sí, que lo entiendo, que nosotros nos casamos ante Dios y luego se hará lo que tú digas. Al menos, nadie me podrá acusar de que no me caso por amor —dijo Manolo con una sonrisa de oreja a oreja.

—A veces no sé si hablas en serio o en broma, así que entenderé que es lo segundo y que todo esto no te lleva a confusión —respondió Telva, menos ofendida de lo que pretendía parecer.

—Vale, pero cuidadito, ¿eh? No vaya a ser que, llevada por la euforia, quieras disfrutar de la noche de bodas y tenga que resistirme con uñas y dientes.

Y Telva, por fin, sonrió. No deseaba casarse, pero quería a Manolo más que a nadie en el mundo.

Que Manolo no era un hombre especialmente inteligente lo descubrió Juan Gregorio al poco de conocerlo y, lejos de parecerle un inconveniente, lo valoró como una ventaja. No lo consideró apto para que la KGB lo seleccionara para espiar al Gobierno español, tampoco era una persona que pudiera hacerle sombra y supuso que sería sencillo borrarle las opiniones que hubieran podido meterle los rusos en la cabeza. Manolo era discreto, trabajador, amable, servicial sin llegar a ser servil y siempre dispuesto a aplaudir la opinión de Juan Gregorio. También era buen conocedor de la cultura patria porque se la habían enseñado en Rusia los maestros españoles. Juan Gregorio le consiguió un trabajo como chófer del ministro de Defensa, muy interesado en cualquier información que aquel hombre, aunque fuera un simple mecánico, pudiera darle de los talleres en los que trabajaba y de los avances de la tecnología en Rusia. También buscó para el flamante matrimonio un apartamento de alquiler en un edificio señorial no demasiado lejos de su casa y, alegando que «el casado casa quiere», sacó a la pareja de su propio domicilio, donde Manuela los había instalado al llegar.

Juan Gregorio no desaprovechaba ninguna oportunidad de mostrarse en sociedad como lo que era: familiar, católico, tradicional e incondicional del régimen. Por eso cada domingo iban los cinco juntos a misa y se comportaban como una familia unida.

A Juan Gregorio le gustaba el cine, y como Telva y Manolo nunca habían visto una película de Hollywood, la primera salida que hicieron todos fue para ver *Gigante*, un film en el que Rock Hudson, Elisabeth Taylor y James Dean formaban un trío amoroso que se enredaba y se desenredaba en las más de tres horas que duraba el largometraje. Se pusieron sus mejores galas y el coche oficial que el ministerio había puesto a disposición de Juan Gregorio los recogió un domingo por la tarde y los llevó al Palacio de la Prensa, un gran cine en plena Gran Vía madrileña. A pesar de que empezaba a apretar el calor, la calle estaba llena de gente y de luces. Cuando se bajaron de aquel coche negro con banderines que indicaban que era el medio de transporte de algún cargo importante, la gente los miraba con curiosidad y cuchicheaban intentando averiguar si se trataba de alguien conocido. La escena impresionó a Manolo casi tanto como la propia película. Había pasado de ser apedreado en Gijón y rechazado por ruso a desplazarse por Madrid en coche oficial provocando envidias a su paso. Una vez superada la emoción de ir todos juntos al cine, Gorio se aburrió tanto que en la segunda parte se quedó dormido. Sin embargo, a Telva y a Manuela les voló el tiempo, Telva deseando ver a James Dean en cada escena y Manuela a Rock Hudson.

A la salida aún discutían sobre cuál era el más guapo. Incluso los hombres opinaron.

—No hay duda de que Rock Hudson es un galán —apuntó Juan Gregorio, pronunciando el nombre del actor en español—, alto y corpulento, un hombre de verdad, no como el otro, que es poquita cosa. Incluso leí en el anuncio del estreno que había sido soldado en la guerra contra los nazis. Como yo en la Guerra Civil.

—Será por eso que me gusta, porque me recuerda un poco a ti —dijo Manuela.

Telva y Gorio se descubrieron mutuamente con la misma mirada de horror, cada uno por un motivo distinto: Telva porque no estaba acostumbrada a aquella cercanía entre adultos y Gorio porque, a su edad, le repelían las muestras de afecto entre sus padres.

Fue Manolo el que desbloqueó el momento.

—¿Esto del cine es muy caro? Había mucha gente.

—Es un entretenimiento popular —le explicó Juan Gregorio—. El precio depende del tipo de butaca y nosotros teníamos las mejores, claro está.

—Me encantaría repetir —dijo Manolo con toda sinceridad.

—Eso está hecho. Yo soy un gran aficionado al séptimo arte.

La siguiente película que fueron a ver la eligió Manuela. Ella y Juan Gregorio ya la habían visto, pero a ella le había gustado tanto que quiso llevar a su hija. Se trataba de *El destino de Sissi*, la tercera entrega sobre la vida de la emperatriz austriaca, que la tenía cautivada. A Gorio y a su padre el plan no los entusiasmó, pero fueron de buen grado por la ilusión que le hacía a Manuela y lo mucho que se afectaba con las peripecias de Sissi.

—Va a llorar —advirtió Gorio a su hermana—, ya verás. Y tú también. Todas las chicas lloran, pero mi padre y yo no. No nos afectan esas sensiblerías.

Gorio acertó respecto a su madre, pero falló con Telva, a la que las desgracias de la emperatriz no le parecieron tales comparadas con la guerra, el hambre, el frío y la pobreza que ellos y otros tantos como ellos habían sufrido en su infancia. Así iba a comentarlo con Manolo cuando cortaron la película para el descanso, pero desistió al darse cuenta de que él tenía los ojos enrojecidos por las lágrimas e intentaba disimularlo sonándose la nariz.

Aquel día, consolidaron su primera tradición y, a partir de entonces, una vez al mes iban los cinco al cine como una familia feliz, y como tal se sentían. Gorio, ilusionado por tener una hermana; Manolo, convencido de que se quedaban en España; y Manuela porque, a pesar de que su hija no era tan cercana como había soñado, por fin la tenía a su lado convencida de que nada las separaría. Juan Gregorio no estaba emocionado con la hijastra que le había llegado de Rusia con ínfulas de ingeniera, pero el ministro estaba satisfecho con aquel reencuentro familiar y su esposa contenta, así que había aceptado la situación y, sin pretenderlo, le estaba cogiendo aprecio a Manolo. La que se sentía más incómoda era Telva, que cada día tenía más tentaciones de confesarle a su madre que pesaba sobre ellos la orden de volver.

Cuando llegó la Navidad, fueron todos juntos a ver a Charlton Heston interpretando el papel de Moisés en *Los diez mandamientos*. Manolo y Telva se quedaron estupefactos al ver a Yul Brynner, un actor de Hollywood ruso, en una película sobre la Biblia.

—¿Está seguro de que es ruso? —quiso confirmar Telva con Juan Gregorio.

—Yuliy Borisovich le pusieron al nacer. Es inevitable que entre los rusos haya hombres de bien. Como vosotros. Que afortunadamente no necesitáis cambiaros el nombre.

—Pues claro, porque nosotros somos españoles —respondió Manolo, todavía escocido con ese tema.

—Así es, españoles de provecho. Estoy seguro de que no me decepcionaréis.

Pero cuando Telva mostró su interés en ejercer, Juan Gregorio se negó en redondo.

—Aquí los ingenieros civiles son hombres, porque en este país la familia es lo primero. Tú acabas de casarte y tu misión ahora es atender a tu marido y darle hijos a él y nietos a tu madre.

Telva intentó razonar, pero la cerrazón de Juan Gregorio y el evidente agobio de Manuela al ver el desencuentro la hicieron recular, aunque a regañadientes.

—Déjalo estar —le pidió Manolo—, se está portando muy bien con nosotros.

—Será contigo, porque a mí solo me permite atender la casa, coser y salir a merendar pasteles con mi madre.

—Asiste a conferencias, o ayuda en un centro de beneficencia, seguro que Alexandra puede orientarte con eso. Quizá así encuentres la forma de ser útil sin necesidad de un trabajo al uso, que es a lo que él se niega. Aquí el papel de la mujer es otro.

—Yo te juro que no entiendo este país.

—No se vive mal. Al menos, no aquí.

—Lo dices tú, que no te han enviado a hacer calceta.

—¿Tú quieres volver a Rusia?

—¿Y eso qué más da? Es lo que nos han ordenado.

—¿Qué ocurría si nos quedáramos? No creo que el gobierno ruso pueda hacernos nada estando en España. ¿Para qué nos quieren allí? Ni se acordarán ya de nosotros, y aquí tengo un buen trabajo, una casa en un buen barrio que ellos dicen que es pequeña, pero que es varias veces más grande que las habitaciones en las que vivimos allí. Y además estamos casados.

—¿Te has olvidado de lo que te hicieron la primera vez que viniste?

—No, pero ahora nadie se mete conmigo. Tu padrastro tiene mano.

—No me enciendas, y no lo llames así.

—¿Y qué me dices de tu madre? Se nota que te adora. ¿Sigues sin sentir nada por ella?

—Pena, Manolo, eso es lo que siento. Está casada con un imbécil engreído al que intenta complacer todo el día.

—¡Cómo me gustaría a mí ser tu imbécil!

A Telva cada día le costaba más pensar en la vuelta a la Unión Soviética. A su pesar, quería estar con su madre, y le había cogido mucho cariño a Gorio, aquel adolescente imberbe que la miraba con veneración y no dejaba de preguntarle sobre cohetes y astronautas.

—¿Tú crees que algún día los hombres podrán ir al espacio? Como la perra Laika.

—La pobre Laika murió —le respondía ella.

—Pero los americanos ya lo arreglaron. El último mono que enviaron está vivo —replicaba Gorio, siempre optimista.

Telva sonreía ante el entusiasmo de su hermano.

Muchas tardes, después del colegio, Gorio iba a su casa y ella lo ayudaba con los deberes. A él se le atascaban las matemáticas y ella se las explicaba con paciencia hasta que las entendía. Cuando terminaban, él le preguntaba sobre la vida en Rusia, los zares o la guerra mundial, y escuchaba extasiado sus historias sobre las inmensas llanuras cubiertas de nieve, el lugar más frío del planeta o un mar tan negro como los ríos asturianos a su paso por las cuencas mineras.

En febrero de 1960, mientras en Cuba Fidel Castro nacionalizaba las empresas tras el triunfo de la Revolución, en España, Alexandra, Manuela y Telva, totalmente ignorantes de lo que las decisiones de Castro iban a influir en su futuro cercano, emprendían viaje para conmemorar el vigésimo octavo cumpleaños de Telva.

Habían decidido celebrarlo en la intimidad en Gijón, para alivio de Juan Gregorio, que prefería no mezclar a sus nuevos parientes rusos con sus amistades en Madrid. Una cosa era que se supiera de la vuelta de Telva y la calurosa acogida que le habían prestado, o que se dejaran ver como una familia unida, y otra muy distinta que se expusieran en las distancias cortas. Gorio y él se unirían a ellas el fin de semana. No así Manolo, que el sábado tenía una larga jornada de trabajo con los compromisos del ministro.

Manuela no quiso esperar hasta la celebración para darle el regalo a su hija y se lo entregó en cuanto llegaron a la casa de Alexandra en Gijón el mismo día de su cumpleaños. Una cajita de la joyería Pérez que contenía unos pendientes de brillantes con un engarce de platino de cuatro garras.

—¡Madre! Esto debe de ser carísimo, no era necesario.

—Calla, hija, que nada es bastante para ti después de todo lo que no he podido darte. He visto que tienes los agujeros cerrados. Yo misma te los hice nada más nacer y te fuiste con los pendientes del bautizo.

—Se perdieron cuando tuvimos que abandonar Jersón, al estallar la Guerra Patria.

Alexandra y Manuela se miraron sin entender.

—La invasión alemana —aclaró Telva.

—¡La Segunda Guerra Mundial!

—Pues esa. Cuando nos evacuaron no pudimos llevar nada superfluo. Después, con el tiempo, los agujeros se cerraron.

—Yo también me quedé sin nada cuando cayó Gijón en la guerra y tuve que huir. Al final, aunque alejadas, hemos vivido cosas parecidas. Lástima que sean desgracias.

—Dejad las penas —intervino Alexandra—, que este es un momento alegre. Estáis juntas por fin, Telvina cumple veintiocho años, está casada con un hombre estupendo y es ingeniera. ¡Qué orgullo!

—¿De qué me sirve si no puedo ejercer?

—Ahora no, pero confío en que algún día será posible y que las siguientes generaciones de mujeres podrán ser lo que ellas quieran.

—No estés tan segura, ¿sabéis lo que me soltó Juan Gregorio el otro día? Que quizá yo en Rusia fuera ingeniera, pero que aquí las mujeres no son nada. ¡Nada! Para él no somos nada.

—Telvina, hija —dijo Manuela, saliendo en defensa de su marido—, Goyo no quiso decirte que no somos nada como personas, sino que aquí no ejercemos esas profesiones.

El gesto de Telva se torció en una mueca de disgusto y Alexandra se apresuró a intervenir.

—Tú eres ingeniera y eso no te lo quita nadie. Antes de la guerra las cosas habían empezado a cambiar, las mujeres ya tenían acceso a los estudios superiores e incluso formaban parte del Gobierno.

—Mucho hablar —cortó Telva—, pero ninguna de vosotras habéis ido a la universidad y la tal Amelia, de la que tan orgullosas estáis, ni siquiera terminó la carrera.

—Amelia sí que ejerce en Francia. Se dedica a asesorar a los emigrantes españoles que llegan buscando trabajo y un futuro mejor para sus familias.

—En el despacho de su marido.

—Sí, pero ella es independiente —insistió Alexandra—. Aunque es verdad que esa gente no puede pagarle mucho.

—Es otra más a la sombra del marido. Yo no pienso casarme nunca.

—¡Si tú ya estás casada! —se escandalizó Manuela.

—Quiero decir —reculó Telva al darse cuenta de su error— que no quiero depender ni de Manolo ni de nadie. Por eso quiero ejercer mi profesión.

—Ay, Alexandra —sonrió Manuela—, que mi hija bien podría ser tuya. ¡Cómo me recuerda a ti de joven!

Telva apretó los dientes llena de rabia porque lo último que deseaba era parecerse a aquella mujer que lo tenía todo a cuenta de ser la hija de una aristócrata y la esposa de un banquero.

—Al menos no me parezco a ti, que vives para complacer a Goyo y te da igual lo que quieras tú. ¡Hasta escuchas cada día a la Elena Francis esa en la radio!

—¿Qué tendrá que ver? Dice cosas interesantes —protestó Manuela, algo acobardada.

—Sí, ya: «Obedezca a su marido. Le diga lo que le diga, le haga lo que le haga, compórtese como su esclava, pero eso sí, estando siempre impecable y sin perder la sonrisa». Vamos, madre, por favor, debería darte vergüenza escuchar algo así.

—¿Qué pasa, que en Rusia sois tan independientes que son los maridos los que atienden a los niños, friegan los baños y hacen la comida? —estalló Manuela.

Telva calló porque en Rusia, como en España, el peso de la familia recaía en las mujeres y los hombres no movían un dedo en el hogar por mucho que ellas trabajaran fuera de casa.

—En realidad, querida Telva —contemporizó Alexandra—, comparto contigo muchas de las cosas que dices. La vida no ha resultado para nada como yo me la esperaba, y que tú seas ingeniera y hayas ejercido allí me devuelve la ilusión que tenía de joven. Estás suponiendo un revulsivo para mí.

—Sigues luchando por lo que crees —intervino Manuela—. Haces beneficencia con las mujeres y los niños en los barrios más necesitados, con las madres solteras, incluso con las prostitutas.

—Sin mancharme las manos y con el dinero que gana mi marido o el que me viene de familia, que también administra Jacobo —respondió mirando a Telva—. ¿Verdad que eso es lo que estás pensando?

Telva asintió, reprochándose a sí misma haber resultado tan transparente.

—Pues tienes razón. Aunque es mi dinero el que uso para mis proyectos, sí es cierto que recaudo fondos de otras mujeres gracias a mi posición social, que me ha venido dada de cuna primero y reforzada después por mi matrimonio. Y, desde luego, estoy totalmente de acuerdo contigo en que lo de escuchar a Elena Francis es imperdonable.

A Telva la declaración de Alexandra le pilló tan de sorpresa que no pudo más que reír.

—Perdóname, hija —dijo Manuela, conciliadora, cogiéndole la mano—, no quería discutir. Hemos venido a celebrar, a pasarlo bien juntas y a charlar de nuestras cosas sin los hombres pululando a nuestro alrededor.

Ya más tranquilas, Alexandra y Manuela le hablaron a Telva del inicio de su amistad, de las clases que intentaron dar Alexandra, Amelia y otras mujeres a las obreras que no sabían leer, de la bronca que le echó a Alexandra su padre cuando se enteró de cómo conocieron a Juan Gregorio y de cómo Manuela pasó a ser la doncella personal de Alexandra.

Telva escuchaba a su madre con la pena de saber que aquel encuentro tenía los días contados.

—¿Tomamos champán? —propuso Alexandra cuando se cansaron de contar sus historias de juventud—. Todo se ve de otro color después de una copa de champán francés.

Telva aceptó porque no lo había probado nunca y sabía que no podría hacerlo después de volver a la Unión Soviética.

Solo cuando se retiraron a dormir, Alexandra le dijo en privado a Manuela:

—¿De verdad escuchas a Elena Francis? Una cosa es que aceptemos cómo es el mundo en el que nos ha tocado vivir e intentemos ser felices en él, pero otra muy distinta es dejar que nos laven el cerebro. Mira que ponerte ese programa delante de Telvina, ¿qué pretendías?

—¡Es que no acierto nunca! —respondió Manuela como una niña pillada en falta.

—Esa señora es más rancia y retrógrada que la mismísima Pilar Primo de Rivera y sus secuaces de la Sección Femenina. Parece un cura, pero de los más estrictos. Es otra herramienta propagandística del régimen y tú te la tragas.

—¿Qué quieres decir?

—Que eres demasiado buena y por eso piensas bien de todo el mundo, ¡hasta de la mismísima Elena Francis!

—Ya entiendo: quien dice buena, dice tonta —respondió Manuela un poco ofendida.

Después de más de un año sin recibir noticia alguna de su vuelta a la URSS, Manolo estaba convencido de que el gobierno ruso se había olvidado de ellos, aunque Telva no las tenía todas consigo. Temía que la contactaran el día menos pensado y no quería hacerse falsas ilusiones ni que Manolo volviera a ver sus sueños españoles dinamitados.

Por eso, para evitar crearse unas esperanzas vanas, cuando hablaban de ello en la soledad de su apartamento, terminaba discutiendo con él sobre la vida en España.

—Allí no habríamos conseguido vivir como aquí —le decía él—. Tenemos una vida cómoda, una buena posición, una familia y un futuro.

—Tenemos lo que el marido de mi madre consiente.

—Y allí lo que consiente el gobierno, que es mucho menos.

—Habla por ti, que yo en Rusia tenía trabajo e independencia. No soporto la falta de libertad que tenemos las mujeres aquí. Ni siquiera podemos llevar pantalones.

—¿Las mujeres son libres en Rusia? No serán las esposas de los políticos disidentes, que estuvieron veinte años en campos de concentración por haberse casado con quienes se casaron. Allí hasta las paredes oyen, tenemos que andar con cuidado con lo que decimos no vaya a ser que terminemos presos.

—Exactamente igual que aquí.

—Pero para no ser libres prefiero estar aquí, que vivo mucho mejor, tengo una casa, un buen trabajo y hablo en español. No entiendo que no estés deseando que se hayan olvidado de nosotros y que podamos quedarnos aquí para siempre.

—Si yo fuera tú tampoco lo entendería. Lo que tú quieres es que te lave los calzones, que te prepare tu plato favorito, que te espere emperifollada y te ponga las zapatillas calentitas cuando vuelvas del trabajo. Igual que en los anuncios de las revistas. Como mandan la Iglesia y la Falange. Ya me lo dijo el cura que nos casó: «Tu misión es darle hijos, atender a tu familia, complacerlo, escucharlo, ser sensible a sus preocupaciones y no aburrirle con las tuyas porque, comparadas con las suyas, son tonterías».

—¿Te lo aprendiste de memoria?

—Se me grabó a fuego y creo que no se me olvidará jamás.

—Ya eras muy lista de niña —dijo Manolo con admiración—, y terca como una mula.

Telva lo ignoró.

—¿Y qué me dices del manual de *Economía doméstica* que tiene mi madre en casa? ¿Lo has leído?

—No, pero en Rusia las mujeres trabajáis la jornada completa y luego en casa lo hacéis todo y criais a los hijos. Es mucho peor.

—Salvo que no te cases ni tengas hijos. Como yo.

—Te recuerdo que tú estás casada. De todas formas, de puertas para fuera es una cosa, pero entre nosotros es lo que tú quieres que sea.

—¿Sabes lo que hago fuera? Estoy a nada de charlar con otras mujeres de los últimos consejos de Elena Francis, como hace mi madre. Es solo cuestión de tiempo que quieras tener hijos y que me regales una aspiradora por mi cumpleaños.

—Nada de aspiradoras, no tendremos hijos y buscaremos la forma de que trabajes —le prometía Manolo—. Seremos felices para siempre. En nuestra patria.

—No te comas todavía las perdices porque mucho me temo que llegará el momento de volver. ¿Y entonces qué?

—Eso no ocurrirá. ¿Para qué nos quiere a nosotros el gobierno ruso? ¿Y cómo nos van a encontrar aquí?

Telva se encogía de hombros poco convencida, y Manolo atacaba donde sabía que más le dolía.

—¿Te has parado a pensar en lo que les ocurriría a tu madre y a tu padrastro si nos fuéramos?

—Nada, ¿no ves con quién se codean? Además, nosotros no hemos incumplido ninguna ley —respondía Telva, mucho más preocupada de lo que pretendía aparentar.

Aunque la reconcomía que no la reconocieran como la brillante ingeniera que era y el papel al que la relegaban por ser mujer, lo cierto era que se sentía más unida a su madre cada día y tampoco quería regresar.

En cambio, Manolo estaba más tranquilo, seguro de que

nadie en la Unión Soviética tenía ya interés en ellos, pero se equivocaba. Rusia no los había olvidado y cuando llegó el momento de volver, no tuvieron opción de elegir.

Los martes y los viernes, Telva salía a hacer la compra por las mañanas como un ama de casa más. Detestaba esa labor porque no le gustaba verse entre aquellas mujeres a las que despreciaba por sumisas, por sus vidas insulsas cocinando, fregando y planchando, y que mostraban una alegría que, a su juicio, era totalmente impropia, como si aquello les agradase. Una mañana como cualquier otra, cuando llegó a casa, entre el manojo de puerros y el de acelgas encontró un sobre. Dentro, dos billetes de avión a Londres y dos pasaportes. Las instrucciones en una escueta nota escrita en ruso. Su partida estaba fechada para dos días después.

Cuando lo vio, se puso tan nerviosa que le temblaban las manos. Repasó mentalmente quién podía haberlo puesto allí. La frutería era el último lugar en el que había estado. ¿Una de las señoras que estaban haciendo la compra? Si se le hubieran acercado mientras caminaba por la calle se habría percatado, y más si se trataba de un hombre. Por más vueltas que le dio al asunto no logró recordar ninguna cara, ningún gesto extraño, pero el mensaje estaba claro: el gobierno ruso los tenía localizados y a su merced.

Para cuando Manolo llegó del trabajo, ya se había repuesto.

—Es hora de irnos —dijo mostrándole los billetes—. Los dejaron en mi carro de la compra esta mañana. Ni siquiera me enteré de quién lo hizo, pero estoy casi segura de que fue una mujer. Es evidente que tienen espías aquí camuflados y que estamos vigilados. No tenemos opción.

—¿Y si no hacemos caso? —preguntó él mientras su esperanza se desvanecía.

—Igual que pueden meter los billetes en mi carro pueden pegarnos un tiro en la cabeza. Ya sabes cómo se las gastan.

Manolo corrió al baño y vomitó hasta que no le quedó ni bilis que expulsar.

—Si a ti te parece bien, me gustaría enviarles el dinero que hemos ahorrado a mi madre y a mi hermana para que lo reciban después de que nos hayamos ido —le dijo a Telva cuando se recompuso.

Emprendieron la vuelta a pleno día y casi sin equipaje para no llamar la atención, tal y como les habían ordenado. En silencio, incapaces de sacar de dentro la angustia y la pena que se les habían enganchado a las tripas, cogieron un vuelo en Barajas con destino a Londres, donde un agente ruso los esperaba para acompañarlos hasta la Unión Soviética.

Una vez allí, desde el aeropuerto los condujeron hasta un edificio gubernamental donde fueron interrogados. Repitieron una y otra vez las mismas respuestas a las preguntas que les hicieron sobre el cometido de Juan Gregorio en el gobierno, las actividades del ministro de Defensa e incluso sobre temas cotidianos como el fútbol o la asistencia sanitaria. A Telva la dejaron libre al cabo de una semana.

Cuando llegó a su antiguo departamento y saludó a las familias con las que compartía cocina y baño, pudo dar rienda suelta a la pena que la embargaba desde que cogió el avión en Barajas. Sacó del bolso el sombrero azul que Manuela le entregó al llegar a España y, abrazada a él, lloró durante horas. Por Manolo. Por su madre, que había intentado complacerla desde que pisó suelo español. La echaba tanto de menos que pensó que iba a ahogarse.

Unas horas después, poco antes del amanecer, se levantó y se preparó para reincorporarse a su trabajo, tal como le habían ordenado.

«Esto es lo que hay. No he podido elegir y no hay marcha atrás. Pero esta vez el gorro no me lo quita ni la mismísima KGB», se prometió a sí misma.

Manolo permaneció retenido más de una semana. Su puesto como chófer del ministro de Defensa le había dado acceso a información relevante y, debido a sus respuestas, mucho más caóticas e inconsistentes que las de Telva, fue interrogado sobre lo mismo una y otra vez. Cuando salió de allí fue a buscarla, pero la tristeza los embargaba de tal manera que por primera vez en su vida no supieron qué decirse.

QUINTA PARTE

La amiga

1953-1964 (Cuba)

1961-1967 (España)

19

En el mes de julio de 1953, los confusos ideales del joven Octavio Lavín, hijo de Bartolomé Lavín, inmigrante asturiano y una de las mayores fortunas de Cuba, se vieron representados por un joven abogado, hijo de otro expatriado. En su caso, gallego, pero ya decía el refrán que «gallegos y asturianos, primos hermanos». Fidel Castro se llamaba el que, de la noche a la mañana, se convirtió en el líder ideológico de Octavio. Castro, a sus casi veintisiete años, acababa de asaltar junto con un puñado de jóvenes el cuartel de Moncada en Santiago de Cuba y el de Carlos Manuel de Céspedes en San Salvador de Bayamo con la intención de robar las armas, refugiarse en las montañas y hacer un llamamiento a la huelga general por radio contra el régimen del dictador Batista, que un año antes había llegado al poder mediante un golpe de Estado financiado por Estados Unidos.

El ataque fue controlado en veinte minutos, varios disidentes asesinados y Fidel Castro detenido y condenado a quince años de cárcel, de los que solo cumplió veintidós meses gracias a una amnistía concedida por Batista. Durante ese tiempo, el joven Lavín, en rebeldía contra un padre afín al gobierno, decidió unirse a otros simpatizantes que Castro había conseguido con su aventura. La salida de Cuba de Fidel para refugiarse en Estados Unidos dejó a Lavín falto de un referente con el que canalizar la ira que sentía hacia su padre y durante un año recorrió cada taberna de La Habana buscando un lema que pudiera definirle. Solo la posición de la familia Lavín evitó que fuera fusilado por el ejército después de hablar más de la cuenta en una de sus charlas de borracho. En un bayú, un lugar muy distinto a los locales de lujo para los turistas estadounidenses propiedad de su padre, conoció a Rosita, una joven jinetera, mestiza, hermana de uno de los jóvenes guerrilleros de Fidel Castro que participó en el desastroso ataque a los cuarteles. El hermano de Rosita tuvo peor suerte que sus líderes y fue capturado, torturado y asesinado.

Desencantado con el mundo en general y, en particular, con los que se enriquecían a costa de la semiesclavitud de los campesinos, Octavio encontró en la intensa Rosita el nuevo motor de su existencia. Con el dinero de su padre, se la llevó de La Habana y se instaló en un pequeño apartamento del barrio del Tívoli, en Santiago de Cuba, la ciudad natal de ella, en la primavera de 1956. Allí entraron en contacto con los simpatizantes del Movimiento 26 de Julio, que Fidel Castro, su hermano Raúl y el argentino Ernesto Guevara lideraban desde México, de nuevo con el objetivo de derrocar a Batista. Octavio y Rosita entablaron amistad con Vilma Espín, de edad similar a la suya, hija de uno de los directivos de Bacardí en la isla. Vilma era la líder local del Movimiento clandestino y la propietaria de la casa donde se ubicaba el cuartel general en la provincia de Oriente, además de la persona de confianza de Raúl Castro, el hermano de Fidel.

Bartolomé Lavín llegó a Cuba desde la aldea asturiana de Colombres en los años veinte, con las manos vacías y la cabeza llena de ilusiones. Consiguió su primer empleo en el ingenio azucarero Pawley, donde aprendió los entresijos de la recolecta y la conversión de la caña en azúcar. Lavín sabía leer y escribir, no se le daban mal las matemáticas y enseguida aprendió inglés para hablar en el idioma nativo de sus patrones. No tardó mucho en comprar sus primeros molinos de azúcar y más tarde tierras y camiones para transportar el producto al puerto. Diez años después poseía una parte de la Nacional Cubana de Aviación, de la que Will Pawley, el hijo de su primer empleador, era presidente. A pesar de que Will se educaba en Estados Unidos, entre él y Bartolomé, de edad similar, se forjó una sólida amistad durante las largas temporadas en las que el joven Pawley residía en la isla: Will admiraba la agresividad de Bartolomé en las negociaciones y su fuerza incansable en el trabajo, y Lavín veía en Pawley al hombre de negocios culto y elegante que quería llegar a ser. Durante los años posteriores, Bartolomé organizó encuentros para su amigo con diferentes sectores del crimen organizado, al amparo de la inmunidad de la que estos gozaban en La Habana, y cumplió sin fallos los encargos que le hacía Pawley desde Estados Unidos.

Así transcurrieron unas décadas en las que, en general, la vida le sonreía a Lavín, salvo por el cabeza loca de su hijo menor, Octavio. Bartolomé confiaba en que su hijo, que en ese momento malvivía en Santiago con una jinetera revolucionaria, madurase pronto y volviera a su lado para ocupar el lugar que le correspondía al frente de los negocios familiares, pero se le agotaba la paciencia y el tiempo.

En 1958, el negocio de la caña de azúcar en Cuba generaba menos ingresos que en la década anterior y la situación se complicaba en las plantaciones y en la industria de Lavín, uno de los pocos empresarios preocupados por mejorar las condiciones de vida de los campesinos que trabajaban sus tierras. El «gallego ilustrado», como le llamaban allí por su origen español y por su obsesión por escolarizar a los niños, había creado una escuela para los hijos y las hijas de sus trabajadores, que de otra forma no habrían tenido acceso a la educación más básica, como ocurría en la mayoría de las zonas rurales de la isla. En las plantaciones de Lavín los niños aprendían matemáticas, inglés, geografía y literatura. También había un médico en nómina para atender a los jornaleros, en sus barracones había electricidad y letrinas, y todos los que trabajaban para él comían carne o pescado dos veces por semana. Los más pequeños tomaban leche a diario hasta los ocho años, garantizada por las vacas que criaba en sus tierras. A pesar de haber recibido amonestaciones de algunos dirigentes del Gobierno y otros empresarios por lo que no solo consideraban dispendios sino también una forma de soliviantar a los trabajadores de otras plantaciones, sus cuentas se engrosaban cada año gracias a que enseguida supo ver dónde estaba el nuevo negocio en la isla. Con Batista totalmente rendido a Estados Unidos, Lavín abrió, en el barrio de San Isidro de La Habana, un prostíbulo para clientela exclusivamente extranjera. El éxito fue tal que seis meses después ya tenía cinco locales. La rápida expansión se debía a las chicas, muchas aún niñas, procedentes de las familias que trabajaban sus cultivos en el centro de la isla, que hablaban un inglés bastante correcto, aprendido en la escuela de Lavín, y se desenvolvían en las conversaciones con los americanos adinerados tan bien como lo hacían en las camas del burdel.

Bartolomé Lavín tenía la mayor parte de su capital repartido en bancos estadounidenses, en inversiones en compañías de transporte y en activos inmobiliarios en el estado de Florida.

Batista gozó del apoyo material, comercial y político de Estados Unidos durante el golpe de Estado y la dictadura. Sin embargo, el Movimiento 26 de Julio liderado por Fidel Castro crecía rápido debido al descontento de la población, las torturas salvajes sufridas por los presos políticos y los cuerpos de los disidentes que aparecían cada día colgados de los árboles o tirados en las cunetas con signos evidentes de tortura, unido al desempleo y las malas condiciones en las que sobrevivían los habitantes del medio rural. El apoyo popular a la revolución consiguió que Estados Unidos se preocupara por el avance de los rebeldes de Sierra Maestra. Eisenhower, ante la incapacidad de Batista para controlar a los revolucionarios, intentó una solución diplomática al conflicto, instando al dictador a la negociación pacífica y a la convocatoria de elecciones, mientras en paralelo la CIA establecía contactos con los líderes del Movimiento 26 de Julio. El objetivo era mantener la isla al servicio de Estados Unidos, bien de la mano de Batista, bien de los rebeldes, pero la información que poseía Lavín no auguraba buenas perspectivas de futuro. Estados Unidos había tardado en reaccionar.

En diciembre recibió en su casa a su viejo amigo Will Pawley, que se encontraba en La Habana como emisario extraoficial de Estados Unidos con una propuesta para Batista, en busca de una solución pacífica al conflicto. La oferta de Eisenhower al dictador era que este saliera de la isla con su familia a cambio de recibir asilo político. El plan consistía en formar un gobierno provisional que apaciguara al Movimiento 26 de Julio y garantizara, al mismo tiempo, la seguridad de los afines a Batista y los intereses económicos estadounidenses. Pawley llegó a casa de Bartolomé decepcionado por el fracaso de su misión y alertó a su amigo español de que el dictador tenía los días contados.

Lavín no contempló la opción de que su hijo Octavio se quedara en la isla mientras ellos huían. Saldría con ellos de allí, aunque tuvieran que emplear la fuerza, porque ni la ilusión de la guerrilla le iba a durar siempre ni los revolucionarios le iban a perdonar su linaje. Con el tiempo terminaría muerto o malparado.

Una semana después de la visita de Pawley a Bartolomé Lavín, Octavio descansaba en un camastro de uno cinco de ancho por uno ochenta de largo abrazado a Rosita, la revolucionaria más intensa y bonita de toda la isla, de la que ya empezaba a cansarse. Esa noche las chinches respetaban su sueño. Habían lavado la ropa de cama con lejía y Rosita había puesto menta abundante en el colchón para mantener alejados a aquellos molestos insectos. Lo que perturbó el descanso del joven fue el cañón frío de una pistola en los genitales. Se sobresaltó e intentó levantarse, pero la pierna de un hombre sobre su abdomen se lo impidió.

—No haga ninguna tontería, mi hermano, si no quiere que le vuele los sesos de un disparo.

—O los cojones, que es peor —añadió el que apuntaba directamente a sus partes—. Tremenda *hembrota* tenía usted en la cama.

Octavio miró hacia el otro lado del colchón. Vacío.

—¿Dónde está? ¿Qué le han hecho? —Hizo otro amago de incorporarse, pero la presión de la rodilla de su asaltante sobre su pecho lo hundió contra el colchón.

Un tercer hombre entró en la habitación con Rosita, atada y amordazada.

—Menudo sueño profundo se gasta usted, compadre. Le roban a la hembra de la cama y no se entera.

Eran tres, dos negros y un blanco, armados y de complexión fuerte. Muchas molestias para desvalijar un pequeño apartamento de barrio donde con suerte encontrarían unos cuantos pesos.

—Ahora, con mucho cuidadito, va a ponerse en pie. Voy a quitarle el cachimbo de las pelotas, pero no haga ninguna tontería porque no salen vivos de aquí ninguno.

Octavio obedeció e intentó disimular el miedo que amenazaba con hacerle temblar de arriba abajo.

—No coja lucha, compadre —dijo uno de los hombres con una risotada—. Hay que ver qué penco el gallego. A usted tenemos que llevarlo vivo, pero de su *hembrota* no nos dieron instrucciones, así que circule *p'alante* que hasta que usted no llegue a su destino ella y yo nos vamos a quedar aquí. Igual matamos jugada y todo.

Octavio vio que Rosita miraba desafiante al encapuchado. Era una mujer valiente. Demasiado para él. No opuso resistencia y se dejó llevar por los dos fornidos mulatos que lo apuntaban con sus pistolas. Bajó las escaleras hasta el portal, solo iluminado por la luz de la noche cubana, y allí sintió la mano de uno de los hombres apretando un paño contra su cara. Su último pensamiento, antes de sumirse en la inconsciencia, fue para su mejor sombrero, que se había quedado en la mesilla junto con la medalla de la Virgen de la Caridad del Cobre, igual a la de Rosita, con las que a modo de alianza simbolizaron su unión privada ante Dios.

Bartolomé Lavín, su mujer y sus hijos, incluido Octavio, que por entonces contaba veinticinco años, salieron aquella misma noche de Cuba hacia Miami, y desde allí viajaron a su Asturias natal donde, como tantos otros prósperos emigrantes, habían construido una de las mayores casas de indianos de la zona.

Lo que Bartolomé Lavín no podía adivinar era que en Cuba nacería un nieto suyo, una nieta para más señas, que llevaría por nombre Octavia Ernestina Cartas: Octavia por su padre, Ernestina por Ernesto «Che» Guevara y Cartas por el apellido materno, ya que Octavio no llegó a enterarse de que Rosita estaba embarazada antes de que lo secuestraran por orden de su padre y lo embarcaran con su familia rumbo a España.

En el mes de junio de 1959, en la isla de Cuba, Octavia Ernestina Cartas vio por primera vez la luz del sol. Nació tras un extenuante parto de catorce horas durante las que Rosita se retorció, empujó, dejó de hacerlo, mordió todo lo que encontró para aliviar el dolor pero no gritó, porque el día que se llevaron a Octavio de su lado ya había gritado todo lo que necesitaba en la vida.

—Ay, mi hijita, qué mal empezamos tú y yo nuestra historia —le dijo a su pequeña cuando se la pusieron en brazos.

Quizá por un sexto sentido con el que vienen los niños al mundo, Octavia llegó con ganas de cooperar: se cogió al pecho de su madre sin rechistar y se concentró en dormir, comer y mantenerse sana mientras Rosita buscaba mil formas de salir adelante las dos. Aunque la revolución había triunfado y la llenaba de orgullo saber que había contribuido a la liberación del pueblo cubano, todavía no había averiguado qué le daría la revolución a ella para sobrevivir con su pequeña, sola y sin sus compañeros del Movimiento que, como buenos vencedores, estaban demasiado ocupados en sacarle a la victoria el máximo provecho para ellos y sus familias.

Rosita tuvo algún trabajo esporádico en Santiago y aceptó

toda la ayuda que le ofrecieron, pero de la caridad no podían vivir y pocos eran los empleos al alcance de una mestiza sin formación en los que pudiera llevar a un bebé de pecho. Incluso llegó a plantearse volver a intercambiar sexo por dinero, si es que tras la revolución todavía quedaba gente que pagase por sus servicios.

Antes de tomar la decisión de meterse otra vez a jinetera, hizo un último intento de mejorar su situación y se presentó en La Habana con Octavia en busca del mismísimo Che Guevara. Aquel hombre tan enérgico en su discurso y de personalidad magnética, representaba para ella y para tantos otros cubanos el espíritu de la revolución. Pretendía reclamarle ayuda en nombre de su hermano, que perdió la vida por la causa en el asalto al cuartel de Moncada. Rosita no lo encontró porque estaba entonces en España, de visita oficial, recibiendo los agasajos del gobierno franquista. Así, mientras el hombre en el que Rosita había puesto sus esperanzas apreciaba la modernidad de los grandes almacenes Galerías Preciados, abiertos un domingo en su honor, o compraba en la sombrerería La Favorita una gorra que se puso del revés sin imaginar que iba a ser con la que su imagen pasaría a la historia, ella se desesperaba en el Palacio Presidencial al enterarse de que estaría fuera varios meses.

Rosita no hizo el viaje en balde porque allí se encontró con Vilma Espín, con la que tan buena amistad habían trabado ella y Octavio en Santiago. Vilma se había casado aquel mismo año con Raúl Castro, el hermano de Fidel, y de inmediato reconoció a Rosita.

Tras enterarse de la precaria situación en la que se encontraba, Vilma le contó su gran proyecto: unificar todas las asociaciones de mujeres cubanas en una sola, más fuerte y eficiente, y sacar a las jineteras de la prostitución. Para conseguirlo, el primer paso era construir guarderías gratuitas para que sus hijos estuvieran atendidos mientras ellas estudiaban y trabajaban. Rosita empezó en la asociación atendiendo el mostrador de información, como ejemplo vivo de la misión de la recién nacida Federación de Mujeres Cubanas porque ella misma era candidata al intercambio de sexo por dinero: mulata, madre soltera, pobre y sin formación.

Rosita disfrutó plenamente su maternidad durante dos años mágicos en La Habana. Le encantaba su trabajo en la Federación porque, aunque solo era la recepcionista, sentía que lo que hacía allí cambiaba la vida de otras mujeres que, como ella, habían tenido que aceptar dinero a cambio de aguantar las arcadas y el asco que les producía prostituir su cuerpo para poder comer. Durante las horas de trabajo no echaba de menos a Octavia porque solo tenía que cruzar el hall y caminar unos metros por un pasillo para verla, amamantarla o cogerla en brazos antes de retomar su tarea, y no le importaba alargar más allá del horario con la tranquilidad de saber que su hija estaba tan solo a unos metros. Incluso dejó de echar de menos a Octavio, al que consideraba el gran amor de su vida, porque su pequeña provocaba un sentimiento mucho más visceral y profundo.

Su buena suerte duró hasta el verano de 1961, cuando empezó a encontrarse mal. Llevaba más de dos meses con una menstruación intermitente pero abundante, que le duraba una semana, se le quitaba un par de días y vuelta a empezar. Al principio lo achacó a las irregularidades que sufría desde el parto, pero cuando el mareo constante que sentía desde hacía semanas se hizo tan intenso que una mañana la impidió levantarse de la cama para atender a Octavia, se preocupó.

Gracias a su trabajo en la Federación de Mujeres tuvo acceso fácil a un ginecólogo, que diagnosticó su problema pero no pudo proporcionarle una solución. El cáncer de cuello de útero era el más común entre las jineteras, lo consideraban casi una enfermedad de transmisión sexual, aunque nada supieran entonces de su relación con el virus del papiloma humano. La prueba Papanicoláu todavía no había llegado a Cuba, así que, para cuando las mujeres empezaban a experimentar síntomas, ya poco se podía hacer más allá de paliar el dolor. Entre tres y cinco años de vida fue la sentencia que Rosita escuchó de boca del médico, y en ese momento solo pensó en lo que le esperaba a Octavia si no conseguía encontrarle un hogar antes de emprender su camino hacia el descanso eterno.

Rosita sabía que el padre de su hija partió de La Habana después de su secuestro porque varios testigos lo vieron en el puerto y todos insistían en que Octavio Lavín había embarcado en compañía de sus padres, perfectamente consciente y de manera voluntaria. Era una realidad que Rosita se negaba a asumir; prefería creer que lo habían raptado de su lado a punta de pistola y con la amenaza de matarla a ella si se resistía, algo que encajaba mucho mejor con la historia de amor romántico que se contaba a sí misma. En cambio, si los raptores trabajaban para su padre, estaba claro que Octavio no corría peligro alguno. Entonces, se preguntaba Rosita, ¿qué clase de chantaje lo había hecho subir al barco sin oponer resistencia? El alivio que sintió Octavio cuando se vio libre de Rosita, de la revolución y de una vida en la pobreza, que tan intensa e interesante le pareció al principio como desagradable e incómoda después, no era una teoría que Rosita quisiera plantearse.

Al menos no hasta que tuvo que afrontar que su pequeña Octavia iba a quedarse huérfana.

A partir de entonces la prioridad de Rosita fue localizar a Octavio Lavín, comunicarle la existencia de su hija y rogarle que se hiciera cargo de ella y le diera una vida cómoda en Asturias. Por eso, desde la llegada del primer grupo de rusos españoles a Cuba, empezó a contactar con ellos y a solicitarles su ayuda en una misión para la que tenía un tiempo limitado.

Aunque todos los hispanorusos que llegaron a la isla mantenían correspondencia con sus familiares en España y se ofrecieron a preguntarles si sabían de Octavio Lavín, el tiempo corría y Rosita no recibía las esperadas noticias sobre el paradero del padre de su hija.

Sus esperanzas se reavivaron al conocer a una ingeniera rusa de origen asturiano, recién llegada a Cuba, que había estado viviendo en España durante varios meses: la licenciada Telva Fernández Baizán.

A los pocos meses de su regreso a la Unión Soviética, Telva fue elegida para participar en la comisión de expertos que fueron a Cuba a petición de Fidel Castro para ayudarlo a asentar la revolución. La comisión estaba formada por niños de la guerra españoles, criados y formados en Rusia. Así lo acordó el mismo Che Guevara con Dolores Ibárruri, convencido de que eran mucho más adecuados que los rusos para aquella misión porque si los especialistas cubanos no hablaban ruso y los rusos no hablaban español, aquel operativo estaba condenado al fracaso.

Manolo tuvo la oportunidad de irse con ella si formalizaban su matrimonio en la URSS, ya que los expertos podían ir acompañados de sus familias. Telva se sintió obligada a ofrecérselo porque, después de la decepción de tener que abandonar España, Manolo no levantaba cabeza.

—Si me voy a Cuba contigo, ¿formaremos una familia y podremos quedarnos a vivir allí? Por lo menos hablaríamos en español.

Eso era mucho más de lo que Telva podía prometerle y, a pesar del tremendo dolor que le causó, Manolo rechazó su oferta.

—Siempre pensé que el amor lo podía todo —le dijo—, pero el mío ya no aguanta más. Ya está bien de sueños imposibles. Te quiero más que a nadie, pero es momento de aceptar que no eres para mí. Necesito dejar de dar tumbos y formar una familia, no puedo esperar eternamente lo que ni siquiera sé si algún día podrás darme.

A Telva le dolió, más que por el rechazo porque estaba acostumbrada a que Manolo siempre tuviera un sí para ella, pero lo entendió y en cierta medida le supuso un alivio, así que le ofreció el divorcio, la libertad para olvidarse de ella y emprender un nuevo camino en solitario.

Algo se había roto entre ellos tras volver de España. Cada vez les costaba más encontrar temas para charlar cuando quedaban los domingos por la tarde, una costumbre que ambos se obligaban a mantener. Estaban condenados a un exilio perpetuo. No podrían entrar de nuevo en España sin ser detenidos en el acto. A nadie le importaba que fueran culpables o no, y en el fondo Manolo se sentía como si lo fuesen.

—Si hubiéramos sido sinceros con ellos —le decía a Telva cada domingo—, quizá podrían habernos ayudado, quizá ahora estaríamos allí, en nuestra casa, en nuestro país, con los nuestros.

—Los síes y los quizás son de necios, Manolo. ¿De qué sirve ahora pensar en eso?

Pero él le daba vueltas una y otra vez.

—Debimos confiar en tu madre y en Goyo. Si se lo hubiéramos contado...

—Si se lo hubiéramos contado quizá ahora estaríamos presos en una cárcel española —zanjaba Telva aquellas conversaciones inútiles.

Telva llegó a Cuba sola, sin familia, como miembro de uno de los equipos de expertos rusos formado por traductores, médicos e ingenieros, en el que ninguno tenía rasgos eslavos y todos hablaban en perfecto castellano con un fuerte acento español.

El grupo se dividió en pequeños equipos asignados a diferentes proyectos en distintos puntos de la isla. Telva se quedó en la capital, en el Ministerio de Industria, donde se integró en el departamento de ingeniería encargado de la ampliación del puerto de La Habana. Las infraestructuras y la tecnología eran una prioridad para la política económica, la única forma de lograr que la nacionalización de las empresas extranjeras contribuyera al establecimiento de un régimen social del trabajo en la industria y en la agricultura.

Lo primero que pensó Telva al ver la isla fue que había llegado al paraíso: calor, palmeras, playas, grandes coches americanos, casas coloniales y gente vestida con ropa ligera. La impresionaron los hombres de raza negra, que mostraban brazos y piernas musculados y piel brillante, sin las rojeces típicas de los rusos a causa de su tono pálido y su inclinación al vodka, y mucho más altos y fuertes que los españoles. Allí se olvidó de Manolo, dispuesta a disfrutar de la nueva oportunidad que la vida le ofrecía.

Fue la mismísima Vilma Espín la que, nada más enterarse de que había otra ingeniera como ella, quiso conocerla para intercambiar sus conocimientos: Telva se había formado en Rusia y Vilma en el MIT, en Estados Unidos.

Vilma era lista, resolutiva y tan apasionada que era imposible resistirse a su causa. Le habló de la responsabilidad que la revolución debía asumir con las mujeres, que hasta el momento se había reducido a una campaña publicitaria. Habían colocado grandes carteles animándolas a librarse de la discriminación y la opresión sin darles los medios para lograrlo, y la realidad era que en Cuba la pobreza se cebaba con ellas y, también allí, al igual que en Rusia y en España, eran las que cuidaban del hogar y de la supervivencia de los niños y, salvo excepciones como la propia Vilma, no ocupaban posiciones relevantes en la organización administrativa ni en las fuerzas revolucionarias. Por eso, cuando Vilma la animó a unirse a la Federación de Mujeres Cubanas, Telva aceptó, impresionada por su energía arrolladora y porque estaba acometiendo proyectos prácticos para cambiar la situación. Además, a los ingenieros cubanos parecía hacerles más gracia trabajar con sus compañeros hombres que con ella.

No tardó más que un par de días en conocer a Rosita que, al enterarse de que Telva era asturiana y había estado en España hacía poco, le habló de Octavio Lavín, el padre de su hija.

—¿Conoce a la familia? —le preguntó.

Telva negó, asombrada por la aparente candidez de aquella mujer que confiaba en que, entre los más de treinta millones de habitantes con los que contaba España por entonces, ella supiera de un cubano de origen asturiano.

—Era uno de los apellidos más conocidos de la isla —explicó Rosita al adivinar lo que estaba pensando Telva.

Y le contó su historia desde que conoció a Octavio, pero sobre todo le confesó que se moría.

Telva no era mujer de emociones, pero ver la entereza con la que Rosita hablaba de buscarle un hogar a su hija en el que le diesen el futuro que ella no iba a poder proporcionarle, la hizo pensar en el momento en que su madre tuvo que separarse de ella y, sin poder controlarlo, comenzó a llorar todo lo que no había llorado en veinticinco años. Tanto que Rosita se cuestionó si la ingeniera estaba en sus cabales. Cuantas más lágrimas derramaba Telva, más se enfadaba Rosita con aquella mujer que se permitía llorar en su presencia cuando era ella la que se moría y dejaba una huérfana en el mundo.

—¡Ya basta! —ordenó Rosita—, que me muero yo y llora usted.

La voz de Rosita recompuso a Telva de golpe.

—Perdóneme.

Y sin más explicación, le aseguró que encontraría a Octavio Lavín si es que estaba en Asturias.

Rosita se fue de allí con la convicción de que la ingeniera no iba a ayudarla, pero se equivocaba, porque nada más regresar a su alojamiento, Telva escribió a su madre pidiéndole el favor.

Manuela desconocía los motivos concretos de la vuelta de su hija a la Unión Soviética. Las explicaciones que le dio por carta solo aclaraban que habían regresado por obligación y no por voluntad, y se disculpaba por todos los daños que les hubiera podido causar.

Manuela vio en aquella petición la confirmación de que su hija Telva la quería, que había tenido una poderosísima razón para abandonarlos, aunque no pudiera contársela por carta, y empezó a buscar a Octavio Lavín, dispuesta a encontrarlo como fuera.

20

Los contactos de máximo nivel que Jacobo Espinosa de Guzmán tenía en el gobierno evitaron que la caída de Juan Gregorio tras la huida de Telva y Manolo fuera mayor de lo que fue, aunque él la vivió como el batacazo de su vida. De un día para otro lo despojaron de su puesto como asesor del ministro de Defensa y lo enviaron de vuelta a Oviedo sin honores, con una plaza de funcionario puramente administrativa, arrinconado, sin poder ni influencia, en una oscura esquina de los juzgados.

Mil veces habría preferido que lo destinaran a cualquier lugar donde nadie lo conociera; incluso Ceuta o Melilla eran mejores que Oviedo para él. Seguramente aquello fue parte del castigo: volver a la ciudad de la que un día salió triunfador con un brillante futuro por delante, elegido para trabajar con los favoritos del Caudillo, y donde muchos recordaban el pasado de su mujer como criada al servicio de Valentina. Juan Gregorio regresó, acobardado y rabioso, en compañía de Manuela, a la que culpaba de su caída en desgracia. A Gorio lo dejaron interno en el mismo colegio al que hasta entonces acudía de externo en Madrid. Ni siquiera sabían cómo conseguirían pagarlo, pero ninguno de los dos quería privar a su hijo de aquella educación de élite que había recibido hasta el momento, y mucho menos someterlo a la humillación de ver a sus padres empezar de cero en Oviedo. Juan Gregorio imaginaba a sus nuevos compañeros mofándose a sus espaldas y despreciaba aquella ciudad que, en su interpretación de la realidad, no le había traído más que infortunios.

—La culpa es mía por acoger a una rusa como si fuera mi propia hija —repetía Juan Gregorio para tortura de Manuela—. ¡Santo cielo! Que metí al marido en un puesto de confianza, al servicio del ministro de Defensa nada menos. ¿Cómo he podido ser tan tonto y confiado?

Manuela callaba, avergonzada, sin saber qué responder porque, a pesar de las consecuencias que les había acarreado la inexplicable marcha de Telva, a ella le merecían la pena los meses que la había tenido cerca.

Cuando llegaron a Oviedo se encontraron en la calle. La llave de su piso no entraba en la cerradura.

—Se habrá atascado. Hace mucho que no venimos —sugirió Manuela—. Seguro que con un poco de aceite lo solucionamos.

—¡Qué atascar ni qué atascar! ¿No ves que es una cerradura nueva? Quizá han entrado ladrones y han tenido que cambiarla.

—¿Sin avisarnos?

En ese momento el ascensor se detuvo en su piso. Era el conserje.

—¡Menos mal que está usted aquí! No podemos entrar en la casa. Mire, venga —le pidió Juan Gregorio.

—Creo que es mejor que me acompañen abajo. Han dejado un paquete para usted —respondió el portero.

Montaron con él en el ascensor, Manuela escamada y Juan Gregorio echando chispas.

En el sótano estaba la Singer de la abuela de Alexandra, cubierta con la tapa de madera con la que Manuela golpeó a doña Enriqueta, la madre de Valentina, provocándole una brecha en la ceja. Sujeta a ella, una nota dirigida a Juan Gregorio:

> A la atención de nuestro exyerno:
>
> Por la presente le hago entrega de la única pertenencia suya que hemos encontrado en la casa. Sírvase de abandonar el edificio inmediatamente después de recogerla.
>
> Fdo.: Sres. Cifuentes

—¡Ay, Manuela, que estamos en la calle! ¡Los padres de Valentina nos han quitado la casa!

—¿Pueden hacerlo?

—Ahora pueden hacer lo que les dé la gana, ¡me cago en mis muertos! ¡Vienen como buitres a por el animal malherido!

Manuela se dio cuenta de lo grave que era la situación porque Juan Gregorio acababa de cagarse, entre otros, en su tío el canónigo.

Esa semana la pasaron en una pensión del centro mientras buscaban un apartamento de alquiler asequible en Ciudad Naranco, un barrio ubicado en la falda de la montaña, no demasiado lejos de la vía principal; era una bonita zona residencial de casas individuales con jardín, pero también habían construido allí unos edificios de protección oficial, austeros y sin ascensor, como al que ellos fueron a parar. Manuela lo eligió precisamente por eso, para que su marido pudiera decir que vivía en Ciudad Naranco, porque mientras no tuviera que dar explicaciones sobre en qué parte del barrio no se sentiría avergonzado.

A Manuela le importaban poco la casa, la posición y el dinero, pero se dispuso a ganarse la vida para mitigar el daño que la huida de Telva había supuesto para su marido. «Ya puedo darme maña con los patrones y cortar sin destrozar ninguna pieza de tela», se dijo.

—¡Madre mía, Manuela! —exclamó Juan Gregorio al ver el nuevo cuarto de costura—. ¿Cuánto te ha costado este maniquí? ¿Por qué tienes cabezas de repuesto? Seguro que te has gastado una fortuna y ya no tenemos dinero. Por eso te empeñaste en que la casa tuviera tres habitaciones, aunque para poder pagarla hayamos terminado en el extrarradio.

—El maniquí es de un sastre que se jubiló, tiene más años que Carracuca, y las cabezas no son de repuesto sino hormas de sombrero. Todavía nos quedan algunos ahorros en el banco y esto es un gasto necesario: cuanto más rápido cosa, más dinero ingresaré.

—¡Si nadie lleva ya sombrero!

—Ahora sí. Gracias a la Jacqueline Kennedy este año vuelven a estar de moda. Al menos, los de tipo casquete en colores pastel. «Pillbox», los llaman ahora. Como los que llevan los botones de los hoteles que salen en las películas americanas.

—¿De qué estás hablando? ¿Qué Jacqueline Kennedy ni qué gaitas? ¿Cómo vas a conseguir clientas? ¿Qué harás, competir con las sombrererías?

—Voy a hacer lo que no hacen en las tiendas: forrar sombreros para que vayan a juego con los vestidos y, como de eso no habrá muchos encargos, también haré arreglos de costura y confección de piezas. Voy a poner un pequeño rótulo en la ventana y en el portal, para que se sepa que estoy aquí —le explicó Manuela.

—¿Ese rótulo cuánto cuesta?

—Dos mil pesetas. Es el último desembolso. No necesito nada más.

—¿Y el material?

—Lo iré comprando según lo que solicite cada clienta. Te prometo que les pediré un anticipo para la tela.

Juan Gregorio emitió un gruñido e hizo ademán de irse, pero nada más dar un paso se dio la vuelta, apuntó a su mujer con el dedo índice y la advirtió:

—No se te ocurra llamar «Telva» a lo que vayas a montar aquí. No quiero escuchar ese nombre nunca jamás, ¿entendido?

Manuela respiró hondo antes de responder, con voz pausada:

—Pues tendrán que ser otras dos mil pesetas para otro rótulo, porque lo traen esta tarde.

Juan Gregorio maldijo su suerte y salió de la habitación mascullando una sarta de protestas inconexas.

No tardó en llegar el día en el que sucedió lo que Juan Gregorio temía: que sus nuevos compañeros se burlaran de él. Una mañana, a la hora del café, olvidó que en una ciudad como Oviedo las noticias y los cotilleos se trasmitían a la velocidad de la luz y empezó a presumir de conocer al Caudillo en persona, de haber trabajado con sus hombres de confianza y de tener coche oficial, sin darse cuenta de que los demás estaban deseando bajarle los humos.

—¿Y qué pasó? ¿Volviste porque echabas de menos el clima asturiano? —le espetó uno—. Con esas grandezas que cuentas, no sé cómo has terminado aquí.

—Será que se enteraron de que se casó con la sirvienta —dijo otro con una carcajada—. ¡Menudo fanfarrón!

Juan Gregorio llegó a casa temblando de ira y lo pagó con su esposa.

Manuela se encontraba en ese momento con una clienta, doña Palmira, probándole un traje de chaqueta que la tenía desesperada porque no conseguía asentarle las solapas. Al escuchar el portazo que dio su marido al entrar, se disculpó con ella y salió a ver qué ocurría.

Enseguida vio en su gesto que se trataba de algo grave.

—¿Qué te pasa, Goyo? ¿Por qué vienes con esa cara?

La furia que adivinó en sus ojos no presagiaba nada bueno.

—¿Tú me lo preguntas? —gritó.

Manuela intentó explicarle que doña Palmira estaba dentro para que bajara la voz, pero lejos de surtir el efecto deseado provocó que chillara aún más.

—¡Pasa que pariste una roja traidora y que yo soy un gilipollas al que pillaste quedándote embarazada, sabedora de lo mucho que deseaba tener un hijo!

Manuela no fue capaz de responder.

—No dices nada porque sabes que es la pura verdad. ¡Eres el demonio que vino con forma de cordero para arrastrar a un buen cristiano al infierno!

Juan Gregorio continuó gritándole improperios a tan viva voz que doña Palmira los oyó, se quitó el traje rompiendo parte del hilván, lo colocó como pudo en el maniquí y salió de allí en cuanto consiguió vestirse para no verse envuelta en aquel lío familiar.

Manuela oyó la puerta de la calle cerrarse y regresó corriendo al cuarto de costura para descubrir que su clienta ya no estaba. Juan Gregorio, que en su arrebato no había escuchado nada, interpretó que lo dejaba con la palabra en la boca y la siguió.

—Doña Palmira se ha ido —dijo Manuela señalando el maniquí con el traje medio deshilvanado—. Ha debido oírte. Ahora se lo contará a todas y me voy a quedar sin encargos.

—¡Me importa un bledo!

Juan Gregorio le dio un puñetazo al maniquí y lo tiró al suelo.

—¡Cálmate, Goyo, por favor!

Pero él, decidido a apagar su rabia con el inocente maniquí, se disponía a destrozarlo de una patada cuando Manuela se interpuso. No llegó a tiempo de evitar que Juan Gregorio lo golpeara con tanta fuerza que rebotó contra la pared y, al intentar esquivarlo, tropezó y se golpeó la cara contra la máquina de coser. Manuela cayó al suelo sangrando por el pómulo. El tornillo del prensatelas le había rasgado la mejilla.

Juan Gregorio palideció al verla allí tirada, sangrando por la cara y con la mirada cargada de decepción. Toda su ira desapareció de golpe y acudió a socorrerla.

—Lo siento, perdóname... Yo... ¡Ay, Señor! Ha sido culpa mía —dijo tembloroso.

Manuela rechazó su ayuda y se incorporó hasta sentarse en el suelo.

—Tráeme el espejo de mano y el botiquín —ordenó a su marido.

Juan Gregorio obedeció. Manuela se limpió la cara con una gasa y fue al baño a lavarse la herida, con él detrás deshaciéndose en disculpas.

—Debemos ir al sanatorio a que te den puntos.

—De eso nada, que cobran un dineral.

—Me da lo mismo, es tu cara. ¡Venga, vayamos a que te vea un médico!

—No vamos a ir a ningún sitio. La herida es aparatosa pero superficial. Ya casi no sangra. Ayúdame a ponerme una gasa y esparadrapo.

—Tu cara, tu preciosa cara —se lamentaba Juan Gregorio mientras improvisaba un apósito en la mejilla de su esposa—. Si te queda cicatriz no me lo perdonaré nunca.

Manuela se compadeció, le tendió la mano para atraerlo hacia ella y Juan Gregorio, derrotado, se dejó abrazar por su mujer.

—Saldremos de esta, ya verás —lo consoló—. A ver cómo arreglamos lo de doña Palmira, que desde que su marido instaló un teléfono en la casa fue como darle un megáfono a un charlatán.

—Nosotros ya ni siquiera tenemos teléfono.

—Lo volveremos a tener —sentenció Manuela, y se miró de nuevo en el espejo para evaluar los daños—. Se curará y, con suerte, no me dejará cicatriz.

Así fue, pero la marca de la herida tardó varios meses en irse y, durante casi dos semanas, su mejilla lució rasgada y amoratada.

—No doy una, no doy una —repetía sin cesar Juan Gregorio tras el accidente—. Rezo, voy a misa, ayuno en Cuaresma, sigo los preceptos, soy un buen cristiano, ¿por qué Dios no me da lo que le pido? ¿Por qué me trata así? ¿En qué lo he ofendido?

—Ay, Goyo —le respondió Manuela cuando se hartó de tanto lamento—, yo no vengo de familia de Iglesia como tú, lo más cercano es mi hermana Adosinda y ni siquiera entró en el convento por voluntad propia, pero desde mi ignorancia te diré que tratas a Dios como al genio de los deseos y, cuando no consigues lo que tú quieres, te llevas el gran berrinche. ¿No le pedimos en el padrenuestro «hágase tu voluntad así en el cielo como en la tierra» y «el pan nuestro de cada día dánosle hoy»? Pues nos da mucho más que el pan. Tenemos salud, comida, un buen techo y manos para trabajar, así que, salvo que tú hayas encontrado en algún lugar de las Escrituras donde ponga: «Dios, haz mi voluntad y concédeme lo que yo quiero o vagaré por la tierra como un alma en pena», deja de compadecerte de una vez.

—No blasfemes, Manuela, que era lo que nos faltaba.

Juan Gregorio no quiso darle la razón a su mujer, pero aquella fue la última vez que se quejó de su suerte delante de ella.

A pesar de las habladurías que pudiera suscitar el aspecto de su mejilla, se negó a quedarse en casa así que paseó por Oviedo con la cabeza bien alta, del brazo de su marido, para cortar de raíz los posibles rumores de problemas entre ellos. Juan Gregorio no estaba de acuerdo, pero no se atrevió a negarle nada en varios meses. Como no podía ser de otra manera, la gente empezó a comentar y doña Palmira le contó a todo el que quiso escucharla, y a muchos otros que no querían, su propia versión de la escena de la que fue testigo: «Tuve que salir corriendo de allí del miedo que me entró, y cuánta razón tenía a la vista de cómo lleva la cara la Sombrerera».

Al domingo siguiente del accidente con el maniquí, cuando paseaban por el Campo San Francisco, como tantos matrimonios, se encontró de frente con Claudina, que hacía lo mismo con Abelardo. Al verse después de tantos años, se emocionaron y se fundieron en un abrazo.

—Pensaba ir a verte —explicó Manuela— para contarte de nuestro regreso, pero entre la mudanza y que acabo de abrir un taller de costura no he tenido tiempo. ¡Qué afortunada coincidencia! Ahora mismo ponemos día para salir a merendar tú y yo.

Claudina no dio respuesta a la invitación, pero señaló el pómulo amoratado de Manuela.

—¿Qué te ha pasado?

—Me tropecé y me di contra la máquina de coser, ya ves qué destrozo me he hecho.

Claudina la miró, comprensiva.

—Yo también tengo tendencia a caerme. —La mirada fulminante de Abelardo hizo que Claudina cambiara de tema en el acto—. ¿Te dedicas a la costura? Puedo verte como si fuera ayer arreglando la ropa de Alexandra.

—Ya sabes que lo mío son los sombreros y los tocados, pero como ahora ya solo se llevan en ocasiones especiales, mi intención es coser todo tipo de prendas. Por suerte para mí, a la gente todavía le gusta forrar los sombreros a juego con los trajes cuando van de ceremonia.

—La señorita Alexandra siempre alababa tu buen gusto con la ropa y lo bien que se la ajustabas a su figura cuando ganaba o perdía un poco de peso.

—Para nosotros es solo Alexandra —intervino Juan Gregorio—. Jacobo y Alexandra son nuestros amigos personales.

—Perdón —se disculpó Claudina—, es la costumbre, como Manuela y yo...

—Calla ya, mujer, que no sabes ni lo que dices —la interrumpió Abelardo y, dirigiéndose a Juan Gregorio y a Manuela, añadió—: Mi mujer es experta en meter la pata.

La situación se volvió tan incómoda que Manuela zanjó la conversación.

—Ven a verme pronto, no hace falta que me avises. Así charlamos tranquilas, que los hombres siempre se impacientan con nuestra cháchara femenina.

Los dos matrimonios se despidieron y, cuando ya se habían alejado, fue el propio Juan Gregorio quien comentó lo que Manuela llevaba pensando desde el principio de la conversación.

—Qué demacrada y flaca está Claudina, qué mal ha envejecido.

«Ese aspecto es de sufrir, no de envejecer», pensó Manuela para sí.

Claudina tardó más de un mes en visitar a Manuela y aprovechó para hacerlo una ausencia de Abelardo en cumplimiento del servicio. Desconocía el motivo del viaje y la duración porque su marido jamás compartía con ella asuntos de trabajo. Ni de trabajo ni de otra cosa porque, tras la boda, lejos de convertirse en su compañero, Abelardo se transformó en su carcelero.

Un mes antes de casarse, Claudina dejó su empleo. Después de que, en la misma noche de bodas Abelardo le exigiera cortar todo contacto con Eufemia, empezó a controlarle el correo que recibía porque «la mujer no debe guardar secretos al marido», y porque un teniente de la Guardia Civil debía ser muy cuidadoso con lo que hacía su familia. «Cualquier indiscreción por tu parte, por mero desconocimiento que no mala intención, me puede buscar la ruina. Recuerda siempre que la palabra escrita es eterna», le dijo.

Claudina no tenía en Oviedo a nadie con quien hablar. No disponían de teléfono, ni siquiera vivían cerca de las casas de la Guardia Civil, como otros oficiales con sus familias. Manuela iba muy poco por Asturias para no soliviantar con su presencia a los padres de Valentina, y cuando lo hacía era a Gijón con Alexandra, así que se vio sola y aislada en una ciudad ajena, totalmente dependiente de Abelardo que, tras su apariencia calmada, ocultaba una cara cruel que solo mostraba en casa y con los detenidos.

A Claudina le costó entender que su marido no era el príncipe azul que prometía. Por eso, achacando el suceso de la noche de bodas a los nervios del enlace, unos días más tarde, a la hora del desayuno, insistió en ir a Gijón a ver a Eufemia. Abelardo se negó dos veces y a la tercera se levantó de la silla.

—Acompáñame un momento, querida.

Abelardo se dirigió al baño y Claudina lo siguió.

—Pasa conmigo —le pidió.

Claudina entró tras él sin sospechar qué se proponía.

El puñetazo que casi la tira al suelo la pilló desprevenida.

—Recuerda esto si te entran ganas de gritar —le espetó Abelardo.

Después cerró la puerta y la bloqueó con una silla.

Allí estuvo encerrada las doce horas más largas de su vida. Buscó mil razones para justificar lo sucedido y, aunque no las encontró, tuvo fe en que todo aquello fuera un malentendido. El propio Abelardo la devolvió a la realidad cuando regresó a casa y le abrió la puerta.

—Espero que se te hayan quitado las ganas de ver a tu madrina. Ahora prepárame la cena, que tengo hambre. Después me lavas la camisa y me planchas el uniforme. Y la próxima vez, te encierro en la despensa a oscuras.

Claudina obedeció, intuyendo solo a medias el infierno en

el que había caído. Sin querer aceptar todavía que el sueño se había convertido en pesadilla, lo achacó a la tensión propia de los inicios de la convivencia y volvió a confiar en que aquello fuera un hecho puntual, aunque por si acaso escondió un orinal en la despensa.

Tardó menos de un mes en tener que usarlo. Esta vez porque aceptó la invitación de una vecina para tomar un café. En aquella ocasión, además del encierro le costó la primera paliza. Solo entonces tuvo claro que estaba presa y a merced del hombre que ella había imaginado como su salvador, el que creyó que iba a librarla de una vida anodina de trabajo y soledad.

Lo peor no eran los golpes, era no saber cuándo iba a llegar el próximo guantazo o el siguiente encierro porque Abelardo no bebía ni mostraba ataques de ira descontrolada. Al contrario, cuanto más calmado estaba, más miedo le provocaba porque era entonces cuando, sin previo aviso, aparecía el torturador que llevaba dentro. Abelardo la aterrorizaba por placer y la golpeaba sin enajenación, sino con conocimiento y a sangre fría, poniendo cuidado en no dejarle marcas visibles ni causarle daños que requirieran atención médica.

Claudina dejó de dormir, empezó a perder pelo y le dolía todo el cuerpo; un día una pierna, al otro la espalda y al siguiente la cadera, como si su sistema nervioso encendiera todas las alarmas para avisar de que algo iba mal. Vivió su martirio en silencio durante trece años hasta que, en la cocina de Manuela, habló por primera vez, entre llantos y temblores, de la agonía que llevaba padeciendo desde la misma noche de bodas.

—Desgraciado, malnacido, canalla... Ojalá coja la peste o la lepra y muera como un perro sarnoso —murmuraba Manuela apretando los puños.

—No puedo hacer nada porque me tiene advertida: si se me ocurre irme de casa me mete presa por abandono de hogar.

—¿Cómo va a ser eso? Tiene que haber una salida.

—No la hay. Si me voy, me llevarán detenida, que el Código Penal lo dice bien clarito. No parará hasta encontrarme. Y en la cárcel me matarían a palos. Él se encargará de que sea así.

Manuela intentaba calmarse por Claudina, aunque solo quería gritar de la rabia y la impotencia que sentía.

—No puedes seguir así. Es inhumano, es una crueldad y no hay derecho.

—Como si eso le importara a alguien.

—Me importa a mí. Tienes que irte donde él no pueda encontrarte —dijo decidida.

Manuela, tal como hizo Claudina con ella muchos años atrás cuando se vio sola, abandonada y en peligro, acudió a su rescate con la ayuda de Alexandra, que nada más conocer la situación se sumó a la causa.

Al día siguiente Claudina salió de Oviedo con destino a Madrid. Cuando Abelardo regresó de su viaje encontró la casa vacía. No tardó en darse cuenta de que faltaba parte de la ropa de su esposa y, sobre todo, la foto de sus padres, señal inequívoca de que había huido.

Abelardo Mier no era hombre que dejara deudas pendientes y sabía que Claudina no tenía muchos sitios a los que ir, así que la buscó en su pueblo, en casa de Eufemia y en la de Manuela, y finalmente la localizó en Madrid, en la residencia de la marquesa de Armayor.

Para salir de España, Claudina necesitaba un pasaporte falso y un destino al que llegar. Lo primero no era fácil de conseguir. Alexandra sabía que cualquier error podía suponer su ruina y la caída en desgracia de su familia, así que llamó a Amelia. En París, Amelia proporcionaba asistencia legal a españoles, tanto a los que llegaban de nuevas como a los que defendían sus derechos laborales desde el sindicato de inmigrantes. En Francia había muchos españoles antifranquistas que formaron parte de la resistencia contra los nazis y muchos de ellos eran miembros del sindicato, así que si alguien podía ponerse en contacto con ellos era Amelia.

Mientras tanto, Alexandra viajó a Portugal para pedirle a su familia que acogiera a Claudina, que le proporcionaran un trabajo y le facilitaran empezar de cero en Lisboa.

A Amelia le costó varias semanas conseguir la documentación y después tuvo que resolver el siguiente escollo: introducirla en España por la frontera y entregársela a Alexandra. Lo consiguieron. Pero no llegaron a tiempo.

El 14 de mayo de 1962, Abelardo esperó a su mujer escondido en el portal de la residencia de los Espinosa de Guzmán a la hora en que Claudina tenía por costumbre salir a pasear a Lana, la perrita de Alexandra, después de que el portero ya se hubiera retirado.

Claudina vio a Abelardo salir de las sombras, vestido con un impermeable negro, y supo que iba a matarla. No le dio tiempo a reaccionar antes de recibir la primera puñalada. A la segunda estaba muerta. La tercera, de gracia. Justo antes de quebrarle el cuello a la pequeña Lana para que dejara de ladrar.

Abelardo se quitó los guantes y el impermeable, el mismo que utilizaba años atrás para interrogar a los detenidos y no mancharse la ropa con su sangre, y lo dobló cuidadosamente. Después envolvió el cuchillo en un periódico y lo metió en una bolsa de Simago junto con el impermeable, y salió del portal. Bajó caminando la calle Serrano, casi desierta aquel lunes de primavera en el que muchos madrileños celebraban en la plaza Mayor la gran verbena en honor a su patrón mientras otros contemplaban los fuegos artificiales desde la plaza de Neptuno. Arrojó el cuchillo y el impermeable en una papelera cerca de la estación de Atocha, donde cogió el Expreso que lo dejó en Oviedo a la mañana siguiente.

La noticia de la muerte de Claudina ocupó una pequeña reseña en algún periódico, totalmente eclipsada por la boda del príncipe don Juan Carlos de Borbón y la princesa de Grecia, doña Sofía, en Atenas, que la prensa española contó con fotos y todo lujo de detalles.

El asesinato de Claudina nunca se resolvió.

En su declaración, Abelardo afirmó no haberse movido de Oviedo aquel día. Solo un joven agente tuvo intención de interrogarlo un poco más a fondo.

—Deberíamos investigar al marido. El motivo pudo ser la

venganza por haberlo abandonado —le dijo el agente Menéndez a su inspector—. Lo de que su mujer estaba temporalmente en Madrid ayudando a su antigua señora contradice la versión de la propia señora Solís de Armayor, que afirma que el teniente Mier maltrataba a su esposa y por eso huyó de él. Necesitamos conocer los movimientos del teniente. En su declaración solo dice que era su día libre y que estuvo en Oviedo, pero no da detalles ni aporta ninguna prueba de ello.

—Frena, Menéndez, que estamos hablando de un oficial de la Guardia Civil condecorado y, según tu versión, su mujer, la muerta, sería culpable de un delito de abandono del hogar. Para nosotros, la palabra del marido es la que vale. Él estuvo en Oviedo, su mujer estaba temporalmente en Madrid y la esposa de Espinosa de Guzmán será una gran señora, pero ya sabes la imaginación que derrochan las mujeres de su condición. No tiene hijos ni nada importante en lo que ocupar el tiempo y, cuando están tan ociosas, se les desborda la fantasía y ven fantasmas donde no los hay.

Al ver la inacción de la policía, Alexandra recurrió a un periodista de *El Caso* que enseguida se interesó por el asunto, e incluso llegó a publicar un artículo narrando lo sucedido, pero en él no se revelaba la identidad de Abelardo ni se explicaba que Claudina se escondía de él en Madrid. Cuando quiso contactar de nuevo con el periodista para pedirle explicaciones, no lo localizó.

Aquella vez fue de las pocas que Jacobo contradijo a su mujer cuando ella, al ver que nada conseguía ni con la prensa ni con la policía, quiso utilizar sus contactos para forzar una investigación.

—No tenemos nada que ganar —le dijo Jacobo—. Los favores se pagan, y que tú te involucres en este asunto solo nos traerá problemas.

—Pero la ha matado él.

—Eso no puedes demostrarlo. No podemos abrir una cruzada contra un teniente al que la policía considera inocente.

Nos dejaría en mal lugar. Parecerías una loca. O una de esas feministas locas, que es mucho peor. No quiero disgustarte, querida, sabes que te apoyo en todas tus decisiones, pero en esto no puedo. No voy a permitir que nadie cuestione tu buen nombre y, con el tuyo, el mío.

—La policía no hará nada, van a cerrar el caso sin resolverlo.

—Pues que sea lo que tenga que ser. Las cuestiones matrimoniales pertenecen al ámbito privado.

—El asesinato no es una cuestión matrimonial.

—No hay prueba alguna de que él esté involucrado. No saques los trapos sucios de Claudina y Abelardo, ya lo contaste en la declaración, has hecho tu parte. Airear eso con Claudina muerta es de un mal gusto terrible, cuando ni ella misma se lo confesó a nadie que no fuerais Manuela y tú. Esta historia, para nosotros, acaba aquí.

Alexandra ardió de rabia porque sabía que Jacobo estaba en lo cierto: nada iba a conseguir más allá de perder su buena reputación y dañar los negocios familiares.

Al día siguiente Jacobo apareció con un cachorro de Yorkshire de cuatro semanas con un lazo rojo al cuello por collar y se lo entregó a Alexandra como ofrenda de paz.

—Es una hembra. He pensado que podemos llamarla Lana II.

Alexandra cogió a la perra en brazos y miró a su marido, desafiante.

—Lástima que no podamos comprar otra Claudina, ¿verdad? Todo sería más fácil —dijo en tono mordaz.

—No la pagues conmigo, querida, que yo no he dictado las normas por las que se rige el mundo.

—Tienes razón. Soy injusta contigo porque tú solo te ocupas de retorcerlas a favor de nuestros intereses económicos y yo te ayudo a conseguirlo siempre que puedo. Lo que está claro es que, en este país, la vida de las mujeres como Claudina no tiene ningún valor, ni siquiera para los que se supone que deben hacer justicia.

Manuela fue a visitar a Eufemia para comunicarle la triste noticia en persona.

—No dejo de pensar que Claudina está muerta por mi culpa —se lamentó Manuela—. Le metí en la cabeza la idea de huir de ese monstruo que tenía por marido.

Eufemia encendía un cigarro tras otro con las manos temblorosas mientras intentaba asimilar la noticia de la muerte de su ahijada.

—Me envió alguna carta al principio de su matrimonio —le contó Eufemia—, pero me prohibió terminantemente que le escribiera. Me explicó que Abelardo no quería que mantuviera relaciones conmigo porque soy cigarrera, huelguista, roja y... Y otra cosa que no viene ahora a cuento. Después ya solo me enviaba una postal por Navidad. Pensé que lo que ocurría era que se avergonzaba de mí porque vivía en Oviedo como una señora, la mujer de un teniente nada menos. Debí haber adivinado que había algo más.

—Llevaban muchos años casados —Manuela continuaba con su retahíla sin escuchar siquiera a Eufemia— y ella seguía viva. ¡Maldito el día que nos encontramos y le di esperanzas de cambiar de vida! La sentencié yo misma.

—¡Cállate de una vez! —la interrumpió Eufemia poniéndose en pie—. ¿Claudina está muerta y tú te autocompadeces? Solo hay un culpable de su muerte y ese es el cabrón de su marido, que la cosió a puñaladas. Tiene que pagar por ello, pero eso no va a suceder si seguimos aquí sentadas diciendo tonterías.

Manuela se quedó cortada ante la reacción de Eufemia y se sintió obligada a justificarse.

—Alexandra está hablando con la policía, ella tiene muchos contactos.

—¿Y qué? ¿Qué va a conseguir esa ricachona? ¡Anda que no tendrá asuntos más importantes de los que preocuparse que de la muerte de la criada!

—Eso no es justo.

—¡Sal de aquí! —ordenó Eufemia— ¡Lárgate! Ya has cumplido tu misión. No necesito una llorica buscando ser el centro de atención a costa de la muerte de mi ahijada.

—Eufemia, por favor...

—Que te largues he dicho.

Manuela obedeció. Dejó a la anciana en medio de su dolor con la idea de llamarla un par de días después, cuando se hubiera calmado un poco.

Eufemia no estaba enfadada con ella ni desquiciada por la pena. A sus setenta y siete años, sola en aquella casa húmeda, fría y oscura, sin familia ni más amistades que las antiguas compañeras de La Cigarrera, decidió que su legado en este mundo iba a ser algo más que los millones de cigarros liados a lo largo de su vida y eligió dejar un poco de justicia. Echó a Manuela porque no quería implicarla. Ella aún tenía una vida por vivir.

Si alguien se sentía culpable de la muerte de Claudina era Eufemia. La carta que le envió su ahijada nada más llegar a Madrid le robó el sueño varias noches seguidas. Le hablaba del infierno que había resultado ser su matrimonio, se disculpaba por los años sin dar noticias y le transmitía la esperanza de un nuevo comienzo gracias a los Espinosa de Guzmán, que pretendían enviarla a Lisboa. Allí trabajaría en casa de unos primos de Alexandra, con los que su señora tenía una estrecha relación tras los años que Jacobo y ella pasaron en Portugal después de estallar la guerra.

> La señora Alexandra me habla en portugués para que me vaya acostumbrando. A mí me suena muy parecido al gallego. También me ha regalado un diccionario español-portugués para que memorice el vocabulario, así que me he comprometido a practicar un rato cada noche antes de irme a dormir. Sé que esto que te voy a proponer te va a pillar de sorpresa, pero te pido que lo consideres detenidamente: me encantaría que me acompañaras. Sí, Ufe, has leído bien: quiero que vengas conmigo. Dice la señora Alexandra que los portugueses son gente amable, que Lisboa es una ciudad preciosa, de clima templado,

más grande que Gijón pero más pequeña que Madrid, y que hay un barrio de pescadores, Alfama, muy parecido a Cimadevilla, aunque allí no hay cigarreras, pero seguro que de todas formas te sentirás como en casa. También me ha contado que el escudo, que es la moneda de Portugal, vale menos que la peseta, y que por eso la vida es más barata, así que con tu pensión española y mi sueldo de allí podremos alquilar un bonito apartamento para las dos, vivir tranquilas y no estar a mil kilómetros de distancia la una de la otra para, en realidad, estar solas en el mundo.

Eufemia tardó varios días en asimilar la información contenida en aquella carta y tragarse la rabia que la empujaba a salir en busca de Abelardo para sacarle las tripas a machetazos, pero sobre todo le costó decidirse a aceptar la propuesta de Claudina, que en un principio le pareció del todo descabellada. Cuando ya estaba decidiendo a qué vecina regalarle los geranios que llevaban toda una vida adornando su única ventana, llegó Manuela para comunicarle el fatal desenlace de Claudina.

Las primeras noticias sobre los progresos de la investigación le confirmaron a Eufemia que Abelardo iba a quedar impune. Claudina era mujer y sirvienta; Abelardo, su marido y teniente de la Guardia Civil. Su ahijada no tenía opción de ganar, ni viva ni muerta.

Juan Gregorio no supo de la huida de Claudina ni de la cárcel en la que había vivido, sometida al terror y a los golpes de Abelardo, hasta que Manuela se lo contó después de su muerte. Lo hizo una vez terminada la cena, cuando Gorio ya estaba en su cuarto.

—¿Por qué no me consultaste? ¿Por qué acudiste a Alexandra y no a mí? ¡Soy abogado!

—¿Y qué que seas abogado? ¿En qué habría cambiado esta historia? ¿Es que Claudina tenía derechos?

Juan Gregorio no supo responder.

—Soy tu marido —dijo al fin—. ¿Cómo puedes ocultarme algo así?

—Temí que no lo entendieras, que me impidieras ayudarla, y no quería dejarla sola.

—¿Eso piensas de mí? Hay que ser muy cobarde y muy ruin para pegarle a una mujer. Mis padres eran gente de bien y me educaron para abrir la puerta a las mujeres, protegerlas, acompañarlas y respetarlas, ¿qué es lo que no iba a entender?

—Por favor, Goyo, déjalo ya, que no eres el protagonista de esta tragedia. Bastante mal me siento. Claudina está muerta y no podemos hacer nada. Ni siquiera van a investigarlo.

—¿Por qué dices eso?

—Porque me lo ha contado Alexandra. Abelardo se va de rositas.

—Esa es una acusación muy grave. ¿Cómo puedes estar tan segura de que lo que os contó Claudina era cierto?

—¿Quién se inventa algo así? Claudina vio su sueño cumplido cuando se casó con Abelardo, ¿por qué otro motivo iba a querer huir? Prueba de que decía la verdad es que está muerta.

—O quizá se vio envuelta en algo turbio y su muerte fue un ajuste de cuentas. Si estáis tan seguras de que fue Abelardo, supongo que Alexandra le pedirá a Jacobo que mueva sus contactos. A fin de cuentas, Claudina sirvió en su casa desde que ella era una niña.

—Ya lo ha hecho y Jacobo le ha regalado un perro.

Ante la cara de incomprensión de su marido, Manuela se lo aclaró.

—Parece ser que ni siquiera Jacobo Espinosa de Guzmán puede enfrentarse a la Policía y a la Guardia Civil sin resultar salpicado.

—Pues yo necesito saber la verdad.

Juan Gregorio cogió la gabardina y abrió la puerta de casa.

—¿Adónde vas? ¿Qué crees que vas a conseguir? ¡Te van a meter preso!

—A pedirle explicaciones. A mí tiene que dármelas. No podemos condenar a un hombre sin ni siquiera escucharlo.

Sin que Manuela pudiera evitarlo, Juan Gregorio se fue en busca del teniente Mier.

Volvió dos horas después, a medianoche, con el labio partido, la cara manchada de su propia sangre y un ojo tan hinchado que ni siquiera podía abrirlo.

—¡Por Dios, Goyo! ¿Qué te ha pasado?

—Que fue él, Manuela, que tenías razón. El muy sinvergüenza no ha tenido siquiera el coraje de negármelo. La mató él. El muy miserable llama «honor» a lo que ha hecho.

A Manuela en ese momento le importaba bien poco Abelardo, solo le preocupaba su marido.

—¿Te han seguido? Tienes que esconderte. Si te detienen...

—No me van a detener. Vete a por el botiquín, no creo que ese malnacido dé parte de esto.

—¿Lo has matado?

—¡Pues claro que no! Ha sido él el que me ha apuntado con su arma, ¡el muy cobarde!

—¿A quién se le ocurre? ¿Y si ahora te denuncia?

—¿Qué va a decir? ¿Que su padrino de boda, al que le ha abierto la puerta de su casa y le ha servido una copa de coñac, le ha dado una paliza por haber matado a su mujer?

Manuela empezó a limpiarle la sangre con una gasa mojada en agua fría.

—¡Vaya desastre que te ha hecho en la cara! ¿Cómo ha quedado él?

—Peor. Iba ganando yo, hasta que él ha conseguido llegar a su arma y me ha apuntado con ella.

—¡Podía haberte matado! ¿Y para qué? ¿De qué ha servido? Esto no cambia nada.

—Respecto a Claudina no, pero para mí sí cambia. Ahora sé que es culpable.

—Claudina sigue muerta, su asesino se va de rositas y a ti no se te ocurre nada mejor que esta insensatez justo ahora, que vuelve Gorio de Madrid para las vacaciones... ¡A ver qué le vamos a decir mañana cuando te vea de esta guisa! ¿Cómo vas a explicar esta cara en el trabajo? Ya está limpia, voy a buscar yodo y esparadrapo.

Manuela no quiso reconocerlo delante de él, pero en el fondo le agradeció el gesto a su marido. Al menos, por una vez en su vida, Claudina había tenido a alguien dispuesto a salir en su defensa. Incluso sabiendo que tenía todas las de perder.

Esa noche Juan Gregorio no pudo dormir. Le dolían los golpes de Abelardo y no podía quitarse de la cabeza el día que empezó de pasante en aquel despacho de abogados de Oviedo, tan solemne, importante y señorial, con su título recién obtenido y la ilusión de que, a partir de entonces, él sería parte de uno de los pilares de la sociedad: la justicia. En aquella época deseaba ser admirado y respetado por su posición, pero también por el propósito de su función, y al mirar atrás le pareció que el camino recorrido era muy diferente al que se imaginó cuando era joven. Lo que había tomado por admiración y respeto en sus tiempos de asesor del ministro se había esfumado nada más caer en desgracia y se dio cuenta de que todos los parabienes que había recibido hasta entonces no eran más que muestras de temor e interés, que nada tenían que ver con él sino con la posición que ocupaba al servicio del gobierno.

A las seis de la mañana, cuando Manuela se despertó, él ya había tomado una decisión.

—Voy a ejercer por libre —le comunicó a su esposa.

—Vamos a ver cómo está la herida y después me lo cuentas. —Se dirigieron al baño y Manuela sacó el botiquín—. Con las ganas que tengo de ver al niño y ahora no puedo más que pensar en el disgusto que se va a llevar cuando te vea. ¿Has pensado ya qué vamos a decirle a Gorio cuando vayamos a recogerlo al tren?

—Que su padre cree en la justicia, en la divina, pero también en la humana. Eso es lo que vamos a decirle.

—Mejor le contamos que tropezaste y te caíste por las escaleras. ¿Qué es eso de que quieres ejercer? —preguntó mientras esperaba que dejara de resoplar tras ponerle un poco de yodo en el labio—. ¿En un despacho de abogados?

—En el mío —respondió Juan Gregorio cuando disminuyó el escozor.

—Siempre has dicho que aquí era imposible meter la cabeza en el ejercicio privado si no era de la mano de un gran bufete.

—También pensaba que era imposible que un teniente condecorado de la Guardia Civil al que apadriné en su boda matara a su mujer a sangre fría. Quiero hacer justicia.

—¿Qué pretendes? ¿Meter a Abelardo en la cárcel?

Juan Gregorio se encogió de hombros.

—Eso no será posible, pero quiero que Gorio tenga motivos para sentirse orgulloso de mí, que vea en su padre a un hombre que se levanta ante los golpes de la vida, no a uno que se achanta y se lame las heridas. No quiero ser un funcionario de segunda en una capital de provincias. Voy a ser el mejor abogado de la ciudad, como lo soñaba de joven con Alonso. Íbamos a hacerlo juntos, pero eso no va a poder ser, así que lo haré yo solo.

Manuela asintió complaciente mientras calculaba cuántos trajes tendría que vender al mes para pagar el colegio de Gorio. Eso sí, sin que fuera evidente, para que Juan Gregorio no se sintiera mortificado. Él era el cabeza de familia, el sustento de la casa, y así debía seguir siendo, aunque para eso, durante un tiempo tuviera que mostrarle las cuentas de la casa de forma que pareciera que todo se financiaba con sus ingresos. Al menos hasta que Juan Gregorio tuviera éxito, porque de lo que no dudó Manuela ni por un segundo fue de que a su marido le irían bien las cosas.

21

A Eufemia no le importó gastar buena parte de sus escasos ahorros en viajar a Lugo, y su estancia allí le mereció con creces el sacrificio. La tumba de Iria, la primera mujer de Abelardo Mier, se hallaba en el cementerio de Chantada. Estaba limpia, arreglada y tenía una maceta de frondosas hortensias blancas a cada lado. Alguien no había olvidado a aquella mujer y Eufemia no tardó en averiguar de quién se trataba. Dejó sobre la lápida un ramo de camelias blancas y una nota con la dirección de la pensión en la que se alojaba. Cinco días después de visitar el cementerio a diario y comprobar que su carta había desaparecido, empezaba a valorar un cambio de estrategia cuando recibió la visita de una anciana, aún más vieja y menuda que ella. La mujer le tendió una foto antigua y manoseada en la que se podía ver a una muchacha de unos treinta años, alta y morena, vestida de novia, al lado de una versión rejuvenecida del Abelardo que ella conocía.

—Es mi niña, mi Iria. Siempre supe que fue él —le dijo la anciana con la voz cargada de rabia—. Era un auténtico demonio. Llegó con piel de cordero y nos engañó a todos. Estaba recién destinado a Lugo entonces y tenía tan buenas maneras que Iria se enamoró. Ella había cumplido los treinta, ¿sabe usted? Ya se veía para vestir santos. Él era un hombre de modales elegantes, atractivo y tres años más joven: una bicoca, o al menos ella lo vivió así. Y nosotros también. Eso no me lo perdonaré nunca, y mi marido mucho menos, que murió de cáncer de hígado, consumido por la bilis. Al principio todo parecía de cuento de hadas, y eso es lo que era, un cuento, pero de terror. Hasta la boda todo fueron lisonjas, pero poco después empecé a sospechar que mi Iria sufría, aunque lo disimulaba ante nosotros. Pobre mía. Hasta que no pudo más y me lo contó. Ese hombre le pegaba y lo hacía de forma que nadie se lo notara. Mi niña vivía aterrada, le tenía mucho miedo. A la semana siguiente la encontraron muerta. Detuvieron al borracho del pueblo, que no había hecho daño a nadie en su vida, y le metieron tal somanta de palos que murió dos días después de que lo soltaran hecho un despojo humano. Ahí terminó la investigación.

La mujer rompió a llorar y Eufemia la acompañó en silencio. Lloró por Claudina, por Iria, por aquella mujer, presa de un dolor que no la abandonaba por más años que pasaran, pero también lloró por ella misma y por las penurias que le había tocado vivir.

—Este mundo es una mierda —dijo.

La madre de Iria la agarró con las manos temblorosas y, mirándola a los ojos, exclamó:

—*Unha merda! E o cura dime que teño que perdoar, que se non vou ó inferno. Que medo lle vou ter ó inferno se xa o vivín aquí!*

De nuevo en casa, Eufemia trazó su plan. Sabía que matar a un guardia civil era delito militar, de los pocos que quedaban castigados con la pena de muerte, pero le daba igual porque el único plan que tenía después de cumplir su misión en el mundo era precisamente el de morirse, aunque prefería no darle a ningún verdugo el gusto de quitarle la vida.

Abelardo había pedido el traslado de nuevo a Gijón. Alegó la pena y los recuerdos de su esposa muerta. Se lo concedieron, no solo por las razones que expuso, también para alejarlo de las posibles sospechas que hubiera sobre él. Con el cambio de destino obtuvo además un apartamento en la casa cuartel.

A Eufemia no le fue difícil averiguar sus nuevas rutinas porque él no tenía motivos para ocultarlas y ella pasaba desapercibida. Desde bien niña había aprendido a no llamar la atención para sobrevivir, a disimular quién era y a aparentar ser mansa, porque las mujeres pobres, feas y desviadas, como las llamaban los más prudentes, o pervertidas, los que lo eran un poco menos, no tenían lugar en la sociedad que les había tocado vivir.

Aunque no tenía coche propio, Abelardo recibía por correo cada semana la revista *Velocidad*. Eso le dio a Eufemia la idea que necesitaba.

Que fuera primavera, la estación en la que los tejos eran más tóxicos, le pareció una señal, así que, armada con unos guantes, cogió hojas de diferentes ejemplares porque sabía que el nivel de toxina no era igual en todos. El tejo era uno de los árboles más abundantes en la región y, tradicionalmente convertido en símbolo de lo divino, se podía encontrar en los alrededores de cualquier iglesia. Eufemia acumuló en la carbonera de su casa hojas suficientes como para iniciar una de las revueltas con armas químicas que, según los periódicos, eran una de las grandes amenazas de la Guerra Fría.

Una vez que eligió el momento para llevar a cabo su plan, se santiguó y pidió a Dios no cometer ningún error que la matase a ella antes de cumplir su propósito. Desde niña había escuchado historias de brujas que empleaban hojas de tejo en sus aquelarres, leyendas de los antiguos celtas que empapaban con aquel veneno las puntas de las flechas, y otras más actuales según las cuales más de un marido indeseable había muerto envenenado con tintura de tejo. Eso la reforzó en su plan, porque si todos aquellos asturianos que vivieron antes que ella lo habían utilizado con éxito, mejor podría hacerlo ella que, en pleno siglo veinte, disponía de medios mucho más modernos.

Con una máscara de jardinero cubriéndole boca y nariz y los guantes de fregar atados con cinta aislante a las muñecas, se dispuso a preparar en el fuego el concentrado de taxina, que tan venenosa resultaba para los humanos. La tarea le insufló tal energía que se movía sin darse cuenta al son de la música que sonaba en la radio; le daba igual que fuera Miguel Ríos cantando «Popotitos» que el Dúo Dinámico con su «Perdóname» o Marisol con «Tómbola». Incluso cerró los ojos para imaginar que estaba en una inmensa playa de arena blanca y bailaba en pareja con la vocalista de Los Tres Sudamericanos mientras entonaba *Cuando calienta el sol* con voz melódica.

Una vez preparada la tintura, debía hacerse con el ejemplar de *Velocidad* antes de que Abelardo lo recibiera. El cartero paraba a diario frente a la casa cuartel, bajaba del Vespacar, charlaba con el que estuviera de guardia en la garita mientras este hacía el registro de entrada y, en el ínterin, dejaba la cartera con la correspondencia en el asiento delantero hasta que volvía a por ella y accedía a la recepción del edificio. Nunca cerraba el vehículo. Era el momento idóneo para sustraer la revista. Nada más sencillo para Eufemia porque, dada su avanzada edad, podía fingir un mareo, apoyarse en el motocarro y hacerse con ella. No le hizo falta: el propio vehículo le sirvió de pantalla para que no la vieran desde el cuartel y, al ser entre semana, ni siquiera había niños jugando en la calle.

Con un pincel comprado para la ocasión, como el que usaba para pintar con yema de huevo la parte superior de las empanadas, untó cada página meticulosamente. Puso especial cuidado en la que mostraba una impactante imagen. En ella, un guardia civil ayudaba a una atractiva actriz a bajar de la cápsula espacial Mercurio Amistad 7, expuesta en la Feria de Muestras de Barcelona de 1962. A bordo de la nave, el astronauta John Glenn había orbitado la tierra por primera vez, poniendo a Estados Unidos a la cabeza de la carrera espacial. Sonrió para sí, segura de que Abelardo dedicaría un buen tiempo a observarla. Era su tipo de mujer: morena, de ojos oscuros y con las redondeces marcadas. Como Claudina. Y como Iria. Sus dos víctimas conocidas.

Eufemia dejó secar la revista toda la noche y, por la mañana, planchó las hojas una a una cuidadosamente. Introdujo el ejemplar en el sobre original, lo cerró con cola y lo metió en una bolsa de plástico para llevarlo hasta el cuartel. Se quitó los guantes de fregar y se puso unos de piel blanca que no había usado jamás. Eran los que llevó su madre cuando se casó y que Eufemia conservaba como uno de los pocos recuerdos de la mujer que le había dado la vida. Confió en que a nadie le importara lo que llevara puesto una vieja, pero de no ser así, pensaba echarle la culpa a la artrosis por lo estrafalario de su indumentaria en pleno mes de junio.

Solo le quedaba dejar la revista de nuevo en la saca de cuero del cartero. Nada podía ser más sencillo. Eufemia notó que el corazón se le desbocaba cuando, al abrir la puerta del Vespacar, escuchó el vozarrón de un hombre joven.

—Señora, ¿qué hace usted?

Eufemia se puso lívida y, antes de darse la vuelta, rogó por que el plan no fallara justo en el último momento. Se recompuso como pudo al ver a un guardia civil joven, de no más de treinta años, que se dirigía hacia ella.

—He encontrado esto en el suelo —dijo, tartamudeando de los mismos nervios—, y como no veo al cartero…

El guardia civil le quitó el sobre de las manos y vio el nombre del teniente.

—Señora, ¿cómo es que lleva usted guantes? —preguntó un poco mosca.

—Con esta humedad que no respeta ni a San Juan, me está matando la artritis. ¡Con lo bonitas que tenía las manos de joven, y ahora mis dedos parecen tizones! Y cada día peor. Solo me alivian las friegas de glicerina con ajo y llevar siempre las manos cubiertas.

Mientras ella divagaba deliberadamente en un intento por parecer más anciana e ida de lo que estaba, el joven guardia se acordó de su abuela y sus falanges deformadas por la enfermedad.

—No se preocupe usted —dijo—. Circule, que yo me hago cargo de que el correo llegue a su destinatario.

Eufemia se alejó despacio, reprimiendo el impulso de salir corriendo, y el guardia, al cabo de unos segundos, perdió el interés en ella. Consultó su reloj y, apurado por la hora, abrió el Vespacar, lanzó la revista a la saca y no volvió a acordarse de aquella anciana hasta que el teniente Mier y el cabo Salas murieron con una diferencia de pocas horas.

Aunque durante varias noches el suceso le quitó el sueño al joven agente, no logró encontrar ninguna relación entre la anciana, la revista y la muerte de sus superiores. Por si acaso terminaba salpicándole, prefirió callar y no hablarle a nadie de la mujer de los guantes blancos.

Abelardo murió en su habitación. Primero se sintió mareado y después empezó con dolor abdominal, así que asumió que se trataba de uno de sus habituales cólicos de vesícula. Tomó una Buscapina y se acostó con una bolsa de agua caliente en el costado como acostumbraba a hacer cuando le atacaban aquellos intensos dolores. El calmante no lo ayudó a sentirse mejor, incluso notaba el estómago revuelto, así que intentó dormir con la ayuda de un barbitúrico, confiando en que, como siempre, en unas horas la piedra que provocaba el cólico se moviera y él continuaría con su vida normal hasta el siguiente acceso de dolor. No llegó a despertar. La mezcla fue mortal. Lo encontraron en la cama en medio del olor pestilente que emanaba de su propia mierda pegada a las sábanas, fruto de la diarrea que sufrió antes de morir y de la que ya no fue consciente.

Uno de los guardias civiles que entró en las dependencias del teniente fue el cabo Salas, que vio la revista y la cogió para taparse con ella la boca y la nariz en un intento de protegerse de aquel olor fétido que amenazaba con quedarse pegado a sus fosas nasales durante varios días. Salió de allí todavía cubriéndose la cara con el ejemplar de *Velocidad* y no lo soltó hasta llegar a la calle, cuando pudo respirar el aire fresco del mar. Inhaló profundo varias veces para que el salitre de la brisa marina arrastrara aquel hedor que estaba a punto de provocarle el vómito y después tiró la revista en la primera papelera que encontró. La arritmia que el cabo arrastraba desde niño hizo el resto. Cuando llegó al hospital, su corazón ya había fallado.

Solo se abrió una investigación por la muerte del teniente Mier. La del cabo Salas se consideró una desgraciada coincidencia temporal. No había nada extraño en que un hombre de cincuenta y cuatro años con problemas de corazón muriera de un infarto tras sufrir una fuerte impresión. Nadie relacionó ambos fallecimientos porque todos los que habían estado en la habitación del teniente se encontraban perfectamente. La investigación sobre la muerte de Abelardo no fue concluyente porque los resultados de la autopsia tampoco lo fueron. Aunque todo indicaba que había muerto intoxicado, el contenido de su tracto digestivo no aportaba respuestas de ningún tipo más allá de los restos de las medicinas ingeridas. Este dato, unido al hecho de que el teniente no había pedido ayuda para que lo trasladaran al hospital, hizo que la investigación se cerrara con el resultado de «muerte natural». No interesó ahondar más en el asunto, no fuera a ser que alguien llegase a la conclusión de que un respetado oficial de la Guardia Civil se había suicidado tras el asesinato de su esposa.

Eufemia tenía claro que, una vez muerto Abelardo, la siguiente en partir sería ella. Al cielo o al infierno, donde Dios prefiriese. Solo habían pasado tres años de la ejecución por garrote vil de la envenenadora de Valencia, una mujer de treinta y un años llamada Pilar, y Eufemia no solo había matado con veneno igual que la ajusticiada, sino que en su caso, para mayor gravedad, la víctima era un guardia civil. Pero no quería irse sin estar segura de que había concluido su misión. Transcurrieron varios días sin noticia alguna de lo sucedido. Tardó una semana en aparecer en el periódico una pequeña esquela anunciando que el funeral en honor a Abelardo Mier, teniente de la Guardia Civil (1905-1962), se celebraría en Alba de Tormes, Salamanca, su lugar de nacimiento y donde se encontraba enterrada su familia. Sin más. Como si se tratase de una muerte natural.

Eufemia lo achacó a que pretendían mantener la investigación en secreto y se dirigió a la oficina de Correos a poner un telegrama. Iba a una dirección de Chantada, en Lugo.

> El diablo ya está en el infierno. Espero que sea lo bastante grande como para no encontrarme allí con él.

Eufemia estaba convencida de que en cualquier momento llamarían a su puerta para llevarla presa y sin retorno. Entre el garrote vil y un juicio final anticipado, elegía este último, aunque no las tuviera todas consigo de librarse de una eternidad de fuego y dolor, pero al menos la condenaría Dios y no la Guardia Civil. Sacó de la fresquera el frasco de tintura de tejo que había reservado para el momento de conocer el éxito de su misión e invocó ella misma a la Güestia para que viniera a sumar su alma a la Santa Compaña.

La muerte de Eufemia fue dulce. La taxina ralentizó su viejo corazón y la sumió en una vigilia en la que los recuerdos se sucedieron lentos: el día que entró en la fábrica de cigarros, el mismo que se enamoró de Ofelia, la madre de Claudina; los tiempos en que las más de mil cigarreras se pusieron en huelga tras la enésima bajada de salario, allá por 1903, cuando ella solo contaba dieciocho años y temblaba por dentro de miedo; recordaba con claridad el año que la pandemia de gripe española se llevó a su madre, a su padre y a sus tres hermanos dejándola sola en el mundo; o el día que Ofelia se enamoró de Atilano, el padre de Claudina, y anunció su boda y su posterior marcha al pueblo de él; también le vino a la cabeza el bautizo de Claudina, que lloraba en sus brazos cuando el cura le ungió su diminuta frente con agua bendita; o la tarde que, al salir de la escuela, le dieron una somanta de palos por marimacho. Por último, le vino a la memoria el recuerdo de una tarde cualquiera preparando bollos preñados con su madre, que la miraba cariñosa mientras ponía sus manos sobre las suyas enseñándole cómo hacer para que la masa quedara esponjosa. Así, de la mano de su madre, Eufemia se dirigió con una sonrisa en los labios hacia un nuevo y desconocido destino.

El 5 de agosto de 1962, sus vecinas, escamadas por su ausencia y el desagradable olor que salía de su casa, la encontraron muerta. Ese mismo día el mundo se conmocionaba por la muerte de Norma Jean Baker, conocida como Marilyn Monroe.

Según el informe oficial, Norma Jean murió por una sobredosis intencionada de barbitúricos, y la opinión pública no entendió por qué una mujer que parecía tenerlo todo, dinero, belleza y talento, había decidido abandonar el mundo de aquella manera, dando lugar a todo tipo de sospechas y teorías sobre la verdadera causa de su muerte; en cambio, en el informe de Eufemia constaba «muerte natural» porque no tenía sentido hacerle la autopsia a una vieja, pobre, sola, con las manos amarillentas y los pulmones medio secos tras una vida entera de liar y fumar tabaco. Nadie cuestionó que Eufemia se hubiera ganado un lugar en el camposanto y una misa de despedida, que la ayudara a llegar, al menos, hasta las puertas del cielo. Al funeral acudieron Úrsula, la pescadera, Manuela, las vecinas y más de un centenar de cigarreras con las que había compartido tiempo, miedos, preocupaciones y confidencias mientras trabajaban con sus dedos el entrefino, el fino y el superior.

Manuela se enteró de la muerte de Eufemia por la esquela del periódico, una muy pequeña, de las que ponen por defecto los seguros de decesos si la familia no paga la diferencia de una más extensa. En cambio, la de Abelardo se la notificó la propia Eufemia por carta certificada, que recibió dos días antes del funeral.

> Envié al diablo de vuelta al infierno y ahora me voy de esta vida perra con la esperanza de no encontrarme allí con él. Al menos, no volverá a cruzarse con Claudina porque ella está en el cielo, lo sé porque me lo dice el corazón. Reza por mí, tú que eres de rezos, que me parece que los voy a necesitar.
>
> Hasta siempre o hasta nunca, Dios dirá,
>
> EUFEMIA

Durante los siguientes cuarenta días, Manuela se plantó en la catedral de Oviedo cuarenta días seguidos y rezó cuarenta rosarios por Eufemia.

—¿Qué te ha dado ahora para ir tanto a la catedral? —le preguntó Juan Gregorio.

—Cosas mías. Nunca está de más rezar.

—No seré yo quien diga lo contrario, y menos en la catedral donde mi tío era el canónigo. Solo que me extraña tanta devoción repentina.

—Ay, Goyo, que no pierdes ocasión para mentar a tu tío.

—Es que no es cualquier cosa un tío canónigo y mártir por nuestro Señor.

—Abelardo ha muerto —dijo Manuela antes de que su marido empezara de nuevo con la historia de su tío.

—Entiendo que no rezas por él.

—Por él no, pero sí porque ya no esté entre los vivos: le doy las gracias a Dios por evitar que otra mujer siga el fatal destino de Claudina.

—No sé si eso es muy cristiano —respondió Goyo, pensativo.

A quien de verdad le daba las gracias Manuela era a Eufemia. Rezaba para que Dios se apiadase de ella y le concediera un lugar donde liar sus cigarros y charlar con Claudina y con todos los que había querido en vida.

22

El 16 de junio de 1963, Valentina Tereshkova, una piloto paracaidista de veintiséis años, hija de un agricultor y una costurera, se convirtió en la primera mujer en viajar al espacio. Mientras ella recorría las cuarenta y ocho vueltas alrededor de la Tierra en las que consistió su aventura espacial, consagrándose así como una heroína para las mujeres rusas y en un nuevo hito de la Guerra Fría entre la URSS y Estados Unidos, Telva se enamoró por primera vez en su vida.

Conoció a Ricardo cuando la tubería del pequeño apartamento de La Habana que el gobierno revolucionario había puesto a su disposición estalló e inundó las estancias con medio palmo de agua. Como en un cliché, Ricardo apareció en su casa vestido con un pantalón de trabajo y una camiseta de tirantes que mostraba sin pudor una espalda fuerte y unos brazos grandes y torneados. Su piel café, que brillaba por efecto de la humedad del ambiente, sus ojos alegres y algo pícaros y una actitud sumisa que no conseguía enmascarar su descaro provocaron en Telva una oleada de excitación hasta entonces desconocida para ella.

Ricardo tardó un día entero en solucionar el problema y después la ayudó a achicar el agua de la vivienda. Telva le ofreció ron, jugo de frutas y algo de cena. A Ricardo no le gustaron las recetas rusas adaptadas a los productos cubanos, pero no rechazó el ron ni la fruta, ni el cuerpo de Telva que, aunque no era parte del menú, estaba claramente disponible.

Telva era una mujer de ciencia, que dominaba las matemáticas y la física. Sabía cómo conseguir que un puente soportara miles de toneladas suspendido por unos pilares aparentemente endebles, o que un juego de pequeñas poleas, colocadas en los ángulos adecuados, levantaran estructuras que pesaban varias toneladas, pero tuvo que ser Ricardo, un fontanero analfabeto criado en Las Yaguas, el que le enseñara la sencilla técnica de provocarse un orgasmo en segundos.

—Va a ser verdad lo de la magia negra que dicen que practicáis los cubanos —exclamó, agotada y satisfecha, después del tercer asalto.

—¿Qué magia ni qué niño muerto? ¿Qué pasó, que los rusos no saben usar la pinga o que no encuentran la pepita? —respondió Ricardo con una sonora carcajada.

Telva se rio con él, pero no le dio el gusto de confesarle que acababa de descubrir por qué hasta entonces el sexo no había tenido ningún peso en su vida. Claro que nunca lo había probado con nadie que no fuera Manolo.

—Los blancos, doña Telva —le decía Ricardo cada vez que ella le pedía que le diera placer—, tendrán la plata, pero no saben darle lo suyo a una *hembrota*.

—No me llames doña Telva, hombre, que en estas circunstancias está de más. Mis allegados me llaman Telvina.

—Pues doña Telvina sea.

Y así la llamó Ricardo el tiempo que duró su relación, unos meses en los que sus cuerpos se sentían cada vez más cómodos el uno con el otro y sus almas descubrían que no tenían nada en común.

Aquel verano Telva exhibió a Ricardo como un trofeo: joven, fuerte, escultural y de color chocolate con leche. Según él mismo le contó, era de sangre criolla. Ella, que desconocía la historia de Cuba, escuchaba con atención sus relatos sobre los esclavos negros, los españoles, los americanos o los revolucionarios. El final era siempre el mismo.

—Y los negros, *pa* los blancos, somos comemierdas. Ahora dicen que con la revolución va a cambiar y ojalá así sea, pero te digo, piolita, que no creo que lo vean estos ojos —decía señalándose los suyos.

—Pero tú eres medio blanco.

Ricardo reía.

—Los jabas, doña Telvina, solo somos blancos *pa* los niches.

Como ella no entendía, él volvía a reír y se explicaba.

—Que a los mestizos solo nos ven blancos los negros, *pa* los blancos somos todos igual de negros. Pero ¿qué pasa? ¿Que no hay negros en Rusia?

Telva negaba mientras sonreía porque en aquellos momentos la mezcla de ron y hormonas tomaba el control de su cerebro y todo lo que le contaba Ricardo la hacía sentirse como cuando era niña y todavía vivía feliz entre las faldas de su madre.

Ni por un momento imaginó que en una isla paradisíaca, en una ciudad como La Habana, su romance con Ricardo haría saltar las alertas incluso de las organizaciones revolucionarias. Precisamente allí, donde las insinuaciones entre hombres y mujeres eran tan explícitas que en Rusia o en España habrían resultado inconcebibles; en Rusia porque sus habitantes tapaban sus pasiones íntimas bajo una máscara de frialdad pública, y en España porque las españolas recibían desde niñas el encargo de proteger su virginidad hasta el matrimonio con amenazas de repudio, infierno y soltería.

Pero en La Habana la libertad tampoco era lo que parecía y Telva recibió pronto el mensaje vía sus compañeros de proyecto, tanto rusos como cubanos, a raíz de los cálculos para la longitud del malecón en la que el jefe de ingeniería del ministerio y ella no se ponían de acuerdo.

—Le digo que o mitigamos la fuerza de las corrientes con un malecón más largo, o la distancia que tendremos que dejar entre los amarres para que los buques no choquen entre ellos en temporada de huracanes generarán ineficiencias —arguyó Telva.

—Y yo le digo que si hacemos el malecón con la longitud

que usted pretende, se va a complicar tanto el tráfico de entrada y salida que vamos a ser el hazmerreír del mundo. Ya veo los titulares de la prensa yanqui: «La revolución atasca el nuevo puerto de La Habana».

—Por eso la disposición de los amarres debe ser la que yo propongo y no la que tienen ustedes diseñada, porque si no el titular va a ser: «Tragedia en el nuevo puerto de La Habana. Barcos destrozados y tripulantes heridos en el mayor proyecto conjunto entre Cuba y la URSS».

—¡Coño! —saltó el ingeniero jefe—. ¿Me va a decir a mí una piola cuál es la fuerza del mar en La Habana?

Telva nunca le había preguntado a Ricardo qué quería decir cuando la llamaba piolita porque asumió que era un apelativo cariñoso, pero en boca de aquel hombre ya no le sonó igual.

—No sé qué coño, como dice usted, es una piola, pero por si acaso: ¡su madre!

La cosa no llegó a las manos porque el resto de los ingenieros lo impidieron y se llevaron al jefe a calmarse con unos tragos.

—¿Qué es una piola? —le preguntó Telva al que parecía más calmado de sus compañeros cubanos.

—La que come pingas negras —recibió como respuesta.

Rosita nunca le contó a Octavia que tardaría poco en abandonarla, pero tampoco se lo ocultó. La niña creció con la certeza de que su madre se moría, sin saber cuándo ni cómo había llegado a esa conclusión. Cuando Rosita empezó a dejarla al cuidado de aquella mujer, que hablaba con un acento extraño y se cubría para que el sol no le quemase la piel, entendió que Telva iba a ser su nueva madre. Y no le gustó. Pero Rosita estaba tan empeñada en que se llevaran bien que disimuló ante ella, no así ante Telva.

—No me gustas como madre —le espetó un día que Rosita la dejó en su apartamento para ir al doctor.

—Es que no lo soy.

—Pero vas a serlo.

Telva no quería ser ella la que le contara a Octavia el irremediable destino que se le avecinaba.

—Tú ya tienes una mamá.

—Pero necesito otra porque la mía se muere —respondió Octavia.

Aunque a Telva no era fácil conmoverla, aquello le revolvió el corazón. Ni siquiera intentó negarle a la pequeña una verdad que no debía conocer.

—Buscaremos juntas una nueva mamá para ti, ¿te parece?

Solo después de pronunciar aquellas palabras, Telva se dio cuenta del compromiso que acababa de adquirir. Se preguntó si sería cosa de Rosita, pero cuando miró el gesto decidido de Octavia, que intentaba ocultar sus lágrimas, entendió que la niña estaba tan sola como ella cuando subió al barco que la alejó de su casa, de sus padres y de todo lo que conocía, con solo un año más que Octavia. Desde ese momento, Telva sintió un vínculo muy especial con ella, aunque seguía sin saber cómo entretenerla porque a los cinco minutos de juego infantil se aburría y solo pensaba en volver a sus planos del nuevo puerto de La Habana. Por eso recurrió a Ricardo, que siempre tenía risas y buen humor para todos. Ricardo desplegó sus encantos con Octavia, que se divirtió con sus chanzas, pero no le gustó el encargo y las bromas para con Octavia se convirtieron en reproches hacia Telva.

—Yo no sé si tú pensaste que trabajo de niñero porque te equivocaste, ¿oíste? Que si quiero chamos tengo los míos; los ajenos, *pa* su madre.

—¿Tú tienes hijos? —preguntó Telva.

—Tres varones y dos hembras.

—¿Y dónde están?

—Con sus viejas, ¿con quién si no? Como debería estar esta niña.

—Es que su madre se muere.

—Mala cosa esa. Pero no es problema mío, que ya me salen a mí bastantes chamos para buscármelos postizos.

Esa noche Ricardo no se quedó con Telva, ni ella se lo pidió. Tardó en dormirse y lo hizo pensando en Manolo, en Manuela, en Gorio y en Octavia.

Al día siguiente, Telva puso fin a su primer amor. A pesar de saber que llevaba dentro un hijo suyo.

—No seré yo quien coja lucha por ti, que hembras *pa* gozar tengo así —dijo Ricardo haciendo un gesto de abundancia con las manos—, mulatas y piolitas.

Telva abortó dos semanas después. Lo hizo con la mente fría y las mayores garantías médicas que pudieron proporcionarle. Solo lo supieron el equipo de ginecología de la Federación de Mujeres que le practicó el legrado, Rosita y la propia Vilma Espín.

Aunque disfrazó su decisión de pragmatismo ante ellos, y sobre todo ante sí misma, la verdad era que lo que la empujó fue el miedo. Telva amó a aquel niño nada más saber que estaba dentro de ella, pero la aterrorizó la posibilidad de que la vida se la jugara también a él y que terminara solo en el mundo como ella o como previsiblemente le sucedería a Octavia cuando faltara Rosita. Su amor de madre quiso protegerlo del sufrimiento y la única forma que encontró fue negarle la oportunidad de vivir.

Después de aquello, cada noche, sola en la cama, cuando la razón dejaba paso a la emoción, Telva abrazaba a aquel hijo al que no llegó a conocer. Intentó mil veces imaginar cómo habría sido, aunque nunca consiguió ponerle cara. Lo que sí lograba al cerrar los ojos era rodearlo con sus brazos y sentir su calor hasta que se quedaba dormida, para descubrir, cuando se despertaba, que su regazo estaba vacío. Entonces saltaba de la cama, se ponía en marcha y no volvía a pensar en su hijo hasta que llegaba de nuevo la hora de acostarse. Solo se libraba de aquel bucle que parecía infinito las noches en que Octavia, el único ser humano que parecía necesitarla, dormía con ella. La niña se quedaba cada vez más a menudo con Telva a medida que Rosita empeoraba y los dolores le hacían la vida imposible. Tanto era así que, cuando la niña aprendió a dibujar, en vez de casitas, familias, soles y palmeras como hacían otros niños, Octavia pintaba distintas versiones del nuevo puerto de La Habana.

Mientras Telva, en Cuba, renunciaba a la maternidad, Manolo buscaba en Rusia la familia que siempre había deseado. Decidió olvidarse de Telva, o al menos convencerse de que la olvidaba, y lo hizo en brazos de Viveka, una compañera de trabajo que se había alegrado más que el resto cuando regresó de España. Era una chica bonita, simple, buena y sonriente, la tercera de cinco hermanos; el resto eran chicos, gemelos los mayores y gemelos los pequeños. Viveka se había criado en una familia unida, de las que celebraban cada fiesta como si fuera la última, aunque a veces solo tuvieran sopa y *grechka*, un plato que a él le recordaba mucho a las gachas. Manolo no buscó más. Tenía treinta y cinco años, muchas decepciones con Telva y aún más ganas de encontrar el hogar que buscaba desde niño.

—No querrás llevarme a España, ¿verdad? —le planteó Viveka cuando le pidió matrimonio—. Porque sé que las españolas casadas con rusos no pueden volver a su país, pero también sé que los españoles casados con rusas tienen la puerta abierta y más de una se ha ido para no perder a su marido. Entiendo que, a pesar de que allí gobierne el fascismo, muchos queráis volver para estar con vuestras familias porque yo no imagino la vida lejos de mis padres y mis hermanos. Por eso mismo, nunca me iré a España contigo.

—Puedes estar tranquila, que mis puertas de entrada a España las cerré yo solito. Y bien cerradas que las dejé. No tengo opción de volver.

Viveka no preguntó más porque imaginó que había un asunto político detrás del que no quería saber nada.

Con ella Manolo formó la familia soñada y lo hizo en Rusia porque era su única opción. Aunque no dejó de añorar España, se acostumbró a su nueva vida y la llegada de Olga y Marisha, sus mellizas, lo reforzó en su decisión. Solo dos años después llegaron Filip y Dimitri, y ni él ni Viveka tuvieron tiempo de pensar en nada más que en sacar adelante a su familia. Y disfrutaron del proceso.

Manuela acostumbraba a salir al mercado por la mañana temprano, antes de la cita con la primera clienta del día, dispuesta a hacer la compra de frescos semanal. Desde que habían regresado a Oviedo, era de las primeras en llegar a El Fontán cada jueves cuando los puestos de carne subían las persianas y las mujeres desplegaban su surtido de frutas y verduras en el suelo de la plaza. Los quioscos estaban abiertos desde el amanecer, listos para suministrar la prensa a los hombres que acudían a las oficinas. Manuela no tenía tiempo de leer el periódico más allá de hojear *La Nueva España* los domingos cuando se sentaba un rato después de comer, una vez que Juan Gregorio había terminado el crucigrama, pero siempre echaba un vistazo de pasada a las revistas en su paseo hacia El Fontán. Le gustaba curiosear las portadas con fotos de gente de la farándula y de aristócratas. Lo que le llamó la atención aquel jueves fue una revista que no había visto antes. La cubierta era sencilla: una foto en color sepia de una modelo con un gran moño que parecía vencer las leyes de la gravedad y el título en letras grandes y blancas: TELVA.

Antonio, el quiosquero, todavía estaba en la parte exterior colocando los expositores para atraer a los clientes.

—Perdone, Antonio, ¿esa revista de ahí es nueva?

—Sí, señora, es el primer número, recién salidito del horno. Mire, del martes, hace solo dos días. —Y acercándose, le dijo en voz baja—: Seguro que a su marido le parece bien que la compre. La edita el Opus Dei. ¿Quiere echarle un vistazo?

—No hace falta, démela.

Manuela buscó en su monedero las seis pesetas que costaba y, con la revista apretada al pecho, se dirigió al mercado, aunque estaba deseando volver a casa para empaparse de su contenido. Aquel día hizo la compra tan apresurada que hasta la verdulera habitual se lo notó.

—¿Preocupaciones? —le preguntó.

—Solo prisa —respondió con una sonrisa tranquilizadora.

Casi había llegado al portal cuando se dio cuenta de que se le habían olvidado las nueces para Juan Gregorio. Le gustaba tomarlas cada noche, de postre, mezcladas con cuajada y miel. Iba a dar la vuelta, pero las ganas de leer aquella publicación con el nombre de su hija pesaron más. Ya las compraría en el ultramarinos del barrio aunque no fuesen igual de buenas.

—¿Y esa revista? —preguntó Juan Gregorio cuando llegó a casa a la hora de comer.

—Acaba de salir. Tiene un apartado de moda, me será útil para coger ideas —respondió Manuela, y a modo de justificación añadió—: Es del Opus Dei.

—Ah, ¿sí? —Juan Gregorio la hojeó y, tras comprobar que el contenido era cosa de mujeres, volvió a soltarla—. Qué casualidad que le hayan puesto un nombre tan poco común. Tuvieron el mismo gusto que tú.

—Telvina se llama así por mi madre, que a su vez se llamaba así por mi abuela, aunque ella no nos lo puso a ninguna de sus hijas.

—Cierto, me lo contó Alexandra. Ya no me acordaba —respondió Juan Gregorio, y por primera vez fue consciente de lo poco que se había interesado siempre por el pasado de su mujer—. En realidad, no conocía a ninguna Telva antes de que empezaran a publicar aquellas viñetas cómicas de «Telva y Pinón» en el periódico. Y nunca más lo volví a escuchar. Hasta que supe de tu hija, Dios la tenga lejos de nosotros, y pensé que era un nombre inventado. Como los republicanos hacíais cosas tan raras... Mira Amelia y Alonso, que les pusieron a sus hijas Clara y Libertad.

—¿Qué tiene de malo Clara?

—Estoy seguro de que se lo pusieron por Clara Campoamor, como si lo viera.

—Pues no es lo mismo que lo de mi Telvina, porque Telva es un nombre de aquí. Como Camino, el de tu madre, que solo se pone en León. Ya ves que yo sí sé el nombre de tu madre, y el de tu padre, y hasta el de tu tío el canónigo, porque me has hablado tanto de ellos que siento como si los conociera.

—De todas formas, me alegro de que no te lo pusieran a ti, solo nos faltaba que te hicieran chistes a cuenta de las tiras cómicas del periódico.

Manuela se mordió la lengua para no responder a la ofensa. Tampoco le dio tiempo porque en ese momento escuchó la llave en la cerradura. Gorio volvía de la universidad. Era su tercer día y llegaba ansioso por contar sus primeras impresiones sobre la vida universitaria, los profesores que le habían tocado y cuáles decían que eran los más «hueso», así que Manuela esperó al postre para mostrarle la revista con el nombre de su hermana.

Gorio la cogió con una mezcla de ilusión y curiosidad, pero tras hojearla unos segundos se la devolvió.

—Es de chicas —dijo decepcionado—. No sé si a Telva le gustará, no le interesan mucho la moda y esos temas.

Manuela miró a su marido y a su hijo, visiblemente mosqueada por la reacción de los dos hombres de su vida.

—Tenéis café en el fuego. Servíroslo vosotros mismos.

Después cogió la revista y se fue a su cuarto a acariciar las letras de la portada, como hizo con cada número que salió desde entonces, porque la hacían sentir un poco más cerca de su hija.

—¿Se ha enfadado? —le preguntó Gorio a su padre.

—Bah, no te preocupes, que ya se le pasará. ¿Sabes dónde guarda los cazos de calentar la leche?

Al día siguiente, Manuela volvió al quiosco y compró dos ejemplares más. Luego fue a Correos y pidió que los enviaran a la misma dirección, pero en paquetes diferentes.

—Prefiero que vayan por separado por si uno se pierde —le explicó al funcionario que la atendió en ventanilla—, que Cuba está muy lejos.

Telva los recibió casi un mes más tarde.

Llegaron en el momento más oportuno porque, tras la ruptura con Ricardo y las discusiones constantes con el ingeniero jefe que lideraba el proyecto del puerto, Telva llevaba unas semanas baja de ánimo. Las revistas le hicieron especial ilusión porque llevaban su nombre, pero también porque cada detalle que recibía de su madre era una constatación más de que no solo no le guardaba rencor por la degradación de Juan Gregorio tras su marcha, sino que la tenía continuamente en sus pensamientos. Cogió uno de los ejemplares y se dirigió a la Fundación de Mujeres, quería enseñársela a Rosita y a la niña, que todavía no sabía leer pero ya distinguía las letras. Las dos se habían convertido en lo más parecido que tenía en la isla a una familia. La sentencia que pendía sobre ellas y la soledad de Telva las había unido con la rapidez que solo generan los malos momentos. El tiempo apremiaba, la muerte que rondaba a Rosita causaba en quienes la rodeaban una acuciante necesidad de disfrutar la vida y alejar la nostalgia por lo perdido. Por su parte, ver a Telva y a Octavia cada día más unidas la ayudaba a aceptar su inevitable destino, y no pasaba una semana entera sin que le encomendara a Telva que, tras su muerte, la llevara al encuentro de su padre.

Daba igual que Telva le explicara mil veces que no podía volver a España porque allí estaba proscrita.

—Octavia se queda tan sola como te quedaste tú, pero a ti te esperaban en Rusia con honores y a ella no la espera nadie. Solo te tiene a ti. Júrame que no la dejarás hasta que no estés segura de que cuidarán bien de ella.

Telva juraba porque ya hacía mucho que sabía que no abandonaría a su suerte a aquella niña que tanto le recordaba a ella misma.

Rosita murió en el hospital de La Habana tras agonizar durante varios días mientras el gobierno estadounidense probaba bombas atómicas bajo tierra en el estado de Nevada y decidía intervenir en la guerra de Vietnam, los astronautas rusos se paseaban por el espacio mostrando al mundo su superioridad en la carrera espacial y los españoles escuchaban la misa en el nuevo formato litúrgico promulgado por Pablo VI y en castellano, para escándalo de los más conservadores que defendían la versión tridentina, en latín.

Se fue después de despedirse de la pequeña Octavia, que en aquel momento contaba poco menos de seis años.

Telva cuidó de la niña en la isla como si fuera su propia hija hasta que halló la forma de que se reuniera con su padre. Y la encontró porque, a diferencia de Octavia, Telva tenía una madre a quien recurrir. Para entonces, Manuela ya había localizado a la familia Lavín. Era propietaria de una enorme mansión de indianos en Colombres, un pueblo de la costa cercano a Cantabria. Octavio vivía en Oviedo, donde se había convertido en un respetable hombre de negocios al amparo de su padre.

—Mi mamá te llevará con tu papá.

—¿Y tú?

—Yo te escribiré.

—Pero yo no sé leer.

—Pronto aprenderás. Cada mes recibirás una carta mía hasta que la vida, si así es nuestro destino, nos vuelva a reunir.

—No quiero irme.

—Te gustará Asturias.

—No, porque el mar allí es oscuro, casi negro, me lo has contado muchas veces. A mí me gusta el agua de aquí, transparente y azul.

—Eso es porque todavía no conoces el Cantábrico. Lo nuevo siempre nos asusta, pero a veces la vida nos quita cosas para hacer sitio a otras mejores.

—Nada va a ser mejor que mi mamá —replicó Octavia.

Telva la abrazó muy fuerte porque bien sabía por experiencia que en eso no podía quitarle la razón.

Octavia llegó a España en compañía de un matrimonio de médicos españoles criados en Rusia, como Telva. Ellos no habían regresado cuando Franco abrió las puertas, pero después de permanecer en Cuba cinco años empezaron a echar de menos su país y, animados por las noticias de sus familiares sobre la apertura del régimen y los cambios que se estaban produciendo, decidieron volver a la que todavía consideraban su patria.

Telva empacó en el equipaje de Octavia las cosas que Rosita le había entregado para que su padre la reconociera: una carta manuscrita en la que le hablaba de su próxima muerte, los medallones con los que se juraron amor eterno ante la Virgen de la Caridad del Cobre y una caja redonda con el sombrero de Octavio, que fue lo único que se negó a quitarse cuando se hizo revolucionario, porque una cosa era la ideología y otra muy distinta llevar la cara como un cangrejo recién cocido. «O negruzca y cuarteada como la gente de campo», pero ese pensamiento Rosita lo desconocía porque Octavio se lo guardó para sí.

Manuela esperaba a Octavia muy inquieta, escuchando con atención cada vez que la megafonía del aeropuerto de Barajas anunciaba un vuelo, por si era el que venía de La Habana.

Al final, con dos horas de retraso, apareció la niña. A Manuela se le partió el corazón cuando la vio: la pequeña, de piel morena y pelo rizado, tenía el mismo miedo en la mirada que vio en los ojos de su propia hija antes de partir para Rusia, así que la abrazó fuerte, como deseaba que alguien hubiera hecho con Telva.

Cuando subieron al taxi que las llevaría a la estación de Atocha, en la radio sonaba la canción del momento que, en su pegadizo estribillo, repetía una y otra vez *Help, ayúdame*. Manuela lo interpretó como una señal y asumió como una misión personal que Octavia recuperara el brillo infantil en los ojos, como si la vida le devolviera la oportunidad que le quitó con su hija.

Al día siguiente, nada más llegar a Oviedo, escribió a Telva.

> Octavia está conmigo y se encuentra bien. Nunca podré reparar lo que te hice a ti, pero sí podré evitar que esta pequeña sienta la soledad que debiste de sentir tú en un país extraño.
>
> Tu madre, que siempre te adorará,
>
> MANUELA

Juan Gregorio, en cambio, no hacía más que protestar.

—Esto es de locos. ¿No le bastó a tu hija con destrozar mi carrera y nuestro futuro para que ahora nos envíe a esta niña desconocida? —Y bajando la voz para que la pequeña no le oyera, añadió—: Es medio negra.

—Telva y Manolo no tenían intención de causarnos ningún perjuicio, ya te lo he explicado mil veces, volvieron a Rusia porque no les quedó otra. Respecto a la niña, no exageres, que no es medio negra, solo un poquito y casi no se le nota —replicó Manuela intentando tranquilizarlo como mejor se le ocurrió.

—Será solo un poquito, pero sí que se le nota.

—Vale, para ti la perra gorda. Aunque así sea, ¿qué más da? Es una niña.

—Sí que da, porque no creo que una familia como los Lavín vayan a aceptar a una mestiza. ¡A ver qué hacemos después con ella! Te conozco, y no quiero que pienses ni por un momento que se va a quedar en esta casa.

—No se te ocurra decir nada delante de ella.

—¡Claro que no! Pero a ver qué se te ocurre para cuando el supuesto padre, que lo será o no, os envíe a ti y a la chiquilla a freír espárragos. Es que vamos de cabeza, cada locura de tu hija es peor que la anterior y te arrastra a ti con ella.

—Ay, Goyo, déjalo, por favor, que Octavia no se quedará mucho.

—Mientras tanto, ¿quién diremos que es? En Oviedo va a llamar la atención en cuanto salgáis a la calle.

—La hija de unos amigos españoles que emigraron a Cuba.

—Eso, primero amigos de los rusos y después de los cubanos. Ahora que el despacho despega y estoy cogiendo fama en toda Asturias, ¡lo que nos faltaba!

—Pues di que son cubanos antirrevolucionarios. Y ahora déjame en paz, que tengo mucho que hacer.

Manuela tuvo que darle muchas vueltas al asunto porque la profecía de Juan Gregorio se cumplió y la reacción de Octavio Lavín al conocer a su hija no resultó en absoluto como Rosita había imaginado tantas veces en sus últimos días. Ni reencuentro, ni abrazos, ni alegría, ni bienvenida.

Para visitar a los Lavín, Manuela y Octavia se vistieron con sus mejores galas. Después de revisar el equipaje de la niña y descartar toda su ropa, confeccionada para un verano mucho más cálido que el asturiano, tuvo que salir a los Almacenes Botas a comprarle algo adecuado que ponerse. Octavia se ilusionó con un vestido de manga farol con un estampado de florecitas rosas sobre un fondo gris perla y lazo a juego en la cintura, atado atrás con lazada.

«Si lo llego a saber, podía habérselo hecho yo. Me habría salido igual de bonito y por la cuarta parte del precio, pero ya está, ya no da tiempo», se dijo, y se llevó el vestido y una chaquetita corta de punto con botones de nácar rosa por si refrescaba. También le compró unos zapatos blancos de hebilla y unos calcetines de perlé. Aunque la niña se había fijado en unas sandalias rosas, en eso no cedió:

—No, mi cielo, que esto no es Cuba y aquí tan pronto hace sol como se encapota el cielo, y si le da por llover se te mojarán los pies.

Fue ella misma la que le pidió a Juan Gregorio que no las acompañara.

—Esto no me gusta nada, ya lo sabes —insistió él—, pero no me parece bien que vayáis solas a ver a los Lavín porque no tenemos ni idea de cómo van a recibir este regalito. Yo soy un abogado con sobrada experiencia que puede negociar con ellos de tú a tú. A ti no te tomarán en serio.

—Precisamente por eso prefiero que vayamos solas, porque si la acogida no es buena, Dios no lo quiera, es mejor que no te involucres. Se trata de una familia muy importante y no es momento de buscarte ninguna enemistad.

Manuela y Octavia llegaron al pequeño pueblo costero de Colombres en pleno mes de agosto, cuando la familia entera descansaba allí en sus vacaciones, incluido Octavio Lavín.

Una muchacha del servicio les abrió la puerta y las inspeccionó de arriba abajo, especialmente a la pequeña. Debieron aprobar el examen porque las dejó entrar al recibidor de la casa. Unos minutos después, Octavio Lavín y su padre se presentaron en el vestíbulo.

Manuela había ensayado muchas veces cómo contarles la historia, aunque no esperaba que la conversación se produjera allí, en el hall de aquella gran casa, de pie ante dos hombres de gesto serio que no dijeron una palabra ni las invitaron a pasar. Octavia jugaba en el suelo con una muñeca, la única que venía en su equipaje, y lo hacía en silencio, con la atención puesta en aquellos señores.

—¿Rosita Cartas dice usted? —preguntó Bartolomé Lavín cuando Manuela terminó su exposición—. Está claro que la han informado mal, no conocemos a ninguna mujer con ese nombre, ¿verdad, Octavio?

Octavio negó con la cabeza, intentando no mirar a la pequeña, en la que reconoció la cara de su antiguo amor nada más verla.

Manuela tragó saliva y por un instante se arrepintió de que Juan Gregorio no estuviera allí.

—Rosita le puso a la niña Octavia.

—¿Y eso tiene que significar algo para nosotros? —preguntó Bartolomé Lavín, decidido a sacarlas de su casa cuanto antes.

—La madre de Octavia la envió a España porque... —Manuela bajó la voz en un inútil intento de que la niña no la escuchara— porque ha muerto. Su última voluntad fue que su hija se criara con su padre.

—Yo no dudo de su buena fe, pero déjeme que le diga que la han engañado. Los Lavín éramos una familia muy conocida en la isla por nuestros negocios. No le descubro nada si le digo que nuestro patrimonio es muy atractivo para cualquier arrimado que busque fortuna, y todo indica que esa señorita, Rosita ha dicho, ¿verdad?, viéndose en una situación complicada, encontró en usted, una mujer con familia en Asturias y desconocedora de la sociedad cubana, la oportunidad para enviar a esta pobre niña a España y colocárnosla ni más ni menos que a nosotros. Pero ya le digo que eso no va a ocurrir.

Manuela se dio cuenta de que Octavio estaba haciendo un gran esfuerzo por no mirar a la niña, así que intentó ablandarlo a él porque tenía claro ya que Bartolomé Lavín era perro viejo y no iba a morder el hueso.

—Rosita dejó esta carta dirigida a usted y también estos objetos. No he querido abrirlos por si eran personales.

Les tendió la bolsita con los medallones y la sombrerera, pero como ninguno hizo ademán de cogerlos, Manuela abrió la caja en la que apareció un sombrero panamá, masculino, de verano, y supo por el gesto de Octavio que lo había reconocido, pero él no se movió. Después leyó las inscripciones de las medallas: «Para siempre. Octavio y Rosita. 13 de agosto de 1956». Bartolomé Lavín fue incapaz de contener una mueca de fastidio.

—¿Está seguro, absolutamente seguro —le preguntó Manuela a Lavín hijo—, de que no conoció a Rosita? Haga memoria, por favor.

Por un momento le pareció que Octavio flaqueaba, pero se recompuso, miró a su padre, tragó saliva y se comportó como se suponía que debía comportarse el heredero de los negocios familiares.

—Mi familia no tenía relación alguna con los mestizos, más allá de la estrictamente necesaria con los que trabajaban para nosotros. —Y dirigiéndose a su padre, añadió—: Padre, por favor, ¿puede hacerse cargo de este asunto?

Octavio abandonó el recibidor evitando deliberadamente mirar a la niña, que seguía allí sentada en el suelo, sin perder detalle de la conversación pero con la mirada clavada en su muñeca.

Manuela salió de la casa de los Lavín con Octavia y un cheque de cien mil pesetas que, si en un principio pensó no aceptar, finalmente cogió porque no sería justo que su orgullo pesara más que el beneficio de la pequeña.

«Por las molestias que le ha causado a usted este claro intento de estafa contra nuestra familia», le dijo Bartolomé Lavín al extendérselo.

En el viaje de vuelta a Oviedo, Manuela trató de quitarle hierro al asunto y le fue mostrando el paisaje costero a Octavia a través de las ventanas del tren, tan diferente al de Cuba que la pequeña se sorprendía al ver las vacas lecheras, el mar enfurecido y las altísimas montañas verde oscuro. Manuela pensó que la niña no se había dado cuenta de lo sucedido en la casa de los Lavín, pero se equivocaba, porque cuando el tren se acercaba a la estación de Oviedo, Octavia le preguntó:

—Ahora que mi padre no me quiere, ¿me enviarás a un orfanato? Mi madre tenía mucho miedo de que yo fuera a un orfanato.

A Manuela se le encogió el corazón. Le tomó las manos y se las apretó contra su pecho.

—Tú no irás al orfanato. Te prometo, hija mía, que vas a tener una buena vida.

A Octavia se le iluminaron los ojos.

—¿Puedo volver con Telva?

Manuela negó con la cabeza y la abrazó.

—Pero te prometo que tendrás una familia.

Aunque no sabía cómo, Manuela estaba decidida a cumplir su promesa. Se volcó en Octavia mientras decidía qué hacer con ella, dispuesta a cualquier cosa con tal de que no terminara en el hospicio. Salieron de paseo, le compró tantos pirulís de La Habana para que le recordaran a su tierra que Octavia se empachó, y la dejó que la ayudara con la costura, enhebrando la aguja de la Singer y cambiando las bobinas. Hasta le compró un dedal infantil y, con los retales, le enseñó a hacer sombreros y vestidos para su muñeca, provocando habladurías entre las clientas.

«¿Habéis visto la niña que tiene Manuela en casa?». «Es medio mulata, tiene sangre negra, eso seguro. Esos caracolillos del pelo...». «¿De dónde habrá salido?». «Lo de los amigos cubanos que cuenta Manuela no se lo cree nadie». «A saber qué les pasó a estos en Madrid, que se fueron como señores y volvieron para Oviedo destronados». «No exageres, que él está colocado en los juzgados y ahora lleva casos por lo privado». «Es verdad que no están tan mal, pero no como se decía que vivían en Madrid. Estos volvieron por algún asunto raro y seguro que esta cría tuvo algo que ver». «Igual es hija de ella. O de él. O de la rusa». «De ella no, mujer, que los cincuenta no los cumple». «Ya, ya, pero la niña tiene por lo menos seis y no sería el primer hijo de la menopausia».

El motivo de las murmuraciones no duró mucho porque, tras darle vueltas varios días y varias noches, Manuela llamó a Alexandra. Lo hizo con el beneplácito de Juan Gregorio, que lejos de soltarle un discurso lleno de reproches cuando le contó la infructuosa visita a los Lavín, se compadeció de la niña.

—Veremos si ese hombre puede dormir tranquilo sabiendo que ha abandonado a su propia hija, y sé de lo que hablo —dijo—. Llama a Alexandra, que no sé qué esperas que haga por ella, pero menos de lo que ha hecho su propio padre no será.

Juan Gregorio estaba tan orgulloso de Gorio, convertido en un brillante estudiante de Derecho, que cada mañana daba gracias por el día en el que decidió darle su apellido. No alcanzaba a imaginarse más que como un desgraciado infeliz de haber dejado a Manuela y a su hijo a su suerte dos décadas atrás.

Alexandra recibió la llamada de Manuela al día siguiente mientras desayunaba y se alarmó.

—¿Estás bien? ¿Qué sucede para que llames a estas horas?

—No sé cómo plantearte esto, así que te lo diré sin paños calientes. ¿Tú sigues queriendo ser madre?

—¿A qué viene eso? Hace dos años que no tengo el periodo.

—Pues perfecto, porque la niña que tengo para ti tiene seis. Haz las maletas y vente para Asturias, que esto no hay forma de explicarlo por teléfono, pero por el camino piensa bien qué harías si el universo te regalara una niña justo ahora. Te adelanto que es preciosa.

—¿Has tomado algo para dormir? Ha debido sentarte mal.

—Déjate de tonterías y ven cuanto antes, que este asunto no puede esperar.

Alexandra accedió porque, tras semejante conversación, nada podía hacer más que cancelar todas las citas que tenía en su agenda alegando una emergencia familiar. No quiso contarle nada a Jacobo hasta no saber lo que su amiga se traía entre manos, y él no le pidió explicaciones porque a su esposa le gustaba escaparse a Gijón siempre que podía.

Esa noche a Manuela le costaba conciliar el sueño pensando cómo plantearle a Alexandra su propuesta. En su vigilia no dejaba de acordarse de los objetos que Rosita había enviado con Octavia. A eso de las tres de la mañana, harta de dar vueltas en la cama, se levantó y los revisó. Los medallones no significaron nada para ella, ni siquiera conocía a aquella virgen. El sombrero, un panamá de hombre de buena calidad, era un modelo de hacía décadas. Al examinarlo bien, encontró la respuesta que buscaba. «¡Es de La Sombrerera de Gijón! Elías siempre decía que exportaban mucho a México y a Cuba. Tiene que ser una señal, ¿quién sabe si no lo fabricó el mismo Elías antes de la guerra y me lo envía ahora para que reparemos con Octavia lo que hicimos con Telvina?». Con ese pensamiento se acostó y, por fin, se quedó dormida.

El trato entre Manuela, Alexandra y la pequeña Octavia se cerró en la vieja casa de los Solís de Armayor en Gijón. Alexandra se hizo de rogar porque, aunque se enamoró de la niña en cuanto la vio, la razón le decía que aquello era una insensatez. Durante muchos años soñó con un precioso bebé que llegaría a sus brazos entre algodones y puntillas, pero ya cumplidos los cincuenta, hacerse cargo de una cría de seis años poco tenía que ver con aquel hijo tan ansiado, suyo y de Jacobo, que debía haber llegado tres décadas antes.

—Ni hablar —le dijo a Manuela en cuanto dejaron a Octavia jugando en la habitación de su niñez y ellas se encerraron en el despacho de la entrada—. Es una locura. Entiendo que no sepas qué hacer con esta niña, pero no está bien que me intentes liar a mí con esto.

—Cuidado con lo que dices, que lo hago por ella pero también por ti, y si tú no quieres ser su madre me la quedo yo, porque me recuerda mucho a Telvina. Si te he llamado es porque yo tengo dos hijos y tú ninguno y sé que, aunque ya lo has asumido, echas de menos lo que la naturaleza no te dio.

—Eso es una bravata. Tú no te la puedes quedar porque a Juan Gregorio le da una apoplejía.

—Goyo ha cambiado mucho, los años lo han templado. Tienes razón en que no quiere ni oír hablar del tema, pero te aseguro que ni por esas voy a dejar a esta niña en el hospicio. Ya dejé a la mía a su suerte y ahora es ella quien me envía a Octavia, así que no la abandonaré ni por Goyo ni por el santo papa de Roma. De todas formas, te conozco bien y no tendríamos esta conversación si no lo estuvieras sopesando.

Alexandra no la contradijo, pero le expuso sus dudas.

—¿Qué vida le espera en España? Es mestiza y ya sabes cómo es esta sociedad.

—Si es una Espinosa de Guzmán y Solís de Armayor le irá bien. Con esos apellidos, a la gente le resultarán la mar de exóticos sus rasgos.

—Tengo edad para ser su abuela.

—Esta es tu mejor opción para ser madre. Seguramente la única. Llegados a este punto, ninguna edad que vayas a tener en el futuro será más favorable que la que tienes ahora. Si le restas los seis años que tiene Octavia, no es para tanto. No serás la primera ni la última que tiene un hijo cumplidos los cuarenta.

—En eso tienes razón. La verdad es que es una niña preciosa.

—Lo es. Y necesita unos padres. Esto no ocurre en el momento que esperabas ni de la forma que esperabas, pero es lo que hay.

—¿Y el padre? ¿Qué pasa si cambia de opinión?

—Pues tendrá que aguantarse. Perdió su oportunidad. No hay ley que lo obligue a hacerse cargo de ella, pero tampoco ninguna que le dé derecho a reclamarla. Esto no lo digo yo, lo dice Goyo, que ayer pasó el día y parte de la noche encerrado en su despacho consultando los tomos esos gordos del Aranzadi y llamando a sus colegas de profesión.

La conversación posterior entre Alexandra y la pequeña Octavia marcó el futuro de ambas. Allí, sentadas en el suelo de su antiguo cuarto, tras muchos años cerrado a la espera del bebé que nunca llegó, sellaron cada una a su manera un pacto de amor maternofilial para el resto de sus vidas.

—¿Tendré una habitación para mí? —preguntó la niña.

—Una aquí y otra en Madrid.

—¿Tan bonita como esta?

—Si te gusta esta, tuya es. La de Madrid podemos decorarla juntas si tú quieres.

—¿Tendré muñecas?

—Y vestidos de princesa. Los domingos iremos a pasear al Retiro, que es un parque enorme con un precioso estanque. Podemos subirnos en una barca, jugar en los columpios y, en verano, comer helados.

Octavia asintió con la cabeza.

—¿Madrid se parece a La Habana?

Solo entonces Alexandra se preguntó cómo iba a contárselo a Jacobo.

23

Alexandra y Jacobo tardaron muy poco en acostumbrarse a Octavia. En poco más de dos meses era parte de sus vidas, con esa magia que tienen los niños, que una vez que llegan es como si hubieran estado siempre ahí.

Los Espinosa de Guzmán eligieron para Octavia el mismo colegio femenino al que había acudido Alexandra, uno de los más selectos de la capital, donde las hijas de las élites financieras recibían una educación religiosa y la formación que en aquel momento la ley establecía como obligatoria para ellas. En vez de estudiar las materias de geometría, dibujo técnico, física o historia natural que les enseñaban a los niños, ellas aprendían labores consideradas propias de su sexo, como matemáticas básicas orientadas a la administración del hogar, dibujo aplicado a dichas labores o nociones de higiene doméstica.

El día que matricularon a Octavia en el centro escolar, Alexandra salió de allí frustrada.

—Parece mentira que sigamos así, ahora tengo que ver cómo mi hija estudia en el colegio esta sarta de tonterías. Da igual el trabajo que hagamos desde la asociación, de los fondos que aportemos o de nuestra labor de concienciación porque no tenemos voz ni voto. Nos escuchan por cortesía, por ser quienes somos o, peor aún, por quienes son nuestros maridos, pero los años pasan y nada cambia —se desahogó con Jacobo.

—La sociedad que tú quieres no la vamos a ver nosotros, así que es mejor que lo aceptes y dejes de hacerte mala sangre.

Confía en que, con algún retroceso, el mundo siempre ha ido a mejor y que lo que no veamos nosotros lo verán nuestros nietos, porque, ahora sí, vuelvo a tener esperanzas de ser abuelo.

—Si adopto tu filosofía, ¿qué hago? ¿Dejo de trabajar por aquello en lo que creo?

—No he dicho eso. Haz lo que puedas y confía en que valdrá la pena. Lo que no quiero es que te desesperes porque la situación no cambia a la velocidad que tú quisieras.

—Es que a mi hija le afecta ahora, no en el futuro, y no puedo hacer nada por evitarlo.

Octavia empezó el colegio a mitad de curso, pero no iba retrasada en leer, escribir, sumar o restar, y aunque los primeros días sus compañeras le preguntaron mucho por aquel acento sonoro, lento y cantarín, enseguida se acostumbraron e hizo amigas. Era una niña buena, que prestaba atención en clase y, ajena a las preocupaciones de Alexandra sobre el tipo de formación que recibía, sobresalía en costura y daba gracias en su fuero interno por que el colegio hiciera caso omiso a la obsesión de su madre por incluir el deporte como parte de la educación de las niñas, porque no le atraía en absoluto la perspectiva de correr ni sudar. Le gustaba mucho más leer tebeos y jugar con las muñecas. Y sobre todo le gustaba vestirlas y hacerles sombreros, tal como Manuela le había enseñado.

Octavia se adaptó pronto a su nueva vida y dejó atrás los recuerdos de su primera infancia para llenarlos con los de su nueva familia, a la que no quería hablarle de Rosita ni de Cuba porque temía hacerlos enfadar. Sí lo hacía, en cambio, con Manuela durante los veranos, porque su madrina no dejaba de preguntarle por Telva, y Octavia le contaba una y otra vez lo que recordaba sobre ella. Para disgusto de Alexandra, que callaba por no contrariarlas, juntas cosían trajes y sombreros cada vez más sofisticados para sus muñecas. La pequeña la ayudaba también a confeccionar un gorro de piel para Telva porque, a pesar de que la temperatura en Jersón, donde vivía de nuevo desde su vuelta de Cuba, era similar a la de Ávila o Burgos, Manuela no dejaba de repetir que «en Rusia hacía muchísimo frío». Octavia imaginaba que sus muñecas también eran rusas y cosía para ellas los mismos modelos que confeccionaban para Telva.

Alexandra se encariñó con Octavia el primer día, pero le preocupaba no sentir el enamoramiento que, en su visión de la maternidad, inundaba a las mujeres cuando se convertían en madres. Después de tantos años de intentos frustrados, sus sentimientos por Octavia se le hacían poco.

—Debo parecerte una persona horrible —le dijo a su amiga ese verano, después de confesarle cómo se sentía.

—No digas tonterías. ¿Cómo se mide el amor?

—Sí que se mide. Tú llevas toda la vida sufriendo por Telvina y, pase lo que pase, estás ahí para ella, es el amor de tu vida, más importante que tú.

—Sí que lo es, ella y Gorio. Date tiempo con Octavia, yo los tuve nueve meses dentro.

—Quizá sea por eso, porque no la he parido yo y no se parece a mí.

—¡Como si Telvina y Gorio se parecieran a mí! Gorio es un calco de su padre y Telvina... Telvina no sé a quién ha salido, la verdad, porque en mi familia no había ninguno tan listo.

—A eso precisamente me refiero. Tú ves en ella todo lo bueno y te olvidas de lo malo. Yo quiero a Octavia muchísimo, no me malinterpretes, y ni por un momento me arrepiento de tenerla, pero no me siento como tú.

—Querida, no hay nada extraño en lo que me cuentas. Te has pasado la vida idealizando la maternidad y esto es la vida real —dijo Manuela, restándole importancia—. Los hijos traen con ellos buenos y malos momentos.

Pero Alexandra seguía dudando.

—¿Te cuento un secreto? —le dijo Manuela acercándose a ella—. Creo que la traca y los fuegos artificiales los reservan para las Fallas de Valencia.

Y por fin su amiga soltó una carcajada y se relajó.

Telva cumplió su promesa de escribirle a Octavia cada mes. Al principio la niña le respondía con dibujos en los que aparecían Rosita, Telva y ella, con algunas palabras escritas con letras desproporcionadas: «Telva, te quiero mucho», y algún corazón. Poco a poco los dibujos fueron siendo más claros y se incorporaron nuevos protagonistas. Primero apareció Alexandra. Después, Jacobo. Más tarde se unieron Manuela, Goyo y Gorio. Hasta que, en una de las cartas, Rosita no apareció en el dibujo y a Telva se le encogió el corazón. «Buena señal, la niña es feliz con los Espinosa de Guzmán», se dijo. Estaba recién llegada a Jersón, tras completar su misión en Cuba, y se dio cuenta de que había perdido a todos los que alguna vez la habían querido: a su madre, a Gorio, a la pequeña Octavia y a Manolo, que ahora tenía su propia familia con Viveka y los niños. Se vieron una vez, cuando Telva tuvo que viajar a Moscú por un asunto de trabajo, pero ya no se parecía al Manolo que ella conocía. Se había convertido en un padre de familia, serio y formal, sin hueco para ella ni en su presente ni en el futuro que imaginaba para los años venideros.

Lo único que salvó a Telva de una melancolía que empezaba a hacerle daño fue un paquete que recibió tras su vuelta a Rusia. Lo remitía su madre desde España y en él encontró varios trozos de piel de zorro. Era evidente que aquellas pieles habían formado una pequeña prenda que alguien había descosido. La carta que acompañaba el paquete aclaraba el misterio.

Hija querida:

Te envío este gorro porque, después de los años que has pasado en Cuba, con el calor que me cuentan que hace allí, notarás mucho más el frío de Rusia. Es de zorro ártico. Me ha dicho el peletero que es la piel que más abriga. Una clienta, imagino que muy rica, le encargó un abrigo y yo he comprado los recortes, así que me ha hecho un precio muy bueno porque es una de las pieles más caras que existen y solo la trabaja por encargo. Espero que te venga bien para el invierno. Si tú quieres, puedo enviarte un abrigo. No de zorro, claro, pero me han dicho que el mouton, que es una especie de cordero, abriga casi lo mismo. He pensado que si es muy largo y bien cerrado al cuello te puede hacer mucho servicio.

La carta continuaba hablándole de las buenas notas de Gorio en Derecho, de lo mucho que había crecido Octavia y de que Juan Gregorio cada vez tenía más clientes en el despacho, tanto que ya había contratado a dos jóvenes abogados para que lo ayudaran.

Yo sigo con lo mío: forro sombreros para ceremonia y confecciono tocados, pero sobre todo hago ropa, como cualquier modista, porque ya no se estilan mucho los sombreros. Ya ves, todo pasa de moda. Hasta hace nada era impensable entrar en una iglesia sin taparte la cabeza. En mi pueblo, de toda la vida, decía el cura que «el hombre no debía cubrirse la cabeza en presencia de Dios porque ellos son la gloria de Dios; pero que la mujer sí porque nosotras somos la gloria del hombre». Yo nunca lo entendí muy bien, pero lo dice la Biblia. Lo sé porque el día antes de hacer la primera comunión me quité el gorro en la iglesia porque me picaba y el cura me hizo aprender de memoria la Carta de san Pablo a los Corintios y recitarla en voz alta delante de los demás niños, aunque como allí en Rusia no tenéis curas, tú no conoces a los Corintios. Te confieso que yo tampoco sé muy bien quiénes eran. El caso es que, hija mía, todo pasa de moda, hasta las Cartas de san Pablo. Yo creo que es para bien, aunque a mí estos cambios me dejen sin oficio. No me quejo porque me he especializado en trajes de ceremonia y tengo muchas clientas. Les salen mucho más baratos que si los compran en las boutiques especializadas. También los actualizo porque entre puesta y puesta se pasan de moda, y me quedan muy bien puesto que la que me encarga uno repite o me envía a alguna amiga.

No quiero alargarme más, que me pongo a escribirte y me emociono tanto que no paro.

Acuérdate de decirme si quieres el abrigo de mouton.
Tu madre, que no deja de pensar en ti,

MANUELA

Para cuando respondió aceptando el abrigo, su madre ya lo tenía listo para enviárselo a vuelta de correo. Telva nunca supo si le desmantelaron el gorro porque la espiaban o simplemente le tocó un control, ya que las siguientes prendas que le envió Manuela llegaron en perfecto estado. No le contó a su madre cómo había llegado el sombrero de piel, lo que sí hizo fue conseguir agujas gruesas e hilo adecuado y lo compuso de nuevo ella misma. Tardó más de un mes en terminarlo, después de coserlo y descoserlo siete veces hasta que entendió qué pasos había seguido Manuela en el diseño, y lo hizo con la misma precisión con la que habría construido, sin planos, un puente diseñado por otro ingeniero.

Mientras Telva se aferraba al gorro que le había enviado Manuela porque le hacía sentir que, aunque lejos, todavía tenía una familia, Gorio echaba de menos tener una hermana cerca con la que hablar después de que, recién empezado el año 1966, le rompieran el corazón por primera vez. Llevaba todo el curso anterior saliendo con una compañera de facultad llamada Lulú.

—¿Lulú? ¿Qué clase de nombre es ese? —cuestionó Juan Gregorio—. Parece de los hippies esos que se han instalado en Ibiza.

—Se llama María Luisa, papá, pero desde que nació la llaman Lulú, igual que a mí Gorio. Su hermano pequeño no era capaz de decir Luisa y la llamaba así.

—Eso sí es un nombre bonito y digno, y no Lulú. En cualquier caso, esta chica es estudiante de Derecho. No creo que sea la mujer adecuada para ti.

—¿Cuál es el problema? Yo también estudio Derecho y tú eres abogado. Lulú es muy lista.

—El problema es que no siempre la mujer más lista es la mejor esposa. —Y adelantándose al gesto de Manuela, añadió—: No porque no pueda ser lista, que tu madre lo es y mucho, pero es mejor que las mujeres utilicen la inteligencia para el hogar y no para la abogacía. ¿Quiénes son sus padres? ¿A qué se dedican? ¿No serán rojos? Porque con ese nombre...

—No hagas caso a tu padre —contemporizó Manuela al ver el gesto de decepción de su hijo—. Si te gusta a ti, seguro que es una chica estupenda. Es maravilloso que vaya a la universidad, así tendréis de qué hablar y, si un día os casáis, podrá comprender tus problemas de trabajo, que a mí a veces me cuesta con tu padre. ¿A qué decías que se dedicaba el suyo?

—No lo he dicho y no intentes liarme, mamá, que ese truco es muy viejo. Pero si tanto os interesa, es registrador de la propiedad.

Juan Gregorio abrió los ojos, gratamente sorprendido.

—¿Aquí? ¿En Oviedo? Mañana mismo me entero de quién es. Un consuegro registrador es buena cosa.

—¿Ya te parece mejor? —preguntó Gorio con retintín.

—No está mal, nada mal —accedió, ajeno a la ironía de su hijo—. Ella puede trabajar con el padre hasta que tenga hijos. Eso ya me encaja más.

Manuela le hizo a Gorio un gesto con la mano que él interpretó como «ya sabes cómo es» y ambos se rieron cómplices.

La relación se rompió antes de que las familias llegaran a presentarse.

Nada más terminar las fiestas de Navidad, Gorio invitó a Lulú al cine a ver *Sonrisas y lágrimas*, que se había estrenado en España ya galardonada con cinco premios Oscar. La notó un poco seria cuando se encontraron en la puerta, pero lo atribuyó a que llegaba con la hora pegada, y estaba tan guapa que no le dio importancia.

Cuando a ella se le saltaron las lágrimas en las escenas más conmovedoras de la película, intentó abrazarla y achacó su rechazo a que no quería mostrarse vulnerable. Lulú era una mujer independiente que le recordaba mucho a su tía Alexandra, así que, lejos de molestarse, la actitud de su novia le sacó una sonrisa.

—Ha estado bien la peli, ¿verdad? —comentó Gorio a la salida.

—Un poco triste.

—Pues alégrate, que te invito a cenar. ¿A qué hora tienes que estar en casa?

—No me da tiempo y no tengo hambre. Mejor tomamos algo y ya cenamos otro día, si eso.

—No seas así, que quiero llevarte a un sitio especial. Hoy soy un ricachón, mi padre se sentía generoso esta tarde. Vamos a tu casa y les pido permiso a tus padres.

—Que no, de verdad. Tomamos algo y después me voy. Y corre, que empieza a *orbayar*.

Gorio abrió su paraguas para taparla, un poco contrariado por la respuesta de su novia, pero pensó que quizá estaba en esos días del mes complicados para las mujeres y lo dejó estar. Así hacía su padre con su madre y él lo había asumido como algo normal.

Se sentaron en una mesa de la cafetería California después de que ella avisara a sus padres por el telefonillo.

—Tenemos que hablar —le dijo Lulú después de que Gorio pidiera un sándwich y una cerveza para él y un mosto para ella.

—Adelante.

A ella parecía costarle empezar.

—¿Tan grave es? —preguntó Gorio antes de darle un bocado a su sándwich.

—Eres un hombre maravilloso, bueno, formal y responsable.

En ese momento, él se alarmó.

—Eso no suena bien, ¿qué sucede?

—Yo te aprecio mucho, de verdad.

—¿Pero?

—Que vamos muy en serio, Goyo, demasiado. Yo soy muy joven, no quiero atarme a nadie por el momento. Quiero disfrutar y atesorar experiencias.

Gorio notó que se le atragantaba el sándwich.

—¿Es que yo no te lo permito? Que yo sepa nunca te he dicho que no a nada.

—Lo sé. Eres un novio estupendo, demasiado diría yo.

—¿Cómo se puede ser demasiado estupendo?

Lulú se encogió de hombros y después le dio un larguísimo sorbo a su mosto.

—¿Me estás dejando? —entendió Gorio—. ¿No quieres casarte y tener hijos?

—Sí, algún día, pero no contigo. Y tú tampoco quieres estar conmigo.

—Claro que sí. Te quiero y puedo esperarte el tiempo que haga falta.

Lulú esbozó una sonrisa triste.

—Tú crees que me quieres y estoy segura de que lo dices de verdad, pero este no es el tipo de amor sobre el que quiero construir mi futuro. Yo necesito pasión y fuego, y tú no puedes darle eso a una mujer. Seguro que hay una chica fantástica ahí fuera que querrá lo que tú le ofreces, pero yo no. ¿O quién sabe? Quizá la sociedad cambie y tú puedas confesarte a ti mismo lo que realmente sientes.

—No entiendo qué quieres decir.

—Pues ese es el problema, pero estoy segura de que con el tiempo lo descubrirás tú solo. Eres un tipo inteligente.

Lulú puso su mano sobre la suya.

—Me tengo que ir —le dijo levantándose de la silla.

—Espérame, pago y te acompaño.

—Solo es cruzar la calle.

Lulú se fue y allí, ante el sándwich a medio comer, Gorio notó que le costaba respirar. Que en ese momento empezara a sonar en el local la voz de Conchita Velasco interpretando «Una chica ye ye» le pareció una broma del destino, pero enseguida entró en negación: «Tiene un mal día, lo que ha dicho ha sido producto de las hormonas esas de las que se habla tanto ahora, que vuelven a las mujeres locas».

En casa, la explicación que dio fue más escueta:

—Quiere vivir su vida —les explicó a sus padres.

—¿Qué vida? —preguntó Juan Gregorio, que no entendía nada.

—Es una niñata malcriada que no sabe lo que quiere, tú tenías razón.

—Estas jóvenes de hoy… Ya sabía yo que la tal Lulú no te convenía. Tú puedes escoger cualquier mujer y las mejores son las menos complicadas.

Juan Gregorio, ocupado como estaba con la noticia del baño de Fraga en Palomares, una playa de Almería en la que había caído por accidente una bomba de hidrógeno estadounidense, no le dio más importancia a la ruptura entre Gorio y Lulú. Pero Gorio no dejó de darle vueltas a lo que había insinuado Lulú.

Ese año, Alexandra y Jacobo los invitaron a pasar la Semana Santa con ellos en Madrid, como hacían desde que se trasladaron a Oviedo, pero fue la primera vez que aceptaron porque las circunstancias habían cambiado: eran los padrinos de Octavia y querían estar allí para entregarle la *pegarata* y algunos regalos a cambio de la palma de su ahijada. A Gorio le vino bien porque durante siete días estuvieron muy ocupados recorriendo Madrid con la niña.

Los animales de la Casa de Fieras del Retiro impresionaron tanto a Octavia como le habían impresionado a Gorio en su séptimo cumpleaños. En las procesiones, en cambio, se aburría tanto que él decidió subirla en sus hombros y a ella le pareció la actividad más divertida de todas. Incluso tuvieron que mandarla callar más de una vez porque su risa rompía la solemnidad de los pasos y era totalmente impropia del momento de recogimiento y respeto por el martirio de Jesús.

—Gorio, por favor, deja de agitar a la niña, que estamos dando el espectáculo —le recriminaba su madre.

Gorio regresó a Oviedo con las ideas más claras y decidido a no volver a echarse novia. Sus padres aplaudieron su decisión. Debía terminar la carrera y después le quedaban unos largos años de oposición a judicaturas, y tanto Manuela como

Juan Gregorio creían que una novia solo lo distraería de sus metas.

Manuela conoció a Águeda en el otoño de 1967, en Del Río Uribe, una tienda de telas recién abierta en Oviedo, próxima a la iglesia de San Juan.

Aquel día, mientras los españoles comentaban la muerte del Che Guevara y los avances de Estados Unidos en la guerra de Vietnam en su cruzada contra el comunismo, y reprobaban unos o aplaudían otros la ilegalización de CC. OO. por el Tribunal Supremo o incluso la desvergüenza de las extranjeras que habían llenado de biquinis las costas españolas durante el verano y que aún tenía escandalizada a buena parte de la población, Manuela se devanaba los sesos para encontrar la solución al último encargo que había recibido. Buscaba la tela adecuada para un conjunto de madrina que le había encargado doña Vicenta, una señora bastante entrada en carnes a la que se le casaba el hijo y que quería un vestido entallado en la cintura con una chaqueta corta, todo en color berenjena, pamela a juego y zapatos forrados con la misma tela. Manuela intentó disuadirla del color elegido, o al menos combinarlo con otro que lo suavizara, pero la clienta había insistido en su errónea convicción de que era el tono que más la favorecía.

A Manuela también le preocupaba el corte. Entre las medidas poco convencionales de doña Vicenta y la tela lisa, sin estampado, cualquier fallo que cometiera sería difícil de disimular. Mientras se esforzaba para encontrar la combinación de tejido y tonalidad que minimizaran el riesgo de que a su clienta la confundieran con una auténtica berenjena, escuchó una voz femenina con un claro acento de Mieres que le ofrecía sus servicios para confección y arreglos a la dependienta.

Se dio la vuelta y vio a una mujer algo más joven que Telva, de baja estatura y un poco rellena, sobre todo en la parte del torso, con un traje de excelente confección pero que no acababa de sentarle bien, circunstancia que Manuela atribuyó a la silueta de la susodicha. La mujer tenía cara de buena persona.

—¿De Mieres? —le preguntó Manuela para entablar conversación.

—No, de Turón.

—¿Recién llegada?

—¿Tanto se me nota? Ya me lo dice mi marido, que aquí no se habla así. Yo pongo todo de mi parte para corregirlo, pero no me sale, no me doy cuenta.

—No tiene nada de malo ser de la cuenca minera.

—En Oviedo parece que sí. Me llamo Águeda —se presentó tendiéndole la mano—. Soy modista, llevo cosiendo desde que tengo recuerdos, pero aquí no acabo de hacerme un sitio.

—Yo soy Manuela. Tengo un taller de costura: Arreglos, Confecciones y Sombreros Telva.

—¿Como la revista?

—Como mi hija.

—Perdone usted —se disculpó—. Compro la revista para coger ideas y es lo primero que se me ha venido a la cabeza. A mí me gustaría tener mi propio taller algún día, pero de momento eso solo son sueños.

—Es usted muy joven, no desespere. Yo empecé de doncella primero y haciendo sombreros para las vecinas después. Antes de la guerra, fíjese si ha llovido ya. Como ahora no se llevan, me tuve que adaptar. Hoy, sin ir más lejos, estoy buscando telas para una clienta que va de madrina de boda y quiere un traje morado oscuro, pero está algo entradita en carnes y no es muy alta. —Manuela detuvo la mirada en la figura de Águeda unos instantes, lo suficiente para que ella se diera cuenta.

—Como yo, entonces.

—No he pretendido insinuar eso.

—No se apure, entiendo que lo que le preocupa es que ella misma se asemeje a una berenjena. Yo lo parecería si me vistiera así.

Manuela sonrió, aliviada porque no se lo hubiera tomado a mal.

—Además quiere el vestido entallado a la cintura.

Águeda torció el gesto.

—¡Menudo encarguito! Aunque ya me gustaría a mí tener algún pedido, lo que fuese, porque desde que llegué no he dado ni dos puntadas.

—¿Qué haría usted si en vez de mi clienta fuera la suya?

—Déjeme pensar. —Águeda cerró los ojos unos segundos—. ¿Qué le parecería un vestido de dos capas? Una inferior ceñida a la cintura, como quiere ella, y una externa de tul o gasa, un poco transparente y más recta, para que disimule los rollos que inevitablemente se nos forman a las que somos como yo al ajustar la ropa en la cintura. Para una madrina quedaría muy elegante.

—Me gusta. Me gusta mucho. El tema es que quiere llevar una chaqueta corta encima y no sé si con ese diseño quedaría bien.

—Si le hace las mangas de la misma gasa de la sobretela del vestido y unos vivos sobre la solapa y los bolsillos, puede funcionar. Así, aunque todo sea del mismo color, la diferencia de textura y las transparencias le van a quitar uniformidad y se verá como si fueran dos tonalidades distintas.

—También podría forrar el casco de la pamela con la tela del vestido y, sobre ella, la gasa de las mangas. ¿Qué tal se le da a usted cortar?

—Estupendamente. No recuerdo mi vida sin un dedal y unas tijeras, igual que no imagino a mi madre sin estar pegada a su Singer. A mí no me gustaba la costura, de niña la odiaba, pero ya ve, está claro que era mi destino. Hasta ahora, que voy a tener que apuntarme a clases de dicción, como las actrices, si quiero coser en Oviedo.

—¿Qué le parece recibir hoy un encargo?

A Águeda se le iluminaron los ojos.

—Le propongo que usted patrone el traje de doña Vicenta, corte la tela y pase el primer hilván. Yo haré el resto. Como lo suyo es lo más complicado, vamos a medias.

—¿Lo dice de verdad?

Manuela le tendió la mano a Águeda y allí mismo quedó cerrado un acuerdo que demostró ser beneficioso para ambas, a pesar de las reservas que mostró Juan Gregorio cuando se lo contó a la hora de la cena, mientras daban cuenta de unas anillas de calamar rebozadas.

—Ten cuidado, Manuela, que los de las cuencas son todos rojos.

—Por mí, como si son más verdes que un marciano. No me gusta el patronaje, no se me da bien, y este vestido requiere una mano muy fina. Además, ¿a nosotros qué más nos da? Si ya nos pusieron en la lista negra después de lo de Telvina.

—Me alegra que seas tú quien lo menciona.

—Déjalo estar, que bastante hemos hablado de eso, pero si esta chica trabaja bien y es responsable, a mí me vendría de perlas. Me ha dado buena espina. Cada vez tengo más trabajo y, aunque ya me doy bastante maña con las tijeras... Ay, no sé por qué te estoy contando todo esto si es cosa mía. ¿Te sirvo más calamares? Me han salido muy tiernos. Los he escaldado dos veces antes de rebozarlos.

A Manuela no le falló la intuición. El traje quedó perfecto y doña Vicenta más que satisfecha.

—Ya se sabe que después de la novia, la más elegante tiene que ser la madrina.

—¡Y yo voy a dar el campanazo! —respondió doña Vicenta, emocionada.

Manuela arregló cuentas con Águeda y le propuso un nuevo trato.

—Tienes buena mano y mejor técnica. Si quieres, te traspaso los pequeños arreglos de mis clientas y los patrones más complicados, pero a cambio me gustaría coger un poco más de seguridad al cortar telas delicadas: el *chiffon* y el tul bordado me dan sudores fríos, y para los vestidos de ceremonia me las demandan mucho.

—Encantada de enseñarte lo que sé. Yo lo aprendí de mi madre a base de coscorrones y castigos, pero hay pocas costureras como ella, parece que ve el corte en su mente antes de pintarlo en el papel. Tanto que la contrataron en la Sección Femenina de la Falange de Mieres para enseñar costura en el Servicio Social. Hasta la pusieron de ejemplo ante Franco cuando visitó las cuencas en la posguerra, ¡qué berrinche se llevó! —dijo Águeda, e inmediatamente se arrepintió de haber hablado de más, sin saber de qué pie político cojeaba Manuela, e intentó restarle importancia—: Pero anda que no ha llovido desde entonces. Eso fue hace ya... Si estamos en el sesenta y siete...

—¿Tu madre trabajaba para la Falange? —la interrumpió Manuela en sus cálculos—. ¡Qué alegría se va a llevar mi Goyo! ¿Cómo se llama? Por si me pregunta.

—Aurora. Aurora Cangas.

Águeda no entendió el entusiasmo de Manuela, pero lo consideró un golpe de suerte, porque los encargos que le derivó fueron los únicos que recibió en varios meses.

SEXTA PARTE

La madrina

1978-1985

24

Un anodino y lluvioso lunes de junio de 1978, en París, Amelia Noval daba vueltas al caso de una clienta para el que no encontraba buena solución. Consultó el reloj, vio que era casi la hora de cenar y decidió dejar lo que estaba haciendo para la mañana siguiente. Recogió y fue a avisar a su marido de que se marchaba a casa. La oficina estaba vacía. Como cada tarde, ellos eran los últimos en abandonarla. Cuando ya no quedaba nadie, Alonso solía cerrar la puerta de su despacho, servirse un coñac, revisar los acontecimientos del día y planificar la siguiente jornada.

Amelia dio unos golpecitos en la puerta, no fuera a estar todavía reunido, pero Alonso no dio contestación. Volvió a llamar y, al no recibir respuesta, entró.

Encontró a su marido tendido en el suelo con la copa derramada sobre la alfombra. Con un grito sordo, corrió hacia él y, en cuanto lo tocó, supo que estaba muerto. Su piel mostraba un color grisáceo y la temperatura de su cuerpo había descendido ligeramente. Hacía más de una hora que un derrame cerebral había acabado con su vida.

Mientras Amelia se preguntaba cómo darle la noticia a sus hijas, la escena en la casa de Alexandra en Gijón era muy distinta.

Los Espinosa de Guzmán ya estaban instalados en Gijón, como cada verano, y Octavia había ido a Oviedo a pasar el fin de semana con sus padrinos. Desde niña, le gustaba estar con ellos. Manuela la había enseñado a coser y las dos pasaban horas mirando revistas y atreviéndose con prendas que a ella le llamaban la atención, a la vez que charlaban de cosas importantes para Octavia y no de la formación de las mujeres, la independencia femenina ni ninguno de los temas que apasionaban a su madre; aunque no le resultaran indiferentes, la intensidad de su madre la hastiaba. Gorio, lo más parecido que tenía a un hermano mayor, se había convertido en un señor juez que, cada verano desde hacía ya una década, la llevaba una tarde a merendar a Rialto, los dos solos, y se interesaba por sus asuntos. Ir en su compañía le parecía el sumun de la sofisticación. También le encantaba su tío Goyo, que desde niña le compraba nicanores de Boñar y mantecadas de Astorga y le decía cómplice: «Para ti y solo para ti, que estos asturianos piensan que solo están ricos los *carbayones* y las princesitas, pero no vamos a sacarlos de su error porque así no tendrás que compartirlos». Octavia reía y Juan Gregorio con ella, porque su ahijada lo tenía encandilado.

Precisamente Manuela y él hablaban de lo rápido que la niña se había convertido en una mujer mientras esperaban a Alexandra y a Jacobo en el jardín, cuando fueron a llevarla de vuelta el domingo por la tarde.

—Yo no sé qué tiene que me saca lo que quiere. Ya viste que ayer no pude evitar comprarle el bolso ese que vio en el escaparate de los Almacenes Botas. Tenía razón en que conjunta muy bien con los pantalones de campana estampados que le has confeccionado tú.

—No le eches la culpa a ella, porque nos hiciste dar un rodeo durante el paseo para que pasáramos por la zona de tiendas, y nada más que ella comentó lo bonito que era el bolso fuiste tú el que insististe en entrar. Octavia tiene de todo y nunca ha sido caprichosa. Es a ti al que te falta tiempo para darle todo lo que piensas que le puede apetecer.

—Le dijo la sartén al cazo. ¿Quién le hizo unos pantalones igualitos a los de Cacharel que su madre no quiso comprarle? —se defendió Juan Gregorio.

—Tienes razón, lo reconozco, pero ¡anda que si me llegan a decir que tú me ibas a hablar de Cacharel y de pantalones de campana! Desde luego, te tomaste muy en serio lo de ser padrino.

—Es que lo juramos ante Dios y eso es sagrado. No olvides que soy sobrino de un canónigo mártir. Además, que nunca nadie me había elegido padrino de sus hijos. Y, mírame, ¡de la hija de Jacobo Espinosa de Guzmán nada menos! Porque digo yo que, aunque sea adoptada, cuenta igual, ¿verdad?

—Goyo, por favor, no lo estropees, que ibas muy bien. ¡No vas a cambiar nunca!

—Y lo que a ti te gusta —le respondió cogiéndola por los hombros y acercándola hacia él.

—¿Qué haces? ¿Te has vuelto loco? Que nos van a ver Jacobo y Alexandra. ¡En su casa!

—Bah, seguro que no les parece mal. Al final, la vida nos trata bien, ¿no te parece? Mi despacho está consolidado en Oviedo y en Gijón, voy a abrir la tercera sede en León y Gorio ha aprobado las oposiciones a judicatura. Tú te empeñas en seguir cosiendo porque quieres, pero por mí lo dejabas todo y vivías como una reina.

—Mi taller también va viento en popa. Tengo muy buenas clientas.

—Muy selectas, hay que reconocerlo.

—Y te tengo a ti.

—Que no soy ningún chollo.

Manuela lo miró, sorprendida y sonriente, ante tan imprevista confesión.

—¿Crees que no lo sé? —continuó Juan Gregorio—. Pero tú me quieres y, aunque en su momento estuve ciego, sé que contigo me tocó la lotería.

—Me alegro mucho de que te des cuenta —intervino Alexandra.

Manuela y Juan Gregorio se sobresaltaron al escucharla.

—¿De dónde sales? —preguntaron entre risas.

La seriedad del gesto de Alexandra les indicó que algo iba mal.

—Goyo —dijo—, Alonso ha muerto. La madre de Amelia acaba de llamar para avisarme.

Amelia incineró a su marido en París, pero depositó las cenizas en el panteón familiar de Gijón, tal como habían acordado tiempo atrás. Tras tantos años lejos, los dos querían volver a Asturias para descansar en su tierra.

Adolfo Suárez, el presidente del Gobierno elegido el año anterior por los españoles, negociaba con las diferentes ideologías políticas la aprobación en el Congreso y en el Senado del texto constitucional que se sometería después a referéndum popular. Los ciudadanos contemplaban esperanzados su actuación después de que fuera legitimado tanto por el sucesor designado por Franco, don Juan Carlos I, como por los partidos nacionales y nacionalistas para votar una Constitución que representara a todos y garantizara un futuro pacífico y en libertad. En el país no se hablaba de otra cosa y Amelia se lamentaba de que Alonso no hubiera llegado a ver instaurada la democracia en España, si es que entre todos lograban ponerse de acuerdo y los militares no se sublevaban de nuevo.

El entierro de Alonso fue una ceremonia íntima. Acudieron Alexandra y Jacobo, además de los familiares y algunos conocidos, pero también Manuela y Juan Gregorio, que se quedaron unos metros atrás.

—¿Este qué hace aquí? —le preguntó Amelia a Alexandra—. ¿Sabías que iba a venir?

Alexandra asintió.

—No tienes que hablar con él. Ignóralo si es lo que deseas. Ni tú necesitas a Goyo para honrar a tu marido ni él a ti para despedirse de su amigo.

—¿Qué amigo? Sabes mejor que nadie que llevaban más de veinte años sin hablarse. Jamás hizo el mínimo intento de acercarse a nosotros y, ahora que Alonso está muerto, viene a hacerse el compungido, ¡hay que ser muy caradura!

—No te hagas mala sangre, no es el momento. Goyo no es el importante hoy aquí.

Ni Amelia ni Alonso supieron nunca de la mentira que Valentina le contó a Juan Gregorio para conseguir los salvoconductos que les permitieron huir a México. Valentina, temerosa de que las rencillas entre Amelia y su marido fueran razón suficiente para que él se negara a ayudarlos, prefirió asegurarse aunque ello supusiera sacrificar la amistad entre Alonso y Juan Gregorio, que en aquellos tiempos de posguerra, con tantas vidas en juego, no le pareció tan importante. Le contó que amenazaban con denunciarlos por tener escondida a Manuela, una delación que, en el mejor de los casos, habría terminado con la entonces prometedora carrera de Juan Gregorio. Cuando Valentina se dio cuenta de que su marido habría estado dispuesto a ayudarlos solo con que se lo hubieran pedido, no se atrevió a recular y prefirió dejar enfriar el asunto para aclararlo cuando el transcurso del tiempo le hubiera restado importancia. Alonso nunca logró entender que su amigo del alma no acudiera a despedirlo, ni tampoco el silencio con el que los castigó el resto de su vida. Valentina no vivió lo suficiente para explicar lo sucedido: se llevó aquel secreto a la tumba y con él, la amistad entre Alonso y Juan Gregorio.

Cuando cerraron el nicho del panteón designado para el descanso de Alonso, Amelia salió de allí del brazo de sus hijas y Alexandra las acompañó. Jacobo se quedó con Juan Gregorio y Manuela.

—Alexandra ha invitado a Amelia a casa —los avisó Jacobo.

—No te preocupes —respondió Juan Gregorio con los ojos acuosos por la emoción—, nosotros nos volvemos para Oviedo. Hoy no es día para importunar a la pobre Amelia. Bastante tiene con haber perdido a su marido después de toda una vida juntos. Yo solo he venido a decirle adiós a mi amigo, así que, si me disculpáis, me gustaría estar un rato a solas con él.

Una vez solo delante de la tumba de Alonso, Juan Gregorio lloró como un niño.

—Tres veces te vi pasear por Gijón y las tres quise acercarme, pero no lo hice, te negué como san Pedro negó a Jesús, pero él por miedo y yo solo por orgullo. ¡Cómo me arrepiento! Esperaba que fueras tú quien diera el paso. Me sentí traicionado cuando os fuisteis a París y, en vez de confiar en mí para pedirme lo que necesitabas, chantajeaste a Valentina para conseguir los salvoconductos. También te confieso que tenía miedo de que me rechazaras si te ofrecía olvidarlo todo. No sé disculparme por mi parte de culpa, ni contigo ni con nadie. Se me pone tal presión en el estómago cuando lo intento que me entran arcadas. Ahora es tarde, y los años que me queden en este mundo cargaré con el pesar de no haber arreglado nuestros asuntos. Vivimos convencidos de que las oportunidades son infinitas, que el futuro trae siempre nuevas ocasiones, pero no es verdad: están contadas y cuando no las aprovechamos, dejan de llegar. El tiempo se acaba antes de lo que imaginamos.

Juan Gregorio mantenía con Alonso la conversación que el orgullo les impidió tener en vida. Porque él lo echó siempre de menos sin saber que el sentimiento era recíproco. También Alonso habría querido acercarse y retomar aquella amistad cómplice que una vez los unió, pero Amelia se encontraba tan cerrada a la reconciliación que desistió en pro de la paz familiar y esperó a que su amigo diera aquel primer paso, el más difícil, que nunca llegó.

Mientras Juan Gregorio solucionaba sus asuntos con Alonso, Manuela y Jacobo se dirigieron a la salida detrás de Amelia y el resto de los asistentes para darle la intimidad que necesitaba.

—Cuando alguien se muere, no puedo evitar mirar al pasado y hacer balance —comentó Manuela—. ¡Qué vueltas da la vida! Si cuando era joven me hubieran predicho lo que iba a suceder, no lo habría creído.

—¿Y me lo dices a mí, que tengo una hija cubana que nos envió tu hija rusa?

Manuela miró a Jacobo tan sorprendida ante tal inesperada declaración que, al ver la sonrisa divertida en su rostro, le entró la risa floja. Antes de que pudiera controlarla, Alexandra, que acompañaba a la familia varios metros por delante, la oyó y se volvió hacia ellos con una dura mirada de reproche.

—Manuela, compórtate, por favor —bromeó Jacobo mientras fingía un gesto compungido—. ¡Qué impropio para un funeral!

Los dos volvieron a reír, pero esta vez mucho más discretamente. A fin de cuentas, para Jacobo y Manuela, que nunca habían tenido una relación estrecha ni con Alonso ni con Amelia, la alegría de vivir era, como para cualquiera, mucho más intensa que la tristeza por la inevitable muerte ajena.

Entretanto, Juan Gregorio continuaba despidiéndose del único amigo que había tenido en su vida.

—Siento en el alma que nuestros caminos se separasen porque en el tramo que hicimos juntos nunca dejé de sentirme acompañado. Supongo que desde donde estás ahora podrás verlo todo y sabrás que soy muy feliz al lado de Manuela, la mujer a la que quise desde que la vi por primera vez, aunque tú lo supiste antes que yo. ¡Con lo mucho que me enfadaba contigo cada vez que lo insinuabas porque creía que solo lo decías para mortificarme! Dios fue bueno conmigo y, a pesar de lo mucho que la rechacé, me la trajo de vuelta una y otra vez. Por si te preocupa, quiero que sepas que también quise a Valentina, no como a Manuela, pero la quise, aunque visto en retrospectiva creo que me casé con ella porque te gustaba a ti. Siempre quise ser como tú. Te admiraba mucho. También la elegí por quién era su padre, no te lo voy a negar, porque ya sabes lo mucho que yo aspiraba a mejorar mi posición social. Era joven y estaba acomplejado, pero te prometo que la traté bien. Al menos, lo mejor que supe. Lamento muchas cosas en la vida, querido Alonso, pero una de las más grandes es haber permitido que la política rompiera nuestra amistad. Hice mía una guerra que era de otros y tardé muchos años en darme cuenta de que a esos otros no les importaba yo, solo ellos mismos. Fui un imbécil. Espero que puedas perdonarme.

En ese momento sintió con total claridad el abrazo de Alonso y sus dos firmes palmadas en la espalda, igual que solía hacer cuando eran jóvenes cada vez que se despedían o se reencontraban. Cerró los ojos y se dejó llevar por el recuerdo de los momentos compartidos. No fue consciente del tiempo que pasó. Cuando salió del cementerio solo lo esperaba su esposa. Amelia y el resto se habían ido ya.

Juan Gregorio hizo el viaje de vuelta a Oviedo callado y pensativo.

—¿Sabes? —le dijo a Manuela al llegar a casa—. La muerte de Alonso me ha hecho reflexionar sobre nuestras vidas. Está claro que de este mundo no vamos a llevarnos nada y que lo que no disfrutemos en vida, aquí se queda. Esto se acaba. Estamos de paso.

Manuela no sabía a qué se refería, así que lo dejó hablar.

—Ya es hora de que nos demos algunos lujos. Tenemos buenos ingresos, Gorio ya es juez, tiene su vida y no nos necesita, ¿para qué ahorramos? No nos permitimos ningún capricho. Tú siempre has querido un piso en Gijón para pasar los veranos cerca de Alexandra. Vamos de prestado a su casa una semana cada año y ya es hora de que dispongamos de la nuestra. El mes de agosto, al menos. Y también nos compraremos un coche nuevo para ir y venir.

—¿Qué te ocurre, Goyo? Tantos años mirando cada peseta, ¿y ahora quieres tirar la casa por la ventana?

—Lo que quiero es disfrutar la vida contigo. Tú vas a tener tu apartamento en la playa y yo me voy a comprar un Mercedes 280 para llevarte y traerte como la señora que eres.

—¿Y el Seat 124? Si no tiene ni cinco años.

—Tiene siete ya. El 124 lo vendemos, que está como nuevo, y nos darán buen dinero por él. El piso lo eliges tú, pero con sitio suficiente para que venga a vernos Gorio con su familia cuando la tenga, que no sé a qué está esperando este hijo nuestro.

—No te animes tanto —protestó Manuela—, que yo no quiero créditos ni deberle nada a nadie, mucho menos a un banco.

Juan Gregorio miró a Manuela y los dos sonrieron complacidos. Llevaban tres décadas juntos y se entendían a la perfección.

Solo unos meses después del fallecimiento de Alonso, Octavia acudió al colegio electoral acompañada por sus padres a dar su «sí» al Proyecto de Constitución, igual que la inmensa mayoría de votantes. Ella, como tantos otros, no se molestó en leer el texto que garantizaría sus derechos durante las próximas décadas, pero eso no le restaba importancia al momento. Aunque su madre se desesperaba porque no calaban en ella todas las ideas que intentaba inculcarle, el discurso repetido desde la infancia había dejado su poso y depositó su papeleta en la urna consciente de lo que suponía para los españoles poder votar. Sufragio universal, sin ningún requisito más que la mayoría de edad, recién rebajada a los dieciocho años.

—Hasta hace muy poco —le recordó su madre—, las mujeres no la alcanzábamos hasta los veinticinco, y entonces con restricciones.

—Lo sé, mamá, me acuerdo de cuando cambió la ley.

—Si es que ya eres toda una mujer —respondió Alexandra, orgullosa.

La adrenalina del ejercicio de sus derechos como ciudadana le duró a Octavia hasta que se encontró con Miguel, el primo de una compañera de clase, al que le había tocado ejercer de vocal, y él le propuso ir a tomar un café.

—Es un acto patriótico —le dijo—, por la democracia. Si me muero aquí de aburrimiento, van a tener que cerrar la mesa y a ver qué hacen con los votos recibidos.

Octavia aceptó, avisó a sus padres, se atusó el pelo después de asegurarse de que él no la veía y acudieron a la cafetería más cercana. El tiempo voló, aunque ninguno de los dos recordaría al día siguiente de qué habían hablado, y Miguel tuvo que marcharse corriendo no sin antes proponerle salir con él el siguiente fin de semana. En otras circunstancias, Octavia se habría hecho de rogar, pero las prisas la urgieron a aceptar la invitación. Cuando llegó a casa, alterada por la excitación y la euforia de la próxima cita, se dirigió a su habitación.

—Tengo que estudiar —les dijo a sus padres.

—¿Quién era ese chico? —preguntó Alexandra desde el salón.

—Nadie importante —respondió antes de cerrar la puerta de su cuarto—, ya te dije que solo es el primo de una compañera.

El corazón le latía a mil por hora y no quería que sus padres se lo notasen. Estaba más que acostumbrada a que los chicos se interesaran por ella, tenía un físico bien proporcionado y tan exótico en España que llamaba la atención de los hombres, pero a lo que no lo estaba tanto era a ser ella la que no pudiera quitarse a uno de la cabeza.

—¡Vaya, vaya! —le comentó Alexandra a Jacobo—. Tenía muy buena planta.

—¿A quién te refieres?

—A ese chico. Espero que Octavia no se eche novio. Es muy joven y tiene la oportunidad de vivir la vida.

—¿Por qué lo dices? Si no ha estado con él ni una hora y dice que es el primo de una chica que va con ella a clase.

—Cuando una joven de la edad de nuestra hija dice que un chico no es importante, miente.

Jacobo arqueó las cejas.

—Yo misma fingí indiferencia ante mi madre después de conocerte.

—¿Y mi querida suegra se lo creyó? —preguntó él con una carcajada.

—Ahora me doy cuenta de que seguramente no. Espero que Octavia no desaproveche su juventud.

—Querida, creo que estás exagerando. ¿No debería ser yo el padre sobreprotector, preocupado por el honor de su única hija, y tú la madre permisiva y complaciente?

—Desde luego, así responderíamos fielmente a todos los clichés que espero que empiecen a desaparecer mañana mismo. Confío de verdad en que ganará el «sí» y este país entre en una nueva etapa de libertad y tolerancia.

—Ganará. Todos los partidos, menos los radicales vascos, que son minoría incluso en su propia tierra, y unos pocos diputados de Alianza Popular que no desean la democracia, ya le han dado el visto bueno al texto constitucional en el Congreso. Incluso los comunistas y los partidos nacionalistas vascos y catalanes. Los únicos que pueden echarlo todo por tierra son los militares y también parecen tranquilos.

Unas semanas después de que se conociera el aplastante «sí» que los españoles habían dado a la Constitución y con ella al nuevo modelo de país, Manuela recibió la llamada de Águeda, la costurera de Turón con la que compartía algunos encargos. Águeda quería felicitarle el Año Nuevo pero, sobre todo, la llamaba para invitarla a conocer su nuevo taller de costura. A pesar de que ya hacía una década que tenían relación, sabía poco de ella, más allá de que era buena modista y mejor persona, que vivía en un barrio de la periferia con su marido, dependiente de unos grandes almacenes, y que tenían una niña. Por eso le extrañó que, de la noche a la mañana, abriera un taller de confección en la calle San Bernabé, una zona muy cotizada del centro de la ciudad.

Lo comentó con su marido mientras recogía después de cenar.

—Le habrá tocado la lotería —apuntó él—. O habrá recibido una herencia.

—Herencia seguro que no. No sé mucho de su vida, pero por lo poco que me ha contado son de la cuenca del Caudal, es huérfana de un minero y su madre también es modista. Antes vivía aquí con ella y era un torbellino cosiendo, pero se fue el año pasado, creo que a Sevilla. ¿De dónde habrá sacado el dinero?

—Tendrían un pariente rico, ¿qué sé yo? Ahora ven, deja eso —la apremió Juan Gregorio, sin darle ninguna importancia a las elucubraciones de su esposa—, que empieza la serie nueva que te gusta tanto, la del barco.

—¿*Vacaciones en el mar*? Voy corriendo. ¡Qué guapo el capitán!

—¿Guapo ese? ¡Si está calvo! Hay que ver lo que os atraen a las mujeres los uniformes.

—¿A ti te gustaría hacer un crucero? —soñó Manuela, ignorando a su marido—. ¿Te imaginas tú y yo en Acapulco? ¿Cuánto costará un viaje así?

—¡Bah! Seguro que es más aburrido en la realidad que en la televisión. Y carísimo. Quizá si nos hubiera tocado la lotería, pero, ya has visto, en la del Niño ni el reintegro.

Unos días después, cuando los operarios del Ayuntamiento retiraban el alumbrado ya tristemente apagado de las fiestas navideñas y los carteles anunciaban rebajas en todos los escaparates, Manuela se presentó en el taller Mari Flor con un dedal de plata para Águeda, que había encargado grabar con su nombre, y se sorprendió muchísimo al ver la amplitud de la estancia y la modernidad de las máquinas de coser.

—¡Vaya maquinazas! —exclamó—. Son modernísimas. Yo sigo con la mía del año de la polca. Era de la abuela de una amiga, no te digo más.

—Te confieso que yo también me apaño mejor con la antigua de mi madre, pero estas no son para mí.

—¿Vas a contratar aprendices? ¿Tantas? ¿O es que quieres montar una academia?

—Lo segundo. Ya tengo varias alumnas. Voy a impartir costura y bordado, y de eso precisamente me gustaría hablar contigo.

—¿De bordado?

—De sombreros. Algo que nos ocurre a casi todas las modistas es que cuando nos piden sombreros a juego con los trajes nunca pensamos en confeccionarlos. Si no encuentran uno que combine no les queda más remedio que pedirnos las telas y, a pesar de lo sosos que quedan, acudir a una sombrerería para que se los forren. Lo mismo que hacen con los zapatos si no encuentran un tono que conjunte bien. Como no sabemos hacerlos, damos por hecho que eso no es cosa nuestra, igual que no fabricamos zapatos. Ni siquiera mi madre se ha lanzado nunca y eso que, cuando de coser se trata, es una todoterreno. Pero tú sí, y seguro que a muchas modistas les gustaría aprender. ¿Te apetecería enseñar a las chicas a confeccionar sombreros?

—¿Me estás proponiendo dar clases aquí?

—Un día a la semana.

A Manuela se le llenó el pecho de una ilusión casi infantil con lo complacida que se sintió por la propuesta, pero acto seguido pensó en Goyo, en su insistencia para que dejase su propio taller, y descartó la idea.

—Te lo agradezco y te confieso que me siento muy halagada, pero yo tengo mucho trabajo y no me veo enseñando. No lo he hecho nunca. Tú eres joven y estás llena de energía, en cambio yo ya estoy para jubilarme, no para emprender una actividad nueva.

—¿Te vas a retirar?

—No, qué va, eso pretende Goyo, pero me niego. ¿Qué iba a hacer yo sola mientras él no está? Él no quiere jubilarse y es mayor que yo.

—Entonces ¿qué te lo impide? ¿Qué hay más bonito que enseñar a las nuevas costureras los conocimientos de las veteranas?

Manuela se acordó de Alexandra y sonrió.

—Me acabas de recordar a mi amiga del alma, siempre obsesionada con que las mujeres puedan estudiar. Según ella, en la educación empieza la libertad.

—¿Eso es un sí?

—Eso es un me lo pensaré.

—No le des muchas vueltas, que me gustaría empezar en primavera. Espero para entonces tener una docena de alumnas.

—Me alegro mucho por ti, porque hayas conseguido todo esto —dijo Manuela mirando a su alrededor—. Te lo mereces, eres una gran costurera.

Águeda sonrió.

—No me atribuyas el mérito, que si no llega a ser por una herencia familiar, no habría podido abrir un taller como este ni aunque pasara todas las noches en vela cosiendo.

—En cualquier caso, me alegra que te tocara a ti. No hay

más que ver cómo la has empleado. Las chicas que vengan a aprender contigo tendrán suerte de tenerte de maestra.

—Pues te devuelvo el cumplido, porque confío en que también cuenten contigo.

Manuela se demoró en contárselo a Juan Gregorio. En cambio, no dudó en compartir la noticia con Alexandra nada más llegar a casa.

> Querida amiga:
>
> Vas a estar muy orgullosa de mí: ¡voy a ser profesora! De sombreros, claro, que es de lo poco que sé hacer bien.

No llevaba ni dos líneas cuando cambió de opinión, rompió el papel y cogió el teléfono. «¡Qué diablos! La llamo y se lo cuento. La noticia bien merece una conferencia a Madrid».

Poco después, la propuesta de Águeda le supuso a Manuela un rifirrafe marital.

—Lo que te faltaba, en vez de ir reduciendo clientas y quitarte trabajo, ¿ahora vas a dar clases?

—Solo es un día a la semana, dos horas los viernes por la mañana. Tengo ilusión por enseñar lo que yo hago y pocas modistas saben.

—Vaya cosa vas a enseñarles, ¿a quién le va a interesar aprender a confeccionar sombreros en estos tiempos?

—A mucha gente. Si no fuera así, Águeda no me lo pediría. Llevo toda la vida sintiéndome insegura porque aprendí a coser yo sola y ahora resulta que quieren que dé clases a la próxima generación de costureras, así que ni se te ocurra aguarme la fiesta.

—No me parece bien, pero si te hace tanta ilusión no digo nada.

—Pues eso, pero en lugar de no decir nada podrías alegrarte por mí, porque alguien reconozca mi trabajo, que parece que todo lo que haces tú es muy importante y lo que hago yo, una nadería.

—No pretenderás comparar el Derecho con la costura.

—Pues no veo por qué no —respondió Manuela, molesta ante el tono despectivo de su marido.

El matrimonio se enzarzó en una discusión que terminó con Manuela sin cenar y con Juan Gregorio durmiendo en el antiguo cuarto de Gorio, porque su mujer se encerró en la habitación con el pestillo y no salió hasta el día siguiente. Por la mañana, Manuela se levantó aún más enfadada y, aunque le preparó el desayuno a Juan Gregorio como acostumbraba a hacer cada día, no le dirigió la palabra. Él tampoco dijo nada esperando que pronto se le pasase, pero Manuela siguió en sus trece a la hora de la comida y de la cena, y así durante varios días en los que ninguno de los dos dio su brazo a torcer.

Por fin, Juan Gregorio, harto de aquella situación familiar, y sin estar dispuesto a asimilar la tan femenina como, a sus ojos, poco cualificada ocupación de la costura con la justicia, el principal pilar de la sociedad, prefirió solucionar la disputa a costa de la cuenta bancaria de la familia y se presentó con un sobre ante Manuela.

—Los Reyes Magos te dejaron esto, pero ha debido de traspapelarse y no lo he encontrado hasta ahora —dijo por toda explicación.

Eran dos billetes para el mes de septiembre en un crucero de siete días con salida desde Barcelona y escalas en Palma, Túnez, Palermo, Nápoles y Cannes.

A Manuela el corazón le empezó a latir tan rápido que tuvo la sensación de que podía escucharse desde fuera de su cuerpo.

—¿Nos lo podemos permitir? —preguntó, cauta.

—Es carísimo, pero he hecho cuentas y podemos, aunque no nos haya tocado ni la pedrea. No es por el Caribe como el de la televisión, pero el Mediterráneo no tiene nada que envidiarle. Al contrario, ¡ya quisieran ellos! —respondió lleno de orgullo patrio—. Que sea por la luna de miel que no tuvimos.

Con el grito de ilusión de Manuela, que se visualizó a sí

misma siendo recibida por la tripulación del crucero de *Vacaciones en el mar*, quedó zanjada la desavenencia conyugal.

El nuevo coche de Juan Gregorio estaba todavía en rodaje cuando Manuela recibió la llamada de su hermana mayor. Nada más escuchar su voz, adivinó que se trataba de su madre. Matilde y ella nunca se llamaban porque no tenían una buena relación. Las postales navideñas que se intercambiaban para las fiestas y las cortas visitas de Manuela, de Pascuas a Ramos, no hacían sino enrarecer un vínculo que se sustentaba más en los resentimientos que en el amor filial.

Matilde cumplió con el destino que su padre eligió para ella porque no se casó ni se movió de su casa, pero lo que sí había hecho, ya en los años cincuenta, era alquilar las tierras de labranza a un vecino y colocarse en casa de don Honorato, el cura que daba servicio a varias aldeas cercanas para que los fieles no tuvieran que desplazarse a Pola de Lena a escuchar misa. Allí acudía cada mañana, primero en el autobús de línea y, con los años, en coche. Fue la primera mujer en tener carnet de conducir en el concejo. El vehículo no era suyo, pero como si lo fuera, porque, aunque era propiedad de la Iglesia, el cura le cedió su uso en exclusiva para que fuese a atenderlo cada día y le hiciera de chófer cuando lo requerían en otra aldea. Aunque tuvo que soportar que algunos vecinos gritaran a su paso «mujer al volante, peligro constante», «mujer tenías que ser» y otros improperios igual de ofensivos, decidió no darse por aludida porque el coche le proporcionó una independencia de la que no había disfrutado en su vida. Don Honorato era quince años mayor que ella y, además de los requerimientos propios de la intendencia doméstica, tenía necesidades fisiológicas que Matilde se prestó a cubrir sin ponerle reparo porque, gracias a don Hono, como lo llamaban cariñosamente los más allegados, se vio aliviada del encierro que durante años habían supuesto la casa, su madre y la granja, y empezó a vivir. A don Hono le gustaba el buen comer y el buen beber. Todos lo querían porque era permisivo con los vicios y las debilidades tanto de los feligreses como de las feligresas, se mostraba siempre dispuesto a mediar en los conflictos familiares con una visión salomónica que los vecinos respetaban, lograba que no faltara un plato a la mesa de las familias que pasaban malos momentos y no distinguía colores políticos porque decía que «Dios no entendía de ideologías». Por eso, aunque todos imaginaban lo que Matilde y don Honorato se traían, a nadie, ni a los más ateos ni a los más beatos, les interesó que se aireara demasiado, no fueran a cambiarles al cura.

Cuando Manuela llegaba a visitar a su madre, Matilde desaparecía debido a un oportuno cólico de don Hono, al que tenía que atender toda la noche porque, según ella explicaba, el médico recomendaba no dejarlo solo para poder dar aviso si empeoraba de madrugada. El cura se recuperaba milagrosamente nada más que Manuela daba por terminada la visita, que no solía prolongarse más de un par de días porque, con su madre ida, las horas avanzaban muy lentas en aquella casa llena de recuerdos en los que ya no se reconocía. No tenía nada en común con los pocos vecinos que no habían abandonado el pueblo y tampoco permitió nunca a Juan Gregorio acompañarla. Sus orígenes lo habían mortificado mucho en otros tiempos y, aunque después de media vida juntos aquello parecía agua pasada, Manuela no tenía intención de reabrir la herida llevándolo allí.

—¿Tu hermana duerme en la misma casa que el cura? —solía preguntarle.

—Solo si está enfermo y el médico así lo requiere, aunque debe de estar enfermo muy a menudo porque da la casualidad de que siempre la necesita cuando yo voy de visita.

—¿El don Hono este cómo es? ¿Tú lo conoces?

—Será un cura como cualquier otro. Un viejo seguramente.

—¿Lo sabes o lo imaginas?

—¿Qué insinúas, Goyo? ¿Ahora piensas mal de los curas? ¿Qué diría tu tío el canónigo si te oyera?

—Supongo que lo que les decía siempre a los fieles en situaciones similares: «¿Puede alguien caminar sobre las brasas sin quemarse los pies?». Proverbios 6, 28, si no recuerdo mal. Y si estuviera en privado diría que los curas son hombres, que el que evita la ocasión evita el peligro y que en todo esto puede haber una manzana podrida.

—Ya veo que tienes muy clara la posición de tu tío, pero para dos días que voy al año no pienso preguntarle a mi hermana por su vida. Que haga lo que le dé la gana, que ya bastante mal nos llevamos.

Manuela volvió a su pueblo por última vez en el mes de abril de 1979 para enterrar a Telva, su madre. Aquellos días los españoles se levantaban todavía con la resaca de las primeras elecciones constitucionales, que mantenían en el gobierno a la UCD y a Adolfo Suárez como presidente, y observaban con horror cómo se desvanecían sus esperanzas de que las matanzas perpetradas por ETA terminaran tras los comicios. Después de un inicio de año sangriento con seis asesinatos los seis primeros días del año, contaban ya veintidós antes del Domingo de Ramos, entre ellos el de Hortensia, una gaditana de veinte años cuyo único delito fue enamorarse de un joven guardia civil de Tarifa con el que se había prometido la noche en la que los cosieron a balazos en Beasain, un pueblo de Guipúzcoa. Los terroristas los acribillaron con dieciocho tiros certeros mientras los vecinos que presenciaron los hechos corrían a esconderse en sus casas cerrando puertas y ventanas, sin que nadie acudiera a socorrerlos ni llamara a una ambulancia por miedo a ser citados como testigos de la masacre. Sin embargo, Manuela y su hermana no hablaron de los atentados ni de la preocupación generalizada por que aquel cruento baño de sangre continuara, sino de la casa del pueblo, que Matilde quería vender inmediatamente.

—Haz con ella lo que quieras. Considera mi parte tuya, es lo justo.

—¿Y la de Adosinda?

—Si yo no la necesito, menos la necesitará ella que lleva

toda la vida encerrada en el convento. Aunque con la Iglesia hemos topado.

—¿Tú la ves alguna vez?

—Desde que volvimos a Oviedo la visito un par de veces al año, pero solo se les permite hablar a través de las rejas del locutorio.

—¿Cómo está?

Manuela se encogió de hombros.

—Ella dice que es feliz, pero ¡vete a saber! Otra monja escucha todas nuestras conversaciones. Dice que reza por ti, por mí y por madre.

—A ella le tocó el peor destino, ¿verdad?

—¿Ahora te preocupas por eso? En cualquier caso, necesitarás su firma para arreglar los papeles y vender la casa. Yo se lo puedo comentar, pero quizá poner a sus compañeras sobre aviso sea contraproducente. ¿Don Honorato no puede ayudarte?

Manuela no llegó a saber cómo logró Matilde la renuncia de Adosinda a su parte de la escasa herencia familiar, porque lo siguiente que supo de su hermana mayor fue a través de una postal enviada desde Torremolinos en la que le comunicaba que había comprado un apartamento y se disponía a residir allí. No aclaraba de qué iba a vivir ni qué había ocurrido con don Honorato y, si bien sintió curiosidad, entendió que Matilde no tuviera necesidad de darle explicaciones.

«Pues sí, a Adosinda le tocó el peor destino, sin dudarlo, porque para estar con Dios le quedaba toda la eternidad, pero para vivir en el mundo solo disponía de unas décadas», pensó Manuela antes de guardar la postal en la caja donde almacenaba los pocos recuerdos que tenía de la familia en la que nació.

Manuela visitaba a su hermana Adosinda dos veces al año: en el mes de noviembre, antes de que, al inicio del Adviento, se restringiera el acceso al convento a personas de fuera de la orden; y a finales de abril, después de que terminara la Pascua y con ella la Cuaresma, época en la que tampoco estaban permitidas las visitas. Aquel año acudió nada más terminar la Semana Santa. Aunque tenía el ánimo revuelto tras el entierro y el tiempo no ayudaba a mejorarlo, quería asegurarse en persona de que Adosinda sabía que se había quedado huérfana. Llevaba toda la semana lloviendo a cántaros, ni siquiera habían podido salir las procesiones, y la perspectiva de coger el autobús hasta el convento de las Carmelitas Descalzas no la seducía. Se encontraba a las afueras de Oviedo, en una zona verde con unas maravillosas vistas a la montaña asturiana y a la ciudad, pero para llegar debía caminar un tramo por la carretera desde la parada y otro por un camino que, no le cabía duda, estaría totalmente embarrado. Después de esperar toda la mañana y parte de la tarde con la vana esperanza de que escampara aquella lluvia primaveral que no daba tregua, decidió no posponerlo más. Pensó en pedirle a Juan Gregorio que la subiera con el coche, pero no quería dejarlo fuera aguardando mientras ella charlaba con Adosinda a través de las rejas y tampoco quería invitarlo a entrar con ella. Para dos veces al año que hablaba con su hermana, bastante presencia extraña era la monja que les hacía de carabina invariablemente desde hacía décadas.

Miró por la ventana y, como el cielo seguía igual de oscuro que la última vez que había alzado la vista para comprobarlo, se preparó para emprender la marcha. Las monjas no hacían excepciones con el horario de visitas. Pertrechada con gabardina, unas botas de caña impropias del mes de abril y un paraguas, que le habían vendido como resistente al viento, salió a la calle y se dirigió a la parada del autobús.

Media hora después, con las botas manchadas de barro, los bajos de la gabardina oscurecidos por el agua y dando la vuelta por enésima vez al paraguas, solicitó que avisaran a la hermana María Auxiliadora, a la que en sus conversaciones se negaba a llamar así pese a los carraspeos de la hermana Purificación, su carabina, cada vez que se dirigía a ella como Adosinda.

Quince minutos después se sentó al lado de la reja a la espera de que su hermana ocupara su lugar al otro lado.

El locutorio estaba en semipenumbra, como acostumbraba. Era una sala impersonal, casi igual a ambos lados de la reja que separaba a las monjas del mundo exterior. La estancia estaba siempre impoluta, amueblada con unos asépticos sillones beis imitación piel y dos mesitas redondas de hierro forjado y mármol a cada lado. Sobre ellas, flores frescas, del huerto, diferentes según la temporada. Ese día, unas lilas desprendían su peculiar aroma.

—Se nos ha ido madre —le comunicó Manuela.

Adosinda ni se inmutó.

—Es afortunada —dijo—. Ahora disfruta de la gloria de Dios para toda la eternidad, mientras nosotras esperamos pacientes seguirla en el mismo destino.

—Así sea —respondió Manuela porque no se le ocurrió otra cosa.

—Como decía nuestra madre fundadora: «*¡Ay, qué larga es esta vida! ¡Qué duros estos destierros, esta cárcel, estos hierros en que el alma está metida! Solo esperar la salida me causa dolor tan fiero, que muero porque no muero*» —continuó su hermana citando a Santa Teresa.

Manuela se armó de paciencia porque parecía que ni siquiera la muerte de su madre era suficiente para dejar de tener con su hermana la misma charla insustancial de siempre, en la que Adosinda exaltaba la felicidad de una vida de adoración a Dios y ella le hablaba de los asuntos cotidianos de los últimos meses sobre el taller, los cotilleos de las clientas, el despacho de Juan Gregorio y, sobre todo, de las andanzas y los logros de Telva y Gorio. Lo hacía sin profundizar, sin entrar en sus preocupaciones, sus dudas o sus malos momentos. Le contaba a su hermana la misma historia edulcorada que a cualquier conocido que se encontrara por la calle y le preguntara por su vida.

Nada hacía predecir que aquel día la conversación iba a tomar otros derroteros hasta que a la hermana Purificación, que en silencio, desde el rincón más oscuro, atendía a cada palabra que allí se decía, le entró un ataque de tos.

De nada sirvió que bebiera varios tragos de agua para calmarla, así que Adosinda se levantó y se acercó a ella.

—¿Se ha atragantado, hermana? —le preguntó.

La monja negó con la cabeza.

—Es solo picor —respondió con los ojos llorosos y la tez enrojecida—. Son las lilas. Me dan una alergia tremenda. Mira que le tengo dicho a la hermana Adoración que aquí no las ponga, que solo hortensias, que no dan olor, pero de un año para otro se le olvida.

Un nuevo ataque de tos le impidió seguir hablando.

—Hermana Pura, por favor, vaya usted a buscar un caramelo o algo, que se está poniendo roja —la escuchó decir Manuela.

—No puedo dejarlas solas —le respondió la otra entre toses.

—Vaya, por favor, que le va a dar algo. Me despido de mi hermana y la sigo.

—¡Santa María bendita, en una de estas me ahogo y me voy al encuentro del Señor! —mascculló tosiendo mientras salía—. No se demore. Ya conoce las normas.

Adosinda se acercó de nuevo a la reja y por fin le soltó a Manuela lo que llevaba queriendo decirle tantos años.

—Por favor, no vuelvas nunca más.

—¿Cómo dices?

—Que no vuelvas más. Déjame en paz. Bastante tengo con la vida que me ha tocado para que vengas tú a restregarme tu libertad, lo bien que os va a ti y a tus hijos y lo feliz que eres con tu marido. ¿Nunca te has parado a pensar en cómo me siento cuando te vas?

—¡Adosinda! ¿No eres feliz aquí? Si siempre dices que...

—Digo lo que tengo que decir, así que lárgate y no vuelvas.

—Entonces ¿quieres salir de aquí?

—De aquí no se sale. Ni se te ocurra intentar ninguna tontería porque convertirás mi existencia en un infierno. Esta es mi vida y no te quiero en ella. Olvídame, igual que hizo Matilde. Eso es lo único que debes hacer. Hazte a la idea de que Dios se me llevó cuando murieron nuestros hermanos.

—¡No puedo dejarte aquí presa!

—¿Es que no me escuchas? Que te metas en tus asuntos y me dejes en paz. No soy Adosinda, esa murió hace muchos años. Yo soy la hermana María Auxiliadora y está bien así, pero no tengo nada que ver contigo, así que respeta mi voluntad y no vengas más. Nunca. ¿Lo has entendido? ¡Júramelo! ¡Por tus hijos! Y hazlo rápido, que no podemos estar aquí a solas y vas a meterme en un lío.

Manuela juró porque no se atrevió a decirle que no, pero cruzó los dedos con la confianza infantil de que ese gesto la librara de cumplir su juramento. Las emociones se agolpaban en su cabeza a tal velocidad que se sintió mareada y no reaccionó hasta que una monja fue a buscarla para acompañarla a la salida. Para entonces ya hacía varios minutos que la hermana María Auxiliadora había abandonado el locutorio.

Esa noche Manuela llegó a casa cargada con cuatro bolsas de las pastas carmelitas con las que las monjas financiaban su austero estilo de vida conventual y una angustia que le oprimía el pecho. Se acostó sin cenar con la excusa de que se encontraba revuelta, y no mentía porque se sentía peor que todas las veces que había estado enferma en su vida.

No le contó lo ocurrido a Juan Gregorio hasta la noche siguiente.

—¿Qué hago, Goyo?

—¿Qué vas a hacer? Lo que te ha pedido. Con la Iglesia hemos topado. ¿No dices que afirmó que era feliz? Si no quiere contacto con el mundo exterior, respétala. Su vida está consagrada a Dios.

—¿No podemos hacer nada para sacarla de allí?

Juan Gregorio negó con la cabeza.

—Solo ella puede pedir su indulto.

—¿Su indulto? —Manuela sintió un nudo en el estómago.

—Así se llama si quiere abandonar la orden.

—¡Santo cielo! ¿Está presa?

—No es eso. Es solo una cuestión de terminología.

—¿Qué podemos hacer?

—Nada, que es exactamente lo que ella te ha pedido. Si no quiere que vayas, no lo hagas. Yo no tengo hermanos, pero puedo entender que te duela, aunque también creo que lleváis tantos años separadas, con vidas tan diferentes, que poco tendréis en común más que los recuerdos de la primera infancia.

—Esto ha sido un grito de socorro —insistió Manuela—. Estoy segura.

—Esa es solo tu interpretación. Yo creo que le disgusta que vayas porque no desea que le muestres el mundo que se ha perdido.

—¿Y si te equivocas?

—Seamos sensatos. ¿En qué año entró Adosinda en el convento?

—En el veintinueve. El mismo en el que mi padre me llevó a servir a la casa de los Solís de Armayor.

—Lleva allí cinco décadas y la clausura de las carmelitas descalzas es la más estricta de todas las congregaciones. No solo es que no puedan salir del convento, es que sus normas son tan rígidas y severas que aseguran una vida de sacrificio diario. Nuestro mundo le es totalmente ajeno. Reflexiona y entra en razón. Abandonar la orden es impensable. No solo sería un sacrilegio, un escándalo y una condena eterna, también sería para ella como si a uno de nosotros lo despojasen de todo y de todos y lo llevaran a vivir a la Luna. No creo que quiera eso. Ella está bien allí porque no conoce otra cosa, hasta que llegas tú y le muestras lo que hay fuera. Además, seguro que para un rato que vas, dos veces al año, solo le cuentas las cosas buenas y divertidas, no las malas.

—En eso debo darte la razón. No voy a ir allí a contarle mis penas.

—Su vida está en el convento, con sus hermanas. Y con Dios. Respeta su voluntad.

—¿La de Dios o la de mi hermana? —preguntó con los ojos llenos de lágrimas de impotencia.

Manuela intentó olvidar a Adosinda, tal como ella le había pedido, pero no consiguió más que recordarla cada minuto del día. Entonces, sin sentir culpa alguna por romper su juramento, convencida de que era causa de fuerza mayor, volvió a solicitar audiencia con ella.

Tras los aguaceros del mes de abril, mayo había empezado soleado, relegando las gabardinas y los abrigos de piel al armario de un día para otro.

La hermana María Auxiliadora tardó en presentarse en el locutorio más de lo habitual y lo hizo acompañada de la hermana Purificación y con un gesto adusto que no sorprendió a Manuela.

—Bendita seas —dijo Adosinda con voz pausada y poco amigable, y se sentó junto a la reja—. No esperaba que me visitaras con tanta premura. ¿Ha ocurrido algo?

—Me apetecía verte, pero no tengo nada que contarte. ¿Te parece que compartamos un rato de silencio? Sé que aquí pasáis la mayoría del tiempo así, recogidas en Dios.

Aunque fue evidente que la propuesta la había pillado por sorpresa, Adosinda aceptó.

Allí estuvieron, juntas y calladas, durante veinte minutos, ignorando los carraspeos de la hermana Pura, hasta que Adosinda dio por concluida la visita.

—Ha sido muy agradable —le dijo—. ¿Volverás antes del Adviento?

Manuela se apresuró a decirle que sí con una sonrisa de alivio.

—Te quiero, hermana —añadió.

—Ve con Dios, mi Manuela. Nos vemos en noviembre.

Manuela no volvió a contarle a Adosinda las cosas bonitas que ocurrían en su vida. Ni siquiera le habló del crucero del que disfrutó aquel otoño con Juan Gregorio más que si hubiera sido su luna de miel, aunque estaba tan entusiasmada con la experiencia que deseaba compartirla con todos sus allegados. Igual que se contuvo de celebrar sus alegrías con Adosinda, tampoco quiso desahogar sus penas con ella cuando llegaron los malos momentos.

25

Juan Gregorio y Manuela aplaudieron la decisión de Gorio de no echarse novia mientras estudiaba, pero empezaron a preocuparse cuando después de haber terminado la carrera, aprobar la oposición a judicaturas y conseguir plaza propia seguía sin mostrar interés por sentar la cabeza, y a ellos les apremiaban las ganas de tener nietos.

—De momento, solo tengo amigas —les respondía cuando le preguntaban por las chicas y cuáles eran sus planes de vida—. Me queda mucho para comprometerme porque ahora lo importante es ascender en la carrera judicial.

—Un hombre necesita una familia, hijo —le decía su padre—. Llega un momento en que una esposa y los hijos nos aportan la estabilidad vital que necesitamos y eso también es importante para alcanzar nuestras metas profesionales. Sobre todo, unas tan ambiciosas como las tuyas. Tú estás destinado a tener éxito y los triunfadores son padres de familia. Pocos solteros encuentras en la cima de ninguna profesión respetable.

—Eso que dice tu padre y que yo me muero por ser abuela, hijo —lo apremiaba Manuela.

Gorio les daba largas y no se decidía.

—Os prometo que si encuentro a la mujer adecuada os lo haré saber —les decía.

Después de su primer destino como juez de instrucción en Palencia, Gorio consiguió el traslado a Toledo y de allí a Madrid, donde tenía planes de hacer carrera. Entonces fue cuando sus padres empezaron a hacerse ilusiones.

—¡Ay, Goyo! —le dijo Manuela a su marido—. Voy a cambiarle la habitación porque yo creo que, ahora que ya tiene plaza en Madrid, cualquier día nos viene con la noticia de que vamos de boda y quiero que me pille preparada.

Juan Gregorio asintió, convencido de que su mujer estaba en lo cierto, y Manuela se embarcó en el proyecto de convertir el cuarto de estudiante de Gorio en una habitación de invitados matrimonial, más neutra y cómoda, para el momento en que, por fin, su hijo formara una familia y fuera a visitarlos.

Las dudas la asaltaron cuando al retirar las cosas de su hijo para que entraran los albañiles encontró, pegada con cinta aislante a la trasera del zapatero que ocupaba la parte baja del armario, una carpeta de plástico y, en su interior, dos revistas que mostraban fotos de hombres musculosos semidesnudos. No entendió lo que decían los textos porque estaban en inglés, pero supo enseguida que Juan Gregorio no debía verlas.

Las metió en una bolsa del Simago, la ató bien y, nerviosa, las escondió en la despensa, detrás de la vajilla que usaban en Navidad y en las celebraciones especiales. Allí no había riesgo alguno de que Juan Gregorio las encontrara por casualidad. A pesar del disgusto, que la tuvo más de una semana sin dormir, agradeció haber sido ella quien las descubriera. Le daba taquicardia solo de pensar que las hubieran hallado los obreros encargados de la reforma del cuarto.

Sabía que no podía dejar las revistas en la despensa para siempre, pero no se atrevía a tirarlas a la basura y que el portero o los basureros pudieran encontrarlas. Echó de menos la cocina de carbón. Hacía años que, como la mayoría de los hogares, habían cambiado al butano. Aprovechó una mañana de sábado cuando Juan Gregorio salió temprano hacia el despacho tras recibir la llamada de uno de sus clientes más importantes: «¡Menudo lío se va a organizar! El lunes se los va a comer la prensa. A ver cómo paro yo esto», le dijo por toda explicación antes de irse. Ella hacía tiempo que no recibía a clientas los sábados, salvo excepciones. Aquel día solamente había quedado con Águeda, que iba a pasarse a entregarle unos encargos al mediodía, y para entonces estaba segura de haber terminado.

Cogió un cenicero de cristal grueso y labrado, una caja de cerillas de las de encender la cocina, que duraban más que las normales, y se armó de paciencia para hacer arder las revistas página a página. Cuando Águeda llegó, la casa apestaba a humo y a fósforo quemado. Al ver a Manuela desencajada, la joven modista corrió a ayudarla a abrir todas las ventanas de la casa para ventilarla. En un primer momento supuso que se le habría olvidado una cacerola al fuego y se le había pegado la comida.

—Vamos a poner agua a hervir con vinagre y limón —le dijo— para que se vaya el olor de la casa y de la ropa, así cuando las clientas se la prueben no notarán nada y no te hará falta lavarla.

Entonces Águeda vio el cenicero, la caja de cerillas y la mesa completamente cubierta de cenizas. No hizo preguntas.

—Necesitamos una bolsa de basura y un recogedor —dijo disponiéndose a limpiar aquel desastre.

—No tienes por qué, ya lo recojo yo —respondió Manuela, avergonzada.

—Juntas tardaremos menos. Con suerte no quedarán manchas en la superficie de la mesa.

Desde que se conocieran, años atrás, habían entablado una estrecha relación profesional: Manuela le enviaba los patronajes con los que ella no se sentía cómoda y los pedidos de los que no podía ocuparse, y Águeda le derivaba a ella los sombreros de ceremonia que las clientas solicitaban a juego con los vestidos. Sin embargo, nunca habían compartido experiencias personales. Ambas eran demasiado reservadas para hacerlo. Cuando terminaron de recoger el desastre, Águeda evitó cualquier comentario sobre lo sucedido y Manuela no se sintió capaz de inventarse una explicación razonable. Se sentaron en el salón con dos mentas poleo y una bandeja de pastas a revisar los encargos entregados y los que iban a compartir el siguiente mes, y después saldaron las cuentas de los últimos pedidos. Así las encontró Juan Gregorio cuando volvió del despacho con una carpeta llena de documentos.

—Me tocará trabajar todo el fin de semana. Es un asunto delicado que requiere toda mi atención —le anunció a su esposa tras saludar a Águeda—. ¡Qué frío! Voy a cerrar, que vais a pillar una pulmonía con las ventanas abiertas. ¿A qué huele? ¿Has limpiado otra vez el parquet con vinagre?

Cuando se despidieron, Manuela, agradecida, le dio un fuerte abrazo a Águeda, quien aquel día ganó en ella una amiga.

Alexandra, ajena al disgusto que tenía Manuela con Gorio, se echó las manos a la cabeza cuando Octavia le anunció oficialmente su noviazgo con Miguel Martínez-Trenor. Octavia se encaprichó de Miguel porque era el yerno que su padre necesitaba, pero sobre todo porque no se rindió a sus pies como hacían sus compañeros de facultad. A él le gustaba Octavia. Como a todos. No había hombre que no apreciase sus evidentes encantos. Pero Miguel no estaba convencido de que la hija de Espinosa de Guzmán fuera la elección correcta. Él tenía veintiocho años y en su plan de vida estaba casarse, una vez cumplidos los treinta, con una mujer más joven que él y de buena familia. Octavia era un partidazo: una rica heredera, hija única, divertida, sensata, tenía clase y estilo, nunca había dado de qué hablar a las malas lenguas y no mostraba pretensiones de cambiar el mundo como otras mujeres de su generación. Pero no era perfecta, no para una familia tan tradicional como la suya y con la exposición pública que les daba su posición social.

—Es un buen partido, indudablemente —dijo su padre—, de los mejores, pero hay muchos peces en el mar Mediterráneo sin necesidad de buscarlos tropicales, que son muy vistosos y bonitos, es innegable, pero diferentes a nosotros.

—Muy sutil, papá.

—Si no te gustan las sutilezas estás de suerte, porque cuando se entere tu madre va a ser mucho más directa.

—A ver si son los Espinosa de Guzmán los que no nos quieren a nosotros. Ellos tienen mucho más dinero y título nobiliario. Mira el padre de la Preysler, que ni siquiera asistió a la boda de su hija con Julio Iglesias porque lo consideraba poca cosa para ella.

—¿De verdad estás comparándote tú, un Martínez-Trenor, con un cantante de medio pelo, que lo único que había logrado cuando se casó era quedar cuarto en Eurovisión y jugar en el Madrid tan poco tiempo que ya no se acordaba nadie? ¿Y a Octavia Espinosa de Guzmán con Isabel Preysler? Porque, hijo, una cosa es tener rasgos achinados y otra la piel negra. Los hijos de la Preysler son blancos como nosotros, pero los de Octavia no podrán ocultar de quién descienden y eso será un problema porque nuestra sociedad es muy tradicional. De todas formas, ya has visto cómo les fue a la filipina y al cantante, que ya están separados. Toma nota y «cuando las barbas de tu vecino veas pelar, pon las tuyas a remojar», ¿o es que quieres seguir sus pasos y traer la vergüenza a esta familia?

En casa de los Espinosa de Guzmán, Alexandra tampoco se alegró del noviazgo, pero no era al novio a lo que le ponía pegas sino a la juventud de Octavia. Desde que su hija había elegido estudiar Ciencias Económicas y Empresariales, tenía esperanzas de que hiciera historia al suceder a su padre al frente de su grupo empresarial.

Jacobo fue el único de los cuatro futuros consuegros que se mostró complacido porque ni siquiera había considerado la posibilidad de que algún día su hija ocupara su puesto.

—Miguel Martínez-Trenor sería un buen yerno —le dijo a su esposa—. Es un estudiante brillante, no uno de esos balas perdidas que se dedican a correrse juergas y a malgastar el dinero familiar. Ha conseguido una beca en la Harvard Business School de Estados Unidos con prácticas en las mejores empresas del país.

—Sí que estás bien informado.

—Lo estoy de todos los futuros empresarios que me interesan.

—¿Te refieres a todos los que están en edad casadera?

—Es un perfil en el que me fijo especialmente, y más si forman parte del círculo social de nuestra hija. Debo conocer a los potenciales yernos que ofrece el mercado.

—¡Qué suerte que Octavia haya elegido precisamente a uno de ellos! —dijo Alexandra con una ironía que Jacobo no quiso dejar pasar.

—No me hables como si yo hubiera hecho de alcahuete, que a Miguel empecé a investigarlo el día del referéndum constitucional solo porque tú me hiciste ver que a Octavia le gustaba.

El noviazgo entre Octavia Espinosa de Guzmán y Miguel Martínez-Trenor se prolongó mientras Octavia terminaba la carrera y Miguel adquiría en Estados Unidos la experiencia necesaria antes de volver a ocupar su puesto al lado de su padre en la red de empresas familiares, que abarcaban diferentes áreas del sector inmobiliario y de obras públicas.

Durante ese tiempo, los negocios de los Martínez-Trenor sortearon una serie de apuros económicos que, lejos de mejorar, se complicaban cada trimestre. Al padre de Miguel el color de piel de Octavia pasó a parecerle un asunto menor y empezó a ver con muy buenos ojos la relación de su hijo con la única heredera de los Espinosa de Guzmán. Ese fue el empujón decisivo para que Miguel le pidiera matrimonio a su novia con intención de unirse a ella y al emporio empresarial de sus padres para el resto de su vida.

En febrero de 1982, los telediarios abrían su emisión con el juicio contra los implicados en el golpe de Estado militar del año anterior llevado a cabo por el coronel Tejero y otros altos mandos del ejército. Los españoles, con el espíritu fortalecido por la actuación del rey como jefe de las Fuerzas Armadas en defensa de la recién instaurada democracia, silbaban la melodía de *Verano azul* mientras los niños lucían pegatinas de Naranjito en sus carpetas y las adolescentes soñaban con parecerse a Cindy Crawford, pero en casa de los Espinosa de Guzmán el ambiente se enrareció cuando Octavia le anunció a su madre que iba a casarse con Miguel.

—¿Estás embarazada? —preguntó Alexandra, creyendo adivinar el problema.

—Claro que no.

—Entonces ¿por qué quieres casarte ya? Eres muy joven. Entiendo que Miguel y tú estéis enamorados, pero no hay necesidad de correr.

—¿Correr? —se sorprendió su hija—. ¿A qué quieres que espere? Voy a casarme con un Martínez-Trenor, no creo que vaya a encontrar un marido más adecuado.

—No tengo nada en contra de Miguel, sino de que te cases tan pronto. Tienes la oportunidad de trabajar con tu padre y labrarte un futuro. Eres nuestra única heredera, pero si te casas ahora tendréis hijos y será él quien gestione tu empresa.

—No seas ingenua, mamá, ¡claro que la gestionará él! Ahora o más adelante —afirmó Octavia—. Tú sabes mejor que nadie dónde cierran los negocios papá, mi futuro suegro y el resto de los hombres de su posición. ¿Cuántas veces os habéis retirado las mujeres después de una cena social para que ellos vayan al D'Angelo o a cualquier otro local de los alrededores de la Castellana? Sabéis perfectamente que el principal atractivo de esos clubes no es que sean lujosos y elegantes, sino las chicas preciosas, sofisticadas y complacientes que los esperan dentro. No os queda más remedio que consentir porque allí es donde se firman los contratos. No hay hueco para mí ni para ninguna otra mujer de negocios, en el momento de cerrar acuerdos yo no estaría presente y nuestra empresa se quedaría fuera. Da igual lo que yo valga o no. Sería nuestra ruina. Mi sitio es y será el mismo que el tuyo. Por eso deberías alegrarte, Miguel es el candidato perfecto.

Alexandra tragó saliva. Su hija tenía las ideas muy claras y todo lo que había dicho era cierto.

—Las cosas serán diferentes porque las estamos cambiando. Con esfuerzo y mucho más despacio de lo que nos gustaría, pero tú has estudiado una carrera universitaria. Puedes romper moldes.

—No, mamá, eso no es cierto. Quizá lo sea para tus nietas, pero para mí no existen las opciones con las que tú sueñas. Y, si soy sincera, tampoco sé si es lo que yo querría.

Jacobo, en cambio, se alegró con la noticia del matrimonio de su hija. Octavia estaba en edad de casarse y había elegido al hombre correcto.

La negociación del acuerdo matrimonial tuvo lugar en casa de Jacobo y Alexandra, como paso previo y necesario a la pedida oficial.

Era evidente que sus consuegros estaban interesados en que su hijo sucediera a Jacobo al frente del entramado empresarial de la familia. Por eso no esperaban que pusieran objeciones al matrimonio y mucho menos que les pidieran el título nobiliario de Alexandra para Miguel, un título que, según el derecho de sucesiones, heredaría Octavia cuando su madre muriese o se lo cediera en vida, cosa que pretendía hacer como regalo de bodas.

—El marquesado no puede cambiar de familia, es de Octavia, no de su marido —rechazó Alexandra.

—El trato es el siguiente —explicó Miguel Martínez-Trenor padre con un tono condescendiente que la irritó—: usted le cede el título a su hija, que a su vez le cederá el uso y disfrute vitalicio a Miguel. De Miguel pasará al primer varón del matrimonio cuando este se case. Incluso en caso de divorcio. Una vez que se ha aprobado en el país, es una posibilidad que debemos considerar. Tampoco estamos solicitándoles nada que no sea factible, a fin de cuentas el título se quedará en su familia, solo se saltará una generación.

—Pero resulta que esa generación es la de mi hija.

—Una hija a la que no les unen lazos de sangre. Tampoco con sus nietos, pero se les notará menos. O eso espero. En cualquier caso, también aceptar ese riesgo es una muestra de buena voluntad por nuestra parte.

Jacobo le lanzó una mirada de advertencia a Alexandra, pero ella se negó a callarse.

—¿Nos están diciendo que la cesión de mi título nobiliario a su hijo es la compensación por la posibilidad de que nuestros hipotéticos futuros nietos tengan la piel algo más oscura que nosotros y el pelo algo más rizado?

—Veo que empezamos a entendernos.

Aunque la ira que invadió a Alexandra le pedía echarlos de su casa, no respondió a la ofensa. Se limitó a guardar silencio, sabedora de que debía enfriar sus emociones antes de dar una estocada, así que Jacobo, que aparentaba completa tranquilidad, se levantó del sillón y se dirigió al mueble bar antes de tomar el relevo en la conversación.

—¿Les apetece una copa? ¿Whisky, gin-tonic, quizá un digestivo? —preguntó cortando la tensión que los mantenía a todos en guardia.

Los tres asintieron, aliviados ante el inesperado parón en la negociación, disponiéndose mentalmente para el siguiente asalto.

Jacobo preparó las bebidas mientras Alexandra ordenaba al servicio recoger el juego de café y los dulces de la merienda, y puso en la mesa un surtido de cigarrillos y una caja de habanos.

—Como el tema del marquesado está en manos de mi esposa, y dado que yo no tengo título alguno que ofrecer, me gustaría antes consensuar otros asuntos. Han surgido tangencialmente y considero que es el momento de tratarlos.

—Por nuestra parte, la cesión del marquesado es imprescindible para que la unión se celebre. Si no cerramos este punto primero, no sé qué sentido tiene hablar de otras cuestiones —rechazó Miguel Martínez-Trenor padre.

—¿Quién sabe? Quizá si el acuerdo global es beneficioso, tanto mi esposa como ustedes puedan valorar desde otra perspectiva este tema que se nos ha enquistado. Por probar no perdemos nada, y no debemos olvidar que estamos debatiendo el futuro de nuestros hijos.

—Jacobo, por favor, no se ande con rodeos, ¿de qué estamos hablando?

—Como bien saben, yo no tengo más herederos que mi hija. En cambio, ustedes tienen cuatro: el mismo Miguel, los otros dos varones y su hija mayor. —Jacobo hizo una pausa.

—¿Eso en qué nos afecta ahora?

—En que nosotros no vamos a tener más nietos que los hijos de Octavia y que es muy posible que ustedes tengan nietos de todos o de varios de sus hijos.

—Así es —accedió el padre del novio.

—Y lo más probable es que los rasgos de sus antepasados sean más marcados en ellos que en los hijos de Octavia y Miguel.

—¿Adónde quiere ir a parar? —preguntó Miguel Martínez-Trenor un poco escamado.

—Al consejo de administración de su grupo empresarial. No yo, claro está, pero quiero garantizar que lo hagan mis nietos.

Los cuatro guardaron silencio, Jacobo esperando que sus palabras surtieran efecto y los otros tres, incluida Alexandra, intentando adivinar sus intenciones.

—¿Qué ganaría yo con eso? —preguntó por fin Miguel Martínez-Trenor.

—Que suceda lo que suceda entre Octavia y Miguel, sus hijos, o sea, nuestros nietos, heredarán el imperio empresarial Espinosa de Guzmán, el marquesado Solís de Armayor y todas nuestras propiedades. En cambio, por parte de padre, mis nietos solo heredarán un porcentaje de las empresas Martínez-Trenor porque serán muchos a repartir.

Alexandra entendió entonces lo que pretendía su marido y sonrió para sí.

—¿Qué tonterías está usted diciendo? —intervino por primera vez la madre del novio—. Sus nietos y los nuestros son los mismos.

—Quizá no, si no llegamos a un acuerdo —afirmó Jacobo—, porque mi hija, señores, es muy tradicional para estos tiempos que corren y, aunque a ustedes quizá les asombre, dada la importancia que le dan a la sangre, les garantizo que pocos padres pueden asegurar con la certeza con que yo lo hago que Octavia, a pesar de seguir su criterio personal, también tiene muy en cuenta la opinión de su madre y mía.

—¿Qué porcentaje de participación cree usted que deberían tener nuestros nietos comunes en mi negocio? —preguntó Miguel Martínez-Trenor, harto de rodeos.

—Un veinte por ciento garantizado.

—No puedo poner el veinte por ciento de mis acciones a nombre de unos nietos que ni siquiera están concebidos.

—No es lo que pretendo. Lo que quiero es que lo ponga a nombre de mi hija. Y ya entenderá que no me refiero a un porcentaje de sus acciones, sino de su negocio, porque bien sabemos los dos que el veinte por ciento de hoy puede ser un cero por ciento mañana si no contrarrestamos el efecto dilución de las sucesivas ampliaciones de capital. Por eso solicito que le ceda a Octavia el veinte por ciento actual y de cada ampliación de capital de sus empresas, así como de cada participación presente y futura suya, de su esposa o de mi futuro yerno. Incluso en caso de divorcio.

Miguel Martínez-Trenor soltó una carcajada.

—Se ha vuelto usted loco, y eso que yo lo tenía por un hombre cabal. ¿Me está diciendo que quiere que le regale a su hija la quinta parte de mi fortuna presente y futura y también la de mi hijo?

—Se ve que todos los hombres de negocios están un poco locos —intervino entonces Alexandra—. Fíjese en usted mismo, que pretende que le regale a su hijo el título de marqués que mi familia ostenta desde hace siglos. Un veinte por ciento de su negocio es un precio que cualquiera pagaría sin dudar, porque empresarios hay muchos pero marqueses, muy pocos.

Fueron los abogados de ambos matrimonios los que terminaron de cerrar el trato. Solo después de la firma, las familias fijaron la fecha de la pedida y comunicaron a la prensa el enlace de sus hijos.

—Qué disgusto tengo, Manuela —le confesó Alexandra a su amiga después de recibir cientos de llamadas dándole la enhorabuena—. Me duele la cara de sonreír y dar las gracias por todos los buenos deseos.

—No exageres. Octavia va a casarse con el hombre al que quiere y es un partidazo. Ya sé que no es el futuro que tú soñabas para ella, pero tampoco es para tomárselo así.

—No es por eso, ¡ojalá! Es verdad que me ha supuesto una decepción, pero eso es culpa mía por crearme expectativas irreales, y acepto que es ella la que tiene que elegir su camino, no yo. Lo que me parte el corazón es que mis consuegros no quieren a Octavia. Se avergüenzan de que su hijo se case con ella. Solo quieren nuestro dinero y mi título. Espero que, al menos, los sentimientos de Miguel sean sinceros.

Una vez resueltos los asuntos legales, Octavia dedicó el verano a preparar su boda acompañada por Manuela, que estaba encantada de poder ayudar a su ahijada a organizar el evento, y por Alexandra, menos ilusionada que Manuela, pero fingiendo estarlo tanto y más. El compromiso entre dos de las familias más acaudaladas del país se anunció discretamente en el *¡Hola!* y era precisamente en esa revista, en el número del verano anterior, donde Octavia buscaba ideas repasando el gran reportaje sobre la boda de Carlos de Inglaterra y Lady Di.

—«Dios le da pan al que no tiene dientes» —comentó Octavia con su madre y con Manuela en el jardín de la casa de Gijón.

—¿A qué te refieres? —preguntaron las otras dos.

—A Diana de Gales. ¿Por qué narices llevó el pelo corto el día de su boda? Si quieres ser princesa, y de Inglaterra nada menos, lo primero es parecerlo. Como Grace Kelly, que también es de familia plebeya pero resulta la princesa perfecta, aunque lo sea de un país insignificante.

Alexandra y Manuela se echaron a reír.

—No te preocupes, cielo —le aseguró Manuela—, que tú sí que vas a ser una princesa.

—Me conformo con parecer lo más blanca posible.

Alexandra y Manuela se miraron entre sí, alarmadas. Octavia siempre había demostrado un gran desparpajo cuando alguna persona, con poco tacto o ganas de incordiar, aludía a sus rasgos caribeños. Se limitaba a responder sin inmutarse: «¿Verdad que sí? Todos dicen que me parezco mucho a mi abuelo, el padre de mi papá, don Fernando Espinosa de Guzmán». Tanto Jacobo, que se mostraba muy divertido ante la salida de su hija, como Alexandra le cogieron el gusto a apoyar la versión de Octavia y observar la cara de sus interlocutores cuando confirmaban lo que la niña decía. Por eso, aquella autocrítica sobre su color de piel disparó las dudas que Alexandra ya albergaba sobre el enlace.

—No me miréis así, que era un comentario sin más —aclaró Octavia—. ¿Cuántas novias negras habéis visto?

—No lo sé —respondió su madre—, pero estoy segura de que hay millones.

—Me refería a verlas en las revistas de sociedad.

—Tampoco lo sé, pero no viene a cuento porque no es tu caso.

—Es obvio que el de alguno de mis antepasados sí.

—De cuatro abuelos, uno. De todas maneras, ¿desde cuándo eso supone un problema?

—Desde que mi suegra me mira como si esperara que de un momento a otro yo fuera a soltar: «¡Señorita Escarlata, señorita Escarlata!». Ella sí que querría una Grace Kelly para su hijo.

—¿Sabes qué te digo? —intervino Manuela, indignada—. ¡Que me cago en tu suegra!

A Alexandra la pilló tan de improviso que, a pesar de la preocupación por su hija y la indignación con su consuegra, soltó una carcajada.

—Esa señora será muy rica —continuó Manuela—, pero es una ignorante y una miserable. Eres una mujer espectacular y no te permito que te avergüences de ti misma por culpa de esa tipa amargada que debería estar dándose con un canto en los dientes por la suerte que ha tenido su hijo. Que no se le ocurra a esa bruja decir nada inconveniente en el banquete porque la mando a la mierda sin contemplaciones, ya te lo aviso.

—Yo no lo hubiera expresado mejor que tu madrina —añadió Alexandra, ya seria—. Recuerda siempre, hija, que en este matrimonio la más guapa eres tú; la más rica, también tú, y la única aristócrata, tú y solamente tú, por mucho que tu marido vaya a ostentar mi título.

—Vale, pero reconoce que también seré la más morena —bromeó Octavia.

Alexandra no le siguió el juego.

—¿Tú de verdad quieres ser como Grace Kelly, hija? Porque esa mujer es guapísima, pero ha renunciado a su independencia y a su carrera de actriz, que le iba viento en popa, para ser la esposa de un príncipe. Es más, entregó toda su fortuna y parte de su futura herencia al Principado para convertirse en princesa consorte. Ojalá esté viviendo un sueño, aunque tengo mis dudas de que no sea una pesadilla: ha pasado de ser una millonaria independiente, la musa de Hitchcock, a ser la plebeya de las casas reales europeas, la arrimada a la que todos desairan públicamente con sus actos. Y además ahora no posee nada suyo, ni siquiera voluntad, porque dice la prensa que Hitchcock la ha llamado para que ruede otra película con él y no se lo han permitido. Por no hablar de que ha sufrido innumerables abortos y, aunque eso no es culpa de nadie, todo suma en la vida y es un trago dolorosísimo que nunca se olvida. Lo sé por experiencia. No te compares con ella, que hace grandes esfuerzos para mantener la imagen del cuento de hadas, pero mucho me temo que su vida real sea bastante menos maravillosa de lo que parece en las fotos.

Octavia pensó que su madre exageraba. Se ponía muy intensa con determinados temas. Incluso Manuela dudó de las palabras de Alexandra, tanto que cuando se quedaron a solas le sacó el tema.

—¿Todo eso que le has contado a Octavia de la Kelly es cierto o te lo has inventado?

—Eso se comenta.

—Pues es una pena porque la niña tiene razón: es preciosa y todo parece perfecto a su alrededor. Es la princesa del cuento.

—El problema de los cuentos es que son mentira —sentenció Alexandra.

Unas semanas más tarde, cuando toda la prensa nacional e internacional anunció la muerte de Grace Kelly tras precipitarse su coche por un barranco de cuarenta metros sin motivo alguno que lo justificase, Octavia se lo tomó como una premonición y no volvió a comparar su vida, sus circunstancias y sus sentimientos con la imagen idílica que proyectaban otros, por la misma razón por la que decidió no suceder a su padre al frente de los negocios familiares: no quería participar en juegos amañados en su contra.

El tercer viernes de septiembre, Manuela, recién llegada a Oviedo después de pasar todo el verano en Gijón ayudando a Octavia con la boda, se encontraba en el taller Mari Flor, la academia de costura de Águeda, lista para inaugurar el nuevo curso de confección artesanal de sombreros, pamelas y tocados.

Ese día, inspirada por la cantidad de revistas que había repasado con su ahijada y por la moda de otoño con aire escocés que ya lucían los escaparates de Oviedo y Gijón, les iba a enseñar cómo hacer una boina similar a la que Lady Di había lucido aquel invierno en Gales y que había causado furor entre las asturianas por su elegancia y por lo adecuado al clima de la región. La de Lady Di era de ante, con adornos de cuero marrón, pero ellas, en vez de ante, utilizarían unas telas de cuadros escoceses con mucho cuerpo y, en vez de piel, fieltros rojos, verdes y azules, según los colores de los cuadros, que dieran consistencia a la estructura. A Manuela le costaba hacerse oír con el ruido de las máquinas de coser de Águeda y sus aprendizas, que no daban abasto de trabajo, cuando sonó el timbre.

—¿Quién será? —se preguntó Águeda—. Las pruebas no empiezan hasta dentro de una hora. Seguid, que yo abro.

María Olivia, la primera clienta del día, se había adelantado aquella mañana, deseosa como estaba de darles la que para ella era la noticia del momento.

—Aquí tengo la prueba de que Elena Francis es un señor —anunció blandiendo una bolsa de la vecina librería Cervantes—. En realidad, no es uno sino varios.

Las máquinas se detuvieron y las alumnas empezaron a murmurar.

—Buenos días, María Olivia, veo que vienes con noticias frescas, ¿qué traes ahí? —preguntó Águeda mientras hacía una seña a las aprendizas para que volvieran a darle al motor de las máquinas y continuaran su trabajo.

—Aquí viene todo —respondió mostrando un libro en cuya portada podía leerse: *Elena Francis, un consultorio para la transición*—. Elena Francis es y siempre ha sido un grupo de hombres. Hasta un cura, señoras. Llevan años tomándonos el pelo.

Las máquinas de coser se pararon en seco.

—Yo no me lo creo —replicó una de las alumnas de Manuela, ya entrada en años—. Será cosa de los rojos, que como ahora hay democracia dicen cualquier cosa.

—No sé si serán rojos o amarillos, pero aquí viene la lista completa, con nombres y apellidos, y que usted no se lo crea no lo hace menos cierto.

Manuela se acordó de cuando Telva, en Gijón, recién llegada de Rusia, la recriminó por escuchar el programa de Elena Francis y Alexandra se puso de su parte.

—Que si tolerar los cuernos —continuó María Olivia—, que si hacer en la cama lo que el marido quiera y cuando quiera, que si abnegación y sacrificio... ¡Me cago en todos sus muertos!

A partir de ese momento, el taller Mari Flor se convirtió en una jaula de grillos: unas, indignadas por la noticia; otras, defensoras de la autenticidad de un consultorio que llevaban décadas siguiendo fielmente cada tarde, y las últimas, complacidas.

—Venga, chicas, prestad atención a lo que estáis haciendo, que quien mira no hila —decía Águeda una y otra vez sin conseguir que las aprendizas se concentraran en la tarea.

Un rato después la cosa empeoró porque las señoras que

tenían hora para probarse empezaron a desfilar por el taller y, por mucho orden que intentó poner Águeda, las citas se solaparon, las clientas recibieron algún pinchazo más de los acostumbrados al marcarles el contorno con alfileres y todas ellas opinaron sobre la noticia.

Cuando Manuela llegó a casa estaba tan cansada que hasta Juan Gregorio lo notó, porque le puso para comer una fabada de lata y unas croquetas de bacalao de las congeladas.

—¿Qué te pasa? ¿Te encuentras bien? —preguntó pensando lo mal que le sentaban las *fabes*.

—Me pasa que he tenido una mañana horrible: Elena Francis no existe. Es muchas cosas, hasta un cura, pero no es una mujer de verdad.

—¿Cómo va a ser Elena Francis un cura?

—Lo que oyes. Menuda mañanita. Viene todo en un libro. Esta tarde iré a comprar tres ejemplares, uno para mí, otro para Telvina y otro para Alexandra. Está claro que son mucho más listas que yo, ellas siempre desconfiaron. ¡Qué tonta soy, madre mía, qué tonta! Me voy a tumbar diez minutos, que me duele la cabeza. No veas la que se ha liado en la academia de Águeda.

—¿No comes conmigo entonces?

Manuela negó con la cabeza y se dirigió a la habitación, y Juan Gregorio, en vista del panorama que había en la casa, aprovechó para escaparse al bar de abajo. Al pasar se había fijado en que tenían arroz marinero en el menú y se le hizo la boca agua.

Al día siguiente, Manuela fue a despedirse de Alexandra a Gijón.

—Tenías razón —le dijo nada más verla—: Elena Francis no existe. Varios hombres escribían el guion. Y también alguna mujer, pero de la Falange.

Manuela le tendió un paquete a Alexandra.

—¿Qué hay aquí que te ha hecho abandonar tu ingenuidad?

—Un libro. Vienen todos los detalles con pelos y señales. No lo he leído entero, pero ayer sembró el caos en el taller de costura en el que doy clase. Y en mi cabeza. He pasado la noche sin dormir.

—No sabía que le tenías tanto aprecio a Elena Francis —respondió su amiga riendo.

—Me importa un pimiento Elena Francis, como si es el papa de Roma. Es que quiero ir a Rusia.

Alexandra comprendió que aquello era algo serio, así que miró al cielo y, tras comprobar que las nubes no amenazaban lluvia, la invitó a salir al jardín y llamó al servicio para pedir café y unos dulces.

—No sé qué tendremos para merendar. Como nos vamos mañana ya para Madrid, estamos al mínimo de provisiones.

—No te preocupes, no tengo hambre.

—¿Quieres que te traigan un chal? —preguntó al ver que su amiga se respingaba con la brisa.

—Sí, por favor, y nada de café, mejor una menta poleo, que tengo el estómago revuelto.

—Cuéntame qué tiene que ver Elena Francis con que tú quieras ir a Rusia.

Manuela se sentó, respiró hondo y empezó a poner en palabras todos los pensamientos que la habían asaltado durante la noche.

—Me he dado cuenta de que el hecho de que creamos algo durante más de treinta años no lo convierte en cierto, aunque lo afirme todo el mundo.

Alexandra la miró expectante, pero no dijo nada.

—Ayer entendí por qué las personas tenemos que morir —continuó Manuela mientras calentaba sus manos con la tetera que acababan de ponerle en la mesa—. Nos acostumbramos a vivir de una manera y seguimos haciendo lo mismo día tras día, aunque el mundo que nos rodea sea totalmente diferente. Nos resistimos a cambiar, por eso los viejos nos quedamos obsoletos. Si no muriéramos, el mundo no avanzaría.

—No te sigo, querida.

—Pues que llevo muchos años creyendo que perdí a mi hija para siempre, pero no por eso tiene que ser verdad. El mundo ha cambiado: Franco está muerto, la gente aclama a este rey porque dicen que nos ha salvado de una nueva guerra civil, el hombre ha llegado a la Luna, los comunistas son ahora un partido legal y todo el mundo dice que las elecciones las van a ganar los socialistas, pero yo sigo aquí, suspirando por una hija a la que llevo sin ver más de veinte años cuando solo me separan de ella unas cuantas horas de avión.

«Unas horas de avión y el telón de acero», pensó Alexandra.

—La echo mucho de menos —continuó Manuela— y me aterra pensar que cualquier día me lleva por delante una bomba de ETA, el aceite de colza o cualquier otra cosa sin haberla visto una vez más. Necesito volver a abrazar a mi hija. Y si a Goyo no le parece bien, que no le parecerá, que ponga el grito en el cielo, pero será problema suyo, que se aguante.

—¿Admites una acompañante? —preguntó Alexandra.

—¿Lo dices en serio? ¿Vendrías conmigo?

—Por supuesto, ¿no pensarás que voy a dejarte ir sola?

Aunque Alexandra anticipaba que no iba a resultar sencillo visitar a Telva en la URSS, no dudó en poner todo su empeño en lograrlo porque creía en la esperanza. Si ella misma había conseguido convertirse en madre cuando la naturaleza ya le había negado cualquier posibilidad, ¿por qué no iba a hacerse realidad el sueño de Manuela?

Ni Alexandra ni Manuela quisieron contárselo a su familia hasta no tener alguna idea de cómo viajar a Rusia, porque no era asunto sencillo. Brézhnev, el ucraniano al frente de la URSS, llevaba dieciocho años siendo la cara más temida por los países del frente occidental. En plena guerra de Afganistán, Brézhnev financiaba militarmente al gobierno comunista del país afgano mientras que Estados Unidos suministraba armas a los islamistas radicales que pretendían derrocarlo, y España no solo no mantenía relaciones diplomáticas con la Unión Soviética, sino que estaba negociando su permanencia en la OTAN, a la que se había adherido unos meses antes.

Alexandra se encargó en Madrid de consultar distintas opciones en una agencia especializada en viajes a destinos conflictivos. Solo cuando comenzó el lento y complejo proceso para conseguir los visados, le explicó sus intenciones a su hija.

—¿Queréis ir a Rusia en plenos preparativos de mi boda? —preguntó Octavia, sorprendida ante el anuncio de su madre.

—Cariño, no me hagas sentir culpable. Es solo un plan, no sé si será posible. Para la boda todavía faltan muchos meses y ya está todo apalabrado. No creo que las dos semanas que tu madrina y yo estemos fuera vayan a suponer un problema, saldrá todo perfecto igualmente.

—No me parece mal que os vayáis, lo que me encantaría es acompañaros. A ver cómo se lo toma Miguel, pero me da lo mismo. No va a desdecirse del compromiso por eso. Eso sí, tendrías que encargarte tú de contárselo a mi futura suegra porque seguro que pone el grito en el cielo. A Rusia, además. Nos va a tachar de locas a ti y a mí, y a papá de insensato por permitirlo, atosigará a Miguel por no controlarme y después le dará una apoplejía. Aunque igual matamos dos pájaros de un tiro y no puede asistir a la boda. Claro que entonces tendría que retrasarla y eso sí que no. ¡Me muero de ganas de volver a ver a Telva! ¿Se lo habéis contado ya a Gorio?

Gorio no solo no estaba al tanto del viaje, sino que acababa de recibir una llamada de su madre que nada tenía que ver con Telva ni con Rusia. Su padre había sufrido un infarto mientras veía la investidura de Felipe González por televisión. Estaba en la UCI y los médicos no eran muy optimistas.

Juan Gregorio había engordado quince kilos desde que decidió ejercer la abogacía privada y montar su propio despacho. Muchas comidas en restaurantes con los clientes, con los jueces y con todo el que era alguien en la ciudad y merecía la pena estar en contacto. Como había sido delgado en su juventud, su nuevo peso no lo había convertido en un hombre gordo para su edad según los estándares del momento y, aunque lucía una barriga redonda, era menos abultada que la de la media de los hombres de su generación. Todavía le sentaban bien los trajes y nada hacía suponer que tuviera mala salud, pero los chuletones, el vino, el coñac de la sobremesa, el puro para acompañarlo y la vida sedentaria habían forzado su sistema cardiopulmonar. El estrés que a sus más de setenta le provocaba seguir en activo hizo el resto y su corazón terminó por fallar.

Manuela parecía un alma en pena en la sala de espera. El plan de visitar a Telva en Rusia pertenecía ya a otra vida, una en la que la desgracia no había caído a plomo sobre ellos.

Gorio tardó poco más de cinco horas en llegar a Oviedo desde que recibió la llamada en su casa de Madrid. Encontró a su madre hecha un manojo de nervios, totalmente desencajada. No accedía a alejarse de allí ni un momento y Gorio no quiso dejarla sola, a pesar de que solo podían entrar a verlo durante treinta minutos por la mañana y otros tantos por la tarde.

Ni siquiera el doctor pudo convencerla.

—Váyanse a descansar, aquí no pueden hacer nada. Está sedado e intubado —les explicó—. En cuarenta y ocho horas, si evoluciona favorablemente, le retiraremos la sedación.

—Pues en cuarenta y ocho horas, si se despierta, me iré a casa. Mientras tanto me quedo aquí. No quiero que vuelva en sí y se encuentre solo. Vete tú, hijo. Date una ducha y ponte ropa limpia, que la que llevas está arrugada por el viaje y ya sabes que a tu padre le gusta verte impecable como corresponde a todo un magistrado. ¡Está tan orgulloso de ti!

Gorio la obedeció y se fue a casa, pero solo el tiempo necesario para ducharse y cambiarse antes de volver a su lado.

Tuvo que ser el propio Juan Gregorio el que la convenció de abandonar su guardia permanente en el hospital cuando los médicos consideraron que ya no era un riesgo mantenerlo consciente, aunque su estancia en la UCI debiera prolongarse al menos dos semanas más.

—Manuela, por Dios bendito, vete a casa y descansa. Gorio, por favor, llévatela y que duerma.

—No quiero separarme de ti —insistió Manuela.

—Necesito que te cuides porque si tú enfermas, ¿qué hago yo? Tú puedes vivir sin mí, pero yo sin ti no. Por eso Dios, que es tan sabio, deja viudas a las mujeres. ¿No te has fijado en cuánta viuda hay y qué pocos viudos?

—Calla, ¿eh? No digas eso ni en broma.

Tras varios días en la UCI, Juan Gregorio tuvo que ser sometido a una operación a corazón abierto de la que, a sus setenta y cuatro años, ni siquiera los propios cirujanos se atrevieron a darle garantías.

Antes de que lo llevaran a quirófano, mientras Gorio hablaba con el cirujano, le hizo a su esposa una declaración de amor que ella ya no esperaba.

—Siempre fuiste tú, Manuela.

Aunque la pilló desprevenida, solo con mirarlo a la cara supo de qué hablaba.

—Desde el día que te conocí, en camisón y zapatillas, ¿te acuerdas? Cuando me arreaste con un palo porque yo perseguía a Alexandra en sus correrías nocturnas. Aquella noche me enamoré de ti. Pero fui un imbécil. Era joven, muy inseguro y estaba muerto de miedo. Me sentía un impostor entre mis compañeros de universidad, todos con apellidos conocidos y familias de dinero. Quería ser como ellos y me rebelé contra aquel sentimiento tan fuerte que me surgió por ti aquí dentro —dijo llevándose la mano al pecho—. Lo raro es que el corazón no me explotara entonces.

A Manuela se le llenaron los ojos de lágrimas, puso su mano encima de la de su marido y él se la apretó.

—De lo que más me arrepiento en la vida es del daño que te hice. A ti, que eres la persona más buena que he conocido nunca.

—No te lamentes por eso, mi amor. He sido muy feliz a tu lado, tenemos un hijo maravilloso y nuestra historia no termina hoy porque la operación va a salir bien y envejeceremos juntos.

—¿Envejecer? ¿Más aún? —bromeó Juan Gregorio—. Aunque tú sigues siendo una mujer preciosa.

—¿Seguro que no te han puesto todavía la anestesia?

Juan Gregorio sonrió, pero al instante se puso serio para darle algunas instrucciones.

—Si muero, no quiero que me guardes luto. Quiero que seas feliz, que recuperes a tu hija y disfrutes de ella, que vivas los años que te queden como mereces, que no te prives de ningún capricho y que no me olvides. Lo único que te pido es que si conoces a otro hombre, te asegures de que sea bueno contigo y te trate mejor de lo que lo he hecho yo.

—¿Qué tonterías dices? ¡Eso ni en broma! Eres el hombre de mi vida y si algún día, muy lejano, faltas tú antes que yo, pasaré lo que me quede echándote de menos. Y a ti —añadió—, ¡Dios te libre de casarte con otra si soy yo la que falta antes! ¡Que menudos sois los viudos!

La conversación no continuó porque los celadores entraron para llevarse a Juan Gregorio a quirófano y Manuela se sintió culpable durante doce horas seguidas por las últimas palabras que le había dirigido a su marido. No hubo tila ni consuelo para ella hasta que el médico vino a darles las buenas noticias. La operación había salido bien. Entonces se abrazó a Gorio, a don Gregorio Covián, ilustrísimo señor juez para todos los demás, pero para ella solo su Gorio. Lloró liberando toda la tensión que había acumulado en la espera sin que ni siquiera su hijo consiguiera calmarla, y así siguió hasta que los médicos consideraron que lo mejor era darle un sedante, no fuera a ser ella la próxima en sufrir un colapso.

Octavia, nada más enterarse de que a su padrino le había dado un infarto y estaba muy grave, puso una conferencia internacional.

—Tu madre lo está pasando muy mal —le dijo a Telva cuando consiguió comunicarse con ella—. Deambula por el hospital como un fantasma y no hay forma de convencerla de que se vaya a casa. Gorio está con ella, pero te necesita a ti también.

A sus cincuenta y un años, Telva solo se arrepentía de dos cosas: del hijo que no trajo al mundo y de la madre que había perdido. Llevaba años echándola de menos, a ella y a Gorio, al que dejó en España siendo solo un adolescente. Recordaba cómo la idolatraba entonces y lo bien que la hacía sentir ejercer de hermana mayor, responder a sus dudas sobre la carrera espacial, ayudarlo con las matemáticas, que siempre se le atascaban, y contarle secretos de la vida adulta. Hacía mucho tiempo que creía que aquello formaba parte de un pasado irrecuperable, después de salir de España a la francesa y dejarlos atrás, cumpliendo órdenes del gobierno ruso. Nunca contempló siquiera la posibilidad de que le permitieran volver a salir del país. Cuando Octavia le explicó que Manuela y Alexandra llevaban meses planificando ir a buscarla para llevarla de vuelta, que contaban incluso con el beneplácito de Juan Gregorio, al que sabía que ni siquiera le caía bien, que tenía abiertas las puertas de su casa y todos la esperaban allí ilusionados para la boda de Octavia, le causó tal impresión que rompió a llorar como una niña pequeña. Se puso tan nerviosa que ni siquiera supo cuándo tomó la decisión de volver. No es que no tuviera miedo a abandonar lo conocido ni que no recordara todo lo malo que había vivido en España, porque, aunque su madre le había contado por carta que las cosas habían mejorado, también sabía que una mujer ingeniero todavía era una excepción y que no iba a tenerlo fácil. En España tenía una familia, una madre que la quería tanto que estaba dispuesta a viajar a Rusia en plena Guerra Fría solo para poder verla, y que le había transmitido su amor incondicional en cada una de las innumerables cartas que le había enviado a lo largo de los años. En Rusia, en cambio, no tenía nada. Al menos, nada verdaderamente importante. El apartamento privado de veinticinco metros cuadrados que le asignaron a su regreso de Cuba como reconocimiento a los servicios prestados había sido su casa durante muchos años, pero nunca fue su hogar. Estaba sola, sin amigos y sin más compañía que la de su trabajo. A Manolo lo veía una vez al año, un rato el día de su cumpleaños, pero su lugar estaba al lado de su mujer y sus cuatro hijos y ella no encajaba en aquella feliz estampa familiar. No había hombres en su vida, más allá de relaciones esporádicas que terminaban en cuanto se enfriaba la excitación sexual, y tampoco tenía amigas, no encajaba con las rusas y ya hacía mucho que se había desvinculado de los españoles que todavía vivían allí. Aunque no todo fue de color de rosa, sus recuerdos más felices eran del tiempo que estuvo en Madrid con su madre y su hermano, y estaba deseando volver a vivir con ellos momentos cotidianos como los de entonces, aunque fueran tan sencillos como ir todos juntos al cine los domingos por la tarde o pasear por el Retiro. Telva deseó volver, pero no de visita. Quería volver para quedarse.

Mientras Gorio y Manuela acompañaban a Juan Gregorio en el mes que estuvo en el hospital, Octavia sufragó el pasaje de avión para Telva, gestionó la invitación oficial desde España y consiguió un certificado médico falso que decía que Manuela estaba gravemente enferma para que la dejaran salir del país.

Antes de concederle permiso para viajar, a Telva la entrevistaron varios funcionarios del gobierno y le costó convencer a cada uno de ellos de que solo quería despedirse de su madre y después regresar. Apeló a su pasado al servicio del gobierno, tanto en España como en Cuba, aunque no era el pasado lo que les preocupaba sino el trabajo de Telva en las infraestructuras de comunicación rusas, marítimas y terrestres. Al final, lo único que inclinó la balanza a su favor fue su origen. Podía salir, pero sin garantía de volver a entrar. Al parecer, para los rusos, tampoco los adultos en que se habían convertido los niños republicanos españoles eran totalmente rusos.

Cuando le permitieron viajar, Juan Gregorio ya estaba en casa con la recomendación de pasear a diario, comer sin grasa, sin tabaco ni más alcohol que una copa de vino tinto con la comida y la cena.

—Pero vino del bueno, ¿eh? —bromeó el cardiólogo al entregarles el alta.

—Vaya, doctor, eso se da por supuesto —respondió Juan Gregorio tendiéndole la mano.

—Y al despacho, poco.

—Lo imprescindible, se lo aseguro. Pero si se mete usted en algún lío legal llámeme, que entonces iré, aunque sea domingo.

26

El 5 de marzo de 1983, en la zona de llegadas de la terminal internacional del aeropuerto de Barajas, Octavia rememoró el día que aterrizó en España con solo seis años, muerta de miedo por si no había nadie para recogerla, y el alivio que supuso ver a aquellos dos desconocidos, que se presentaron como Manuela y Goyo, que parecían alegrarse de verla. Casi veinte años después, era ella la que esperaba a Telva al lado de su madre y de Manuela. Solo se quedarían un día en Madrid. Juan Gregorio estaba muy recuperado de su operación de corazón, con un costurón en el pecho y una dieta baja en grasa y sal como recuerdos del mal trago, pero su mujer no quería dejarlo solo más de una noche.

Cuando Manuela vio salir a Telva del área reservada a los pasajeros con el mismo sombrero azul que ella le entregó en el puerto de Almería la primera vez que regresó a España, se echó a llorar. Corrió a abrazarla provocando un tapón en la salida y la indignación entre los familiares que, como ella, también querían dar la bienvenida a los suyos. Octavia no mejoró la situación y convirtió el reencuentro con Telva en una escena digna de un drama hollywoodiense, con las tres riendo entre lágrimas, desbordadas de emoción por volver a verse, mientras el resto de los viajeros se esforzaban por apartarlas y abrirse paso.

Cuando por fin se retiraron a un lado y deshicieron el abrazo, pudieron, ya más tranquilas, observarse con tranquilidad.

—Madre mía, Octavia, si eras así —dijo Telva situando la mano a una altura de poco más de un metro—. Tu madre y la mía me han enviado fotos, pero no es lo mismo, ¡eres una mujer! En cambio, tú estás igual, mamá.

—¡Ya quisiera yo! Lo que estoy es feliz, hija, muy feliz de verte —repetía Manuela muy emocionada.

—¿Dónde está Gorio? —preguntó Telva mirando a su alrededor—. ¿No ha venido?

—No ha podido, tenía un juicio, pero esta noche cenaremos con él en casa —la tranquilizó Octavia—. Está deseando verte.

La sencillez de la maleta de Telva entristeció a su madre, que disimuló para no disgustarla. Su hija venía sin maquillar, con el pelo sin teñir, sembrado de canas, ropa que parecía bastante usada y sin un vestido adecuado para asistir a la boda. En parte porque a Telva nunca le había preocupado su aspecto físico. Pero también porque, aunque el pueblo ruso vivía con las necesidades básicas cubiertas, no tenían muchos lujos adicionales, mientras que en España, a pesar de la amenaza que suponía el grave aumento del paro, estaban viviendo un periodo de abundancia como nunca habían conocido.

A Octavia no le pasó desapercibida la decepción de Manuela al ver las pertenencias de Telva.

—¿Qué os parece si pasamos la tarde de compras en Madrid? —propuso—. Así Telva ve lo mucho que ha cambiado la ciudad y podemos elegir su vestido para mi boda, y de paso el de mi madre, que no se decide.

—¿Qué ha pasado con el que compraste? —le preguntó extrañada Manuela.

—Que a Octavia no le convence el color —respondió Alexandra siguiendo el juego a su hija—. Así que, Telva, prepárate, porque Octavia no quiere que elijas un vestido, lo que quiere es elegírtelo ella. Está hecha una mandona a cuenta de la boda.

Manuela entendió lo que pretendía su ahijada, pero también adivinó en la cara de su hija lo poco que le apetecía semejante plan y solventó la situación.

—No hace falta porque seré yo quien confeccione su traje y el mío, ya tengo vistas unas telas preciosas a la espera de que Telvina dé su aprobación. Además, Águeda, la modista del taller donde doy clases, es una artista del patronaje y me va a ayudar. Vamos a ir elegantísimas.

—Entonces nos quedamos en casa —zanjó Alexandra—, que Telvina estará cansada y esta noche seguro que nos acostamos tarde. Gorio viene a cenar y Telvina tiene mucho que contarnos. De todas formas, Madrid hoy está imposible con la manifestación.

Aquel día más de cien mil españoles se manifestaban en la capital contra el proyecto de una nueva ley del aborto que contemplaba permitir a las mujeres interrumpir su embarazo en casos extremos como violación o riesgo para la vida de la madre.

Alexandra estaba indignada con los manifestantes y no dudó en exponerle sus opiniones a Telva, que asentía sin decir nada porque aquello le estaba removiendo el doloroso recuerdo de su propio aborto en Cuba.

—¡Mamá! —la riñó Octavia—. ¿Qué importa ahora la manifestación? Telva acaba de llegar después de años sin ver a su madre.

—Tienes razón, hija, vámonos tú y yo. Dejemos a Telvina y a Manuela a solas hasta la hora de cenar, que tendrán mucho que decirse.

Mientras Manuela disfrutaba de las primeras horas en compañía de su hija, Juan Gregorio hablaba por teléfono con Gorio y aprovechaba para prevenirlo.

—Esta mujer ya nos la jugó una vez y tú ahora tienes un puesto muy importante. No arriesgues tu carrera por ella.

—Tranquilo, papá, que aunque los conociera, no voy a compartir con mi hermana secretos de Estado.

—Como juez que eres, ¡de lo penal nada menos!, manejas información confidencial —insistía Juan Gregorio, al que se le llenaba la boca cada vez que hablaba de la posición de su hijo—. Ándate con cuidado, que estos de la KGB están detrás de todo. Vete tú a saber si no son los rusos los que financian a ETA.

Gorio, mucho más flemático que su padre, no quiso contradecirle a pesar de que por su juzgado de primera instancia solo pasaban carteristas, ladronzuelos y criminales de baja estofa, y se limitó a asegurarle que sería cauto con sus comentarios. Estaba deseando volver a ver a su hermana y conocer de primera mano la situación política y social en la Unión Soviética, que le despertaba una tremenda curiosidad.

—¿Sabes? —le dijo Manuela a Alexandra esa noche—. Creo que Dios me ha perdonado por fin, por eso me devuelve a Telvina. Ahora solo queda que me perdones tú.

—¿A ti por qué?

—Porque... —Manuela titubeó—. Porque tuve relaciones con Goyo cuando todavía estaba casado con Valentina. Varias veces. Ya está, ya lo he dicho. Si no te lo conté entonces fue porque estabas en Lisboa y no era cuestión de comentarlo por carta.

Alexandra la miró sorprendida y después se echó a reír.

—¡De eso hace cuarenta años! —dijo cuando recuperó el habla—. ¿Por qué me lo cuentas ahora?

—Porque Valentina era una de tus mejores amigas y me pesa habértelo ocultado.

—Querida Manuela, por mí puedes ir en paz. *Ego te absolvo* —dijo Alexandra muy seria antes de romper a reír de nuevo a carcajadas.

—¿Se puede saber qué te hace tanta gracia? —protestó Manuela un poco mosqueada.

—Mira tú con Goyo —respondió Alexandra entre risas—. Tanto tío canónigo y luego, a la chita callando...

Amelia también estaba invitada a la boda de Octavia e iba a asistir en compañía de sus dos hijas. Ella no tuvo necesidad de viajar exprofeso para el enlace porque después de la muerte de Alonso mantuvo la costumbre de regresar a España cada mes de agosto. Clara, la mayor, se había establecido definitivamente en Gijón y aprovechaba para pasar tiempo con ella. También salía con Alexandra, y solía llevar a sus nietos, los niños de Liber, su hija menor, a bañarse en el mar. La única condición que le puso a Alexandra para asistir fue que la sentara lejos de Juan Gregorio. Alexandra no vio ningún inconveniente, pero sí le pidió un acercamiento a Manuela. A Amelia, Manuela le era indiferente, nunca tuvo una estrecha relación con ella y no hubiera considerado tenerla con ocasión de la boda de Octavia si su amiga del alma no hubiera insistido.

—Hazlo por mí, no quiero estar incómoda todos los veranos por si vienes tú cuando está Manuela o ella cuando estás tú. Además, a Octavia le apetece mucho vernos juntas a las tres. Dice que desea escuchar nuestras historias de juventud de primera mano.

—Solo Manuela. A Juan Gregorio no quiero verlo. Si me organizas una encerrona te juro que...

—No jures en balde —cortó Alexandra—, que no hay necesidad.

Alexandra preparó un encuentro al que ni siquiera invitó a Octavia. Solo ellas tres en el jardín de la casa, aprovechando el sol de la primavera. Amelia llegó un rato antes de la hora prevista.

—No tengo nada personal contra Manuela, más allá de que se haya casado con Juan Gregorio. Por mucho que me digas que él ha cambiado, jamás le voy a perdonar lo que me dijo en su boda. Mil veces te he contado lo que sufrió Alonso porque, para él, Goyo era un amigo de verdad. Lástima que, para Goyo, Alonso solo fuera un tipo con dinero al que arrimarse.

—Entiendo que estés resentida con él, pero yo estoy segura de que Goyo también apreciaba a Alonso. Ya sabes cómo son los hombres, les puede el orgullo. Además, los años, la vida y sobre todo Manuela han atemperado mucho su ánimo. Ha sido un buen marido para ella y un buen padre para Gorio. Incluso se portó bien cuando Telva vino a España y, a pesar de las consecuencias nefastas que su regreso de un día para otro a la Unión Soviética tuvo para su carrera, para su posición y para su ego, ahora vuelve a abrirle las puertas de su casa. Lo pasaron mal entonces. Estuvieron cerca de meterlo en prisión. Eso por no hablar de que mi hija lo adora. A él y a Manuela. Aunque no es de extrañar, porque llevan toda la vida dándole caprichos a cuenta de que son sus padrinos.

—Parece que me hables de otra persona, no del Goyo que yo conocí.

—Voy a contarte algo que tú no sabes: el hijo que esperaban Valentina y Juan Gregorio era una niña e iba a llamarse Amelia. Fue Valen la que lo decidió, no te voy a engañar, pero Goyo quiso cumplir su última voluntad.

—No me lo creo.

—Pues haces mal. Puedes ir tú misma al cementerio y comprobarlo, su nombre está grabado en la lápida: «Amelia Covián Cifuentes». En el panteón familiar. Al lado de su madre.

—¿Por qué no me lo has contado hasta ahora?

—Porque yo tampoco lo supe hasta muchos años después. Acuérdate de que vivíamos en Lisboa por aquel entonces, iba de aborto en aborto y no pude viajar para el entierro de Valentina. Cuando me enteré, no quise contártelo por carta por si acaso te abría viejas heridas. Después, cuando Alonso y tú empezasteis a venir a España, no surgió nunca la conversación. Lo que te aseguro es que Valen quiso que su hija se llamara Amelia y él lo respetó aun cuando ya no tenía que darle cuentas.

—Mi querida Valentina —dijo Amelia con los ojos llenos de lágrimas—, pobre mía, ¡qué joven se la llevó Dios! Nunca me tomé el tiempo necesario para llorar por ella, ¿sabes? Después de la guerra no llegamos siquiera a escribirnos. «Cuando la situación se tranquilice te enviaré una carta», me dijo. En aquel momento no era seguro, y después murió y yo intenté no pensar en ella. Ya tenía bastante con empezar de cero dos veces, primero en Veracruz y después en París. La vida ha pasado muy rápido y, sin darme cuenta, ahora soy una anciana francesa.

—¿No te planteas volver definitivamente a Gijón? Ya hace años que Clara vive aquí.

Amelia negó con la cabeza.

—Desde el año pasado, que se separó Libertad, me encargo de mis nietos para que ella pueda dedicar más tiempo al trabajo. Por mí, venderíamos todo y nos vendríamos para España, pero su exmarido no lo consiente, así que Liber tiene que quedarse allí. La verdad es que los niños no me dejan tiempo para pensar en nada más. A Clara le va muy bien aquí con su despacho. Se ha buscado su propia cruzada, muy distinta a la nuestra, litigando con empresas públicas, multinacionales y grandes corporaciones que ya la tienen en el punto de mira y, como ella dice, eso es que les empieza a hacer, si no pupa, al menos cosquillas. Ahora está buscando socios que le aporten solidez. Vive para el trabajo y no me necesita tanto como Liber.

—Te sale el orgullo por los poros y no me extraña. Cuánto me gustaría a mí que Octavia se interesara por ser la sucesora de su padre o por alguna causa que la apasionara.

—Cada uno elige su camino, amiga mía, en eso consiste la libertad y la tolerancia que defendemos. Si Octavia se da prisa, quizá mis nietos puedan jugar con los tuyos.

—No me fastidies, Amelia, que bastante rápido se va a casar. Es muy joven y, aunque siempre ha sido muy madura y cabal, todavía tiene gestos infantiles. Fíjate que cada quince días pasa por el quiosco a comprar una revista de historietas que se llama *Esther*; trata de una adolescente, su amiga y su amor platónico, que no pueden ser más ñoños. Me cuesta mucho asimilar que vaya a casarse.

—¿Por qué será que los hijos nunca son como nosotros soñamos?

En ese momento llegó Manuela y Alexandra pidió al servicio que les sirviera champán para recibirla con un brindis.

—Por nosotras, por las que estamos aquí y por los que ya no están.

Amelia saludó fría a Manuela y las tres tomaron asiento.

—Por un instante he visto a Claudina mirándome con gesto de reproche por estar sentada a la mesa de los señores —exclamó Manuela después de darle un buen sorbo al champán.

Le salió tan del alma que Amelia sonrió.

—¿Sabes que la pamela que voy a llevar a la boda de Octavia me la ha regalado Manuela? La ha confeccionado ella, es una obra de arte, de lino y organza con unos calados de bolillos finísimos. Va a causar sensación. —Alexandra empezó así una conversación que se prolongó hasta la madrugada.

Octavia celebró la boda en Gijón, para disgusto de sus suegros, que no veían la necesidad de desplazar a la familia y a los invitados más relevantes a la ciudad de veraneo de la novia, en pleno agosto, con la humedad haciendo estragos en los peinados de las señoras y un tiempo variable que tanto podía achicharrarlos con un día de bochorno como calarlos con uno de llovizna.

—La boda se celebra en la ciudad de la novia porque así es como manda la tradición —le explicó el novio a la madre.

—¿Qué ciudad de la novia ni qué ocho cuartos? Si ella se crio en Madrid y vino de Cuba.

Para indignación de su futura suegra, en Gijón ni siquiera había un hotel de cinco estrellas, así que se alojaron en el Parador, a solo diez minutos caminando de la casa de Alexandra, donde Octavia pretendía celebrar el banquete. Ese fue el segundo punto de roce con la madre del novio porque el lugar no estaba a la altura del tradicional Ritz o el moderno Villa Magna de Madrid.

El tercero, el pequeño obsequio que se entregaba a las invitadas porque Octavia eligió el mismo tanto para las damas como para los caballeros: unas pequeñas bolsas de moscovitas, unas finas pastas de almendras con cobertura de chocolate típicas de la confitería de Oviedo donde Gorio y sus padrinos la llevaban a merendar cada verano desde su llegada a España. A los dulces los acompañaba una tarjeta con una de las leyendas que corrían alrededor de sus orígenes, sobre un pastelero ruso que llegó a Asturias desde Moscú y, tras trabajar un tiempo en la pastelería, les dejó como legado las moscovitas, y de ahí su nombre. No era una historia que pudiera darse por cierta, pero sí fue la que Octavia decidió imprimir en honor a Telva, aunque ella nunca hubiera visto un dulce como aquel en Rusia.

La madre del novio no dejó de hacer patente su disgusto a su marido ni siquiera el mismo día del enlace.

—El regalo lo elige la madrina, o sea yo. ¿Y desde cuándo se entrega lo mismo a las señoras y a los caballeros? Esta nuera tuya no es de buena cuna por mucho que se apellide Espinosa de Guzmán y Solís de Armayor. Mucho abolengo para una mestiza.

—Quizá no tenga la sangre de sus padres, pero lo que sí tiene es su dinero. Ya hemos hablado de esto y no hay vuelta atrás, así que calla, sonríe y haz la vista gorda.

Los invitados sí disfrutaron la celebración. Incluso Juan Gregorio, que no podía hacer excesos pero se encontraba satisfecho de estar allí, orgulloso de su ahijada. A pesar de los años transcurridos, todavía le impresionaba verse como uno más entre los Espinosa de Guzmán.

Después del vals, la pista de baile se llenó. Tanto jóvenes como mayores se movían al ritmo de una de esas selecciones de música que solo se conciben en una boda, cuando los pasodobles suceden a los éxitos del verano y estos a los grandes temas internacionales para que todos, cualquiera que sea su edad, puedan bailar hasta el amanecer. Unas canciones más tarde, Juan Gregorio se había quedado solo en la mesa y empezaban a hormiguearle los dedos de los pies y de las manos. Le ocurría frecuentemente desde el infarto. Estaba a punto de levantarse cuando Clara, la hija mayor de Alonso y Amelia, se sentó a su lado y le tendió una copa de champán.

—¿Me acepta usted un brindis? Soy Clara Bousoño. Mi padre me habló mucho de usted.

—¿Por qué quiere que brindemos? —respondió él, sorprendido por aquella inesperada entrada.

—Por la bonita amistad que hubo entre usted y mi padre, por que encontremos la forma de honrarla.

Juan Gregorio no pudo negarse.

—¿Qué le contaba su padre de mí?

—Que usted y mi madre eran los estudiantes más brillantes de la universidad, que pasaron grandes momentos juntos y que era muy divertido verlos discutir. También se alegró mucho cuando se enteró de que se había casado usted con Manuela. Dijo algo así como: «Por fin este Goyo ha entrado en razón». Me contó varias veces cómo se conocieron, usted persiguiendo a Alexandra en sus correrías nocturnas y Manuela, en camisón, bata y zapatillas, detrás de usted, y en todas ellas no pude parar de reír.

—Su padre sabía contar historias, siempre llevaba la voz cantante de nuestro grupo de compañeros en la universidad.

Juan Gregorio notó que se emocionaba, así que fingió que le daba la tos para justificar las lágrimas que habían acudido a sus ojos.

—Gracias por hacerme revivir aquellos tiempos —dijo cuando recuperó la compostura.

—No me las dé todavía, que he venido a presentarme porque sentía mucha curiosidad por conocerlo, pero también con una intención interesada.

—¿Qué intención es esa?

—No sé si sabe que yo también soy abogada.

Juan Gregorio asintió.

—Me he establecido en Gijón —continuó Clara.

—Algo he oído. También se comenta que se dedica usted a molestar a las grandes empresas.

—Defiendo a los ciudadanos del abuso de las grandes corporaciones privadas.

—Es otra forma de verlo —respondió Juan Gregorio, que no pudo evitar sonreír—. Me parece estar escuchando a su madre cuando estábamos en la universidad. ¿Qué desea de mí?

—Deseo crecer y para eso necesito apoyos. Aunque me ha costado admitirlo, necesito socios hombres porque en esta sociedad a las mujeres ya se nos permite subir el primer escalón, pero no llegar al tramo final de la escalera. Como para cuando eso cambie yo ya no estaré en activo, o quizá ni siquiera en este mundo, no me queda más remedio que buscar una solución que sea socialmente aceptable y me permita seguir ascendiendo.

—No tengo claro que eso vaya a cambiar algún día, aunque después de lo que ha cambiado España en la última década ya soy capaz de creer cualquier cosa. ¿Cuántos años tiene usted?

—No sea grosero, eso no se le pregunta a una dama cuarentona —respondió riendo.

—Santo cielo, ¡cómo pasa el tiempo! ¿Por qué se estableció en España? Quizá las cosas fueran más fáciles para usted en Francia. Dicen que los franceses son más modernos que nosotros.

—Porque mi padre creía en la libertad y la justicia. Su sueño truncado fue defender aquí los derechos de los que estaban privados de voz, y ya que él no pudo conseguirlo, lo estoy haciendo yo. A mi manera, claro, porque no solo las víctimas de la política necesitan un altavoz, hay muchas formas de acabar con la libertad del más débil. Aquí es donde entra usted.

—¿Es consciente de que su padre y yo teníamos pensamientos muy diferentes sobre los principios que deben regir la sociedad?

—Perfectamente. Por eso es la persona idónea para mi propósito. Y yo para el suyo.

—¿Para el mío? ¡Qué atrevida! ¿Qué sabe usted del mío?

—Sé que quiere jubilarse, pero jubilarse de verdad, no de boquilla, y solo hay una razón para que no lo haya hecho todavía: porque no confía en la habilidad de sus socios para garantizar la buena marcha del despacho si usted decide venderles su parte. También sé que su hijo no puede hacerse cargo del bufete sin renunciar a la carrera judicial, pero no parece estar dispuesto, quizá ni siquiera usted desee que lo haga. Como resultado de todas estas circunstancias, se encuentra en una encrucijada porque quiere que su nombre pase a la historia del derecho español como el fundador de uno de los bufetes más reconocidos del país.

Juan Gregorio tragó saliva bastante impresionado.

—¿Cómo entra usted en esta ecuación?

—Soy la persona idónea para que me entregue el testigo. Pero no diga nada todavía —lo frenó Clara al ver su intención de interrumpirla—. Soy consciente de que no va a traspasarme el cincuenta y uno por ciento que posee porque querrá que su hijo conserve la participación máxima que le permite la ley sin caer en incompatibilidad de funciones. A mí me vale con el resto. A cambio, no permitiré que borren su apellido del membrete. No es una promesa vana ni le pido un acto de fe hacia mí. Estoy dispuesta a dejarlo por escrito porque nada habría hecho más feliz a mi padre que un bufete que llevara juntos los dos apellidos: Covián Bousoño.

Juan Gregorio ni siquiera consideró la oferta de Clara, pero por deferencia a Alonso la rechazó con educación.

—Todo eso que me propone suena realmente bien —expuso intentando que la negativa resultase lo más amable posible—, tanto que me sentiría tentado a sopesar su oferta si no fuera que...

—Que soy una mujer.

—Veo que no hace falta andarse con paños calientes. Pues sí, así es. Y no por mí, sino por usted, porque no conseguiría salir a flote.

—Ya contaba con la importancia que iba a darle a este pequeño inconveniente. Como le digo, mi padre me habló mucho de usted, y yo no me he caído de un guindo. No soy ajena a lo que supone este detalle en el mundo de los negocios. Al respecto solo puedo garantizarle dos cosas con total honestidad: la primera es que, si yo no fuera una mujer, no le estaría haciendo esta oferta porque el bufete de referencia del Principado sería el mío y no el suyo; la segunda es que, antes de tomar una decisión, examine los casos que he llevado hasta el momento y si después sigue creyendo que yo no soy la forma de conseguir el futuro que desea para su despacho, rechace mi oferta, pero sopese primero lo que he logrado con falda y tacones. Lo único que necesito de sus socios es el acceso que les da el hecho de llevar traje y corbata a lugares donde a mí me cierran la puerta.

Ahora, como bien sabe usted, ellos entran con facilidad pero no rematan porque son unos mediocres. Aquí es donde yo tengo mucho que ofrecer. Sin usted al mando, necesitan mi cerebro. ¿Se lo pensará? No le pido más.

Juan Gregorio asintió, aunque sin ninguna intención de considerarlo seriamente.

—¿Sabe por qué sé que me está usted mintiendo?

—¡Señorita! Eso sí que no se lo consiento.

—Entonces ¿por qué no estamos hablando de cuánto y cómo pienso pagarle? Si tuviera la más mínima intención de tenerme en cuenta para la venta querría conocer mi solvencia económica.

Juan Gregorio era un gran abogado y logró mantenerse impasible, pero por dentro tuvo que reconocer que, en un juzgado, Clara lo habría puesto en aprietos.

—Tiene razón —concedió—, y aunque no cumple usted los requisitos que estoy buscando, admiro sus agallas. En cuanto a su pregunta, imagino que su padre le habrá dejado suficiente capital como para hacer una oferta competitiva.

—Mi padre nos dejó entrañables recuerdos y sólidos valores. Fue un gran abogado y un empresario regular. La herencia que voy a emplear es la de mi abuelo materno, que invirtió en arte. Cuando lo fusilaron, requisaron todo lo de valor que había en la casa, menos un pequeño lienzo firmado por un entonces desconocido Pablo Picasso. Mi madre se lo llevó con ella a París, con la confianza ciega de que mi abuelo no había errado en la inversión. Siempre cuenta que usted y mi padre fueron los primeros en verlo, quizá ni siquiera lo recuerde, pero, como le he dicho, crecí escuchando anécdotas de las que era usted uno de los protagonistas. Ahora la obra vale muchos millones de pesetas y, en cualquier caso, no podemos seguir conservándola nosotras, debe estar a salvo en un museo para que quien lo desee pueda disfrutarla y el Estado español está dispuesto a adquirirla.

Juan Gregorio se acordó de cuando Amelia les mostró aquel pequeño cuadro a Alonso y a él como si estuviera sucediendo en ese mismo momento.

—¿Qué opina Amelia de todo esto? Ni siquiera me dirige la palabra. A mi mujer sí, gracias a Alexandra, pero a mí ni me ha saludado —dijo, aunque no sabía si para él o para Clara.

—Eso es cosa entre usted y mi madre, no mía, pero le adelanto que está al tanto de mis planes. Y también sé que, si mi padre estuviera vivo, estaría aquí conmigo y le diría que para usted su bufete es mucho más que un negocio, es un legado, y que le va a ser difícil encontrar a otro interesado que lo entienda como yo. Estoy convencida de que, de no haber sido por una guerra que les arrebató el futuro, mi padre y usted y, déjeme soñar, que es gratis, quizá mi madre también, habrían sido socios y ese bufete luciría orgulloso sus apellidos juntos. La única que puede conseguir que eso se haga realidad soy yo, una Bousoño, señor Covián. Dicen que a la ocasión la pintan calva, ¿verdad? Pues para usted la pintan con falda.

Juan Gregorio no supo qué responder.

—¿Otro brindis? —propuso Clara.

Ambos hicieron sonar sus copas.

Clara abrió su bolso, sacó una vieja foto y se la entregó en silencio.

—Creo que ahora le toca a usted tenerla —dijo antes de levantarse para irse.

Juan Gregorio la cogió con cuidado, como si fuera una bomba de mano, y encontró lo que temía: eran Amelia, Alonso y él en el Campo San Francisco el año que ellos dos terminaron la carrera.

No supo cuánto tiempo estuvo mirando la fotografía, pero cuando volvió de su ensimismamiento se sintió muy cansado y se levantó en busca de su esposa.

Los invitados se movían en ese momento al ritmo de *Si yo tuviera una escoba, cuántas cosas barrería*, entre ellos Manuela, que parecía estar pasándoselo en grande con Telva en la pista de baile. Desistió de aguarle la fiesta, cogió el bastón y, a paso lento, se dirigió a su cuarto. La conversación con Clara lo había removido por dentro.

Al girar en el pasillo de su planta vio a Gorio y a un desconocido frente a la puerta de una de las habitaciones. Su hijo y el otro hombre entraron en una actitud que lo dejó conmocionado.

Juan Gregorio se quedó allí unos minutos dudando de sí mismo hasta concluir que su vista cansada le había jugado una mala pasada y volvió a bajar al salón. Ya hacía años que no veía bien de cerca, no era extraño que tampoco viera bien de lejos. Seguro que su hijo estaba divirtiéndose con los demás.

Lo buscó, pero no lo encontró. Preguntó a Manuela, que bailaba entonces «El barón de Bidet» de La Trinca en una conga con Telva y muchos invitados más, las dos bastante achispadas, como el resto de los participantes.

—Ay, Goyo, yo qué sé... Estará fuera. El jardín es enorme y se ha quedado muy buena noche. Mañana ya le dirás lo que quieras, que no será tan urgente.

Manuela volvió a unirse a la conga mientras cantaba despreocupada. Juan Gregorio salió del salón y se dirigió de nuevo hacia la habitación en la que había visto entrar a su hijo con un desconocido. Se plantó delante de la puerta y respiró hondo. «Si era él, se tratará de un asunto de trabajo que no puede esperar», se dijo a sí mismo, pero no fue capaz de llamar. El corazón no le funcionaba bien, pero conservaba el buen oído de su juventud y, solo con pegar la oreja a aquella puerta de madera, adivinó lo que estaba ocurriendo dentro.

Se apoyó en la pared del pasillo y se aflojó la corbata temiendo que la ansiedad que en aquel momento notaba fuera un nuevo ataque al corazón.

Esa noche fingió dormir cuando escuchó entrar a Manuela, que después de varios mojitos y sin estar acostumbrada a beber habría despertado a una marmota porque no hubo mueble con el que no tropezara al ponerse el camisón.

A la mañana siguiente los dos se despertaron con dolor de cabeza: Juan Gregorio por la angustia y la noche en vela; Manuela porque el ron cubano le pasó factura.

—¡Ay, Goyo, qué mal me encuentro! —exclamó al levantarse.

—Es lo que tiene la fiesta, que después viene la resaca.

—¿Y a ti qué te pasa que tienes tan mala cara? ¿No beberías ayer? El doctor te dejó bien claro que nada de excesos.

—No te apures, que no tomé más que una copa de champán y otra de vino tinto en la cena.

—¿Quién me mandaría a mí probar los mojitos esos? Tan refrescantes y dulces entraban muy bien. Madre mía, ¡qué jaqueca! ¡A mis años!

—Échale la culpa a los años ahora. Bebe bastante agua y tómate un par de Optalidones. Y dame otro a mí. Después nos marchamos.

—Primero vamos a desayunar.

—Yo no voy a bajar al comedor.

—Pues yo sí —dijo Manuela mientras sacaba las pastillas de su bolso—, que es malo tomar medicinas con el estómago vacío. Además, no vayas con tanta prisa, que he quedado con Telvina y quiero despedirme de Gorio. Esta tarde se vuelve para Madrid.

—Ni hablar. Nos vamos inmediatamente. Tómate eso y come lo que sea, seguro que llevas algo en el bolso.

—Que no, Goyo, que no me da la gana irme así, sin despedirme de nadie. No estoy hoy para aguantar tonterías, ¿se puede saber qué mosca te ha picado?

—¿Tú sabes lo que les hacían a los maricones en nuestra época?

—¿A qué viene eso ahora?

—A que o yo me he vuelto loco, o tu hijo lleva una doble vida.

Manuela palideció.

—Te estás precipitando, tiene que haber otra explicación —dijo cuando su marido terminó de contarle los sucesos de la noche anterior.

—No me precipito. Y yo presumiendo de hijo perfecto, ¡qué vergüenza! ¿Qué he hecho para merecer esto? Dime, Dios mío, ¿qué he hecho tan mal?

—Estás sacando las cosas de quicio. Y habla bajo, por favor, que me duele mucho la cabeza.

—Lo van a echar de la carrera judicial. Va a ser un desgraciado. ¿Cómo hemos podido tener un hijo desviado? Ahora me explico que siga soltero con la cantidad de mujeres que están deseando que se fije en ellas. Y yo, como un imbécil, pensaba que solo quería disfrutar de la vida y por eso alargaba la juventud. Ni soltero de oro ni gaitas.

—Por favor, Goyo, cálmate, que te va a dar otro infarto.

Juan Gregorio se desinfló, agotado por el disgusto, el cansancio y un corazón al que cada vez le costaba más latir.

—¿Por qué no te sorprende como a mí? —le preguntó a su mujer—. ¿Ya lo sabías?

—¡Claro que no! —mintió ella.

Manuela no le habló de las revistas de hombres musculados semidesnudos que encontró escondidas en la habitación de Gorio.

—¿Ahora qué hacemos? —preguntó Juan Gregorio—. Por primera vez en mi vida no sé cómo actuar.

—Callar, Goyo, ¿qué si no? Vamos a desayunar y a despedirnos de los novios, de Alexandra y de tu hijo como manda la ocasión.

—No puedo, no soy capaz.

—¡Claro que podrás! Anda, ve a asearte.

«Precisamente ahora que he recuperado a Telvina», pensó Manuela. «Con los hijos, la vida no da tregua».

Gorio notó a su padre raro y esquivo cuando fueron a despedirse, pero Manuela lo excusó.

—Tu padre se encuentra mal. Muchos excesos ayer. Y yo, regulín nada más. —Bajando la voz, añadió—: Me sentaron mal los mojitos. Demasiado azúcar, creo yo.

—Seguro que fue el azúcar lo que te sentó mal —respondió Gorio con una risotada, pero enseguida se puso serio—: ¿Estáis bien? ¿Quieres que me quede hasta mañana?

—Vete tranquilo, que estamos bien y Telvina está con nosotros.

Gorio no sospechó que sus correrías de la noche anterior hubieran sido descubiertas y volvió tan tranquilo a Madrid.

Juan Gregorio, entre el disgusto por su hijo y la propuesta de Clara, estuvo más de una semana sin pegar ojo, hasta que una noche despertó a su mujer a eso de las tres de la mañana.

—¿Tenemos un portarretratos? —le preguntó con urgencia.

—¿El qué? ¿Qué hora es? —respondió ella dándose la vuelta hacia su marido.

—Un portarretratos. Como así —dijo haciendo un pequeño rectángulo con las manos.

—Anda, duérmete, que estás soñando.

—No estoy soñando, ¿lo tenemos o no?

—Qué sé yo. Pero si es tan importante, mañana voy al Galerías Preciados y compro uno, que eso no te quite el sueño. Duérmete y déjame dormir a mí.

—No te olvides, por favor, es de vital importancia.

Juan Gregorio, más calmado, por fin consiguió dormirse, pero Manuela, ya desvelada, se levantó malhumorada a prepararse una tila.

Al día siguiente, al ver la foto que su marido quería enmarcar, sonrió complacida y la colocó en un lugar donde Juan Gregorio pudiera verla cada día, justo encima de la tele del salón.

27

Telva llevaba poco más de un año en España cuando empezó a desesperar. Se sentía inútil. Al principio los meses transcurrieron casi sin que se diera cuenta entre la boda de Octavia y la novedad del país, pero el tiempo pasaba y en ningún sitio consideraban siquiera contratarla. Una mujer ingeniera, con el título pendiente de convalidación, que pasaba de los cincuenta y sin experiencia demostrable era un activo por el que nadie pujaba.

Hacía poco más de una década, a principios de los setenta, que se había graduado en España la primera ingeniera de Caminos, Canales y Puertos, el equivalente a su título de Ingeniería Civil, y había supuesto un hecho tan excepcional que ocupó una página entera en los periódicos nacionales. Aquella mujer era tan brillante que obtuvo una nota media de sobresaliente, pero ese suceso no era suficiente para que la sociedad lo aceptara más que como la excepción que era, considerando los miles de ingenieros de caminos que habían terminado la carrera antes que ella en los casi dos siglos de historia de la titulación.

El ambiente en casa era cordial, no podía quejarse, pero también era evidente que Juan Gregorio y ella no estaban de acuerdo en casi nada, así que solo hablaban de banalidades. Incluso se habían cansado de disimular cuando no estaba Manuela y o bien se encerraban en estancias diferentes o se quedaban en silencio. Telva se aburría, así que empleaba la mayoría del tiempo en el taller viendo a su madre y a sus dos modistas coser. Se había hecho una experta en aceitar y arreglar la vieja Singer cada vez que se atascaba. Aquella mañana, el pedal, un rectángulo negro de filigranas de hierro fundido, se quedó trabado y se negaba a bajar.

—No entiendo que sigas cosiendo con esta antigualla mientras tus ayudantes usan las nuevas —le dijo a su madre.

—Es que no me hago con las máquinas modernas. Están muy bien para los ojales o para bordar unas iniciales, pero para coser esta es mucho más fiable. Déjame a mí, que sé lidiar perfectamente con esta antigualla, como tú la llamas.

—De eso nada, para una cosa útil que hago... Necesito volver a trabajar. Estas largas vacaciones han estado muy bien, pero no puedo continuar así. Llevo toda la vida siendo la ingeniera Telva, experta en infraestructuras, y aquí no soy capaz ni de ganarme mi propio pan. Nadie me considera una opción. Siempre he estado al servicio del gobierno, no sé cómo funciona una empresa privada y soy consciente de que hay muchas diferencias. Tampoco puedo abrir un taller de lo mío en casa como hiciste tú con el de costura, es mucho más complejo.

—Lo sé, pero tampoco lo mío es tan fácil —dijo su madre un poco escamada—, que una no abre y le entran las clientas por la puerta.

—Ya me has entendido.

—Mientras tanto, puedes acompañarme a alguna de mis clases. —Al ver el gesto receloso de su hija, añadió—: Para salir un poco de casa, digo, no es que pretenda que una señora ingeniera vaya a dedicarse a confeccionar sombreros. No sé si la conversación de las alumnas tendrá algún interés para ti porque son aprendizas de modista o amas de casa con hijos mayores que necesitan distraerse, pero ¿quién sabe? Quizá te agrade. Lo pasamos bien y nos reímos mucho.

Su primer impulso fue negarse, pero se lo pensó mejor.

—Voy contigo, que estar sin hacer nada me está volviendo loca.

Telva se aplicó a las clases que impartía su madre en el taller de Águeda de la única forma que sabía: dejándose la piel en ello. Después de la primera sesión, pasó la mitad de la noche en vela dibujando su primer patrón a modo de plano, como si en vez de un sombrero estuviera diseñando un puente colgante de cuya solidez dependieran los miles de seres humanos que lo cruzarían cada día.

Cuando Manuela se levantó al baño cerca de las tres de la mañana, vio la luz encendida en el salón y la encontró enfrascada en la tarea.

—Mira, mamá —dijo mostrándole unos complejos dibujos en los que a Manuela le costó adivinar un sombrero—, le he añadido unas sujeciones interiores para que si se levanta viento no se vuele. ¿Te acuerdas del último día que fuimos a Gijón qué viento soplaba en las calles que dan al mar? No hay sombrero que resista esa ventolera invernal, pero si lo ajustamos a la cabeza de esta forma no debería moverse.

—Hija mía, ¿cuánto café has tomado? —le preguntó señalando las tres tazas sucias que Telva había acumulado en la mesa de costura.

—¿Me has escuchado?

—Sí, pero me lo cuentas mejor por la mañana, ¿te parece? Ahora vete a la cama, que es muy tarde.

—No tengo sueño. ¿Sabes que esto de diseñar sombreros no es tan distinto a planificar infraestructuras? Las matemáticas son fundamentales.

Manuela no quiso contradecirla, aunque pensó que ella, sin saber más allá de las matemáticas de la escuela, llevaba toda la vida confeccionando sombreros y poniéndole sujeciones, porque lo que Telva acababa de inventar lo habían ingeniado las costureras mucho tiempo atrás.

—¿Con quién hablabas? —le preguntó Juan Gregorio, medio dormido, cuando regresó al dormitorio.

—Con Telva, que acaba de reinventar la rueda.

Juan Gregorio soltó una especie de gruñido y volvió a quedarse dormido.

Telva se aficionó tanto a los sombreros que, tres meses después de empezar con las clases, podría haber sustituido a su madre en cualquiera de las sesiones. Lo que no había heredado de ella era el don de gentes y corregía a diestro y siniestro los errores de las compañeras. Manuela empezó a notar que las alumnas estaban incómodas con ella, pero que callaban porque se trataba de su hija. Antes de que Águeda se viera obligada a intervenir, Manuela se anticipó.

—Telvina no ha hecho muchas amigas aquí —le dijo a solas.

—Es muy inteligente y rápida, las demás a veces se sienten un poco intimidadas por no ser capaces de ir a su ritmo.

—Gracias por ser tan amable. El problema es que, si seguimos así, me quedo sin alumnas. Un par de tus aprendizas, que empezaron muy entusiasmadas con los sombreros, ya han abandonado mi clase después de un encontronazo con Telva.

—¿Cómo te puedo ayudar?

—Sé que es muy raro que te pida esto porque soy su madre y debería ser yo quien hablara con Telvina, pero mi relación con ella no es convencional. Era muy pequeña cuando la enviamos a Rusia pensando que serían solo dos o tres meses hasta ganar la guerra y... —Manuela tuvo que hacer una pausa. Todavía se le quebraba la voz al verbalizar su historia—. Ahora ha vuelto para quedarse en España definitivamente, pero le es muy difícil encontrar trabajo. Necesito que esté ocupada, no sea que se le pase por la cabeza la idea de volver a Rusia. No sabe estar sin algo que hacer y si se me va otra vez te juro que me muero.

Águeda asintió compasiva.

—Vamos a buscar una solución, no te preocupes. ¿Llegaste a conocer a mi madre?

—Sí. Aurora, ¿verdad? La vi una vez, pero solo nos saludamos. Luego me dijiste que se fue a Sevilla. Una mujer guapísima, por cierto.

—Pues todo lo que tiene de guapa, lo tiene de intratable. Telva es un caramelito de anís a su lado, pero le pasa igual que a ella, que si está desocupada es como un tigre enjaulado y no hace más que dar zarpazos. Déjalo en mis manos, que algo se me ocurrirá para que tu hija no nos deje sin alumnas.

Lo que se le ocurrió a Águeda fue pedirle a Telva, como favor, que, dada su facilidad para sacar patrones de sombreros, intentara hacer lo mismo con la ropa de Zara, una enorme tienda abierta por un gallego en plena calle Uría, la vía principal de la ciudad. Su ropa volvía locas a las ovetenses y a las asturianas en general, que iban desde Gijón, Avilés, Mieres y todos los pueblos a comprar allí. Quería entender el secreto del éxito de aquella tienda que vendía, a precios populares, prendas tan de moda que atraían incluso a las señoras más distinguidas. Había pensado probar a confeccionar alguno de sus diseños en telas de calidad, variándolos un poco para crear una versión más elegante y sofisticada que satisficiera a sus clientas.

El encargo mantuvo a Telva ocupada durante unos meses porque se aplicó en el análisis de la ropa de Zara tan a fondo como había hecho con los sombreros. Manuela estaba encantada de verla feliz y también por la cantidad de patrones que le traía porque a ella seguía sin gustarle el patronaje.

Telva pasó mucho tiempo enfrascada en la tarea que le había encargado Águeda porque sentía que si dejaba de dibujar los diseños iba a caer en una depresión. Solo rompió su rutina cuando Octavia dio a luz a su primera hija, y Manuela, Juan Gregorio y ella viajaron a Madrid para el bautizo. A la pequeña Leonor la acristianaron una semana después de la cuarentena, el tiempo justo para que la madre se encontrara recuperada del parto, del que solo le quedaba el dolor de un corte que el ginecólogo le había practicado desde la vagina hasta el ano.

«No se preocupe, que no ha habido ninguna complicación. Al contrario, ha ido todo perfecto. El corte se llama episiotomía y forma parte del protocolo de los partos sin cesárea. Se les hace a todas las madres. Aquí y en cualquier otro centro médico. Su parto ha sido impecable, puede estar usted orgullosa», le explicó el doctor amablemente cuando, en el hospital, ella le preguntó por los cuatro puntos que tenía en sus partes después de ver las estrellas la primera vez que hizo sus necesidades.

El médico no le habló entonces de la lacerante quemazón que iba a sentir al retomar las relaciones íntimas con su marido. Octavia no se lo contó a nadie, porque no encontró con quién hablar del tema. El ginecólogo no le dio importancia alguna: «Con el tiempo, el dolor irá disminuyendo. Al menos, así ocurre en la mayoría de los casos. Seguro que su bebé le compensa eso y más», le dijo.

Tampoco podía contárselo a sus amigas porque ella era la primera en tener hijos y le daba reparo hablar con su madre porque, entre otras cosas, Alexandra no había parido. Era feliz siendo madre y no quería que nadie la malinterpretara, por eso compartía su alegría y los buenos momentos, pero echaba de menos poder confesar también las frustraciones que acompañaban al milagro de la vida. Se encontraba sola e incomprendida porque la única visión que tenía el resto de su pandilla de la maternidad era todavía tan idílica que no la hubieran creído si les hubiera hablado de cortes genitales, pezones en carne viva o una caída del pelo tan exagerada que temió quedarse tan calva como había nacido su hija. «Quizá cuando llegue mi madrina pueda encontrar un rato a solas con ella», pensó. Manuela había tenido dos hijos y, desde que ella era solo una niña, se había mostrado receptiva, comprensiva y discreta con sus preocupaciones.

También la madre de Miguel buscaba con quién hablar de sus cuitas, muy distintas a las de su nuera. Leonor nació con la piel ligeramente morena, los ojos claros, fruto de la genética cruzada de la abuela paterna y el abuelo materno, el biológico, y una mancha amarronada en la cabeza muy parecida a la que lucía el recién nombrado secretario general del Partido Comunista de la Unión Soviética, Mijaíl Gorbachov. La mancha pronto se convirtió en fuente de suspicacias en la familia paterna.

—Lleva la marca de sus orígenes en la frente, como si fuera la letra escarlata —se lamentó ante su marido doña Margarita, la abuela de la pequeña.

—¿Qué tendrá que ver? Hay muchos niños con manchas de nacimiento similares. Se parece a la del nuevo líder ruso y nadie piensa que él tenga antepasados mulatos, así que, por favor, en el bautizo no mires a tu nuera cada vez que se da la vuelta como si fueras a pasarle el teléfono del cirujano de Michael Jackson, que la gente se da cuenta. Basta que sepan que te disgusta la mujer que ha elegido tu hijo para que nos convirtamos en la comidilla de todos.

—¡Como que no lo somos ya! Seguro que no se habla de otra cosa. Debemos de ser el centro de todas las críticas. Además, le han puesto a la niña el nombre de mi madre. ¡Ay, si levantara la cabeza! Ella se habría opuesto firmemente a este matrimonio.

—Eso ya no tiene cabida a estas alturas. Miguel está casado, ostenta el título de marqués y se va a convertir en uno de los empresarios más poderosos del país, así que, en vez de quejarte, da gracias por que nuestra nieta tenga los ojos verdes.

—Eso es verdad, al menos tiene los ojos de mi familia.

—Y de algún antecesor de Octavia también. Si Mendel no se equivocaba, ambos progenitores deben tener antepasados de ojos claros para que la niña pueda haberlos heredado.

—No sé quién es ese Mendel, pero lo que acabas de decir es una tontería muy grande. Es como decir que si esa mujer trae al mundo niños mulatos es porque también en nuestras familias tenemos antepasados negros, ¡qué barbaridad!

—¡Santo cielo, Margarita, qué ignorancia la tuya! No es lo mismo la piel negra que el color de los ojos —saltó don Miguel Martínez-Trenor que, aunque acertado en sus conclusiones, no poseía conocimientos de genética suficientes para explicar la diferencia—. Además, ¿qué negros ni qué negros? Si nuestra nieta solo tiene una mancha en la cabeza... En cuanto le crezca el pelo no se le notará. Déjalo estar, que no quiero hablar más de este tema.

Doña Margarita obedeció a su marido, pero no lo creyó. Había sido educada en un caro colegio de señoritas en el que impartían protocolo y modales para ser una dama en sociedad, pero no biología, porque en sus tiempos no se consideraba que fuera una asignatura importante para convertirse en una señora. En su fuero interno siguió repitiéndose una y otra vez: «Si es que la mujer de Miguel es mulata, por mucho que se alise el pelo, se ponga mechas claras y evite el sol, se le nota que no es como nosotros». Pero hizo de tripas corazón, como sí que le habían enseñado las monjas, fingió una sonrisa y vistió sus mejores galas para asistir al bautizo, dispuesta a mostrarse inmensamente satisfecha con aquella nieta de la que no estaba orgullosa.

Mientras su abuela paterna veía en la pequeña unos orígenes que mil veces le había rezado a Dios para que no heredara, Telva, nada más ver a la bebé, reconoció a Rosita, pero no por sus rasgos, muy distintos a los de ella, sino porque fijaba la mirada con poco más de un mes de nacida de una forma tan intensa como su abuela biológica.

El bautizo se celebró en la iglesia de los Jerónimos, la misma en la que se habían casado sus abuelos, los paternos y los maternos. A la niña la llamaron Leonor Victoria Rosa Margarita Alexandra.

—Madre mía —le dijo Manuela a su amiga al terminar la ceremonia, mientras esperaban a que los padres firmaran las actas de bautismo y se hicieran las primeras fotos con Leonor en el altar—. ¡A tu nieta le han puesto más nombres que a las hijas del rey! ¿Cómo era la pequeña?

—Cristina Federica Victoria Antonia de la Santísima Trinidad, si no recuerdo mal, de Borbón y Grecia, claro.

—Fíjate que, con los apellidos, se me hace más corto que el de esta criatura. Cuando pasen lista en el colegio, la profesora va a tener que coger aire.

Alexandra rio ante la ocurrencia de Manuela.

—Este nombre es solo para el bautizo. Oficialmente la niña se llama Leonor, aunque en casa ya la llaman Leo.

—¿Para eso le hacían falta tantos nombres? Pensé que al cura le daba una congestión intentando decirlos de corrido.

—Ya conoces a Octavia —respondió Alexandra con un suspiro—, no sé a quién ha salido, porque Jacobo nunca ha sido tan tradicional. Le ha puesto los nombres de las abuelas y las bisabuelas. Lo que me apena es que, siendo tan joven, ya ha elegido un futuro que no tiene marcha atrás. Ahora, con Leo, se esfuma la posibilidad de unirse a su padre en la empresa.

—No le des más vueltas, que yo la veo muy feliz. Por no hablar de que está preciosa para haber parido hace unas semanas.

—Pero Octavia tenía oportunidad de ser independiente y hacer lo que quisiera. En cambio, ha elegido el rol al que hemos estado encorsetadas toda la vida.

—Alexandra, querida, igual esto es lo que tu hija quiere.

—Eso mismo dice ella. Me da mucha rabia que no aproveche las oportunidades que estos tiempos le brindan, pero tienes toda la razón. Esto no va de mí. Es lo que mi hija quiere, parece que Miguel y ella hacen un buen tándem y la niña es una bendición.

—¿Quién sabe si tu nieta no será la nueva madame Curie y te llena de alegrías?

—Me preocupa un poco la mancha que tiene en la cabeza.

Manuela miró a Alexandra, interrogante.

—La mancha en sí, no —corrigió Alexandra—. Lo que me preocupa es mi consuegra, que no ha dicho nada y Dios la libre de hacer el mínimo comentario delante de mí, pero lleva intentando tapársela desde que la vio en la clínica. Como siga poniéndole la manta por la cabeza nos la va a asfixiar.

—Olvídate de tu consuegra. Leonor es una preciosidad y esas marcas de nacimiento suelen mitigarse mucho al crecer.

—Los médicos le han dicho a Octavia que seguramente se aclare, pero no desaparecerá y le cubre casi la mitad de la frente.

—Seguro que la disimulará con el pelo. Ahora no tiene, pero cuando le crezca se dejará flequillo o se pondrá la raya para ese lado, y cuando le apetezca se puede poner un sombrero. De momento, yo me encargo de los gorros para este invierno y de confeccionarle unos sombreritos monísimos para el verano, ya verás.

Alexandra sonrió.

—Manuela, querida, acabas de convertirte en la asesora de imagen de mi primera nieta.

—Con tanto nombre y tanto apellido, ¿qué menos que una asesora de imagen personal? Así Telva me ayudará. Necesito ocuparla con algo porque ni le convalidan el título ni encuentra trabajo, y tengo pánico de que, si sigue así, se le pase por la cabeza la idea de regresar. ¡Ay, perdona, que no es este el momento de contarte mis penas! Venga, ve, que ya te llaman para las fotos.

Telva tuvo que esperar hasta el otoño para recibir la tan esperada noticia de la convalidación de su título. La alegría fue tal que no dudó en ir a recogerlo personalmente a Madrid, esperanzada de poder utilizarlo pronto ahora que en España ya era ingeniera de manera oficial. Mientras ella aprovechaba para pasar unos días visitando a su hermano, a Octavia y a la pequeña Leonor en la capital, a su madre se le apareció un fantasma del pasado.

Manuela seguía al frente de su taller a pesar de los dolores de espalda por pasar tanto tiempo sentada y la progresiva pérdida de visión que le hacía cambiar de gafas una vez al año. Tampoco faltaba un solo viernes a impartir las clases de confección de sombreros en la academia de Águeda. Continuaba con las mismas dos modistas trabajando para ella y un buen número de clientas fieles. Cosían trajes de fiesta a medida y hacían los arreglos de todas las tiendas de ropa de ceremonia de la ciudad, para las que además forraban sombreros y confeccionaban pamelas y tocados personalizados a juego.

Entre semana, el telefonillo de su casa sonaba muchas veces a lo largo del día y así había sido desde que abrió el taller hacía ya más de dos décadas. Por esa razón, había trasladado el telefonillo, que originalmente se hallaba en la cocina, al taller, pero ni ella ni las dos modistas se molestaban siquiera en preguntar, pulsaban el botón de abrir y esperaban a que sonase el timbre de la puerta. Incluso la vecina del segundo lo había planteado en la junta de propietarios alegando que podía colarse cualquiera, pero como Manuela era apreciada en la comunidad porque les cobraba los arreglos a las vecinas a precio de coste, el tema no prosperó. Nunca habían tenido ningún disgusto, lo más grave era que todos los días los buzones terminaban llenos de propaganda. Pero aquella mañana la que se llevó el susto fue la propia Manuela cuando, al abrir la puerta, se encontró frente a frente con Elías, su primer marido.

—¡Ay, Dios mío! —exclamó.

Tal fue la impresión que las gafas, que se había bajado hasta la punta de la nariz cuando se levantó para abrir, se le cayeron al suelo. Aquel hombre era su marido, pero tal cual lo vio por última vez en 1937.

—Buenos días —dijo él en un correcto español con acento francés—. Me llamo Elías. Elías Goulet. Busco a Manuela Baizán.

—¿Elías? ¿Ha dicho usted Elías?

—Así es. ¿Usted es Manuela?

Tras unos momentos de confusión, el hombre se explicó.

—Creo que estuvo usted casada con mi padre, Elías Fernández.

Manuela lo miró fijamente sin que saliera palabra alguna de su boca. El parecido era tan evidente que no quería decir que sí, pero tampoco podía negarlo. Calculó que tendría cinco o seis años más que Elías la última vez que lo vio.

—Quisiera hablar con usted —insistió él—, ¿sería posible?

—Me pilla en mal momento —mintió para ganar tiempo.

—No quiero importunarla. Si le parece, podemos quedar cuando y donde a usted le venga bien.

El hombre esbozó una tenue sonrisa para enfatizar la petición y Manuela, al reconocer en su cara los hoyuelos de su primer marido, accedió a ponerse en contacto con él. Lo único que quería en ese momento era cerrar la puerta y que aquel fantasma desapareciera antes de que Juan Gregorio pudiera encontrárselo.

Manuela lo citó esa misma tarde en Santa Cristina, una

pastelería del centro, justo enfrente de la estación, porque le pareció que no había lugar más inocente que una confitería. Ya bastante culpable se sentía por no tener intención de contarle a Juan Gregorio que el que con toda probabilidad era hijo de Elías, aquel marido republicano que tanta vergüenza le había provocado durante años, acababa de presentarse en su casa.

En una de las mesas de la pastelería, mirando a la estación del Norte, como si esperara que aquel hombre se esfumase de un momento a otro igual que había llegado, escuchó su historia.

Su madre era española, una valenciana republicana exiliada en Francia, casada con un francés que había ejercido de padre con él.

—Mi padre me dio su apellido y me trató siempre como a uno de sus hijos. Todos en Lyon creían que yo era su primogénito. Yo siempre supe que no era así, pero ni ellos querían hablar del tema ni hice preguntas. Instinto de supervivencia, supongo. Él es un buen hombre y el mejor padre que uno pudiera desear. Tengo dos hermanos y nunca hizo distinción entre nosotros, pero yo tenía tres años cuando mi madre lo conoció en Arcachon, donde ella trabajaba, y en el fondo de mi corazón sabía la verdad. El año pasado, un cáncer se llevó a mi madre y encontré entre sus cosas este diario. En realidad es más bien un libro de notas, una sucesión de pensamientos inconexos. Habla de usted, de Gijón y de una niña, Telvina, que he supuesto será su hija.

Elías le mostró un cuaderno viejo y sobado que sacó de una bolsa de tela verde, bastante gastada, que Manuela reconoció. Era una de las muchas que había confeccionado y bordado ella misma con las iniciales de Elías para que llevara el bocadillo a La Sombrerera. Se lo preparaba cada mañana, lo envolvía en papel de periódico y después lo metía en una de aquellas bolsas junto con una botella, que rellenaba con un tercio de vino de la garrafa, y una manzana, una naranja o lo que tuvieran aquel día.

—Prosiga, por favor, porque creo que ahora mismo no estoy en condiciones de enfrentarme a lo que sea que ponga ahí.

—Poco más puedo contarle. Cuando encontré este cuaderno —continuó Elías—, tuve con mi padre la conversación que ambos llevábamos evitando toda la vida. Cometí un error. Lo único que conseguí fue hacerle daño. Mi padre no sabe nada de mi padre biológico. Parece ser que mi madre quiso borrarlo de su vida por completo y se negó a que algún día tuviera un hueco en la mía, pero algo dentro de mí necesita saber si el Elías Fernández de esta libreta era mi padre.

—Créame que sí, porque si no es usted el hijo de Elías, es su reencarnación, aunque yo no creo en esas cosas. Es su vivo retrato. Lo miro y me impresiona porque lo veo a él, aunque cuando habla todo cambia porque ni su voz ni sus maneras, ni siquiera sus gestos son los suyos, pero sus rasgos son clavados. Los hoyuelos y hasta el nacimiento del pelo son los mismos. Él también tenía un piquito en el medio de la frente. No le gustaba y solía calarse el sombrero justo hasta el borde para que no se le viera.

—Para mí es importante saber de dónde vengo y le agradecería muchísimo que me hablara de mi padre. He sido muy feliz con mi familia, pero siempre he notado un vacío aquí y aquí —dijo señalándose el pecho y la cabeza— que me ha hecho sentir un impostor. Creo que me hice historiador porque quería descubrir mi propia historia.

—¿Historiador? ¡Qué orgulloso se sentiría! Él siempre quiso un varón. Un Elías Fernández, aunque usted se apellide... ¿Cuál dijo que era su apellido?

—Goulet. Ni siquiera sé si llegó a enterarse de mi existencia porque en ningún momento habla de que vaya a tener un hijo y las fechas de las últimas anotaciones son del cuarenta y siete, cuando mi madre ya se encontraba en un avanzado estado de gestación.

—¿Cómo que el cuarenta y siete? ¡Si Elías murió en el cuarenta y dos! De tuberculosis.

—No, señora, Elías Fernández murió en el setenta y tres. Tengo su certificado de defunción. Dejó esposa y dos hijas adolescentes. En Mulhouse. En la Alsacia. Trabajaba allí en la industria textil.

Manuela se quedó helada.

—Eso es imposible —dijo.

—Estoy seguro, lo investigué antes de venir aquí. Fue miembro de la CGT, el sindicato, incluso estuvo varios días detenido en junio del sesenta y ocho por agresión a la policía durante las revueltas. Me lo contó su mujer a cambio de que no hablara con sus hijas. No quería causarles trastorno alguno y lo respeté. Yo tampoco querría que molestaran a mi familia a cuenta de algo así.

—No puede ser, no puede ser él —atinó a decir Manuela—, porque de haber seguido vivo tantos años habría intentado saber de nosotras. Al menos de su hija.

Entonces miró al hombre que tenía enfrente, la viva imagen de su marido muerto, y se le revolvió el estómago. No conseguía determinar el alcance de las consecuencias si lo que estaba diciendo fuese verdad.

—Debo irme —dijo—. Mi marido ya habrá llegado y se estará preguntando dónde me he metido. Ni siquiera sé qué vamos a cenar hoy. No vuelva a llamarme ni a presentarse en mi casa, por favor se lo pido.

—No lo haré, pero no me deje así. ¿Cuándo puedo volver a verla? Por favor, concédame una hora, no le pido más. Necesito saber qué clase de hombre fue.

Elías le dio el número de teléfono de la pensión donde se alojaba y Manuela salió apurada, huyendo de unos hechos que el corazón ya daba por ciertos pero la razón no quería conocer.

No le contó nada a Juan Gregorio. Cuando llegó a casa, preparó unas sopas de ajo y unas pechugas de pollo rebozadas y, casi sin probar bocado, alegó un dolor de cabeza y se metió en la cama. Aunque fingió estar dormida cuando Juan Gregorio se acostó, pasó la noche en vela buscando una explicación a lo sucedido.

Al día siguiente llamó a Alexandra. Necesitaba hablar con alguien y, hasta que no averiguara el porqué de aquella confusión, Juan Gregorio no era la persona indicada.

Hacía muchos años que Alexandra no había vuelto a pensar en el secreto que le ocultaba a su mejor amiga. Aquello formaba parte de un pasado que a nadie le interesaba conocer, pero la llegada de Elías Goulet reabría una historia que había dado por concluida tiempo atrás. Cuando Manuela le habló de él y del diario de Elías, supo que había llegado el momento de decir la verdad, pero no tenía intención de hacerlo por teléfono.

—Te agradezco que estés dispuesta a venir a Asturias para acompañarme en esto, pero me sentiré mal si te hago viajar por algo así. Necesito desahogarme y solo puedo hacerlo contigo, pero por teléfono será suficiente. Me impresioné mucho al ver a este hombre y ahora, ya más calmada, pienso que seguro que hay otra explicación más razonable. Quizá el cuaderno no lo haya escrito Elías, o el parecido sea pura coincidencia, o... —Manuela calló porque sabía que lo que estaba diciendo no se lo creía ni ella misma.

—Mañana salgo para allá. Debo contarte algo sobre Elías y prefiero hacerlo en persona.

Si bien la presencia de Alexandra siempre era un motivo de alegría, en esta ocasión, su insistencia en hablar con ella en persona, lejos de tranquilizarla, aumentó su desazón.

Cuando su amiga bajó del taxi que la llevó desde el aeropuerto a Gijón, Manuela ya la esperaba ansiosa en la verja de la mansión de los Solís de Armayor.

Alexandra le dio un corto y sentido abrazo y pagó al taxista.

—Perdona que esté aquí en la puerta como un vendedor de enciclopedias, pero el tren ha llegado antes de tiempo y no podía esperar más para verte —se excusó Manuela—. Me inquieta mucho que hayas insistido en venir. He dejado en manos de las modistas todas las pruebas de hoy. ¿Qué sucede? ¿Tan gordo es lo que tienes que decirme que no podías adelantarme nada por teléfono?

—Vamos dentro y te lo explico.

Entraron en la casa y se sentaron en un rincón del salón. Los guardeses habían tenido un día para prepararlo todo para la llegada de Alexandra. Habían limpiado, la calefacción estaba encendida y la nevera, surtida con los básicos que pudieran necesitar.

—Vamos a pedir que nos preparen un refrigerio.

—Déjate de refrigerios y habla de una vez, que me estoy poniendo mala. ¿Qué es eso tan importante que te ha hecho venir hasta aquí para contármelo personalmente? No he pegado ojo desde que hablamos. Bueno, en realidad no he pegado ojo desde que ese Elías Goulet apareció en mi puerta, porque eso es lo que me pareció: una aparición.

Alexandra fue directa al tema, sin preámbulo alguno. No había tiempo que perder porque aquella información ya le llegaba a su amiga con cuatro décadas de retraso.

—¿Me estás diciendo que tú escribiste la carta de Elías y que el certificado de defunción francés era falso?

Manuela no quería dar crédito a lo que escuchaba. Parecía una broma de mal gusto. Y de la persona que menos hubiera imaginado en la vida.

—¿Cómo pudiste hacer algo así? —le reclamó.

—Fue idea de Valentina y a mí me pareció que era lo mejor para ti.

—¿Goyo lo sabía? —Manuela no salía de su asombro.

—No, en absoluto. Fue cosa de ella. Me lo sugirió sutilmente por carta. Aunque ellos estaban libres de sospecha, ya sabes que entonces las cartas no eran seguras para nadie. Yo entendí lo que me decía, actué y, cuando le envié tus papeles falsos, ella me siguió el juego, ante ti y ante Goyo.

—¿Por qué Valentina iba a querer darme la libertad?

—No lo sé. En aquel momento creí que lo hacía porque sentía compasión por ti. Valentina era dura y muy práctica, no era una idealista como Amelia y yo, pero era buena persona. También te confieso que, con los años, muchas veces pensé que quizá, y solo quizá, porque esto no lo sé ni lo sabremos nunca, ella percibía que entre tú y Goyo había algo que la inquietaba. Tú estabas enamorada de él y, por lo que nos ha demostrado la vida, él de ti. Vivíais los tres bajo el mismo techo y ella era muy inteligente. Es posible que notase algo por mucho que vosotros mismos os lo negarais. Lo que sí sé es que ella estaba convencida de que tú te irías cuando fueras libre, que volverías a tu pueblo seguramente. Pero no lo hiciste.

—¿Qué habría hecho yo en mi pueblo, con mi madre y Matilde? No me fui porque no tenía adónde ir.

—Eso ella no lo sabía, y aún menos podía imaginarse que iba a morir, pobre mía, y que tú te casarías con Juan Gregorio.

Manuela cayó de pronto en la cuenta.

—¡Ay, Dios mío! Entonces soy... ¡Por eso has venido tú! ¿Cómo se llaman los que se casan con más de una mujer? ¡Como los mormones esos que van por las casas! Pero yo con dos hombres. ¡Bígama! Soy una bígama.

—En realidad no, porque Elías ya está muerto.

—¡Desde el setenta y tres! Mi matrimonio con Goyo es una mentira. ¡Ay, Dios! Y Gorio es ilegítimo.

—No es así porque esto no lo sabe nadie. Para que tu matrimonio no fuera válido alguien tendría que denunciarlo, y además ahora, con las nuevas leyes de la democracia, todos los hijos son legítimos, ya no hay distinción entre ilegítimos, naturales o adoptados. Todos son hijos, sin más.

Manuela no atendía a razones.

—¡Esto no te lo perdono en la vida! ¿Por qué permitiste que me casara sabiendo que Elías estaba vivo?

—Porque ni siquiera me avisaste de tu boda. Cuando me llegó la carta a Lisboa en la que me lo comunicabas, Gorio ya había nacido y acababais de casaros.

—¡Pues habérmelo dicho entonces!

—Cálmate y reflexiona, Manuela. ¿No ves que lo único que podía hacer era callar? Oficialmente, Elías constaba como fallecido y, tal como estaban las cosas en España, no parecía que hubiera riesgo alguno de que regresara. Si te lo hubiera dicho entonces, cuando ya estabas casada con Goyo y a punto de iros a Madrid los tres, habría provocado una debacle. Ni siquiera soy capaz de imaginar ahora lo que hubiera ocurrido, pero habría sido devastador. En el mejor de los casos te hubiera hecho cargar con un secreto que, en aquel momento, te hubiera aplastado.

—No tenías derecho, ningún derecho. ¿Qué le voy a decir a Gorio? Madre mía, ¡con todo lo que ha sacrificado él por su carrera y ahora llego yo con esto!

—No destapes nada, Manuela, por favor, sé sensata. Elías está muerto, déjalo ir, y a su hijo dale algo de lo que quiere saber, lo que menos te comprometa a ti, y envíalo de vuelta a Francia.

Alexandra estaba cada vez más inquieta por la reacción de su amiga y Manuela, demasiado alterada para escucharla.

—¡Con lo delicado que está Goyo del corazón, esto lo va a matar! ¿Y Telvina? Madre mía, ¿cómo le cuento que su difunto padre en realidad vivió treinta años más sin importarle un pimiento lo que había sido de ella, pero que tampoco puede preguntárselo ni pedirle cuentas porque ahora sí que está muerto de verdad?

Manuela tenía ganas de gritarle a Alexandra, pero no lo hizo porque, a pesar de la ira y la confusión que sentía en ese momento, no había perdido la lucidez. Si Valentina y ella no hubieran tramado todo aquello, ella no se habría casado con Juan Gregorio y su vida, tal como la conocía, no existiría. Pero no era tan sencillo, y ni siquiera así podía justificarse semejante engaño. Se levantó del sillón dispuesta a irse. No cedió a las disculpas de Alexandra, que le rogó que se quedara y hablaran de ello.

—No sé si algún día podré perdonarte —le dijo—. De momento no quiero saber nada de ti, así que, por favor, respétame. Me lo debes.

Elías Goulet recibió la llamada de Manuela cuando ya empezaba a desesperar. A ella le costó varios días decidirse, pero no encontró forma de librarse de él y salir indemne. No podía darle semejante disgusto a Juan Gregorio y arriesgarse a que sufriera un nuevo infarto y tampoco podía esperar que aquel hombre se desvaneciese y volviera a Francia como si nada. En cualquier momento podía presentarse en su puerta y hacer saltar su vida, la de su marido y la de sus hijos por los aires. Además, si aquello era cierto, el tal Elías Goulet era hermano de Telva. Todo aquel asunto le provocaba náuseas, pero no tenía más opción que afrontarlo. De determinadas batallas no se podía huir.

Esta vez lo citó en la estación de tren. Un día entre semana temprano por la mañana. No quería que Juan Gregorio tuviera la menor sospecha de sus andanzas.

—¿En la confitería de enfrente como la otra vez? —preguntó Elías.

—En el andén. A las nueve y media.

Allí cogieron el tren a Gijón. Manuela no le dio explicaciones y Elías no preguntó. Se dejó llevar, agradecido de cualquier información que pudiera darle aquella mujer sobre su padre.

Se sentaron en una pareja de asientos de imitación a cuero granate con el reposacabezas protegido con una cubierta de gruesa tela blanca, al final de uno de los vagones. Iba medio vacío. Aunque subieron más viajeros, la hora punta de estudiantes universitarios y trabajadores que se desplazaban a diario entre Oviedo y Gijón ya había terminado.

—¿Cómo consiguió dar conmigo?

—En la primera página del cuaderno viene el nombre de mi padre y una dirección de Gijón. Busqué la ubicación y empecé por allí, preguntando por el barrio. En algunos textos menciona la fábrica de sombreros y el Sindicato del Fieltro. En la fábrica que hoy ocupa el lugar de La Sombrerera me dieron las señas de algunos antiguos operarios que trabajaban allí antes de la guerra y ellos me confirmaron que quien creo que es mi padre fue compañero suyo. Me contaron su implicación en el asalto a la fábrica cuando la guerra y también me hablaron de usted, que confeccionaba sombreros en su casa con los restos de fieltro que Elías sisaba de los sobrantes y que por eso las vecinas la llamaban «la Sombrerera». En el edificio donde vivieron usted y mi padre me costó encontrar a alguien que los recordara, pero una vecina muy mayor me dijo que había tenido usted un hijo en casa de una tal Casimira, que vivía entonces en el bajo, y que después se había casado con un hombre muy relevante del régimen y se habían marchado para Madrid. La hija insistió en que no le hiciera mucho caso, que no estaba muy en sus cabales y confundía hechos, fechas y personas, pero como no tenía más hilo del que tirar, no me quedó otra que confiar en la memoria de aquella anciana.

Elías hizo una pausa.

—Eso sigue sin explicar cómo me localizó.

—La mujer se acordaba incluso del nombre de su marido, pero a partir de ahí todas las informaciones eran contradictorias: que seguían en Madrid, que habían vuelto, que se relacionaban con la aristocracia madrileña, que habían caído en desgracia y a su marido casi lo fusilan... No conseguí sacar nada en claro. A punto estuve de irme a Madrid a ver si daba con usted, aunque sabía que era como buscar una aguja en un pajar, así que decidí probar con la guía telefónica y encontré un Juan Gregorio Covián en Oviedo. Después de eso todo fue muy sencillo, su marido es una personalidad en la ciudad, lo conoce mucha gente por su despacho. El resto ya lo sabe: me presenté en su casa y su reacción al verme me confirmó que había seguido la pista correcta.

—Me alegro de que no lo abordara a él directamente. A mi marido, quiero decir.

—No me pareció oportuno. Le reconozco que esperé hasta asegurarme de que estaba usted sola antes de llamar a su puerta.

—Le agradezco su discreción. Le he traído una copia del certificado de defunción de mi primer marido. —Manuela le mostró la fotocopia que había sacado aquella misma mañana—. Como puede ver, murió en París en el cuarenta y dos. De tuberculosis. Lo conservo porque en su momento este papel supuso para mí la libertad. Restringida por el hambre, la escasez y la represión que sufría España, pero libertad al fin y al cabo. Comprenderá usted que si este certificado no reflejara la realidad y yo no fuera viuda, me encontraría en una situación comprometida.

—Yo solo estoy aquí para conocer mis raíces —la tranquilizó Elías, que entendió la preocupación de Manuela—, no para causarle problemas a nadie, y mucho menos por unas fechas apuntadas en unos papeles que vaya usted a saber si son o no ciertas. Está siendo usted muy amable conmigo, y en cuanto averigüe cómo era mi padre me iré por donde he venido.

—Seguro que Casimira puede ayudarlo. Pasa de los ochenta, pero conserva intacta la memoria y conoció a Elías antes que yo.

Manuela todavía no las tenía todas consigo y se resistía a hablarle a Elías Goulet de sus tías, las hermanas de su padre. Solo de pensar que Juan Gregorio se enterase de aquella pesadilla se le ponían los pelos de punta, pero más aún la agobiaba que todo aquello pudiera causarle problemas profesionales a su hijo y, sobre todo, el mazazo que podría suponer para su hija semejante descubrimiento. Se sentía mucho más segura llevando al francés a ver a Casimira, y más habiéndola puesto previamente en antecedentes.

Elías y Manuela llegaron a la residencia de ancianos en la que vivía su antigua vecina pasadas las diez de la mañana. Casimira los esperaba ilusionada en una pequeña sala que había solicitado para la ocasión. Cualquier visita era buena para romper la monotonía de la rutina diaria, pero aquella historia era especialmente sustanciosa y la devolvía a una época de su vida en la que su cabeza se sentía más cómoda cada día. Añoraba y recordaba detalles nimios de los tiempos de antes de la guerra. En cambio, a su memoria, cada vez más caprichosa, no le gustaba tanto acordarse de lo que había sucedido después. Manuela le guiñó el ojo a su amiga y le presentó a Elías.

—¡Me cago en la mar, rapaz! Eres el vivo retrato de tu padre, pero con acento gabacho —exclamó Casimira—. Y tú, Manuela, ¡parece que solo vienes a verme cuando tu vida se convierte en una radionovela! ¿Cómo sigue el meapilas?

—Igual que hace dos días cuando te llamé por teléfono y me preguntaste por él.

—Pero solo por educación, ¿eh? A ver si le vas a ir con el

cuento y se va a creer el gazmoño ese que me importa lo más mínimo.

Manuela la ignoró porque los apelativos que su antigua vecina dedicaba a Juan Gregorio iban más cargados de aprecio que de maldad.

—Voy a darte un buen abrazo —la avisó, en cambio, sabedora de que Casimira se sentía incómoda con las muestras de afecto.

Aunque Manuela la llamaba con cierta frecuencia, hacía tiempo que no se veían.

—Bueno, ya vale —se zafó pronto Casimira—, que aunque esté en la residencia no tengo intención de estirar la pata todavía. Aquí vivo como una reina, a plato puesto y sin tener que hacerme ni la cama. Esto tengo que aprovecharlo porque en la vida me vi en una más gorda. Y tendrías que ver lo que me río a costa de estos carcamales: entre las viejas estiradas que no dejan de quejarse de lo que les duele, el Primitivo, Tivo le llaman, que está ido y más salido que el pico de una mesa, y los que acaban tarifando todas las tardes a cuenta de las partidas de dominó, esto es como vivir en el circo. Espectáculo diario gratuito.

—Has vuelto a dejarte el moño —comentó Manuela.

—Así me veo más joven. Como cuando antes de todo, ya sabes. Aquí no me obligan a cortármelo porque, como me peino yo misma, se ahorran mandarme a la peluquera a ponerme rulos como al resto de las internas, que se ahuecan el pelo como si fueran todos los días de boda, ¡almas de cántaro! Si a la mayoría no viene a verlas nadie. —Casimira le guiñó un ojo a Manuela, dejó la sorna y fue directa al tema—: Bueno, hijo, di algo tú también. ¿Qué has venido a buscar aquí que yo te pueda resolver?

Elías estaba ávido de información y Casimira gustosa de desgranar recuerdos a su antojo, y el tiempo transcurrió sin que se dieran cuenta. Habían pasado más de dos horas cuando vinieron a buscar a Casimira para el almuerzo.

—Aquí como los niños, comemos tempranito y todo muy

sano. ¡Un asco! Como si importase un pimiento si nos morimos por el colesterol, la tensión o los triglicéridos esos que no sé ni lo que son. No se enteran de que lo que nos mata es la vida, y contra eso no hay dieta que valga.

—Se me ocurre una cosa, ¿la dejan a usted salir de aquí? —preguntó Elías.

—Dejarme me dejan, otra cosa es que tenga donde ir.

—Pues si me lo permiten, quisiera invitarlas a comer. Tienen que contarme muchas cosas todavía y me complacería mucho que continuáramos la conversación ante un buen almuerzo.

—Si tú pagas la cuenta y el taxi, yo me apunto —se apresuró Casimira a aceptar—, pero a un restaurante con sustancia. Nada de sitios finos ni modernidades, que la última vez que me sacaron mi hijo y mi nuera casi termino a palos con el camarero. Viven en Alemania, pero vuelven los veranos y me llevan un día a comer. Siempre insisten en ir a restaurantes de moda, como dicen ellos, que no sé por qué se ponen de moda porque se come igual de mal que aquí en la residencia. Todo muy bonito, y no es que no esté rico, pero ponen raciones de risa, parece el restaurante de la aldea pitufa esa de los tebeos de los niños. Y tú, rapaz, ¿me ves a mí con pinta de pitufina? ¿A que no?

Elías reprimió una carcajada.

—Eso sí —continuó Casimira—, los platos enormes, que no caben en la mesa. Como si los clientes fuéramos gilipollas. Así que a ver dónde nos llevas.

—Pues como yo no conozco Gijón, ¿por qué no elige usted el sitio?

—¡De mil amores! Venga, vamos a una de las sidrerías del centro, de las de toda la vida, que me muero por unos chorizos a la sidra y unos escalopines al cabrales. No sé cuánto hará que no los cato. ¡Hala, vamos, Manuela, que ya empieza a oler al potaje sin sustancia de los jueves y no quiero que se me quede el pestazo en las narices! En la recepción nos pedirán un taxi.

Manuela ni siquiera intervino en la conversación. Si Casimira quería salir a comer y darse el gusto por un día, aunque fuera con aquel hombre, con el que no parecía estar haciendo malas migas, no iba a ser ella quien la privara de ese placer. Cuanto más conforme quedara él con lo que le contaran, más posibilidades había de que se fuera y no volviera jamás. Además, no tenía prisa: los jueves Juan Gregorio tenía por costumbre comer con clientes y no llegaba a casa hasta última hora de la tarde.

—A la sidrería El Cartero —ordenó Casimira al taxista en cuanto se acomodaron en el coche.

—No la conozco —dijo Manuela—. ¿Dónde está?

—Está claro que por venir aquí los veranos, aunque sea durante cincuenta años, no se hace uno de Gijón. Vas a probar las *llámpares* más exquisitas que hayas comido nunca.

—¿El qué? —preguntó Elías.

—*Llámpares*, rapaz, *llámpares*. ¿Sabes por qué los ricos comen percebes? —Casimira no esperó la respuesta—. Porque las *llámpares* son el secreto de los pobres.

El Cartero era una sidrería de las de siempre, que ocupaba un esquinazo en una calle residencial, no demasiado lejos de la playa ni del centro. Allí paraban la gente del barrio y también grupos y familias atraídos por su fama de buena cocina tradicional.

—Aquí vine con Serafín el único día que comimos juntos en un restaurante, pero esa es otra historia que no viene al caso.

—¿Con Serafín? —se extrañó Manuela al escuchar el nombre del marido de su antigua vecina—. ¿Cuánto lleva ese sitio abierto?

—No lo sé, pero mucho. Fíjate, rapaz, que yo era joven. —Casimira rio con ganas, pero enseguida se puso seria—. A mi Sera me lo mataron en la guerra. Y a dos hijos. Solo me quedó uno.

—Lo siento —dijo Elías.

—Ya no trae cuenta.

La comida duró más de tres horas. Bebieron sidra, comieron *llámpares*, chorizos y escalopines y le proporcionaron a Elías desde los detalles más nimios y personales de la vida de su padre hasta los de su activismo político y su papel en el gobierno de la ciudad durante el sitio de Gijón.

—Por lo que sé —apuntó él—, murió convencido de sus principios.

—Parece que siempre le importaron más que las personas, incluso que sus propios hijos —concluyó Manuela.

Cuando dejaron a Casimira en la residencia de nuevo, Manuela se despidió.

—Aquí nos separamos. No puedo ayudarte más.

—Ya ha hecho mucho más de lo que le correspondía. Le prometo que no volveré a molestarla.

—¿Seguirás investigando los pasos de tu padre en Francia?

Elías asintió.

—¿Sabe? Siempre temí que mi padre fuera un militar alemán, un nazi, y que por eso mi madre prefería llevarse el secreto a la tumba, para que yo no cargara con él. De niño no me atrevía a preguntar, pero ahora que sé que mi padre no solo no era nazi, sino que fue un republicano español exiliado y un activista sindical, va a ser el objeto de mis investigaciones. Estoy convencido de que la Universidad de Lyon donde doy clases me aceptará el tema como proyecto de estudio. Siempre he querido escribir un libro y esta es la historia que estaba buscando.

—¿Un libro? —Manuela se alarmó.

—No se preocupe, que una cosa es escribirlo y otra que alguien quiera publicarlo más allá del entorno universitario. Ni siquiera sé si lograré lo primero. En cualquier caso, le aseguro que mantendré su anonimato.

El alivio de Manuela fue evidente.

—¿Le dirá a Telvina que tiene un hermano en Francia?

—Preferiría no hacerlo, ¿qué sentido tiene a estas alturas? Ella no puede contarte nada más de tu padre, solo tenía cinco años cuando se fue. Para ella está muerto, y saber que seguía vivo y jamás mostró interés por saber de nosotras, de ella al menos, no creo que le aporte nada bueno. Ya ha tenido bastante con la infancia que le tocó; destrozar aún más la imagen que guarda de su padre no le haría bien.

Elías asintió.

—Lo entiendo. Mejor lo dejamos así. Yo tampoco quiero hacerles daño a los míos.

—A cambio —dijo Manuela—, voy a darte algo más: tu padre tenía tres hermanas. Ni siquiera sé si viven aún porque no he sabido nada de ellas desde el treinta y siete, y fíjate todo lo que ocurrió desde entonces. Eran tan rojas como él, así que Dios sabe qué les habrá ocurrido. Trabajaban en La Azucarera y la mediana, Magdalena, también hacía de partera. Ella fue la que ayudó a nacer a mi Telvina.

Elías le agradeció la información que había recopilado gracias a ella y, con la promesa de no desvelar su identidad ni la de Telva, le llevaran donde le llevasen sus averiguaciones, se despidieron con la esperanza, al menos por parte de Manuela, de no volver a verse más.

Manuela volvió a Oviedo en el tren llena de nostalgia de una época que, en realidad, no añoraba, y también de rabia.

—Ni una nota, cerdo malnacido, ni siquiera fuiste capaz de escribirme una carta —mascullló—. Me dejaste atrás, tuviste un hijo con otra y también lo abandonaste, después formaste una nueva familia y en treinta años no se te ocurrió enviarme aviso de que seguías vivo. ¿Acaso te importamos alguna vez Telvina o yo, que nos dejaste a las dos a nuestra suerte? ¡Si no llega a ser por Alexandra habría pasado toda mi vida sola, atada a tu fantasma!

Por suerte el tren iba casi vacío y solo una pareja de adolescentes enamorados la escucharon, pero se limitaron a reírse entre ellos de aquella vieja loca que hablaba sola en el vagón.

—¡Vaya horas! —le dijo Juan Gregorio cuando entró en casa—. ¿Se puede saber dónde te has metido?

—Vengo de Gijón, de visitar a Casimira.

—¡Ah! Entonces no digo nada. Espero que se encuentre bien. ¿Sigue igual de roja?

—No lo sé, supongo que sí. O quizá no. ¿Sigues siendo tú igual de fascista?

Juan Gregorio no esperaba el contraataque y, viendo que su mujer no estaba de buen humor, se zafó de responder.

—¡Qué cosas tienes! ¿Qué hay de cena? Estoy hambriento.

Para su sorpresa, Manuela se lanzó a sus brazos y exclamó:

—¡Bendito sea cada día que hemos pasado juntos!

—¡Vaya! —dijo Juan Gregorio apretándola contra su pecho—. Vas a tener que ir a visitar a Casimira más a menudo.

Al día siguiente, Manuela llamó a Alexandra.

—No te he perdonado ni sé si te perdonaré algún día —le dijo nada más oír su voz al otro lado del teléfono—, pero no puedo permitirme perderte porque, a pesar de todo, no confío en nadie más: el Elías francés quiere escribir un libro sobre su padre y, aunque me ha asegurado que mantendrá mi anonimato, ¿de qué lo conozco yo para fiarme de él? Además, le di noticia de sus tías y ahora me arrepiento. Las hermanas de Elías nunca me tuvieron en mucha estima. ¿Qué hago, Alexandra? ¿Debería contárselo a Goyo?

A Alexandra le costó un momento asimilar toda la información, tanto que Manuela pensó que se había cortado la comunicación.

—¿Estás ahí?

—Estoy pensando. Antes de que tomes una decisión, ¿qué te parece si lo consulto con un abogado, aquí, en Madrid? No le daré tus datos, solo le expondré la situación y que me explique, en caso de que esto saliera a la luz, qué consecuencias legales tendría, porque Elías ahora sí que está muerto. Después ya decidirás qué contarle o no a Goyo.

Mientras esperaba noticias de Alexandra con el resultado de la consulta a uno de los despachos más reputados de la capital, Manuela vivía sumida en una especie de calma chicha, preocupada por si en cualquier momento estallaba la tormenta. Estaba ansiosa, de mal humor, y se sobresaltaba cada vez que sonaba el timbre del telefonillo, pero se esforzaba para que Juan Gregorio no notara nada.

El fin de semana después de comer, como acostumbraba a hacer todos los finales de mes, se puso con las cuentas del taller en la mesa camilla que ocupaba un rincón del salón. Telva solía ayudarla pero, con su título universitario ya convalidado, había prolongado su estancia en Madrid para presentarse en las empresas de obras públicas que colaboraban habitualmente con la Administración e informarse en el ministerio de las contrataciones de personal interino, y aquel sábado, lluvioso y gris, estaban los dos solos.

Juan Gregorio, sentado en el sofá, esperaba paciente a que terminaran los anuncios previos al telediario cuando Manuela bufó. No le cuadraban los números y llevaba un rato refunfuñando para sí.

—¿Por qué no lo dejas?

—Porque si no lo hago yo, no lo hará nadie. Telva está disfrutando de estas semanas en Madrid y no volverá a tiempo de ayudarme, y el gestor se encarga del papeleo administrativo, los impuestos y los libros, pero no de cuadrar las cuentas.

—No te hagas la tonta, que bien sabes que me refiero al taller. Superas sobradamente la edad de jubilación y no tienes ninguna necesidad de trabajar.

—Le dijo la sartén al cazo. Tú no paras. Por la mañana sales a caminar porque te lo ha ordenado el cardiólogo, pero por las tardes vas al despacho.

—Porque tú estás encerrada con las modistas y las clientas. Seguro que muchas tardes podríamos salir juntos a dar un paseo por el centro, como tantos otros matrimonios, y luego sentarnos a tomar algo en una cafetería.

—Después de una semana estaríamos hartos y aburridos.

Manuela no quería confesarle a Juan Gregorio que no cerraba por Telva, porque gracias al taller se mantenía ocupada y le daba menos vueltas a las continuas decepciones que recibía en su ardua tarea de encontrar trabajo como ingeniera. Por eso retaba a su marido con una condición para jubilarse que sabía que él no iba a cumplir.

—Vende tú tu parte del bufete de una vez y, entonces, yo vendo el taller.

—No es tan fácil. Durante muchos años fantaseé que fuera

para Gorio, pero desde que llegó la democracia ya no es posible, es incompatible el ejercicio privado con la carrera judicial. Además, con la vida que lleva, tampoco él querría volver de Madrid porque allí nadie conoce a nadie, pero en Oviedo, ¡imagínate!, habría rumores a los dos días. Quizá se enderece, todavía conservo la esperanza. No sé cómo nos ha podido pasar esto a nosotros. Es que lo pienso y me sube una cosa por aquí... —dijo señalándose el pecho.

—No lo pienses, Goyo, que te agitas y eso no es bueno para tu corazón. Llevas un tiempo que no duermes bien y te alteras con facilidad. ¿Quieres que te traiga una de tus infusiones?

—Otra no, que me salen las tisanas por las orejas. Si por lo menos fueran agradables, pero la valeriana sabe realmente mal.

—Un poco amarga. Lo de Gorio y el traspaso del despacho te están quitando la salud.

—Porque no sé a quién pasarle el testigo.

—Tienes la oferta de Clara, la hija de Amelia. Si no se ha cansado ya de esperar, claro.

—No se ha cansado, sigue insistiendo, y cada vez le va mejor en Gijón. Lo he consultado con mis socios y accederían a contratarla, pero ni se plantean admitirla como socia.

—Tú posees más del cincuenta por ciento; si se lo vendes a ella, tendría más voto que los otros dos juntos.

—En ningún caso he considerado venderle toda mi participación, no voy a dejarlo en sus manos, pero, llegados a este punto, incluso estaría dispuesto a venderle una parte a ella, dejarle a Gorio la máxima que no sea incompatible con su función como magistrado y el resto a mis dos socios. Aun así, ellos no están de acuerdo, y hacerlo sin su consentimiento sería una debacle; le harían la vida imposible hasta echarla y el perjudicado sería el despacho.

—Ya tiene que haberte impresionado la niña de Amelia para que te lo hayas planteado.

—No es ninguna niña. Se le nota que es un poco roja, claro que, siendo hija de Amelia, no podía ser de otra manera, pero se ha puesto a litigar contra grandes corporaciones desde su bufete y tiene un importante historial de casos ganados para lo que son sus posibilidades. De momento es un mercado pequeño pero está en auge, hay mucho futuro en esa rama del derecho, y en el bufete no tenemos a nadie con ese perfil. Pero ha sido una tontería por mi parte valorarlo siquiera.

—Si fuera una tontería no estaríamos hablando de ello.

En ese momento sonó la sintonía tecno de los informativos y apareció en la pantalla la silueta del Pirulí, como ya llamaban a Torrespaña los españoles.

—Anda, dejémoslo estar, que empieza el telediario —zanjó Juan Gregorio.

Manuela se enfrascó de nuevo en su tarea sin prestar atención a la televisión, lo que no impidió que Juan Gregorio comentara las noticias en voz alta.

—¡Lo que nos faltaba! ¿Has oído eso? ¿Cómo que un nuevo movimiento que ocupa casas vacías? —se escandalizó—. ¡Un edificio entero en el centro de Madrid! Anda que han ido a un pueblo perdido de Soria, de esos que se están quedando vacíos, a trabajar en el campo. Es que esta juventud de hoy ya no respeta nada, ni la propiedad privada. ¡Como los comunistas, igualitos!

—Goyo, por favor, que no te oiga Telvina decir eso.

—¿Cómo me va a oír si está con el niño en Madrid?

—Ay, es verdad, ¡qué cabeza tengo! De todas formas, deja de cantarme el telediario, que me distraes y pierdo la cuenta.

Juan Gregorio farfulló algo que Manuela no entendió y después se quedó en silencio.

Cuando por fin consiguió cuadrar el mes se lo hizo saber a su marido, pero él no le respondió. «Ya se ha quedado dormido», dijo para sí. «Y luego lo negará, como siempre».

Manuela se levantó para recoger y, al mirar de reojo, se dio cuenta de que algo iba mal. Juan Gregorio tenía los ojos abiertos y el rictus torcido. Los papeles se le cayeron de las manos y, dando un grito, corrió hacia él. Lo zarandeó y la cabeza cayó hacia un lado. Todavía estaba caliente, pero un frío gélido invadió el salón. Manuela empezó a temblar y se abrazó al cuerpo de su marido llorando desconsoladamente. Estuvo así más de una hora. Cuando consiguió ponerse en pie llamó a Alexandra. Incluso antes que a Gorio y a Telva.

La autopsia no dejó lugar a dudas: había muerto de un ataque al corazón.

Juan Gregorio se fue sin compartir con Manuela la causa de la desazón que lo acompañaba desde el verano. Se obsesionó con el cáncer rosa del que hablaba la prensa cuando Rock Hudson, el galán de Hollywood referente de toda una generación y suyo propio, símbolo de la masculinidad más elegante y admirado por igual por hombres y mujeres, hizo público que era homosexual y que estaba muy enfermo de sida. Cuando Gorio llegó a Gijón en agosto para las vacaciones de verano, su padre lo notó muy delgado. Demasiado. Además de haber perdido peso, estaba demacrado.

También Manuela se percató de ello, pero no le dio tanta importancia.

—Hijo mío —le dijo—, ¡qué flaco estás!

—Demasiado trabajo. Mi nombramiento como magistrado de la Audiencia Nacional se hará oficial este otoño, pero el proceso ha sido largo y duro. Necesito unos días de buena comida, aire del mar y un poco de sol del de aquí, del que calienta y no quema.

—El aire del mar está garantizado, de la buena comida me ocupo yo, y lo del sol espero que sí porque ha hecho un mes de julio estupendo, pero ya sabes cómo es de caprichoso el tiempo en el Cantábrico.

—De eso nada, que tú estás de vacaciones. Vamos a pasar la semana los cuatro comiendo por ahí. Iremos de excursión a Villaviciosa, a Luarca, a Cudillero y a Llanes, ¿qué os parece? Seguro que, con tanto trajín, todavía no le habéis enseñado a Telvina ninguno de esos rincones.

Manuela iba a protestar diciendo que solo hacía dos semanas que habían visitado Covadonga los tres cuando Juan Gregorio interrumpió la conversación.

—¿Qué quieres decir con la semana?

—Este año no puedo quedarme más. Debo volver a Madrid. —Al ver que su padre torcía el gesto, añadió—: Papá, que vas a tener un hijo magistrado de la Audiencia Nacional. ¿A qué viene esa cara? ¿Es que no te alegras?

—¡Cómo no voy a alegrarme, hijo mío! Es un sueño, un orgullo y te lo mereces más que ninguno.

—Pues no sé a qué esperas para darme un abrazo.

Juan Gregorio abrazó a su hijo dándole unas palmadas en la espalda y ocultó la preocupación que lo reconcomía mientras consolaba a Manuela por la decepción de tenerlo tan poco tiempo con ellos.

De primeras, Juan Gregorio no quiso angustiar a Manuela y se guardó para sí la congoja que sentía solo de pensar que podían perder a su hijo a consecuencia de aquella terrible enfermedad. Sabiendo lo que sabían de Gorio, y si el mismísimo Rock Hudson la había pillado, «¿quién que anduviera en semejantes perversiones podía librarse?», se preguntaba una y otra vez. En cambio, cuando en el mes de octubre la noticia de la muerte del famoso actor de Hollywood conmocionó al mundo, pasó varios días buscando la forma de compartir con Manuela sus sospechas sobre la salud de Gorio. Sabía que si a su hijo le sucedía algo, su esposa no le perdonaría jamás habérselas ocultado, pero su corazón, herido de muerte por el primer infarto, no le permitió vivir para contárselo.

SÉPTIMA PARTE

La abuela

1985-1998

28

La primera decisión que tomó Manuela al quedarse viuda fue la de incinerar a su marido, a pesar de que la Iglesia no aprobaba semejante práctica: «Te prometo, Goyo, que buscaré el momento adecuado para dejarte descansar en tierra sagrada, pero ahora mismo no soy capaz de meterte bajo tierra para que te coman los gusanos porque todavía te necesito a mi lado. No te preocupes, que me he informado con el cura de San Juan y, aunque ha intentado convencerme de que no te incinere, me aseguró que Dios no va a culparte a ti por una decisión que es solo mía».

Manuela colocó las cenizas en el salón sobre el sillón favorito de su marido, enfrente de la tele y, a la vez, cerca de la ventana, desde donde pudiera ver la calle, para horror de Telva, que no logró que cambiara de idea.

—No puedes dejarlo ahí —le dijo Gorio—. Es muy macabro. Nadie querrá venir a verte.

—Pues que no vengan.

—Telvina, por favor, díselo tú —le pidió a su hermana al ver que él no conseguía nada.

—Como si a mí me hiciera caso. Déjala, ¿no ves lo triste que está? Cuando se recupere un poco, ya hablaremos con ella.

Así, Juan Gregorio, en contra de los dictados de la Iglesia, se quedó en casa, en su sillón favorito, del que solo se movía unos minutos una vez a la semana para que quitaran el polvo, porque Manuela no veía nada tétrico en que Goyo estuviera sentado cómodamente en su casa enfrente de la tele. Así podía hablar con él y consultarle cada decisión que tomaba, aunque después, como siempre, hiciera lo que ella consideraba oportuno.

La segunda resolución de Manuela fue venderle la parte del bufete de Juan Gregorio a Clara Bousoño.

Telva aplaudió su decisión, tal como esperaba, pero ella también quería contar con el beneplácito de Gorio.

—Espero que te parezca bien, hijo, porque es lo que quiero hacer —le planteó—. Tu padre estuvo meses dándole vueltas sin vendérselo a otro porque tenía dudas, pero no sobre la capacidad de Clara. Si en vez de Clara hubiera sido Pepe, habría cerrado el trato el primer día.

—Ten en cuenta que en esta vida ser brillante no es lo único que importa. Esa mujer, por muy lista que sea, no lo va a tener fácil en los juicios y sé de lo que hablo. Además, es una imprudente, se mete en demandas poco convenientes contra enemigos fuertes y, si le haces cosquillas al león dormido, terminas llevándote un zarpazo. En el mundo se llega más lejos con contactos y relaciones que con la inteligencia y, si a ella le cierran las puertas, que se las cerrarán, no triunfará y será el despacho el que pague las consecuencias.

—Es que no quiero ser yo precisamente la que le cierre la primera de esas puertas de las que hablas.

—Consúltalo con la almohada y, si esa es tu voluntad, yo la acataré. Mi única condición es que, si al final te decides, quiero deshacerme del porcentaje que papá me dejó en el testamento. Sé que él deseaba que me lo quedara, pero si esta mujer fracasa, como creo que lo hará, dentro de un tiempo esa participación no valdrá nada y, por lo que sé de ella, es posible que incluso antes se meta con alguien poderoso y me cause problemas en mi carrera hacia el Tribunal Supremo. Así eres libre de venderlo a quien tú consideres, y si eliges a Clara Bousoño me parecerá bien, su dinero es tan bueno como cualquier otro, pero yo prefiero no tener nada que ver con ella. Ni comparto su filosofía ni quiero ver mi nombre envuelto en sus asuntos.

—Cada día te pareces más a tu padre —le respondió su madre y, por primera vez, no era un halago.

A Manuela no le gustó la condición de Gorio. Juan Gregorio había insistido mucho en que su apellido continuara en el despacho, así que lo negoció con Clara, que no puso ninguna objeción. De todas formas, ella pretendía conservar el apellido Covián junto con el suyo, tal como Alonso, su padre, habría querido, y era un trato más que justo a cambio de quedarse, tras la renuncia de Gorio, con el cincuenta y uno por ciento.

«El apellido permanece, Goyo, y en un lugar de honor», le explicó Manuela a la urna con las cenizas de su marido, «pero no de la forma en la que tú querías porque Gorio ha renunciado a su participación. Es lo mejor que he podido conseguir. Tu hijo se ha obcecado en no formar parte del nuevo rumbo del despacho. Espero que estés contento porque yo estoy convencida de haber tomado la decisión correcta, y creo que entenderás que, como ocurre con casi todo en la vida, aunque suceda lo que deseamos, suele tomar derroteros diferentes a los que habíamos previsto. Y ahora escúchame bien, que tengo un peso muy gordo aquí en el pecho, que si no te lo cuento y me lo saco, reviento. Espero que no te enfades mucho conmigo, no porque lo que voy a confesarte no sea grave, sino porque lo hice por ignorancia, no con mala intención, y porque confío en que, cuando llegamos al cielo, nuestra ira se convierta en perdón y tú solo tengas ya para mí amor y compasión».

Para cuando llegó la respuesta de los abogados a la consulta planteada por Alexandra sobre el asunto de Elías, Manuela ya se lo había confesado todo a las cenizas de Juan Gregorio. A sus hijos no tenía pensado contarles nada porque, al parecer, era muy difícil que aquello tuviera consecuencias legales y lo único que podía provocar era dolor.

Entretanto, Gorio achacaba su cansancio y la pérdida de peso que cada día le devolvían la báscula y el espejo a la presión de su nuevo cargo de magistrado en la Audiencia Nacional y al disgusto por el fallecimiento de su padre. Con los tres primeros kilos que bajó se vio muy favorecido, pero con los tres siguientes empezó a preocuparse.

No tenía miedo del virus gay, como lo denominaban los periódicos, porque él mismo tenía sus prejuicios y, como tantos otros, lo asociaba a encuentros sórdidos en baños públicos o en discotecas con cuartos oscuros llenos de fluidos corporales. Desde que la prensa comenzó a informar sobre el sida, Gorio había tomado precauciones, pero según las noticias era tan contagioso que aquellos síntomas le empezaron a quitar el sueño. Tenía claro que él no se jugaría su carrera por hacerse las pruebas porque, en el hipotético caso de que lo hubiera cogido, no tenía cura y nada podía hacer mejor que vivir el momento, que no podía ser más halagüeño. Su nombramiento ya se había hecho oficial y, aunque lamentaba profundamente que su padre no hubiera llegado a verlo, se lo dedicó. «Estés donde estés, te sentirás orgulloso de mí», le dijo al cielo el día que tomó posesión de su nuevo cargo, totalmente ajeno a que Juan Gregorio había muerto conociendo su secreto.

Pocos meses después, los síntomas de su enfermedad se hicieron más visibles. Estaba muy desmejorado, fatigado y no tenía apetito. Se forzaba a comer, pero inmediatamente después sentía el estómago revuelto. La pérdida de peso ya era evidente y suscitó comentarios en la Audiencia.

—Tiene usted mala cara, debería consultar a un médico —le dijo uno de los secretarios judiciales.

Cuando su piel se llenó de manchas rojas de la noche a la mañana, se encerró en casa alegando una gripe estacional, pero después de tres días preso del pánico supo que no podía ocultarse más. No quería morir en soledad, escondido en su apartamento como un perro cobarde.

Fue al médico con terror, él solo, sin avisar siquiera a su madre, haciendo un esfuerzo en cada paso que daba, no porque su cuerpo no le respondiera sino porque se sentía como un condenado a muerte camino del paredón de fusilamiento. Para entonces, estaba convencido de que aquello era sida y que no solo se acababa su vida y su carrera judicial, sino que también su reputación saltaría por los aires y, en vez de ser el orgullo de la familia, se convertiría en su vergüenza.

—Lo siento, papá —murmuró antes de entrar en la consulta.

En el mes de mayo de 1986, mientras Gorio esperaba los resultados de los primeros análisis, la noticia de la explosión de una central nuclear en territorio ucraniano, en la ciudad de Chernóbil, a solo dos horas de Kiev, saltaba a las portadas de la prensa internacional. Telva seguía ávida la información de aquella tragedia que sentía suya y sobre la que llegaban datos confusos. Europa Occidental acusaba a Gorbachov de minimizar los daños y de haber tardado varias semanas en comunicar el accidente. Investigaban la posible contaminación de alimentos y personas en Suecia y en Noruega, y las elucubraciones de cómo podía afectar a otros países se disparaban. Era el tema del momento, como dos meses atrás lo fue el rotundo sí de los españoles en las urnas para permanecer en la OTAN.

De ello precisamente hablaba Telva con su madre cuando sonó el teléfono y sus vidas se volvieron del revés.

Manuela y Telva cogieron el primer Talgo a Madrid tras recibir la llamada del médico de Gorio. Lo habían ingresado en La Paz y su estado era grave.

Cuando llegaron y les comunicaron que estaba en la zona de infecciosos, Manuela se echó a llorar. Desde que había recibido la llamada se temía lo peor, pero no lo compartió con Telva, decidida como estaba a mantener el secreto de su hijo hasta que no tuviera más opción.

No pudieron entrar a verlo porque las visitas a los enfermos de aquella área estaban restringidas. Le estaban haciendo pruebas, pero todavía no tenían los resultados.

Durante dos días y dos noches enteras, Manuela veló en la capilla del hospital.

—Mi hijo, no, por favor; mi hijo, no —le rogaba a Dios—. Ya me quitaste al pequeño Elías nada más nacer, no pude verlo más que unas horas, y después perdí a Telva y estuve años sin saber si estaba viva o muerta. Entiendo que quedarme viuda fue ley de vida y, aunque echo de menos a Goyo cada día y hay noches que me consume la pena, puedo vivir sin él, pero si te llevas a Gorio no seré capaz de soportarlo. No me lo quites. Acepto lo que me envíes, como lo he aceptado siempre, pero no me quites a mi niño.

Telva entró varias veces en la capilla con intención de sacarla de allí pero no consiguió nada, así que la dejó porque la reconfortaba que al menos su madre tuviera un Dios en quien apoyarse para soportar aquel calvario. Manuela solo le pidió que no avisara a nadie, ni siquiera a Alexandra o a Octavia, y, aunque Telva se encontró sola con su propio dolor, acató el deseo de su madre.

Mientras Manuela rezaba y Telva vagaba por el hospital, Gorio respondía con mentiras a preguntas incómodas sobre su vida sexual y repetía hasta la saciedad que no se inyectaba ningún tipo de droga. En eso decía la verdad. Alcohol, tabaco y ocasionalmente cocaína, sí, pero nada más. Fue su cargo en la Audiencia lo que hizo que el personal del hospital anduviera con pies de plomo. Gorio no reconoció su condición sexual ni ante su médico porque tenía mucho miedo a la muerte pero más al escarnio, a la vergüenza pública y a perder todo aquello por lo que había trabajado tanto. Sin embargo, admitió falsamente que pagaba con asiduidad por compañía femenina, la única explicación que mantenía a salvo su prestigio profesional. Que un hombre frecuentara prostitutas, y más estando soltero, no iba a extrañarle a nadie, aunque no fuera de buen gusto hablar de ello.

—Si te lo llevas a él, llévame a mí también —fue el último trato que hizo Manuela con el Altísimo antes de que llegaran los resultados de las pruebas.

A Gorio le diagnosticaron hepatitis B, una enfermedad que se transmitía por las mismas vías del sida e igualmente contagiosa. Era grave pero, a diferencia del sida, no necesariamente mortal.

Manuela se lo agradeció a Dios como si le hubieran dicho que solo era un catarro.

—Si te mueres antes que yo —le advirtió a su hijo cuando le permitieron entrar a verlo—, no te lo perdono ni en toda la eternidad, así que más te vale salir de esta y no volver a darme un susto así en lo que me quede de vida.

Gorio no pudo menos que prometerle que aquello no iba a suceder, sobre todo cuando se dio cuenta de que su madre hacía suya la explicación de cómo había cogido el virus, dispuesta a defenderla ante cualquiera.

—¿Se curará del todo? —le preguntó al médico.

—El tiempo lo dirá, pero hay muchas probabilidades de que sea un enfermo crónico. Ha tenido suerte de no haber pillado otra cosa.

—No sé a qué se refiere.

—Su hijo no tiene sida, pero las vías de contagio de la hepatitis B son exactamente las mismas —le espetó el médico a Manuela, con pocas ganas de decirle lo que ella quería escuchar.

—Mi hijo ya le ha explicado cómo la ha contraído. No es para estar orgulloso de ello, pero hágase a la idea de que es un hombre soltero y no creo que sus debilidades puedan escandalizar a nadie.

—No ponga la mano en el fuego, señora, que se quema —replicó el doctor.

En ese momento Manuela lo hubiera abofeteado con gusto, pero se limitó a mirarlo a los ojos, desafiante.

Gorio permaneció ingresado cuatro semanas, con prescripción de mucho reposo y paciencia para afrontar una larga recuperación, además de una retahíla de instrucciones para no contagiar a nadie.

Cuando le dieron el alta, estaba tan débil que agradeció que su madre y su hermana se instalaran con él. Incluso después de que su madre le cantara las cuarenta.

—Esto te ha ocurrido porque estás aquí solo en Madrid sin una esposa que te cuide —le dijo—. Un hombre como tú necesita una familia, así que ya es hora de que busques una mujer como Dios manda y te cases con ella. Tómate esto que te ha ocurrido como un aviso y no pierdas más el tiempo. Otros no han tenido tanta suerte. Tú tienes una segunda oportunidad, no se te ocurra desperdiciarla.

Él no respondió, pero captó el mensaje.

Gorio era un buen enfermo, tan deseoso de recuperarse que se dejó cuidar sin poner objeciones. En lo único que intervino fue en la discusión sobre cuál de las dos debía quedarse con él mientras la otra iba a Oviedo a dejarlo todo en orden antes de establecerse en Madrid por tiempo indefinido. Manuela no quería dejarlo solo y Telva alegaba que ella no conocía los entresijos del taller como su madre.

—Ve tú, mamá, Telvina tiene razón. Soluciona el papeleo del cierre y de tu jubilación y vuelve. Te prometo que no le daré mucha lata a mi hermana.

—¿Qué hago con Goyo? —preguntó entonces Manuela—. ¿Cómo me lo traigo? Porque no puedo facturarlo.

Telva, a pesar de que tenía muy claro lo que ella haría con Juan Gregorio o con cualquier otro muerto, decidió que era mejor no pronunciarse y dejó que fuera Gorio el que entrara en aquella conversación ya que se trataba de su padre.

—¿No pretenderás traer aquí las cenizas de papá?

—Si estoy dudando es porque sé que a él no le va a apetecer instalarse de nuevo en Madrid. No terminamos muy bien aquí la última vez y, aunque ya hace mucho de aquello, tu padre era muy suyo con esas cosas. Pero tampoco puede quedarse en Oviedo. Lleva más de un mes solo allí y debe echarnos muchísimo de menos.

Gorio hizo ademán de rendirse. Estaba demasiado débil para contradecir a su madre, pero se preguntó a qué edad debía empezar a preocuparse uno por la demencia senil.

—Goyo se vendrá conmigo en el tren, que no abulta mucho —decidió Manuela y, dirigiéndose a Gorio, añadió—: La Singer la facturo en la Renfe porque seguro que tu ropa va a necesitar algún arreglo para ajustarla. A ver cómo la traemos después desde Chamartín hasta aquí. Es que has perdido mucho peso, hijo. Pareces uno de esos niños de Etiopía que salen en la tele, pero sin la barriga hinchada. ¡Pobrecitos míos! ¡Qué pena, qué cruel es este mundo!

Telva abrió los ojos ante el comentario de su madre, que continuó haciendo planes sabedora de que su estancia en Madrid iba para largo. Los médicos les habían advertido que Gorio estaría al menos un año convaleciente y sin poder reincorporarse al trabajo.

—Menos mal que estás aquí con nosotros, hija —le dijo a Telva antes de coger el tren a Oviedo—. No sé qué haríamos en este mal trance sin ti.

Los rumores sobre la enfermedad de Gorio se dispararon enseguida entre sus compañeros de profesión. Se especulaba que tenía el sida, lo que explicaba que ya bien entrado en la cuarentena siguiera soltero. El soltero de oro de los juzgados. Las mujeres eran más reacias a creer tal cosa, pero el estado en el que se encontraba cuando cayó enfermo y la baja médica de larga duración alimentaba todo tipo de conjeturas.

Las habladurías llegaron también al vecindario de Gorio, un edificio señorial y respetable en la zona de Almagro, la misma en la que vivió de niño con sus padres, antes de que la carrera de Goyo en la administración franquista terminará bruscamente. Telva y Manuela no tardaron en notar que, cuando se cruzaban con algún vecino, se apartaba de ellas y rehusaba subir en el ascensor a su lado. Su rellano, el ascensor y el portal apestaban a lejía cada mañana, hasta el día en que a Telva le lloraban tanto los ojos del olor que entraba en la casa que abrió la puerta y se dio cuenta de que su felpudo estaba empapado en amoniaco sin diluir, y se encaró con el portero.

—Seguro que con un poco de Mr. Proper queda igual de limpio. Y, por favor, aparte los felpudos para fregar, que hoy el nuestro está encharcado.

—Yo no hago más que cumplir órdenes.

Telva no comprendió.

—¿A qué se refiere? ¿Los vecinos le han pedido que nos desinfecte el felpudo?

—Qué lo empape hasta que no chupe más.

—¿Solo el nuestro?

El portero asintió altivo.

Al día siguiente encontraron un letrero pegado en la puerta del ascensor de su planta: «Por respeto a la salud de sus vecinos, absténganse de usarlo los infectados de enfermedad contagiosa y sus convivientes. Firmado: La Comunidad».

Manuela se llevó la mano a la boca como si quisiera tapar su propio asombro. Telva lo arrancó para romperlo, pero cambió de opinión.

—Espérame aquí —le dijo a su madre.

Bajó las escaleras corriendo y cuando llegó al primero llamó a la puerta del presidente de la comunidad.

Fue su esposa quien abrió. Él no se encontraba en casa.

—Soy Telva Fernández Baizán, la hermana del magistrado Juan Gregorio Covián Baizán, su vecino del tercero.

—Sé perfectamente quién es usted, ¿qué quiere?

—¿Se puede saber qué significa esto? ¿Por qué la han tomado con nosotros?

—Nadie la toma con ustedes. Es natural que los vecinos se preocupen por su seguridad y la de sus familias. Yo misma me estoy poniendo en riesgo ahora mismo hablando con usted. Tenemos hijos y es nuestro deber protegerlos.

—¿Es que se ha vuelto loca? ¿Protegerlos de qué?

—No se haga la tonta. Del sida ¿de qué si no? Su hermano pone en peligro a toda la comunidad y este, señora, es un edificio de familias de bien.

—Mi hermano no tiene sida, tiene hepatitis.

La presidenta calló por un momento.

—Ya —dijo al fin—, supongo que eso es lo que dirán todos. En cualquier caso, les rogamos que se abstengan de usar el ascensor. Y, por favor, no vuelva a presentarse en mi casa.

Sin darle opción a réplica, le cerró la puerta en las narices.

Telva rompió el cartel en pedazos y los tiró al suelo, en el descansillo de la presidenta, antes de subir indignada a buscar a su madre.

—¿Sida? ¿En serio? ¡Qué mala y mezquina es la gente! Todo el mundo está aterrorizado a cuenta de esa enfermedad de los gais, como los llaman ahora, y es para estarlo porque parece que cualquiera puede cogerlo, ¡pero mira que esparcir el rumor de que lo tiene Gorio! —le decía mientras se dirigían al mercado.

En ese momento atribuyó el silencio de su madre a la impresión sufrida, pero después de varios días en los que Manuela llevaba ideadas más de mil crueles venganzas contra la presidenta de la comunidad sin decidirse a ejecutar ninguna ni plantarle cara, Telva empezó a sospechar. Sobre todo cuando a su madre se le escapó un «como si esto no pudiera tocarle a cualquier familia decente».

—¿Te refieres a la hepatitis? —preguntó Telva, suspicaz.

Manuela la miró como si hubiera sido pillada en falta.

—Claro, hija, ¿a qué me voy a referir si no?

El domingo por la mañana, Manuela dejó a sus hijos solos, como cada domingo y fiesta de guardar, para ir a misa, y Gorio, animado por los más de veinte grados del mediodía, salió al balcón a leer y a que le diera el sol, tal como había recomendado el médico para que perdiera el color amarillento.

Telva lo ayudó a acomodarse y después aprovechó la ausencia de su madre para revisar la habitación de Gorio. Levantó sus sospechas una de las puertas del armario del vestidor porque era la única que tenía cerradura. No le costó localizar la llave porque su hermano dejaba siempre el llavero junto con la cartera en el primer cajón de su mesilla. Encontró el arsenal de Gorio: numerosas cintas de video cuyas carátulas eran lo suficientemente explícitas para deducir el contenido, postales de hombres desnudos y varios ejemplares de la revista *Party*, que mostraban a hombres atractivos en la portada. En una reconoció a Miguel Bosé, el cantante que la tenía encandilada con su «Amante bandido». Los anuncios de las páginas interiores le aclararon cualquier resto de duda: «Hombre musculoso, 35 años, 1,78, ojos castaños. Deseo que me escriban hombres de 25 a 45 años, solventes, viriles y delgados, para contacto íntimo». En cada número había algún anuncio marcado con un rotulador rojo.

Telva dejó las revistas donde estaban y fue a encerrarse en la habitación que compartía con Manuela. Necesitaba pensar y quería estar sola.

Cuando su madre llegó a casa encontró a Gorio en la terraza muerto de frío. Lo ayudó a entrar y a acostarse y después llamó a la puerta del cuarto de Telva para reclamarle que no hubiera estado pendiente de su hermano.

—Dime la verdad, ¿Gorio tiene sida? —le espetó Telva antes de que ella pudiera decir nada.

Manuela entró rápidamente y cerró la puerta para que su hijo no pudiera oírlas.

—Tiene hepatitis. B, pero hepatitis, ya escuchaste al médico.

—En realidad, yo no hablé con el doctor. Júrame por lo que más quieras que Gorio no tiene sida, porque he descubierto unas revistas en su armario que les dan la razón a los vecinos.

Manuela se puso muy seria.

—Te juro por vosotros, lo que más quiero en el mundo, que tu hermano no lo tiene. Los vecinos no son más que unos cotillas marrulleros. Hay gente muy mezquina, que aprovecha los malos momentos de los demás para atacarlos, sobre todo cuando, como en el caso de tu hermano, les tienen envidia. Por eso lo que has visto en su armario, allí debe quedarse, ¿entendido? Ni una palabra a nadie. Ni siquiera a él.

—¡Claro! Vamos a proteger al niño mimado de todo. ¿No te das cuenta de que no lo necesita? Él puede ser marica, pero le basta con ocultarlo para estar en la Audiencia Nacional. En cambio yo, como soy mujer y eso no se puede ocultar, da igual que sea ingeniera porque solo puedo aspirar a trabajar de cajera en el Simago y dar las gracias por que allí contraten a mujeres mayores. ¿Qué mierda de sociedad es esta?

—Pues la que nos ha tocado, hija, pero tu hermano no tiene la culpa.

—No la tiene, pero se aprovecha de ello.

—¿Es que tú no harías lo mismo? ¿O sería mejor que lo persiguieran por lo que es? ¡Es tu hermano! Ten un poco de compasión, que bastante tiene él encima. Que a él le destrocen la vida no te va a solucionar los problemas a ti.

Telva calló porque no podía quitarle la razón a su madre.

—¿Por qué me lo has ocultado? ¿No merecía saberlo y ser yo quien decidiera si ponerme o no en riesgo por él?

—No hay más riesgo que el que ya conoces. Te repito que no tiene sida, y no te lo dije porque no quería que cambiara la imagen que tienes de él. Se parece mucho a su padre y confío en que finalmente hará lo que tiene que hacer.

—¿Goyo lo sabía?

Manuela asintió.

—¿Y no dijo nada? ¿Se limitó a callar? No me lo puedo creer, eso era totalmente impropio de él. Despreciaba a los maricones. Era todavía más homófobo que machista, que ya es decir.

—Goyo ladraba mucho y no mordía nada. Él calló como callaremos nosotras, y haz el favor de no volver a llamar a tu hermano así. Fue él quien decidió no decirle nada a Gorio y no le resultó fácil, nada fácil. Pasó los últimos años de su vida rumiándolo. ¿Y sabes por qué lo hizo? Porque, por encima de cualquier principio que tuviera, era un buen padre y no quería perder a su hijo, como yo no quiero perderlo ahora. Gorio es igualito a él, le importa su reputación, su imagen pública y su carrera por encima de todo. Si se hubiera enterado de lo que sabíamos, habría sentido vergüenza de sí mismo y, al final, ¿sabes qué habría ocurrido? Que lo habríamos perdido, ¿lo entiendes? Aunque no se lo hubiéramos echado en cara, Gorio no habría podido soportar que su padre conociera su secreto ni sentir que lo había decepcionado. Habría terminado por alejarse de nosotros. Es horrible lo que voy a decirte, pero doy gracias a Dios por que Goyo ya no esté aquí para vivir esto, porque no hayan tenido que plantarle cara ni él ni Gorio a este asunto.

Telva reflexionó unos momentos.

—No vuelvas a mentirme porque te juro que...

No terminó la frase. En ese momento fue consciente de que ni siquiera podía amenazar con irse. Después de toda una vida trabajando y brillando en lo suyo, en España se había convertido en una cincuentona que no tendría donde caerse muerta si no fuera por su madre. Lo único que había logrado desde su vuelta era aprender a confeccionar sombreros.

—¡Maldita vida, maldita política, malditos todos! —gritó.

Aquella noche, Manuela prefirió darle espacio y durmió en el sofá del salón. A la mañana siguiente, su hija se levantó sin intención alguna de continuar la conversación y actuó como si nada hubiera sucedido. Después de una noche de vigilia dándole vueltas decidió confiar en su madre y aceptar a su hermano tal cual era, igual que ellos nunca le habían reprochado nada a ella, porque asumió que en eso consistía ser una familia, pero no por ello dejó de estar dolida por haber sido excluida de aquel secreto familiar y no se molestó en disimular su malestar con Gorio.

La tensión era tan evidente que Manuela andaba con pies de plomo para que no saltara la chispa que hiciera explotar la situación. No quería que sus hijos pudieran decirse cosas en caliente que no tuvieran vida bastante para olvidar. Centró su desasosiego en un enemigo común: la presidenta de la comunidad. La tomó con ella de tal manera que Telva y, sobre todo, Gorio empezaron a temer que cometiera alguna tontería y quedaran en evidencia, aunque nada más lejos de las intenciones de Manuela, que mientras tenía a sus hijos entretenidos preocupándose por ella y por sus malos propósitos con los vecinos del primero, evitaba que se enzarzaran en una discusión de la que todos saldrían malparados.

Fue el propio Gorio quien, al domingo siguiente, cuando volvieron a quedarse solos a la hora en que Manuela acudió a misa, decidió hablar sin tapujos con su hermana. La relación entre ellos, siempre cómplice y cercana desde que se conocieron tres décadas atrás, se había enrarecido hasta resultar incómoda y supo que no le quedaba otra que sincerarse con ella si quería que las dos únicas personas que estaban de su lado en el peor momento de su vida continuaran allí. Si Telva y él terminaban mal, no solo la perdería a ella sino que pondría a su madre en una situación tan complicada que le era imposible predecir el desenlace.

Le pidió a Telva que lo acompañara al salón y abordó el tema sin rodeos.

—La hepatitis B se contrae principalmente por contacto sexual —le dijo—, y así ha sido en mi caso.

—Ya sé que ahora figuras en los registros hospitalarios como un putero —respondió sarcástica.

—Yo no he cogido la hepatitis por andar con prostitutas. De hecho, no he estado jamás con una. Hace muchos años que no me acuesto con ninguna mujer.

Gorio le sostuvo la mirada y ella se la aguantó. No esperaba semejante confesión, y no sabía qué decir.

—Sé que lo sabes. Entre el cuarto de invitados y el mío hay una rejilla de ventilación. Nunca la he sellado porque como vivo solo no es un problema —dijo al ver que ella se había quedado sin palabras—. Es evidente que estás cabreada conmigo. Si no quieres estar aquí, vuelve a Oviedo, te ayudaré a buscar una buena excusa ante mamá. No necesito que nadie sienta pena por mí.

—Así que es eso. ¿Quieres que me vaya? Eres un soberbio que no agradeces nada de lo que hacen por ti porque te crees el rey del mambo, el merecedor de todo.

Gorio se mordió la lengua.

—Yo no quiero que te vayas, pero tampoco que te sientas obligada a quedarte aquí si estás a disgusto. Por eso soy sincero contigo, y no creas que me resulta fácil, pero ahora mismo no sé si lo que te molesta es mi enfermedad y las circunstancias en las que la he contraído o que, a pesar de eso, mi madre esté a mi lado sin un solo reproche.

—¡Lo que me faltaba! ¿Te crees que a mí me importa que seas marica? ¿O que te tengo celos? Ya bastante penitencia tienes en esta sociedad que te ha tocado vivir. Estoy aquí para cuidarte y lo hago porque quiero, porque eres mi hermano y ahora mismo no puedes estar solo, pero eres tan orgulloso que ni por esas eres capaz de confiar en mí. Caminas por encima de las aguas hinchado por tu posición de magistrado y no entiendes que yo no soy tu enfermera, aunque me trates como tal. Soy tu hermana, pero parece que no te he dado confianza suficiente para que me lo contaras hasta ahora que te has visto obligado porque, como no te fías de nadie, piensas que voy... ¿a qué?, ¿a escandalizarme, a salir corriendo, a delatarte? No he podido elegir apoyarte en este trance porque no me diste la oportunidad. Como si yo fuera a proclamarlo a los cuatro vientos o a huir despavorida.

Gorio tardó unos instantes en procesar las palabras de su hermana y, al responder, rebajó el tono.

—Siento haberte hecho sentir así, es posible que a veces peque de orgulloso, pero entenderás que durante toda mi vida no me ha quedado más remedio que protegerme y pelear más que nadie por lo que quiero. Esta era una parte de mi intimidad que pretendía llevarme a la tumba. Seguro que tú también guardas cosas para ti que no deseas compartir con nadie. En mi caso hay un agravante, porque mi situación no hace tantos años me habría llevado a la cárcel, donde hubiera sufrido palizas y vejaciones, y ahora mismo terminaría con mi carrera en cuestión de minutos.

Telva también se tomó un momento para reflexionar sobre las palabras de su hermano. No estaba dispuesta a ponérselo fácil, pero tampoco quería dar un paso en falso en aquella conversación, consciente de que podía reforzar o dar al traste para siempre con su relación.

—La situación de los homosexuales en Rusia no era mucho mejor —dijo al fin—. Y en la Cuba ilusionada por el triunfo de la Revolución que yo conocí también se les consideraba escoria, perseguidos por el Che y despreciados por Castro.

—Vaya vida interesante que has tenido, hermana. A veces se me olvida.

—Interesante para contarla y dura para vivirla. No solo tú has sufrido. Al menos tú eres magistrado, tal como querías, y el hijo de un reputado abogado. En cambio, yo allí era ingeniera y aquí solo soy la hija rusa y solterona de una sombrerera. Si alguien podía comprender por lo que estás pasando era yo. Entiendo que no me lo contaras antes, pero cuando te pusiste enfermo y vine aquí para quedarme contigo, habría sido el momento de hacerlo. Pensaba que era parte de una familia que formábamos los tres, pero me siento excluida. Mamá y tú me habéis dejado al margen.

—Eso no es así. Yo estaba convencido de que lo mío era un secreto. No consigo pegar ojo desde que os escuché la semana pasada, no dejo de pensar que mi padre lo sabía y calló para que yo no sintiera vergüenza delante de él. Ahora tengo que vivir con esto.

Telva se apiadó de él.

—Gracias, hermano, por ser honesto conmigo. Ya llevo bastante mal que nadie me tome en serio profesionalmente en este país como para sentirme también ninguneada por mi familia.

—A mí no se me da bien dar las gracias, pero te aseguro que aprecio muchísimo contar contigo en esta situación. Por eso te pido que no le digas nada a mamá, no quiero que sepa que escuché vuestra conversación. No quiero tratar este tema con ella, no abiertamente.

Telva accedió porque entendía que si él no quería hablar con su madre, ella no era quién para entrometerse. Aunque fueran hermanos y Manuela la madre de ambos, la relación entre cada hijo y su madre era única, íntima y privada.

—¿Qué harás ahora? —le preguntó—. Si los vecinos comentan, supongo que no serán los únicos.

—Haré lo único que puedo hacer para cerrarles la boca. No voy a permitir que arruinen todo por lo que llevo trabajando toda mi vida. Mientras tanto, por favor, no respondáis a los ataques. Controla a mamá, que está a punto de quemarle la casa al presidente de la comunidad. Estoy temiendo que un día se encuentren en el portal y, aunque agradezco que salgáis en mi defensa, lo último que me conviene es que les deis un altavoz.

Gorio anunció su compromiso junto con la reincorporación a su puesto en la Audiencia Nacional. Lo hizo fuerte y enérgico porque entre Manuela, Telva, los médicos y la providencia lograron que la hepatitis no se le cronificara.

Se prometió con Marina, una abogada que había pospuesto la búsqueda de marido y la maternidad para desarrollar una carrera profesional brillante. Lo que no consiguió fue retrasar el reloj biológico y, cuando se vio en el tiempo de descuento, ya no encontraba a un hombre con el que formar un hogar y tener hijos. Todos estaban casados, y los que no, o no eran hombres de familia o carecían del sentido de la responsabilidad necesario para atenderla. Como otras en su misma situación, se había fijado en Gorio y no tuvo dudas en mostrarle su interés, sin éxito alguno. Por eso cuando Gorio la llamó, meses antes de volver al trabajo, pensó que el susto con la salud le había hecho sentar la cabeza y que ella era la afortunada, pero él la sacó de su error enseguida. Las condiciones de Gorio para casarse con ella la hicieron darse cuenta de que el soltero de oro en realidad era de pirita, pero Marina no estaba para andarse con exigencias y aceptó el que consideró un buen acuerdo, como habría hecho en cualquier asunto legal. Ella quería hijos, un buen padre para ellos y una convivencia basada en el respeto. Gorio le prometió las tres cosas a cambio de un matrimonio intachable para toda la vida y un espacio propio de libertad.

No celebraron pedida ni despedida de soltero, solo una cena familiar a la que invitaron, además de a Telva, a Manuela y a su futura suegra, a Octavia y a Alexandra con sus maridos. Justos pero suficientes para dotar al momento de respetabilidad y naturalidad.

«El matrimonio Espinosa de Guzmán, acompañado de su hija y su yerno, Miguel Martínez-Trenor, que esperan su segundo hijo, se reunieron el sábado pasado en el popular restaurante El Buda Feliz para celebrar el compromiso del magistrado de la Audiencia Nacional don Gregorio Covián Baizán y la abogada Marina Acosta Torres, socia del despacho Ardiles Acosta e hija del prestigioso abogado don Francisco Acosta, ya fallecido. Lejos de los círculos empresariales y legales, disfrutaron en la intimidad de los platos de la cocina del Lejano Oriente y brindaron por los futuros esposos», rezaba la nota de prensa.

Gorio eligió el lugar estratégicamente porque quería huir de la solemnidad. Después de los rumores que circulaban sobre él, cuanto más bombo le diera al compromiso, más podrían sospechar que estaba intentando tapar algo. Una celebración privada, familiar y desenfadada le daba a su enlace con Marina la credibilidad que quería conseguir. La presencia de Jacobo Espinosa de Guzmán y de Miguel Martínez-Trenor, marqués de Armayor, le aportaba respetabilidad y la garantía de salir en la prensa.

El Buda Feliz era un restaurante que había causado furor en los setenta por servir platos de cocina china tradicional, una gastronomía desconocida para la mayoría y que se había convertido en un referente en Madrid.

—Todo allí es delicioso —dijo Gorio cuando les contó a su madre y a su hermana cuál era el restaurante elegido—. ¿Sabéis que la alta cocina china compite con la francesa por el primer puesto de la gastronomía mundial?

—La española no se queda atrás —protestó Manuela.

—Ni la soviética —añadió Telvina.

—Luego te quejas de que te llamen «la rusa» —la pinchó Gorio—. Valoradla vosotras mismas. Cuando probéis sus delicias, podréis opinar.

El local tenía un ambiente elegante y acogedor, con suelo de moqueta oscura y mesas de madera color caoba. Los camareros, de rasgos orientales, sonreían a los clientes y desplegaban modales imperiales.

Les asignaron una mesa giratoria que los tuvo entretenidos toda la velada.

—¿Se han olvidado del pan? —preguntó Manuela a la madre de la novia, que también parecía estar buscándolo.

—En China no comen con pan —les explicaron Gorio y

Marina—, sino con arroz. Y en vez de vino beberemos té. Abrid la mente y probad. Os adelanto que después pediremos licor de lagarto. Hay un lagarto de verdad en cada botella.

—Pues queridos —intervino Alexandra—, no seré yo quien lo pruebe, me niego a tomar nada que lleve dentro un bicho muerto.

La comida fue más divertida que apreciada, excepto por Telva, a quien le gustó especialmente.

—Es que mi hija está acostumbrada a la gastronomía internacional —le explicó Manuela a su futura consuegra.

Con licor de lagarto para los más atrevidos y *baijiu*, un espirituoso parecido al orujo, para el resto, brindaron por la recuperación de Gorio, por su buen gusto en la elección de la novia, por la boda y por el nuevo bebé que Octavia y Miguel estaban esperando.

—Porque los siguientes en aumentar la familia seáis vosotros —les desearon a los prometidos, y Gorio y Marina sonrieron dando a entender que entraba en sus planes.

Al día siguiente, Manuela, Telva y las cenizas de Juan Gregorio regresaron a Oviedo.

—Hogar, dulce hogar, Goyo —le dijo a la urna cuando la colocó de nuevo en su sillón—. ¡Qué orgulloso estarías de tu hijo! Si lo hubieras visto en el restaurante chino... estaba como pez en el agua. Eso sí, menos mal que tú no fuiste porque los chinos comen sin pan. Pero lo importante es que Gorio está sano y se casa con una gran abogada de buena familia, ¿quién sabe si no tendremos hasta nietos?

—¿Estás hablando sola, mamá?

—No, hija, estaba diciendo que Goyo no hubiera disfrutado con la cena.

—Ha sido una elección curiosa, ¿verdad? Imaginaba que harían una pedida de esas por todo lo alto.

—Y con un menú más tradicional. A Goyo no le gustaba comer sin pan. «Con pan y vino se anda el camino», decía.

—Goyo era un tiquismiquis, y además siempre tenía a mano las palabras de su tío el canónigo para justificar sus manías.

—Tampoco te cebes con él, que se portó muy bien contigo.

—Y le estoy agradecida. Más aún porque yo nunca le caí bien, pero se esforzó por disimularlo para que la convivencia fuera agradable. No era mala persona, pero no puedes negar que era un maniático.

—Un poco sí —accedió Manuela.

Gorio se casó unos meses después de su vuelta al trabajo y Telva y Manuela regresaron a Madrid para el enlace.

La celebración fue elegante y exclusiva. En plenos bulevares, en la iglesia del antiguo Colegio de Areneros, sede de la universidad de los jesuitas donde habían estudiado tanto Marina, en las primeras promociones de mujeres, como sus hermanos. Un domingo a mediodía. A Marina la llevó al altar su hermano mayor. A Gorio, Manuela, que iba elegantísima, vestida de Yves Saint Laurent con una pamela a juego que, por el efecto que causó entre los asistentes, compensó los casi tres meses que tardó en confeccionarla con una seda que se enganchaba solo con mirarla. Después de la ceremonia, banquete en el Ritz.

Aquel día, Manuela echó mucho de menos a su marido. «Ya está casado, Goyo, ¡por fin! Y pretenden hacernos abuelos. Cómo me gustaría que estuvieras aquí para compartir esta alegría conmigo».

A petición de Marina, tras el vals de los novios sonó la inconfundible melodía del «A quién le importa» de Alaska y Dinarama, que puso fin a las tradiciones nupciales e invitó a los asistentes a entrar en la pista de baile. Como en toda boda, era la señal para que los fotógrafos se retirasen y diera inicio la parte más privada de la fiesta, que debía prolongarse hasta la madrugada.

—Te veo feliz, hijo mío. Estoy muy contenta —le dijo a Gorio cuando la sacó a bailar.

—Una vez elegido el camino, más vale disfrutarlo, cueste lo que cueste.

—Has tomado la decisión correcta.

—Correcta o no, he elegido la mejor opción a mi alcance y te aseguro que voy a sacarle partido. Quiero llegar al Tribunal Supremo y estoy dispuesto a hacer lo que sea necesario para conseguirlo.

—¡Qué orgulloso estaría tu padre de ti!

—¿Y tú no? ¡Verás lo que vas a presumir en Oviedo! —bromeó.

—De ti siempre, hijo, hasta en los peores momentos, pero no me des tantas vueltas que me mareo.

Telva estaba a punto de retirarse cuando Marina, su cuñada, insistió en presentarle a uno de los invitados. Era un estadounidense de poco más de treinta años que trabajaba en la matriz de una empresa de maquinaria agrícola. En ese momento residía en España porque estaba a cargo de un proyecto de ampliación y renovación de la filial española, que suponía, entre otras cosas, la contratación de personal especializado. Querían modernizar y expandir la marca con la implantación de una estrategia empresarial visionaria y buscaban ideas diferentes. Tras una desenfadada entrevista a modo de conversación mientras brindaban por los novios, el americano, al que los prejuicios profesionales que imperaban en España le eran ajenos, citó a Telva en las oficinas de la compañía unos días después.

Con una mezcla a partes iguales de nervios e ilusión, Telva se presentó el día acordado en la Vía de las Dos Castillas de Pozuelo de Alarcón, una zona de edificios de oficinas. Vestía un traje gris marengo de chaqueta y pantalón que compró con su madre en una tienda cercana a la Gran Vía. La recibió el estadounidense que había conocido en la boda junto con otro compañero, también americano.

Aquel día realizó varios test de personalidad y una entrevista técnica. Al preguntarle por su nivel de inglés, tuvo que admitir que ninguno, y pensó que no iban a llamarla, así que cuando a la mañana siguiente volvieron a citarla para entrevistarse con recursos humanos, saltó de alegría y fue corriendo a contárselo a su madre. Ampliaron su estancia en Madrid unos días más y empezó entonces el cuento de la lechera.

—¿Te mudarías conmigo a Madrid? —le preguntó a su madre.

—Pues claro —respondió Manuela, convencida—. Con el taller cerrado y vosotros dos aquí, ¿qué pinto yo en Oviedo?

Para cuando le comunicaron que había pasado a la selección final, ya habían elegido incluso la zona en la que vivirían. Acudió eufórica a la última entrevista. Según le habían dicho, era un mero trámite con el director general de la filial española porque la decisión estaba en manos de los estadounidenses y ellos ya se habían comprometido con ella.

El director, un hombre de unos cincuenta años, con gafas de montura dorada, americana azul marino, pantalón beis y la sonrisa altiva del que se siente orgulloso de su posición, la hizo pasar a su despacho, una amplia habitación con una gran mesa de madera oscura y un sillón de cuero negro de respaldo alto en un lado y un sofá con dos sillones sobre una alfombra persa en el otro. Le ofreció asiento en el sofá y él ocupó uno de los sillones.

—Mire —le dijo con una sonrisa de superioridad—, yo no quiero hacerle perder el tiempo, así que le voy a ser franco: no es usted el perfil que busco.

Telva se quedó helada.

—¿A qué se refiere? Los consultores me dijeron que el puesto era mío, que esta entrevista era un mero trámite.

—Ya, los americanos. Siento decirle que hay un malentendido porque ellos no deciden, aquí mando yo. No es que tenga nada contra usted, simplemente no es lo que busco. Me siento más cómodo con otro tipo de candidato.

—¿Por qué? Si ni siquiera me conoce. ¿Qué busca usted en su candidato ideal para saber ya que yo no lo tengo?

—Busco un ingeniero similar a mí, con el que entenderme fácilmente, para que se convierta en mi mano derecha.

Telva creyó comprender, pero quiso asegurarse.

—¿Un hombre?

—Entre otras cosas, pero sí, eso también.

—Entonces ¿se puede saber qué pinto aquí? ¿Por qué me han hecho perder el tiempo?

—Lo ignoro. Eso tendrá que preguntárselo usted a los que la han invitado a venir. Yo la he recibido por mera cortesía. Espero que después de esto no me traigan más candidatos que no respondan al perfil.

Telva se levantó y salió de allí sin mirar atrás, pero cuando estaba esperando el ascensor aparecieron los dos americanos con la cara desencajada y una retahíla de disculpas incoherentes.

—¡Váyanse a la mierda! —les soltó Telva antes de entrar en el ascensor y pulsar el botón de cerrar las puertas.

29

Tras la boda de Gorio y la decepción sufrida con la empresa de maquinaria agrícola, Telva cayó en la apatía. Estaban de vuelta en Oviedo, pero ya no tenían el taller, ni siquiera las clases de confección de sombreros en la academia de Águeda, y ella, aunque se sentía todavía joven y útil, no hallaba forma de demostrarlo. Pasó unos meses deprimida, sumida en la autocompasión y analizando su existencia sin acabar de encontrarle sentido. Sus logros eran profesionales y, sin ellos, se sentía despojada de su valía, como si su etapa en España, que consideraba la definitiva, no tuviera nada que ofrecerle. Ni siquiera tenía el desahogo de practicar algún deporte, como había hecho en la Unión Soviética desde niña. Nunca había destacado en nada, pero sí había competido en atletismo y jugado al baloncesto; en Oviedo, las mujeres de su generación ni hacían ni habían hecho deporte, más allá del tenis, al que ella no sabía jugar, y estaba restringido a las clases más altas porque se practicaba en clubes privados. No tenía intención de hacer amigas, no se le daba bien. En cambio, le hubiera gustado buscar consuelo ocasional en brazos de algún hombre y tampoco eso parecía tarea sencilla. Además, aquella indeseable inactividad sumada a la revolución hormonal que experimentaba su cuerpo en pleno climaterio la había hecho engordar varios kilos que la hacían sentir incómoda en su propia piel.

Ninguno de los intentos de Manuela por animarla causó el menor efecto.

—Todos venimos al mundo con una misión, aunque no sepamos cuál es. ¿Qué habría sido de Octavia si tú no llegas a estar allí para rescatarla cuando murió su madre? —llegó a decirle.

—Eso fue hace mucho tiempo.

—¿Y tú qué sabes lo que está por venir?

Pero a Telva los argumentos de su madre no la sacaban de aquella inercia de desidia en la que había caído, y Manuela perdió el sueño al verla tan triste, preocupada por si enfermaba o lo que más temía: que decidiera volver a Rusia.

Fue entonces cuando Telva recibió una nueva e inesperada oferta de trabajo. Aunque no estaba al nivel del puesto para el que se había postulado en Madrid y ni siquiera era algo fijo, al menos en un primer momento, suponía colegiarse y firmar proyectos. Un constructor local necesitaba un ingeniero que diseñara y certificara la instalación eléctrica de los edificios que su empresa levantaba, desde promociones de viviendas hasta naves en polígonos industriales y, ocasionalmente, edificios de oficinas. No era una gran constructora, pero sí una empresa solvente y sólida.

Recibió la llamada una mañana de primavera del año 1989, pocos días después de que Gorbachov visitara a Fidel Castro en La Habana, mientras el telón de acero se desmoronaba en Europa: tras esa visita, el mundo fue testigo de que el vínculo ideológico que un día unió a ambos países había quedado atrás. Las noticias sobre la política internacional provocaban en Telva añoranza de tiempos pasados, no porque hubieran sido mejores sino porque el mundo como ella lo conocía empezaba a desaparecer y eso la hacía sentir aún más desubicada. Con tal estado anímico y después de la frustrante experiencia con el director de la empresa de maquinaria agrícola, Telva se mostró reticente y desconfiada con la entrevista para la que la citaron, tanto que dudó si presentarse. Fue su madre quien la convenció.

—No juzgues a todos por el comportamiento de aquel soberbio con el que te encontraste en Madrid. No todos los empresarios son iguales.

—¿Por qué me llama precisamente a mí?

—Pues no sé, hija, pero con la cantidad de currículums que has enviado, ya era hora de que alguien te llamara.

Tras una corta charla, en la que Telva se mostró poco entusiasmada porque no quería llevarse un nuevo chasco, y el dueño de la empresa manifestó más curiosidad por la vida en Rusia y en Cuba que interés profesional por los proyectos en los que había participado, le ofreció su primer contrato.

Telva dudó, lo revisó múltiples veces y, al final, firmó.

Aunque era poco dada a exteriorizar las penas y las alegrías, Manuela la notó eufórica cuando llegó a casa porque no paraba de hablar.

—Son proyectos independientes entre sí, no es un trabajo de jornada completa al uso, pero es mucho más de lo que tengo y parece que construyen entre dos y tres edificios al año —le explicó—. No supondrá mucho dinero porque son pocos proyectos, pero por fin podré contribuir a la casa.

—¿Ves, hija, ves? —dijo Manuela dándole un abrazo—. Todo tiene arreglo menos la muerte. Vas a trabajar de ingeniera como tú te mereces.

—No me estarán engañando, ¿verdad?

—¡Qué engañar ni qué engañar! Tienes trabajo. Por fin lo has conseguido.

—¿Tú no tendrás nada que ver en esto? —preguntó, sospechando por primera vez.

—Yo a ese señor no lo conozco de nada.

—¿Seguro? Es que la explicación de cómo ha llegado a mí fue muy vaga y, teniendo la facultad en Gijón, en Asturias hay muchos ingenieros industriales.

—Pues todavía mejor que hayas sido tú la elegida. Puedes sentirte orgullosa.

Telva no las tenía todas consigo, pero estaba tan entusiasmada que no quiso indagar más. Prefirió ponerse manos a la obra con su primer encargo: el cableado eléctrico de un edificio de cuatro pisos más el ático, dos viviendas por planta, que iban a construir en Oviedo.

Dos días después, Manuela apareció en el despacho Covián Bousoño Ayala Galán y preguntó por Clara Bousoño.

—No es que pretenda pagarte el favor con unos *carbayones*, ni mucho menos —le dijo entregándole una caja con una docena de los pasteles más representativos de la ciudad—. Solo quiero darte las gracias en persona. Telva nunca ha estado tan contenta desde que llegó.

—No hay favor alguno. El que sale ganando es mi cliente, porque estoy segura de que no va a encontrar a otro ingeniero más fiable, formal y trabajador que Telva. Ha salido tarifando con el que tenía después de descubrir que lo estaba estafando con el material, y además me debe una muy gorda. Lo hemos librado de una demanda millonaria y la consiguiente mala prensa que podía haberlo arruinado. No te voy a negar que él cree que me ha devuelto el favor contratando a una mujer que lleva años sin trabajar y cuya única experiencia laboral fue en Rusia, y ni siquiera es demostrable, pero estoy segura de que pronto me estará agradecido por recomendarle a Telva. Y, querida Manuela, si he podido hacerlo es porque tú me vendiste el despacho. Sé perfectamente que Juan Gregorio no fue capaz de decidirse a elegirme a mí y, después de su muerte, ni siquiera Gorio apoyó tu decisión, y mucho menos mis socios.

—¿Cómo te va con ellos? ¿Te están dando mucha lata?

Clara esbozó una sonrisa torcida.

—Toda la que pueden, pero contaba con ello. Si no me necesitaran, ya me habrían arrojado a las fieras. Por eso me encargo de que tengan bien presente que si me la juegan, saldrán perdiendo.

Sin clientas que atender y con Telva concentrada en que su primer proyecto en España fuera perfecto, fue Manuela la que empezó a aburrirse. Pudo retomar las clases de sombreros en el taller de Águeda, pero eso solo le ocupaba las mañanas de los viernes, así que pasaba más tiempo que nunca sentada en el sofá, en la esquina más cercana al sillón donde descansaban las cenizas de Juan Gregorio, charlando con su marido muerto.

—¡Qué aburrimiento, Goyo! —le decía a la urna—. Sin ti, sin el taller y con Telva trabajando, solo me queda esperar que Gorio me dé pronto nietos. ¡Qué ganas tengo de ser abuela!

Manuela dedicó la primavera a pasear, a visitar tiendas de telas y a confeccionar más vestidos de los que a ella y a Telva les daba tiempo a estrenar, solo para matar el tiempo. Incluso se ofreció a ayudar a Águeda si tenía algún pico de trabajo. En verano se animó con la llegada a Gijón de Alexandra y Octavia, que se presentó con la pequeña Leonor y el bebé, Miguel, al que llamaban Miki, un apelativo muy moderno que a ella no le gustó nada, pero cuando llegó septiembre y regresaron a Madrid, ella volvió a sentirse sola.

El día en que se enteró de que doña Palmira, una mujer mayor a la que había vestido durante décadas, se encontraba enferma no dudo en visitarla, aunque nunca había tenido especial afinidad con ella por su inclinación al cotilleo. Doña Palmira había sufrido un ictus y había perdido la movilidad de la parte derecha del cuerpo. Acostumbrada a ser un miembro activo de la vida social ovetense, la mujer estaba deprimida al verse encerrada en casa y deseosa de que sus conocidas fueran a verla, así que Manuela, armada con una bandeja de princesitas, acudió a hacerle compañía. Doña Palmira estaba tan contenta de tener a alguien con quien hablar que la visita se alargó hasta la hora de cenar. Charlaron de todo un poco, desde el derribo del Muro de Berlín por una multitud de pacíficos ciudadanos alemanes hasta de los tiempos de la posguerra en España cuarenta años atrás.

—¡Son casi las nueve! —exclamó Manuela cuando se dio cuenta de la hora—. Seguro que Telvina se preocupa.

—Ay, Manuela, ¡cuánto bien me has hecho! Ha pasado la tarde volando. Se me hacen muy largos los días. Mi hija solo puede venir los fines de semana y la mujer que me saca a dar un paseo por las mañanas es buena y alegre, me cuenta cosas de su país, de Perú, pero ¿para qué me voy a engañar? Sus historias se me hacen ajenas. La mitad son desgracias y la otra mitad no la entiendo porque habla un español diferente. Al principio recibía muchas visitas, pero la gente se cansa, no tiene tiempo, y en cambio a mí se me pasa muy lento. Ya no aguanto ni la televisión.

Manuela la miró compasiva y, después de prometerle que volvería al mes siguiente, salió apurada por la hora. Llevaba fuera desde las cuatro y no había avisado a su hija.

A pesar de estar en el centro neurálgico de la ciudad, el Campo San Francisco era un parque frondoso y lleno de rincones tranquilos, salpicado de bancos estratégicamente situados para proporcionar descanso a los jubilados que, después del paseo matutino, se sentaban a conversar o a leer el periódico por las mañanas. Por la tarde, en cambio, se llenaban de madres dando la merienda a sus hijos a la salida del colegio y, un poco más tarde, de parejas de enamorados buscando estar solos. Todos hacían frente común para protestar por las jeringuillas que los yonquis dejaban tiradas cada noche. Precisamente por la presencia de aquellos individuos, muchos ovetenses evitaban cruzarlo en solitario una vez que oscurecía y, sobre todo, prevenían a sus hijos para que dieran un rodeo por las calles que lo bordeaban, mucho más iluminadas y más transitadas. Por precaución. Porque cada poco tiempo saltaba la noticia de que habían atracado a algún adolescente amenazándolo con una jeringuilla usada, infectada de sida según decían, y le habían robado las cien o doscientas pesetas que aquel día llevara encima. Manuela, como la mayoría de los de su generación, ni siquiera dudó en atravesar el Campo San Francisco aunque ya hacía rato que había oscurecido. Después de las penurias de la guerra y la posguerra, más las tragedias propias de cualquier vida, que unos chavales, que habiendo tenido de todo, que no habían sufrido hambre ni escasez ni bombardeos, decidieran dejarse la vida en un banco del parque les causaba asombro e incomprensión, pero no suponía para ellos una gran amenaza.

Por eso, cuando un hombre que no llegaría a los veinticinco, enclenque, sin varios dientes, el pelo grasiento, la piel grisácea y la carne consumida por la heroína, le salió al paso, jeringuilla en mano, exigiéndole «todo lo que lleve en la cartera», aunque se puso muy nerviosa, sintió más pena que miedo.

—Rapidito —la apremió con voz ronca—, que estoy con el mono.

Cuando Manuela se negó a darle el dinero, el yonqui la miró con ojos vidriosos y la amagó con la jeringuilla, agitándola amenazante.

—¿A qué espera? Que la pincho, ¿eh? Que tengo el sida.

Ante la mención del sida, Manuela se acordó de Gorio y, con el susto en el cuerpo, echó la mano al bolso para entregarle las tres mil pesetas que llevaba en la cartera. Mientras la buscaba, nerviosa, él volvió a hacer ademán de clavársela y la apremió:

—Deme de una puta vez la puñetera pasta o le meto la jeringuilla por el coño, ¡cojones ya! —gritó.

En ese momento, Manuela pensó en la madre de aquel chaval y le subió tal rabia por el pecho que, en vez de entregarle el dinero, la emprendió a bolsazos con él. Mientras el atracador, aturdido, intentaba zafarse torpemente, ella lo increpaba. «¿Cuántos años tienes? ¡Con lo bonita que es la vida y tú te la estás perdiendo!», le gritaba. «Mira lo que te estás haciendo, te estás destrozando. ¡Pobre madre tuya! Eres un inconsciente y un desagradecido. ¡Lo que sufrirá viéndote así! ¿Acaso piensas en ella? ¡Desgraciado, sinvergüenza, mal hijo!».

El hombre echó a correr camino abajo y Manuela lo persiguió hasta que perdió la respiración al tiempo que le volvía la cordura, y de la misma impresión tuvo que apoyarse en un árbol porque temió desplomarse si no se sujetaba. Cuando recuperó el equilibrio y el corazón volvió a latir a un ritmo razonable, comenzó a caminar hacia el paseo de los Álamos, la alameda que delimitaba el parque con la avenida principal de la ciudad, mientras se reprochaba lo temerario de su reacción, reviviendo la escena una y otra vez en su cabeza. «Ay, Dios mío, ¡qué imprudencia! Si me llega a pinchar y me contagia el sida, ¿cómo se lo hubiera explicado a Gorio y a Telva?», se repetía una y otra vez.

Encontró el paseo de los Álamos también desierto y apretó el paso para alcanzar la calle, deseosa de llegar a casa. Ni siquiera se planteó ir a la comisaría a denunciar lo ocurrido. No le había robado nada y el daño ya estaba hecho. Aunque consiguieran detenerlo, no estaría más que unas horas en el calabozo y de ahí de nuevo a la calle a continuar malviviendo como esclavo de la droga. El hombrecito verde de uno de los semáforos que marcaba el final del parque parpadeaba y Manuela echó a correr para cruzar antes de que se pusiera en rojo. Al mismo tiempo, un conductor que circulaba rápido y un poco achispado, al ver que estaba a punto de ponerse en verde para él, en vez de detenerse, continuó su marcha sin reducir la velocidad. Cuando se dio cuenta de que una mujer cruzaba corriendo, no le dio tiempo a frenar. El coche arrolló a Manuela, que voló por encima de la carrocería antes de impactar contra el suelo. Escuchó sus propios huesos crujir, notó un terrible dolor y después todo fue confusión: los conductores que se detuvieron para socorrerla, las sirenas de la policía y el trayecto en ambulancia.

Telva llevaba más de dos horas esperándola para cenar, preguntándose cada vez más inquieta dónde se habría metido su madre, cuando recibió la llamada de la policía.

Al llegar a Urgencias, los médicos de guardia le comunicaron que su madre tenía fracturados el tobillo, el cúbito y la cadera del lado derecho, pero que no veían signos de conmoción. Entraba en aquel momento en quirófano para que le reconstruyeran el tobillo a base de tornillos quirúrgicos.

Había tenido mucha suerte, según le dijeron después los policías que acudieron al lugar del atropello. La salvó que, antes de caer al suelo, había aterrizado sobre el maletero del Seat Málaga que la arrolló y, gracias a eso, la cabeza no había recibido ningún golpe fatal. El conductor que la atropelló venía de tomar unos vinos con sus compañeros de trabajo, como tenían por costumbre hacer dos o tres veces por semana antes de volver a casa; así daban tiempo a sus mujeres para prepararles la cena después de bañar y acostar a los niños. Dio una tasa de alcohol en sangre de 0,75, por debajo del límite legal de 0,8 que dictaba la DGT. Aunque lo hubiera superado, no era un delito tipificado en el Código Penal.

El atropello le costó a Manuela más de un mes de hospital y un año de rehabilitación, además de unos dolores recurrentes para el resto de su vida cada vez que cambiaba el tiempo, bajaba una cuesta o subía varios tramos de escalera. Alexandra la acompañó durante toda la recuperación. Se encargó de hablar con los médicos, de buscar los mejores fisioterapeutas y de que no faltase ni un solo día a sus sesiones. También de que se alimentase de forma sana y adecuada a las circunstancias, e incluso de que una peluquera acudiera cada dos semanas a teñirle las canas durante el tiempo que estuvo imposibilitada para ir a la peluquería. El accidente de Manuela fue la excusa que le permitió huir de su propia casa, después de que una demanda de paternidad interpuesta contra Jacobo cayera sobre su familia como una bomba nuclear. Aparentemente todo seguía en pie, pero la realidad detrás de aquella pantalla de normalidad era muy distinta.

Se enteraron por la propia dirección de la revista a la que la madre del supuesto hijo de Jacobo vendió la exclusiva, veinticuatro horas antes de que llegara a los puntos de venta. Se trataba de un semanario de mucho prestigio en el mercado editorial y, aunque no les dieron opción de parar la noticia, querían prevenirlos. La noticia era demasiado jugosa para no publicarla y, de todas formas, era cuestión de tiempo que se difundiera porque la demanda ya estaba interpuesta, pero no querían enfrentarse a los Espinosa de Guzmán. Incluso les enviaron una copia de las declaraciones que aquella mujer había presentado en el juzgado, antes de que les llegara unas semanas después por vía judicial.

Tras la equiparación de derechos entre los hijos concebidos dentro y fuera del matrimonio y la disponibilidad de pruebas de ADN, las reclamaciones de paternidad contra hombres con una posición económica holgada se habían multiplicado, muchas ciertas, algunas no, y la prensa rosa se hacía eco de cada una de ellas, aunque de unas más que de otras. La estrella del papel cuché eran las vicisitudes del joven torero Manuel Díaz el Cordobés, que buscaba el reconocimiento de paternidad del que, a la vista del parecido físico, nadie dudaba que era efectivamente su padre: Manuel Benítez, también torero, también el Cordobés.

Octavia se puso del lado de Jacobo desde el mismo momento en que recibió la noticia, se indignó contra aquella intrusa que pretendía sacar tajada sin importarle la reputación de su familia y le reprochó a su madre la tibieza con la que esta se lo tomó. Instó a su padre a que se hiciera la prueba de ADN y pusiera fin a las habladurías, no porque fuera una ingenua, sino porque no contemplaba la posibilidad de que se hubiera dejado atrapar así. En cambio, la conversación entre Alexandra y Jacobo se desarrolló en términos diferentes. No hubo rodeos ni dramas. Alexandra lo abordó de la forma más práctica y su marido no dudó en responderle con sinceridad. No discutieron sobre la infidelidad porque la dieron por cierta, incluso por justificada, pero sí sobre la forma de proceder.

—Una prueba de ADN —planteó Alexandra—, ¿podría darle la razón a esa mujer?

—No estoy seguro.

—Entonces no debes hacértela.

—Yo no lo veo así.

—Si es negativa, asunto terminado, pero ¿y si es positiva?

—Prefiero saberlo.

—Eso es justamente lo que me preocupa, que prefieras hacer saltar por los aires nuestra familia reconociendo a un hijo, ya adulto, que vendría a desplazar a Octavia de sus derechos como única heredera legítima, arruinaría nuestra reputación y me dejaría a mí a la altura del betún. ¿Qué razones tienes para ello? ¿Es que esa mujer fue tu amante?

—¡Por supuesto que no! Nunca te habría hecho algo así. Es una señorita de compañía. De uno de los locales que frecuentaba antes de cederle el testigo a Miguel. Bien sabes dónde se cierran los tratos y cómo se celebran porque nunca te lo he ocultado.

—¿Una prostituta? —preguntó ignorando las últimas palabras de su marido.

Jacobo asintió.

—Pensé que esos locales eran muy cuidadosos con su personal. No creo que a la clientela que reciben le siente bien que las chicas se queden embarazadas. Pondrían en jaque a lo mejor de la sociedad, ¿o es que la veías fuera de allí?

—Jamás.

—Entonces esto no es más que una charada. ¿Qué probabilidad hay de que el hijo de esa mujer sea tuyo? Se habrá acostado con miles de hombres.

—No tantos. No en la fecha en que se quedó embarazada, quiero decir.

—Aun así, es imposible que sepa que es tuyo.

—Seguramente, pero es innegable que ese chaval se parece a mí. Y a mi padre.

—Lo único innegable es que cada uno ve lo que quiere ver.

—¿Crees que yo quería que sucediera esto?

—Creo que en el fondo deseas tener un hijo, un varón, que sea sangre de tu sangre, y por alguna razón ella lo sabe o lo ha adivinado y busca aprovecharse. O simplemente, como solo tienes una hija, que es evidente que es adoptada, le has parecido una presa fácil.

—Entonces el resultado será negativo y todos nos quedaremos tranquilos.

—Habla por ti, porque si te sometes a esa prueba yo no voy a quedarme a esperar el resultado. Solo con hacértela ya nos demuestras lo poco que te importamos. ¿Qué más da el resultado si tú ya has elegido? En cualquier caso, destrozarías nuestra familia. Si es positivo, no toleraré mansa y sumisa que desplaces a Octavia de tus prioridades ni que me desprecies en público aceptando el fruto de tu infidelidad con otra mujer. Si es negativo, no soportaré tu decepción por lo que para nosotras será una buena noticia, ni saber que habrías estado dispuesto a humillarnos y a faltarnos al respeto reconociendo públicamente a ese joven como hijo tuyo.

—¿No lo entiendes, Alexandra? Si es hijo mío, necesito saberlo.

—Ese es precisamente el problema, que estás deseando que sea tuyo. Y si lo es, ¿qué? —Alexandra rio exasperada—. ¿Le hacemos un lugar en nuestra familia? Porque yo no estoy dispuesta.

—Si es así, nos enfrentaremos a ello juntos. Como siempre hemos hecho.

—No mientas. No lo haremos juntos. Te conozco bien y tú ya tienes clara tu decisión. Solo me consultas para mostrar consideración hacia mí. Finges que me haces parte de esto, cuando la realidad es que tú ya has decidido que te someterás a la prueba de ADN.

—Lo más probable es que sea negativa.

—Pero estás dispuesto a sacrificarme a mí por la remota posibilidad de que no lo sea.

Jacobo no fue capaz de desmentir a su mujer.

—Si quieres conservarme, no te la hagas. La ley no te obliga.

—No me eches ese órdago, querida.

—Ya te lo he echado. Y no voy de farol. Si te haces la prueba, en ningún caso estaré a tu lado. Tú decides: o tu mujer o la posibilidad, según tú remota, de que ese joven sea hijo tuyo.

Para cuando llegaron los resultados negativos de la prueba de ADN, el matrimonio ya vivía cada uno por su lado. Ni siquiera se plantearon divorciarse.

—Seremos discretos —le explicaron a Octavia cuando le comunicaron que iban a separarse—. Como dicen las malas lenguas bien informadas que hacen don Juan Carlos y doña Sofía. No salpicará tu reputación ni la de tu marido. Si ellos pueden, nosotros también porque, aunque no contemos con el blindaje de la prensa, somos mucho menos interesantes para la opinión pública.

A Octavia, convencida de que la decepción de su madre era por la infidelidad de su padre y no por la traición que había supuesto que se prestara a hacerse la prueba de ADN, le costó entender que Alexandra continuara en sus trece después de que la ciencia confirmara que aquel joven no era hijo de su padre y el buen nombre de la familia se mantuviera intacto tras el revuelo. Solo se trataba de una prostituta de uno de los locales que ahora frecuentaba su propio esposo, donde coincidía con la cúpula del mundo empresarial madrileño. No era como si la hubiera engañado con una querida.

El accidente de Manuela le proporcionó a Alexandra la excusa perfecta para trasladarse a Asturias sin más presión sobre la fecha de vuelta que la que Octavia ejercía por teléfono a diario, y los fines de semana, cuando regresaba a Madrid para estar con sus nietos.

—Vuelve con papá, por favor —le pidió su hija en incontables ocasiones—. No lo veo bien desde que no estás con él. Está como ido, se olvida de las cosas más tontas y se irrita por todo. Cada vez peor. Ayer incluso despidió a Antonio.

—¿El chófer?

—Menos mal que lleva treinta años con nosotros y pude convencerlo de que solo había sido un arrebato. Él también se ha dado cuenta de que papá no está bien. No sabe vivir sin ti.

—Si quiere algo de mí que me llame, que yo no le he llamado, pero él tampoco a mí.

—Es orgulloso y está muy dolido contigo.

—Pues si lo que le pasa es que está cabreado, yo más. Que se aguante como hacemos todos.

Alexandra se instaló en Gijón, pero acudía a Oviedo cada día para acompañar a Manuela a su sesión de rehabilitación diaria y, según avanzaba en su recuperación, ya solo dos o tres veces por semana. La recogía en casa con su coche, la llevaba al hospital y, entre esperas y sesiones, pasaban la mañana allí. No solía avisar al chófer para que la llevara de vuelta a Gijón hasta última hora de la tarde.

La presencia de Alexandra supuso un alivio para Telva porque, dedicada como estaba en cuerpo y alma a su trabajo, de no ser por ella, habría tenido que sacrificarlo para atender a su madre.

—No le ves el pelo —comentaba Alexandra con Manuela.

—¡Y que lo digas! Se suponía que iba a trabajar la mayor parte del tiempo desde casa. Empezó recibiendo encargos de proyectos de un constructor, un cliente de Clara, la hija de Amelia, pero eso no se lo digas a ella que no lo sabe.

—Ya veo, ya —entendió Alexandra.

—Ni una palabra a Telva, ¿eh? El caso es que ni siquiera era a jornada completa y sé de buena tinta que el hombre tenía reticencias con ella, pero lo ha hecho tan bien que le ha encargado todos los proyectos en curso y futuros y ahora no descansa. Recorre toda Asturias a cuenta de las obras. Ya ves que no para en casa más que para dormir. A mí no me parece que eso sea sano, pero está tan contenta que no me atrevo a decir ni mu. Ya sabes lo mal que lo pasó los primeros años en España por no poder ejercer. En cambio, ahora hasta se ha apuntado a un gimnasio porque dice que en Rusia ella hacía deporte y lo necesita para liberar el estrés. Va a clases de aerobic y no sé qué más, *step* o algo así me ha dicho, ¡fíjate tú! Hasta he pensado si no será que se ha echado un novio y por eso pasa tanto tiempo fuera. Aunque a mí me daría igual. Ya ves, con la edad que tiene, ¿qué le iba a decir yo? Siempre que sea un buen hombre, claro.

—Pues eso digo yo, que como no es ninguna niña y está muy ocupada con sus asuntos, dejémosla en paz. ¿Qué te parece si tú y yo nos vamos para Gijón? —propuso Alexandra—. Allí estaremos muy cómodas y tú ya solo tienes que acudir al hospital dos mañanas por semana. Telva puede pasar los fines de semana contigo en Gijón mientras yo me voy a Madrid a ver a Octavia y a los niños, y así te aseguras de que al menos el sábado y el domingo no trabaja, que si sigue así le va a dar algo.

—Me siento culpable por retenerte aquí, ¿no deberías volver a Madrid con Jacobo?

—De momento, eso no entra en mis planes.

Manuela se instaló en la casa de Alexandra en Gijón mientras, con los huesos ya soldados, recuperaba la movilidad a base de esfuerzo y dolores. Una noche, las dos veían atentas y divertidas en Televisión Española el programa *Hablemos de sexo* en el que la doctora Elena Ochoa hablaba púdica y recatadamente sobre temas relacionados con la sexualidad, para indignación de una buena parte de la sociedad que consideraba aquello una desvergüenza. Entrevistaban a personalidades relevantes y a gente de la calle, que cada día ponían en evidencia que, a pesar de llevar más de una década en democracia, España estaba todavía sumida en los prejuicios sexuales impuestos por la dictadura. Esa noche trataban, entre otras cosas, de la satisfacción sexual de las mujeres, con una prudencia que no evitó que Alexandra y Manuela fueran mucho más allá de lo que allí contaban.

Ambas escuchaban con interés, Manuela incluso un poco cohibida porque hacía mucho que no hablaba con Alexandra de aquellos temas. Desde que eran unas chiquillas, y entonces lo hacían con la inocencia propia de la ignorancia y la inexperiencia.

—¿Sabes? Yo nunca he tenido un orgasmo con Jacobo —soltó Alexandra para sorpresa de Manuela, que sintió que la sangre le subía a las mejillas.

—¿Nunca has...? —preguntó procurando aparentar naturalidad.

—Con él, no.

Manuela no pidió más explicaciones, ocupada como estaba intentando no ponerse colorada y abordar el tema con la misma espontaneidad que su amiga.

—¿A él no le importaba?

—Dudo que lo supiera. Nunca me preguntó. Al principio éramos inexpertos, sobre todo yo, y pronto se convirtió en una obligación porque queríamos tener hijos y no llegaban. Concebir era nuestra prioridad, y cuando aceptamos que no podríamos ser padres, habían pasado tantos años que nuestra relación se había convertido en costumbre. Además... —Alexandra vaciló—. ¿Puedo confesarte un secreto íntimo?

Manuela no se imaginaba qué podría revelar su amiga que fuera aún más íntimo que lo que acababa de contarle, pero se esforzó por parecer una mujer moderna y asintió acercándose a ella, que continuó hablando en voz baja aunque no hubiera nadie más en la casa para escucharla.

—Yo gemía mucho cuando lo hacía él —dijo en un susurro—, pero en realidad era por acompañarlo. Y él parecía satisfecho.

Ante semejante declaración, Manuela se acordó de su primer matrimonio y se sobrepuso a la vergüenza.

—Te entiendo requetebién porque yo hacía lo mismo con Elías, aunque yo entonces no sabía que eso era fingir. Pensaba que aquello era el placer, porque Elías tenía muchas cosas malas pero era muy dulce conmigo, así que no me planteé si me estaba perdiendo algo.

—¿Y tú no...?

—¡Qué va!

—¿Porque era pecado o algo así?

Manuela se encogió de hombros.

—En realidad no se me ocurrió. Eso del pecado se lo decían los curas a los niños, que se quedarían ciegos si se tocaban o que irían al infierno, pero a las niñas ni siquiera nos lo mencionaban. Supongo que no consideraban la posibilidad de que nosotras también pudiéramos sentir placer, mucho menos solas. Y eso es justamente lo que me sucedía a mí, que estaba convencida de que lo que teníamos Elías y yo era todo lo que daba de sí la intimidad, pero no me malinterpretes porque era bonito. Hasta que me acosté con Goyo, claro. Ahí me di cuenta de que lo de Elías no era lo mismo. Con Goyo todo eran fuegos artificiales. Y él sabía que no podía resistirme. Claro que él tampoco a mí.

Manuela se emocionó al recordar a su marido y Alexandra esbozó un gesto divertido.

—¡Hay que ver con Goyo, que ni muerto deja de sorprenderme! Consiguió engañarnos a todos a base de tanto mentar a Dios y a su tío el canónigo.

—¡Qué obsesión con aquel hombre! Yo no llegué a conocerlo siquiera. Ay, mi Goyo. Lo echo mucho de menos.

—Sin ánimo de comparar, yo también a Jacobo. Me ha traicionado anteponiendo su deseo irracional de ser el padre de un desconocido a nuestra familia. Ahora siento que algo se ha roto entre nosotros y no sé si podremos recuperarlo. El Jacobo del que estoy enamorada no es el mismo que el que me espera, si es que lo hace, en Madrid.

—Nos tenemos la una a la otra. Como al principio.

—Y a los hijos, pero no es lo mismo. Para ellos siempre seremos sus madres.

—Se morirían si nos escucharan hablar de orgasmos —dijo Manuela con una risilla floja—. A nuestra edad. ¡Si es que somos unas desvergonzadas!

Las dos amigas rieron y continuaron charlando con la misma complicidad que cuando eran adolescentes.

—¿Sabes qué deberíamos hacer tú y yo? ¡Un viaje! —propuso Alexandra.

—¿Un viaje de qué tipo? ¿A Benidorm con el IMSERSO o algo así? No sé si me veo bailando en una discoteca de esas de viejos como salía el otro día en la tele.

El gesto de Alexandra le dejó claro a Manuela que no se refería a eso.

—Seguro que hay algún lugar del mundo que te gustaría conocer. Quizá Moscú, por lo de Telva.

Entonces fue la expresión de Manuela la que cambió.

—Rusia es el último lugar al que quiero ir. Sé más de ese país de lo que me hubiera gustado. Por un lado, les estoy muy agradecida por acoger y sacar adelante a mi hija, y por haberle dado una carrera universitaria a la que aquí no habría podido acceder, pero no puedo olvidar lo mucho que los odié cuando volvieron todos los niños de Francia, de Bélgica o de México que, como Telva, salieron de España durante la guerra, y los de Rusia se quedaron allí. Porque Stalin no quiso devolvérselos a

Franco. Pero no era Franco quien los quería. Éramos sus madres. A nosotras nos torturaron, nos condenaron a vivir sin ellos. Por un pulso entre dos dictadores a los que no les importaba nada más que demostrar su poder.

A Manuela todavía se le llenaban los ojos de lágrimas cuando pensaba en aquellos años.

—No sé por qué he propuesto Rusia. No quería ponerte triste.

—¿Qué culpa tendrás tú? Venga, explícame eso del viaje. ¿Qué habías pensado?

—Un viaje para disfrutar tú y yo. Sin obligaciones, sin preocupaciones y sin dar explicaciones a nadie. Quizá a Egipto. O a Turquía. Dicen que Estambul es maravillosa y no la conozco. En realidad, me da igual. Elige tú el destino que más te apetezca. Lo importante es ir solas.

—¿No estamos muy mayores para eso?

—Seguramente sí. Por eso debemos hacerlo cuanto antes, porque mañana seremos aún más viejas. Es ahora o nunca.

—Me parece una locura. Tengo la pierna llena de tornillos.

Alexandra suspiró.

—Tienes razón. Es una locura.

Manuela se quedó un poco abatida.

—¿Sabes? Siempre quise ir a París. Goyo y yo solo salimos de España para hacer aquel crucero en los setenta y, aunque entonces nos prometimos conocer mundo y viajar cada verano, entre unas cosas y otras, y que ni Goyo ni yo hablábamos francés, lo fuimos dejando porque creíamos que cuando nos jubilásemos tendríamos todo el tiempo disponible para viajar, pero ya ves que no era cierto. Goyo se fue y nunca llegamos a conocer París, ni Londres ni todos los destinos que nos habíamos imaginado.

—Yo hablo francés y París está a menos de tres horas de avión.

—Quizá podríamos subir a lo alto de la torre Eiffel —se ilusionó Manuela—. En ascensor, claro, y también montarnos en la noria. Eso puedo hacerlo.

—A la primera planta. De la torre Eiffel, quiero decir. El último tramo está cerrado y al segundo no llega el ascensor. Subir supone más de media hora de escaleras. Y la noria es famosa por ser el lugar donde los enamorados... Ya sabes. Los jóvenes de hoy ya no esperan al matrimonio. No tienen los reparos con los que nos educaron a nosotras. En cambio tienen anticonceptivos. Y yo me alegro por ellos, ¡quién fuera joven en estos tiempos!

—Espero que no lo desees para tener intimidad con hombres en una noria, ¡qué horror!

—¿Por qué no?

Manuela miró sorprendida a su amiga por lo que acababa de escuchar, pero prefirió no hacer comentarios al respecto y centrarse en planificar su visita a París.

—Subiremos solo a la primera planta de la torre Eiffel —dijo—, y para la noria nos llevaremos unos pañuelos de papel y un poco de alcohol para limpiar el asiento. Por precaución. Seguro que no somos las únicas que lo hacen.

—Entonces ¿tenemos un plan? ¿Nos vamos de viaje tú y yo? —preguntó Alexandra.

—Vamos a ver qué nos dicen los chicos.

—Eso sí que no. ¡Que digan misa! Ellos no tienen opinión en esto. Ah, y vamos a ir solas, que te conozco y eres capaz de... Me callo que no quiero darte ideas, pero eso sí que no es negociable, ¿entendido?

Alexandra no tenía necesidad de preocuparse porque los hijos de Manuela estaban ocupados viviendo sus propias vidas y no mostraron ningún interés en acompañarlas.

Mientras los españoles se posicionaban a favor o en contra de la campaña publicitaria más polémica de la historia del país, la del «Póntelo. Pónselo», con la que el gobierno animaba a los jóvenes a usar el preservativo para evitar enfermedades de transmisión sexual y embarazos no deseados, Gorio y su esposa intentaban tener hijos propios sin conseguirlo.

Telva, por su parte, estaba tan dedicada a su trabajo que se limitó a aconsejarle a su madre que bajara un poco el ritmo, porque la perspectiva del viaje supuso tal acicate para Manuela que, deseosa de recuperarse del todo, se esforzó al máximo en la rehabilitación pautada y la completó con sesiones privadas de fisioterapia. No hubo paciente más entregada ni obediente que ella.

—Mamá —llegó a decirle Telva—, quizá pasarse tampoco sea bueno.

—Si los futbolistas se recuperan en poco tiempo de las lesiones, ¿por qué yo no?

—Quizá el hecho de que tengan cincuenta años menos que tú influya.

—¡Pues eso digo yo! Que como no tengo toda la vida por delante, tengo que darme prisa.

Telva dio a su madre por imposible, consciente de que, en su situación, ella posiblemente habría hecho lo mismo.

El día que por fin Manuela estuvo lista para viajar a París, llamó a su hijo para contárselo, pero él estaba muy serio y la despachó enseguida.

—¿Tú crees que es prudente? ¿A tu edad? ¿Después de lo que has pasado tras el accidente? —le respondió bastante seco.

Manuela colgó el teléfono un poco chafada, pero enseguida se repuso. «Pues, hijo mío, si no te gusta, que te den, porque yo me voy con Alexandra a París. Hay muchas cosas de las que tú haces que a mí no me gustan y me callo», pensó, sin imaginar siquiera que el malestar de Gorio nada tenía que ver con ella.

Freddie Mercury había muerto, cuarenta y ocho horas después del comunicado que anunciaba que estaba enfermo de sida. Para entonces, los rumores sobre Gorio hacía mucho que habían pasado a la historia. Lejos de sospechar de su homosexualidad, lo consideraban un hombre que había alargado su soltería para disfrutar los placeres mundanos hasta que se dejó cazar ya cumplidos los cuarenta. Su carrera hacia el Supremo era imparable y, de cara a la galería, la vida le sonreía, causando envidias entre todos los que una vez pensaron que estaba acabado. Ni siquiera su madre podía suponer que cuando Gorio escuchó la noticia del fallecimiento del cantante de Queen, se encerró en el baño y se echó a llorar desconsoladamente dando gracias por que no le hubiera tocado a él.

30

Manuela y Alexandra viajaron a París en la primavera de 1992, mientras España se convertía en el destino en boga para turistas de todas las partes del mundo, con Madrid como Capital Europea de la Cultura, Barcelona ultimando las obras acometidas para la celebración de los Juegos Olímpicos y Sevilla preparada para recibir a los cuarenta millones de personas que se estimaba visitarían la Expo durante los seis meses previstos de duración. Ni los dolores de huesos de Manuela, que previsiblemente la mortificarían el resto de su vida, ni la lluvia que las acompañó un rato cada día de la semana que disfrutaron allí, ni siquiera las protestas por la inauguración del parque temático Disneyland a las afueras de la ciudad ensombrecieron lo más mínimo los planes de las amigas, que subieron a la torre Eiffel, aunque solo hasta la primera planta; montaron en la noria, si bien Manuela le pasó unas toallitas húmedas al asiento antes de acomodarse en la cabina; y, como casi todos los visitantes de la capital francesa, compraron un pequeño cuadro de recuerdo a los artistas de Montmartre después de visitar el Sacré-Coeur. Precisamente en Montmartre se sentaron en una terraza a descansar, aprovechando que llevaba toda la mañana sin llover, y les llamó la atención una joven que le daba el pecho a su bebé sentada en una de las mesas del café.

—¡Vaya! ¿Has visto eso? A tu izquierda, dos mesas más allá, no mires —le dijo Manuela a Alexandra apretándole el brazo.

—¿La chica con la teta fuera? Sí, ¡qué desagradable!

—A mí no me desagrada, es algo natural, pero sí es verdad que es muy atrevido. ¿Te imaginas algo así en Oviedo o en Gijón?

—Ni en Madrid tampoco. Bien podía meterse en el tocador —dijo Alexandra con una sutil mueca de reprobación.

—¿Cómo va a meter al bebé en el baño con la suciedad y los olores que hay? Reconozco que me ha llamado la atención en un primer momento, pero, según lo voy pensando, no encuentro ninguna razón por la que debiera esconderse. Cuando yo tuve a Telvina dábamos de mamar a los bebés delante de las vecinas. Salíamos al patio a coser, a preparar lana, a limpiar legumbres o a pelar vainas, y si el bebé tenía hambre lo poníamos a la teta. Si había hombres, no, claro está, pero aquí no parece extrañarle a nadie.

—¡Vaya que no! Fíjate cómo la miran esos señores de la mesa de la esquina.

—Porque son españoles.

—Cuando Octavia tuvo a los niños se estilaba la leche de fórmula, eso sí que daba libertad a las madres. Para una cosa en la que mi consuegra y yo estábamos de acuerdo, ella se empeñó en darles el pecho. Ahora volvemos a la esclavitud de la lactancia materna.

—No sé, Alexandra, no vamos a saber nosotras más que la madre naturaleza. Yo le di el pecho a Telvina y a Gorio y se criaron bien sanos. A mí me encantaba, me miraban, sonreían y luego se quedaban tranquilos y se dormían en mi regazo. Además, dicen que es mejor para el niño, que ninguna leche de fórmula puede sustituir a la de la madre porque no son capaces de replicarla.

—Yo creo que nos cuentan lo que les conviene en cada momento. Dicen, se desdicen y se contradicen. Lo que nos faltaba es que se ponga de moda hacerlo en público, porque como empiecen aquí, en unos años sucede lo mismo en España. A veces me da la sensación de que vamos para atrás.

—¿Cómo puede ser malo, y mucho menos una vergüenza,

que una madre alimente a su bebé? Quizá a veces la sociedad avanza por el camino equivocado y hay que dar la vuelta para tomar el correcto.

Alexandra estaba en frontal desacuerdo con aquella visión del asunto.

—Hay muchas cosas igual de naturales que hacemos en la intimidad.

—Dejémoslo estar porque está claro que en esto no opinamos lo mismo —zanjó Manuela.

La ciudad era una sorpresa constante, desde los Campos Elíseos a las Tullerías, pasando por pequeños rincones como la plaza de los Vosgos, donde vieron por primera vez no a una, sino a dos parejas de hombres de la mano.

—Mira, una pareja de mariquitas —le dijo Manuela en voz baja a su amiga—. Son dos hombres, ¿verdad? Esto sí que no me lo imagino en Oviedo.

—En Madrid empiezan a verse cerca de la Gran Vía. En Chueca, un barrio marginal lleno de drogadictos. Era una zona muy devaluada, pero desde que ellos se están instalando allí ha subido el precio de los pisos.

—¿Sí? En Oviedo es impensable. ¡Vaya con los franceses! En este tema tanta modernidad no me convence.

—¿Por qué no? No hacen daño a nadie.

—No, pero si todos los hombres hicieran lo mismo, la humanidad se extinguiría.

—Qué exagerada eres.

—Reconocerás al menos que es muy chocante, por decirlo de forma fina.

—Eso es porque no estamos acostumbrados. Ya verás, con lo rápido que avanza el mundo, es cuestión de tiempo que haya parejas de hombres y también de mujeres.

Manuela hizo un gesto de rechazo con la mano y sonrió con sorna.

—O sea que, según tú, nos habituaremos a que dos hombres puedan pasear de la mano tranquilamente, pero no a que una madre le dé el pecho en la calle a su bebé. Pues déjame que te diga que yo no lo veo así. Respeto a todo el mundo y no quiero quitarle derechos a nadie, pero cuando los bebés tienen hambre no esperan, y lo de darse la mano pueden dejarlo para cuando estén solos, digo yo.

—Igual a lo que tenemos que acostumbrarnos es a que cada uno haga lo que quiera —cedió Alexandra—, siempre que no afecte a los demás, ¿no?

Manuela calló porque, en el fondo, estaba de acuerdo con su amiga, pero sentía un nudo en la garganta al pensar en Gorio. Intentó razonar consigo misma. Se dijo que su hijo no era de esos, que lo suyo había sido una cosa pasajera. Ese pensamiento la tranquilizó porque la torturaba demasiado que, en otros lugares del mundo, algunas personas mostraran en público y sin pudor la misma condición que su hijo tanto se había esforzado por ocultar. «Esto nunca llegará a ser visto como normal porque va en contra de las leyes de la naturaleza. Gorio ha hecho lo que debía y ahora es feliz. Está logrando todo lo que siempre deseó», dijo para sí, y empezó una nueva conversación con Alexandra, decidida a no volver sobre aquel tema.

Al día siguiente, tras visitar Notre-Dame, las amigas cruzaron el Pont au Double con intención de tomar una *raclette* en el Barrio Latino. En el hotel les habían recomendado un restaurante próximo al Sena. Iban a su ritmo, se levantaban temprano, paseaban y visitaban el lugar elegido para el día, comían y después volvían al hotel a descansar antes de prepararse para un corto paseo y una cena temprana. Mientras daban cuenta de la *fondue* francesa, planificaron las visitas de los siguientes días porque no les daría tiempo a todo. Todavía tenían pendiente el cementerio del Père-Lachaise o las catacumbas, visitar el Louvre o el Pompidou, y por último decidir si recorrer los jardines de Versalles o el Sena en barco. Manuela quería descartar los dos primeros a favor de los dos últimos porque la visita al cementerio le daba un poco de repelús y tachaba a los franceses de macabros.

—No es por morbo, es por la cantidad de personalidades que están enterradas allí.

—Será gente muy famosa, pero si algo nos equipara a todos es la muerte. Igual que no he ido a visitar el Valle de los Caídos en España, no sé por qué tenemos que ir a ver a un montón de muertos gabachos.

—No creo que a los franceses les guste esa comparación. Es muy diferente al Valle de los Caídos, que tiene connotaciones políticas muy fuertes y solo representa al bando ganador de la Guerra Civil. En cambio, en Père-Lachaise están las tumbas de grandes figuras de la música, como Chopin o la Callas, o de escritores como Oscar Wilde y Cyrano de Bergerac.

—¿El de la película que tenía una enorme nariz? Se empeñó Telva en llevarme a verla. No me apetecía demasiado, yo soy más de *Sissi* y de *Lo que el viento se llevó*, ya sabes, pero me gustó muchísimo. El pobre, tan enamorado, ¡qué lástima que fuera tan narigudo! Al principio me resultaba muy feo, pero según transcurría la historia iba viéndolo cada vez más agraciado.

—También hay un monumento a los republicanos españoles que murieron durante la ocupación nazi —continuó Alexandra, ignorando las elucubraciones de su amiga—. Hablando de eso, ¿no volviste a saber del hijo de Elías?

—Me llamó hace tiempo para contarme que sus investigaciones avanzaban y que estaba buscando financiación editorial para convertir la historia de Elías en un libro, que si me parecía bien. Le respondí que sí, porque ¿qué iba conseguir diciéndole que no? Él puede publicar lo que le dé la gana y así al menos se comprometió a no desvelar lo de mi... —bajó la voz—, mi bigamia, ya sabes. Eso fue hace varios años y no he vuelto a tener noticias suyas.

Alexandra se rio.

—No creo que tu secreto pueda hacerle daño a nadie a estas alturas.

—Empañaría la memoria de Goyo y haría daño a mis hijos. La reputación de Gorio tiene que ser intachable, pero sobre todo no quiero que lo sepa Telva. Con lo contenta que está ahora que tiene un trabajo de lo suyo, en el que la aprecian y la respetan, no merece que le ponga la vida del revés diciéndole que su padre continuó con su vida en Francia con otra familia y otras hijas sin volver a pensar en ella. Elías está mucho mejor muerto que resucitado.

—Tienes toda la razón. Entonces ¿qué? Elige, ¿vamos a visitar el cementerio o las catacumbas? Hay millones de esqueletos humanos. Se ven todas las calaveras apiladas unas encima de otras.

—De catacumbas no quiero ni oír hablar, ¡qué cochinada! Vale, visitamos el cementerio ese, pero un ratito y nos vamos. ¿Te está gustando la *raclette*? No sé por qué tanto bombo, no deja de ser queso fundido. Lo que está exquisito es el pan. A Goyo le habría encantado. También el vino. En España creemos que no hay vino como el rioja, pero el francés está muy bueno, aunque se sube igual a la cabeza. No hay como viajar para darse cuenta de que no somos el ombligo del mundo.

—Si te sirve de algo, los franceses también opinan que lo mejor es lo suyo. ¿Qué te parece si mañana comemos en el Café de l'Opéra a la vuelta del cementerio? —dijo Alexandra—. Lo tenemos al lado del hotel y sirven comida tradicional francesa.

—Eso sí que me gustará. La otra noche me encantó la cena en Maxim's, el pato estaba delicioso, pero ¡qué caro! Aquí todo es un dispendio.

—El Café de l'Opéra es más asequible y su plato estrella es el steak tartar.

—Ni lo sugieras. No volveremos a pedir carne cruda. Ya me la liaste el primer día.

—Me ha quedado claro: ni steak tartar ni ostras.

—¿Por qué las ostras son típicas de París? Ni siquiera tiene mar. En cualquier caso, a la ostrería esa, o como se diga, tampoco volvemos. Qué mala noche pasé con los retorcijones.

—Es lo que tiene comerse diez para cenar —empezó a decir Alexandra, pero ante la mirada de su amiga reculó—. Nada de «te lo dije».

—Como regla general: ningún animal crudo.

—Pues menos mal que elegimos París y no Tokio.

—¡A ver cómo íbamos a entendernos con los japoneses! Tanto miedo que tenía Goyo de venir porque no hablábamos francés y resulta que en todos los restaurantes y los comercios entienden español. Qué bien lo estamos pasando, ¿verdad?

Alexandra asintió sonriente.

—Gracias a los ibuprofenos que me dio el doctor —continuó Manuela— no me duele nada, y mira que estamos caminando.

—Cuando volvamos, ya pagaremos las consecuencias. Vamos a estar tres días sin movernos del sofá, pero ¿qué más da? Merece la pena.

Al día siguiente no pidieron steak tartar en el Café de l'Opéra, pero Alexandra insistió en tomar kir royal, una bebida francesa a base de champán y licor de grosellas.

—Delicioso, ya verás —le dijo a su amiga.

El kir royal, suave, dulce y fresco, entraba tan fácil que, cuando dos italianos de mediana edad se acercaron a su mesa, Manuela se mostró tan complacida y receptiva a darles conversación que Alexandra descartó su primer impulso de espantarlos.

Uno era rubio, alto y esbelto, con entradas y canas en las sienes, y el otro, moreno, más corpulento y el pelo ondulado. Eran atractivos, cada uno en su estilo. Bien vestidos, arreglados incluso de más, uno con pañuelo al cuello y americana de tweed; otro de traje, camisa blanca y sin corbata, con una fina cadena de oro blanco en el cuello. Andrea se llamaba el primero, Stefano el segundo.

Sus modales impecables y los halagos hacia ellas, excesivos sin resultar exagerados, le confirmaron a Alexandra lo que sospechaba desde que se les acercaron: eran gigolós. Hombres en busca de damas ricas y mayores, solas y dispuestas a mostrarse generosas a cambio de un poco de atención.

Miró a Manuela, hinchada como un pavo ante las lisonjas de Andreas, y decidió que solo por lo bien que se lo estaba pasando merecía la pena atenderlos y no echarlos con cajas destempladas como le pedía su primer impulso.

Cuando, media hora más tarde, Alexandra se levantó para ir al baño, su amiga se disculpó ante los dos hombres y la acompañó.

—Ni se te ocurra pagar a estos señores, que esta tarde corre de mi cuenta y me da igual lo que cueste —le dijo Manuela delante del espejo del aseo de señoras—. Lo que tienes que explicarme es cómo se les pregunta cuánto cobran, que me resulta muy violento.

—¿A qué te refieres? —preguntó Alexandra muy cauta.

—No me trates de tonta, que quizá no sea la más lista, pero tampoco tan ingenua como para creerme que estos dos quieren hacernos pasar una noche magnífica porque se han prendado de dos ancianas que podrían ser sus madres. ¿Cuántos años tienen? ¿Cincuenta? Estos vienen a por nuestras carteras, ya lo sé.

—¡Qué alivio, mi Manuela querida! Pero, entonces, ¿por qué diablos les das cancha?

—Porque a mí no me han adulado así en toda mi vida. Y me gusta. ¿Qué digo me gusta? ¡Me encanta! Y si tengo que pagar por ello, no veo mejor forma de gastar el dinero, que en ningún sitio regalan nada. Cuando éramos jóvenes, los hombres querían llevarnos al huerto y hoy quieren el *money, money*, que dicen ahora. Pues se lo damos, que para eso está y no tenemos que darle explicaciones a nadie. Me lo estoy pasando en grande, ¿tú te diviertes?

—Te confieso que estaba un poco agobiada por ti, pero ahora que sé que tú lo sabes, voy a disfrutar todo lo que este par de hombretones tengan para ofrecernos. —Y con una sonrisa pícara añadió—: ¿Ya has decidido con cuál vas a dormir esta noche?

—¡Por favor, Alexandra! ¡Qué desvergonzada! —fingió escandalizarse Manuela entre risas—. Dormiré sola, querida, como pienso dormir lo que me quede de vida. Solo me apetece reírme un rato y sentirme cortejada, nada más. Guardo como un tesoro el recuerdo de mis últimas noches de amor con mi marido. No voy a arriesgarme a estropearlo con un putón, por más joven e italiano que sea. Y eso que Andrea se parece un poco a Robert Redford, aunque yo soy más de Paul Newman.

—¿Has dicho putón? —Alexandra estalló en una carcajada.

—¿Cómo los llamo si no? ¿Señoritos de compañía? No sé cómo se llama a los hombres que venden su cuerpo por dinero.

Alexandra le hizo saber entre risas que suponía que el apelativo era el correcto.

—¿Y tú? —le preguntó Manuela mientras su amiga se recomponía—. ¿Cómo vas a terminar la noche?

—Igual que tú. Aunque me atrae la perspectiva de una inesperada noche de placer a estas alturas de mi vida, sigo casada y, aunque ahora vivamos separados y mi matrimonio esté pasando por su peor momento, cada mañana que pasa me levanto menos enfadada con Jacobo. ¿Sabes? Aprecio y valoro cada día que hemos vivido juntos, incluso los que fueron menos buenos.

Manuela estaba disfrutando como una niña y no tenía ganas de ponerse seria.

—Yo solo lo decía por lo del orgasmo —susurró en voz muy baja.

—Pero bueno, descarada, ¿tú quién eres y qué has hecho con mi amiga? ¡Que somos dos ancianitas con las tetas caídas y el culo colgón! —bromeó Alexandra.

—¡Qué grosera! Eso lo serás tú, que yo hoy me siento más joven que nunca.

—Es el efecto del alcohol. Se acabó el kir royal.

—¡Aguafiestas!

—Eso sí que no, nada nos impide dejarnos querer, así que vamos a disfrutar la tarde estando bien lúcidas. También tenemos que pensar a qué restaurante invitaremos a los putones a cenar —dijo Alexandra riendo.

Aquella noche Manuela y Alexandra bailaron y disfrutaron como nunca, tanto que Alexandra se olvidó de sus reparos, de sus principios y de una lealtad marital que, por primera vez, sintió que solo la encorsetaba a ella. Decidió concederse con el tal Stefano, si es que se llamaba así, una indulgencia anticipada que nunca se había permitido hasta entonces, consciente de que aquel era su último tren. Lejos de notar las molestias y los achaques que la acompañaban desde hacía más de una década, se sintió como si volviera a ser joven. Se dejó querer por aquel hombre que le proporcionó caricias reales con sentimientos falsos. No logró el clímax de placer que ansiaba conocer en brazos de un hombre por lo menos una vez en la vida y, aunque en cierto modo la decepcionó, se vio compensada por la emoción de lo prohibido, lo transgresor, lo escandaloso. Por eso no le consintió quedarse a dormir con ella. No tenía sentido buscar más intimidad. Depositó una generosa compensación económica en el bolsillo de su americana y lo despidió sin contemplaciones, deseosa de quedarse sola y recrearse en la emoción de su travesura.

En la habitación de al lado, Manuela se mantuvo en vela a base de charlar con el recuerdo de Juan Gregorio, hasta que escuchó la puerta contigua y se apresuró a marcar el número del cuarto de Alexandra en el teléfono de la mesilla.

—Soy yo, Manuela —le dijo en voz baja, como si estuviera haciendo algo prohibido—. ¿Ya estás sola? ¿Todo bien?

—¿Te has quedado despierta esperando?

—Estaba intranquila. Como dijiste que estabas casada y que no ibas a... Ya sabes, que tú no...

—Se dicen muchas cosas y después las palabras se las lleva el viento, así que duérmete, que estoy bien y todo ha sido perfecto.

—¿Sin remordimientos?

—Por supuesto que no, ninguno. ¿Por qué iba a tenerlos?

—Perdona, son los nervios, no pretendía juzgarte. ¿Paso a verte y me lo cuentas?

—De ninguna manera. Cuelga y vete a la cama, que quiero asearme y descansar.

Manuela se mostró reticente, pero su amiga no le dio opción. No consiguió coger el sueño, expectante por lo que tuviera que contarle en el desayuno, aunque a la mañana siguiente Alexandra se negó a hablar de su *affaire* con el italiano.

Manuela insistió los días posteriores y al final no tuvo más remedio que quedarse con la intriga.

—¿De verdad no vas a contarme ni un solo detalle? —le preguntó por última vez al subir al avión.

Alexandra sonrió.

—Lo que sucede en París se queda en París porque no deja de ser un sueño.

—Al menos, ¿fue un buen sueño?

—No estuvo mal.

—¡Qué moderno que es París! —repetía Manuela en el viaje de vuelta a casa.

A su regreso a España, Alexandra tenía planificada una parada en Madrid, antes de volver a Asturias, para estar un par de semanas con sus nietos y también tener una conversación con su marido, pero cuando llegó a la que nunca dejó de considerar su casa se dio cuenta de que algo iba mal. Muy mal. Jacobo había ocultado su diagnóstico evitando la vida social y comprando al personal de servicio. Lo consiguió ante su hija, que pasaba a visitarlo un rato con los niños los fines de semana y achacaba sus manías y sus arrebatos a la ausencia de Alexandra, pero no fue capaz de engañar a su mujer.

Nada hubiera podido hacer Alexandra en los casi dos años que estuvieron separados para evitar el avance del alzhéimer. Para cuando descubrió su secreto, Jacobo ya había entrado en una fase en la que la demencia se empeñaba en borrar sus recuerdos más recientes e incluso lo llevaba a confundir a Leonor, su nieta, con Octavia cuando llegó a sus vidas.

—Te lo dije, mamá, te conté que papá estaba raro y muy despistado —le dijo Octavia cuando Alexandra le preguntó cuánto llevaba su padre en aquel estado.

Octavia no pretendía hacer sentir culpable a su madre, pero ese fue el efecto que tuvieron sus palabras y, aunque Alexandra sabía que de haberse visto mil veces en la misma situación, mil veces habría reaccionado de la misma forma ante el comportamiento de su marido con la demanda de paternidad, le costó mucho perdonarse a sí misma por no haber estado a su lado. «¿Estaría ya enfermo entonces?», se preguntaba una y otra vez, y la duda era una tortura.

Lo que encontró Manuela al llegar de París fue una carta en el buzón dirigida a Telva. Por ella supieron de la decisión de Manolo de volver a España. Les pedía ayuda para solicitar una pensión al gobierno español.

> Las tiendas están vacías y lo poco que hay es a precios imposibles, no podemos comprar ni lo básico. La gente teme que el ejército ocupe las calles porque Gorbachov ha destrozado el país...

Telva y Manuela se sorprendieron de lo que Manolo decía en su carta. Ellas tenían, como todo Occidente, una visión casi heroica de Gorbachov y su política aperturista, muy distinta a la de muchos ciudadanos rusos a los que la perestroika había sumido en el hambre y la miseria. Los rusos ansiaban la libertad que les daba el nuevo líder, pero no a costa de su pan y, sobre todo, del de sus hijos.

Manolo quería regresar, como la mayoría de los niños de la guerra españoles que quedaban allí. No soportaban convertirse en una carga para sus hijos, que bastantes dificultades sufrían para mantener a sus propias familias. Igual que dejaron atrás su casa en España al inicio de sus vidas, ahora se veían obligados a abandonar Rusia cuando comenzaban la recta final en este mundo, con la esperanza de, desde España, ser ellos quienes ayudaran a los suyos en Rusia.

Manuela no dudó en ponerse manos a la obra, pero le pareció que Telva vacilaba.

—¿Qué te ocurre, hija?

—Que hacía muchos años que no sabía de él, desde que volví a España. Ya entonces, solo nos veíamos una vez al año, casi por compromiso.

—Eso no quita para que lo ayudemos.

—No me malinterpretes, haremos lo que esté en nuestras manos, pero Manolo y yo tomamos rumbos distintos y me sorprende que ahora recurra a nosotras y no a su familia.

—Porque seguramente no cree que vayan a responder a su petición. No siempre es la familia a quien uno puede acudir en una situación desesperada, y a él no lo trataron bien la primera vez que regresó. Cuando mi vida estuvo en peligro, hubo gente que se arriesgó por mí: Alexandra, Valentina y su familia, Claudina, Eufemia y Casimira, que no tenía ni para comer y no dudó en acogerme cuando me quedé embarazada de Gorio. Ninguno era de mi familia y algunos ni siquiera eran allegados, pero me tendieron una mano, así que ¿cómo no vamos a ayudar nosotras a Manolo, que es tu marido?

Telva se rebeló contra la afirmación de su madre.

—No lo es. Nos divorciamos al volver a la URSS. Es el marido de otra. El viudo, en realidad.

—En Rusia será así, pero aquí, ante Dios, seguís casados.

—Eso es problema de Dios, no mío, ¿no crees?

—¡Qué cosas dices! Si viviera Goyo ya tendríamos el lío montado, con él y con el espíritu de su tío el canónigo.

Ocupada como estaba con los trámites para el regreso de Manolo, y como ese año Alexandra se quedaba en Madrid para atender a Jacobo, a Manuela se le echó encima el día de San Juan, que marcaba para ella el momento de trasladarse a Gijón, así que tentó a su hija para que la acompañara unas semanas libres. Para su sorpresa, Telva no tenía proyectos pendientes que le impidieran tomarse sus primeras vacaciones desde que formaba parte de la población activa del país e ir con su madre a Gijón sin más obligaciones que pasear, disfrutar de la brisa del mar y de las tardes de terrazas en las que siempre se encontraban con alguna conocida, antigua clienta o alumna que, como ellas y tantos otros ovetenses, pasaba allí el verano.

El sábado 25 de julio, después de su caminata matutina por El Muro, el paseo marítimo de Gijón, y de tomar el aperitivo en el Cafetón, un clásico entre los gijoneses, las dos veían, como tantas otras familias españolas, la ceremonia inaugural de los Juegos Olímpicos de Barcelona. Telva había preparado su versión asturiana del pollo Kiev, que a su madre le encantaba. La interpretación de la receta consistía en sustituir la mantequilla de ajo por queso Peñasanta, un queso azul más suave que el cabrales pero igual de sabroso, dando lugar a una especie de cachopo de pollo enrollado que a las dos les gustaba acompañar con una copita de rioja cien por cien español.

—Qué rico está este cachopo ruso que preparas.

Telva sonrió. A pesar de los años que llevaba en España todavía le hacía gracia que llamaran «ensaladilla rusa» a la ensalada Olivier, «filetes rusos» a los filetes de carne picada, «pastel ruso» a un dulce que ella no había visto jamás, o «montaña rusa» a la atracción de feria que ella había conocido en la Unión Soviética como «montaña americana».

—Kiev está en Ucrania, mamá, así que si quieres ponerle nacionalidad puedes llamarlo cachopo ucraniano.

—Es que a mí eso de Ucrania me suena a nuevo.

—Cuando yo llegué allí era una de las repúblicas, pero ahora es un país independiente.

—En el que te criaste tú, a base de este pollo tan rico cuando aquí no había de nada. Con razón saliste tan inteligente.

Telva prefería no hablarle a su madre de las escaseces, el hambre, la miseria y el frío que pasaron durante la Segunda Guerra Mundial porque Manuela parecía feliz pensando que había tenido una buena infancia y ella no encontraba motivo para disgustarla. A fin de cuentas y salvando el tema de estar lejos de sus padres, así había sido los primeros años.

—¿Vas a querer que veamos las competiciones? —preguntó, cambiando de tema.

—A mí el deporte ni fu ni fa, pero si a ti te apetece, podemos seguirlas cuando participe España.

—Y también las del Equipo Unificado —respondió Telva refiriéndose al formado por las antiguas repúblicas de la URSS tras su separación—, porque los españoles no suelen llegar lejos. Los soviéticos nos darán más alegrías.

—Claro, y las de Cuba. Las vemos juntas.

—Este año vuelven a participar, no acudieron ni a Seúl ni a Los Ángeles. La política es un asco, pudre hasta el deporte.

—La política fue la que te alejó de mí y la que te llevó a Cuba, ¿te das cuenta? —reflexionó Manuela—. Allí conociste a la madre de Octavia, y si no hubieras enviado aquí a la niña, Leonor y sus hermanos no habrían nacido. ¡Qué bonito es el pequeño Carlos! Seis meses tiene ya. Es el que más se parece a ella.

—En realidad es el que más se parece a Rosita. Me da pena que ni Leo ni los chicos sepan de ella, pero entre que Octavia nunca ha mostrado mayor interés por sus orígenes y que su suegra reniega de que lleven sangre cubana, nadie les habla de ella. Parece mentira las vueltas que da la vida en solo dos generaciones: de una jinetera mestiza y revolucionaria, una nieta de ojos claros y aristócrata.

—Más vueltas que un tiovivo. ¿Quieres un poco más de vino?

Telva aceptó el ofrecimiento. Ese día tenía ganas de sincerarse con su madre.

—¿Sabes de qué me arrepiento?

Manuela la miró expectante por el giro de la conversación.

—De no haber tenido hijos.

—¡Vaya, hija! Eso sí que no me lo esperaba. Ya es tarde para lamentarlo. Tuviste la opción con Manolo. Él lo deseaba tanto que al final los tuvo con otra.

Telva sintió una punzada de dolor al recordar el hijo que concibió con Ricardo, el cubano que le enseñó tan bien los límites del placer que, a veces, en la intimidad seguía fantaseando con él. Nunca le había hablado a su madre del aborto, de aquel nieto al que ella impidió nacer, y pensaba seguir callándoselo para evitarle el disgusto, pero sí sintió la necesidad de abrirle un poco su corazón.

—Nunca quise traer al mundo a más seres inocentes para sufrir —dijo—. Y, egoístamente, tampoco quise añadir ni penas ni complicaciones a mi vida.

—Es verdad que los hijos traen penas y alegrías, pero compensa. Al menos, a mí. Tú y yo hemos vivido épocas muy duras, durísimas, y también he sufrido por Gorio, con lo suyo y cuando se puso tan malo, pero sois mi ilusión y no os cambiaría por nada.

—Ahora el mundo es mucho mejor que el que nos tocó a nosotras.

—Dicen que no hay generación que no viva una pandemia o una guerra.

—La medicina ha avanzado mucho, ya no habrá plagas generalizadas que diezmen la población, no en el mundo occidental. Vivimos en una sociedad moderna con antibióticos y seguridad social, estamos a salvo de pandemias.

—Supongo que en todos los tiempos pasados las personas también pensaron que ellos eran los modernos porque en realidad era así, pero la guerra y la enfermedad siempre vuelven. Nadie pasa por este mundo libre de desgracias. Ni ricos ni pobres, ni guapos ni feos; en mayor o en menor medida, a todos nos toca lo nuestro. Yo viví la gripe española de niña y luego la Guerra Civil, y tú dos guerras, así que espero que a mis nietos no les toque pasar por nada de eso. Eso si los tengo, que no sé a qué están esperando estos muchachos.

—¿Qué te ocurre, mamá? ¿Desde cuándo eres tú la pesimista y yo la optimista?

Telva y Manuela hablaban de aquello sin saber del calvario que estaban pasando Gorio y, sobre todo, su esposa, al no poder cumplir su deseo de ser padres. Marina hacía tiempo que había superado la edad de fertilidad óptima, sus posibilidades disminuían cada mes y se desplomaban cada año que pasaba. No pudieron plantearse siquiera la fecundación *in vitro*, una técnica pionera en España que prometía tener mucho recorrido en el futuro, pero en aquel momento, además de muy compleja, solo era apta para algunos casos concretos de infertilidad. Finalmente, después de darle muchas vueltas, Marina aceptó que no podría tener hijos biológicos y quiso intentarlo vía adopción. Gorio la apoyó porque ella cumplía con su parte del trato, le daba la libertad que le requirió, jamás le preguntaba por las noches que dormía en su apartamento de soltero del centro y, de cara a la sociedad, eran el matrimonio perfecto, así que él estaba dispuesto a cumplir con la suya. Además, aunque no sentía la misma necesidad que ella de dar salida a su instinto paternal, él también tenía ilusión por ser padre. Se llevaban bien. La cama era un mero trámite fisiológico en su intento de concebir, pero sus personalidades conectaban. A los dos la sociedad les había robado una parte fundamental de sí mismos. Ambos habían elegido su carrera a costa de no mostrar quiénes eran y sacrificar sus sueños.

Si Marina y Gorio se desesperaban por no lograr formar una familia, Manolo, con la ayuda de Telva y Manuela, emprendió el viaje a Gijón solo y apesadumbrado por dejar atrás a sus hijos y a sus nietos, pero allí suponía una carga para ellos. Ni siquiera sabía si volvería a verlos.

Madre e hija fueron a buscarlo a la estación de autobuses y Telva casi no lo reconoció cuando lo vio bajar del bus. Manolo estaba flaco y arrugado y, aunque conservaba el pelo, lo tenía totalmente blanco. Se había convertido en un anciano antes de llegar a la edad de jubilarse.

Intercambiaron abrazos y frases de cortesía, y hablaron poco durante el camino.

—Vuelvo igual que en el cincuenta y siete, con una mano delante y otra detrás. Solo espero que esta vez no me inflen a hostias —les dijo, derrotado, cuando entraron en casa y Manuela le ofreció asiento en el salón—. No quiero molestar. Como decía en la carta, solo necesito asearme un poco y cambiarme de ropa, que menudo disgusto tendrán mi madre y mi hermana con la carga que les cae conmigo otra vez como para llegar hecho un vagabundo.

—De eso nada —dijo Manuela muy seria—. Te hemos preparado una habitación y te vas a quedar aquí unos días hasta que arreglemos todo el papeleo que falta para que puedas presentarte ante tu familia como un regalo y no como un lastre. Espero que nos hicieras caso y no les hayas concretado el día de tu llegada.

—Aquí no me puedo quedar. Ya bastante apuro me da ir con mi propia madre, como para molestarla a usted que...

—Que soy tu suegra.

Manolo miró a Telva desconcertado.

—Ante Dios —le aclaró ella—. En esta casa, Dios manda más que el gobierno ruso.

—Tú —insistió Manuela, ignorando a su hija— irás a ver a tu familia bien vestido y con una pensión con la que mantenerte por ti mismo. No hemos terminado de tramitarla porque nos faltaban unas gestiones que debes hacer en persona. Los abogados ya lo tienen todo listo y en unas semanas serás oficialmente un pensionista de guerra español.

—Yo no puedo pagar abogados —protestó Manolo.

—Ni falta que hace, estos son gratis.

—Te lo está tramitando el despacho de Juan Gregorio —explicó Telva—. Clara, la hija de una amiga de Alexandra, se ha quedado con su parte.

Manolo estaba tan cohibido que Telva decidió distender un poco el ánimo.

—Te voy a poner una canción que seguro que te va a dejar pasmado.

Se acercó al radiocasete de doble pletina que tenían en la cocina e introdujo en una de ellas una cinta con canciones grabadas de la radio, apuntadas a mano en la carátula y numeradas por orden de reproducción.

Manolo escuchó incrédulo a Locomía, un grupo que, según Telva le explicó, arrasaba en las discotecas de Ibiza cantando en honor al líder ruso Gorbachov, ensalzando sus virtudes como mandatario al frente de la gran potencia mundial.

—¿Esto es lo que piensa la gente aquí? Primero somos el demonio y ahora que nos morimos de hambre resulta que hacemos las cosas bien. ¿Por qué? ¿Porque tenemos un McDonald's en Moscú? Hay que joderse.

—Aunque te sientas más ruso que español, parece que todavía sabes maldecir en el idioma patrio —observó Manuela mientras Telva le daba al botón de stop para parar la canción.

—No la quites, por favor —pidió Manolo—. ¿Cómo dices que se llaman?

—Espera —respondió Telva dándole al botón de rebobinar para ponerla desde el principio—, que tengo por ahí un ejemplar del *Vale* en el que sale un reportaje sobre ellos. Lo compré precisamente por eso. Cuando te los enseñe, vas a alucinar. Unos llevan pendientes, otros el pelo largo, todos usan unas hombreras exageradísimas y bailan con abanicos. En Rusia los hubieran detenido. No veas cuánto ha cambiado España desde la última vez que estuviste aquí.

—También Rusia ha cambiado mucho. Si vieras qué pintas llevan ahora los jóvenes en Moscú...

—¿Y no será que os estáis haciendo mayores? —intervino Manuela—. Que aquí la vieja soy yo, pero los cascarrabias sois vosotros.

Un par de semanas después, Manolo llegó a casa de su madre y su hermana, que ya no vivían en Cimadevilla sino en un luminoso apartamento de tres dormitorios en Pumarín, un nuevo barrio compuesto por grandes bloques individuales de construcción uniforme.

—Cimadevilla se puso imposible, lleno de quinquis, drogadictos y travestidos, y con el puesto de la plaza del pescado nos fue bien —le dijo su madre a modo de explicación—. ¿Cuánto piensas quedarte?

No supo qué responder porque era la tercera vez que volvía a España y lo hacía ya siendo viejo, sin tener donde caerse muerto, y a su madre, que ya pasaba de los ochenta, le tocaba apencar con él.

Manolo se acomodó en casa de su madre mientras tramitaba la solicitud de una vivienda social a la que tenía acceso preferente como niño de la guerra español en Rusia, el mismo país que reavivaba las esperanzas de Gorio y Marina de convertirse en padres. Después de agotar todas las opciones biológicas, el matrimonio acudió a los servicios de adopción. Allí les pusieron todas las trabas posibles: no había niños pequeños en los orfanatos españoles y para los que llegaban tenía prioridad una interminable lista de espera de parejas más jóvenes. No eran los únicos que recibían la noticia de que la adopción tampoco iba a darles el hijo que querían. Otro matrimonio les habló de la posibilidad de adoptar un niño en otro país. En India o en Rusia. En India, la pobreza se cebaba con las castas más bajas, y los ciudadanos rusos vivían entonces en una situación de extrema necesidad tras el fin de la Guerra Fría, pasando hambre y privaciones. En esas circunstancias, muchos niños carecían de hogar.

Las adopciones internacionales no estaban regladas, pero tampoco había normativa en contra. Para Gorio y Marina, aquello marcaba la diferencia porque, como para todo jurista, lo que no era expresamente ilegal era legal.

En ambos casos había que tramitar la adopción directamente con el país de origen, contando para algunas gestiones con el Ministerio de Asuntos Exteriores. Extraoficialmente les advirtieron de que, eligieran el país que eligiesen, era habitual que les solicitaran pagos irregulares a funcionarios sin ninguna garantía a cambio. Tampoco constaban experiencias previas de adopción en aquellos países en los registros oficiales, por lo que, aunque sabían que se habían producido, no era viable acceder a ellas. Era una aventura que tenían que afrontar solos, sin que existiera ningún canal entonces, ni privado ni gubernamental, que les ofreciera respaldo. No dudaron en intentarlo, no porque no sintieran miedo, angustia e incertidumbre al emprender aquel farragoso camino, sino porque no tenían otra posibilidad de ser padres.

Marina y Gorio no tardaron en decidir el país.

—Adoptaremos en Rusia —le dijo Gorio a Marina.

—Exploremos primero las dos opciones, no nos cerremos puertas.

—Lo haremos en Rusia porque contar con alguien que conoce el país y habla el idioma nos facilitará el proceso.

—¿Tú crees que Telva nos ayudará?

—No lo creo, estoy seguro.

Fue el último razonamiento el que convenció a Marina porque, en el punto en el que se encontraba, no estaba dispuesta a descartar ninguna alternativa que la convirtiera en madre. Gorio tenía razón en que el soporte de Telva, si contaban con él, era razón más que suficiente para decantarse por Rusia.

Gorio no tuvo duda de que su familia los apoyaría desde el primer momento.

—Con su ayuda o sin ella, prométeme que seguiremos adelante —le pidió Marina.

—Te lo prometo si te quedas más tranquila, pero no hay necesidad. Ni siquiera les va a sonar a nuevo.

Gorio estaba en lo cierto.

—Sí, hijo, sí, no me expliques más que te he entendido perfectamente —dijo Manuela cuando se lo comunicó—. Como Octavia, pero en Rusia. Verás qué contenta se va a poner Telva.

Efectivamente, a Telva le faltó tiempo para ponerse a disposición de su hermano. Acto seguido, le pidió ayuda a Manolo, que conocía de primera mano la situación en el país, pero él se horrorizó con la noticia.

—¿Cómo puedes apoyar algo así? —la acusó—. Ahora que las cosas se tuercen, quieren quitarles a sus hijos. ¿Vas a ser cómplice de que nuestros compatriotas les arrebaten a sus niños? ¿Vas a contribuir a que esos pequeños sufran el mismo calvario que nosotros?

—A ellos los reciben unos padres que los quieren. A nosotros nos esperaba un orfanato. De lujo, pero un orfanato. Con todas las necesidades materiales cubiertas y llenos de carencias emocionales.

—¿Insinúas que sus verdaderos padres no los quieren porque son pobres como lo eran los nuestros?

—Sus padres los abandonan porque no tienen para darles de comer.

—Igual que a ti los tuyos, que no podían protegerte de las bombas. Vais a hacer que la historia se repita, pero al revés.

—Ellos llegan a un país libre. Nosotros escapábamos de una guerra y fuimos a parar a un país que sufría una represión tan cruel y sangrienta como la que vivió España en la posguerra y que, para colmo, terminó envuelto en otra guerra. Estos niños tendrán una vida mejor que la nuestra.

—Eso mismo pensaron nuestros padres —le espetó Manolo—. Al menos ellos nos enviaron allí de forma temporal; otra cosa es lo que sucedió después. Vosotros, en cambio, queréis traeros a estos niños para siempre, despojarlos de sus familias legítimas. Sé que te debo mucho y que estoy aquí gracias a ti y a tu madre, pero no me pidas que ayude a tu hermano con esta aberración. ¿No te das cuenta de que mis propios nietos podrían terminar así si las cosas se siguen complicando allí?

—Pues tú quédate, que yo me voy. Mi hermano va a adoptar en Rusia al que será mi sobrino y no me ha pedido opinión al respecto, solo mi ayuda. Tengo dos opciones: dejarlo a su suerte, o involucrarme y recibir a ese niño en la familia como se merece, como un regalo del cielo, que es como deberían ser recibidos todos los niños del mundo.

Telva y Manolo siempre habían sido muy diferentes, pero ya no estaban ellos dos solos contra el destino como cuando se conocieron en el barco, y las diferencias que un día los engancharon el uno al otro les parecieron insalvables cinco décadas y muchas vivencias después, porque lo que Telva no le contó a Manolo fue que ayudar a Gorio a ser padre suponía para ella la oportunidad de compensar al universo y a su propia madre por el hijo que se había negado a traer al mundo.

Manolo estaba firmemente convencido de su decisión, pero

eso no evitó que pasara no una, sino seis noches sin dormir, dándole vueltas a las palabras de Telva. Se le revolvían las tripas al pensar que sus compatriotas no tuvieran siquiera con qué alimentar a sus hijos, que se vieran obligados a entregarlos al Estado con la esperanza de que otros padres les dieran la vida que ellos no podían. Se debatía entre las sábanas del sofá cama de la casa de su madre, reconcomido porque Telva, aquella mujer resuelta, orgullosa e independiente, que tanto había amado y a la que admiraba como el primer día, le había pedido ayuda y él se la había negado. Por unos principios que consideraba justos y sólidos. Pero si tan convencido estaba de su decisión, ¿por qué no conseguía pegar ojo? Manolo se hacía la misma pregunta una y otra vez. La respuesta le llegó el séptimo día, tras una noche de sudores y sueños absurdos interrumpidos por la vigilia. El hermano de Telva iba a adoptar un niño ruso. Él, por su parte, podía contribuir a que el proceso fuera lo más amable posible para aquellos pequeños, a los que imaginaba solos, perdidos y a merced de un mundo hostil, o echarse a un lado y quejarse de unas circunstancias que no podía cambiar.

—¡Me cago en todo, Telva, me cago en todo! —maldijo en voz alta, y se levantó dispuesto a envainarse sus reparos morales.

Dos horas después, tras coger el primer tren de la mañana a Oviedo, cuando todavía se veían en el cielo los restos del amanecer, apretó el botón del telefonillo de la casa de Manuela. Faltaba aún media hora para que dieran las ocho. Telva había salido a caminar, pero Manuela, todavía en bata y camisón, lo invitó a entrar a pesar de lo intempestivo de la hora. La mala cara de Manolo le indicó que era un asunto importante.

—Telva sale muy temprano a dar su paseo —le explicó—. Empieza a trabajar a las nueve, y luego por las tardes va al gimnasio a hacer aerobic. Esta hija mía no para un segundo. No sé de dónde saca tanta energía, pero dice que si no la quema se estresa. ¿Te dijo ya que trabaja de ingeniera? Voy a vestirme y te lo cuento. Después preparo café, que seguro que has salido de casa con el estómago vacío. Tengo cruasanes, me aficioné a ellos en París, y unas pastas de Camilo de Blas que me regaló el otro día una antigua clienta. ¿O prefieres unas tostadas? También tengo fruta.

Diez minutos después se disponían a dar cuenta del desayuno en la mesa de la cocina. Manolo se sentía avergonzado, consciente de que Manuela sabía de su negativa a ayudar a su hijo e incluso así lo trataba como a un invitado de honor.

—Bueno, ¿y no me vas a decir qué te trae por aquí a estas horas? —le preguntó mientras le servía una taza de café.

—Vengo a ofrecer mi ayuda. Para lo de la adopción. Siento mucho haber dicho que no, con todo lo que usted y Telva han hecho por mí. Usted siempre se porta como una madre conmigo y yo no hago más que decepcionarla.

Manuela lo miró comprensiva.

—Lo único que cuenta es que ahora estás aquí. ¿Vas a ayudar entonces a mi hijo?

—Esa es mi intención, pero no puedo pagarme un pasaje a Rusia.

—Gorio y su esposa corren con todos los gastos, eso por descontado. Hace muchos años que Telva regresó y seguro que aquello ha cambiado tanto o más que España, así que para mí es una tranquilidad que tú los acompañes. Me das una alegría porque ya no contábamos contigo. Telva me dijo que tu decisión era inamovible.

Manolo se encogió de hombros.

—Cuando se trata de Telva, inamovible es mucho decir.

—Algunas cosas sí parecen serlo —dijo Manuela guiñándole un ojo—. A veces, por muchos años que pasen, hay sentimientos que siguen igual por más que pretendamos ocultarlos.

Manolo enrojeció, pero no lo negó.

—Pensará usted que soy un ingenuo. O un tonto.

—Yo solo pienso, hijo, que eres una bellísima persona, un hombre bueno y decente.

—Por favor, Manuela, no le diga ni una palabra a Telva, que ya sabe cómo es.

Cuando Telva regresó, su madre y Manolo reían en la cocina dando cuenta de un opíparo banquete mañanero.

—Ven, hija, que te pongo un café caliente y nos acompañas. Estas pastas están exquisitas. ¿Qué tal el paseo? Parece que hoy la niebla nos va a dar tregua y brillará el sol.

31

Gorio y Marina viajaron a Rusia en varias ocasiones a lo largo de los casi tres años que duró el proceso de adopción, y siempre en compañía de Telva y Manolo. Volaban a Moscú y de allí a Vorónezh, a más de quinientos kilómetros de la capital rusa. La adopción era un acuerdo privado entre el orfanato y las parejas adoptantes, sin garantías ni ayuda oficial, aunque sí estaba plagado de trámites burocráticos. Resultaba muy complicado para dos españoles que no conocían el país, ni la cultura ni el idioma, ni siquiera la forma de protegerse de los más de veinte grados bajo cero con los que se encontraron en varias ocasiones. Ellos fueron unos privilegiados, no necesitaron mapas, diccionarios o intérpretes como otros futuros padres que iniciaban el mismo periplo, porque Telva y Manolo se encargaban de todo y ni aun así resultaba sencillo.

También Alexandra colaboró, desde Madrid, con las gestiones para legalizar la adopción en España. Se había encerrado en casa con Jacobo, no recibía más visitas que las de Octavia con los niños, y ayudarlos le supuso volver a conectar con un mundo exterior que había puesto en pausa para estar al lado de su marido.

—La burocracia fue menos complicada cuando tramitamos la adopción de Octavia —les contó—. Ahora hay que aportar más documentación, pero en esencia es lo mismo.

Según avanzaba el proceso, Telva estaba cada vez más emocionada, como si el sufrimiento que le causó verse separada de su familia desde tan niña se fuera a ver recompensado, en cierta medida, por ayudar a que un niño abandonado a su suerte encontrara con Gorio y Marina el hogar que necesitaba.

Manolo, aunque seguía sin estar convencido, se alegraba de que alguno de los niños que vivían en los orfanatos tuviera un futuro más halagüeño. En el centro para huérfanos de Vorónezh la escasez era tan evidente como en las calles y el ambiente, frío y rígido como en una cárcel. No se parecía en nada a las Casas de Niños Españoles de Jersón donde Telva y él pasaron los primeros años tras su llegada a Rusia.

—Esto es horrible. Parecen prisiones para niños. Nosotros teníamos de todo, incluso cariño. ¿Nuestros maestros eran más humanos y amorosos con nosotros o es que con el tiempo mi memoria ha edulcorado el pasado? —le comentaba a Telva.

—Por lo que sé, los orfanatos siempre han sido lugares así de horribles. No puedes compararlos con las Casas de Niños Españoles. Lo que nosotros vivimos fue excepcional, éramos la imagen internacional del comunismo salvando a los niños del fascismo y por eso vivimos aquellos años mejor que cualquier niño ruso. Hasta la Guerra Patria, que dejamos de ser un símbolo de la prosperidad del sistema ruso para ser una carga en tiempos de escasez. Cuando hay abundancia, todo es más dulce, pero cuando no hay para todos, los primeros que sufren son los más débiles.

—¡Cuánta hambre y cuánta miseria pasamos! Aunque en España tampoco andaban mejor. Ya ni siquiera estábamos juntos porque a mí me enviaron a la escuela técnica.

—¡Lo que lloramos entonces porque nos separaban! —rememoró Telva—. ¿Te acuerdas?

—Como si hubiera sido ayer. Incluso puedo verte en el barco, con aquella mirada decidida y tu sombrerito azul. Y aquí estamos ahora, después de toda una vida que se empeña en separarnos y juntarnos a su antojo.

—No culpes a la vida de nuestras decisiones. Las circunstancias nos unieron, pero nos separamos nosotros.

—A pesar de que no cambiaría por nada del mundo a mi

esposa, que en paz descanse, ni a mis hijos ni a mis nietos, cada día me arrepiento.

—Eso es como querer ser gordo y flaco todo a la vez. No tiene ningún sentido.

—Pues no lo tendrá, pero eso no lo hace menos cierto. Todavía estamos a tiempo de repararlo.

—No empieces, Manolo, por favor —protestó Telva.

La misma conversación entre ellos se repitió muchas veces a lo largo de los tres años que duró el proceso, con distintas palabras y los mismos términos, y en cada una de ellas Telva protestaba un poco menos, hasta que dejó de hacerlo porque la propuesta de Manolo ya no le parecía tan mala idea. Para el último viaje, en el que Gorio y Marina debían conocer por fin al que sería su hijo, Telva y Manolo habían empezado de nuevo una historia íntima, que, fiel a la relación que los había unido siempre, ni ellos mismos sabían cómo llamar.

Telva no tuvo un sobrino sino tres, un niño y dos niñas. A última hora, cuando estaban a punto de firmar los papeles que los convertían en padres del bebé que llevaban tanto tiempo esperando, les pusieron como condición para entregarles al pequeño que se hicieran cargo también de sus supuestas hermanas, dos niñas que contaban entonces tres años. Tras la primera impresión, aceptaron. Porque no les dieron alternativa y no estaban dispuestos a volver a empezar, pero también porque, después de todo lo que habían visto en los orfanatos, ni se plantearon decir que no. Marina se los hubieran llevado a todos.

En el año 1995, dos años después de que el primer niño adoptado en Rusia, un varón, llegara a España, aterrizaron Gorio y Marina con tres, un bebé de ocho meses y las gemelas, justo a tiempo de celebrar el cincuenta cumpleaños de Gorio. Las niñas mantuvieron sus nombres de nacimiento porque ya respondían a ellos y, sobre todo, porque Telva así se lo pidió.

—No puedo ni imaginar el dolor que me habría causado que me hubieran cambiado el nombre cuando llegué a la Unión Soviética.

Aunque esa no había sido la primera intención de Gorio, Telva los había ayudado tanto en el proceso que intercedió ante Marina. Finalmente decidieron que las niñas conservaran su nombre, y añadir un nuevo nombre al del bebé, al que le habían llamado Pyotr en el orfanato y les resultaba impronunciable, así que al llegar al España lo bautizaron como Gregori, con la idea de llamarlo Greg, que sonaba muy actual y muy inglés, como dictaba la moda.

«¡Eres abuelo, Goyo! Por triplicado. Un bebé que parece un ángel y dos niñas preciosas», le explicó Manuela a la urna con las cenizas de Juan Gregorio. «Cómo me gustaría que pudieras verlos. Vienen de Rusia, ¡fíjate qué cosas tiene la vida! Pero sé que los habrías querido igual porque los niños ni siquiera entienden lo que es ser comunista. Nadia me recuerda a ti. Es igual de testaruda, pero muy dulce y cariñosa. Se nota que han pasado hambre, pobrecitas, porque Katia esconde comida bajo el colchón de su camita. Su madre la recoge para que no se pudra y se le llene de bichos, pero para que no se asuste le deja galletas envueltas en papel de plata. Hasta que la pobre mía entienda que aquí no le va a faltar de nada. Y nuestro nieto, Goyo, ¡cuánto te habría gustado el bebé! Es muy pequeñito, dice el pediatra que está en el percentil dos, aunque no sé exactamente qué significa eso, pero es como un querubín y se llama como tú, como tu padre y como nuestro hijo. Él es Gregori, que es Gregorio en ruso, aunque lo van a llamar Greg. ¿A que suena muy bien? Greg Covián. Tiene nombre de actor, y ya sé que tú preferirás que sea abogado, pero veremos, que sea lo que él quiera ser, que los tiempos han cambiado mucho. Echo de menos poder compartir este milagro contigo».

Lo que Manuela nunca le contó a las cenizas de Goyo fue el contenido del paquete que Elías le envió desde Lyon, cuando después de años sin noticias suyas ya daba por hecho que había desistido del proyecto. Manuela recibió un libro que rezaba en la portada: *Un républicain espagnol.* En el interior, una dedicatoria en español: «A Manuela, que me mostró el inicio del camino. Eternamente agradecido, Elías Goulet».

Manuela, temiendo que el hijo de Elías aireara en su libro aquel secreto que tanto la agobiaba, lo hojeó y lo dejó sobre la mesa baja del salón, frustrada. Estaba en francés, y aunque la comprensión del título la había animado a pensar que quizá podía descifrar su contenido, pronto constató que era incapaz de entenderlo. Entonces se dio cuenta de que había dejado el libro a la vista de Juan Gregorio, entre el sillón donde reposaban sus cenizas y el televisor, y se lo llevó a la habitación. «Goyo tampoco hablaba francés, pero por si acaso una vez en el cielo entendemos todos los idiomas», pensó.

Buscó un lugar donde esconderlo para que no cayera en manos de Telva. No le había hablado de Elías Goulet. Para ella, su padre había muerto en el cuarenta y dos de tuberculosis y sus últimos pensamientos habían sido para ellas, sus amadas hija y esposa. Esa era la imagen que quería que Telva conservase de su padre el resto de su vida, pero ella sí necesitaba saber lo que Elías Goulet había contado en aquel libro. No podría dormir tranquila hasta descubrirlo. «Y quizá después, tampoco», se dijo.

La única persona que conocía que entendía el idioma del país vecino era Alexandra, así que se dirigió a la oficina de Correos para enviarle el libro. Después la llamó para avisarla.

Aunque hablaban por teléfono cada semana, no habían vuelto a verse desde que regresaron de París, y la conversación de su amiga solía versar sobre la evolución del alzhéimer de Jacobo.

—¿Seguro que quieres conocer esta historia? —le preguntó Alexandra—. Es posible que lo que este hombre ha escrito no se ajuste a la verdad. Quizá lo haya publicado una editorial pequeña y no tenga mucha difusión. En cualquier caso, no creo que llegue a España.

—No puedo correr el riesgo de que Telva se entere por casualidad. Si hay un libro sobre su padre, aunque sea en francés, debo saber a qué atenerme y, si es necesario, ser yo la que le cuente lo que se dice de él. Imagínate que se entera cuando yo ya no esté. Se sentiría traicionada por los dos y eso no debe ocurrir jamás.

Telva, totalmente ajena a las cuitas de su madre, lidiaba con sus propios asuntos y con los de Manolo. Durante el proceso de adopción habían coincidido con una docena de matrimonios españoles que emprendieron el mismo camino que Gorio y Marina. A aquellas parejas les resultaba mucho más duro porque se veían en la necesidad de contratar por su cuenta intérpretes y mediadores desde España que les pedían cuantiosos adelantos, y no les quedaba otra que confiar a ciegas en que aquellos extraños no los timasen aprovechándose de su deseo de ser padres. Ellos se mostraron dispuestos a ayudar a todos los que se lo pidieron. Los orfanatos estaban al límite de su capacidad de acogida debido a la crisis económica que sufría el país y cada niño que vieron salir de aquellos centros rumbo a España con su nueva familia lo consideraron un triunfo personal.

—¿Qué hacemos ahora? —le preguntó Manolo a Telva después de que Gorio y Marina llegaran a España con sus hijos.

Telva interpretó que se refería a la relación íntima que había vuelto a surgir entre ellos, así que dejó claras sus intenciones por si Manolo, tendente a idealizar, se había construido algún castillo en el aire.

—Yo me dedicaré a mi trabajo, tú disfrutarás de tu jubilación y nos veremos los fines de semana. Ya te han concedido la casa nueva y en pocas semanas te la entregarán, y yo iré a visitarte porque en Oviedo, con mi madre, no tendremos intimidad.

Manolo la miró con un gesto de fastidio, pero dejó el tema para otro momento.

—Me refería a qué pasará con el resto de los matrimonios que quieren adoptar un niño allí.

—¿Cómo voy a saberlo yo?

—¿No se te partió el corazón con el matrimonio de Cuenca al que aquellos supuestos expertos de Barcelona le pidieron diez millones de pesetas y cuando llegaron allí todo era falso? Habían hipotecado la casa para pagarles y se quedaron sin nada.

—Claro que sí, pobre gente, todavía me duele al recordar sus lágrimas y su desconsuelo cuando en el orfanato les comunicaron que no tenían noticia alguna de ellos y se dieron cuenta de que los habían estafado. Pero no entiendo qué tenemos que ver nosotros en eso, los únicos que pueden denunciar son ellos.

—No me refiero a ellos sino a los próximos que lo intenten. Nosotros podríamos ayudar, no les cobraríamos esa cantidad desorbitada de dinero y les daríamos un hogar a algunos de aquellos pequeños.

—¿Quieres dedicarte a tramitar adopciones en Rusia? Conmigo no cuentes. A mí me gusta lo que hago.

—¿Me ayudarías al menos? Así podría emplear mi tiempo en algo importante y visitar a mis nietos de cuando en cuando, pero yo solo no sé ni por dónde empezar.

Telva reprimió su primer impulso de tirar por tierra lo que consideraba una iniciativa descabellada porque se le cruzó una idea por la cabeza. Se quedó pensativa mientras analizaba las posibilidades hasta que decidió que quizá, solo quizá, fuera viable.

—Vamos a hablarlo con mi madre.

—¿Con tu madre? ¿Qué puede saber ella de esto?

—Ella nada, pero Clara Bousoño quizá esté interesada. No la conozco mucho, pero sé que, si el proyecto le encaja, no tiene miedo a los retos, por difíciles que sean. No siente mucha afinidad con mi hermano, ni él con ella, pero seguro que valorará sus impresiones. No te hagas ilusiones —dijo al ver la cara de entusiasmo de Manolo—, que seguramente digan que no y todo quede en nada. Es solo una idea.

—Si lo logras, te juro que te pido matrimonio. —Manolo esbozó una enorme sonrisa.

—Ni se te ocurra —lo amenazó Telva agitando el dedo índice.

—¿Por qué no? Ahora que tendré casa, la pensión de la guerra y además un trabajo, soy un partidazo. Yo sé que en el fondo tú también me quieres.

—Ya puedes olvidarte porque mi madre me necesita a su lado. Y yo a ella.

—Nunca pretendería que la dejaras sola.

—Entonces ¿qué? ¿Viviríamos los tres juntos? Llevamos mucho tiempo solas, no nos haríamos a volver a tener un hombre en casa. Además, tú y yo así estamos bien, mejor que nunca, ¿no crees? Tú en tu casa, yo en la mía, buenos amigos y una relación sin compromiso.

—Amigos con derecho a roce, que dicen ahora los jóvenes. Es mejor que nada —accedió él—. Al menos, de momento.

Mientras Telva y Manolo posponían la convivencia hasta que las circunstancias fueran más favorables, Alexandra no se separaba de Jacobo. Le costó mucho aceptar que su marido no volvería a reconocerla. Simplemente ya no era él. Jacobo ingresó en una residencia especializada en pacientes con alzhéimer y fortuna suficiente para costearla después de que, en un arrebato de ira provocado por la enfermedad, atacara a una de las enfermeras que lo cuidaban por turnos en su casa hasta casi estrangularla. Lo habría hecho de no ser por Octavia, que iba cada día para ver cómo se encontraba, porque Alexandra no tenía fuerza ella sola para detenerlo. Nada más abrir la puerta, Octavia escuchó los gritos de su madre y de la enfermera. Echó a correr hacia la habitación y entre las tres consiguieron reducirlo, no sin llevarse alguna de las patadas o puñetazos que lanzaba al aire como una energía impensable para su edad y su estado.

Aun así, a Octavia no le resultó fácil convencer a su madre de internarlo.

—Lo miro y no consigo ver a tu padre en él —se lamentaba Alexandra—. Siempre fue frío a la hora de tomar decisiones, pragmático aceptando las circunstancias y, a la vez, cariñoso con nosotras. ¿Cómo puede haberse convertido en esto?

—Ya no es él, mamá, lo que ves es la enfermedad. En esta fase se vuelven agresivos. Es un síntoma más, no te tortures.

—Quizá haya sido un hecho puntual. Es posible que si le cambian la medicación se calme.

—No es la primera vez que agrede a una cuidadora, y si crees que me he tragado que el morado que tenías en la cara el mes pasado te lo hiciste contra la puerta del armario es que piensas que soy idiota. Debemos buscar una solución. Una residencia con atención veinticuatro horas, servicio médico y personal especializado.

Los primeros meses Alexandra lo visitó cada día. Se sentaba a su lado y, como no sabía qué hacer, empezó a llevarse un libro con ella. El primero que le leyó fue el de Elías Goulet y lo hizo en francés, segura de que, si Jacobo seguía siendo él en algún lugar de su interior, comprendería aquel idioma que aprendió de niño.

Elías había reconstruido la historia de su padre en España a partir de la información que había recibido de Casimira, de Manuela y de Magdalena Fernández, la partera, la única de sus tres tías que encontró viva porque a la mayor se la había llevado por delante un accidente de tráfico y a la más joven la habían fusilado tras la guerra. Elías Goulet no había sido neutral. Aquel libro no estaba escrito desde su vertiente de historiador sino de la de un hombre que necesita convertir en héroe al padre que lo abandonó y justificar así que lo hubiera dejado atrás. En aquella historia había ángeles y demonios, y eso lo decidía solamente el bando al que pertenecieran. Según él, su padre había luchado del lado de los buenos, puso a su hija a salvo de la muerte y el horror, renunciando a ella para enviarla a un lugar mejor, y huyó a Francia con intención de continuar desde allí la lucha por la libertad y por los derechos de los trabajadores. No mencionaba que abandonó a su mujer a su suerte, ni los años que Manuela vivió presa, sola y muerta de miedo, ni lo que sufrió Telva estando lejos de sus padres. En cambio, sí contaba que su esposa había falsificado un certificado de defunción para casarse con otro, uno de los malos, y que Elías, por el amor que una vez sintió por ella, no había vuelto a España. Se condenó al exilio perpetuo para que la mentira sobre la que su mujer había construido su vida no saltase por los aires. Hasta la última página, Elías Goulet pintaba a su padre como un héroe de la libertad, que no había dejado un solo día de luchar por los derechos de los más débiles.

A Alexandra le entraba tal indignación ante aquella forma de simplificar y retorcer la realidad que tuvo que dejar el libro varias veces para retomarlo después. Entretanto, compartía los recuerdos que le removía la historia con Jacobo, que le dirigía una mirada vacía, la de a quien ya no le interesa nada de lo que ocurra en el mundo.

—El libro no cuenta la verdad —le explicó a Manuela—, sino lo que a este hombre le gustaría que hubiera sucedido. Lo ha simplificado como en las películas del Oeste, en las que los vaqueros son los buenos y los indios son los malos. Se centra en Elías, en su versión más política y revolucionaria, y lo pinta como si hubiera sido un héroe de la lucha por la libertad. Aunque habla de la guerra y la preguerra, a vosotras ni siquiera os menciona directamente. Sois dos personajes secundarios con nombres inventados que solo salís a escena cuando necesita explicar las decisiones del protagonista. Ni siquiera Elías aparece con su nombre, sino como Justo Libertario.

—¿Justo Libertario? ¿Qué clase de nombre es ese?

—Uno simbólico, está claro. El libro es una novela con muy poca base real. Si no sabes a quién se refiere, y ya te digo que, tal como lo cuenta, es imposible adivinarlo porque dista mucho de la verdad, es una historia simplona pero entretenida. A mí me ha removido porque lo estaba comparando con lo que realmente ocurrió y lo que te hizo pasar a ti, pero en ningún sitio pone que lo que se narra sea real y la dedicatoria es muy simple: «A mi padre». Tú verás qué decides, pero no creo que necesites compartir la existencia de este libro con Telva.

Elías Goulet había cumplido su promesa y no desvelaba la

identidad de Manuela y Telva. Los nombres de todos los personajes de la historia estaban cambiados, también de los franceses. La única licencia que se había permitido fue llamar Casimira al personaje de Manuela, y Magdalena al de Telva, en honor a sus fuentes de información. Además, pocas personas quedaban en el mundo que hubieran podido relacionar a Manuela con un personaje llamado Justo Libertario que, antes de la guerra, había trabajado en La Sombrerera de Gijón y fue perseguido por sindicalista, como tantos otros obreros asturianos.

Manuela le dio muchas vueltas varias noches seguidas a si debía compartir o no aquello con Telva, hasta que finalmente se decidió.

—Tienes razón. No se lo voy a contar —le dijo a Alexandra—. Estoy convencida de que Telva nunca ha confiado en los hombres por lo que hizo su padre. Ahora vuelve a estar con Manolo y se les ve muy felices. Parecen adolescentes enamorados. Creo que, si no fuera por mí, vivirían de nuevo juntos, y yo no voy a durar para siempre. Tengo miedo de que si se lo cuento se reabran viejas heridas y se aleje de Manolo. Él es muy buen hombre, lleva toda la vida enamorado de ella hasta los huesos y no quiero que se quede sola cuando yo falte. No me iría de este mundo tranquila y, cuando me llegue el momento, deseo marcharme en paz.

El proyecto de Manolo para asesorar a padres adoptivos sobre el proceso en Rusia no cayó en saco roto. Lo primero que hizo Telva fue hablarlo con Gorio porque tanto él como Marina estaban muy sensibilizados con el tema, y a los dos les apasionó la iniciativa, pero no podían implicarse. Con sus carreras profesionales y acostumbrándose todavía a ser padres de tres hijos, su vida estaba más que completa.

—Solo te pido que ayudes a Manolo a presentarle la idea a Clara —le dijo Telva a su hermano—. Si viene de ti, se lo tomará en serio.

—No estés tan segura, ella y yo no congeniamos mucho.

—Lo sé, pero os respetáis profesionalmente y eso es lo único que importa para el proyecto, no necesito que os hagáis amigos.

—¿Por qué este interés si tú no vas a participar en él?

Telva titubeó a la hora de responder y Gorio ató cabos.

—¿Es eso? ¡Vaya con Manolo! El que la sigue la consigue —dijo riendo.

—Métase en sus asuntos, ilustrísima.

—Excelentísimo señor.

—Pues, excelentísimo señor, ¡váyase usted al carajo! —respondió Telva, enfadada consigo misma por haber sido tan transparente.

Manuela se ofreció para organizar la reunión entre Clara, Gorio, Telva y Manolo y los invitó a comer en su casa. Encargó en la pescadería unas almejas de Carril y una merluza de pincho y las preparó ella misma, las primeras a la marinera y la segunda a la sidra. De postre, una tarta Charlota y una botella de Codorníu Non Plus Ultra, que metió en la nevera por si había ocasión de brindar.

Clara le agradeció a Manuela la invitación, pero no parecía demasiado convencida cuando entre Telva y Manolo le contaron el proyecto.

—¿Qué papel tendrías tú en esto? —le preguntó a Gorio.

—Ninguno público porque, como bien sabes, no me lo permite mi cargo, pero sí serviría de soporte a tu bufete con mi conocimiento sobre la legislación rusa en esta materia.

—Eso está muy bien al inicio, pero las leyes cambian de un día para otro en todos los países y lo que conoces ahora servirá de poco cuando eso ocurra.

—¿Qué querrías entonces que aportara yo? —le preguntó Gorio—. Además de confirmarte que es un nicho de mercado en el que todavía no hay ningún despacho de referencia y que, a la vez, es un proyecto social, porque si no llega a ser por mi hermana y por Manolo, no sé si hoy tendríamos a nuestros hijos.

—Antes de pedir, necesito entender. ¿Por qué yo y no Marina? Su bufete es mucho más grande que el nuestro.

Gorio negó con un gesto.

—Marina es accionista minoritaria, no puede decidir por sí misma abrir una nueva línea legal y, en cualquier caso, ahora mismo no tiene tiempo para un proyecto de esta enjundia. Por eso no está aquí hoy. Bastante tiene ya con mantener su posición en el despacho y ocuparse de los niños. ¡No sabe cómo arreglarse con las dos cosas como para empezar algo nuevo!

—Ya veo. En cambio tú, como padre, no tienes ese problema, ¿verdad?

Gorio ignoró la ironía.

—Yo puedo ponerme a tu disposición.

—Antes de nada necesito hablar con mis dos socios y analizar cómo encajaría este nuevo departamento con lo que abarcamos ahora. No tenemos expertos civilistas en familia y eso es un problema. Además, con lo de la guerra de Chechenia, no parece razonable emprender relaciones con Rusia en este momento. En fin, que pronto os daré una respuesta.

Llegados a ese punto, la conversación transcurrió por otros derroteros. Manuela, deseosa de rebajar la tensión entre Gorio y Clara, sacó un tema que consideró neutral, pero se equivocó.

—¿Habéis visto qué calor hace hoy? A ver si va a ser verdad eso que dicen en el telediario del efecto invernadero.

—Como dicen en Madrid —apunto Gorio—, «San Isidro Labrador, quita el agua y trae el sol».

—¿San Isidro? ¿Hoy es quince de mayo? ¡Pero si hoy es el cabo de año de la muerte de Claudina! —Manuela se echó las manos a la cabeza—. No me he acordado, voy a misa todos los años pero hoy, con lo de la comida, se me pasó.

Menos Manolo, todos conocían perfectamente la historia de Claudina y Abelardo.

—Es que aquello ocurrió después de que vosotros os volvierais a Rusia —explicó Manuela.

Entre todos, le contaron a Manolo lo sucedido.

—¡Qué horror! —se escandalizó él—. Eran otros tiempos, la dictadura...

—La dictadura fue la culpable de muchas atrocidades, muchísimas —lo cortó Clara—, pero ya hace casi veinte años que vivimos en democracia y todo sigue igual. Claro que, como no se cuenta en las noticias, parece que no existe. La realidad es que hoy la ley sigue sin contemplar el maltrato como delito. Solo si hay muerte o lesiones.

—Eso no es así —rebatió Gorio—. La ley lo contempla y el sistema judicial aplica la ley.

—¿En serio lo dices? ¿Precisamente tú? No me fastidies. Lo único que hacen los jueces es poner una multa en caso de lesiones.

Gorio y Clara se enzarzaron en una discusión que el resto no entendió hasta que la propia Clara la tradujo para todos.

—Esta es la situación: por un lado, el régimen económico por defecto es el ganancial, así que, si la mujer denuncia, la multa recae sobre la economía familiar; por otro, ya os imagináis lo que le espera cuando su marido vuelve a casa fuera de sí. En estas circunstancias, ¿qué mujer va a denunciar? Y todavía hay alguna que está tan desesperada que se atreve a hacerlo, con unas consecuencias desastrosas para ella y sus hijos, pero ni siquiera se contabilizan las víctimas mortales.

—Entonces, hijo, ¿es verdad lo que dice Clara? —Manuela no quería creerlo—. ¿Seguimos igual?

—La visión de Clara es un poco partidista. Nuestra sociedad no es perfecta, pero sí de las mejores en este asunto.

Clara hizo una mueca de incredulidad.

—De las mejores, ¿para quién? —preguntó.

—Si hubiera sucedido hoy, seguro que tú habrías metido a Abelardo en la cárcel y se habría podrido en ella toda su vida —afirmó Manuela, que se negaba a bajar a su hijo del pedestal en el que lo tenía.

Gorio iba a eludir contradecirla, pero Clara no se lo permitió.

—Eso, Gorio, ¿qué habrías hecho tú desde tu puesto en la cumbre de la justicia de este país si lo de Claudina hubiera sucedido hoy?

—Seguramente nada porque no llegó a juicio. Ni es mi cometido legislar ni controlar la investigación policial, sino aplicar la ley vigente en los juzgados. La misión del Tribunal Supremo es garantizar que los jueces aplican la ley de forma correcta en los casos que juzgan y, cuando eso no sucede, corregimos el error. Este caso no llegó a entrar en el sistema judicial, no sé si porque la policía no encontró pruebas suficientes durante la investigación o porque la tal Eufemia se encargó de tomarse la justicia por su mano.

—Mira qué forma más buena de lavarte las manos —le espetó Clara.

Antes de que Gorio pudiera responder al ataque, Manuela, aunque decepcionada por la respuesta de su hijo, intervino para sembrar la paz entre ellos.

—Tengo una botella de Codorníu en la nevera, ¿os parece que nos tomemos una copita con la Charlota? —propuso, un poco arrepentida de haber organizado el encuentro.

Cuando Clara se fue, después de darle las gracias de nuevo a Manuela por la comida, Manolo se levantó para quitar la mesa y Telva instó a Gorio a que hiciera lo mismo.

—Mamá ha hecho la comida y no vamos a permitir que también recoja —le dijo a su hermano—. Así que tú ayudas, me da igual que estés en el Tribunal Supremo o sentado en el trono real.

Gorio obedeció y Manuela, aliviada y agotada, no hizo ni ademán de protestar y se retiró a su habitación a descansar.

No llevaba ni cinco minutos tumbada cuando sonó el teléfono. Era Alexandra.

—Me he acordado de que hoy es el aniversario de la muerte de Claudina y supuse que tú también. Sé que sigues yendo a misa por ella cada año.

—Ay, amiga, ¡qué misa ni qué misa! Me va a estallar la cabeza.

Acto seguido le contó cómo había transcurrido la comida y los enfrentamientos entre Gorio y Clara.

Alexandra estalló en carcajadas al otro lado del teléfono.

—¿Se puede saber de qué te ríes?

—De que la historia se repite, querida. Dignos hijos de sus padres. Son igualitos que Goyo y Amelia, que siempre andaban a la gresca.

32

El tiempo transcurría y seguía sin llegar el momento de lucidez que Alexandra esperaba, en el que Jacobo la reconociera aunque solo fueran unos segundos. Poco a poco, espació las visitas a la residencia en la que lo habían ingresado y retomó la vida que el alzhéimer de su marido había puesto en pausa.

Echaba de menos Gijón y por fin, en el verano de 1997, decidió volver. No quería trasladarse definitivamente y no solo por Jacobo, también le gustaba pasar tiempo con sus nietos, que se habían hecho mayores a una velocidad de vértigo, o al menos eso le parecía a ella. Regresaba puntualmente cada dos semanas a Madrid, pero en Gijón atesoraba los mejores recuerdos de su infancia, de sus padres y de aquel viejo caserón que, como ella, notaba los achaques de la edad por más que invirtiera en su mantenimiento. Por eso, cuando el verano terminó, decidió alargarlo.

—Hace tan buen tiempo que no tiene sentido que me vuelva a Madrid. Ya no tengo compromisos, nadie cuenta conmigo —le confesó a Manuela—, aunque reconozco que la culpa la tengo yo, que llevo años rechazando todas las invitaciones.

—Igual por eso no os han invitado a la boda de la infanta Cristina.

Alexandra rio.

—Ni hace dos años a la de su hermana. No estamos a ese nivel ni tenemos relación con la Casa Real.

—Me acuerdo cuando fuisteis a la de la hija de Franco.

—Aquellos eran otros tiempos y los invitados éramos todos españoles. Nos juntamos allí la aristocracia y los empresarios del país porque España estaba aislada política y económicamente. A esta boda asistirán las casas reales de todo el mundo, políticos, empresarios que controlan los medios de comunicación y grandes fortunas internacionales —le explicó—. ¿Por qué no venís Telvina y tú a verla por televisión? Después comemos juntas y comentamos el vestuario de las invitadas. Octavia también vendrá. Se queda sola en Madrid porque Miguel se lleva a los chicos a navegar. Ella no va, se marea y no le gusta, así que aprovechará para pasar el fin de semana aquí conmigo.

Dicho y hecho, el sábado por la mañana las cuatro se reunieron en el salón de la mansión familiar de Alexandra frente al televisor. Manuela estaba encantada porque todas las invitadas llevaban sombrero y no dejaba de comentarlos, pero sobre todo hablaron de los novios. Al menos, Manuela, Alexandra y Octavia. Telva no opinaba. Estaba más interesada en las imágenes que mostraban de Barcelona porque no conocía la ciudad.

—¡Qué guapo es el marido! —dijo Octavia—. ¿Cómo le habrán permitido a la infanta casarse con un simple jugador de balonmano en vez de con un aristócrata como la hermana? Si al menos fuera de fútbol sería otra cosa, porque en este país nadie ha visto un partido de balonmano hasta que su equipo llegó a la semifinal de los Juegos Olímpicos.

—Supongo que es tan improbable que ella llegue al trono —respondió su madre— que puede casarse con quien quiera. Al ser la tercera, ha tenido mucha suerte: vive como un miembro de la realeza pero sin los inconvenientes que eso conlleva. Otro asunto será la boda del príncipe Felipe, que está llamado a ser rey desde que nació. Él sí que se casará con una auténtica princesa, una chica que lleve toda la vida preparándose para ser reina. Como su padre con doña Sofía.

—No tardará mucho. Ahora que ya se han casado las dos, le toca a él.

—A ver a quién eligen —dijo Manuela—, porque como el niño salga al padre, no sé yo si lo va a aguantar alguna. Cuando doña Sofía eran otros tiempos.

—No creo que eso sea genético —descartó Alexandra.

—Genético no sé, pero el ejemplo cala.

A media tarde, Manuela y Telva se despidieron. Llevaban desde primera hora de la mañana frente al televisor.

Alexandra se sentía un poco embotada y le pidió a Octavia ir a dar un paseo por la playa.

—Quiero mojar los pies en el mar y ver la puesta de sol desde la orilla.

—Ya estamos en octubre, el agua estará gélida, ¿no te irá mal para los huesos?

—Lo que les sienta mal a mis huesos son los años, no el agua del Cantábrico. No he bajado a la playa en todo el verano y quizá esta sea la última oportunidad este año. Hace sol y es fin de semana. Ahora que ha terminado la boda, seguro que se llenará de gente y estará muy animada.

—Podíamos habérselo dicho a Telva y a Manuela. Habrían querido acompañarnos.

Alexandra negó con la mano.

—Prefiero que vayamos solas.

Octavia avisó al chófer para que se preparara mientras ellas subían a sus habitaciones a arreglarse un poco y a cambiarse de ropa. Tal como había predicho Alexandra, cuando llegaron la playa estaba llena de gente paseando por la orilla; otros jugaban al vóley playa, al fútbol, a las palas, o simplemente descansaban tumbados en sus toallas. Había bajamar y a Alexandra le costó caminar por la arena blanda hasta llegar a la zona húmeda para descubrir que, como Octavia había anticipado, el agua estaba muy fría. Se detuvo en la orilla para sentir la brisa y el olor fresco del salitre antes de emprender el paseo en paralelo al mar, en dirección a la iglesia de San Pedro, que marcaba el extremo más céntrico de la playa.

Mientras caminaban, Alexandra rememoró la boda de Octavia.

—Tú estabas mucho más guapa que la infanta. Iba muy sosa. Y que la percha hace mucho, claro está. Ella no tiene tu buen tipo.

Octavia rio.

—¿Y no será que tú me ves con buenos ojos? Ella estaba muy elegante, pero es verdad que él llama más la atención.

—Miguel también es muy atractivo y, en cambio, tú le hiciste sombra en el altar —insistió Alexandra.

Octavia sonrió.

—¿Ya no estás decepcionada por que decidiera casarme y dedicarme a mi familia?

Alexandra se detuvo.

—No, hija mía, al contrario. Estoy orgullosísima de ti, de cómo eres, de lo sólidas que han sido siempre tus decisiones y de los maravillosos nietos que me has dado. Sé que entonces no te apoyé lo suficiente, te hice sentir que me decepcionabas y no sabes cuánto me arrepiento porque te juro que tú eres de lo que más orgullosa me siento en la vida.

—¿Qué te pasa, mamá? No digas tonterías, no tienes nada de qué arrepentirte ni yo nada que reprocharte. Tú siempre has estado ahí para mí. Me siento una mujer con muchísima suerte porque está claro que mi destino era tener una madre maravillosa. Primero me dieron una excepcional y, cuando la perdí, me regalaron otra igual de extraordinaria.

Octavia apretó fuerte el brazo de su madre y le dio un beso en la mejilla.

—¡Te quiero! —dijo.

—Y yo a ti, hija. ¿Damos la vuelta? Tenías razón, tengo los pies congelados. El izquierdo ni lo siento.

—Vamos a secarnos y llamo para que nos recojan en la escalera más cercana.

Su madre le respondió, pero Octavia no la entendió. Alexandra volvió a intentarlo y solo emitió una especie de hipo.

—¿Qué te sucede, mamá?

Al ver la mueca en su cara al intentar hablar, Octavia comprendió que estaba sufriendo un ictus. Nerviosa y con las manos temblorosas, la acostó en la arena y llamó a una ambulancia con el móvil. Después empezó a pedir ayuda a gritos.

Alexandra murió en un box de Urgencias tan solo unas horas después.

Alexandra Solís de Armayor fue enterrada en el panteón familiar de Gijón, en una ceremonia íntima a la que asistieron, además de su hija y su yerno, Manuela, Telva, Clara y Amelia, que viajó desde París para despedir a su amiga desde la niñez, y Gorio, que anuló sus compromisos laborales para estar presente. El funeral oficial se celebraría en Madrid la semana siguiente y estaba previsto que asistieran numerosos miembros de la aristocracia y destacados representantes del mundo empresarial porque cualquier momento era bueno para salir en las fotos, estrechar lazos y afianzar contactos.

—Habíamos hecho planes para recibir el nuevo milenio juntas —sollozaba Manuela a la salida del cementerio—. Ya solo quedo yo.

Daba igual lo que los demás le dijeran, era lo único que repetía.

—No vengáis a Madrid —le dijo Octavia a Telva—. Manuela está muy afectada y me da miedo que le dé algo. Solo me faltaba perder a mi madrina también. Además, el funeral de allí será un postureo que no tendrá nada que ver con los sentimientos por mi madre. La despedida real ha sido aquí, en privado, con los que de verdad la queríamos.

—Yo también estoy preocupada por mi madre, pero no quiero dejarte sola. Si tu padre estuviera bien sería otra cosa.

—Acudiré del brazo de Miguel, y estaré acompañada por nuestros hijos. Será un acto social al que asistirá la gente que nos considera interesantes para hacer negocios.

—No te preocupes, Telvina —intervino Gorio—, que Marina y yo iremos en representación de la familia. Tú cuida de mamá. Octavia tiene razón y es mejor que no vaya. Esto le ha caído como un mazazo. Está muy confundida. Antes ha sido incapaz de distinguir a Nadia de Katia y ha llamado a Greg por mi nombre. Menos mal que las niñas se lo han tomado a broma.

Alexandra y Manuela habían hablado varias veces del cambio de milenio, ilusionadas por llegar al siglo veintiuno, que cada vez estaba más cerca.

—No veremos coches volar como auguraban las películas —comentaba Alexandra—. Todavía falta mucho para eso.

—Ni tampoco ovnis ni extraterrestres, ¡y menos mal! Aunque si viniese uno como Alf o como E.T., no me importaría tenerlo en casa —decía Manuela provocando las risas de su amiga.

Habían hablado de los supersticiosos y los fanáticos que vaticinaban el fin del mundo, unos con la versión del Apocalipsis, otros con disparatadas teorías sobre la salvación de los fieles incluso en naves espaciales. Lo que nunca comentaron fue la posibilidad de que solo una de ellas llegase al nuevo siglo.

Una vez en casa, después del entierro, Manuela se sentó en el sofá, cogió las cenizas de Juan Gregorio y se quedó allí, con la urna en el regazo, mirando la pantalla de la tele apagada.

—Ya no queda nadie de nuestra época, Goyo, solo Amelia, pero ella y yo nunca tuvimos relación —murmuraba entre silencio y silencio.

Esa noche Manuela no quiso cenar ni tampoco acostarse, así que se quedaron allí las dos, Manuela mirando al vacío y Telva mirando a Manuela, temiendo ser ella la que se quedase sola en cualquier momento.

Por la mañana la convenció para tomar un poco de leche caliente y, a la hora de apertura del comercio, fue corriendo al videoclub a alquilar *Sissi Emperatriz*. La dependienta era muy joven y ni siquiera conocía la película, pero ante la insistencia de Telva —«Es cuestión de vida o muerte, se lo aseguro, mi madre no se encuentra bien»—, la localizó en la zona de clásicos.

Era la película favorita de Manuela, que lloraba en cada reposición igual que la primera vez al ver a Sissi separada de su hija por la malvada suegra, mientras Telva le hacía bromas al respecto. Aquel día Telva no bromeó, asustada por el estado de

Manuela, sino que lloró junto a su madre por las desgracias de la emperatriz austriaca las tres veces que puso la película.

Después, Manuela aceptó una taza de caldo de pollo y esa noche abandonó el sofá para acostarse en su cama unas horas.

Al día siguiente volvieron a ver la película porque a Telva no se le ocurrió nada mejor y Sissi, de nuevo, obró el milagro: Manuela se sentó en la mesa a comer y, aunque casi no probó bocado, Telva lo tomó como un gran paso. Esa misma tarde corrió al videoclub cuando su madre le preguntó si podía conseguir también la primera y la tercera parte de la historia de la emperatriz. Añadió al encargo *Lo que el viento se llevó* porque su madre la veía invariablemente cada Navidad, y durante las casi cinco horas que duraba el largometraje con las pausas publicitarias no se movía del sofá más que para ir al baño en los anuncios.

Perdió la cuenta del número de veces que las visionaron, tantas que podía recitar los diálogos de cualquiera de ellas de memoria, porque para su desesperación ni siquiera se planteaba intentar sacar a su madre de casa: una borrasca se había instalado sobre la ciudad y se resistía a abandonarla. El viento y la lluvia no cesaron durante más de dos semanas, en las que Telva no se separó de su madre, temerosa de ser ella la siguiente en quedarse huérfana. En la primera ocasión en que la lluvia escampó y el sol se dejó ver tímidamente entre las nubes, Telva insistió tanto en salir a la calle para aprovechar la tregua que les daba la borrasca que Manuela terminó por aceptar.

—Pero no me lleves por el centro, y nada de pasar cerca de la plaza del Fontán, que es sábado, hay mercado, y no quiero verme obligada a charlar de banalidades con ningún conocido.

Telva cogió dos paraguas por si volvía a llover, tomó a su madre del brazo y se encaminó al taller de Águeda.

La encontraron desocupada y con muchas ganas de charlar.

—¡Qué alegría veros! Voy a preparar café y nos sentamos en el taller, que no hay nadie.

—Café, no —pidió Telva—. No estamos para excitantes.

—No te preocupes, que ya hace tiempo que solo lo tomo

descafeinado. Si a vosotras no os importa, le pongo un poco de achicoria que, aunque ya no se estila, a mí me gusta más. Quizá por la costumbre.

Telva vio un atisbo de sonrisa en el rostro de su madre por primera vez desde el entierro de Alexandra mientras asentía a las palabras de Águeda.

—¿Verdad que sí? A mí también me gusta más con achicoria y, como tú, lo tomo siempre descafeinado.

Cuando Águeda volvió con la bandeja de las tazas, se acomodaron en una de las mesas de corte.

—Tengo mucho trabajo, más del que puedo atender, pero incluso entre semana el taller está así de vacío muchos ratos —explicó Águeda—. Las chicas jóvenes ya no quieren ser modistas y las alumnas que me quedan son señoras mayores, muchas de ellas viudas, que vienen a pasar el rato. Algunas asisten también a la academia de manualidades de enfrente, aquí hacen algo de ropita para los nietos y allí adornos para la casa. Entre eso, hacer la compra y preparar la comida, echan el día y no están solas. Desde que no das la clase de confección de sombreros, los viernes ya no viene nadie.

Charlaron las tres durante más de dos horas en las que Manuela soltó la pena que llevaba dentro.

—Esto de Alexandra ha sido un golpe que no me esperaba. Con lo bien que se encontraba y lo enérgica que era siempre. Pasaba de los ochenta y no aparentaba ni setenta. Tendríais que haberla visto en París cuando conocimos a Stef... —Manuela se mordió la lengua al darse cuenta de lo que estaba a punto de confesar delante de su hija y volvió a caer en la melancolía—. Está claro que los años van por dentro, aunque no se reflejen en el espejo. Es muy duro cuando ya no queda nadie de tu generación para compartir recuerdos del pasado.

—¿Por qué no os echo las cartas? —propuso Águeda cuando Manuela entró de nuevo en el bucle autocompasivo—. Aprendí de pequeña, me enseñó la abuela de mi mejor amiga. Seguro que pasamos un buen rato.

—Te lo agradezco —rechazó Manuela—, pero ni aunque

fueses capaz de cantarme el futuro minuto a minuto me apetecería conocerlo. No le queda nada interesante por ofrecerme. Tuve una buena vida, un marido al que quise y me quiso con locura, mis hijos son un regalo del cielo y ahora, además, tengo unos nietos preciosos. Cualquier cosa que venga después solo puede ser triste, y tristezas también tuve bastantes, no te creas que fue todo bueno, así que si me toca pasar por más no quiero saberlo con antelación.

Telva no quiso corregir a su madre, a pesar de que, en el fondo de su corazón, le dolió que no hubiera mencionado a su padre, sabedora de que al marido al que se refería era a Juan Gregorio.

—Seguro que a Telva le apetece probar.

Águeda fijó los ojos en Telva instándola a aceptar y ella, que consideraba aquello meras supercherías, se vio en un compromiso.

—A Telva sí que le haría falta —dijo Manuela, pero enseguida rechazó la ocurrencia—. Lo que pasa es que no cree en estas cosas. Ella es más de números y de ciencia, ¿verdad, hija?

Águeda sonrió y Telva, al ver que su madre se animaba con la idea, entendió lo que la costurera pretendía.

—Es verdad que no creo mucho en estas cosas, pero Águeda tiene razón, ¿qué puedo perder?

Manuela miró sorprendida a su hija y, antes de que pudiera decir nada, Águeda se le adelantó.

—¿Tenéis prisa por ir a algún sitio?

—La verdad es que no —reconoció Manuela—. Este café contigo es, con diferencia, el mejor momento que estoy pasando desde el funeral.

—Pues entonces voy a por la baraja.

Águeda se dirigió a la zona privada que ocupaba su vivienda en busca de las cartas y Manuela aprovechó para comentarlo con Telva.

—Hija, no pensé que te interesara a ti esto del tarot.

Telva farfulló una explicación banal que pareció ser suficiente para su madre.

—Así hacemos tiempo —dijo Manuela—, porque llueve fuerte otra vez. No está para pasear. Qué buena es la lluvia y qué pesada se hace a veces.

Águeda regresó con una bolsita de tela en la que llevaba varias barajas y un mantel de fieltro rojo para extender la tirada.

—Veamos qué nos dicen de ti —dijo, y le dedicó a Telva una sonrisa cómplice—. Y si después te animas, Manuela, os puedo hacer una tirada doble, que os cubra a las dos.

—A eso no te digo que no. Las dos juntas sí que me gustaría —respondió Manuela cada vez más interesada.

Telva siguió las instrucciones de Águeda, cortó, fingió concentrarse en lo que quería que le aclararan las cartas y observó atentamente cómo las extendía sobre el mantel.

—¿Eso es el fallecimiento de Alexandra? —preguntó Manuela cuando salió la carta de la Muerte.

—No es tan sencillo. Las cartas no tienen un significado literal —explicó Águeda—. La Muerte solamente significa cambio.

Las tiradas se sucedieron durante más de media hora, y en ese rato Manuela se olvidó de estar triste mientras preguntaba y atendía a las explicaciones de la costurera. Por su parte, Telva escuchó atónita a Águeda, a la que tenía por una mujer sensata y cabal, asegurar que, según indicaban las cartas tirada tras tirada, debía coger el testigo de las clases de confección de sombreros y tocados que su madre estuvo dando en el taller hasta que las dos se fueron a Madrid a cuidar de Gorio cuando enfermó. Aunque estaba encantada de ver a su madre tan distraída a cuenta del tarot, aquello ya le pareció demasiado.

—No desvaríes, Águeda, que tengo más de lo que puedo abarcar con lo mío y con ayudar a Manolo en lo de las adopciones en Rusia.

—Es solo un ratito a la semana. Seguro que consigues sacar un par de horas —insistió Águeda.

—Es que ni sé confeccionar sombreros ni soy capaz de dar clases. Tú me conoces y sabes que no tengo paciencia, no soy simpática y no caigo bien.

—Sí que sabes confeccionar sombreros —intervino Manuela—, y con lo de la paciencia puedo ayudarte yo, que tengo mucha.

Telva dudó y Águeda aprovechó para terminar de convencerla.

—Solo tienes que hacer los dibujos un poco más sencillos de lo que acostumbrabas para que las alumnas los entiendan, y recordar que lo importante aquí no es la perfección del sombrero, sino pasar un tiempo agradable y que el resultado sea vistoso, que sirva para hacer un bonito regalo. Además, tu madre estará contigo acompañándote en cada clase, ¿verdad, Manuela? Por si surge alguna duda complicada y para charlar con las alumnas.

Telva, que había entendido ya el propósito de Águeda, aunque no lo veía demasiado claro, aceptó. Aquello era el mejor acicate para que su madre saliera de casa y volviera a relacionarse con gente.

—¿Tú crees que tendremos alumnas? —preguntó Manuela, y ni a Águeda ni a Telva se les pasó por alto el plural que había utilizado.

—Verás que sí. Yo me encargo de eso. Podemos empezar este mismo viernes a la hora de siempre.

Telva salió del taller de Águeda con una clase que preparar y Manuela la notó tan nerviosa que se olvidó por unas horas del vacío que le había dejado el fallecimiento de Alexandra.

Para cuando llegó el verano, Manuela, aunque tenía sus momentos de melancolía, había superado ya la peor etapa del duelo, pero al llegar a Gijón volvió a languidecer. Allí la falta de Alexandra era más evidente.

—Yo sé que no es fácil de entender —le decía a Telva—, pero me siento como si me hubiera vuelto a quedar viuda. ¿Qué pinto yo aquí? No queda ninguno de los de mi época.

—Esta sigue siendo tu época porque estás viva y nos tienes a Gorio, a mí y a los niños.

—No es lo mismo.

—¡Vaya! Gracias por lo que me toca.

—No, hija, vosotros sois lo más importante del mundo para mí, pero no os hago falta. Gorio está ocupadísimo en Madrid con su trabajo y su familia, y tú no paras tampoco. Como debe ser. Además, ya es hora de que tú y Manolo disfrutéis de una vida juntos y yo soy el estorbo que lo impide.

—Mira, mamá, no me hagas enfadar. Ni tú eres un estorbo ni yo tengo interés en vivir con Manolo.

—Pues ya me puedes prometer que será lo primero que harás el día que yo falte.

—Espero que no te hagas muchas ilusiones porque de eso ni hablar. El día que tú no estés, Manolo en su casa y yo en la mía, echándote de menos a ti.

Telva amenazaba a su madre porque no quería darle ningún motivo para desear su propia muerte. Aunque la realidad era que compartir la etapa vital de la jubilación con Manolo sí entraba en sus planes de futuro. Hasta entonces, ni tenía prisa por retirarse ni por convivir cada día con él, porque pretendía que Manuela le durara lo máximo posible. Ya bastantes años había echado en falta a su madre como para renunciar a estar con ella todo lo que la vida le permitiera.

Con la llegada de Gorio y Marina a Gijón para las vacaciones de verano, Telva confió en que los niños consiguieran que su madre volviera a levantarse cada día ilusionada, o al menos que la tuvieran tan ocupada que no le quedara tiempo para acordarse de lo triste que estaba.

Nada más verse, Telva se llevó a su hermano aparte.

—Déjanos a los niños desde bien temprano por la mañana —le pidió—, mamá los necesita.

—No sabes lo que dices, os van a agotar. Greg es cada día más inquieto, tanto que le están haciendo pruebas. Por eso y, sobre todo, que no está creciendo lo suficiente según el doctor.

—Mucho mejor, porque de eso exactamente se trata, de que no tenga tiempo para pensar.

—Mamá ya no está para esos trotes.

—Tú déjanoslos y vete a la playa, a pasear con tu mujer o a bailar a ritmo de George Michael, lo que más te apetezca.

—¿Se puede saber de qué vas? —respondió Gorio visiblemente cabreado.

George Michael se había convertido en un icono de la lucha por los derechos de los homosexuales después de que aquella primavera lo sedujera un policía en un baño público de Beverly Hills y, cuando él mordió el anzuelo, lo detuvo por conducta escandalosa.

Telva no había tenido intención ninguna y quiso explicarse, ante la incredulidad de su hermano.

—¿A qué te refieres? Me encanta George Michael. Estaban poniendo *Freedom!* en la radio. Es tan atractivo y canta tan bien…

—Ya, y es gay. No hagas bromas, hermana, porque no se te dan bien.

—¿Es gay? No puede ser, ¡qué pena! Con lo guapo que es. Aunque en realidad, como solo voy a verlo en fotos, tanto me da. ¡Vaya! —de pronto cayó en la cuenta—, ¿por eso te has enfadado?

—¿Hablas en serio? ¿No sabías nada? ¿En qué mundo vives?

Telva se encogió de hombros.

—En el mío. ¿Tú sabías que el puente del Huerna, que une Asturias y León, fue el puente atirantado con el vano más largo del mundo cuando se construyó la pasada década? Ahora ya ha sido superado, pero sigue siendo una auténtica obra de arte de la ingeniería. —Y ante la cara de desconcierto de su hermano, añadió—: Pues eso, que no eres el ombligo del mundo y mis intereses son muy diferentes a los tuyos. Entonces ¿qué? ¿Nos dejas a los niños?

Nadia, Katia y Greg entraron en tromba en casa de su abuela y su tía el día de Santiago Apóstol, el mismo en el que en Rusia, su tierra natal, Borís Yeltsin nombraba a Vladímir Putin, hasta entonces desconocido para la prensa internacional, director del

Servicio Federal de Seguridad, llamado hasta hacía pocos años el KGB. Para entonces las niñas ya habían cumplido seis años y estaban emocionadas con sus Barbies, tan rubias como ellas.

—Yo quiero tener el pelo así de largo —decía Nadia—, pero mamá no me deja. Me ha dicho que tengo que ser mucho más mayor.

—Y yo quiero un coche rosa sin techo como el suyo.

—Con eso no os puedo ayudar —dijo Manuela—, pero lo que sí puedo es enseñaros a hacer vestidos para ellas, ¿os apetece?

Las niñas gritaron de ilusión, pero Greg las miró con gesto aburrido y se fue, como un torbellino, a explorar todos los cajones de la casa.

—Yo vigilo a Greg, mamá —se ofreció Telva—, tú quédate con las gemelas.

—Cuando Telva era pequeña no había muñecas —explicó Manuela a sus nietas—, así que yo se las hacía de trapo con los retales que me traía su padre de la fábrica de sombreros, y cuando llegó Octavia, le enseñé a confeccionar vestidos y sombreros para su Nancy, ¿conocéis a la muñeca Nancy?

Las niñas negaron con la cabeza.

—Da igual, ahora los coseremos para vuestras Barbies. ¿Sabéis lo primero que hay que hacer?

Las pequeñas volvieron a negar.

—Tomarles las medidas. Os voy a dar un metro a cada una y os enseño, ¿queréis? Como estas muñecas son tan chiquititas vais a tener que poner mucha atención para no equivocaros porque si no los trajes les pueden quedar enormes o tan pequeños que no les entren —dijo exagerando los gestos para diversión de las niñas—. Después dibujaremos los patrones, cortaremos las piezas de tela con cuidado y las uniremos con esta máquina de coser.

Mientras Manuela entretenía a sus nietas, Telva llevó al parque a Greg, porque lo único que le interesaba de la costura era deshacer las bobinas de hilo e intentar mover el pedal de la vieja Singer a base de saltar sobre él.

—Me lo llevo al parque —dijo Telva—, que no se está quieto, y como se caiga y se dé con el hierro del pie de este trasto viejo tenemos un disgusto.

Manuela rio.

—Todos habéis hecho lo mismo: tú, tu hermano, Octavia e incluso sus hijos cuando han venido a verme, y nunca ha habido ninguna tragedia más allá de un chichón, pero llévatelo igual, que él lo disfrutará más y aquí nos va a enredar todos los hilos.

Telva volvió a casa a mediodía, agotada de correr detrás de Greg, que no había parado un segundo. Se había emocionado con los patos y los cisnes —«¡Un cisne negro, abuela!», repetía una y otra vez con su lengua de trapo— y habían espantado un millón de palomas, saltando de un lado a otro sin parar. Las niñas corrieron para enseñarle a su tía la labor de la mañana: cuatro sombreros azules, iguales al que llevaba Telva el día que embarcó hacia Rusia, dos para ellas y dos para sus Barbies.

La pilló tan de sorpresa que se emocionó.

—Mamá, ¿cómo se te ha ocurrido algo así?

—¡Ay, hija, no sé! Quisieron que les contara otra vez la historia de cuando tú vivías en Rusia y al hablarles del sombrero azul me pidieron que se lo dibujara. El caso es que tenía parte de una pieza de tela azul guardada y al final hicimos cuatro. Ahora quieren otros cuatro en rosa, pero no tengo tela adecuada de ese color. Esta tarde iré a ver si la encuentro, aunque aquí en Gijón no conozco las tiendas de tejidos igual que las de Oviedo. Si no, nos acercamos a Oviedo, ¿te parece?

Telva sonrió porque su madre se había olvidado de estar triste.

Al día siguiente, las niñas se presentaron en casa de Manuela con el catálogo de juguetes de El Corte Inglés de las últimas Navidades, dispuestas a crear con su abuela un surtido fondo de armario para sus Barbies, y Greg corrió directo a buscar a Telva. Quería volver al parque a buscar al cisne negro.

«¡Qué nietos tenemos, Goyo, qué nietos! Lo que habrías

disfrutado con ellos», le decía Manuela a su marido cada noche antes de contarle las hazañas diarias de los pequeños.

Manuela tardó casi tres lustros en encontrar un lugar adecuado para las cenizas de Juan Gregorio, pero tras el fallecimiento de Alexandra empezó a pensar en su propia muerte y sintió la necesidad de buscar su próximo hogar, uno en el que pudieran descansar juntos los dos.

El lugar elegido fue el nuevo columbario de San Juan el Real, la iglesia favorita de Juan Gregorio, a la que acudían invariablemente a misa cada domingo porque la catedral le recordaba la muerte de su tío el canónigo. Acababa de enterarse de que allí, en el mismo templo, iban a construir columbarios y a ponerlos a la venta. Se rumoreaba incluso de varias familias de renombre que habían reservado ya los suyos, así que Manuela consideró que sería del agrado de Juan Gregorio, aunque quiso consultárselo antes a sus hijos. Primero se lo comentó a Telva.

—O sea, que cuando Juan Gregorio murió casi te pones a mal con el cura porque lo de incinerar iba en contra de los mandatos de la Iglesia, pero ahora van a vender columbarios en la propia iglesia para enterrar las cenizas de los fieles.

—Hija, no seas cansina, que no es eso lo que te he preguntado. ¿Te parece bien que lo compre o no?

Tras obtener el beneplácito de Telva, buscó el de Gorio.

Un frío jueves de finales del otoño de 1998, a las once de la mañana, Gorio había apagado su móvil y estaba poniéndose la toga para ir a la sala del tribunal cuando escuchó que sonaba el teléfono de su despacho. Al terminar de vestirse vio la luz roja en el contestador automático. Le dio al play y la voz de su hermana sonó por la habitación:

«Supongo que estarás en un juicio y tienes el móvil apagado. Te va a llamar mamá ahora porque quiere enterrar a tu padre en un columbario que van a construir en San Juan. Por favor, dile que sí, ya lleva demasiados años en el sillón».

El magistrado tuvo el tiempo justo de encender el móvil antes de que sonara. Su madre ni siquiera lo dejó hablar.

—Hijo, te llamo porque quiero llevarme a tu padre a la iglesia de San Juan, que allí va a estar muy a gusto. No es barato, pero me lo puedo permitir, así que, si te parece bien, compro un columbario. Van a ser muy elegantes, todos de mármol, una preciosidad, según me ha dicho el párroco. Cuando estén terminados, saco a tu padre del sillón, como tú querías, porque he pensado que, el día que yo falte, ¿qué va a ser de nosotros? Así lo dejo ya solucionado y no te encuentras tú con el problema. Tienen un coste de mantenimiento, por la limpieza y esas cosas, acuérdate de pagarlo cuando yo me muera. Que no se te olvide. Lo compro entonces, ¿verdad?

Gorio no había terminado de decir que sí cuando Manuela dio la conversación por terminada.

—Te dejo, que estoy con el fijo y las llamadas al móvil salen muy caras.

El excelentísimo señor don Gregorio Covián Baizán se dirigió a paso rápido a la Sala de lo Penal del Tribunal Supremo donde debatirían el último recurso de una sentencia dictada contra varios etarras por atentados mortales cometidos en décadas anteriores. Lo más comentado aquel día por los funcionarios fue la sonrisa con la que el magistrado entró en la sala.

—Este debió de echar un polvo épico anoche —comentó el secretario.

—Seguro que tiene una amante. Estará en la crisis de los cincuenta —apoyó la fiscal.

—Pues le llega tarde, porque está más cerca de los sesenta.

—¿Tantos? ¡Sigue estando de muy buen ver el tío!

—Y eso que estuvo muy malo hace años, justo cuando se incorporó a la Audiencia Nacional. Se tiró casi un año de baja. De aquella estaba soltero y las malas lenguas llegaron a comentar que tenía sida. Claro está que no era así porque aquí lo tienes, vivito y coleando.

—¿Sida? Imposible. Además de lo atractivo que es, está casado y con tres hijos —se extrañó la fiscal—. Seguro que el rumor lo empezó algún resentido que quería su puesto. Ya sabes cómo es esta profesión, que el que no corre vuela.

—¿Sabías que los hijos son adoptados? —continuó el secretario judicial—. En Rusia. Se dice que los compraron y que le costaron un dineral. Fíjate, tres, ni más ni menos.

—¿Comprarlos? Tampoco me lo creo. ¿Cómo va a ser eso? —dudó la fiscal.

—Porque parece ser que tiene una medio hermana rusa que hizo de intermediaria, pero no sé si será cierto o no. La gente es muy cotilla.

Ni siquiera la mueca de extrañeza de la fiscal desanimó al secretario de continuar con la retahíla de chismes sobre el excelentísimo señor Covián, dejándola totalmente asombrada.

No menos sorprendida se quedó Clara cuando Manuela se presentó en su despacho sin previo aviso.

Manuela esperaba en la recepción y, ante lo inoportuno de la visita, dudó incluso si atenderla. Era una mañana de mucho trabajo, repasaba la estrategia para una dura negociación que empezaría en media hora, pero le tenía cariño a Manuela y le dio apuro no recibirla.

—Me pillas en una vorágine de trabajo, solo puedo dedicarte un minuto.

—Seré breve, que no quiero molestarte. Venía a traerte esto —dijo tendiéndole el portarretratos con la foto de Alonso, Amelia y Juan Gregorio—. Es que voy a comprar un columbario en San Juan el Real para llevar a Goyo y que me espere allí hasta que yo vaya a hacerle compañía. Eso si no me muero antes, claro. El caso es que cuando esté allí ya no podrá ver la foto porque, según me ha dicho el párroco, no se podrá meter nada dentro de los nichos que no sean las urnas de las cenizas. Son tus padres y mi Goyo, ya sabes. Tú se la diste en la boda de Octavia y desde entonces ha estado encima de la tele para que él pudiera verla desde el sillón, pero he pensado que mejor te la daba ya, no vaya a ser que falte yo también cualquier día de estos y esta foto tan bonita se pierda.

A Clara le costó unos segundos asimilar semejante retahíla de información y Manuela malinterpretó su silencio.

—¿No la quieres? Soy una vieja tonta —farfulló—. ¿Cómo la vas a querer? Tendrás muchas fotos de tus padres y esta es de una época que te es ajena.

—Al contrario —reaccionó Clara—, será un honor colocarla en mi despacho. ¿Por qué no pasas y me ayudas a buscarle un buen lugar? Tengo veinte minutos hasta la próxima reunión.

Al lunes siguiente, Manuela se inscribió en la lista para convertirse en propietaria de uno de los futuros columbarios. Llegó a casa deseando contárselo a su hija, cuando recordó que no estaba. Telva seguía en activo a pesar de haber cumplido la edad de jubilación. No había cotizado todavía suficientes años para cobrar la pensión de autónomos y tampoco tenía ganas de retirarse después de lo que le había costado incorporarse al mercado laboral español. Aquel día había ido a ver unos pabellones industriales a un polígono cercano a Gijón y se quedaba en la ciudad a pasar la noche. «Con Manolo», supuso su madre con acierto. «Claramente los estoy estorbando. De no ser por mí, ya estarían viviendo juntos. Van a pasar más tiempo de segundo noviazgo que de casados y ya no son ningunos jovenzuelos».

Esa noche preparó, como tantos otros días, un consomé claro con lascas de pan duro, huevo cocido y jamón york porque la sal del serrano le subía la tensión, y de postre, yogur natural. Cenó sola en el salón, con las cenizas de su marido por toda compañía mientras en la televisión entrevistaban a Pedro Duque, el primer astronauta español en viajar al espacio, que explicaba su misión a bordo del Discovery, de la que había regresado hacía menos de un mes. Recordó al escucharlo la noche en que ella y Juan Gregorio vieron llenos de asombro al hombre pisar la Luna y también cuando a Manolo lo apedrearon en la calle unos niños la primera vez que volvió de Rusia por la noticia del Sputnik, aquel satélite espacial que entonces les había parecido ciencia ficción, y cómo después él le dio las primeras noticias que tuvo de Telva en la casa de Alexandra en Gijón. Cuanto más se acercaba el cambio de siglo, Manuela recordaba más nítidamente el pasado lejano, pero el presente, en cambio, se le hacía cuesta arriba. Multitud de veces iba a la cocina y, cuando llegaba, se le olvidaba qué había ido a hacer allí, o incluso estaba hablando con alguien y se le iba el santo al cielo.

Cuando empezaron los anuncios, se levantó a recoger su bandeja y, desde la cocina, escuchó la pegadiza melodía del anuncio de los turrones El Almendro alentando a los que están lejos a volver a casa durante las fiestas navideñas. «*Vuelve...*», tarareó. No daba crédito a que otra vez fuera Navidad. Sin obligaciones ni compromisos, los días se le hacían largos. Sin embargo, los años pasaban demasiado rápido. Gorio la había avisado de que iría para las fiestas. Viajaría con Marina y los niños el día antes de Nochebuena y se quedarían hasta pasado Reyes. Ellos en su piso de Gijón, y Manuela y Telva en Oviedo.

Manuela había intentado protestar porque quería que se quedaran en casa con ella, pero Gorio se mantuvo firme.

—Los niños dan mucho que hacer —zanjó el asunto, sin más explicaciones.

Como todas las abuelas, Manuela adoraba a sus nietos y estaba deseando verlos, pero no dejó de sentir cierto alivio al saber que no iban a quedarse con ella y con Telva. Eran muchos días para estar todos bajo el mismo techo. Necesitaba sus ratos de soledad para estar tranquila porque cada día se agotaba con más facilidad.

—Por la cena ni te preocupes —le dijo Gorio—, que la encargo yo. Los turrones también. En Diego Verdú, los que a ti te gustan. Solo te pido que hagáis las *casadielles*, que me muero de ganas de comerlas y ya sabes que aquí en Madrid no se encuentran.

—¡Vaya dispendio! Bien puedo cocinar yo, como siempre. Déjalo para el año que viene, cuando cambiemos de siglo y de milenio.

—Ya está todo apalabrado, así que no hay marcha atrás. Tú ocúpate de las *casadielles*.

Al día siguiente por la noche, cuando Telva regresó, lo comentó con ella.

—Tenemos que comer ligero estos días —le dijo a su hija— porque Gorio ha encargado para la Nochebuena una cena asturiana, ¡qué ganas de hacer gasto!

—Ganan muchísimo dinero, mamá, esto para ellos no es nada.

—«Un grano no hace granero, pero ayuda al compañero» —insistió Manuela—. Es mejor que ahorren, que nunca se sabe qué nos depara la vida y tienen tres niños pequeños.

—¿Cuál será el menú? —preguntó Telva para hacerla cambiar de tema.

—Muy tradicional: sopa de marisco, centollo y merluza a la cazuela. Dice que para que sea ligera, fíjate tú.

—Estará todo riquísimo. Gorio ha encargado la cena a tu gusto. Quiere tenerte como a una reina y no darte trabajo.

—Sí, hija, si ya lo sé. Es que no me acostumbro a que seáis vosotros los que cuidéis de mí. Verás ahora cuando llegue el euro y me convierta en una inútil total, igual no soy capaz ni de echar las cuentas de la compra.

—¡Anda ya, mamá! Llevas haciendo cuentas de cabeza toda la vida, te vas a acostumbrar antes que nadie. Entonces ¿nos despreocupamos de la cena?

—De la cena sí, pero mañana empezamos a preparar la masa de las *casadielles*. Haremos unas de prueba primero porque, de año en año, se me olvidan las proporciones y pierdo el toque. Tenemos que ir a comprar las nueces para el engrudo, que no se nos olvide. Y tú, a ver si por fin aprendes a hacerlas porque si no se va a perder la receta el día que yo falte.

Telva no quiso contrariar a su madre. Le encantaba el postre navideño tradicional asturiano y no le importaba ayudarla con las tareas más engorrosas, pero otra cosa era ser ella la encargada de encerrarse en la cocina durante varias horas dos días seguidos, uno para la masa y el engrudo y otro para, después de que ambos reposaran, montarlas y freírlas antes de envolverlas en azúcar.

—Este año tomo notas —aseguró Telva sin mayor interés.

Una vez repasada y planificada la laboriosa tarea, charlaron de banalidades, de las ganas de ver a los pequeños y del Año Nuevo.

—¿Ya se sabe quién dará las campanadas este año?

—La de la película esa que fue a los Oscar.

—¿*Mujeres al borde de un ataque de nervios*? ¿Carmen Maura?

—Esa misma, la Carmen Maura, y el chaval del año pasado.

—Ramón García —dedujo Telva—. Por cierto, ¿te ha dado Gorio alguna idea para ponerle de Reyes a los niños?

—¡Se me olvidó preguntarle! Lo llamaré mañana mismo, que si no se nos echa el tiempo encima. Ahora no, que empieza *Médico de familia* y no quiero perderme el principio.

Cuando terminó el capítulo de aquella serie que las tenía enganchadas cada martes frente al televisor, Manuela se acostó antes que Telva, como acostumbraba, pero no consiguió dormirse. Muchas noches la asaltaban pensamientos que, después de mantenerla en vela hasta el amanecer, se desvanecían al salir el sol, pero el asunto que le robó el descanso aquella noche era de mayor enjundia de lo que acostumbraban a ser. Manuela quería ir al cielo, aunque fuera pasando por el purgatorio, y nunca hasta entonces se había planteado la posibilidad de encontrarse allí con Juan Gregorio y Valentina como marido y mujer. Lo de los segundos matrimonios fue un tema que tuvo en vilo a Juan Gregorio en vida, tanto que llegó a consultarlo con varios sacerdotes sin obtener respuesta clara, y del que ella siempre se había reído.

—¿No dice el sacramento «hasta que la muerte os separe»? —le solía decir Manuela—. De no ser así, Claudina y Abelardo se encontrarían de nuevo y eso sería muy cruel, aunque te confieso que espero que él esté en el infierno toda la eternidad.

—No es tan sencillo —respondía Juan Gregorio—. Es una cuestión tan compleja que ni siquiera los grandes estudiosos de la teología al más alto nivel son capaces de resolver, así que no pretendas zanjarla tú con tanta simpleza.

A Manuela, en aquel entonces, no la inquietaba lo más mínimo el asunto, ni siquiera se ofendía, se limitaba a ignorar a su marido y lo dejaba con sus cuitas. Pero hacía tiempo que empezó a preocuparse porque las cosas habían cambiado, y mucho. A Dios no podía ocultarle el secreto de que se había casado con Juan Gregorio mientras Elías seguía vivo en Francia y, aunque ella no conocía aquella circunstancia cuando se casó por segunda vez, dudaba que Él aceptara su unión como válida. Esa noche se obsesionó con que Juan Gregorio estuviera realmente en el cielo junto a Valentina y que no hubiera nadie para recibirla a ella cuando llegara a su nuevo destino.

No contaba con su familia porque si ni su madre ni su padre, ni tampoco sus hermanas, la habían acompañado en vida, mucho menos lo harían en la eternidad. Dio vueltas en la cama sin poder conciliar el sueño, preocupada por encontrarse sola y perdida en aquel último viaje que cada vez notaba más cercano. Cayó entonces en un ligero duermevela en el que no era capaz de distinguir qué eran sueños y qué recuerdos. Su mente mezcló a su malograda hermana Sofía, tal como era cuando se la llevó la gripe española, con Casimira, que la llevaba en brazos y le contaba algo que las hacía reír a carcajadas, pero no fue hasta que vio a Eufemia, durmiendo plácidamente bajo la sombra de un tejo negro que se dio cuenta de que estaba soñando, y se espabiló confusa y sobresaltada.

«Vaya nochecita», se dijo. «Mañana mismo voy a San Juan y me confieso. A ver si tengo suerte y está el párroco, que es un hombre listo y comprensivo. O me da una respuesta o me echa con cajas destempladas cuando escuche que soy bígama. ¡Que sea lo que Dios quiera!, pero yo no puedo seguir con esta desazón».

Manuela se dio la vuelta en la cama para intentar coger el sueño de nuevo. Escuchó a Telva caminar por el pasillo hacia su cuarto. «Ya se acuesta, menos mal. Esta hija mía siempre ha dormido muy poco». Su pensamiento se perdió entre los recuerdos felices con su hija que, con el paso del tiempo, eran ya más numerosos que los tristes. Rememoró desde los primeros años, cuando Telva era pequeña y no se separaba de sus faldas, a los más cercanos, como las tardes en las que veían sus películas favoritas en la televisión y Telva se reía de ella porque lloraba en los momentos más emotivos, o cuando comían los platos rusos que Telva versionaba a la asturiana, y también los domingos de lluvia en los que sacaban los álbumes de fotos. Sus favoritas eran aquellas en las que salían sus dos hijos. Telva y Gorio no podían ser más diferentes, no se habían criado juntos y, sin embargo, tenían una complicidad que la reconfortaba, porque así, el día que ella ya no estuviera, se tendrían el uno al otro. Entonces, las dudas que tanto la inquietaban se disiparon: «No me hace falta ir a contarle mis cuitas al cura. He tenido mucha suerte en la vida y, si Dios ha sido tan bueno conmigo en este mundo, también lo será en el más allá».

Con esa confianza se abandonó al sueño, pero notó una suave brisa fría en la cara que la hizo estremecer. Al abrir los ojos, vio con total claridad a Alexandra, tan joven como el día que la conoció. Iba vestida de blanco y se acercaba a ella envuelta en una luz cálida y brillante. Al llegar a su altura, le guiñó un ojo con gesto cómplice y le tendió la mano. Manuela sonrió, estiró su brazo para alcanzarla y, cuando entrelazó sus dedos con los de ella, la invadió una maravillosa sensación de paz.

Telva la encontró al día siguiente, ya fría, con la expresión relajada y una dulce sonrisa en los labios.

Agradecimientos

A vosotros, a los que me habéis leído por primera vez y a los que lleváis a mi lado desde el principio, a todos los que disfrutáis con mis historias y les hacéis un lugar en vuestro corazón.

A los libreros, que acogéis mis novelas como tesoros y prendéis entre los lectores las chispas del amor literario.

A los clubes de lectura, que hacéis vuestros los personajes y les permitís mostraros todos sus matices, que cuando me invitáis a pasar un rato con vosotros me lo paso pipa.

A Ana y a Carmen, mis editoras, que habéis hecho vuestra esta historia y la habéis arropado con cariño y esfuerzo a partes iguales.

A Alicia, mi agente, que te alegras con mis alegrías y soportas estoicamente mis frustraciones, incluso cuando no tengo razón.

A David, mi pasión y mi guarida, porque a tu lado se cumplen todos mis sueños.

A Álex, mi tesoro, porque eres mágico.

A David y a Alberto, porque os quiero.

A Eva, a los niños, Carlos y Pablo, que por mucho que crezcan siempre serán mis niños, y a toda la familia, por ser parte de mis momentos y permitirme compartir los vuestros.

A los padrinos, que después de años de risas, de conversaciones intensas, de reflexiones compartidas y momentos memorables, ahora nos regaláis ser parte de la vida de Fe, el más precioso milagro del universo.

A María. Desde siempre. A Izas, que además de ser la mejor y más divertida compañera de viajes, regala mis libros a la gente que le importa como si fueran tesoros, porque está convencida de que, si los he escrito yo, tienen que ser buenos.

A mis amigas. A mis amigos. A los que solo os veo una vez al año y siempre conseguís que sienta que estuvimos juntos antes de ayer.

A mi amigo Josu Monterroso, un maravilloso escritor que no dudó en dedicarme generosamente su tiempo para cazar gazapos en esta novela cuando a mí ya me bailaban las letras de tanto releer.

A los *betareaders*, que me empujasteis en la parte más empinada del camino.

A Nieves y a sor Cándida, mis profesoras de segundo de parvulitos y tercero de EGB. Su confianza en mí fue como la poción mágica de Obélix, que me dio la fuerza necesaria para perseguir mis sueños.

A José María Guelbenzu porque, gracias a él, en mis novelas los coches nunca «paran», sino que se detienen, y las cosas no «pasan», ocurren o suceden.

A Mariló y a Natalia, por compartir su talento y su pasión, por convertir el baile en necesidad, porque en sus clases mis bloqueos desaparecen y las palabras vuelven a fluir.

A los Stukas, porque solo necesito escuchar *Hazañas bélicas* para que los recuerdos de la adolescencia se agolpen en mi memoria.

A los que me recordáis que no soy el centro del universo porque eso me quita un enorme peso de encima.

Al cielo porque cada vez que miro hacia arriba me siento inevitablemente agradecida.

Y a los que os tomáis un ratito para contactar conmigo, aquí me tenéis, siempre deseando saber de vosotros:

www.analenarivera.com
www.facebook.es/analenarivera
@AnaRiveraMuniz
https://www.instagram.com/analenarivera/
https://www.linkedin.com/in/anariveramuniz/